노벨문학상의 세계

한강 외 18명의 삶과 문학

노벨문학상의 세계

한강 외 18명의 삶과 문학

윤재석 엮음·김욱동 외 18명 지음

한길사

책을 내면서

인공지능 시대의 도래로 인간 정체성 확립과 인간 및 기계의 관계 정립을 어떻게 해야 할지, 이 문제 앞에서 우리는 모두 심각하게 고민해야 하는 상황이다. 특히, 인간과 기계의 경계가 점차 흐릿해지면서 과거 유례를 찾을 수 없는 새로운 문제가 우리 앞에 출현하고 있다. 인간이 기계를 다스리는 게 아니라 오히려 기계의 돌봄을 받는 시대가 되어가고 있다. 이로 인해 인간과 인간의 관계가 과거처럼 자연스럽지 않은 상황도 심심찮게 출현하고 있다. 인간이 점차 '조절 가능한 기계로서의 타자'에 더 친화적이게 되면서, 자신의 한계를 자각하도록 해주는 타자를 오히려 불편해하고, 심지어는 이를 부정하려는 양상도 증가하고 있다.

근대 이후 줄곧 성장해온 자기중심주의는 인간으로 하여금 기계적 타자에 더 몰입하게 만들며, 급기야는 기계에 예속되도록 만들고 있다. 지금 우리는 트랜스 휴먼, 포스트 휴먼 시대를 맞이하고 있다. 이런 시대의 출현이 인간의 성장일지 멸망일지, 이제 우리는 이 문제에 대해 근원적으로 고민해야만 한다. 그 어느 학문보다 인문학이 이 문제를 진지하게 고민해야 하는 상황이다.

그렇지만 이 과제를 떠맡고 있는 인문학마저 이제 그 존립을 위협받고 있다. 과학기술의 위력에 밀려 대학에서는 인문학 관련 학과들이 점점 사라져가고 있으며, 디지털 매체의 발전은 이를 더욱 가속화하고 있다. 영상이 문자를 압도함으로써 문자 중심의 인문학도 설 자리를 잃어가고 있다. 인문학의 이 같은 위기는 학문 차원의 위기로만 끝나지 않고 인간의 위기를 불러오고 있다. 그러므로 그 어느 시대보다 인문학을 새롭게 활성화해야 하는 상황이다.

이번에 출판하려는 이 원고도 이런 현실 인식 아래 마련되었다. 현재 한국에는 제도 안의 인문학 활동과 제도 바깥의 인문학 활동이 서로 겉도는 면이 없지 않다. 대학의 인문학은 대중과 소통하는 데 여전히 한계를 안고 있으며, 대학 바깥에서 운영되는 인문학 프로그램도 '인문학'이라는 용어의 과잉 확대 사용으로 인문학의 정체성을 혼란스럽게 만들고 있다. 대학 바깥의 인문학 수요가 증가하면 대학 안의 인문학도 발전해야 할 터인데, 실제 현실은 그 반대다. 이는 대학 바깥의 인문학과 대학 안의 인문학이 체계적이고 유기적인 연관성을 갖지 못한 데 있다.

그동안 줄곧 경북대학교 인문학술원은 이런 필요 아래서 인문학 대중화 사업을 진행해왔다. 본 학술원은 많은 사람으로부터 좋은 평가를 받고 있는 노벨문학상 수상작을 중심으로 인문학 대중화를 추진하면 대학 안의 인문학 활동과 대학 바깥의 인문학 활동이 서로 상생하는 데 중요한 기여를 할 수 있을 것으로 기대해왔다.

그래서 본 학술원은 지난 1900년부터 현재까지 노벨문학상을 수상한 작품들에 대해서 일반 독자가 좀 더 쉽게 접근할 수 있는 길을 마련하는 일을 모색해왔다. 이를 위해 이 분야의 전문가를 찾고, 이들에게 원고를 부탁해 일간지에 연재하고, 나아가 이 내용을 도서관 등에서 강의하도록 하는 프로그램을 운영했다. 특히, 이를 체계적이고 전문적으로 운영하기 위해 본 학술원 산하에 '노벨문학상 수상작 산책' 운영위원회를 두었다. 이 책에 수록된 원고들도 본 위원회 심의를 거쳐 전국적으로 해당 작품에 가장 권위 있는 분들에게 의뢰해 집필된 내용이다. 본 학술원에서는 이미 일차로 『노벨문학상 수상작 산책』(산처럼, 2022)을 출간했다. 이 책은 이 작업의 연장이라고 볼 수 있다. 일차 작업에서 26편의 작품이 다루어졌다면, 이번에는 20편의 작품을 다룬다. 특히, 이번 원고에서는 한강의 작품을 특집으로 구성했다. 그리고 일차 작업과 마찬가지로 소설, 희곡, 시로 분류하여 구성했다. 이번에 출간할 이 책은 일차 작업보다 훨씬 더 독자 친화적인 책이 되기를 희망한다.

윤재석
경북대학교 인문학술원장
한국연구재단 HK+지원사업 연구책임자
2025년 11월

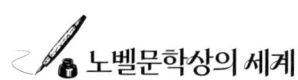

제1부

한강의 삶과 문학

한강의 문학은 통각(痛覺)하는 영혼의 서사, 연대와 치유의 세계다

한강 문학의 특별함

양현진 인천대 기초교육원 강의교수

한강
Han Kang, 1970–

©Nobel Prize Outreach. Photo: Clément Morin

광주에서 태어난 한강은 현대 한국문학을 대표하는 인물이다. 연세대학교 국어국문학과를 졸업했다. 1993년 『문학과사회』 겨울호에 시를 발표하고, 이듬해 『서울신문』 신춘문예에 단편소설 「붉은 닻」 이 당선되며 작품 활동을 시작했다. 그는 『소년이 온다』 『검은 사슴』 『작별하지 않는다』 등 폭력과 인간의 존엄성, 고통과 치유의 문제를 깊이 있게 탐구하는 작품들을 꾸준히 발표했다. 특히 2007년 발표한 장편소설 『채식주의자』는 2016년 한국 작가 최초로 부커상 인터내셔널 부문을 수상했다. 2024년에는 아시아 여성 최초로 노벨문학상을 수상했다. 한림원은 그에게 "역사적 트라우마에 맞서고 인간 삶의 연약함을 드러내는 강력한 시적 산문"이라고 선정 이유를 밝혔다.

"한강은 갔던 길에서 다시 시작한다.
주춤거리는 그의 이야기는
그래서 신뢰가 간다.
고민하고 또 고민하며
나아가기 때문이다."

한강(韓江, 1970-)은 노벨문학상 수상 기념 연설에서 그에게 소설 창작이란 '절실한 질문들 속으로 들어가 머무는 것' '그 질문들을 견디며 그 안에 사는 것'이라고 말했다. 그 질문 안에 오래 머물다가 또 다른 질문이 생겨나 앞선 질문을 밀어낼 때 그 소설이 완성되고 다음 작품을 상상하게 된다고 한다.

한강의 소설 전편을 읽어나가다 보면, 질문의 연쇄가 만들어낸 우주, 질문이 생성한 점점의 행성이 상호작용하는 한강의 유니버스 안에 거하게 된다. 답이 없는 우리 삶의 질문들을 고통스럽게 인내하며 켜켜이 쌓아올린 서사의 힘에 경탄하게 된다. 해답이 부재하는 절망적인 상황을 있는 그대로 견뎌내는 인내심과 정직함에 한강 문학의 특별함이 있다.

1. 한강 문학의 원천은 통증을 느끼는 영혼

한강 소설의 주인공들은 정신적·육체적 질환을 앓는다. 강박증·결벽증·거식증에서부터 안통(眼痛)·두통, 환시통(幻視痛)·환청·실어증, 위경련·구토증, 골절·절단·화상·찰과상, 열병·종양 등 다양한 질병과 사고가 유발하는 통증을 경험한다. 이는 초기작에서부터 지속되는 특징이다. 「여수의 사랑」(1994)에는 자신을 죽이려는 아버지로부터 달아나기 위해 잘 뛰지 못하는 동생의 손을 뿌리치고 혼자 살아남았다는 죄의식에서 비롯한 결벽증을, 「질주」(1994)에는 불량배에게 폭행당하는 동생을 의붓아버지의 지물포를 지키느라 구하지 못했다는 자책감에서 비롯한 자학증을, 「야간열차」(1994)에는 쌍둥이 동생이 자기 대신 일하다 사고를 당해 식물인간이 되었다는 자책감으로 인한 환청을 앓는 인물이 나온다.

초기작들은 주인공이 경험하는 다양한 통증에 특히 집중하는데, 통증의 원인은 다름 아닌 죄책감이다. 자기 대신 누군가가, 특히 가까운 형제와 자매가 죽임을 당했다는 양심의 찔림이 통증을 유발한다. 그러나 해당 사건이나 사고는 주인공들의 잘못으로 볼 수 없거나 그들이 막을 수 없는 것으로서 이들이 느끼는 죄책감은 비합리적인 죄책감, 즉 '비이성적 죄책감'이다. 비이성적 죄책감이란 자신의 통제를 벗어난 사안에 대해서도 자신이 책임이 있다고 느끼는 예민한 감각이다. '내가 어찌할 도리가 없었지만, 나는 죄인이다'라고 느끼는 분열 의식이다.

칸트에 의하면 이 비이성적 죄책감을 느끼는 순간, 즉 어떤 사건이 '나'의 통제를 벗어난 필연적인 것이었음에도 그렇지 않을 수 있었다고 의식하는 순간 우리는 자유 의지를 갖게 된다. 불가피했던 사안에 대해서도 자신이 어떠한 행동을 취할 수 있었다고 믿는 것은, 자신의 행동이 단순히 외부의 인과적 논리에 의해 종속되는 것이 아니라 모든 상황을 초월하는 자율적 의지가 있다는 가정에서나 가능하기 때문이다. 그러므로 비이성적 죄책감은 스스로를 방임된 타자가 아니라 자유 의지가 있는 주체로 서게 하는 감각이다. 그 일은 내가 어찌할 수 없는 일이었지만 그럼에도 나는 여전히 유죄라는 분열 의식은 외부 상황과 조건에 휩쓸리기 마련인 나약한 인간 존재의 틈새에서 자유의 가능성을 역설한다.

그러므로 한강 문학에서 통증은 이중적인 의미를 갖는다. 통증을 느끼는 인간은 무력하다. 통증은 의지와 무관한 것으로서 인간은 고통에 잠식당하는 연약한 존재다. 그러나 인간의 내밀하고 예민한 양심이 통증을 유발한다고 할 때 이 통증은 인간 양심의 증거이자 타자에 대해 책임을 느끼는 능력으로서 자발적이고 주체적인 경험이 된다. 또한 통증은 '산 자'만이 느낄 수 있다는 점에서 '살아 있다는 증거'이기도 하다. 이러한 통증의 이중성, 즉 연약하고 무력한 속성이면서 동시에 주체적 삶의 감각이 되는 통증은 우리 세상이 지닌 모순 자체이기도 하다. 생명과 죽음, 사랑과 폭력이라는 이 세상의 대립적 가치를 응축해서 지니는 것이 바로 통증이다. 한강은 통증을 느끼는 인간을 사랑한다.

2. 통각, 연대의 지평이자 새로운 생성의 계기

한강 문학에서 통증은 '나'가 타자와 연결되어 있다는 표식이다. 무고한 타자의 죽음을 환기하기 때문이다. 『채식주의자』 3부작(「채식주의자」 2004, 「몽고반점」 2004, 「나무 불꽃」 2005)에서 영혜가 앓는 거식증은 인간이 생존하기 위해 해친 무고한 생명들에 대한 죄책감이 만드는 통증이다. '나'가 모든 생명체 타자와 연결되어 있다는 예민한 인식은 인간의 타고난 운명적 폭력성을 고발한다. 무고한 타자의 죽음을 막기 위해 급기야 자기 소멸을 꿈꾸는 영혜의 모습은 타자에 대한 책임감이 만들어낸 극단적 선택이다.

그러나 『채식주의자』 3부작은 영혜의 자기 소멸로 끝나지 않는다. 언니 인혜는 유동식 튜브 삽입을 거부하다 선혈을 흘리며 고통스러워하는 동생 영혜를 껴안고 자신이 겪었던 하혈의 고통을 떠올린다. 죽으면 왜 안 되는 거냐고 묻는 영혜의 말에, 자살을 생각하며 현관문을 나섰던 어두운 새벽길을 떠올린다. 영혜의 사투에서 과거 자신의 자살 시도를 떠올리는 인혜는 영혜가 무너지지 않았다면 자신이 그렇게 되었으리라는 사실을 깨닫는다. 영혜가 겪고 있는 이 모든 고통이 사실은 자신이 먼저 겪어야 했던 것일지 모른다고 느낀다. 이 작품은 언니 인혜가 고통 속에 있는 동생 영혜를 껴안는 장면에서 끝나지만, 동생의 고통에 빚진 언니가 앞으로 이전과는 다른 삶을 살아갈 거라 예견케 한다. 한강은 『채식주의자』 3부작을 기점으로, 타자의 고통과 죽음을 내면화한 채 새로운 삶을 열어가는 인물들의 서사를 이끌기 시작한다.

통증을 공유하는 한 쌍의 여성인물: 「회복하는 인간」「밝아지기 전에」

한강의 문학에서는 통증을 공유하는 한 쌍의 여성인물이 연대함으로써 회복되고 새롭게 나아가는 서사가 특히 눈에 띈다. 『채식주의자』 3부작에서 암시 정도로만 마무리된 영혜-인혜의 새로운 도정이 『바람이 분다, 가라』(2010), 「회복하는 인간」(2011), 「밝아지기 전에」(2012), 『흰』(2016), 『작별하지 않는다』(2021) 등에서 구체적으로 펼쳐지면서 영혜와 인혜가 공유한 통증의 의미와 가치가 보다 밀도 있게 서사화된다.

「회복하는 인간」에는 결혼이라는 안전한 사회 통념 속으로 도피하지만 고통 속에 생을 마감하는 언니와 그러한 언니의 죽음을 내면화하는 동생이 나온다. 『채식주의자』 3부작 속 언니·동생의 역할이 바뀌어 이번에는 동생이 언니의 고통을 반추한다. 함께 유년 시절을 보내면서 하나로 느껴질 만큼 가까웠던 자매 사이가 어느 순간 서먹해진다. 보편적 여성성의 테두리에 자신을 맞춰 결혼이라는 제도 안으로 편입하고자 하는 언니는 자신의 과거(결혼 전 낙태 경험)를 알고 있는 유일한 사람인 동생을 멀리한다. 자신의 낙태 경험과 거짓 정체성을 상기시키는 동생은 그 존재 자체로 금기와 죄의식이기 때문이다. 그러던 언니가 3개월 정도의 항암치료를 받다가 상상하기 힘든 고통 속에서 숨을 거둔다. 자매간의 우정과 신뢰, 유년의 추억을 모두 헌납하고 얻은 결혼 생활인데, 언니의 생애는 허무하게 끝나버린다.

동생은 언니의 장례식을 치르고 산에서 내려오다 발목을 접질린다. 삔 발목을 쑥뜸으로 치료하다 화상을 입지만, 언니의 죽음이라는 사건 앞에서 자신의 상처 따위는 소소한 것으로 치부한다. 방치한 화상 부위가 괴사하는데, 이는 동생의 의도적인 방치 탓이기도 하다. 동생은 언니가 혼자 느꼈을 고통을 자신도 느끼길 바란다. 동생은 언니의 장례식날 얻은 '통증'을 계속 유지함으로써 언니가 겪었을 고통을 공유하길 바란다. 피부 괴사는 유사 죽음으로서, 생전의 언니가 홀로 겪었을 모든 고통을 되짚으며 언니의 삶을 반추하도록 만든다.

주인공이 집착하는 '통증'의 양상과 결부되어 특별히 이목을 끄는 요소는 서술 시제다. 과거, 현재, 미래 시제를 모두 혼합한 서술 방식은 동생이 겪는 통증의 의미를 말해준다. 소설의 첫 장면은 언니의 장례식 이후, 즉 동생이 삔 발목을 치료하다가 화상을 입고 그 부위가 괴사한 것을 깨닫는 내용이다. 언니와 관련해 겪은 과거 사건들(언니의 투병, 언니의 낙태 수술, 언니의 결혼과 유산, 언니의 장례식)은 안정적인 과거 시제로 서술되는 반면, 화상을 입은 이후의 사건부터는 현재 시제로 서술되고, 괴사해서 회백색이 된 피부에 핏기가 돌기 시작한다는 내용은 미래 시제('-했던 걸 기억하리라는 것을 모른다' '-하리라는 것을 모른다')로 서술된다.

화상 입은 피부는 현재 죽어 있으므로 그 안에서 새살이 돋는다는 것은 아직 일어나지 않은 '가능성'일 뿐이다. 그런데 서사 독해의 기본 원칙인 서술자에 대한 전적인 신뢰가 작용함에 따라 이 '가능성'은 '일어날 수도 있는 것' 정도가 아니라 '반드시 일어날 필연성'으로 인식된다. 주인공은 이 상처가 낫지 않을 거라는 절망 가운데 있지만, 전능한 서술자는 이 상처에 새살이 돋아날 미래를 이미 알고 있다. 한강은 이 통증이 언제 끝날지 알지 못하는 고통 가운데 있는 주인공과 환부가 다 나아 새살이 돋을 것을 아는 서술자의 대비를 통해, 통증 안에 생명과 회복이 내재해 있음을 말한다.

「회복하는 인간」은 상처에서 새로운 것이 돋아나는 필연성을 통해

'고통'이야말로 존재론적 변화를 이끄는 대목임을 명확히 한다. 사회 규범에 자신의 정체성을 끼워 맞춘 여성인물과 사회 규범에서 이탈해 불안정한 삶을 영위하고 있는 여성인물은 서로 다른 길을 가고 있지만, 이들 모두 규정된 여성성으로 인해 고통받는 존재다. 동생은 언니의 죽음을 자신의 육체에 새기는 '통증-유사 죽음'을 통해 새롭게 돋아난 살을 경험하는데 이는 새로운 정체성 발현을 상징한다. 초기작에서의 통증이 주로 죄책감의 증상이었다면, 이제는 통증의 공유를 통한 연대, 그 연대를 기반으로 한 치유와 회복의 의미가 강조된다.

통증의 공유를 통한 여성 간 유대를 말하는 또 다른 작품으로 「밝아지기 전에」가 있다. 이 소설은 배가 아프다는 남동생을 출근이 급하다며 무심히 대했다가 급성복막염으로 잃은 후 세계 곳곳(네팔, 티베트, 인도, 미얀마)을 장기여행자로 떠돌게 된 은희 언니에 관한 이야기다. 죄책감과 허무함 속에 구도자가 된 은희 언니의 고통 옆에, 오랫동안 투병을 하고 이혼하게 된 '나'의 고통이 겹쳐진다. '나'는 가족에게도 털어놓을 수 없었던 미로 같은 생각들을 은희 언니만은 이해할 수 있을 것 같다고 느끼지만, 서로 속마음을 얘기하지는 못한다. '나'의 죽음 속으로 그가 결코 들어올 수 없고, '나'가 그의 생명 속으로 결코 들어갈 수 없는 것처럼, 각자 처한 고통이 쉽사리 공유될 수 없고, 섣부른 위로는 부질없다는 것을 알기 때문이다.

한강 소설에서 여성 간 유대란 단순한 친밀감이나 조력을 넘어서는, 각 여성들 삶의 개별성과 독자성에 대한 이해와 존중을 의미한다. 그러므로 이 소설은 통증의 공유가 얼마나 힘든 일인지, 위로가 얼마나 불가능한 것인지에서부터 시작한다. '나'는 동생을 잃고 세상을 떠도는 은희 언니를 위로하지 못할 뿐만 아니라, '나'의 오랜 투병 생활과 뒤이은 이혼도 시간이 많이 흐른 뒤에나 지나가듯 그녀에게 털어놓는다. 직업이 작가인 '나'는 외롭고 힘들었을 은희 언니에게 미처 다가가지 못했던 일들을 소설로 해명해보고자, '은희 언니를 닮은 어떤 여자'에 대해 쓰고 싶어 한다. 다만 이 소설은 '그녀가 돌아오지 않는다'라는 첫 문장만 써둔 상태다. 은희 언니로부터 말로만 듣던 미얀마의 날씨가 어떠한지, 그 날씨를 은희 언니가 어떻게 견뎌내고 있는지 직접 체험하고자 미얀마행 비행기표를 끊어둔 참인데, 출발을 하루 앞두고 그녀의 부음을 듣게 된다.

은희 언니는 미얀마에서 뎅기열에 걸려 급히 국내로 이송되었지만 장기가 이미 손쓸 수 없게 손상된 상태였다. 구도자처럼 방랑하던 그녀의 삶이 어떠했는지 '나'는 짐작만 할 뿐이다.

'은희 언니를 닮은 어떤 여자'란 작가가 작중 캐릭터를 구상할 때 현실 속 실존 인물들을 복합하고 변용하듯, 은희 언니가 겪은 것과 같은 고통을 감내한 무수히 많은 여성을 의미한다. 여기에는 우선 '나'가 포함된다. 은희 언니의 장례식에 다녀온 '나'는 소설의 시작 문장을 '그녀가 회복되었다'로 수정한다. 돌아오지 않은 것은 은희 언니이고, 회복된 것은 '나'이다. '나'는 얼마 전 항암치료를 모두 끝냈다. 그러므로 '은희 언니를 닮은 어떤 여자'는 '나'와 '은희 언니'를 합한, 그리고 그 둘을 합하고도 다른 부분이 있는 이 세상의 모든 '어떤 여자'에 대한 이야기일 것이다.

한강 작품의 여성인물들은 이 세계에서 자신의 자리를 찾고자 노력하지만 안타까운 죽음에 이른다. 그러나 그들의 삶은 거기서 끝나지 않는다. 그들의 삶을 추적하며 비슷한 통증을 경험하는 다른 여성

인물들을 통해 그 실패의 이면이 재조명되면서 새로운 삶의 가능성이 제기된다. 『바람이 분다, 가라』에서 화가인 서인주는 모계로부터 내려오는 자살 충동을 극복하지 못한 비극적이고 신비로운 예술가로 평가되고 기록될 처지에 놓인다. 그러나 친구인 '나(이정희)'는 서인주의 죽음을 자살로 몰고 가는 모든 정황적 인과 관계, 왜곡된 예술관을 거부하면서, '나'조차 미처 알지 못했던 인주의 삶을 추적해간다. 이 장편은 특히 추리소설의 구조를 차용해 한 인물의 정체성이 비어 있음을 웅변한다.

한강은 진정한 연대란 구성원들이 동일성을 확보하는 것이 아니라, 각자의 이질적인 부분을 인지하고 이해하는 것이라고 말한다. 여성인물 간 유대 관계의 핵심은, 속속들이 다 아는 것이 아니라 감추어진 이면이 생동하도록 자리를 내어주는 것이다. 역사적 폭력에 맞서는 연대의식을 드러내는 『소년이 온다』(2014)와 『작별하지 않는다』역시 이러한 흐름을 계승한 작품이다. 오월항쟁과 제주 4·3을 다룬 문학 작품은 많다. 한강의 『소년이 온다』와 『작별하지 않는다』가 국가 권력에 의한 폭력의 수난사이자 항쟁사라는 기본적인 경향을 벗어나지 않으면서도 특별한 이유는, 이 주제가 한강의 문학사적 발걸음 안에서 자연스럽게 도달한 경지이기 때문이다. 그가 초기작부터 관심을 가진, 나약한 인간의 존재론적 연대의식은 역사적 연대의식으로 이어질 수밖에 없는 가치였던 것이다.

치유와 회복, 새로운 것의 생성: 「노랑무늬영원」

통증이 이끄는 '치유와 회복'이란 죽었던 것이 되살아나는 것이 아니라, '새로운 것'이 그 안에서 생성되는 것이다. 「노랑무늬영원」(2003)

은 한강이 말하는 '새로운 생성'의 의미를 잘 드러낸다. 「노랑무늬영원」의 '나'는 갑작스럽게 뛰어든 개를 피하려다 차가 전복되는 사고를 겪고 왼손이 불구가 된다. 으스러진 왼손의 몫까지 오른손이 감당하다 보니 오른손의 관절마저 망가져, 상태가 심한 날에는 컵 하나 다룰 수 없는 상태가 된다.

불구가 된 왼손과 연약한 오른손은 현실을 낯설게 비춘다. 모든 상황에는 조건이 있다는 것, 남편의 사랑과 비호는 '나'의 정상적인 건강을 전제로 한 것이었다는 점을 불구가 된 손이 깨닫게 한다. 정상적이고 예측 가능한 삶의 진로에서 이탈한 '나'는 지금 자신의 모습이 하나의 설정극일 뿐임을 깨닫는다. 객석에 앉아 무대 위에 올려진 연극에 몰입하다가 갑자기 극장의 불이 켜지고 현실로 돌아온 것처럼, 이제 예전의 무지하고 안일했던 상태로 돌아갈 수 없다고 느낀다.

'나'는 손을 다치면서 현재의 '나'가 수많은 발현 가능한 상황들 중 하나일 뿐임을 깨닫고 지금의 자신이 아닐 수 있는 다른 가능성을 인지한다. 시간의 뒤편으로 들어간 것 같은 상태에 놓인 '나'는 오랫동안 연락이 끊겼던 대학 동기의 전화를 받는다. 대학 동기는 새로 이사 온 동네의 사진관에서 '나'의 젊은 시절 사진을 발견했다며, 반가운 마음에 예전에 알던 번호로 무작정 걸어 보았다고 말한다. '나'는 그 사진이, 잃어버렸다는 사실조차 알 수 없도록 완전히 잃어버린 사소한 기억들 중 하나일 거라 짐작하며 대학 동기의 집을 방문하기로 한다. 그리고 2년여의 치료 기간 동안 잊은 채 지냈던 시계와 지갑을 남편 방의 벽장에 처박힌 가방에서 찾아낸다. 어둠 속에서도 시계는 계속 움직이고 있었다. 캄캄한 가방 속에서도 멈추지 않고 계속 돌아갔을 시곗바늘은 '나'가 기억하지 못하지만 여전히 존재하는 시간의 한 흐름을 상징하면서 작품의 주제를 암시한다.

그 사진은 대학 졸업 즈음의 '나'가 주말마다 운동 삼아 등반하던 북한산에서 만난 이름도, 나이도, 직업도 전혀 모르는 한 남자가 찍어준 사진이었다. 사진에서는 이른 봄의 푸릇푸릇한 나무들을 배경으로 스물네 살의 '나'가 잇몸까지 드러낸 채 활짝 웃고 있다. 아직 망가져 보지 않은 사람의 얼굴이다. '나'는 사진관의 먼지 낀 상자 더미를 뒤적여 그가 찾아가지 않은 사진 뭉치를 찾아낸다. 거기에서 '나'가 찍어준 그의 모습을 발견하는 순간, 십 년 전 단 하루, 몇 시간의 기억뿐인 사람의 형상이 오롯이 재생된다. 산행이 처음인 그 남자는 산을 잘 아는 듯한 '나'를 지표 삼아 정상까지 오르게 되었다고 했다. '나'는 그와 몇 마디를 나누면서 호감을 느꼈는데, 발을 삐는 바람에 그에게 업혀 내려오게 된다. '나'는 그를 흔히 만날 수 없는 사람이라 느꼈지만 다시 만날 기약 없이 헤어진다.

그런데 사진 한 장으로 갑작스럽게 소환되는 당시의 정황은 독특한 면이 있다. '나'가 '그'에게 느꼈던 호감 혹은 애정의 양상이 '피붙이 같은 다정함'으로 풀이된다. 그에게 불가피하게 업힌 상황에서 부끄러움이나 긴장감이 아닌, 가족 같은 친밀감을 느꼈다는 것이다. '그'가 '나'를 부축한 팔을 거두었을 때에도, 몸의 일부가 떨어져 나간 듯한 허전함을 느낀 것으로 서술된다. 이러한 친밀감과 동질감 생성의 근거는 더 특이하다. 그가 오랜 기간 건강하지 않은 삶을 살아왔다는 것이 친밀감과 동질감이 생성된 이유다.

당시 건강했던 스물네 살의 '나'가 한 남성의 병약함에 동질감을 느끼고 호감을 갖게 되었다는 인과관계는 쉽게 납득이 가지 않는다. 그러나 사실 누군가에게 호감을 느끼게 된 원인을 분석하기는 쉽지 않다. 스스로 인지하고 있는 이유 이외의 다른 이유들이 복잡하게 뒤섞여 있을 테고, 더 핵심적인 단서는 가려졌을 수도 있다. 들뢰즈(Gilles L.R. Deleuze)의 말처럼, 분석되지 못하고 해명되지 못한 많은 사건이 과거 잠재의식 속에 범람하기 때문이다. 그러므로 비합리적인 듯한 이 호감의 계기는 현재의 '나,' 즉 손이 망가져 일상적인 삶이 불가능하게 된 '나'가 당시에는 눈에 들어오지 않았던 퍼즐 조각들을 손에 쥐고 과거 사건을 새롭게 구성하는 차원에서 도출된 것으로 보인다. 그 남자에게 호감을 느꼈던 진정한 이유가 무의식 속에 잠들어 있다가, 현재에 와서야 들춰지는 것이다. 그 당시에는 이해할 수 없었던(무의식으로 넘어가버렸던) 호감의 정체가 지금은 납득이 되는 것이다.

'나'를 매료시켰던, 그의 겸손하고 담백한 태도, 아이 같은 순수함, 비장하지도 우울하지도 않은 침묵 등은 오랜 기간 아팠던, 육체의 질곡으로부터 자유롭지 않아 본 사람만이 소유할 수 있는 덕목이다. 망가져본 적 없던 스물네 살의 '나'에게는 그가 지녔던 반짝이는 덕목들만이 눈에 들어왔지만, 손이 불구가 된 서른네 살의 '나'는 그가 그러한 성품을 지니게 된 아픈 시간들을 감지한다. 그러므로 '나'는 그가 건강하지 않아서 피붙이처럼 다정하게 느껴졌다고 회상한다.

새롭게 떠오른 이 기억은, 손이 불구가 된 탓에 세상과 단절되어버린 '나'에게 한줄기 구원의 빛이다. 건강을 잃은 후 더 강인해진 모습으로 세상과 대면할 수만 있다면 그보다 더 바랄 게 있겠는가. 그래서 '나'는 갑자기 떠오른 기억 속의 그가 맹렬히 보고 싶다. 그러나 보고 싶은 것은 '지금의 그'가 아니라 '그 당시의 그'이며, 더 정확하게는 '그 당시의 나' 자신임을 깨닫는다. 한 번도 망가져보지 않았으면서, 절망을 넘어섰을 때의 가치를 알아볼 수 있는 그 '나' 말이다.

'나'는 그를 만났던, 무엇에도 물들지 않은 당시의 '나'를 만나고 싶어 하지만, 결코 시간을 되돌릴 수는 없기에 그러한 상상은 부질없기만 하다. 그러나 '나'는 시간을 되돌리는 것이 불가능하기 때문이 아니라 상처 입지 않은 시기의 무상함을 깨닫기에, 과거로 돌아가고 싶다는 바람을 멈춘다. 무엇에도 물들지 않은, 그래서 성숙하지 않은 '그 여자'는 곧 상처를 입으면서 무엇엔가 물들게 될 것이다. 그 통상적 흐름은 다시 반복될 것이니, 시간을 되돌리는 것은 아무런 의미가 없다. 지금의 상처와 고통을 딛고 그래도 살아나야 한다면, 죽은 부분이 송두리째 새로 태어나게 해야 한다는 사실을 깨닫는다. 상처가 없던 시기로 돌아가는 것이 아니라, 그 상처 없던 시기가 지금의 현재에 영향을 미쳐 새로운 시작을 가능케 해야 한다는 것이다.

들뢰즈는 과거가 '회수되고 활성화될 수 있는 가능성들의 잠재적 전체'이며, 이 '잠재적인 것'은 '실재에 대립하는 것이 아니라 현실적인 것에 대립'할 뿐이라고 말한다. 즉 하나의 표현형일 뿐인 '현재'는 잠재해 있는 다양한 '실재'들에 의해 변형, 수정될 수 있다. 사진관의 먼지 낀 상자 속에서 잠들어 있는 풋풋했던 과거, 즉 세상에 맞설 수 있는 용기와 자신감을 갖고 있던 그 시기가 지금의 절망적 현재에 영향을 미쳐 새로운 삶을 이끌어야 하는 것이다.

제목인 '노랑무늬영원'은 도마뱀 이름이다. 도마뱀의 다리가 재생되는 원리는 작품의 주제를 상징적으로 드러낸다. 도마뱀은 다리가 잘려도 새로 돋는데, 마치 잘린 적이 없었던 것처럼 생겨나는 것이 아니라, 선명하게 잘린 상처 위로 새로운 다리가 생겨난다.

'나'는 그가 2년 전에 먼 이국땅에서 죽었다는 사실을 알게 된다. 그 시기는 '나'가 몸을 일으키기 위해, 다시 혼자서 걷고 움직이기 위해 안간힘을 다하던 바로 그 무렵이었다. '나'는 결코 다시 볼 수 없게 된 그에 대해 오래 잊고 있었던 연민을 느낀다. 죽은 그에 대한 연민이란 바로 '나'에 대한 연민이다. '그'라는 존재는 용기와 희망을 지니고 있던 '나'의 젊은 시절을 응축하고 있는 분신이기 때문이다. 세상으로부터 튕겨져 나와 모든 상황을 껍데기로 느끼던 '나'가 다시 자신의 삶에 감정을 이입하고 그것을 실체로 움켜잡을 수 있게 되자, '나'는 살고 싶다는, 살아야겠다는 생각을 품게 된다. '나'는 손가락에 물감을 묻혀 그림 그리는 작업을 하던 중, 다친 손가락에서 도마뱀과 같은 재생이 일어나는 환상을 본다.

3. 사자(死者)를 대신(代身)하는 삶: 『소년이 온다』, 『흰』

5·18 광주민주화운동을 주제로 하는 문학 작품들에는 훼손된 육체가 강렬하게 묘사되곤 한다. 훼손된 육체, 물질로 격하된 몸이야말로 인간 존엄의 부재를 고발하는 현장이기 때문이다. 그래서 고문을 당해 고름과 진물의 덩어리로 전락한 자는 차라리 죽음이 '그 모든 걸 한 번에 지우는 깨끗한 붓질'이라고 느끼며, 추악하고 경멸스런 몸이 사라져주기만을 바란다. 그런데 『소년이 온다』는 육체에 가해지는 무자비한 훼손을 넘어서서, 그 억압과 굴욕에 대한 육체의 저항에 주목한다. 육체가 폭력과 억압에 저항하는 순간인, '죽음에 가까운 린치를 당하던 사람이 힘을 다해 눈을 뜨는 순간'에 집중한다.

감기는 눈을 기어이 뜨는 감각으로서의 시각은 볼 수 없는 것을 보고자 하는 저항이다. 또한 제어할 수 없다는 점에서 '자신의 것이면서 동시에 자신의 것이 아닌' 육체적 고통은 각 개인이 주체의 울타리를 허물고 타자와 연대할 수 있는 지평이 된다. 몸은 인간적 제약이고 한계이면서 동시에 가능성이고 희망으로서, 모든 사람이 기적처럼 자신의 껍데기 밖으로 걸어 나와 연한 맨살을 맞댄 것 같던 그 순간을 만들어낸다.

연약한 육체를 기반으로 하는 기적과 같은 연대의식은 독특한 2인칭 서술 시점을 통해서도 부각된다. 이 소설은 시민들의 시신이 안치된 상무관(전남 경찰청 실내체육관)에서 시신의 인상착의를 기록해 라벨을 붙이고 유가족을 기다리는 일을 하는 주인공 동호의 모습에서 시작된다. 중학교 3학년인 동호는 친구 정대를 찾으러 나섰다가, 시신을 수습하고 신원을 확인하는 봉사대원들을 만나고 부족한 일손을 돕다가 그들과 함께하게 된 것이다. 그런데 서술자는 동호를 '너'라고 칭한다. 서사물의 일반적인 인칭인 '그'나 '나'로 불렸다면 독자들은 서술되는 사건 자체에만 집중했을 텐데, 이례적인 '너'라는 호칭으로 인해 동호를 '너'라고 칭하는 자가 누구인지 궁금하게 된다. 죽은 정대의 혼이 자신의 주검을 바라보며 '전달될 수 없는' 폭력의 현장을 증언하는 내용으로 구성된 '2장 검은 숨'에 이르러, 독자들은 동호를 '너'로 칭하는 자가 죽은 정대의 혼이라는 사실을 알게 된다.

관계를 초점화하는 이러한 서술 방식은 계속된다. '5장 밤의 눈동자'는 선주를 '당신'으로 칭하며 서사가 전개된다. 누군가를 친밀한 일대일의 관계('너' 혹은 '당신')로 칭하는 구도를 통해 이 소설은 인물 간의 연결망을 구축한다. 동호는 정대의 혼 이후로도 두 번 더 '너'로 호명되는데, 당시 광주 시청에 함께 있었던 은숙과 선주에 의해서다.

'3장 일곱 개의 뺨'은 오월항쟁에서 살아남은 은숙의 시점으로 전개된다. 작은 출판사에서 교정보는 일을 하는 그녀는 검열과에 불려가 수배 중인 번역가의 연락처를 묻는 질문에 모른다고 답했다가 뺨을 일곱 차례 맞고 얼굴에 피멍이 든다. 자신에게 가해진 무자비한 폭력을 곱씹다 구역질을 느낀 그녀는, 목젖과 식도와 위에서 동시에 느껴지는 익숙한 구역질이 언제나처럼 '너'를 떠올리게 한다며 억지로 침을 삼킨다.

독자는 맥락 없이 갑자기 등장한 '너'에 집중하게 된다. 이 '너'가 또다시 '동호'라는 사실을 은숙이 관람하는 연극의 한 장면을 통해 알게 된다. 연극은 당시 동호 나이 정도로 보이는 어린 소년이, 동호가 입었던 것과 같은 여름 체육복 상하의를 입고 나타나, 조그마한 해골의 머리를 추운 듯 가슴에 끌어안고 있는 장면으로 시작한다. 이는 『소년이 온다』가 동호가 시신을 지키는 장면으로 시작했던 것과 같은 구성이다. '당신이 죽은 뒤 장례식을 치르지 못해, 내 삶이 장례식이 되었다'는, 검열로 삭제된 대사가 배우들의 '소리 없는 발화'로 전달된다. 한강은 앞선 작품 『검은 사슴』(1998)과 『희랍어 시간』(2011)에서 말을 잃어버린 채 세상과 맞서는 또는 세상과 맞서기 위해 말을 버린 인물들을 통해 정교하게 축적한 실어(失語)와 비어(非語)의 상징성을 『소년이 온다』에서 쏟아놓는다.

동호는 '5장 밤의 눈동자'에서 선주에 의해 한 번 더 '너'로 불린다. 이로써 동호는 초혼(招魂)의 의식을 치르듯 총 세 번 불린다. 마지막 선주에 의한 호명은 과거에 죽은 동호가 현재 죽어가는 선주를 살리는, 보다 구체적인 연대성을 보여준다. 석방된 선주는 죽을 생각으로 광주에 다시 왔다가 동호의 주검이 담긴 기록 사진을 보고, 심장이 터질 것 같은 고통과 분노의 힘으로 다시 살게 된다. '죽으려던 이'가

'죽은 이'를 보고 다시 생을 이어가게 된다. 자신의 고통에서 타인의 고통으로 시선이 옮아간 것이다. 동호의 죽음은 과거의 사실이 아니라 선주에게 새로운 지금의 사실이 된다. 선주는 스스로가 용감하지도, 강하지도 않다는 것을 알고 있다. 그러나 초등학교 때 피구 시합에서, 날쌔게 피하기만 하다 결국 혼자 남으면 맞서서 공을 받아 안아야 하는 순간이 왔던 것처럼, 그해 봄과 같은 순간이 다시 온다면 비슷한 선택을 하게 될지도 모른다고 느낀다.

동호가 은숙과 선주를 살게 했다면, 동호를 제대로 살게 한 것은 정대다. 정대가 쓰러진 것을 본 후 겁에 질려 저격수의 눈에 띄지 않을 곳이 어디일까만을 생각하며 벽에 바짝 몸을 붙인 채 광장을 등지고 도망쳤던 동호가, 친구의 시신을 버려두고 혼자 살아남았다는 죄책감 속에서 이전과는 다른 삶으로 나아갔다. 이후 동호는 등졌던 광장을 끝까지 지켰다. 『소년이 온다』는 사자(死者)를 대신(代身)하는 삶에 관한 이야기다. 이 이야기를 시적인 비유와 상징으로 담아낸 것이 『흰』(2016)이다.

『흰』은 태어난 지 2시간 만에 생을 마감한, 이 세상에 존재했는지도 몰랐던 언니에 대한 이야기다. 그녀가 한순간이나마 이 세상에 존재했다는 사실을 알게 된 후, 만일 그녀가 죽지 않았다면 '나'가 이 세상에 태어나는 일은 없었으리라는 것을 깨닫는다. '나'는 어린 시절 느낀 막연한 감정들 가운데, 모르는 사이 그이로부터 건너온 것들이 있었을지 모른다고 느낀다. 존재 자체를 몰랐던 형제인데, 그의 죽음이 '나'의 존재의 근원이 되며, 나도 모르는 사이 그에게로부터 무엇인가를 전수받았을 거라 생각하는 것이다.

이러한 깨달음은 유대인 게토에서 여섯 살에 죽은 형의 혼과 함께 사는 사람의 기이한 이야기와 연쇄되면서 그 의미를 분명히 한다. 벨기에인 가정에 입양되었던 한 유대인은 자신을 찾아오는 어린 영혼의 목소리를 듣고 그 연유를 파헤치던 중, 자신에게 형이 하나 있었는데 나치에 체포되어 6세의 나이에 사살되었다는 사실을 알게 된다. 벨기에어밖에 모르던 그는 죽은 형의 말을 알아듣기 위해 모국어를 공부한다. 숨겨져 있던 이면의 것들을 인지하는 순간, 현실은 달라진다. 공포 속에서 죽어간 형의 존재를 알게 된 유대인이 새로운 언어를 배우면서 자신이 모르던 세계를 열어간 것처럼, 죽은 형제의 존재를 알게 된 '나' 또한 '그녀의 눈'으로 다르게 보고, '그녀의 몸'으로 다르게 걷게 된다. 누군가의 과거가 현재에 접속될 때 삶의 의미가 새로워진다.

한강은 나를 구성하는 것으로서 내가 미처 인지하지 못한 것들에 대해 말한다. 존재 자체를 감지할 수 없었던 형제 이야기는 '나'와 관련되지 않은 듯하나 '나'와 관련되어 있는 모든 가능성을 상징한다. '나'가 알지 못하는 많은 과거들이 현재 '나'의 주변을 둘러싸고 언제든 새롭게 일어서려 하는 것이다. 『흰』은 단순한 형제 이야기가 아니다. '나'가 알지 못했던 과거 역사적 사건 또는 내가 미처 바라보지 못한 현재의 사건들이 '나'와 무관하지 않음을 이야기한다. 『흰』은 바로 전 작품인 『소년이 온다』에서 드러낸 역사적·공동체적 인식을 시적인 비유로 응축한 작품으로 그 누구의 죽음도 '나'와 무관하지 않다는 고백이다. 한강은 우리가 세계에 주도권을 내어주고 그것이 우리를 점령할 수 있도록 내어줄 때 우리의 현재는 달라진다고 말한다.

4. 불가항력적 선택과 주체의 역설적 수동성: 「눈 한 송이가 녹는 동안」『작별하지 않는다』

우리가 타인의 고통에 연대함으로써 새롭게 태어날 수 있다지만, 누구든 피하고 싶은 고통에 동참케 하는 능력이 과연 인간에게 있는가? 고통의 공유가 가능하긴 한가? 이어지는 한강의 질문이다. 이 번민은 아이러니하게도 타인의 고통에 대한 가장 강렬한 동참을 역설한 『소년이 온다』 이후에 나타난다. 누군가를 버려두고 혼자만 살아남았다는 죄책감, 누군가를 버려두고 혼자 살아남을 수 없다는 양심에 기대어, 모든 사람이 기적처럼 자신의 껍데기 밖으로 걸어 나와 연한 맨살을 맞댄 것 같던, 수십만 사람의 피가 모여 거대한 혈관을 이룬 것 같던 생생한 느낌을 형상화한 『소년이 온다』를 출간한 이후, 한강은 작가가 제아무리 고통을 느낀다 한들 재현의 대상인 역사적 고통의 외곽에 있을 수밖에 없는 것 아니냐며, 다시 본질적인 질문으로 회귀한다.

한강의 이러한 회귀는 낯설지 않다. 1970년 광주에서 태어났고 5·18 항쟁이 있기 고작 넉 달 전에 온 가족이 서울로 이사한 성장 배경에 비추어볼 때 오월항쟁을 서사화하려는 의무감 비슷한 속마음을 지녔을 거라는 항간의 예상과 달리 그는 2012년까지 광주에 대해 쓰겠다는 생각을 단 한 번도 해보지 않았다고, 노벨상 수상 기념 연설에서 고백한다. 2012년은 한강 작품 가운데 가장 희망적인 소설 『희랍어 시간』(2011)이 출간된 이듬해다. 『희랍어 시간』은 눈이 멀고 말을 잃은 상처투성이 남녀가 살아서(아무도 죽지 않는다!) 쌍방구원을 이루는, 한강 소설에서 보기 드물게 밝은 작품이다. 이즈음의 한강은『희랍어 시간』이 이끈 '빛과 따스함의 방향'으로 한 걸음 더 나아가는 '삶을 껴안는 눈부시게 밝은 소설'을 쓰겠다는 생각을 하고 있었다고 한다. 그러나 인간에 대한 신뢰가 없는 자신이 어떻게 세계를 껴안을 수 있을지에 대한 질문에 봉착하면서 전혀 다른 작품에 매달리게 된다. 그 질문의 궁극이『소년이 온다』다.

　삶을 껴안을 수 있을 것 같은『희랍어 시간』을 집필한 후, 어떻게 껴안을 수 있을지 주춤거리며 되돌아가서 상처 입은 맨살들이 만나는『소년이 온다』를 쓰고, 이후 다시 작가에게 그런 힘이 있을지 회의하며「눈 한 송이가 녹는 동안」(2015), 「작별」(2018), 『작별하지 않는다』(2021)를 안고 나타난다. 한강은 마치 박음질하듯 창작 세계를 이끌어간다. 앞서 썼던 자신의 글을 다시 고민하며 들여다보고 자신의 발언을 곱씹으며 되돌아간다. 갔던 길에서 다시 시작한다. 주춤거리는 그의 이야기는 그래서 신뢰가 간다. 고민하고 또 고민하며 나아가기 때문이다.

　「눈 한 송이가 녹는 동안」은 타인의 고통을 나눠가질 수 없는 우리 삶의 원천적 무력감, 작가로서 그 고통의 한가운데에서 비켜 있다는 자괴감 등 작가적 문제의식에서 시작한다. 작중 인물인 극작가 '나(K)'의 설화 각색 과정을 통해 세상의 폭력과 고통을 재현하는 소설가로서의 고통과 자괴감을 드러낸다. '나'는 사회 불의에 맞서 저항하던 직장 선배, 경주 언니와 임 선배를 각기 교통사고와 암 투병으로 잃은 후, 자신은 이 세계의 폭력과 부조리, 고통과 상처에서 비켜선 채 혼자 살아남았다는 무력감과 자책 속에서 괴로워한다. '나'의 이러한 상태는『삼국유사』제3권에 실린「남백월 이성(南白月 二聖), 노힐부득(努肹夫得) 달달박박(怛怛朴朴)」이야기를 희곡으로 각색하는 과정에서 드러난다. 연출자는 이 이야기의 뼈대를 지켜주길 바랐으나, '나'는 그 승려들이 황금 부처가 될 것 같지 않고, 길 잃은 여자가 관음보살일 것 같지 않다고 느낀다. 작중 인물들이 모두 성불해 평화를 얻는 결론을 납득할 수 없어 더 이상 집필하지 못하고 있는 상태다. 이런 '나'에게 3년 전에 죽은 임 선배의 혼령이 찾아오고, '나'는 그에게 완성하지 못한 이 희곡에 대해 말한다.

'나'는 「남백월 이성, 노힐부득 달달박박」 이야기 원전을 소개하는데, 두 주인공의 행위를 바꿔서 설명한다. 삼국유사에는 나그네 여인을 암자로 들인 이가 노힐부득이고 여인의 정체를 뒤늦게 알아채는 이가 달달박박으로 되어 있는데, '나'는 달달박박이 여인을 도왔다고 잘못 말한다. '나'가 행하는 이 무심한 실수는, 노힐부득이나 달달박박이나 이 세상에서 가능한 방식으로 평화를 얻은 게 아니라는 점에서 동일하다는 해석을 드러낸다. '나'가 왜 노힐부득과 달달박박의 성불에 대해 회의적인지는 임 선배의 혼령과 나누는 대화에서 드러난다.

'나'가 희곡 내용을 언급하는 상황인데, 혼령으로 온 임 선배는 경주 언니의 사고에 대해 묻는다. '나'의 희곡이 붙들고 있는 경주 언니에 대한 고뇌를 읽은 것이다. 둘의 대화가 엇갈리면서 '노힐부득과 달달박박'의 이야기와 경주 언니 이야기가 견주어진다. 경주 언니는 갓길도 없는 새벽의 국도에서 고장 난 차를 발견하고 그 차량 뒤에 자신의 차를 멈추고 내려섰다가 참변을 당했다. '나'는 경주 언니가 특별히 좋은 일을 한다는 생각 없이 차를 멈췄을 것이라 짐작한다. 그러지 않으면 나중에 스스로 부대끼리란 것을 알기 때문에, 아니, 그런 계산조차 없이 자연스럽게 그렇게 했을 거라고 생각한다. 다른 사

람들에게는 까다롭고 유난하고 피곤한 선택으로 보이겠지만 그녀로
선 유일한 선택이었으리라 회상한다.

경주 언니의 이러한 '불가항력적인' 선택과 삶의 면모는 또 다른 에
피소드를 통해 강화된다. 경주 언니는, 여자 직원은 결혼 전까지만 직
장 생활을 해야 한다는 회사의 내부 규율에 대항해 출근 투쟁을 하던
직장 선배를 위해 싸웠다. 이 싸움은 비록 패배로 끝났지만, 자신이
결혼한 후에는 기약 없는 출근 투쟁과 법적 다툼을 통해 회사가 승복
케 했다. 그런데 복직한 그녀를 동료들이 따돌리면서 공황장애를 앓
았고, 겨우 1년을 버틴 후 이직했다. 숨을 쉴 수 없으면서도 1년을 버
틴 이유는, 법적으로 이긴다 해도 결국은 지는 거라는 선례를 만들지
않기 위해서였고, 그 이후 쉬지 않고 바로 이직을 택한 이유 역시 결
혼한 여자 직원은 그만두기 마련이라는 선례를 남기고 싶지 않기 때
문이었다. 직장 동료와 후배들은 정작 그들 자신의 알량한 안위를 위
해 그녀를 따돌렸음에도 그녀는 그런 그들을 위해 '나쁜 선례'를 남
기지 않으려 애썼다.

자신의 안위를 돌보기보다 타인의 요구에 민감했던 경주 언니의
태도는, 노힐부득이 자신의 수행이 위태로워질 수도 있다는 두려움
에도 불구하고 또는 그러한 두려움을 인지하지도 못한 채 가여운 나
그네 여인을 암자에 들인 모습과 겹쳐진다. 다만 중생의 도움 요청에
본능적으로 응한 노힐부득은 성불해 평화를 얻은 반면, 경주 언니는
그 대가로 고통받았고 죽었다. '나'는 그녀의 죽음을 생각할수록 모
든 번민과 선의가 남김없이 무로 돌아간다고 느끼면서, '노힐부득과
달달박박' 설화와 같은 평화로운 결말이 불가능하다고 느낀다. 경주
언니는 노힐부득처럼 스스로를 구원하지도, 달달박박처럼 무지했던

누군가를 구원하지도 못한 채 생을 마감했다고 느끼기 때문이다.

자신을 비운 채 타인의 고통을 담고 살았던 경주 언니의 모습은 '나'에게 이상적인 작가상이다. 하지만 '나'는 자신은 물론 누구도 구원하지 못한 채 마감한 그의 삶을 회의하지 않을 수 없다. 그래서 '나'가 각색한 희곡의 젊은 승려는 눈보라 속에서 추위에 떨고 있는 길 잃은 소녀를 암자로 들이기는 하나, 나무 욕조에 함께 들어가기를 간청하는 소녀에게서 멀찍이 떨어져 있다. 삼국유사 원전 속 노힐부득이 여인의 요청대로 그를 암자로 들이고 해산을 돕고 목욕까지 함께하며 중생의 고통에 동참한 것과 달라지는 지점이다.

녹지 않는 눈을 머리에 이고 있는 소녀는 '눈 한 송이가 녹는 동안'만 같이 있어 달라고 젊은 승려에게 부탁한다. 승려가 눈이 녹지 않는 이유를 묻자, 소녀는 우리가 '시간 밖'에 있어 시간이 흐르지 않기 때문이라고 답한다. 여기서 말하는 '흐르는 시간'을 과거를 회복하고 미래를 지향하는 존재론적 시간의 개념으로 이해한다면, '시간이 흐르지 않는다'는 것은 상처와 고통의 회복이 원천적으로 불가능한 상태를 말한다. 소녀는 '영영 잃어버린 사람들'과 관련한 악몽 속에서 괴로워하고 있고, 이러한 상태가 '녹지 않는 눈'을 머리에 얹고 있는 것으로 표현된다. '녹지 않는 눈'은 악몽 같은 폭력의 역사와 이로 인한 해소될 수 없는 고통을 의미하며, 이 눈이 녹기 위해서는 승려가 소녀의 고통에 동참해 함께 있어야 하고, 이러한 동참이 시간을 '흐르게' 할 것이라고 짐작된다.

그런데 '나'의 희곡은 여기서 멈춰 있다. 젊은 승려가 소녀의 고통에 동참하도록 하는 서사를 이끌 수 없는 이유는 '나'가 고통의 바깥에 있다는 사실이 무섭도록 생생하기 때문이다. '고통의 바깥에 있다는 고통'은 작중 '나'가 경주 언니와 임 선배의 죽음을 뒤로 하고 혼자 살아남았다는 죄의식이면서 동시에, 한강이『소년이 온다』의 학살과 고문의 현장을 재현하면서 느낀 한계와 자괴감일 것이다. '나'는 추위에 떨고 있는 소녀를 암자로 들이되 더 이상은 '안 된다'고 말하는 승려의 모습을 통해, 누군가의 고통을 공유하는 일이 진정으로 가능한지, 그 공유가 무언가를 변화시킬 수 있는 것인지, 단지 경주 언니처럼 '무'로 돌아가는 일은 아닌지 고뇌한다. '나'는 타자의 고통에 동참하는 일이 어떻게 가능할 수 있는지, 그것을 형상화하는 일이 그 고통의 일면이라도 담아낼 수 있는지에 대해 회의한다.

「눈 한 송이가 녹는 동안」이 제기한 이러한 문제적 국면, 즉 '고통에의 참여'가 갖는 한계는『작별하지 않는다』에 등장하는 두 작가, 인선(다큐 감독)과 경하(소설가)에 의해 다시 숙고된다. 인선의 이전 작품은 베트남 밀림 속 마을을 헤매다니며 한국군 성폭력 생존자들을 직접 인터뷰한 작품으로, 평단의 호평을 받았다. 그렇기에 새로운 작품 역시 '역사를 통과한 여성들의 증언'이리라 예상됐지만, 뜻밖에도 인선은 그녀 자신을 인터뷰한 '삼면화'라는 작품을 내놓는다. 그녀의 전작들과 비슷한 정공법의 감동을 기대했던 관객들은 당혹감과 실망을 느낀다.

이 내용은『작별하지 않는다』에 대한 한강의 예상 평가이기도 하다.『소년이 온다』가 역사를 증언하는 정공법으로 호평을 받은 반면,『작별하지 않는다』는 작가 자신의 이야기(고통)를 부각하면서『소년이 온다』와 비슷한 작품을 기대한 독자와 평단에 당혹감을 안겨준 것이다. 한강은『소년이 온다』를 쓰고 나서 악몽과 죽음이 자신 안으로 들어오는 경험을 했다면,『작별하지 않는다』를 쓸 때는 죽음에서 삶으로 건너오는 경험을 했다고 고백한다.『작별하지 않는다』는『소년이 온다』와 달리 작가 자의식에 관한 소설이다.

작중 소설가인 '나(경하)'의 모습은 곧바로 '한강' 자신으로 이해되는 메타서사를 구현한다.『작별하지 않는다』는 화자인 소설가 '나(경하)'의 악몽으로 시작한다. '나'는 수천 그루의 검은 통나무들이 마치 무덤처럼 심겨 있는 눈 내리는 벌판에 혼자 서 있었는데, 시퍼런 바닷물이 밀려들면서 그 봉분들이 다 휩쓸려갈 것 같은 두려움에 떨다가 잠에서 깬다. 이 꿈은 '나'가 어떤 도시(광주)의 학살에 대한 책을 출간한 직후 꾼 것이라, 그 꿈이 당연히 5·18의 광주에 대한 것이라고 생각했지만, 4년이 흐른 2018년의 지금 생각해보니, 돌볼 가족도 일할 직장도 잃은 참담한 자신의 삶에 대한 예지몽이기도 했다고 느낀다. '나'는 자신의 유서를 받아줄 수신인이 확정되지 않았기에, 그리고 유서가 아직 마련되지 않았기에 생존해 있는 상태다.

그런데 이 '유서 쓰기'가 '나'를 새로운 국면으로 이끈다. '유서'는 아직 도래하지 않은 자신의 죽음 이후에 개봉되는 사건으로서 미래적인 것이다. '유서 쓰기'는 자신이 부재할 미래를 상정하고 자신의 과거와 현재를 재구성하는 작업으로서 '자아'를 타자화하고 자기동일성을 해체함으로써 잠재해 있는 새로운 가능성을 일깨운다. '나'는 미정(未定)의 수신인을 향해 유서를 계속 고쳐 쓰던 중, 모든 뼈들이 휩쓸려가던 절망적인 악몽의 다른 측면을 보게 된다. 물에 잠겨가던 벌판의 위쪽 나무들은 아직 무사하며, 밀물에 휩쓸려가지 않은 깨끗한 '흰 뼈'들이 아직 있다는 사실이다. 폭력과 죽음의 현장이 증언될 수 없도록 속절없이 휩쓸려간 것이 아니라, 수없는 세월 동안 내리는 눈을 맞으며 여전히 거기 서늘하게 말라 역사의 현장으로 복원되어 돌아오기를 기다리고 있는 것이다.

유서 쓰기라는 개인적 사건이 5·18 광주의 역사적 고통과 맞물리는 양상 역시 주목된다. 한강은 이 두 차원의 고통을 별개로 치부하지 않을 때 역사적 폭력의 근원적 문제를 인식할 수 있다고 보는 듯하다. 역사적 폭력이란 '개인'을 무화시킨 '집단'의 광기이며, 그 폭력에 맞서고 부서졌던 수많은 개인들의 서사가 복원될 때 그 상처 회복의 길이 열리기 때문이다.

서늘하게 말라 있는 흰 뼈들의 존재를 깨달은 '나'에게 새로운 행보를 적극적으로 추동한 이는 친구 인선이다. 인선은 벌판에 아흔아홉 개의 통나무를 심은 후 그 위에 눈이 내리는 영상을 담는 프로젝트를 위해 나무를 자르던 중 전기톱에 오른손의 검지와 중지 첫마디들이 잘리는 사고를 겪는다. 손가락 신경을 봉합하는 수술을 받은 인선은 병원으로 '나'를 불러, 자신의 제주도 외딴집에 방치된 앵무새에게 물과 먹이를 주러 즉시 제주도로 가달라고 요청한다. 이 요청은 일도 가족도 일상도 존재하지 않는 '나'가 '자신의 삶'이라는 지옥에서 잠시 빠져나오게 되는 기이하고 낯설고 선명한 순간이 된다.

'나'는 상황과 조건을 따지지 말고 지금 당장 제주도로 향하라는 무모한 요청에 순종할 수밖에 없다고 느낀다. 벌판에 희생자들을 의미하는 통나무들을 심어 먹을 입히고, 눈이 내리길 기다려 그걸 영상으로 담아보자는 프로젝트의 아이디어는 '나'의 악몽에서 시작된 것으로, 애초에 '나'가 인선에게 제안한 것이었다. '나'는 이 프로젝트를 잊고 있었는데 인선은 혼자 그것을 수행하고 있었고, 이제 거꾸로 인선이 '나'에게 프로젝트를 발신한다. 앵무새를 구하러 떠나라는 인선의 명령은, '나'가 기획했으나 폐기한 프로젝트 이행에 대한 촉구로서, 행위의 수동성과 주체성이 뒤섞이는 지점이다.

'나'는 인선의 요구에 응했다가 제주 중산간의 눈폭풍 속에서 사투하지만, 이 불가항력적인 선택과 고통에의 참여가 오히려 '나'를 구원하면서, 한강이 「눈 한 송이가 녹는 동안」에서 회의했던 '불가항력적인 선택'의 가치를 확인한다. '나'는 눈보라 속 여정에서 비록 인선의 새를 구하지는 못하지만, 눈 오는 벌판에서 스스로 통나무가 되어 프로젝트를 실행하게 된다. 이 소설과 동명의 행위예술인 〈작별하지 않는다〉가 행해지는 마지막 장면은 변화와 가능성, 치유와 생성의 미래를 보여준다.

병상에 누워 있어야 할 인선이 제주도 집에 처음 나타났을 때, '나'는 인선이 죽어 혼령으로 왔든 아니면 자신이 죽었든, 둘 중 하나라고 생각한다. 그래서 인선의 몸을 만지지 않으려 한다. 인선을 만지지 않는 태도는 인선이 만져지지 않을 거라는 확신에서 기인한 것으로서 죽음을 확정한다. 그런데 인선이 검은 나무 프로젝트를 위해 마련해둔 눈 오는 벌판에서 '나'가 스스로 통나무가 되어 누움으로써 비로소 〈작별하지 않는다〉 퍼포먼스를 실행했을 때, '나'의 태도가 달라진다. '나'는 인선의 손을 잡고자 한다. 스스로 통나무가 되어 희생자들의 고통을 재현하는 '나'는 인선의 손이 잡히든 잡히지 않든 상관없다고 생각한다. 인선의 손이 잡힌다면, 과거 인선의 어머니가 죽어가는 동생을 살리기 위해 그랬던 것처럼 손가락을 이로 갈라 그 피를 인선에게 주어 살려내겠다고 말한다. 인선의 손이 잡히지 않는다면, 과거 인선이 가출했다가 사고로 혼수상태가 되었을 때 그의 어머니에게 잠시 혼령으로 나타났다 돌아와 눈을 떴던 것처럼, 이는 인선이 병상에서 눈을 떴다는 신호인 거라고 말한다.

'나'가 인선의 손을 잡고자 하는 행위는 죽음이라는 현실, 즉 우리의 의지와 무관하게 펼쳐지는 삶을 넘어서려는 의지다. 이는 인과관계로서의 죽음을 내몰고 새로운 삶의 가능성을 투사하는 행위다. 총포에 턱이 나간 채 죽어가던 동생에게 자신의 피를 안타깝게 나누어주던 인선 어머니의 고통스러운 과거, 평생을 제주 4·3의 트라우마에서 헤어나올 수 없던 어머니의 심정을 미처 알지 못해 가출까지 했던 인선의 불우한 어린 시절이 어우러져 미래가 새롭게 예견된다.

　한강은 『작별하지 않는다』의 소설가 '나'가 행하는 〈작별하지 않는다〉 퍼포먼스를 통해 소설가의 사유와 글쓰기가 '삶의 의미를 재구성하는 사건'이라고 말한다. 인선의 요청에 따라 제주도로 향했던 소설가 '나'의 모습은, 타인과 세계의 도구로 사용될 수 있도록 수동성에 자신을 맡길 때, 좌절되고 잊혔던, 실재화되지 못했던 자신의 모습을 찾게 된다는 역설을 보여준다. 기계적인 인과관계로는 꿈꿀 수 없는 회복의 역사가 이러한 수동성 속에서 펼쳐진다고 말한다.

　작품 초반부에 인상적으로 제시되는 인선의 고통스러운 상황 역시 수동성 속에 내재하는 역설적인 재생과 생성의 의미를 드러내며 작품 전체의 주제의식을 예고한다. 인선은 봉합된 손가락의 신경들이 스스로 이어질 때까지 봉합 부위가 3분마다 바늘로 찔리는 고통을 겪는다. 피가 흘러서 신경이 연결되도록 '가만히 고통받으며 있는 것'은 철저한 수동성을 의미하지만, 이때의 수동성은 무기력함이나 자포자기가 아니라 상처가 낫고 새로운 살이 돋도록 고대하며 버텨내는 시간이다. 특히 이 고통은 인선이 '선택한 것'이면서 동시에 '선택하지 않은 것'이라는 모순된 맥락이 강조되면서 그 주체성 이면의 수동성을 강화한다. 3분마다 바늘로 찔리는 통증을 겪지 않는다면 잘린 위쪽의 손가락 신경이 죽게 되므로, 손가락을 포기하지 않으려면 이 고통을 감수해야만 한다. 만약 바늘로 찔리는 고통을 회피하기 위해 손가락을 포기한다면 잘린 손가락에 대한 환시통이 평생 지속될 것이므로, 이 고통은 어쩔 수 없는(불가항력적) 선택이 된다. 한강은 작가의 숙명인 '회피할 수 없는 고통'이 자학이나 좌절이 아니라 새로운 생성의 산실임을 말한다. 작품 초반에 제시되는 인선의 수동적이면서 동시에 주체적인 고통은 작품 전체의 배음(背音)이 되어 주제를 강화하고, 이는 마지막 장면에서 다시 등장해 변화와 가능성, 치유와 생성의 미래를 상징한다.

「눈 한 송이가 녹는 동안」과 『작별하지 않는다』는 한강이 『소년이 온다』 이후 경험한 '고통의 재현'에 대한 한계와 고뇌에 맞서 작가 정체성을 재정립하려는 시도로 이해된다. 고통을 재현하는 작가로서의 한계에 직면한 작중 소설가가 불가항력적인 '고통에의 참여'라는 '주체의 역설적 수동성'을 작가 정체성으로 재정립하는 면모는 바로 한강 자신의 모습이다.

5. 촉각적 세계 인식과 소통의 감수성: 『희랍어 시간』

한강의 인물들이 앓는 질환 중에는 '지각' 능력과 관련된 것이 많다. 환각이나 실명 등의 보는 감각과 관련한 질병, 환청이나 실어 등의 듣거나 말하는 감각과 연계된 증상, 손의 마비나 결벽증 같은 촉각적 이상 증세 등이 그것이다. 각 인물들이 결여하고 있거나 과민하게 느끼는 감각들은 그들이 간과한 현실을 고발하고 경험해야 할 세계를 일깨운다. 한강은 내부에 있으면서 동시에 밖을 향해 열려 있는 지각이라는 독보적 매개항을 활용해 세계와 자신을 새롭게 이해하는 서사를 펼친다. 이러한 지각에 대한 관심은 그의 전 작품을 통해 지속되고 있을 뿐만 아니라, 지각에 대한 일종의 편향성도 지닌다. 한강의 인물들이 시각 중심의 사유를 지양하고 촉각 중심의 이해를 견지할 때 그들에게 새로운 가능성이 모색되곤 한다. 시각 중심의 사유에서 벗어나 촉각 중심으로 세계를 이해하는 관점의 대이동은 정체성을 새롭게 한다.

일반적인 생리심리학의 입장에서 인간이 세계를 경험하는 양상은 감각, 지각, 인식이라는 순차적 과정으로 이해된다. 소리의 진동, 피부의 접촉, 냄새, 근육 활동, 중력의 당김 등의 물리적 자극이 인간의 말초신경 중 하나인 감각수용체에 전달되면 이 자극들이 전기에너지로 바뀌어 뇌 안에서 처리되는 과정에서 지각이 발생한다고 본다. 물론 주위에서 발생하는 모든 소리, 볼거리, 냄새 등의 자극이 모두 뇌로 전달되는 것은 아니다. 지각이란 주위 환경의 자극 중 나의 감각세포를 자극해 지각되는 것, 즉 내가 주의를 기울인 자극에 대한 경험이라고 말해진다.

논란이 되는 것은 바로 이 지점이다. 내가 어떤 과거 기억을 갖고 있는가에 따라 지각된 것의 의미가 달라진다는 논리가 타당한가. 메를로퐁티(Maurice Merleau-Ponty)에 의하면, 어떤 대상이 보이는 것이 되기 위해서는 기억에 의한 도움을 받기 이전에 나의 경험을 불러일으키는 어떤 실마리(광경)를 이미 그 대상이 지니고 있어야 한다. 즉 지각이란 주체 혼자 만드는 것이 아니라, 몸과 대상 간의 교류에서 생겨난다. 메를로퐁티는 『보이는 것과 보이지 않는 것』에서 우리가 어떤 사물을 촉각으로 지각할 때 그 사물과 나의 몸을 동시에 느낀다는 점에 주목한다. 손으로 컵을 만지는 경우, 우선 컵의 차가움, 매끄러움, 단단함 등 컵의 여러 가지 특성을 나의 손으로 경험한다. 그러나 또 한편으로 나는 그 컵이 일으키는 감각들을 통해 '나의 손'을 지각한다. 이를테면 컵의 차가움을 통해 나의 손이 따뜻함을 감지하는 것이다. 그러므로 내가 컵을 만지는 순간 나의 몸을 만지게 된다. 만지는 자가 만져지는 것이다. 이처럼 우리는 촉각 속에서 사물과 관련된 물리적 사건을 경험할 뿐 아니라 나 자신을 경험한다.

메를로퐁티는 이러한 자기반성성이 시각 등의 주요 지각 전반에 존재한다고 말한다. 예를 들어 우리가 사물들을 바라볼 때, 우리가 사물을 '볼' 뿐 아니라, 사물들로부터 '보이는' 나 또한 보게 된다. 내가 일방적으로 내 주변의 사물들을 지각하는 데 그치는 것이 아니라 내 주변에 펼쳐진 사물들에 비춰진 나를 보고 있으며, 이것이 다시금 사물을 향한 나의 시선에 투영되고 있는 것이다. 이처럼 지각함에는 반드시 지각됨이 수반된다는 상호 교차현상이 지각의 본질이다.

절대적 시각과 관념적 언어의 폭력성

『희랍어 시간』은 주체가 대상에 비추어진 자신을 감지하면서 세상과 소통하고 새로운 정체성을 이루는 이야기다. 이 작품에서 남녀 주인공이 처한 실어(失語)와 실명(失明)의 상황은 지배적인 시각의 폭력성을 넘어서서 객관과 주관의 경계를 무화하는 새로운 세계로 독자를 안내한다. 주인공인 '그'와 '그녀'의 이야기는 장별로 교차 서술되며 대등한 분량으로 다루어지는데, '그'에게만 유독 1인칭 시점의 서술이 부여되고 '그'의 의식 변화 폭이 더 크다는 점에서 '그'를 더 핵심적인 인물로 볼 수도 있다.

남성인물은 어린 시절 아버지의 직장을 따라 가족과 함께 독일로 이민을 갔다가, 아버지의 갑작스런 실명으로 먼 이국에서 어둡고 외로운 유년 시절을 보낸다. 그 후 아버지의 실명 유전자가 자신에게도 있음을 알게 되면서, 전혀 볼 수 없게 되는 순간이 곧 닥칠 것이라는 절망으로 인해 물리적 실재를 외면하고 관념적 세계로 빠져든다. 감각적 사물의 세계를 부정하고 관념적 이데아를 꿈꿨던 플라톤에게 경도되고, 고어(古語)로서 완결된 형태를 지닌 희랍어를 전공한다. 시각이 세계와 이어지는 전부라고 여기면서, 눈이 완전히 멀기 이전부터 이곳이 아닌 다른 세상을 꿈꾼다. 그래서 피가 흐르고 뜨거운 눈물이 솟는 현실이 있다는 것을 알면서도 '세계는 환이고 산다는 건 꿈꾸는 것'이라는 보르헤스의 세계에 더 친밀감을 느낀다.

반면 그의 유일한 친구 요하임 그룬델은 감각적 세계와 시간을 의미 있게 여기며 소멸에 맞서는 생명을 맨손으로 만지고 싶어 한다. 그는 요하임이 자신을 향해 느끼는 동성애적 시선을 외면하고 도망친다. 요하임을 좋아하고 보고 싶어 하면서도 있는 그대로의 그를 받아들이지 못한다. 훗날 그는 눈앞에 실재하는 생생한 요하임을 부정하고 자신이 느끼는 생동하는 감각들도 인정하지 않았음을 반성한다.

그가 독일에서 청소년기에 겪은 첫사랑 사건 역시 실명을 염려하며 절대적 감각에 연연하는 그의 모습을 부각한다. 그의 첫사랑 대상인 그녀는 어린 시절에 앓은 열병으로 인해 청력을 잃었고, 소리 내말하는 법을 배웠으나 발화하지 않는다. 청각장애를 지닌 그녀의 독특한 취미는 인화한 필름을 통해 해를 보는 것이었다. 그녀가 무엇을 보는지 궁금해하는 그에게 그녀는 무엇이든 섣불리 판단하지 말고 일단 직접 들여다보라고 말한다. 그러나 그는 이미 시력이 불안정해지고 있었기에 강한 태양광선을 마주 볼 용기가 없었다. 그녀가 인화한 필름으로 눈을 가리고 해를 볼 때 무엇이 보이는지, 그는 끝내 알 수 없게 된다. 실명에 대한 두려움은 세계의 열린 감각들로부터 그를 움츠러들게 했고, 사랑하는 그녀의 세계도 이해하지 못하게 했다.

그녀가 바라보는 세계를 이해할 수 없던 그는 또 하나의 결정적인 실수를 저지른다. 그는 그녀의 목소리가 궁금한 것보다도, 후에 자신이 실명하면 그녀와 필담으로 대화할 수 없기에 그녀의 발화가 절실했다. 그래서 그녀에게 소리 내 말할 것을 요구한다. 그러나 그녀는 그의 발화 요구에 분노하고 더 이상 그를 만나지 않는다. 필사적으로 사죄하는 그의 얼굴을 나무토막으로 내려쳐 그의 얼굴에 흉터를 남길 만큼 그녀는 돌이킬 수 없는 상처를 입은 채 돌아섰다. 그는 그녀가 어떤 연유로 발화하지 않는지에 대해서는 생각하지 않은 채, 보이지 않는 상태가 될 자기 입장에서의 소통 방식에만 관심이 있었다. 후에 그는, 그녀와 정말 함께 살게 되었다면 그녀의 목소리 따위는 필요치 않았을 거라고, 자신의 어리석음을 뉘우친다. 그는 서로를 이해하기 위해 반드시 보거나 말을 해야 하는 것은 아니라는 사실을 뒤늦게 깨닫는다. 이러한 각성은 후에 한국에서 만나는 실어증을 앓는 여성과의 관계에서 실천된다.

그는 점차 눈이 더 안 보이게 되기 전에 모국으로 돌아오는 선택을 한다. 그리고 한국에서 희랍어라는 드문 언어를 가르치는 강사가 된다. 그가 실명을 앞둔 와중에 모국을 선택한 이유는 어린 시절 독일에서 언어의 불일치로 위태롭기만 했던 경험을 보상받기 위한 것이었다. 모국어라는 확고함이 그를 위로해줄 것이라 믿었다.

그가 초월적 철학 사상과 더불어 탐닉하는 관념적 언어의 세계는 한국에서 만나는 실어증을 앓는 한 여성인물로 인해 대조, 부각된다. 그녀는 시인이자 칼럼리스트로 활동하다가 생애 두 번째로 찾아온 실어증으로 인해 일상생활조차 불가능해진다. 그녀는 17세에 실어증에 걸린 경험이 있는데, 그 후 20년이 지난 37세에 실어증이 재발한 것이다. 십대 시절에 걸렸던 실어증의 원인은 그녀가 지닌 예민한 언어 감각이었을 것으로 추정된다. 무한히 자의적이면서 또한 결정론적인 언어 존재에 대해 고민하는 그녀의 태도는 주체가 정체성을 구성하는 인식론적 문제의식을 드러낸다. 언어는 세계를 이해하는 수단이지만, 그 수단으로 인해 세계는 오해된다. 개념화가 일종의 폭력이라면 분류하고 범주화하는 모든 언어 역시 폭력적일 수밖에 없다. 그녀는 언어의 한계와 폭력성을 벗어나 말 이전의 상태로 사고하고자 하는 열망으로 인해 실어증에 걸린다.

이 작품에서 주요한 상징으로 등장하는 희랍어는 구어(口語)로 소통할 수 없는 사어(死語)다. '소통이 불가능한 말'이라는 아이러니한 설정은 언어의 생래적 특징인 '폭력적 규정성'을 상징적으로 드러낸다. 그녀는 고교 시절에 불어라는 낯선 언어를 접하면서 기표와 기의가 얼마나 우연한 결합인지 실감하며 실어증을 벗어났던 경험을 상기하면서, 서른일곱에 다시 겪게 된 실어증을 치료하고자 낯선 희랍어를 배운다. 정확히는 희랍어를 배우는 것이 목적이 아니라 희랍어를 낯설게 체험하는 것이 목적이다. 희랍어 공부는, 세계와 언어는 아슬아슬하고 무모하게 연결된 것이라는 생생한 체험에서 일종의 위안을 얻으면서 세계에 붙어살기 위한 시도인 것이다.

그런데 이것은 독일로 이민 갔던 그가 낯선 독일어 속에서 모국어에 대한 향수에 힘겨워하다가 독일인에게도 낯선 언어인 희랍어에서 위안을 얻게 된 정황과 정반대의 상황이다. 그는 희랍어를 잘하게 되면서, 즉 낯선 언어를 모국어처럼 익숙하고 자연스럽게 만들면서 세상의 견고함과 안전함을 도모했다. 비록 그것이 환상일지라도 그에게는 이러한 가공의 위안이 필요했다.

실어와 실명을 통한 촉각적 인식

그녀가 말을 잃게 된 이유, 즉 자족적이고 관념적인 언어의 감옥에서 벗어나 언어 없이 감각하게 된 까닭은 몇 가지 일화를 통해 암시된다. 그중 그녀가 5년 간 길렀던 개가 교통사고로 죽은 사고는 두 번이나 언급되면서 그녀가 지향하는 의식 세계를 드러낸다. 그녀는 안타깝게 죽어가는 백구를 본 순간 무작정 달려가 상체를 끌어안았는데, 형언할 수 없는 고통 속에 있는 백구가 그녀를 물어뜯는다. 죽어가는 백구를 품에 안는다고 백구가 살아나지는 않는다. 죽어가는 백구가 자신을 물어뜯는다면 포옹을 풀고 물러나는 것이 이성적인 행동일 것이다. 그러나 그녀는 백구를 끌어안는 행동을 그만두지 못한다. 그녀가 상상하기 힘든 공포 속에서 죽어가는 백구를 그러안고 그 고통을 온몸으로 느끼는 행위는 보는 자와 보이는 자 사이의 유착 관계를 드러낸다.

죽어가는 백구를 진정으로 바라보는 것, 즉 감각하는 것은 백구의 몸과 하나가 되는 것이다. 세계를 감각한다는 것은 논리적인 이해나 상식적인 판단이 아니다. 백구를 안는 행위는 백구를 진지하게 감지하는 행위로서, 백구를 살려내겠다는 의도 또는 백구에 대한 동정이나 죄의식으로도 해석될 수 없는 복잡한 감각을 드러낸다. 안타깝게 죽어가는 백구와의 소통은 백구의 고통을 같이 느끼는 것뿐이다.

사고를 당한 백구와 관련한 일화는 그녀가 놓인 현실의 부조리함과 비인간성을 고발한다. 그녀는 자신이 사용하는 말들이 신음이나 낮은 비명, 숨죽여 앓는 소리, 으르렁거림, 잠결에 아이를 달래는 흥얼거림, 킥킥 터지는 웃음, 어떤 입술들이 포개어졌다가 떨어지는 소리 등과 같이 그 자체가 곧 의미이기를 바란다. 눈앞에 존재하는 세계와 그것을 이해하는 도구 사이의 간극이 없는 세계이길 꿈꾸는 것이다. 그러나 말을 함으로써 말 바깥의 무엇인가를 표상하게 되는 인간의 언어에는 그 표상하는 언어와 표상되는 사물 사이의 간극이 존재한다. 인간은 이 간극 안에서 살아간다. 죽어가는 백구의 고통은 해석될 수 없으며 그저 만지는 행위를 통해서만 파악될 수 있다고 여기는 그녀에게 언어로 이루어진 세상은 무감각하고 냉혹할 뿐이다.

그녀는 아마도 이런 복잡하고 예민한 감각으로 인해 남편과 이혼했을 것이다. 그녀의 남편은 무던하고 현실적이라, 복잡미묘한 아내의 마음을 이해할 수 없었을 것이다. 아이에 대한 양육권은 그녀의 정신적 예민함과 경제적 불안정을 빌미로 남편에게 넘어간 상태다. 아이의 양육권이 남편에게 주어진 결정적인 계기는, 작품의 후반에 암시되는 그녀의 자살 기도인 듯하다. 법은 자살 시도 경력이 있고 경제적으로도 불안정한 그녀가 아이를 기르는 것보다 자살을 시도한 적이 없고 경제적으로 안정된 남편이 아이를 기르는 것이 더 낫다고 판단한다. 이 사회는 그녀와 아이가 서로를 바라보며 느끼는 분리할 수 없는 얽힘의 관계에는 관심이 없다.

양육권을 빼앗긴 그녀는 일주일에 한 번 아이와 마주할 수 있다. 그녀는 만지는 자가 만져짐을 느끼는 것과 마찬가지로, 아이의 눈동자 속에 비치는 그녀의 얼굴을 보면서 자신과 아이가 끝없이 뒤섞이고 있음을 감각한다. 서로 마주 보게 놓인 두 개의 거울 위에서 일어나는 한없는 반사 활동에서 그 원본을 찾는 일이 불가능하듯, 바라보는 그녀와 바라봐지는 아이의 구분은 불가능하다. 그녀와 아이가 촉각적 시선으로 나누는 깊은 교제는, 그녀를 정신적·물질적으로 불안정한 존재로 판단하는 사회적 시선의 폭력성을 부각한다.

바라보는 자가 바라봐지는 자가 되는 촉각적 가역성은, 희랍어 강사와 학생으로 만난 그와 그녀의 관계에서도 지속된다. 그들은 한 마디의 언어도 없이 몸짓으로 대화한다. 그는 전혀 말하지 않는 그녀에게 발화를 강요하지 않는다. 말만 못 하는 것인지 듣지도 못하는 것인지 궁금하지만 섣불리 묻지도 않는다. 이러한 행동은 독일에서 첫사랑 그녀에게 당연한 듯 발화를 요구했던 양상과 대조된다. 그는 어떤 행동을 하려다가도 그녀의 몸짓을 느끼고 망설인다. 그와 그녀는 자신들의 미동이 상대방에게 지각되는 것에 대해 다시 반응하는 식으로 행동한다. 서로를 배려하는 몸짓은 어떤 분명한 의미를 생성하지 못하고 계속 지연된다.

그러나 그들은 몸짓과 몸짓으로 담담하게 서로의 존재를 의식하면서 상호주체성(inter-subjectivity)을 형성한다. 메를로퐁티는 몸짓과 몸짓으로 서로의 의도를 알아채는 원초적 의사소통 양상을 상호주체성이라고 표현한다. 나는 타인의 몸짓에서 그의 의도를 알아차리면서 그의 주체성을 파악하고, 타인은 나의 몸짓에서 나의 의도를 알아차리면서 나의 주체성을 파악하는 것이다. 그 결과 나의 주체성은 그저 나에게만 존재하는 것이 아니라 타인의 몸짓과 그 몸짓에서 일어나는 의미들과 함께 형성된다.

그녀가 그에게 호감과 친밀감을 느끼며 그의 외모를 지각하는 장면이 언어적 판단을 삭제한 채 이루어지는 부분도 흥미롭다. 그녀가 처음 본 그는 '평범한' 이목구비와 표정과 체구와 자세를 지녔는데, 이후 오랜 시간 함께하면서 친밀해진 그는 '고유한' 이목구비와 표정과 체구와 자세를 지닌 사람이 된다. 그녀는 그를 언어 중재 없이 '있는 그대로의 모습'으로 지각한다. 독자들은 그가 어떤 외모를 지녔는지 끝내 알 수 없다.

그들이 서로의 존재를 인지해가던 어느 날, 그가 건물 안에 갇힌 새를 구하려다 어두운 층계에서 발을 헛디며 넘어지고 사건이 발생한다. 안경도 부서지고 플래시도 놓쳐버린다. 안경과 플래시로 흐릿한 영상을 감지할 수 있었던 그가 이제 온전히 시각을 잃은 것이다. 이때 그녀로부터 도움을 받으면서 세계 이해의 새로운 가능성을 깨닫는다. 말할 수 없는 그녀가 전혀 볼 수 없는 그와 대화를 하기 위해 손에 글자를 쓴다. 관념의 언어가 촉지할 수 있는 감각적 사물로 변환한다. 오해와 흔적으로 얼룩지곤 하는 언어가 순간적 감각으로 휘발된다. 이들이 대화하는 방식은 이 세상을 이해하는 주요한 소통 수단인 입술과 눈을 배제한 것이다.

친밀해진 이 둘의 입맞춤 역시 독특하다. 그는 자신의 입술로 그녀의 얼굴이나 입술을 만지는 것이 아니라 자신의 뺨으로 그녀의 입술을 만진다. 이것은 입맞춤을 행하는 주체가 자신의 입술을 이용해 상대의 얼굴을 만지는 일반적인 양상과 반대되는 행동이다. 이는 만지는 주체가 만져지는 대상으로 전이되는 양상을 보다 극적으로 드러낸다. 자신이 만지는 주체이면서도 만져지는 대상이 되도록 허용하면서 그녀의 시선으로 자신의 얼굴을 감지하던 그는 하나의 깨달음에 이른다. 순수한 열정으로 그를 대했던 요하임을 있는 그대로의 모습으로 봐주지 않고 거부했던 안타까움과, 말할 수 없는 아픔으로 인해 발화하지 않았을 첫사랑 그녀 앞에서 시각을 잃게 될 자신의 앞날만을 고집스럽게 내세웠던 어리석음이 떠오른다. 그래서 요하임과 첫사랑 그녀가 좋아했던 태양을 떠올리고, 특히 그녀가 태양에 비추어보곤 했던 필름 조각을 생각한다.

인간은 눈으로 세상의 실체에 다다를 수 없다. 시각의 근원인 태양을 눈으로 볼 수 없다는 표현은 이러한 한계를 짚어준다. 평생을 병치레로 살았던 요하임과 청각을 잃었던 독일의 그녀는 세상의 근원으로서의 태양, 세상을 만든 실체로서의 태양에 대해 인지하고 있던 인물들이다.

그는 앞으로 사라질 시각에 대한 의식으로부터 자유로울 수 없었다. 시각이 사라질 이후의 세상을 부정하면서 점자조차 배우지 않았다. 그러던 그가 그녀의 실어증을 이해하면서 자신도 말하는 것이 두렵다고 고백한다. 그리고 그의 의지로 눈을 감는다. 평소에는 사라져가는 시각에 연연하며 안경과 빛에 의지했던 반면, 이제는 그런 두려움에서 벗어나 그녀와 촉각으로 소통한다. 그는 이제 시각보다 촉각이 더 잘 느낄 수 있음을 안다.

이 작품은 그녀가 온 힘을 다해 첫음절을 발화하는 장면으로 마무리된다. 그녀의 발화는, 그 역시 말하는 것이 두렵다는 고백에 힘입은 것이다. 어떤 대상을 누군가도 같이 두려워하고 있다는 것을 알게 되는 순간 그 두려움은 감소한다. 그녀와 같은 곳에서 같은 대상을 바라보며 각자가 감각한 것에 대해 소통할 수 있는 그가 있음이, 세상을 향한 그녀의 두려움을 없앤 것이다.

한강이 집요하게 추구하는 감각의 세계, 이를테면 환각이나 실명, 환청이나 실어, 손의 마비나 결벽증 등과 같은 요소들은 삶의 모순을 고발하고 감추어진 진실을 드러내며 지향해야 할 바를 제시한다.『희랍어 시간』이 지니는 특별한 미덕은 절망적 현실에 대한 고발에서 멈추지 않고 감각의 공유를 통해 새롭게 구성되는 정체성을 모색한다는 점이다. 이 소설은 몸짓과 몸짓이 어우러져 서로를 주체로 만드는 과정을 현실적이고 실천적으로 그려내고 있다.

6. 고통과 상처로 얼룩진 과거가 새로운 방향으로 나아갈 수 있는 이유

한강은 1993년『문학과 사회』겨울호에 시(「서울의 겨울」외 4편)가, 1994년『서울신문』신춘문예에 「붉은 닻」이 당선되어 작품활동을 시작했다. 장편 6편, 중단편집 5권, 시집 1권, 동화 2권, 수필집 3권[1]이라는 작품 수는 30년 넘게 활동한 작가에게 그리 많은 양이 아닐 수 있다. 한강은 다작(多作)하기보다는 고심작(苦心作)을 하는 편으로, 각 작품들의 문학적 성취도가 균질한 성실한 작가다.

한강의 소설은 상실과 좌절, 상처와 고통에 관한 '전달 불가능한 이야기'를 '이야기하려는 시도'에 방점이 찍힌다. 이러한 시도로 특히 '한 인물이 또 다른 인물의 숨겨진 아픔과 왜곡된 삶을 추적하는 증언의 서사 전략'이 눈에 띈다. 「여수의 사랑」의 '나(정선)'와 자흔,『검은 사슴』의 '나(인영)'와 의선,『채식주의자』3부작의 인혜와 영혜,『바람이 분다, 가라』의 '나(정희)'와 인주, 인주와 인주의 어머니, 「회복하는 인간」의 '그녀'와 '그녀'의 언니, 「밝아지기 전에」의 '나'와 은희, 『소년이 온다』의 윤과 선주, 『작별하지 않는다』의 경하와 인선, 인선과 그의 어머니(정심) 등이 모두 그러한 관계를 형성한다. 이 증언의 서사를 이끄는 주인공이나 화자는, 진실의 가치에 공감하고 소통과 재현의 고뇌를 기꺼이 감당하고자 하는, 글을 쓰는 작가(소설가·시인·극작가·라디오작가·칼럼니스트·싱어송라이터)나 화가·조각가·영화감독 등의 예술가인 경우가 대부분이다.[2] 한강의 '예술가,' 특히 '소설가' 화자는 누군가의 고통을 고발하고 재현할 책무를 태생적으로 지닌 자로서 삶의 고통을 예민하게 감각하는 역할을 떠안는다.

한강의 예민하고 죄의식 많은 인물들은 연약한 타자의 죽음을 기억하고 간직한다. 그들의 연약함은 폭력적이고 부당한 현실의 생존 방식에 길들지 않은 순전하고 올곧은 성향으로서, 이들의 죽음이란 불합리하고 위선적인 현실을 고발하는 사건이다. 이 부조리한 현실에서 살아남은 주체는 우월한 승리자가 아니라 오히려 비겁하고 무력한 패배자다. 살아남은 인물은 죽은 타자를 반추하면서, 그의 죽음을 방관했던 자신의 비겁함을 반성해야 한다. 자신의 곁에 상존하는 죽은 자들을 통해 생의 감추어진 이면을 감지하고, 이전과는 다른 삶으로 나아가야 한다. 한강은 고통과 상처로 얼룩진 과거 역사가 새로운 방향으로 나아갈 수 있는 이유를 이러한 철저한 자기반성성에서 찾는다.

『검은 사슴』에서 한강이 전하는 말
꿈과 현실의 얽힘 같은 환상적인 사실주의

김규종 경북대 노어노문학과 명예교수

한강
Han Kang, 1970-

광주에서 태어난 한강은 현대 한국문학을 대표하는
인물이다. 연세대학교 국어국문학과를 졸업했다.
1993년 『문학과사회』 겨울호에 시를 발표하고,
이듬해 『서울신문』 신춘문예에 단편소설 「붉은 닻」
이 당선되며 작품 활동을 시작했다. 그는 『소년이
온다』 『검은 사슴』 『작별하지 않는다』 등 폭력과
인간의 존엄성, 고통과 치유의 문제를 깊이 있게
탐구하는 작품들을 꾸준히 발표했다. 특히 2007년
발표한 장편소설 『채식주의자』는 2016년 한국
작가 최초로 부커상 인터내셔널 부문을 수상했다.
2024년에는 아시아 여성 최초로 노벨문학상을
수상했다. 한림원은 그에게 "역사적 트라우마에
맞서고 인간 삶의 연약함을 드러내는 강력한 시적
산문"이라고 선정 이유를 밝혔다.

"가장 깜깜한, 출구 없는 어둠 속에서도
우리가 인간임을 기억하고
서로 믿고 의지하는 것이야말로
인간이 문학을 통해서
풀어내야 하는 과제다."

한강(韓江, 1970 -)은 맹렬하게 창작하는 시인이자 소설가다. 1993년 계간지 『문학과 사회』 겨울호에 「얼음꽃」 외 4편의 시를 발표해 시인으로 등단했다. 이듬해인 1994년 『서울신문』 신춘문예에 단편소설 『붉은 닻』이 당선됨으로써 소설가로도 활동하기 시작한다. 2005년에 「몽고반점」으로 '이상문학상'을 받았으며, 2016년에는 『채식주의자』로 '부커상 인터내셔널 부문'을 수상했다. 2023년에는 『작별하지 않는다』로 '메디치 외국 문학상'을 수상했다.

소설가로 문단에 나온 한강은 『검은 사슴』(1998), 『그대의 차가운 손』(2002), 『바람이 분다, 가라』(2010), 『희랍어 시간』(2011), 『소년이 온다』(2014), 『흰』(2016), 『작별하지 않는다』(2021) 같은 7편의 중장편소설을 출간했다. 이와 아울러 『여수의 사랑』(1995), 『내 여자의 열매』(2000), 『채식주의자』(2007), 『노랑무늬영원』(2012) 등의 작품집을 펴냈는데, 그 속에는 24편의 중단편 소설이 수록되어 있다. 그 밖에도 산문집 『빛과 실』과 『내 이름은 태양꽃』 같은 동화책, 『서랍에 저녁을 넣어 두었다』 같은 시집도 출간해 여러 방면에서 창작활동을 이어가고 있다.

타오르는 불꽃처럼 창작에 전념한 한강에게 가슴 벅찬 사건이 일어난 것은 2024년 10월 10일이다. 스웨덴 한림원 사무총장이 2024년 노벨문학상 수상자로 한강을 거명한 것이다. 한강은 대한민국 최초이자 아시아 여성 최초로 노벨문학상을 받게 되었다. 한림원은 한강을 수상자로 선정한 이유를 '역사적인 트라우마에 맞서면서도 연약한 인간의 삶을 드러내는 강력한 시적 산문'으로 요약했다. 한강은 2024년 12월 11일 자정 스톡홀름 콘서트홀에서 노벨문학상을 받았다.

한강의 작품 세계를 이해하는 열쇠 가운데 하나를 우리는 그녀의 노벨문학상 수상 소감에서 찾을 수 있다.

"우리가 태어난 이유, 고통과 사랑이 존재하는 이유, 이런 질문은 수천 년 동안 문학이 던져온 질문이며, 오늘날에도 계속되고 있습니다. 우리가 이 세상에 잠시 머무는 것의 의미는 무엇일까요? 무슨 일이 있어도 인간으로 남는다는 것은 얼마나 어려운 일일까요? 가장 어두운 밤, 우리가 무엇으로 이루어져 있는지 묻는 언어, 이 지구에 사는 사람들과 생명체의 일인칭 시점으로 상상하는 언어, 우리를 서로 연결해주는 언어가 있습니다. 필연적으로 문학을 읽고 쓰는 작업은 생명을 파괴하는 모든 행위에 반대되는 위치에 서 있습니다."

천문학 분야의 명저 『코스모스』에서 칼 세이건이 명명한 '창백하고 푸른 별' 지구에 우리가 태어난 이유가 무엇이며, 왜 인간은 고통과 사랑을 경험해야 하는지를 한강은 묻는다. 인간과 인간을 이어주는 언어를 통해 인간다움을 유지하려는 문학의 본원적인 사명이 모든 생명파괴 행위에 반대하는 것임을 한강은 분명하게 피력한다.

그것은 어쩌면 인간이 인간인 까닭은 인간과 인간의 격의 없는 유대 관계에 있다는 지극히 당연한 명제를 입증하는 자세일 것이다. 가장 깜깜한, 출구 없는 어둠 속에서도 우리가 인간임을 기억하고 서로 믿고 의지하는 것이야말로 인간이 문학을 통해서 풀어내야 하는 과제라고 한강은 힘주어 말한다. 이 글은 한강의 첫 번째 장편소설『검은 사슴』을 중점적으로 다루되, 몇 가지 지점에서『검은 사슴』을 연상시키는 다른 작품에 관해서도 언급하겠다.

1.『검은 사슴』의 시공간

한강은 정확하게 숫자를 기억하고 활용한다.『검은 사슴』에서 우리는 소설의 시간적 배경에 관한 정보와 만난다. 인영이 명윤을 기다리던 청량리역 광장 시계탑에 숫자가 새겨진다. '44982172, 449 82173, 44982174.' 대략 30초 간격으로 우리나라 인구가 늘어나고 있다는 수치다. 1994년 한국 인구는 4,464만 1,540명이고, 1995년 인구는 4,509만 2,991명이다. 월별 인구증가가 고르다는 것을 전제하면,『검은 사슴』은 1994년 9월 무렵 집필되기 시작했다고 추정할 수 있다. 그러니까 한강은 적어도 3년 이상의 시간을 들여서『검은 사슴』을 창작한 것으로 보인다.

『검은 사슴』에서 등장인물들이 뒤얽혀 마주하는 사건이 발생하는 시간은 '에필로그'를 제외하면 장편소설치고는 아주 짧다. 임의선을 찾아내려는 여정은 1997년 2월 어느 토요일에 시작해 화요일에 끝나도록 예정돼 있었다. 김인영은 정명윤과 함께 토요일과 일요일 오전까지 사진작가 장종욱을 취재하고, 일요일 오후부터 화요일까지 의선의 행방을 추적할 요량이었다. 그러나 그들은 의선을 찾아 월산읍으로 이동하고, 거기서 다시 어둔리와 연골로 들어간다. 마침내 목요일 오전이 되어서야 그들은 청량리행 열차에 오르게 된다. 따라서 소설의 중심 사건이 전개되는 시간은 불과 6일에 지나지 않는다. 물론 그 시간 속에 스며든 여러 관계와 인물과 그들이 경험한 세월이 소설 속에 켜켜이 그려져 있음은 불문가지의 일이다. 소설에 그려진 시간은 등장인물에 따라 서로 차이가 나며, 그것은 하나의 작품 속에 여러 층위의 시간이 공존 내지 혼재함으로써 독자에게 시간의 중압감과 입체감을 한꺼번에 부여한다. 누구나 실감하고 살아가는 시간의 상대성이 교차함으로써 복잡한 시간적 교직이 곳곳에 드러난다. 여기 더해 한강은 등장인물들의 나이를 여러 차례 밝힘으로써 독자들의 혼란을 최소화하고, 자신의 기억력을 끝까지 유지하려고 노력한다.

인물들의 나이를 생각해보자. 소설의 시간으로 설정된 해는 1997년이다. 작년에 의선은 25세였으니, 올해 그녀는 26세다. 명윤은 26세 대학 졸업을 앞둔 시기에 글을 쓰고 난 이후에 절필 상태로 햇수로 4년을 맞이하고 있으니, 지금은 30세 안팎이다. 인영은 의선보다 일곱 살이 많기에 올해 33세다. 탄광 사고를 알리는 텔레비전에 나온 서미희의 눈빛 때문에 황곡에 갔을 때 장종욱은 27세였고, 서미희는 그보다 5살 어린 22세였다. 1997년 서미희는 35세로 타계했기 때문에, 지금 장종욱은 40세에 이르렀다.

『검은 사슴』은 문제의 인물 의선을 찾아가는 잡지사 기자 인영과 절필한 문사 명윤의 서사에 집중한다. 따라서 소설은 시간에 따라 그들이 이동하는 길과 그 길이 끝나는 공간과 유기적으로 결합한다. 가상의 공간 '황곡시'로 출발하는 중앙선 열차 출발지점인 청량리역에서 시작한 이야기는 그들의 서울 귀환으로 종결된다. 그런 까닭에 한강의 첫 번째 장편소설은 독자들에게 친숙한 영화 형식인 '로드무비' 같은 구성을 취한다. 흥미로운 점은 작가가 가상과 허구를 뒤섞음으로써 한편으로는 사실에 충실한 문학을 보여주고, 다른 한편으로는 환상과 상징에 기초한 서술기법을 선보임으로써 인물과 사건을 풍요롭게 그려낸다는 사실이다. 이것은 『검은 사슴』 이후 한강 문학, 이를테면 『채식주의자』와 「몽고반점」, 『나무 불꽃』, 『소년이 온다』, 『작별하지 않는다』 등에서 다채롭게 변주된다. 꿈과 현실의 얽힘, 산 자와 망자(亡者)의 대면, 인간 육신의 변용 같은 환상적 사실주의 기법이 이미 한강 초기 장편 『검은 사슴』에 내장되어 있다고 할 것이다.

『검은 사슴』에서 중요한 공간은 탄광도시 황곡과 그곳에서 동쪽으로 100킬로미터 떨어진 월산읍, 그리고 어둔리와 연골이다. 한강은 1980년대 빈번하게 발생한 탄광 매몰사고에 관한 관심을 빼곡하게 기록한다. 아울러 1988년부터 강원도를 포함한 전국의 363개 탄광 가운데 237개 탄광을 폐광한 이른바 '석탄산업 합리화 조치'가 불러일으킨 사회적 파장이 곡진하게 그려진다. 그것은 연골에서 어둔리로, 어둔리에서 월산으로, 월산에서 황곡을 거쳐 다시 청량리로 진입한 의선의 행로와 밀접하게 결합한다. 인영과 명윤은 의선이 걸었던 이런 행로의 역순을 밟아 그녀를 추적한다.

2. 『검은 사슴』에 그려진 인물과 사건

인영의 이야기

예외가 있기는 하지만, 한강은 인물의 묘사에 자상한 작가가 아니다. 인물의 내면 묘사에 치중하면서 외모를 그려내는 작업에 인색하기에 한강은『전쟁과 평화』(1869)와『안나 카레니나』(1878)의 작가 레프 톨스토이가 아니라,『죄와 벌』(1866)과『카라마조프의 형제들』(1880)의 작가 표도르 도스토옙스키를 연상시킨다. 개인적인 일은 엉망이지만, 직업적인 사무 처리는 완벽한 여자가 인영이다. 누군가 전화해주면 반가워하지만, 먼저 전화하는 법은 없는 여자 인영. 인영은 무인고도(無人孤島)에서 살아가는 외톨이 같은 인물로 그려진다.

세 살에 아버지를 잃은 인영은 어머니와 민영 언니와 살아간다. 어릴 때부터 어둠에 친밀감을 가졌던 인영은 저녁이면 불을 켜지 않고 언니와 어머니를 기다린다. 어둠 속에서 자란 인영은 어둠으로 인해 강해지고, 침묵하는 법을 배운다. 반대로 햇빛 속에서 그녀는 천박함과 괴로움을 경험한다. 인영은 좁은 방과 작은 찻집, 지하 노래방 같은 작고 어두우며 닫힌 공간에 익숙하게 침전한다. 다른 사람과 더불어 살아가는 게 낯설고, 타인에게 상처를 주거나 받는 행위, 누군가를 책임진다는 일 따위에 진저리를 치는 그런 여자가 인영이다.

언제나 홀로이기를 주장하며 살아온 인영의 폐쇄적이고 자기중심적인 성격에는 까닭이 있다. 단칸방에서 혼자 저녁 시간을 보내며 어머니와 언니가 돌아오기를 기다려야 했던 인영은 너무 이른 나이에 어른이 되어버린다. 인영이 열한 살 되던 해 제주도로 이박삼일 낚시 여행을 떠난 민영은 전복 사고로 사망한다. 인영은 어머니를 따라 제주도 북해에서 한 달을 머물지만, 민영의 시신조차 찾지 못하고 돌아온다. 사춘기가 되자 인영은 전복된 낚싯배 옆에서 검은 물속으로 한없이 가라앉는 악몽에 거듭 시달린다. 그러다가 어머니가 세상을 버린다.

민영이 죽은 후 15년 되던 해에 어머니는 세상을 떠난다. 인영은 그 15년 세월을 더듬으면서 죽음이 마침내 어머니를 구원했다고 생각한다. 민영의 예기치 못한 죽음이 어머니 인생의 모든 것을 앗아가 버렸기 때문이다. 민영이 죽은 다음 어머니는 육신의 껍질만을 짊어 지고 살아온 허깨비 같은 존재였다. 언니와 어머니와 비극적으로 작별한 인영은 홀로 살아남은 인간으로 최대한 강하고 독립적인 삶을 유지하려고 무던히 노력한다.

인영은 잡지사 건물 삼층에 자리한 제약회사에서 일하던 의선과 거리와 세면장 그리고 지하철에서 마주치게 된다. 인영은 어느 날 저녁, 갈 곳이 없다는 의선을 자신이 사는 사층 옥탑방으로 데리고 간다. 인영은 의선과 함께 석 달을 살지만, 의선은 끝내 실종된다. 의선 은 알몸으로 대학로에서 질주 소동을 벌이고 난 후 사라진 첫 번째 실종 이외에도 그 후에 두 차례 더 실종된다. 마지막 실종으로 인영은 의선과 영원히 단절되었다는 느낌을 받는다.

인영은 대학 졸업반 시절부터 사진에 빠져든다. 열 살 터울인 민영 언니가 남긴 중고 사진기로 바다 사진만 찍는다. 인영이 사진에 빠져 든 것은 찰나를 훔칠 수 있는 사진기의 마력 때문이었다. 사진을 찍 기 시작한 후 인영은 보는 눈뿐만 아니라, 기록하는 눈까지 가지게 되었다고 술회한다. 인영은 사진기가 포착하는 찰나의 시간과 빛에 매료되어 사진 찍는 작업에 몰두하게 된다.

인영은 깊이 사랑한 언니 민영의 예기치 못한 죽음 이후 낯선 포구 와 해안을 꼬박 칠 년 동안 사진기에 담는다. 언제나 바다 하나만을 주제로 그것도 모두 흑백으로만 담은 인영의 사진 작업 결과물을 한 순간에 불태워버린 이는 의선이었다. 바다에 한 번도 가보지 않은, 그 래서 바다를 본 적도 없다는 의선은 인영의 사진에 강한 거부감을 드러낸다. 의선은 어두운 바다, 아무것도 존재하지 않는 완벽한 허무의 바다를 강력하게 부정한다.

그래서인지 의선은 인영이 애지중지하던 수백 장의 바다 사진을 불태운 다음 홀연히 사라져버린다. 명윤과 함께 의선을 찾아 나섰다가 불의의 열차 사고를 당한 인영은 무곡역 인근에 있는 병원에 한 달도 넘게 입원하고 있다가 서울에 있는 자신의 옥탑방으로 귀가한다. 그런데 전혀 예기치 못한 사건이 그녀를 기다리면서 『검은 사슴』은 마무리된다. 언젠가 인영이 찍은 흑백의 바다 사진이 타들어간 흔적을 남긴 채 그녀 눈앞에 홀연히 나타난 것이다.

명윤의 이야기

명윤은 인영의 대학 후배로 스무 살에 교내 문학상을 받고, 졸업 전에 시와 소설, 산문과 영화 평론을 써온 전형적인 문사다. 그에게는 인영만큼이나 어둡고 우울한 가정사가 자리한다. 명윤 가족은 그가 열네 살 되던 해 고향을 버리고 타지인 인천으로 올라온다. 둘째와 셋째 누이가 열두 살과 아홉 살, 막내 여동생 명아가 일곱 살 때 일이었다. 명윤은 여섯 식구가 먹고살기도 빠듯한 지독한 가난을 처절하게 경험해야 했던 감수성 예민한 소년이었다.

자전거 배달을 나갔다가 뺑소니차에 치여 머리를 다치는 바람에 판단력과 지능을 잃은 아버지가 십 년을 앓다가 세상을 버릴 때까지 명윤 일가는 폭군처럼 군림한 아버지의 그늘 밑에서 살아야 했다. 연탄재 때문에 여름에 창문조차 열지 못하는 동네를 싫어한 명아는 아버지 사후 열여섯 살에 가출하기 시작해 명윤의 고통을 배가한다. 명윤은 군 생활 중에도, 전역하고 대학을 졸업한 후에도 명아를 찾아

헤맨다. 그즈음 어머니가 뇌출혈로 사망한다. 그리하여 명윤은 사랑을 믿지 않는 쓸쓸한 사람으로 거듭 태어난다.

명윤이 고교 시절 공부에 몰두한 것은 연탄공장 골목과 아버지에게서 벗어나려는 욕망 때문이다. 하지만 대학에 들어간 뒤에도 그는 인천의 연탄 골목을 벗어나지 못한 채 왕복 다섯 시간 통학을 버티면서 끊임없이 탈출을 모색한다. 무기력한 아버지와 고통받는 어머니, 남루한 누이들로부터 명윤은 한사코 멀리멀리 달아나려 한다. 부모가 모두 죽고, 누이들은 떠나가 살림을 냈지만, 명아 찾기를 포기한 무렵부터 명윤은 글을 쓰지 못하는 불모의 지경에 이른다.

가난과 수치에서 벗어나려는 의식적인 노력의 하나로 글쓰기에 매진했지만, 명아와 단절된 시간이 길어질수록 명윤은 젊음을 모조리 탕진하는 쪽으로 움직인다. 미래에 대한 어떤 기대도, 기획도, 꿈도 없이 명윤의 시간은 흘러가는 강물 속으로 사라져간다. 그런 완벽한 무위도식과 기력의 완전 소진이 일상화되는 시점에 명윤은 의선과 대면하게 된다.

의선을 만나고 난 후 명윤의 삶은 극적으로 변모한다. 그는 의선의 옷과 먹을 것을 마련하기 위해 사람들에게 억지웃음을 짓고, 번역거리며 신문 배달까지 마다하지 않는다. 그것은 의선을 향한 절대적인 애착에서 비롯된 것이다. 명윤은 의선에게서 자신의 일부를 감촉한다. 그는 의선을 향한 간절한 애정이 사르륵 움터나오는 경이로운 감정을 경험하기 시작한다.

오래전에 실종돼버린 명아의 빈자리를 채워준 의선이 자취를 감추고 나자 명윤은 세상이 무너지는 충격을 경험한다. 그리하여 명윤은 인영을 채근해 의선을 찾아가는 장도에 오른다. 하지만 그가 의선을 찾아서 데려올 수 있을지는 미지의 영역으로 남는다. 왜냐하면 의선을 향한 명윤의 집착에 가까운 애정에 대한 그녀의 반응은 무(無)에 가까웠기 때문이다. 세 번의 계절을 의선과 함께 보냈지만, 명윤은 그녀의 삶에 끼어들 수 없었다. 그만큼 의선은 독자적인 생의 소용돌이 속에서 살아가고 있기 때문이다. 그런 까닭에 명윤은 의선을 찾아낸다 해도 그녀를 자신의 삶으로 끌어들일 수 없을 것이라는 깊은 패배 의식에 시달리는 인물이기도 하다.

의선의 이야기

『검은 사슴』에서 의선은 등장인물들의 연결고리 구실을 한다. 그녀의 삶은 숱한 굴곡으로 점철된다. 의선의 아버지 임영석은 스물두 살에 월산에 있는 함전 광업소에서 '정'이라는 동료와 함께 사고를 당한다. 정은 임영석이 구조되기 다섯 시간 전에 숨을 거두는데, 그에게는 만삭의 아내가 있었다. 정의 아내는 정신장애를 가진 아들을 조산하고, 그녀 자신도 미쳐버린다. 임영석은 그 여자를 데리고 고향으로 간다. 저주받은 장소인 탄광을 벗어나 이럭저럭 삶을 잇댈 수 있으리라 기대한 까닭이다.

임영석이 데려와 살게 된 여자는 끝내 제정신을 돌이키지 못한 채 딸아이를 낳는데, 그 아이가 의선이다. 의선은 의붓오빠 용수와 다섯 살 터울이고, 의선이 여덟 살 되던 해에 어머니는 집을 나가버린다. 아버지 임영석도 아홉 살배기 의선과 열네 살 용수를 남겨두고 아내를 찾아 길을 떠난다. 그러다가 잠시 돌아온 아버지는 어느 해인가 약초꽃 피는 때가 지나도록 돌아오지 않는다. 그렇게 세월이 흐르고 의선도 몇 년 후에 연골을 떠난다.

의선은 열세 살에 연골을 떠나고, 그 뒤로 고향에 돌아가지 않는다. 학교에 다녀본 적 없는 의선은 황곡의 중학교 교무실에서 사환으로 반년을 일한다. 거기서 여비를 마련해 열차 편으로 서울로 올라온다. 의선은 야구점퍼 소매 박는 봉제공장을 다녔지만, 그 일이 너무도 지긋지긋해 공장을 나온다. 그녀는 온종일 영업하는 일식집에서 심부름하며 숙식을 해결하면서 서울살이에 적응한다. 하지만 몰려오는 잠을 주체하기 어려웠던 그녀는 제때 잠을 자고 싶어서 제약회사의 사환으로 들어간다.

자신이 태어난 연골을 떠나 황곡과 서울을 전전하던 의선은 황사 바람이 불던 어느 날 벌거벗고 거리를 질주하기 시작한다. 왜 그래야 했을까? 그것은 온몸을 급습한 지독한 통증 때문이다. 못을 삼킨 것처럼 아픈 목구멍, 겨드랑이와 사타구니, 오금과 목덜미를 찔러오는 바늘 같은 소름이 의선을 덮친 것이다. 스타킹과 구두, 블라우스와 속옷까지 의선의 피부를 팽팽하게 조여온다. 결국 의선은 조끼와 블라우스, 치마를 벗고, 스타킹과 구두도 벗어 던지고 달리기 시작한다.

무척 작다는 인상을 주는 의선은 말수가 적고, 걸음걸이가 조용하며, 말씨가 차분했다. 의선은 언제나 예의 발랐고, 누군가를 비난하거나 험담하지 않았으며, 추위나 더위 따위의 고통에는 침묵으로 일관한다. 의선은 불필요한 수식어나 감탄사가 없는 정제된 언어를 사용했으며, 일기를 쓰는 것처럼 잘 다듬어진 어투의 소유자이기도 하다. 의선은 인영과 대조적인 습성을 가지고 있기도 한 인물이다.

의선은 심하지는 않으나, 폐소공포증이 있다. 그래서 그런지 그녀는 극장과 고속버스, 지하의 카페 같은 공간을 답답해한다. 그중에서도 의선이 가장 고통스럽게 여기는 장소가 공중화장실과 전화 부스,

그리고 택시다. 반지하 방에 살지만, 그녀는 퇴근하면 창문부터 열어 놓는다. 출근해도 사무실 창문부터 여는 게 의선의 버릇이다. 의선이 자신의 방보다 인영의 방을 좋아한 것은 햇빛 때문이었을 것이라고 명윤은 추리한다. 의선에게서 명윤은 향일성(向日性) 식물을 떠올린다. 날마다 기억을 잃어가며 이미 절반 이상 미쳐 있는 의선은 빛을 향한 그리움과 기다림을 잃지 않는다.

의선은 어린 시절부터 지금까지 처절할 정도로 고독한 인물이다. 광화문 지하도에서 연과 얼레를 훔쳐 4시간 넘도록 달린 끝에 도달한 자신의 방에서 명윤과 하나가 된 의선이 애절하리만큼 강한 힘으로 명윤의 몸을 붙들고 있었던 데에는 까닭이 있는 것이다. 그녀는 속으로 자기의 생각을 속삭인다. '누구여도 좋으니 나는 그 사람과 말하고, 그의 살을 만지고 싶다.'

종욱의 이야기

황곡으로 떠나면서 인영이 잡지사에 취재원이라고 알린 인물은 무명 사진작가 장종욱이다. 그는 안씨 성을 가진 자가 운영하는 사진관에서 숙박을 해결하며 본원적인 문제를 자신에게 던지고 있는 인물이다. '왜 나는 황곡에 머물고 있으며, 하필이면 이 사진관에 빌붙어 있는가' 하는 문제가 종욱을 떠나지 않는다. 황곡은 종욱의 고향도 아니고, 직장도 집도 없는 곳이며, 아내 또한 이미 그를 떠나버린 황량한 타지다. 더욱이 10년 넘도록 찍은 사진도 불타버렸기에 그가 황곡에 미련을 가질 어떤 이유도 없는 것이다.

고교 졸업 후 입대를 앞두고 종욱은 선배의 사진관에 끼어 살면서 사진을 배운다. 사진 작업을 하면서 느꼈던 환희는 제대 이후 시들해진다. 기록 사진에 관심이 많던 종욱은 이태원이나 남대문 시장에서 사람들을 찍어보기도 하지만, 종국에는 사진기에 환멸을 느끼게 된다. 인간과 세계의 내면과 사진기 사이의 메울 수 없는 간격을 깨닫기 시작했기 때문이다. 빛으로 시작해 빛에서 끝나는 사진기로는 어떤 대상의 내면으로도 들어갈 수 없다. 사진으로는 실제로 만지고 아픔을 느끼고 피를 흘리는 구체적인 실감을 경험할 수 없는 것이다. 그런데도 종욱은 사진기로 포착할 수 없는 것을 사진에 담고 싶다는 욕망을 버리지 못한 인물이다.

스물여덟 살을 맞이할 무렵 무너진 갱도 안에서 사흘 낮과 밤을 버티고 살아난 광부들의 구조 장면이 생중계된다. 텔레비전으로 그 장면을 보고 있던 종욱의 눈에 들어온 여자가 그의 뒤통수를 호되게 후려갈긴다. 화면 속에서 꽁지머리의 젊은 여자는 기자들에게 거칠게 소리 지른다. '비켜, 비키라고!' 그 여자는 아버지로 보이는 늙은 광부를 부축해 밖으로 나간다. 그 여자는 자기 얼굴에 터지는 카메라 플래시를 피하지도 않는다. 종욱은 그녀의 표정에서 의연함과 강력한 분노를 읽어낸다. 그날 밤 종욱은 무작정 황곡으로 떠나간다.

홀린 사람처럼 황곡에 온 종욱은 장석 광업소에서 임영석을 만나게 되어 막장에 발을 디디게 된다. 반년 남짓한 시간이 흐르자 종욱은 수십 명의 광부와 교분을 쌓을 수 있었고, 그들을 사진기에 담기 시작한다. 그러던 와중에 종욱은 처음으로 막장이 무너지는 사고를 당하게 되며, 임영석과 함께 64시간을 버텨내며 끝까지 살아남는다. 지하 2,000미터 막장에서, 죽음을 목전에 둔 시점에 임영석은 장종욱에게 '검은 사슴' 이야기를 펼쳐 놓는다.

사진작가로 황곡에 정착한 종욱은 자신을 사로잡은 눈길의 여자

서미희와 혼인해 살면서 오직 사진 작업에만 몰두한다. 막장에 갇힌 것만 세 번에 이를 정도로 종욱은 탄광과 광부들의 생생한 사진을 찍었으며, 그의 아내 미희는 밤무대 가수로 일한다. 하지만 삶을 바라보는 종욱과 미희의 태도는 오래도록 어긋나 있었다. 종욱과 미희의 생각을 차례로 들어보자.

종욱은 미희가 가장 불행했을 때 가장 행복했다. 그는 지독할 정도로 힘든 작업을 하고 있음에 자부심을 느낀 것이다. 자신이 해낼 수 있는 최고치의 임계점을 넘어서는 작업을 해내고 있는 자기에게 커다란 자긍심을 느끼는 종욱. 그는 인생이라는 거대한 판돈을 걸고 마지막 카드 한 장을 들여다보는 심정으로 하루하루를 살아갔던 것이다.

하지만 미희는 종욱과 전혀 다른 태도로 삶을 대하는 여자다. 누구에게도 눈에 띄지 않은 채 아무것도 아닌 인생을 사는 게 좋다는 미희. 그녀는 가능하면 오래 살고 싶다는 욕망을 감추지 않는다. 맛난 음식을 먹고, 많이 웃으며, 깊고 편한 잠을 자면서 행복하게 살고 싶은 것이다. 이런 점에서 미희는 에밀 졸라의 장편소설『목로주점』의 여주인공 제르베즈를 연상시킨다. 미희는 자신과 너무도 다른 종욱을 원망하기도 하지만, 다른 한편 그런 이유로 종욱이 자신과 함께 살고 있음을 명징하게 인식하는 영리한 여성이기도 하다.

종욱의 잦은 사고와 끝없는 사진 작업에 물린 미희는 다리를 다친 종욱을 병원에 두고 집을 나간다. 종욱은 미희가 췌장암으로 세상을 버렸다는 날벼락 같은 전갈을 듣게 된다. 그녀가 떠나고 6개월이 지난 후, 종욱이 묵고 있던 사택에 불이 나는 바람에 지난 10년 세월 황곡에서 찍은 사진이 송두리째 사라져버린다. 종욱에게는 다시 시작할 기력이 남아 있지 않다.

3. 검은 사슴의 운명

에필로그를 포함해 16개의 장으로 이루어진 『검은 사슴』의 일곱 번째 장이 '검은 사슴'이다. 장석 광업소 막장에 들어간 종욱이 붕괴 사고로 갇혔을 때 임영석이 들려준 검은 사슴 이야기의 골자는 다음과 같다.

'검은 털과 예리하고 견고한 이빨, 호랑이의 눈과 번쩍이는 뿔을 가진 사슴 닮은 동물. 하늘을 보는 것이 소원인 검은 사슴은 광부들에게 뿔과 이빨을 뽑힌 채 탄광의 막힌 통로에 갇혀 들쥐 새끼처럼 쭈그러든 채 죽어간다.'

막장 사고로 죽기 직전에 동료 정은 검은 사슴, 특히 사슴의 눈을 보았다고 임영석은 말한다. 정의 미친 아내를 거둔 임영석은 연골에서 일곱 살 먹은 의선에게 검은 사슴 이야기를 다시 들려준다. 요약하면 이렇다. 운 좋게 탄광을 나온 검은 사슴은 햇빛을 받으면 끈끈한 진홍색 웅덩이로 변한다. 이 지점에서 독자는 미야자키 하야오의 만화영화 「모노노케 히메」에 나오는 '시시가미'(사슴신)를 떠올릴 수 있을 것이다. 긴 세월이 흐르면 웅덩이가 썩은 자리에 여리여리한 풀이 돋고, 자그마한 꽃이 피어난다. 그게 붉은애기풀인데, 그 뿌리를 달여 먹으면 광증이나 어질머리병에 효험이 있는데, 산삼보다 찾기 힘든 풀이다. 그런데 붉은애기풀을 찾는 약초꾼들은 전날 밤 꿈에 반드시 검은 사슴의 흉흉한 형상을 본다는 것이다.

언제 무너질지 모르는 1,000미터, 2,000미터 막장에서 석탄을 캐야 하는 사람의 변용이 검은 사슴이다. 죽을 때까지 지하 막장을 벗어나지 못하고 거기서 죽어야 하는 운명을 천형처럼 지고 가야 하는 사람들. 혹여 운이 좋아서 막장에서 빠져나왔다 해도 진폐증으로 세상과 작별해야 하는 광부들의 쓰라린 숙명. 그들이 죽어간 자리에서 돋아나오는 붉은애기풀이 그들의 정신 나간 아내와 아이들의 미친병에 특효라는 이야기는 구슬프다 못해 숙연하다.

하지만 정의 아내이자 임영석의 아내이며, 용수와 의선의 어머니는 붉은애기풀의 효험을 경험하지 못하고 정신 놓은 채 실종된다. 정신이 온전치 못한 용수 또한 고작 스무 살 나이에 세상과 작별한다. 의선 역시 정신 놓고 날마다 조금씩 기억을 잃어가며 세상을 부나방처럼 떠돌고 있지 아니한가! 검은 사슴은 아름다운 화려강산의 저 아득한 지하 막장에서 이름도 흔적도 없이 사라져간 이 나라의 수많은 광부와 그 가족들의 처절하도록 아픈 이야기를 절절하게 상징하는 장치로 작동한다.

4. 희망의 빛을 던지는 소설

한강은 『검은 사슴』 첫머리에 김형영 시인의 단시(短詩) 「기다림이 끝나는 날에도」를 제사(題詞)로 쓴다. 기다림의 마지막 날까지도 내가 기다리는 님은 오지 않는다. 하지만 나는 누구를 기다리고 있는지 알 것 같다는 묘한 말로 시는 마무리된다. 아주 짧지만, 2연으로 이루어진 시의 두 번째 연이 『검은 사슴』의 제사이며, 이것이 소설 전편을 흐르는 핵심이라 해도 무방할 것으로 보인다.

『검은 사슴』의 인물들은 한결같이 누군가를 그리워하고 또 기다린다. 어린 시절에 인영은 학교 간 언니와 일 나간 어머니를 기다린다.

하지만 인영의 기다림은 전혀 예기치 못한 죽음으로 막을 내린다. 오랜 세월 막내 여동생 명아를 찾아 헤맸던 명윤은 사라져버린 의선을 기다리다가 찾아 나서지만 끝내 그녀와 대면하지 못한다. 임영석은 가출한 아내를 찾으러 두 아이를 버리고 십 년 이상 방방곡곡을 찾아다니지만, 찾지 못한 채 연골로 돌아와 홀로 죽어간다. 집 나간 어머니를 기다리고, 그 어머니를 찾아 나선 아버지와 취학 통지서를 기다리던 의선도 기다리던 대상과 끝끝내 대면하지 못한다. 자신을 버리고 집을 나간 아내 미희를 기다리던 종욱을 찾아온 것은 그녀의 죽음을 알리는 전화다.

그들은 기다림이 끝나는 날에도 끝끝내 오지 않은 님을 기다리고 있다. 그들이 기다리는 님은 살아만 있다면 그들을 찾아올 것만 같다. 명아는 광주 어딘가에서 미장원을 하면서 아이를 낳고 살고 있다는 소식을 명윤에게 전한다. 완전히 사라져버린 의선도 자신의 생존을 알리는 사진을 인영의 집 현관 투입구에 넣어둔다. 그래서 우리는 『검은 사슴』을 읽고 나서 긴 한숨을 내쉬는지도 모른다. 완전한 실종과 돌이킬 수 없는 죽음만이 존재하는 것이 아니라, 희미한 희망의 빛을 던지는 나직한 전갈이 소설의 대미를 장식하고 있기 때문이다.

세상에서 기다리는 일처럼 가슴 아리는 일은 없다고 황지우는 『너를 기다리는 동안』에서 절절하게 노래하지만, 한강은 그래도 기다려야 한다고 주장하는 것 같다. 기다릴 수 있는 원천은 견디는 것이라고 그녀는 쓴다. 의선의 사진을 본 종욱이 인영에게 말한다.

'이 여자는 처음 보는 얼굴인데, 내가 알고 지냈던 사람과 닮은 얼굴이오. 근데 그 사람은 내게 삶을 견디는 방법을 가르쳐준 사람이오.'

용수와 함께 5년 넘게 어머니와 아버지를 기다리며 의선은 얼마나 많은 낮과 밤을 홀로 견뎌야 했을까! 일식집과 봉제공장과 제약회사에서 일하면서 의선은 또 얼마나 기나긴 밤과 낮을 혼자 참아야 했을까! 아들과 딸을 적막한 오지 마을에 버려둔 채 아내를 찾아 10년 세월을 떠돈 임영석은 또 얼마나 외로웠을 것인가! 얼마나 힘들게 그 모진 세월을 홀로 견뎌야 했을까! 죽어서야 비로소 그는 아내를 만났을 것인가!

『검은 사슴』에 등장하는 인물들은 예외 없이 가족의 죽음으로 인한 상실과 이산(離散)의 고통을 겪는다. 세 살에 아버지를 잃은 인영은 열한 살에 언니 민영의 죽음과 마주한다. 민영의 죽음 이후 껍데기만 남았던 어머니마저 그녀가 스물여섯 살 되던 해에 세상을 떠난다. 명윤과 의선, 종욱도 이런 범주에서 조금도 벗어나지 않는다.

여기서 한강이 주목하는 것은 죽음의 형식이다. 민영은 낚싯배 전복 사고로 죽고, 뺑소니 사고를 당한 명윤의 아버지는 추락 사고로 죽는다. 의선의 어머니는 막장 사고로 죽은 남편 때문에 정신을 잃고 살다가 실종돼버린다. 종욱의 장인이자 미희의 아버지 역시 막장 사고로 4년을 병원에 누워 있다가 세상을 버린다. 어떤가?! 하나같이 사고사다!

한강이 『검은 사슴』을 구상하고 써나가는 시점에 각종 대형 사고가 대한민국을 덮친다. 1994년 10월 21일 성수대교가 무너져 32명이 사망하고 17명이 부상한다. 1995년 4월 28일 대구 상인동에서 가스 폭발 사고가 일어나 101명의 사망자와 202명의 부상자가 발생한다. 같은 해 6월 29일에는 삼풍 백화점이 무너져 사망자 502명(실종자 30명 포함)과 부상자 937명의 인명피해를 가져온 최악의 붕괴 사고가 서울에서 일어난다. 불과 8개월 사이에 고귀한 인명이 허망하게 스러지는 대규모 참사가 이 땅에서 연속된 것이다.

창졸간에 일어나기에 어떤 예비 조치도 불가능한 사고는 개인에게만 국한되는 것이 아니라, 그의 가족과 친지에게 거대하고 연쇄적인 위해(危害)를 가져온다. 이것이 한강이 유심히 들여다보는 지점이다. 하나의 죽음이 몰고 오는 또 다른 죽음 혹은 죽음과도 같은 저 시커먼 살해의 막장. 한강은 1960년대 이후 1990년대까지 탄광의 갱도와 막장에서 죽어가야 했던 수많은 사람과 그 가족들에게 장편소설『검은 사슴』을 헌정하고 싶었는지도 모른다.

5. 한강 문학이 주는 따뜻한 위로

1995년 단편소설 모음집『여수의 사랑』을 펴낸 지 3년 만인 1998년에 출간한 장편소설『검은 사슴』은 20대 후반 청춘의 한강 작가가 쏟아부은 혼신의 흔적이 곳곳에 서려 있다. 달리 말하면, 초창기 한강의 문학적 사유와 방법론을 최신작『작별하지 않는다』에서도 찾아볼 수 있다는 얘기다. 그 가운데 몇 가지만 지적하고자 한다.

우선 꿈이다.『검은 사슴』은 꿈으로 시작해서 꿈으로 끝난다. 어딘지 알 수 없는 바다를 배경으로 의선이 인영의 척추와 갈비뼈를 추려내면서 살을 발라가는 꿈 이야기로 소설은 시작한다. 오래도록 꿈 없는 숙면에 익숙한 인영은 소스라쳐 깨어나고, 그때 명윤이 전화해 의선을 찾아 황곡으로 떠나가는 그들의 일정이 알려진다.『검은 사슴』 마지막 장면 역시 파도가 넘실거리는 바다와 방파제를 배경으로 의선이 인영의 살과 뼈를 만지고 추려내는 생생한 꿈으로 끝난다.

『검은 사슴』의 열세 번째 장 '침묵의 빛'은 상당 부분 명윤의 꿈에 바쳐져 있다. 깊은 절망과 피로에 젖은 육신으로 가까스로 연골에 도착한 명윤은 죽음보다 깊은 잠과 꿈에 빠져든다. 거기서 명윤은 자신을 둘러싼 사람들, 이를테면 의선과 명아, 인영 그리고 아버지를 만난다. 그가 기다리고 찾아 헤매던 혹은 탈출하고자 했던 사람 하나하나를 꿈에서 만나는 것이다. 그의 무의식 깊은 곳에 똬리를 틀고 있던 사람들 모두가 꿈에서 모습을 드러낸 셈이다. 이런 꿈은 훗날 중편소설 『채식주의자』에서 영혜가 꾸는 꿈에서 선명하게 재연되며, 꿈과 더불어 바다는 『작별하지 않는다』에 등장하는 경하의 꿈에서 한층 명확한 영상을 확보한다.

두 번째는 흑과 백의 선연한 대조다. 어둔리(현리玄理)와 시커먼 바다, 시커먼 아가리를 벌린 채 집어삼킬 것 같은 막장으로 대표되는 검은색은 '검은 사슴' '그믐밤 국도' '어둠의 땅' 같은 장의 제목에서도 확연히 감촉된다. 칠흑 같은 어둠 속에서 엎드려 있던 건너편 검은 산을 바라보던 명윤이 속삭이듯 중얼거린다. '검은 땅, 검은 산, 검은 물.' 의선을 찾다 지쳐버린 명윤의 절망적인 탄식에 스며든 것은 절망과 죽음과 이어진 검은색이다.

반면에 『검은 사슴』 전편을 휘감는 것 가운데 하나는 '눈'이다. 눈은 2월의 황곡과 월산리, 어둔리와 연골에 쉬지 않고 내린다. 차고 넘치는 눈의 해일 속에서 인물들은 만나고 헤어지기를 반복한다. 흰색 결정체 눈과 탄광 지대를 감도는 검은색 물이 합쳐져 만들어내는 잿빛 세상을 한강은 인간 세상의 바탕색으로 보고 있던 것은 아니었을까? 흑백의 대조적인 색깔의 대비는 한강 소설 곳곳에서 만날 수 있다. 아울러 말을 잃어가는 여자와 시력을 상실해가는 남자의 사랑을 그려낸『희랍어 시간』은 또 다른 형식의 대조를 보여준다고 할 것이다.

세 번째는 육식 거부와 인간 육신의 변용이다. 의선은 정육점이나 생선가게 앞에서 온몸을 떨면서 괴로워한다. 왜 고기를 먹지 않느냐는 인영에게 의선은 말한다.

'고기는 어느 짐승이든 죽어야 먹을 수 있는 거잖아요! 죽은 짐승을 먹은 결과 내가 건강해진단 얘기죠. 근데 나는 그 짐승보다 낫다고 생각하지 않아요.'

진저리치면서 고깃덩어리 냄새와 거리를 두는 의선은『채식주의자』의 주인공 영혜를 선행하는 인물이다.

그런데 의선은 여기서 머물지 않고 멀리 나아간다. '옷 같은 건 내게 필요 없어요.' 이로써 의선이 벌거벗은 채로 거리를 질주한 사건이 이해 가능해진다. 또한 이것은『채식주의자』끝부분에서 영혜가 옷을 벗어버린 채 병원 벤치에 앉아 있는 장면과 겹쳐지기도 한다. 옷이 필요 없다는 의선의 말은 정신병원에 수용돼 있던 영혜가 마침내 자신을 한 그루 나무처럼 생각하는「나무 불꽃」(2007)을 연상시키기에 충분하다. 인간 육신의 변용은 무엇보다도 단편소설「내 여자의 열매」와「작별」(2018)에서 도저한 구현을 얻는다.

한강 소설에 등장하는 인물들은 하나같이 외롭고 가난하며 내면 깊은 곳에 상처를 품고 살아간다. 하지만 그들은 인간다움을 기억하며 살고자 하는 지극히 선한 사람들이다. 자신들이 대면하는 차갑고도 칙칙하며 암담한 현실에 그들은 쉽게 무릎 꿇지 않는다. 그들은 우리의 처연하고도 안타까운 동시대인이며, 어떤 일이 있어도 참고 기다리며 서로를 보듬고 살아갈 것이다. 어쩌면 그것이 한강 문학이 우리에게 주는 따뜻한 위로이자 선물 아닐까.

제2부

소설

토마스 만
앙드레 지드
윌리엄 포크너
알베르 카뮈
네이딘 고디머
J.M. 쿳시
어니스트 헤밍웨이
V.S. 나이폴
헤르타 뮐러
마리오 바르가스 요사
모옌
올가 토카르추크

토마스 만의 『베네치아의 죽음』

한 예술가의 추락

안인희 독문학 박사, 번역가

토마스 만

Thomas Mann, 1875~1955

20세기 독일의 가장 위대한 소설가로
꼽히는 만은 북독일 뤼베크에서 상인의
아들로 태어났다. 스물다섯이 되던 해인
1901년 첫 장편소설 『부덴브로크 가의 사람들』을
발표해 큰 성공을 거두고 세계적으로 이름을
알리기 시작한다. 이후 『베네치아의 죽음』
『마의 산』 등 유럽 사회의 붕괴를 깊이 탐색한
작품들을 연이어 발표했다.
1929년 노벨문학상을 수상했으며, 히틀러 집권
이후 스위스를 거쳐 미국으로 망명했다.
말년에 스위스로 돌아와 1955년 심장병으로
사망했다.

"토마스 만은 비판을 동반하는 애착을
'눈 밝은 사랑'이라고 불렀다.
그는 생산적인 비판을 포함하는
사랑만이 진짜 사랑이고,
이것만이 진정한 관심,
지적인 사랑이라고 여겼다."

1. 토마스 만의 생애와 초기의 작품들

토마스 만(Thomas Mann, 1875-1955)은 20세기 두 번의 세계대전을 모두 겪었다. 북부 독일에서 태어나 성장하지만, 젊어서 고향을 떠나 남부 독일 뮌헨에 정착한다. 1933년(58세) 히틀러가 집권하자마자 망명길에 올라, 스위스 체류를 거쳐 미국에서 10년 이상(1940-52) 거주했다. 제2차 세계대전이 끝난(1945) 다음에도 계속 미국에 머물다가 마침내 유럽으로 돌아와 생애 마지막 3년을 스위스에서 보내고, 취리히에서 사망했다. 시대의 변화에 따라 대륙을 이동하며 기나긴 떠돌이의 삶을 보냈음을 알 수 있다.

그는 전통적인 무역 도시인 뤼베크(Lübeck)에서 상인 가문의 아들로 태어났다. 뤼베크는 중세 이후로 유럽의 국제적인 해양무역 도시들의 상인 조합들이 맺은 한자 동맹[1]을 이끄는 총본부 도시였다. 즉 뤼베크는 중세부터 유럽의 전통적인 해양무역을 주도한 가장 중요한 도시의 하나다(우리나라의 '개성상인'을 연상하면 유럽에서 뤼베크 상인의 위치를 이해하기가 조금 쉬워진다). 토마스 만의 집안은 뤼베크의 명문가 상인 집안으로서, 그의 아버지도 성공한 상인이자 사업가였다. 어머니는 브라질로 이주해 성공한 이민자의 후손으로, 어린 시절에 브라질에서 독일로 돌아왔다.

이 결혼에서 다섯 자녀가 태어났고, 그중 첫째와 둘째 아들인 하인리히와 토마스가 뒷날 국제적 명성을 얻는 작가가 된다. 탄탄한 명문가 시민계급(부르주아지)에서 예술가들이 배출되면서 조상 대대로 내려온 가업이 끊어졌다. 아버지는 1891년(토마스 16세) 방광암으로 죽기 전에, 자신이 경영하던 기업체와 집을 모두 정리하고 팔아서 아내와 어린 자녀들을 위한 유산으로 후견인에게 맡겼다. 그는 아들들이 가업을 이어받을 능력도 마음도 없는 것을 분명히 보았다. 아버지의 유산 덕분에 두 아들은 곧바로 전업 작가의 길을 시작할 수 있었고, 몹시 근면하게 작업해 둘 다 일찍부터 성공적인 작가의 길로 들어설 수 있었다.

이런 전통적인 집안의 가업이 끊긴 데에는 단지 개인의 선택이나 한 가문의 사건 이상의 거대한 시대 흐름이 반영되어 있었다. 아버지도 아마 그것을 느꼈을 것인데, 19세기 말에 그때까지 번영을 누리던 전통적인 대(大)시민 계층이 서서히 몰락하고 있었다. 20세기에 본격적으로 발전하는 새로운 자본주의 계층이 등장하기 이전에 먼저 유럽의 전통적인 대시민 세계가 붕괴한 것이다. 토마스 만은 어린 시절 그것을 직접 경험했다.

세기말과 데카당스―토마스 만 예술의 시작 지점: 바그너와 니체
교양 시민 계층의 이런 붕괴는 그 시대 예술 분야에서 이른바 '세기

말'(Fin de siècle) 현상인 몰락의 분위기와 정서로 표출되었다. 니체가 이미 경고한 '데카당스'다. 이는 퇴행하고 하강하는 삶의 방향성을 뜻한다. 이런 퇴폐적인 정서와 방향성은 19세기에서 20세기로 넘어오던 시기(세기말) 유럽의 문화에서 널리 유행했고, 토마스 만은 어린 시절부터 가문의 운명을 통해 몰락의 시대 분위기를 직접 경험하고, 독서와 예술 체험을 통해서도 받아들였다.

그는 일찍부터 니체를 열렬히 숭배했다. 또한 주로 바그너 오페라 무대를 통해 예술에도 접근했다. 청소년 시절 뤼베크의 시립 극장 무대에 올라가는 온갖 공연들을 잡식성으로 섭렵하던 도중에, 바그너의 오페라, 특히 「로엔그린」에 빠져들면서 평생 바그너 작품에 심취하게 된다. 동시에 바그너와 니체보다 조금 앞선 쇼펜하우어 철학에도 깊이 탐닉했다. 쇼펜하우어 역시 19세기 후반에 독일 지식인 사이에서 엄청나게 인기를 얻은 철학자였으니 어찌 보면 당연한 일이었다. 쇼펜하우어는 니체와 바그너의 유명한 우정 관계에서도 중요한 역할을 했다.[2]

니체는 24세에 바그너를 만나 한동안 매우 가까운 우정을 나누며 그의 음악을 숭배했으나, 오래지 않아 그 관계를 끊고 당대 가장 예리한 바그너 비판자가 되었다. 바그너의 오페라 세계는 원래부터 죽음과 몰락, 붕괴 등 '데카당스'의 방향성을 보이고 있었지만, 특히 마지막 오페라 「파르지팔」에서 기독교 예배식이 아예 무대를 지배하는 것을 보면서 니체는 바그너와 사상적으로 결별했다. 같은 시기에 그는 쇼펜하우어의 관점에서도 완전히 벗어난다.

작가 토마스 만은 예술과 사상의 형성기인 10대 시절에 이들 세 사람에게서 깊은 영향을 받았다. 『베네치아의 죽음』(*Der Tod in Venedig,*

1912)에 이르기까지, 그의 초기 작품들은 내용 측면에서 몰락과 죽음 등 하강의 방향성을 보인다. 또한 예술 기법의 면에서도 '주도 동기' (Leitmotiv) 등 바그너의 영향을 뚜렷하게 드러낸다. 사상적으로는 니체의 비판적 관점을 받아들였다. 토마스 만은 평생 바그너의 오페라 무대를 좋아했으면서도, 바그너를 통렬하게 비판한 니체의 경고를 한 번도 잊은 적이 없었다. 덕분에 그는 자기가 열렬히 사랑하는 것을 언제나 동시에 비판적인 눈길로도 바라보는 법을 익혔다.

그는 이렇게 비판을 동반하는 애착을 "눈 밝은 사랑" "인식하는 헌신"이라고 부르면서, 이것이 니체에게서 배운 태도라고 고백한다. 이것이 바로 토마스 만의 '양가(兩價) 관점'(Ambivalenz)이다.[3] 즉 사랑과 비판을 동시에 지니는 관점이다. 그는 (생산적인) 비판을 포함하는 사랑만이 진짜 사랑이고, 이것만이 진정한 관심, 지적인 사랑이라고 여겼다.[4] 비판 없는 무조건적인 숭배 혹은 사랑을 일종의 무지한 가짜 사랑이라고 본 것인데, 히틀러가 등장한 뒤로 그의 이런 관점은 더욱 강해졌다.

히틀러의 나치즘은 증오를 발판으로 이분법 사회를 만들어내는 것이고, 실제로 히틀러는 유대인에 대한 증오를 토대로 권력을 거머쥐었다. 이것이 오늘날 우리 사회에서도 널리 거론되는 파시즘의 핵심 개념임을 생각하면, 니체와 토마스 만이 일찌감치 보여준 '양가 관점'의 가치가 아주 분명해진다. 이런 양가 관점과 태도에서 토마스 만의 독특한 문장 특성들이 나온다.

첫 장편소설로 노벨문학상을 받다

그는 멍 때리는 시간도 많았지만, 성실한 사업가(시민)인 아버지의 습관을 물려받아 매우 근면하게 작업했다. 그리고 26세에 발표한 첫 장편소설 『부덴브로크 가의 사람들. 어느 가문의 몰락』(*Buddenbrooks. Verfall einer Familie*, 1901)으로 54세인 1929년에 노벨문학상을 받았다. 스웨덴 한림원은 특이하게도 수상작으로 이 작품만을 콕 짚었다. 또 다른 대표작인 『마의 산』(*Der Zauberberg*, 1924)이 이미 발표된 다음이었기 때문에, 이는 상당히 특이한 일이었다.

『부덴브로크 가의 사람들』은 뤼베크의 상인 가문이 4대에 걸쳐 몰락하는 과정을 다룬 소설이다. "철저히 (19세기) 유럽 사실주의 전통에 속하면서도 철학적인 소설"이고 "독일 시민계급 영혼의 이야기"(에리히 헬러)로서[5] 당연히 독일과 유럽의 시민계층에 엄청난 호소력이 있었다. 영리하고 견고한 기업가 정신으로 재산을 모은 증조할아버지부터, 튼실한 실용적 이상을 지닌 할아버지, 이어서 가문의 세력이 절정에 도달하지만, 속으로는 이미 여러 문제를 의식하는 아버지, 마지막으로 섬세한 감수성을 지닌 예술가 유형으로서, 사업 능력이 없는 후손에 이르기까지의 이야기를 담아냈다.

원래는 마지막 2대의 이야기를 다룬 단편소설을 구상하다가 —3대인 토마스 부덴브로크의 몰락과 마지막 4대인 한노 부덴브로크의 죽음을 핵심 내용으로 하는— 서사적 본능이 작동하면서 그 이전의 조상 이야기를 덧붙여서 장대한 가문 이야기로 확장했다.[6] 앞에서도 말했듯, 이것은 단순히 한 집안의 일만이 아니라, 당시 한 사회 계층이 내부에서부터 붕괴하는 과정을 보여주는 것으로, 이 소설은 가문의 비극을 넘어선 사회소설의 특성을 드러낸다.

아예 '몰락'을 제목으로 뽑은 이 웅장한 소설은 세기말 유럽의 데카당스 문학을 대변하는 기념비적인 작품이다. 전통적인 시민계급에 예술가 유형이 나타나면서 한 가문이 몰락한다는 전개에는 작가 자신의 체험이 거의 고스란히 반영되어 있다. 한동안 토마스 만의 작품에서 가장 중요한 주제가 되는, '시민'과 '예술가'라는 대립항이 어디서 나온 것인지도 여기서 분명히 알아볼 수 있다.

시민과 예술가:「토니오 크뢰거」

토마스 만은 유명한 장편소설을 여러 편 남겼지만, 빼어난 단편소설 작가다. 다만 그의 단편소설은 우리의 기대보다 규모가 훨씬 크기에, 짧은 것을 좋아하는 오늘날 사람들의 취향을 고려하면, 단편이라는 말을 빼버리고 그냥 '소설'이라고 불러도 좋을 정도다. 그러니까 그의 장편소설은 요즈음의 대하소설에 해당하고, 단편소설은 오늘날 우리에게는 거의 소설이다. 『부덴브로크 가의 사람들』을 발표하고 2년이 지난 1903년(28세)에 그는 여러 단편소설을 모은 단편집 『트리스탄』을 발표했다. 여기에는 「토니오 크뢰거」「트리스탄」 등 그의 중요한 소설들이 포함되어 있다.

먼저 「토니오 크뢰거」는 작가의 자전적 요소들을 잔뜩 포함한다. 주인공 토니오 크뢰거는 북쪽의 자그마한 항구도시 출신으로, 일찌감치 고향을 떠나 뮌헨에 정착한 '서른 남짓' 된 작가다.

어린 시절 고향의 기억을 다룬 1장과 2장은 그 외로움과 동경으로 우리나라의 많은 독자에게도 깊은 인상을 남겼다. 대(大)상인으로서 시의 공직까지 겸한 크뢰거 영사의 아들 토니오는 남미 출신 어머니 덕분에 이국적인 이름과 살짝 이국적인 용모와 성향까지 얻었다. 피아노와 만돌린 연주를 잘하는 어머니에게서 예술적 성향과 기질도 물려받아 책을 많이 읽고 시도 쓴다. 하지만 그는 자신의 이런 성향과 재능이 시민사회보다는 어딘지 "초록색 마차를 타고 유랑하는 집시"에 더 가까운 게 아닌지 남몰래 의구심을 갖는다.

그러면서 같은 시민계급 출신 중에서도 전형적인 북부 사람의 용모와 이름을 지닌 소년 한스 한젠과 소녀 잉에보르크 홀름을 한없이 사랑하고 동경하고 질투한다. 책 읽기를 좋아하는 자신과는 달리 승마와 댄스를 좋아하는 그들의 관심과 주목을 받을 수 없었기에, 14세, 16세 토니오는 불행하고 왕따의 느낌도 지니고 있다. 여기서 독자는 명문 시민계급 출신인 토니오가 자기와 같은 시민계급 사람들 사이에서 느끼는 균열과 갈등을 보는데, 이는 주로 그가 지닌 이국적인 이름과 용모, 나아가 예술가 기질 때문에 생기는 일이다.

외톨이 아웃사이더이던 그는 일찌감치 고향을 떠나 남국의 대도시들을 떠돌다가 뮌헨에 정착한다. 방종한 생활 탓에 건강도 조금씩 나빠졌다. 하지만 놀랍게도 "건강이 나빠지는 만큼 그의 예술가 재능은 까다롭고도 뛰어나며 값지고 섬세해졌고, 진부한 것을 예민하게 거부하면서, 박자와 취향의 문제에서 극도로 날카로워졌다." 결국 그는 등단하자마자 곧바로 큰 갈채를 받으며 재빨리 명성을 얻었고, 살짝 이국적 느낌이 감도는 이 시민의 이름은 탁월함을 나타내는 공식이 되다시피 한다. "체험의 철저함과 끈질기게 버티며 명예를 탐하는 드문 근면성이 합쳐져서, 격한 통증을 느끼며 자기 취향의 선택적인 예민함과 싸우는 가운데 비상한 작품을 만들어냈기" 때문이다.

젊은 토마스 만의 예술론을 상당히 명확하게 보여주는 4장에서, 토니오는 또래의 화가 친구인 리자베타 이바노브나와의 긴 대화에서 자기가 생각하는 예술가 특성을 상세히 설명한다. 그에 따르면, 예술가는 삶에 직접 뛰어들지 못하고 거리를 두면서 냉담하게 삶을 관찰하고 표현하는 사람이다. 즉 양식, 형식, 표현 등의 재능은 인간적인 것에 대한 냉담하고도 선택적인 관계를 전제로 한다. 예술가란 "인간적인 것에 동참하지 못하면서 인간적인 것을 표현하느라 간혹 죽을 만큼 피곤한" 사람이다. 예술가가 인간이 되고 느끼기 시작하면 예술가로서는 끝장이라는 것이다.

그런데도 토니오는 마지막에 "삶을 사랑한다"라고 고백한다. 그러니까 그는 보통 사람처럼 살고 또 느끼고 싶지만, 예술가로서 삶을 제대로 표현하려면 그래선 안 되고, 그래서 늘 내면의 갈등을 느낀다. 그의 기나긴 장광설을 참을성 있게 듣던 리자베타는 토니오가 '시민'일 뿐이며, 그게 바로 그가 지닌 문제의 해결책이기도 하다고 말한다. 그녀의 판결에 따르면, 토니오 크뢰거는 "길을 잘못 든 시민, 길 잃은 시민"이라는 것이다.

이런 대화의 다음에 작품의 흥미로운 종결부가 나타난다. 토니오는 자신의 고향 도시를 거쳐 덴마크로 여행을 떠난다. 고향에서 14세 무렵에 한스와 함께 산책하던 길을 산책하며 어린 시절을 회상하다가, 그 시절에 살았던 양친의 저택이 지금은 민중 도서관으로 바뀐 것을 본다. 도서관의 책들을 둘러보고 옛날에 자기가 쓰던 방의 바뀐 모습까지 구경하고 건물에서 나오다가, 도둑을 잡으려는 경찰관이 낯선 그를 도둑으로 오해해서 한바탕 실랑이를 벌이는 우스꽝스러운 장면이 나온다. 그는 고향 사람들에게 자기가 실은 옛날 이 저택 소유주의 아들임을 밝히지 않음으로써, 성공한 사람의 자신감을 은근히 속으로만 간직한다.

여행의 목적지인 덴마크의 섬에서 그는 커플이 되어 나타난 옛날의 한스 한젠과 잉에보르크 홀름을 목격하지만, 당당히 그들 앞에 나서지 못하고 베란다에 숨어서 그들이 파티장에서 춤추는 광경을 지켜본다. 옛날과 비슷한 광경이 다시 펼쳐지고, 동경의 대상인 아름답고 당당한 시민을 향한 주인공의 동경과 그리움도 다시 나타난다.

마지막에 그는 리자베타에게 편지를 쓴다. "길 잃은 시민"인 자기는 아직 "시민의 양심"을 지니고 있다고. 그런 양심 덕분에 모든 예술성과 탁월함과 천재 속에도 들어 있는 이중적인 것, 의심스러운 것을 보게 된다. 그는 이렇게 두 세계, 즉 시민의 세계와 예술가 세계 사이에 서 있다. 그렇게 중간에 서서 자신은 여전히 금발과 푸른 눈, 저 밝은 삶과 행복, 사랑스럽고 행복한 사람들을 사랑할 수밖에 없다. 삶을 향한 이 사랑을 앞으로도 계속 지닐 것이라고 한다.

2. 토마스 만의 지적이고 복합적인 특성

시민계급 출신 예술가인 토마스 만은 80년을 살면서 상당히 많은 대작을 남겼다. 『베네치아의 죽음』 이후로는 작품에서 붕괴와 데카당스가 사라지면서 주제와 관심사가 점차 고전과 신화의 세계로 옮겨간다. 후기 토마스 만은 『마의 산』과 여러 편의 단편소설을 빼고도, 『요셉과 그의 형제들』(4부작), 『바이마르의 로테』『파우스트 박사』『선택된 인간』『사기꾼 펠릭스 크룰의 고백』(미완성) 등의 대하소설을 남겼다.

처음 등장할 때부터 그의 작품들은 19세기 사실주의 소설의 전통을 계승하면서도, 동시에 전통적 예술을 패러디하고 텍스트 안에 그에 대한 주석까지 등장시킴으로써 문학에 관심을 가진 사람들을 매혹하고 자극했다. 처음부터 전통의 방식과 아울러 20세기 문학의 모더니즘 특성도 함께 보여준 것이다. 대체로 치밀한 사실주의의 면모를 보이는 가운데 모르는 사이 차츰 상징의 영역으로 들어서고, 점차 신화적 요소까지 드러낸다. 전승된 소설 기법에다가 모더니즘의 상징적·심리적·예술적 세련미를 덧붙이는 지적이고 복합적인 특성들로 인해, 그의 작품은 독자를 매혹하면서도 동시에 학문의 대상이 되곤 했다.

작품의 전체 구조: 단일 공간에서 완결되는 이야기

그의 장편소설들은 처음에 개인적인 모티프에서 출발하더라도 점차 관점과 영역을 확장하면서 사회와 세계를 보여주는 보편적인 모습으로 발전한다. 초기 소설에서 이미 당대의 거대한 흐름과 사회상이 매우 뚜렷하게 표현되었다.

하지만 후기의 대하소설들은 역사적 소재로 넘어가면서, 고대 바빌론의 천문학에서 이집트의 파라오 궁전, 중세의 연금술과 교황의 생애, 쇤베르크의 12음계에 이르기까지, 고대와 현대의 동서양 문화적 전승을 아우르며 작품의 외연이 거대해졌다. 한 개인으로서는 그런 내용을 따라가기가 쉽지 않을뿐더러, 오늘날에는 더욱이 역사의 내용을 자세히 머리에 간직할 필요도 없어졌다. 이런 이유에서 그의 후기 작품은 오래전부터 거의 읽히지 않게 되었다.

장편이든 단편이든 토마스 만의 작품은, 다층적 구조가 아닌 단일 공간에서 벌어지는 사건을 다루며, 딱 떨어지는 종결부를 보인다. 독자는 끝이 잘 마무리된 이야기에서 상당한 재미와 만족감을 느낀다. 이는 전통소설의 좋은 점이다.

다만 이런 구조를 지닌 그의 거대 소설들, 특히 과거의 사건들을 다루는 후기 소설들은 작품 자체가 마치 역사의 현상처럼 보이게 된다.[7] 오늘날 독자는 토마스 만의 (초기 장편소설 한두 편과) 주요 단편소설을 읽는 것으로 충분할 것 같다.

다만 지금도 여전히 흥미로운 그의 양식 혹은 문체의 특성 몇 가지를 간단히 살펴보자.

문체의 특성

① 거리(Distanz) 두기와 복합문

작가인 토니오 크뢰거의 관점에 따르면, 예술가는 "삶에 직접 뛰어들지 못하고 삶에 거리를 두면서 냉담하게 그것을 관찰하고 표현하는" 사람이다. "그가 인간이 되고 느끼기 시작하면 예술가로서는 끝장"이다. 이 말은 예술가가 삶의 격정이나 고통을 느끼면 안 된다는 뜻보다는 예술가로서 표현할 때, 그런 격정이나 고통의 한가운데 있으면 안 된다는 말이다. 즉 삶의 격한 감정을 경험할 수야 있겠지만, 이미 극복되고 어느 정도 거리를 두고서만 그것을 관찰하고 표현할 수 있다는 뜻이다.

어차피 예술가가 삶에서 매우 적극적인 행동가나 모험가가 되는 일은 아마 매우 드물 것이다. 그보다는 주로 관찰과 사색을 하는 사람이다. 이는 괴테 시학의 핵심인 미적 거리(ästhetischer Abstand)와도 비슷한 생각이다.

예술가가 이런 거리를 지키지 못하고 삶이나 격정에 빠져들어 얼른 다시 벗어나지 못하면, 예술가로서 망가지면서 힘든 추락을 겪게 되는데, 『베네치아의 죽음』에서 주인공인 작가 아셴바흐의 운명이 그런 추락의 과정을 보여준다. 실은 예술가만이 아니라 누구라도 특별한 격정에 사로잡히면 추락을 겪기 쉽다.

토마스 만 소설에서는 인물이나 상황의 서술에서 한 문장 또는 한 단락 안에 모순되는 두 가지 특성이 동시에 표현되는 것을 경험한다. 멍하니 읽어 나가던 독자는 갑자기 어리둥절함을 느낀다. 뒤늦게 "방금 내가 읽은 게 뭐지?" 하는 생각으로 한참 앞으로 돌아가 다시 읽어도 툭 하면 서술의 핵심을 놓치는 일이 일어난다. 이는 인물 서술에서 자주 긍정적인 특성과 부정적인 특성이 함께 섞이기 때문에 일어나는 일이다.

『베네치아의 죽음』에서 예를 들어보자. 제2장은 작가 주인공의 본질과 업적을 상세히 설명하는 장이다. 그의 출신과 조상을 간략하게 소개한 첫 문단에 이어서, 두 번째 문단은 이렇게 시작한다.

"그의 본질 전체가 명성을 지향했기에, 본래 조숙한 편은 아니라도, 그는 말투의 단호함과 개성적인 의미심장함 덕분에 일찌감치 대중에게 성숙하고도 능란한 모습을 보였다."

작가로서 크게 성공한 50대 주인공의 본질과 재능을 서술하는 첫 문장인데, 여러 복잡한 내용을 한 문장 안에 모아놓았다. 맨 먼저 "그의 본질 전체가 명성을 지향했기에"라는 도입부 구절이 잠깐 마음을 흔든다. 모든 예술가는 아마도 명성을 지향하겠지만, 그의 본질 전체가 추구하는 것이 명성이라니! 성공한 작가로 명성을 얻었으니 틀린 말은 아니지만, 그런데도 이 표현은 예술가의 본질이 무엇인가에 대해 독자를 잠깐 사색하게 만든다.

이어지는 말은 그가 조숙한 편이 아니라는 것이다. 즉 그가 일찍 재능을 드러내는 천재 종류는 아니라는 말이다. 조숙한 천재는 아니지만 그래도 그에게는 말투의 단호함과 개성적인 의미심장함이라는 재능이 있다. 이 재능을 잘 이용해 일찌감치 대중에게 성숙하고 능란하다는 이미지를 만들어냈다는 것이다. 이 또한 독자를 멈칫하게 만드는 말투다. 그가 진짜로 그렇다는 건가? 아니면 그렇게 보이기만 했다는 건가?

뒤이어 나오는 문장들에 따르면, 그는 고등학생 시절에 이름을 알리고 10년 뒤에는 벌써 "자신의 명성을 관리"하는 법을 익혔다. 하지만 40대가 되자 완전히 지쳐버렸다. 다음 문단에서 그 이유를 알게된다. 천재가 아니면서도 일찌감치 명성을 얻은 데에는, 남들 눈에 보이지는 않아도 엄청나게 끈질긴 노력이 있었다. 원래 체력이 강한 편이 아니고, 오히려 체력은 그의 재능에 훨씬 못 미치는데도 "평생 주먹을 단단히 움켜쥐고" 지칠 줄 모르는 노력으로 자신의 명성을 만들어내고 관리해왔다. 보이지 않는 굉장한 노력으로 만들어진 그의 주요 작품들이 2장에서 상세히 서술된다.

위에 인용한 복합문에서 우리는 토마스 만 특유의 객관성 혹은 이중관점과 거리두기 태도를 볼 수 있다. 아이러니도 감추어져 있다. 얼른 이해하기 힘든 길고 복잡한 그의 문장에는 자주 이런 특성이 숨어 있다. 유감스럽게도 번역된 문장으로는 알아내기가 쉽지 않은 특성인데, 이런 복합문은 토마스 만의 지적인 눈길을 가장 잘 보여주는 부분이다.

② 아이러니(비틀기 또는 비꼬기): 「트리스탄」

아이러니는 무엇보다도 문체의 특성이지만, 토마스 만은 뒷날 '소설의 기법'이라는 강연에서 아이러니를 아예 '서사 예술정신'과 동의어(Synonym)라고 부른다.[8] 다른 말로 하자면 아이러니야말로 적어도 그의 소설에서는 핵심이라는 뜻이다. 흔히 우리말로 '반어(反語)' 또는 '비꼬는 말'이라 옮겨지기는 하지만, 아이러니는 그보다는 훨씬 더 폭이 넓다. 전체 이야기를 아예 아이러니의 관점에서 읽어야 하는 작품이 바로 「트리스탄」이다.

「토니오 크뢰거」에서 그렇듯 여기서도 시민과 예술가가 등장한다. 북부 한자 동맹 도시의 상인 클뢰터얀 씨와 스위스 아인프리트 요양원에서 빈둥거리며 작가라고 자처하는 슈피넬 씨가 제각기 두 세계를 대표한다.

이 두 인물은 아이러니와 패러디를 동원해 잔뜩 뒤틀린 모습으로 서술된다. 부유한 클뢰터얀은 품위와 교양은 전혀 없이 노골적으로 먹을 것과 여자를 밝히는 사람이다. 작가 슈피넬은 뭔가 소설 한 권을 써서 출판했다는데, 작업은 하지도 않고 매일 답장도 못 받는 편지 몇 통을 쓰는 게 고작이다.

오히려 그보다는 "폐가 아니라 기관지를 앓고" 있다는(이 또한 아이러니다) 클뢰터얀의 젊고 아름다운 아내가 오히려 예술가의 면모를 보인다. 작품 한가운데서 그녀는 긴 시간 동안 바그너의 오페라 「트리스탄과 이졸데」 1막과 이어서 2막 연인들의 밀회와 사랑의 장면을 피아노로 연주한다.

병든 그녀의 등장으로 시작해서 죽음으로 끝나는 이 소설은, 근본적으로 우울한 줄거리인데도 전체 서술이 상당히 우스꽝스럽다. 그 우스꽝스러움, 즉 아이러니의 언어와 상황을 이해하는 것이 사실상 이 소설에서 가장 중요한 핵심이다.

주로 폐병 환자들이 머무는 아인프리트 요양원에는 널리 알려진 유능하고 유명한 원장 말고도, 불치의 환자들을 맡았다가 환자가 죽으면 조용히 뒷문으로 내보내는 이름 없는 또 다른 의사가 있다. 또한 원장 부인 자리를 노리며 알뜰히 안살림을 챙기는 여성 관리인도 있다. 부자 환자들을 환영하는 이 요양원은 실제로는 이렇듯 사업상의 영리함으로 운영된다. 1장의 요양원 서술이 이미 비꼬기로 출발한다.

주인공 슈피넬은 작가라는 말을 좋아하는 딜레탕트에 지나지 않는다. 예술가로서 감정을 절제하거나 거리를 두는 일에 대해서는 전혀 알지도 못한 채 그는 아름다운 대상을 보면 감탄사를 연달아 내뱉으며 제 감정에 도취해서 말이 많아진다. 예술가라는 자의식이 아예 없는 클뢰터얀 부인은 슈피넬의 말솜씨에 경탄하며 조용히 (실은 결핵을) 앓고 있다.

8장에서 그녀의 피아노 연주가 등장한다. 바그너의 오페라 「트리스탄과 이졸데」 1막에 이어 극도로 격정적인 사랑과 죽음의 감정이 지속되는 2막을 피아노로 연주한 일이 병약한 그녀의 몸과 마음을 몹시 자극하고 지치게 했다. 그녀의 건강은 급격히 나빠졌고 결국은 죽음에 이르게 된다.

그녀의 마지막을 보기 위해 아들과 유모를 데리고 다시 찾아온 클뢰터얀에게 슈피넬은 용감한 항의 편지를 써서(그의 작업) 직접 건네지 않고 우편으로 부친다. 그녀가 죽어가는 동안, 클뢰터얀은 그 편지를 들고 슈피넬의 방으로 찾아와 한바탕 분노한 공격을 퍼부어대다가, 도중에 아내가 위급하다는 말을 듣고 달려나가는 바람에 끝을 보지 못했다. 슈피넬은 이어서 정원을 산책하다가 유모차에 태워진 클뢰터얀의 어린 아들을 우연히 만나고, 통통하고 건강한 아기의 쾌활한 환호성과 웃음에 쫓겨 줄행랑을 친다. 이것이 소설의 마지막 장면이다.

③ 주도 모티프(Leitmotiv)—반복되는 모티프

'주도 모티프'는 원래 바그너가 오페라 작품에서 사용한 음악적 모티프를 가리키는 말이다. 작은 단위의 음이 모인 모티프들은(음표 한두 개만으로 이루어진 것도 있다) 거대한 오페라 안에서 거듭 변주되면서 모티프들 여럿이 한데 합쳐서 쓰이거나 단독으로 계속 반복된다. 물론 중요한 모티프는 전체 주제가 되기도 한다. 이런 바그너의 음악적 모티프를 토마스 만은 소설에서 언어로 바꾸어 이용했다. 그의 문학작품에서 작은 단위와 큰 단위의 모티프들이 되풀이되는 것을 볼 수 있다.

낱말 차원의 모티프들은 쉽사리 찾고 이해할 수 있다. 예를 들어 「토니오 크뢰거」에서 한스와 잉에는 북유럽의 전형적인 금발에 푸른 눈을 하고, 운동 능력이 뛰어난 사람들이다. 한스는 말을 잘 타고 잉에는 춤을 잘 춘다. 하지만 짙은 색 눈의 토니오는 춤을 추다가 실수하기 일쑤다. 춤 교실에서 만난 "크고 검고 빛나는 눈"을 가진 소녀도 춤을 추다가 넘어지곤 한다. 뒷날 토니오의 화가 친구인 리자베타도 갈색 머리카락에 검은 눈이다. 그녀는 토니오와 비슷한 계열의 인물로, 그와는 "같은 언어"를 쓰는 사람이다. 두 사람은 삶과 예술에 대해 아주 깊은 대화를 나눈다.

그러니까 이 작품에서 푸른 눈이냐 검은 눈이냐, 신체 능력이 좋으냐 떨어지냐 등은 일종의 인물 유형 모티프와 연결된다. 즉 심각한 생각이나 독서 등에는 관심이 없이 열심히 삶을 즐기는 사람(푸른 눈)과, 자주 사색에 잠기는 정신적인 사람(검은 눈)을 구분해준다. 여기 등장하는, "삶과 정신의 대립"은 니체의 개념이기도 하다. 어쨌든 예술가는 관찰하고 사색하는 사람이다.

긴 시간이 흐른 다음 작품의 마지막인 덴마크 부분에서도 다시 같은 모티프와 줄거리가 되풀이된다. 그곳에서 토니오는 "푸른 눈, 금발 머리카락"의 사람들을 많이 만나고 옛날의 아웃사이더 감정도 다시 느낀다. 나중에는 거기서도 춤판이 벌어진다. 그곳에서 우연히 다시 보게 된 잉에와 한스는 능숙하게 춤을 추지만, 또 다른 "창백하고 섬세한 얼굴"의 아가씨는 춤추다 넘어진다. 옛날이나 비슷하게 토니오는 몰래 숨어서 그들을 지켜보며 안타까워 한다.

물론 모티프는 바그너나 토마스 만만 이용하는 것은 아니다. 하지만 거의 기계적으로 반복되는 낱말과 상황, 줄거리 등은 토마스 만의 작품에서 상당히 전형적인 기법이다.

3. 『베네치아의 죽음』: 궁극의 퇴폐미

이것은 초기 토마스 만의 마지막 작품으로, 단편소설이지만 실질적으로는 『부덴브로크 가의 사람들』『마의 산』과 더불어 그의 대표작으로 전혀 손색이 없다. 전형적인 데카당스 작품으로서 베네치아라는 도시 분위기와 작품 전체를 관통하는 퇴폐적 미학이 단연 압권이다. 원래 단편소설로 쓰였지만 넘치도록 수많은 함축의미가 담겼다. 줄거리 선이 명료하고 종결부가 확실하다는 토마스 만 작품의 특성과 한계도 뚜렷하지만, 그런데도 어딘지 영역을 넘어서며 열린 듯한 느낌을 주는 것은 아마도 아릿한 종결부 서술 때문일 것이다.

바그너에게 바치는 오마주

1911년 초 토마스 만은 베네치아 앞의 리도(Lido)섬에 머물면서 『펠릭스 크룰』(*Felix Krull*)을 작업하고 있었다. 그러다 처음에는 별 부담감 없이 "금방 끝낼 수 있는 즉흥곡이자 중간에 끼워넣기"(1930년의 『약력』에 나오는 표현) 작업이라 여기고 이 단편소설을 쓰기 시작했다. 그러나 이 작업은 실제로는 완성까지 1년 정도가 걸렸고, 여러 면에서 연관성이 극히 풍부한, 다양한 해석이 가능하고 실제로 다양하게 해석되는 그의 대표작이 되었다. 루카치에 따르면 이 작품은 작가가 내놓은 일종의 '자기 심판'에 해당한다.

작가는 원래 『마리엔바트의 괴테』(*Goethe in Marienbad*)라는 작품을 구상했다. 언뜻 안전해보이는 생존 한가운데로 갑자기 "정열이 끼어들면서 … 높이 승화된 정신이 품위를 잃는" 비극을[9] 다룬다는 구상이었다. 하지만 괴테라는 주인공을 포기한 것은 토마스 만이 그를 존중해서라기보다는, 단순히 품위 상실의 단계를 넘어 예술가의 타락과 몰락까지 다루려는 의도에 따른 것이었다. 당연히 주인공 작가의 이름이 바뀌게 되었다.

토마스 만은 1911년 5월 풀라(Pula, 현재 크로아티아)의 호텔에 머물고 있을 때 신문에서 구스타프 말러가 죽었다는 기사를 읽었다. 여기서 영감을 얻어 이 소설 주인공의 겉모습을 작곡가 구스타프 말러의 '정열적으로 엄격한 모습'에서 빌리고, 그의 이름도 가져왔다. 아울러 소설 주인공 구스타프 아셴바흐의 여정은 풀라를 거쳐 배를 타고 베네치아로 오는 것이 된다.

그 밖에도 『베네치아의 죽음』이란 제목은, 바그너 숭배자 토마스 만에게는 물론 베네치아에서 죽은 바그너에 대한 기억을 암시하며,

바그너에게 바치는 오마주이기도 하다.

5장으로 구성된 작품

갑작스러운 여행의 욕망으로 시작한 이야기는 시간이 흐르면서 점차 "죽음을 향한 여행"으로 변한다. 작가가 "품위 상실의 비극(Tragödie)"이라고 부른 이 서사 작품은 전통적인 5막 비극의 겉모습을 취해 총 5장으로 구성되었다.

제1장: 50대의 작가 구스타프 아셴바흐는 뛰어난 업적으로 귀족 작위까지 얻은 인물이다. 5월 초 어느 날 뮌헨의 자택에서 산책에 나섰다. 북부 공동묘지 옆을 지나가다가 (장례식용) 홀의 입구에 독특한 여행자 풍모의 사내가 서 있는 것을 보고 잠깐 그와 눈길을 교환한다. 이어서 갑자기 내면에서 여행의 욕망이 치솟는 것을 감지하고는 휴가를 결심한다.

제2장: 그는 법관의 아들로 선조들은 시민계층으로서 장교, 판사, 고위 관리 등을 지냈다. 보헤미아 악단 지휘자의 딸인 어머니에게서는 성마르고 관능적이며 예술적인 기질을 물려받았다.

건강이 좋은 편이 아니면서도 명성을 지향하는 사람이었기에, 어머니에게서 받은 예술적 재능을 아버지 쪽에서 물려받은 엄격한 절제력으로 연마하고 관리해 일찍 명성을 얻었고, 극히 근면하게 작업해서 상당한 업적을 이루었다. 50세에는 귀족 작위를 받고, 작품이 교과서에 실릴 정도가 되었지만, 조금도 긴장을 풀지 못한 채 작업을 계속하며 점차 극도의 피로 상태에 도달한다. 한참 전에 아내가 죽어

오래전부터 홀아비 신세다.

　제3장: 여러 일들을 정리하고 5월 말에 여행을 출발, 트리에스테
를 거쳐 아드리아해의 이스트리아반도 풀라 근처 섬에 며칠 머물다
가 얼마 지나지 않아 베네치아로 가기로 마음을 바꾼다. 풀라에서 증
기선을 타고 베네치아 항구로, 다시 거기서 곤돌라를 타고 리도섬으
로 이동해 예약한 호텔에 들어간다. 그리고 호텔에서 폴란드인 가족
을 본다. 어머니, 가정교사, 누이들과 함께 있는 14세 소년 타치오를
보고 그 완벽한 아름다움에 경탄한다. 매일 해수욕장에서 노는 소년
을 바라보면서 나이 들어가는 작가는 점점 더 소년의 아름다움에 빠
져든다.
　하지만 시로코와 육지 바람이 뒤섞여 만들어내는 후덥지근한 베네
치아 날씨가 건강을 해치기 때문에 그는 트리에스테를 거쳐 알프스
의 별장으로 옮기기로 마음먹는다. 그러나 베네치아 기차 정거장에서
짐이 트리에스테가 아닌 코모행 기차에 실렸다는 사실을 알게 되자,
그는 여행을 포기하고 속으로 좋아하며 호텔로 돌아온다. 리도의 호
텔에서 타치오를 다시 보는 순간 크나큰 기쁨을 느끼면서, 베네치아
를 떠나기가 그토록 힘들었던 이유가 바로 그 소년 때문이라는 사실
을 깨닫는다.

　제4장: 원래 냉정하고 합리적이던 아셴바흐는 온전히 감정에 자신
을 내맡기고 소년의 아름다움에 홀려 폴란드 가족의 뒤를 졸졸 따라
다닌다. 그러면서 플라톤의 대화편『파이드로스』에서 소크라테스가
젊은 파이드로스에게 아름다움에 대해 가르치듯, 거듭 고대 그리스

신화의 내용을 인용하며, 자신의 감정을 그와 비교한다. 모든 서술과 언어가 고대 그리스 신화의 인물들과 고전으로 가득 채워진다. 4장의 마지막은 그가 혼잣말로 내뱉는 고백이다. "너를 사랑해!"

제5장: 전염병 콜레라가 베네치아를 덮쳤다. 관광객 감소를 염려하는 당국은 사실을 은폐하기에 급급하다. 이상한 기미를 느낀 아셴바흐는 정확한 사정을 알아내려고 애쓴다. 호텔 지배인이나 거리 악사에게서도 알아내지 못하다가 여행사의 영국인 직원에게서 전체 상황을 알게 된다. 도시 폐쇄의 위험이 눈앞에 닥쳤으니 당장 떠나라는 말을 듣고도 그는 머뭇거리며 타치오의 뒤를 따라다닌다. 머리 염색과 화장까지 하고 잔뜩 멋을 부린 채 모든 체통을 내버리고 더운 베네치아 거리로 타치오를 따라다니다가, 농익은 딸기를 먹고 결국은 콜레라에 걸린다. 바닷가에 앉아 그는 눈을 감는다. 멀리서 미소 짓는 아름다운 소년을 바라보면서.

어느 죽음 이야기: 에로스와 타나토스의 유혹
① 길 잃은 예술가

앞에서 이미 많은 이야기를 했으니 이제 간략하게 마무리하기로 하자. 아셴바흐는 상인 집안은 아니라도 역시 시민계급 출신으로 작가가 되었지만, 토니오가 지닌 "길 잃은 시민"이라는 의식은 없다. 처음부터 명성을 갈구하던 그는 비상한 노력과 절제력으로 예술을 통해 명성에 도달했다. 예술가로서는 근본적으로 토니오와 비슷하게 성실한 사람이다. 근면하게 작업을 계속하다가 휴가에 나서면서 일시적으로 작업을 중단했지만, 4장부터는 모든 객관적 사색을 멈춘 채 온전히 감정에 빠져들면서 예술가로서의 길에서 벗어난다. 즉 온전히 "길 잃은 예술가"의 행적을 보이는 것이다.

그가 추락하는 모습은 증기선에서 만난 노인이 미리 보여준다. 틀니를 덜컥대면서도 화장하고 잔뜩 멋을 부린 채 젊은이들과 어울리는 노인의 그로테스크한 행동은 독자에게 상당한 충격을 불러일으키는데, 어린 소년을 따라다니는 아셴바흐는 점점 그 우스꽝스럽고 추한 노인을 닮아간다. 리도섬에서 구걸하는 악사들을 이끄는 익살꾼 사내도 어딘지 비슷하게 추하고 우스꽝스럽다. 이들 그로테스크한 인물들은 추락하는 아셴바흐의 모습을 미리 보여준다. 나이 들어가면서 젊음의 아름다움을 동경하고 사랑하는, 다만 욕망의 도가 지나쳐서 추하게 되고 마는.

② 신화 모티프

이 소설은 처음부터 나이 들어가는 예술가가 죽음으로 향하는 여정을 다룬다. 뮌헨의 공동묘지 구역을 지나던 주인공은 여행자 차림의 낯선 사내를 멀리서 보고는 여행의 욕망이 걷잡을 수 없이 솟구치는 것을 느낀다.

튼튼한 여행자 복장에, 비스듬히 지팡이를 기대고 발을 꼬고 선 사내의 서술은 그리스 신화에서 신들의 심부름꾼인 헤르메스를 연상시킨다. 그렇다. 그는 여행하는 신이며, 죽음의 메시지를 전달하는 신이다. 아셴바흐는 의식하지 못한 채 죽음의 초대장을 받아 들고 여행에 나서는 것이다.

그의 여정은 이스트리아반도의 풀라를 거쳐 베네치아로 향한다. 풀라에서 증기선에 오른 그는 "염소수염 사내"에게 뱃삯을 내고, 베네치아에 도착해서는 곤돌라를 타고 리도섬으로 건너간다. 증기선의 표 파는 사내와 곤돌라 사공 둘이 합쳐서, 동전 한 푼을 받고 죽은 자를 명부로 데려가는 뱃사람 카론의 역할을 한다. 곤돌라 사공은 바포레토(물 위의 버스)를 타겠다는 고객의 요구를 묵살하고 직접 그를 리도로 데려가지만, 뱃삯을 받지는 못한다. 이미 한 번 뱃삯을 냈기 때문이다. 주인공은 그렇게 해서 자신의 명부(冥府)인 리도섬에 도착한다. 중간에 한 번 도망칠 기회가 있었지만, 통제하기 힘든 욕망으로 인해 그 기회는 도로 사라진다.

마지막으로 그는 에로스와 타나토스를 합친 미소년 타치오를 만난다. 사랑스러운 소년은 아셴바흐가 리도섬을 떠나지 못하게 붙잡는다. 주인공은 소년을 향한 사랑에 붙잡힌 채 오히려 기꺼이 죽음을 향해 나아간다. 자기가 죽는다는 사실을 알아도 전혀 어찌할 수 없다. 그는 소년을 향한 사랑에 홀려서 죽는다.

③ 동성애 모티프

상징적으로 이어지던 신화 모티프와 그리스 신들은 4장에서 은폐를 벗고 직접 모습을 드러낸다. 신들이 모습을 드러내면서 아름다운 소년 타치오가 고전 그리스 조각상의 모습이라는 것도 밝혀진다. 아셴바흐는 플라톤의 『파이드로스』를 동원해, 아름다움의 개념과 본질로 자신을 변명하거나 예술 작업과 연결해보려고 애쓴다. 플라톤의 대화편에서 다루어지는 사랑은 기본적으로 동성애다. 신들의 사랑을 받는 미소년들인 가니메데스와 히아킨토스 이야기도 물론 동원된다. 이 모든 것의 결론은 진부한 표현인 "너를 사랑해!"다.

아름다운 소년을 향한 사랑이 아무리 고전적인 배경이더라도, 이것은 이 작품에서 데카당스 방향을 완성하는 역할을 한다. 작가로 명성 높은 주인공은 사랑의 모습을 한 죽음을 따라가다가 몰락한다. 그가 삶을 내버리며 무너져내리는 그 퇴폐적인 분위기와 소년의 아름다움은 기묘하게 우리를 매혹한다. 에로스 모습의 타나토스, 바닷가에서 아름다운 소년을 바라보며 죽어가는 주인공의 마지막이 독자의 마음을 몹시 흔들어놓는다.

4. 몰락과 추락에서 벗어난 작가

작가 토마스 만은 1904년(29세) 아내 카트리나 카챠 프링스하임과 결혼하기 전까지는 오로지 동성애적 몽상만을 일기와 편지에 기록했을 만큼 원래 동성애 성향을 지녔던 사람이다.

하지만 그는 그녀와 결혼을 결심하면서 '정상적인 삶'을 선택했다. 실제로 평생 동성애를 실천에 옮기지 않았고, 아내와도 6명의 자녀를 두며 마지막까지 좋은 관계를 유지했다. 그의 동성애 성향은 그리스 신화와 고전에 바탕을 두고 이 작품에서(그리고 『사기꾼 펠릭스 크룰의 고백』에서도) 그 모습을 드러냈다.

이 작품을 끝으로 그는 더는 데카당스와 몰락의 이야기를 주제로 삼지 않는다. 이어지는 작품 『마의 산』은 아내가 다보스의 요양원에 입원해 있을 때 그곳을 방문해 여러 주 동안 거기에 머문 것이 계기가 되어 쓰게 된다. 『마의 산』은 '몰락'이 아니라 주인공 카스토르프의 성장과 교양을 다룬다.

토마스 만의 마지막 데카당스 작품인 작가 소설 『베네치아의 죽음』은 그에게 '자기 심판'이자 특별한 '도덕적 자기 기율'의 역할을 했고, "베르테르는 총으로 자결했어도, 괴테는 살아남았듯" 토마스 만 자신은 몰락과 추락에서 벗어나 계속 작가로서의 길을 걸었다.

앙드레 지드의 『반도덕주의자』『좁은 문』 『전원교향곡』

메시아적 해방자인가 악마의 화신인가

동성식 창원대 불어불문학과 명예교수

앙드레 지드
André Gide, 1869-1951

프랑스 파리에서 법학 교수였던 아버지와
독실한 개신교도 어머니 사이에서 태어나 엄격한
청교도적 분위기 속에서 성장했다. 1891년
『앙드레 말테르의 수기』로 문단에 데뷔했고,
이후 『지상의 양식』『좁은 문』『전원 교향곡』
『반도덕주의자』 등의 작품을 통해 위선적인
지식인 사회와 전통적 가치관에 도전했다.
그는 개인의 자유와 자아실현의 문제를 탐구하며
20세기 문학의 선구자로 인정받았으며,
1947년 노벨문학상을 수상했다.
인간 본성을 다각도로 탐구한 그의 작품은
오늘날 작가들에게도 많은 영향을 주고 있다.

"앙드레 지드는 교회의 정통 교리를
신앙적으로 수용하진 않았지만
그 대신 성경을 그의 문학적 상상력이
뿌리내리고 그 속에서 성장하는
풍요로운 모태로 삼았다."

1. 인간의 완전한 자유를 선언하다

앙드레 지드(André Gide, 1869-1951)는 개신교를 믿는 파리의 상류 부르주아 가문에서 태어났다. 아버지 폴 지드는 프랑스 남부의 위제스 출신으로 파리 법과대학 교수였으며, 1863년에 쥘리에트 롱도와 결혼했다. 아버지 쪽의 집안은 대대로 프로테스탄트로 신앙심 깊은 위그노였다. 어머니는 프랑스 북부 노르망디 루앙 출신인데, 롱도 집안의 조상은 모두 오랜 가톨릭교인이었으나 조부가 신교도 여인과 결혼한 후로 개신교인이 되었다.

지드는 이 부부의 유일한 혈육이었는데, 지드가 『일기』에서 자신이 '두 혈통과 두 집안, 두 종교가 빚어낸 결실'이었다고 고백한 것도 바로 이러한 출신 배경에서였다. 물론 지드 정신의 종교적 기반은 개신교라고 해도 무방할 것이다. 그의 극단적인 자기 반성벽도 이 신교도적 혈통과 가정환경 그리고 가정교육에서 비롯되었다고 할 수 있다.

지드가 열두 살 되던 해, 관대했던 아버지가 세상을 떠나자, 그는 완전히 여성적 분위기에서 자라게 된다. 특히 어린 시절부터 어머니의 과잉보호 아래 엄격한 종교적 분위기에서 성장한 그는 일찍부터 자기 희생과 영적인 열정에 길들었으며, 성년이 된 후에도 개신교 도덕률은 그에게 막대한 영향을 미치게 된다. 그런데 어릴 때부터 앓아온 신경장애는 심신의 정상적인 발육과 학교생활에 커다란 걸림돌이 되었고, 이 질환은 마흔 살이 넘자 재발해 그를 괴롭힌다. 또한 가정의 엄격한 청교도적 분위기가 아름다운 것, 자연적인 것을 향하려는 마음에 제약을 주곤 했다. 그의 영혼은 오랫동안 닫힌 상태였던 것이다.

이 닫힌 상태는 두 살 많고 조금 더 성숙한 외사촌 누이 마들렌 롱도에 대한 청순한 사랑에 의해서 비로소 조금씩 열리기 시작한다. 그녀는 지드에게 시를 즐길 수 있는 소양을 길러주었고, 신비주의적 취향을 불어넣어주었다. 1882년 지드는 우연히 외숙모의 불륜 장면을 목격하고 충격을 받는데, 어머니의 불륜으로 인해 마들렌은 심한 고통과 깊은 슬픔에 빠진다. 지드는 어린 마음에도 그녀를 돕는 것만이 자신의 의무이며, 거기에 자신의 존재 이유가 있다고 느낀다.

지드는 자신과 마들렌에게 깊은 상처를 준 그 사건을 나중에『좁은 문』(1909)과『한 알의 밀이 죽지 않으면』(1926)에서 다시 이야기한다. 열다섯 살이 되자, 그의 독서열은 차차 왕성해졌다. 그 당시 그가 감명 깊게 읽은 것은 관습적인 것에 대한 경멸과 해방을 대표하는 테오필 고티에의 시집과 빅토르 위고와 하이네의 시집이었다. 또한 그의 정신에 비상한 영향을 미친 그리스 시인들의 작품과 그리스 신화의 세계에 매료되었다. 지드가 이런 이교도적 정열에 탐닉했던 때는 역설적이게도 바로 기독교 신앙에 한창 열중해 있었던 때였다. 이 두 상반되는 세계가 서로 충돌하지 않고 그의 정신 속에서 공존하고 있었던 것은 기묘한 일이었다.

외숙모의 불륜 사건 이후 지드는 도덕적이고 신앙심이 깊은 마들렌에게 육체적 욕망에서 벗어난 순수한 사랑을 품게 된다. 그는 마들렌에 대한 사랑을 중심으로 당시 그가 고민하고 있던 영혼과 육체의 싸움, 형이상학적인 고뇌와 불안을 단편적인 일기 형식으로 발표하고, 자신의 연인을 육체적으로 소유할 생각이 없으며 결혼한다 하더라도 육체적 관계는 갖지 않을 것이라고 선언한다. 그 무렵 그는 반도덕주의를 내세우는 니체의 저서를 읽고 큰 충격을 받으며, 부르주아 사회의 위선을 폭로하는 유미주의자 오스카 와일드를 만나게 된다. 이로 인해, 지금까지 청교도적 모럴에 순응하던 그는 가정과 사회에 대해 반항하고, 도덕과 종교의 굴레로부터 벗어나기 위해 투쟁한다.

1893년 10월 지드는 아프리카 알제리로 여행을 떠났다. 폐결핵 감염으로 군복무를 다 마치지 못한 그는 그 여행에서 과거의 병적인 고뇌, 낭만주의, 우울 등을 버리고 균형과 충실과 건강을 찾으려고 했다. 그 여행 도중 지드는 치료를 받고 회복되면서 새로 태어난 느낌 혹은 처음으로 충만하게 살아 있는 듯한 느낌을 갖게 된다. 여행 중 그는 젊은 아랍인들과 동성애 관계를 갖고, 그의 건강 회복에 많은 도움을 받게 되어 동성애가 비정상적인 것이 아니라는 생각을 하게 된다. 나중에 가서야 그는 그러한 생각이 '내 인생의 드라마를 만든 끔찍한 방향 설정의 착오'였음을 고백하지만, 이 당시에 그는 일종의 부활한 자의 비밀 같은 것을 간직하고 돌아오면서, 자신을 일종의 초인으로 생각한다. 그때부터 그는 동시대인들을 부르주아 사회의 도덕적·종교적 구속으로부터 해방시키고, 그들에게 끊임없이 변화하는 열정적인 삶을 계시하는 것을 자신의 사명으로 여기고, 과거에 동경했던 파리 문단과 살롱 모습을 『팔뤼드』(1895)에서 죽음의 냄새가 가득 찬 곳으로 풍자하고 비판하게 된다.

1895년 5월에 어머니를 여읜 후, 지드의 필사적이고 거듭된 구혼 앞에 마들렌의 마음이 열리고 10월에 두 사람은 결혼하지만, 결혼 생활은 그리 행복하지 못했다. 이 비밀은 그의 사후 발간된 『이제 그녀는 그대 안에 있다』(1951)에 자세히 서술되어 있다. 동성애적인 취향의 지드는 마들렌같이 순결한 여자에게는 성적인 욕망이 없을 것이라고 단정하고 그녀와 부부관계를 맺지 않았던 것이다. 마음으로는 서로 지극히 사랑하면서도 이른바 '백색 결혼'을 유지해 마들렌은 일생 처녀로 지냈다고 한다. 그러나 그녀는 지드의 생애에 커다란 위치를 차지해 『앙드레 발테르의 수기』(1891)의 엠마뉘엘, 『반도덕주의자』[1] (1902)의 마르슬린, 『좁은 문』의 알리사에 그녀의 모습이 짙게 투영되어 있다. 지드는 북아프리카 여행에서 얻은 경험을 토대로 생명의 찬가라고 할 수 있는 일종의 산문시 「지상의 양식」(1897)과 생명의 해방을 노래한 그의 최초의 비극적 소설 『반도덕주의자』를 썼다. 그는 여기서 스스로의 체험을 통해, 개인주의를 극단적으로 밀고 나갈 때 생기는 위험에 대해 경고하고 있지만, 문단과 독자들의 큰 주목을 받지 못한다. 그런데 『좁은 문』에서는 그 반대로 종교적 이상을 위해 자연적 본능을 억압할 때 생기는 위험에 대해서 감동적으로 묘사해 대호평을 받아 프랑스 문학계의 한 중심축으로 자리 잡는다.

지드는 새로운 사상의 계시자로서 젊은 세대의 존경을 받게 된다. 그는 젊은이들의 비판정신을 일깨우고, 그들에게 성실성과 진정성을 향한 험난한 길을 제시한다. 그로 인해 그는 도덕과 종교의 전통을 고수하는 보수주의자의 증오를 불러오게 되는데, 그들은 그를 젊은이들을 타락시키고 기독교 사회를 파괴하며 문명의 기초를 뒤흔드는 위험한 인물로 매도한다. 또한 지드의 문제의식을 단지 동성애를 비롯한 성적인 차원의 해방으로 축소, 왜곡시키려 한다. 하지만 지드의 반순응주의는 억압적인 사회가 부과하는 온갖 금기와 편견의 굴레로부터 개인을 해방시키기 위한 살아 있는 정신의 투쟁이라 할 수 있다.

제2차 세계대전이 일어날 때까지 지드는 왕성한 문학 활동을 펼친다. 1909년 그는 프랑스 문단에 새 바람을 불어넣은 『누벨 르뷔 프랑세즈』(*N.R.F.*)를 창간하는데, 여기서 그는 신인을 대거 발굴해 세상에 내놓는 산파 역을 맡았다. 1914년 『교황청의 지하실』이 이 잡지에 발표됨으로써 절친했던 친구이자 유명한 작가인 폴 클로델과 결별한다. 가톨릭으로 지드를 개종시키고자 심혈을 기울였던 클로델은 어둡고 몽매한 종교계를 한껏 야유하고, 동기 없는 범죄를 통해 인간의 완전한 자유를 실험하고 있는 지드의 풍자적인 소설을 접한 후, 지드와 결정적으로 갈라서게 된다. 지드는 인간에게 내재한 자기기만의 뿌리가 얼마나 깊은가를 한 개신교 목사를 통해 보여주는 『전원교향곡』(1919)을 거쳐, 1924년에는 자기 작품 가운데 가장 중요한 작품이라고 공언한 『코리동』을 발표한다. 여기서 지드는 대담하게도 동성애를 적극 옹호함으로써 상당한 물의를 일으키고 맹렬한 공격을 받게 된다.

양차대전 사이의 불안에 찬 시기에, 지드가 발표한 일련의 작품을 통해 그의 추종자와 지지자들이 주로 젊은 층을 중심으로 급속도로 확산되었다. 반면 그의 적도 많이 생겼는데, 감각의 해방을 가르치고 열정의 자유를 부르짖고 모든 인습과 순응주의로부터의 탈피를 외치는 '반도덕주의자'이자 동성애자인 지드에 대해 특히 가톨릭계 작가들이 비판의 선봉에 서곤 했다. 1926년 지드 자신이 최초의, 유일한 소설로 명명한『위폐범들』(*Les Faux-Monnayeurs*)[2]은 독창적인 기법을 통해 소설 장르를 혁신함으로써 현대 누보로망의 선구적인 작품으로 평가받고 있다. 같은 해 지드가 마들렌과 결혼하기까지 자기 삶의 전반 26년을 회고하는 자서전『한 알의 밀이 죽지 않으면』을 발표한다.

『위폐범들』을 탈고하고 떠난 콩고 여행은 그에게 커다란 전환점이 된다. 그 후부터 그의 눈은 차차 사회 문제를 향해 크게 열린다. 그의 정신적인 변화라기보다 정신의 필연적인 진전인데, 허위와 부정에 대한 증오, 피압박자에 대한 사랑, 진실 추구의 욕구 등은 그의 변치 않는 정신적 태도였기 때문이다. 다만 눈이 그의 내면으로부터 외부 세계로 향해졌다는 것만이 달라진 셈이었다. 그런데 이것이 그를 '현대의 양심'이라고 불리기에 마땅한 위대한 존재로 만든 중요한 계기가 되었다.

아프리카 여행 후, 지드는 정치사회적인 문제들에 관심을 돌려, 프랑스의 비인간적인 식민정책과 제국주의를 비판하고, 콩고와 차드의 원주민들을 옹호하는『콩고 기행』(1927)과『차드에서 돌아오다』(1928)를 발표한다. 또한 그는 여성 문제를 다룬 3부작인『여인들의 학교』(1929),『로베르』(1930),『즈느비에브』(1936)에서 에블린이라는 여인과 그녀 딸의 이야기를 통해 페미니즘적 시각에서 여성의 해방에 대한 자신의 입장을 피력한다. 그는 사회정의를 실현하기 위한 결단으로 1932년 공산주의로 전향할 것을 선언해 세상을 깜짝 놀라게 했다. 하지만 소련의 현실을 직접 목격한 후, 이내 혹독한 환멸을 느끼며, 자신의 판단착오를『소련 기행』(1936)과『나의 소련 기행에 대한 수정』(1937)에서 밝힌다.

1938년 아내 마들렌이 세상을 떠나자 지드는 큰 충격을 받는다. 같은 해『이제 그녀는 그대 안에 있네』를 집필하는데, 1951년 지드가 작고한 후 출간되는 이 책은 이미 『반도덕주의자』와 『좁은 문』에서 암시된 바 있는, 마들렌과의 결혼 생활의 비밀을 명확히 드러내며, 이 두 작품의 자전적 성격을 구체적으로 입증한다. 그는 거기서 자신이 사랑하는 한 여인의 삶을 망쳐놓았음을 통렬히 후회한다. 제2차 세계대전이 발발한 1939년, 지드는 열네 살 때부터 죽기 몇 달 전까지 꾸준히 쓴 그의 『일기』(1889-1939)와 『전집』을 발간한다. 전쟁이 끝난 후 귀국하자, 그동안 항의와 원성의 대상이 되어왔던 그에게 많은 영광이 따르게 된다. 1947년 옥스퍼드대학에서 명예박사 학위를 받고, 같은 해 11월에는 노벨문학상을 수상한다. 아카데미 프랑세즈 회원으로 추대되었을 때, 자신은 아직 그렇게 늙지는 않았다고 거절했던 그도 노벨문학상은 기쁘게 받았다.

만년의 지드는 다만 허무로 끝날 뿐이라고 믿는 죽음을 평온한 마음으로 기다리면서도, 갈수록 개인의 권리가 억압되는 전체주의 사회를 근심스런 눈길로 지켜본다. 그럼에도 그는 젊은이들의 판단력과 반항정신에 대해 신뢰감을 잃지 않았다. 자신이 이룩한 업적과 인류를 위한 봉사에 대해 확고한 자신감을 가졌던 그는 자신의 정신적인 유언이라 할 수 있는 『테제』(1946)에서 아테네의 전설적인 영웅에 자신을 투영한다. 괴물을 퇴치하고 아테네를 건국한 테세우스처럼, 그는 현대의 무신론적 휴머니즘의 선도자로서, 신이 존재하지 않는 인간사회의 인도자로 자처하고 인정받게 된 것이다. 지병인 폐질환이 재발한 지드가 1951년 82세를 일기로 세상을 떠나자, 사르트르는 『현대』지에 기고한 「살아 있는 지드」라는 글에서 20세기 인간들에게 무신론을 선포하고 인류의 완전한 자유를 선언한 지드의 공적에 대해 찬사를 아끼지 않았다.

2. 양극단으로 평가받는 작가

20세기 프랑스문학에서 앙드레 지드만큼 논란의 대상이 많이 되었던 작가는 드물 것이다. 그의 문학적인 위상과 사상적인 영향력이 지대한 만큼이나 그에 대한 평가도 양극단을 달린다. 그의 작품의 거대한 다양성이 전혀 상반된 해석으로 이끌기 때문이다. 지드 자신은 오직 예술가로 남기를 바라는데도, 한편으로는 현대사상의 가장 자유롭고 인본주의적인 흐름을 대표하는 거의 '메시아적 해방자'로 추앙받는가 하면, 다른 한편으로는 종교적이고 정치적이며 윤리적인 무정부주의를 살포하는 '악마의 화신'으로 매도되기도 했다.

지드의 소설 세계에 대한 탐사 작업의 실마리는 이렇듯이 외부의 다양하고 때로는 상충되기도 하는 분분한 의견에서보다 차라리 지드의 소설 속에서 묘사된 하나의 의미심장한 에피소드에서 찾을 수 있다. 『반도덕주의자』(*L'Immoraliste*, 1902)에서 미셸은 잠재되어 있는 자신의 진정한 모습을 비로소 발견한 놀라움과 기쁨을 전달하기 위해 매우 흥미로운 비유를 한다. 같은 양피지 위에서 최근에 쓴 글씨 밑에 그보다도 더 귀중하고 오래된 원문이 숨겨져 있는 '팔랭프세스트'(palimpseste)에다 자신을 비유한다. 이 비유가 흥미로운 이유는 팔랭프세스트가 이 소설 전체의 상징이자, 지드 소설에 대한 독서의 상징적인 이미지도 되기 때문이다.

접근하는 방법론의 차이가 있음에도 다양한 현대비평의 공통 관심사가 있다면, 그것은 소설의 숨은 의미를 포착하는 것과 심층구조를 발견하는 것이다. 숨어 있는 텍스트의 다층적 성격이 열린 독서를 가능하게 하고, 또 다른 텍스트 생산의 근거가 되는 것이다. 이런 의미에서 독서란 영속적인 발견과 생성의 모험에 다름 아니다. 그렇다면 이야기의 차원에서 미셸이 그토록 지우고 싶어 하고, 가장 명백히 배척한 나중의 텍스트는 무엇이고, 독서의 차원에서『반도덕주의자』뿐만 아니라『좁은 문』과『전원교향곡』이라는 양피지 아래에 숨어 있는 '더 귀중한' 텍스트는 무엇일까?

서로 다른 두 차원의 질문에 대한 공통적인 답은 바로 성경이라고 볼 수 있다. 많은 지드 연구자들이 지적하고 있듯이, 지드 삶의 과정과 작품의 성격을 규정짓는 결정적 요소 중의 하나가 성경이며, 긍정적인 의미에서든 부정적인 의미에서든 기독교에 대한 집요한 관심이기 때문이다. 예컨대, 지드의 작품 세계를 떠받치는 세 기둥은 개작(改作)한 복음서, 니체, 도스토옙스키라는 묄러(Moeller)의 지적, 그의 작품 속에서 가장 지드적인 특유의 묘미는 성경적 영감으로 된 테마에서 비롯된다는 굿핸드(Goodhand)의 평가, 지드의 사상과 문체에 성경의 각인이 깊이 아로새겨져 있다는 베르탈로(Bertalot)의 논평 등에서 이를 확인할 수 있다.

신앙적 출생과 불신적 죽음의 양극 사이에 위치한 무신론적이면서 동시에 매우 종교적인 그의 삶에 있어서 기독교 신앙의 문제는 삶의 갈등의 원천이었다. 그것이 지드 소설의 가장 중요한 상수(常數) 중의 하나임을 어렵지 않게 유추할 수 있다. 이런 시각에서 보면, 종잡을 수 없을 정도로 변신을 거듭한 그의 프로테우스적인 면모에도 불구하고, 우리는 성경적인 주제를 향한 그의 일관된 관심을 추적할 수 있다. 1933년 6월에 쓴 그의 일기를 보면, 구교와 신교를 불문하고 '교회'에 대한 반감과 결별을 선포할 때나, 심지어 한동안 공산주의에 깊이 매료되어 있을 때조차도, 복음서와 그리스도에 대해 여전히 개인적인 애정을 품고 있으며, 자신의 형성과 사고에 결정적인 영향을 미친 인도자로 고백하고 있음을 확인할 수 있다.

심리소설의 걸작: 『반도덕주의자』

『반도덕주의자』는 비로소 지드가 자신의 진정한 표현 수단을 발견한 최초의 대작이다. 이 비극적 이야기는 주인공 영혼의 드라마이며, 독자를 깊은 성찰과 함께 불편한 진실로 이끈다. 무엇보다도 지드와 마들렌 부부에 관련된 자전적 요소로 가득 찬 심리소설의 걸작이기도 하다. 하지만 출간된 그 당시에는 엄청난 스캔들을 야기하며 전혀 대중의 호응을 얻지 못했다.

『반도덕주의자』를 집필할 즈음, 1895년에 니체 사상의 일반적인 방향을 알게 되고, 1898년부터 그의 작품을 탐독하게 된 지드는 깊은 감명을 받고 니체 속에서 사상의 공통점뿐만 아니라, 그 자신의 개인적인 본성을 재발견하게 된다. 그리하여 니체의 '진정성'(authenticité)의 개념을 지드 자신의 세계의 중심에 놓아, 이른바 '성실성'(sincérité)의 개념으로 발전시켰다. 니체 독트린은 기독교에 대한 반항에 기초하고 있다. 니체의 『권력에의 의지』(1888) 중 1부 제목이 『적그리스도』일 정도다. 지드는 한동안 니체의 이 저서의 속편을 『그리스도에 반대하는 기독교』라는 제목으로 구상하기도 했다.

『반도덕주의자』의 구조는 3부로 되어 있다. 윌킨스는 이 소설의 3부 구조를 기독교적 미덕의 삼대 요소(믿음, 소망, 사랑)와 결합해 주인공의 행동 양식을 추적하고 있다. 그는 소설 1부를 미셸의 믿음 거부, 2부를 미셸의 소망 소멸, 3부를 미셸의 사랑 실패로 흥미롭게 설명한다. 이 소설에는 미셸, 마르슬린, 메날크라는 3명의 중요 인물이 등장하며, 3년 동안 있었던 일을 3명의 친구들(이들은 구약성경 속에 등장하는 욥의 세 친구들을 연상하게 한다)에게 이야기하는 서술 구조로 되어 있다. 특히 3부로 된 소설 속에서 독자의 주목을 요하는 것은 각 부에 한 번씩 반복적으로, 그러나 점점 그 강도를 높이면서, 미셸이 마르슬린을 거부하는 장면이다. 이 세 번의 거부에 대해 마르슬린은 마지막 장면에서 묵주를 세 번 떨어뜨림으로써 그녀가 믿었던 하나님을 거부하는 것으로 역설적으로 화답한다. 이는 베드로가 예수를 세 번 거부한 복음서의 사건이 소설 속에서 변용되어 있는 두 변주곡이라고 볼 수 있다. 이 같은 추론을 뒷받침하는 부분은 소설의 1부 5장과 3부에서 미셸이 반복해서 직접 인용한 성경구절(베드로의 미래에 대한 예수의 예언)이다. 그것은 바로 미셸 자신의 운명을 상징하는 정교한 소설적 장치로 기능한다. 이런 식으로 이 소설에는 성경적 이미지, 비유, 주제, 다양한 패러디가 풍부하게 존재한다. 그것을 발견하고 해석하고 비평하는 과정에서 오는 즐거움과 감동은 숨겨 놓은 보물찾기를 하듯이 온전히 독자의 몫이 될 것이다.

한편 이 소설의 모티브는 『지상의 양식』(*Les Nourritures terrestres*, 1897)에서 구가한 자유에 대한 첨예한 소설적 검증이기도 하다. 『지상의 양식』은 출판된 후, 초판 500부가 소화되기 위해 10년 이상의 세월이 걸릴 정도로 세평의 전면적인 몰이해에 부딪혔다. 마찬가지로 『반도덕주의자』도 미셸이 생명의 은인인 마르슬린을 방치하고 자기 탐닉에만 몰두하다 아내를 죽게 만드는 과정을 그리고 있어서, 기성의 도덕관을 뒤엎는 내용과 시대 조류에 역행하는 미려한 고전적 문체 때문에 일반 독자와 평단의 철저한 외면을 받았다. 참담한 실패를 겪은 지드는 얼마동안 아무것도 쓰지 못하고 실의와 낙담에서 벗어나지 못하지만, 개의치 않고 자신의 문학적 성향을 굽히지 않으려고 애쓴다. 후일 그가 『좁은 문』에 그토록 많은 시간과 노력을 쏟은 것도 어쩌면 『반도덕주의자』의 실패를 만회하기 위한 것이라 볼 수 있다.

가장 긴 시간을 집필한 역작: 『좁은 문』

『좁은 문』(*La Porte étroite*, 1909)은 그의 생애와 문학적 경력의 중간 지점에 위치한 두 번째 걸작으로, 무려 18년 동안이나 구상하며 집필했던 지드의 노작(勞作)이다. 1951년에 82세로 사망한 지드의 생애 가운데, 『좁은 문』은 그의 나이 40세 때인 1909년에 출간됨으로써 연대기적으로 지드 삶의 한복판에 위치하고 있다. 1891년부터 구상해 1908년에 마침내 탈고하면서 그는 "내가 얼마나 늙어 보이는가!" 라고 탄식할 정도로 그의 전 작품들 중에서 고통스런 가장 긴 시간이 걸린 역작이다. 『돌아온 탕자』(*Le retour de l'enfant prodigue*, 1907)가 겨우 15일 만에 완성된 것과 얼마나 대조적인가!

이 작품은 프랑스 문단과 사회에 큰 파문을 일으키며, 지드의 예상과는 달리 성공을 거두어 베스트셀러의 반열에 오르게 된다. 이 소설은 애초에 지드가 1887년 어머니의 가정교사이자 둘도 없는 친구였던 애너 섀클턴의 죽음에 깊은 충격을 받은 사건이 단초가 되었다. 가족 이상으로 사랑하고 존경한 이 경건한 크리스천 독신 여성의 죽음에 대한 이야기를 지드는 『행복한 죽음에 대한 시론』이라는 제목으로 1891년부터 착수했다. 그녀는 소설 속 알리사처럼 살풍경한 병원에서 외롭게 숨을 거두었다. 그러나 애너 섀클턴의 모습은 소설 속 플로라 애슈버턴 양으로 구현되며, 사실은 지드의 부인 마들렌이 알리사의 모델이라는 것이 정설이다. 그런데 3년 후에 이 소설은 『클레르 양의 죽음』이란 제목으로, 그 후 다시『좁은 길』로 개칭을 거듭하다가, 마침내『좁은 문』으로 최종 결정되어 세상에 태어나게 된 것이다.

명실상부한 대표작이라고 볼 수 있는『좁은 문』은 그 평가에 있어서도 상찬과 폄하의 양극단을 달렸다. 트라아르(Trahard)의 분석에 의하면, 이 작품은 내적인 삶에 대한 프랑스어로 쓰인 가장 아름다운 소설 중 하나이며, 한걸음 더 나아가 어떤 평론가는 새로운 전율과 마법이 가득한 책으로서, 걸작의 숭고한 단순성에 문체와 기법이 도달한 '지드의 가장 완벽한 작품'이라고 상찬한다. 또한 지드의 친구이자 문학가인 프랑시스 잠(Francis Jammes)도 우리 시대의 가장 위대한 작가 중 하나인 지드의 걸작을 존경심 없이 접근할 수 없으며, 그렇게 희생된 알리사는 비교할 수 없이 아름답게 빛나는데, 베아트리체가 신학적인 녹색의 옷을 입고서 빛을 발하는 바로 그 아름다움이라고 격찬했다.

그러나 이와 거의 동시에 이 작품에 대한 비판이 쏟아졌다. 비판자들은 이를 '병적이고 건강치 못한 작품'으로, 특히 알리사의 '미덕의 교묘함'을 비난했다. 심지어 지드를 '악마 같은 사람'이라고 극언하는가 하면, 가톨릭 일각에서는 지드가 지적이고 간결한 문장의 매력으로 진리를 공격하고 도덕적 확실성과 대원리를 파괴하는 데 몰두하고 있다고 하면서『좁은 문』을 금서목록에 넣어야 한다고 주장한다. 지드의 친구이기도 한 작가 클로델은 이 책을 읽고 감동을 받았으나 착잡한 심정을 금할 수 없다고 지드에게 편지를 보냈다. 그는 예술작품으로서『좁은 문』의 형태와 문체에 찬사를 보낸다. 하지만 고상한 알리사의 절망적인 죽음을 통해 결국 하나님을 단순히 '침묵하는 잔인한 고문자'로 묘사하는 것에 대해 깊은 유감을 표명함으로써 비교적 균형 잡힌 시각으로 평가하고 있다.

이러한 의견 불일치에 대해 그는 의외로 담담한 태도로 수용했다. 심지어 그런 반응을 예상했다는 듯이 반가워하기까지 했다. 평론가들의 획일적인 반응이나 대중의 갈채를 경멸했을 뿐만 아니라, 의견의 분분함을 유발시키는 것 자체가 작가의 진정한 역할이라고 생각했기 때문이다. 이렇듯 생의 정점에 있으며, 오랜 명상과 각고의 배태기간을 거친 이 작품의 가치에 대해서, 1910년에 "나는 오늘 죽을지 모른다. 나의 모든 작품은 『좁은 문』 뒤에서 사라질 수 있다. 사람들은 오직 『좁은 문』만 생각하게 될지도 모른다"고 고백할 정도로 깊은 애정과 자신감을 보이며 높이 평가하고 있는 것은 어쩌면 당연한 일인지도 모른다.

많은 지드 연구자들이 지적하고 있듯이, 『좁은 문』도 『반도덕주의자』처럼 형태적인 측면에서는 예술적인 완성도가 높지만, 내용적인 측면에서는 반기독교적인 작품으로 볼 수 있다. 지드 자신도 『좁은 문』을 기독교적 신비주의의 위험을 비판하는 '경고의 책'이라고 주장했다. 사실상 그에게 있어서 청소년기의 독실한 기독교 신앙과 그 체험은 그 사상의 출발점이자 초기 창조적인 에너지의 원천이기도 했지만, 그의 삶의 가장 중요한 양상 중 하나인 심각한 종교 갈등의 원천이기도 했다. 여기서 우리는 그의 종교에의 입문이 다른 그 무엇보다도 '성경 그 자체'였음을 주목하지 않을 수 없는데, 이 점에 대해서 나중에 다시 설명할 것이다.

그런데 『좁은 문』은 지드에 의하면 『반도덕주의자』와는 의식적인 반작용과 대립의 성격을 지닌다. 양자는 주제가 서로 보완되어 완성됨으로써 균형을 취한다. 서로 대극을 이루는 두 작품은 오래전부터 2부작으로 구상된 것으로서, 서로가 서로를 조명한다. 『반도덕주의자』가 악덕을 중심으로 기성 종교로부터 해방된 과도한 개인주의의 위험을 경고한다면, 『좁은 문』은 미덕을 중심축으로 역시 지나친 신비주의적 신앙의 위험을 고발하며 소설을 전개한다. 전기적인 관점으로 옮겨 다시 말한다면, 『반도덕주의자』가 극단적인 자기중심주의자인 미셸을 통해 지드 자신을 비판하고 마들렌에 대한 후회와 자책을 작품으로 옮긴 것이라면, 『좁은 문』은 영웅적인 금욕주의자인 알리사[3]를 통해 마들렌을 비판하고 지드 자신의 원한과 유감을 표명한 소설이기도 한 것이다. 알리사에게 '좁은 문'은 성스러움으로 위장한 자기 완성에 가깝다. 성경은 장차 천국에서의 보상을 보장하지만, 알리사는 그녀가 보기에 더 고상하고 이상적인 '무상'(無償, gratuité)의 모럴을 추구한다. 또한 고귀하게 태어난 영혼이 존재한다고 믿음으로써 모든 사람이 다 죄인으로 태어난다는 성경의 핵심 메시지를 짐짓 거부하고 있는 것이다.

그런데 여기서 주목할 점은 두 소설의 여주인공의 삶이 죽음으로 끝난다는 사실이다. 실제로 살아 있는 마들렌 대신에 두 여주인공이 죽는 셈이다. 어쨌든 애초에 2부작으로 구상됐다는 점은 1912년 2월에 쓰인 지드의 일기를 보면 확인할 수 있다. 이 두 소설이 동시에 경쟁적으로 함께 배태되어, 한쪽의 과잉이 다른 쪽의 과잉 속에서 은밀한 허락을 발견하면서 둘 다 균형을 유지하고 있는 '쌍둥이'와 같다고 고백했던 것이다.

가장 비밀스러운 작품: 『전원교향곡』

1918년 2월에 집필하기 시작하고 그해 11월경에 탈고해 1919년에 출간된 이 소설의 제목은 『전원교향곡』(La Symphonie pastorale)이지만, 사실 지드는 애초에 『맹인』이라는 제목을 붙이고자 했다. 집필이 반 이상 진행되었을 때, 지드는 고민 끝에 미학적·윤리적인 의도를 가지고 제목을 변경하긴 했지만, 이미 1893년에, 찰스 디킨스가 쓴 맹인 소녀의 이야기인 『난롯가의 귀뚜라미』를 읽으면서 아이디어를 착상한 이후, 오랫동안 맹인에 대한 주제를 생각했다고 한다. 최초의 아이디어를 제공한 디킨스의 이 책은 제르트뤼드의 교육을 위해 의사 마르탱이 목사에게 일독을 권하고 목사가 대단히 흥미 있게 읽었다는 일화로 소설 속에서도 소개된다.

현존하는 저명한 지드 연구자 중 한 사람인 굴레(Goulet)에 의하면 『전원교향곡』은 지드의 전 작품 중에서 가장 유명하면서 많이 읽히는 작품이다. 실례로 지드로부터 이 책의 증정본을 받은 제임스 조이스는 이 소설이 출간된 이듬해, 파리를 방문해 지드에게 경의를 표하고, 특히 이 책에 대해 찬사를 아끼지 않았다고 한다. 이 짧은 소설은 스토리도 단순하고 주제도 명쾌해 읽기 쉬워 보여도 지드의 가장 비밀스런 작품 중의 하나라고 평가하는 연구자도 있다. 이 소설을 가장 많이 읽히면서 가장 비밀스런 작품 중 하나로 만든 숨은 요소는 무엇일까?

우선 전기적인 관점에서 보자. 이 소설은 지드의 소설 중 유일하게 목사를 주인공이자 화자로 설정해 목사의 도덕적 위선과 자기기만을 폭로하면서 기독교와 기독교적 사랑에 대해 통렬하게 비판한다. 이 소설에 지드의 자전적인 음영을 짙게 드리우게 만든 일련의 사건이 있다. 하나님을 향한 영적인 갈구가 좌절된 1916년 이래, 지드 집안과 절친한 목사의 아들인 30년 연하의 16세 소년 마르크 알레그레와 동성애를 시작하고, 마침내 1918년 그의 삶에 분기점이 되는 편지 소각 사건이 터진 일이다. 제1차 세계대전 중 지드가 마르크와 함께 영국으로 잠시 피신한 동안, 노르망디의 퀴베르빌(Cuverville)에 혼자 남아서 둘의 관계를 알게 된 마들렌은 분노와 충격으로 지드가 보낸 모든 편지를 태워버림으로써 지드 부부는 결정적인 파국을 맞이한다.

이 사실을 나중에 알게 된 지드는 고통으로 몸부림치며 며칠 동안 눈물을 흘렸다고 한다. 그 후 지드는 그녀가 자신들의 아이를 죽인 것이나 마찬가지로 고통스러우며, 아마도 그보다 더 아름다운 편지는 없을 것이라고 비통하게 절규하며 괴로워한다.[4] 야누스같이 이중적 성생활을 영위하면서도 아내의 사랑과 존경을 믿고 싶어 했으나 편지 소각으로 인해 지드의 환상은 무참히 깨지고, 자기기만으로 인한 영적 맹인은 바로 지드 자신이었음을 뼈저리게 깨닫게 된다. 이 소설은 바로 이 시기인 1918년 상반기에 집필된다. 이런 관점에서 보면 소설 속의 목사는 작가의 부분적인 분신으로 보이기도 하고, 소설 속 목사 부인 아멜리에 대한 묘사 속에서는 마들렌의 모습이 언뜻언뜻 비치기도 한다. 이런 전기적 탐색은 이 소설에 대한 독자의 호기심과 독서의 재미를 배가하는 요소가 될 수 있을 것이다.

이 소설을 이해하는 또 다른 비밀의 열쇠는 바로 소설 그 자체 속에서 찾을 수 있는데, 『반도덕주의자』나 『좁은 문』과 마찬가지로 바로 성경이다. 청소년기 지드의 성경 탐독은 널리 알려져 있는 사실로, 거의 수도자나 순교자 수준이었다고 평하는 연구자도 있을 정도다. 특히 이 소설은 목사를 화자로 설정해 일기 형태를 취함으로써 지드 소설 중에서 가장 빈번한 성구 인용과 암시가 등장한다. 심지어 캉칼롱(Cancalon)은 신약성경을 잘 알지 못하면 이 소설을 읽을 수 없다고 단언할 정도다. 따라서 『전원교향곡』 표면에 명시적으로 드러나 있거나 암묵적으로 숨어 있는 성경과의 상호관계성에 깊이 천착하지 않으면, 이 소설이 예술적으로 탁월한 이유를 가늠하기 어렵고, 소설을 본질적으로 이해하기도 힘들다고 본다.

이 소설 속에서 화자가 부단히 인용하거나 암시하는 성경은 목사의 상상력을 활성화해 이야기에 동기와 동력을 부여하고, 진행을 가속화하거나 사건을 예시하는 순기능을 띤다. 그러나 문제는 성경 문맥과 동떨어진 상태에서 성구를 자의적으로 해석하고 선별적으로 인용하거나 누락시킴으로써 자기기만을 정당화하고, 원초적인 욕망이나 진실을 은폐하는 역기능에 있다. 인용하는 사람의 욕망이나 잠재된 의도의 표현 수단으로 성구가 이용됨으로써 그 원래 의미는 축소되거나 변형되어버리는 것이다.

3. 앙드레 지드가 구축한 소설의 미학적 장치

『반도덕주의자』『좁은 문』『전원교향곡』속에서 빈번히 나타난 성경 구절의 직접 인용과 모방이나, 성경적 인물들, 주제, 이미지 등의 간접적인 암시와 패러디를 통해, 우리는 성구 인용문의 원래 의미와 변형된 의미가 소설에서 서로 길항(拮抗)하는 데서 오는 긴장감과 새로운 의미 생성의 열린 가능성을 맛볼 수 있다.

이렇게 성경과 소설의 상호적인 대화와 교차작용을 통해, 은밀하게 소설 속에 교직된 성경 인물들과 암시된 주제와 이미지는 소설의 중요한 미학적 장치가 된다. 그것은 소설 인물들의 대화와 행동, 줄거리와 소설의 형태적 구조 속에 내재화되고 변용되어 재창조되어 있다. 그리하여 그것은 소설로서의 예술적인 완성도에 크게 기여하며 그의 소설이 창출하는 특유한 문학적인 감동의 한 원천이 되는 것이다.

다만 한 가지만 첨언한다면, 지드의 글쓰기가 특권적인 관계를 맺는 책은 성경이지만, 거기서 지드는 주제와 테마, 형태를 빌릴 따름이지 내용이 아니다. 르 브라(Le Bras)가 이처럼 지적했듯이, 성경과 이 세 소설들 간에 존재하는 치밀하고 풍부한 상호관계성에도 불구하고, 기독교의 정통 교리의 입장에서 보면 성경의 원래 의미는 이 세 소설 속에 상당히 약화되거나 왜곡된 형태로, 때로는 희화화되고 부정적인 방향으로, 심지어 정반대 방향으로 변형되어 용해되어 있다. 성경적 요소들이 지드의 가장 탁월한 작품에 기여함으로써, 예술적으로나 고유한 모럴의 구축에 있어서나 작가는 성경과 기독교에 빚을 진 셈이라고 볼 수 있다. 그럼에도 기독교에 대해 비판적이고 적대적인 입장을 견지함으로써, 성경적 요소들이 오히려 기독교에 대한 부정적인 의미를 산출하는 데 일조하고 있는 패러독스가 생기게 되는 것이다.

이런 의미에서 세 소설 속의 가장 기독교적인 주인공인『반도덕주의자』의 마르슐린,『좁은 문』의 알리사,『전원교향곡』의 제르트뤼드가 결국 모두 다 예외 없이 좌절하고, 실패하고, 고통 속에서 죽는 비극적인 엔딩이 되는 것은 우연이 아니다. 지드가 기독교에 대해 가지게 된 역설적인 관점의 근본적인 이유는 무엇일까?

첫째 이유는 무엇보다 지드의 신앙적 좌절의 체험에서 비롯된 것이라고 볼 수 있다. 실제로 지드는 1893년과 1916년에 두 번이나 하나님을 간절히 찾고 헌신하기로 결단하며 구원을 구했으나, 두 번 다 하나님의 침묵을 경험하는 좌절을 겪었다. 적어도 1918년까지는 하나님에의 탐구를 포기하지 않았지만(『전원교향곡』이 1919년에 출간되었음을 상기하자), 그 후 그의 사상적 편력은 결국 무신론으로 귀착된다.

둘째 이유는 보다 근원적인데, 그의 기독교와 성경에 대한 입문 과정에서 비롯된 것이라고 본다. 지드 연구자인 페리(Perry)는 청교도적인 엄격한 가풍에 대한 반발심과 더불어 아마도 애초의 종교적 입문 과정이었던, 혼자서 그 자신을 위해 자유롭게 해석하며 몰두했던 그의 성경 읽기의 방법에 문제가 있었던 것 같다고 지적한다. 성경에 대한 자유로운 해석이라는 그 당시의 프랑스 개신교의 일반적인 풍토 속에서 성장한 지드는 체계적인 신학이나 정통적인 성경 해석에는 무관심했다고 사바쥬(Savage)가 밝혔다. 심지어 뮐러의 지적에 의하면 그는 단 한 권의 성경 주석서도 읽지 않고, 성경을 소설이나 시를 읽고 판단하듯 자신의 취향이나 판단력으로 읽으면 충분하다고 생각했다고 한다. 마치『좁은 문』의 알리사나,『전원교향곡』의 목사처럼 지드 자신도 성구를 자의적으로 해석하고, 자기합리화를 위해 선별적으로 인용하거나, 중요 구절과 핵심적인 내용을 고의적으로 무시하는 등의 기본적인 오류를 범했던 것이다.

그 결과 성경에는 정상적인 결혼을 통한 육체적인 사랑의 결합과 조화를 축복하는데도, 성적 욕망을 신성한 사랑과 양립 불가능한 것으로 오해할 소지가 있는 성구만을 골라 성경을 감각적인 금욕 교리서로 왜곡하기도 하며, 십자가의 수난을 타락한 인간을 구원하기 위한 필연적인 대속(代贖)의 죽음으로 보는 것이 아니라, 단순히 그리스도의 사역을 중도 하차시킨 불행한 사건으로 간주하는 것이다. 따라서 이 세 소설뿐만 아니라, 지드의 다른 작품에서도 십자가에서 비참하고 무력하게 죽는 인간-그리스도의 측면만 부각될 뿐, 죄 문제를 해결하고 죽음에서 부활, 승천하며 재림을 약속하는 하나님-그리스도의 모습은 거의 찾을 수가 없다. 구원은 바로 이 은혜와 사랑의 복음을 받아들이기만 하면 된다고 성경에 명시되어 있음에도 불구하고, 알리사처럼 지드도 인간 스스로 각고의 노력을 해서 자아완성을 하면 신성과 구원에 도달한다고 믿는다.

이런 관점에서 지드가 선택한 또 다른 구원의 길은 글쓰기 또는 완벽한 예술작품의 창조에 있다. 가령 『반도덕주의자』의 미셸은 세 친구들에게 이야기하는 서술행위 자체를 '유일한 구원'으로 소설 첫머리에서 고백하고, 『전원교향곡』의 목사는 일기 쓰기를 통해 자기합리화를 하며, 『좁은 문』의 알리사도 일기에 집착하고 그것을 '자기완성을 위한 하나의 도구'로 삼아 고독한 죽음의 두려움을 극복한다.

이상의 논의를 정리해보면, 지드는 누구보다도 성경 지식이 풍부하고 해박했지만, 문제는 기독교회의 정통 교리와는 별개로 독자적인 방식으로 성경을 이해하고 해석했다는 사실이다. 그런 방식으로 재구성된 성경은 그의 세계 속에 편입되어 그의 문학적 상상력 속에서 가장 비중 있는 한 축이 된다. 다시 말하면, 지드는 교회의 정통 교리를 신앙적으로 수용하진 않았지만, 그 대신 성경을 그의 문학적 상상력이 뿌리내리고 그 속에서 성장하는 풍요로운 모태로 삼았다. 탈신성화된 성경의 문학적 재해석과 소설적 육화(肉化, incarnation)를 통해 지드는 특유의 미학적 깊이와 울림을 가진 탁월한 소설 세계를 창조한 것이다. 어쩌면 지드에게 있어서 성경적 상상 세계도 이처럼 재창조된 불멸의 예술 세계라는 더 큰 틀 속으로 수렴된다고 할 수 있다. 바로 여기에 인간적인 진정한 구원이 있다고 믿었기 때문일 것이다.

윌리엄 포크너의『고함과 분노』『팔월의 빛』『압살롬, 압살롬!』

모더니즘의 꽃을 피운 작가

김욱동 서강대 영문학부 명예교수

윌리엄 포크너

William Faulkner, 1897-1962

미국 남부 미시시피주 뉴올버니의 명문가에서
태어났다. 그는 생애 대부분을 미시시피주에서
보내며 남부의 역사와 정서에 깊이 천착한
작품들을 선보였다. 포크너는 고등학교를
자퇴하고 여러 직업을 전전하다 첫 소설
『병사의 보수』를 출간했고, 결혼 이후『고함과
분노』『내가 죽어 누워 있을 때』『팔월의 빛』과
같은 문제작들을 잇달아 내놓았다. 그는 전통적인
소설 형식을 파괴한 미국 모더니즘 문학의
개척자로, 의식의 흐름 기법은 물론 자유롭게
넘나드는 시제, 혁신적인 문장들로 주목받았다.
1949년 노벨문학상을 수상했다.

"포크너의 작품에서는 모더니즘을
뛰어넘어 포스트모더니즘의 경향을
읽을 수도 있다. 지칠 줄 모르는 왕성한
실험 정신은 그가 미국 문학에 남긴
소중한 유산이다."

세계의 시선이 이 조그마한 마을에 집중됐다. 옥스퍼드 하면 윌리엄 포크너(William Faulkner, 1897-1962)를, 포크너 하면 옥스퍼드를 자연스럽게 떠올릴 만큼 이제 포크너와 이 남부 마을은 샴쌍둥이처럼 떼려야 뗄 수 없이 하나가 되다시피 했다.

그러나 초등학교 시절부터 포크너는 옥스퍼드에서 낙오자와 다름없었다. 포크너와 같이 초등학교에 다닌 한 친구는 그를 두고 "내가 본 학생 중에서 가장 게을렀다. 글을 쓰고 자기 작품에 사용할 그림을 그리는 것 말고는 도무지 아무것도 하지 않으려 했다"[1]고 회고했다. 그러면서 포크너의 동창생은 "포크너는 글을 쓰지 않고서는 견딜 수 없는 것 같았다. 글을 쓰는 것은 그의 강박관념이었다"고 덧붙였다.

이 말을 입증이라도 하듯 1911-12년도 그의 성적표를 보면 글쓰기와 그림 성적은 '뛰어나다'로 기록된 반면, 수학과 문법 등은 '시원치 않다'고 적혀 있다. 초등학교 5학년 때부터는 학교에 빠지는 횟수가 점차 늘어났다. 포크너는 중학교에 들어가서부터는 학업에 더더욱 관심이 없어졌다. 고등학교에 진학해서도 운동 같은 과외 활동에 관심을 기울일 뿐 학업에는 별다른 흥미를 느끼지 못했다. 수업을 빼먹는 횟수가 점점 늘어나더니 1914년 12월 아예 고등학교를 그만두었다. 그 이듬해 다시 학교에 돌아왔지만 3학년 때 미식축구를 하다 코에 부상을 입자 영원히 중퇴하고 말았다. 뒷날 포크너는 한 번도 공부를 좋아한 적이 없었고 수업을 빼먹고 붙잡히지 않을 만큼 머리가 크자마자 학교에 가지 않았다고 술회했다. '스놉스 3부작'의 두 번째 작품인 『읍내』(1975)에서 한 작중 인물은 "결국 학교가 좋은 것은 학교에 가지 않으면 휴일도 방학도 없기 때문이다"라고 말한다.

고등학교를 중퇴한 뒤 포크너는 할 일 없이 옥스퍼드 광장 주변을 빈둥거렸다. 신발도 신지 않은 채 다 떨어진 헌 옷을 걸쳐 입고 옥스퍼드 읍내를 배회하는 그는 동네 사람들로부터 건달 취급을 받기 일쑤였다. 실제로 마을 사람들은 그를 '무능한 백작'이라고 불렀다. 굳이 '백작'이라고 부르는 것은 그의 거만하고 고고한 태도 때문이고, '무능한'이라고 부른 것은 어려운 일은 도무지 하려 들지 않았기 때문이다.

어찌 되었든 옥스퍼드 주민들에게 그는 문제아요 사회 부적응자로밖에는 보이지 않았다. 포크너는 불과 몇십 년 전만 해도 남북전쟁에서 군인으로 명성을 크게 떨치던 포크너 가문의 장손으로, 또 세 남동생의 맏형으로 모범이 되기에는 모자라도 한참 모자랐다.

그러나 이러한 방황의 세월이 포크너에게는 결코 무익한 것만은 아니었다. 그는 이 무렵 이미 작가로서의 길을 모색하고 있었기 때문이다. 그는 윌리엄 셰익스피어를 비롯해 미겔 데 세르반테스, 찰스 디킨스, 오노레 드 발자크, 조지프 콘래드, 헨리 제임스 같은 소설가, 존

키츠, 퍼시 비시 셸리, 앨프리드 하우스먼, 찰스 스윈번, T.S. 엘리엇, 그리고 스테판 말라르메 같은 프랑스 상징주의 시인들의 작품을 탐독했다. 1920년대 초 프랑스 파리에서 문학 수업을 받던 시절 어니스트 헤밍웨이가 닥치는 대로 책을 읽었듯이 포크너도 손이 닿는 책이라면 무엇이든지 읽었다.

뒷날 쉰 살이 되던 1947년에 미시시피대학교 영문학과 학생들과 가진 한 모임에서 포크너는 작가에게 가장 좋은 훈련이 무엇이냐는 질문을 받은 적이 있다. 그러자 그는 쓰레기 같은 책이든 고전이든, 좋은 책이든 나쁜 책이든 닥치는 대로 읽으라고 권했다. 그러면서 목수는 목수 일을 배울 때 남이 일하는 것을 관찰하면서 일을 배운다고 덧붙였다.[2] 작가도 남의 작품을 읽으며 작품을 창작하는 법을 배운다는 말이다.

그런가 하면 포크너는 옥스퍼드 주변에서 벌어지고 있는 온갖 사건을 예리하게 관찰했다. 가령 열한 살 되던 해 옥스퍼드 광장에서 백인들이 넬스 패턴이라는 흑인을 법에 호소해 처벌하는 대신 사형시키는 끔찍한 광경을 목격했다. 뒷날 그는 이 이야기를 『팔월의 빛』(1932)을 비롯한 몇몇 작품에서 중요한 사건으로 다룬다. 또한 포크너는 읍내 광장의 벤치에 앉아 담소하는 노인들의 이야기에도 귀를 기울이며 예로부터 전해오는 전설과 민담 그리고 대농장 시절의 옛 남부 이야기도 흘려듣지 않았다.

이렇듯 포크너에게 제도 교육은 거추장스러운 예복처럼 왠지 걸맞지 않았다. 19세기 미국 작가 허먼 멜빌은 『모비 딕』의 주인공 이시미얼의 입을 빌려 고래잡이를 하던 드넓은 바다를 두고 "나의 하버드대학이요, 나의 예일대학"이라고 부른다. 작가 멜빌은 상선과 포경선을 타고 거친 바다와 싸우면서 인생 수업과 작가 수업을 받았기 때문이다. 일찍이 제도 교육을 포기하고 온몸으로 험난한 세파와 부딪치며 힘겹게 살면서 작가 수업을 받은 포크너에게는 학교 밖에서의 구체적인 일상 경험이 '그의 하버드대학이나 예일대학'의 역할을 했다. 헤밍웨이에게 이탈리아 전선의 싸움터와 예술의 도시 파리가 교육장의 구실을 한 것과 비슷하다.

미국의 현대 작가 중에서 아마 포크너만큼 제도 교육을 받지 않은 작가도 찾아보기 쉽지 않다. 그와 동시대에 작품 활동을 한 헤밍웨이도 최소한 고등학교는 졸업했으며, F. 스콧 피츠제럴드와 존 스타인벡역시 대학 중퇴 정도의 학력은 있었다. 제2차 세계대전 이후에 활약한 미국 작가는 거의 대부분 대학 교육을 받았으며 석사학위나 박사학위를 받은 작가도 더러 있었다. 그런데 이러한 고학력이 그들에게는 오히려 상상력을 위축시키는 거추장스러운 족쇄가 되기 일쑤였다. 대부분의 작가들은 제도 교육을 많이 받으면 받을수록 창작 에너지가 위축될 뿐 아니라 작가에게서 무엇보다도 필요한 자유롭고도 생기넘치는 상상력이 제한받는다.

다시 말해서 교육 수준이 높은 작가는 삶의 경험을 구체적이고 극적으로 형상화하는 대신 흔히 그것을 추상화하고 관념화시키는 경향이 강하다. 또 체면이나 지적 소심성 때문에 작품의 소재 선택이나 표현 방법에서도 과감하지 못하다. 이른바 '지식인 작가들'의 작품을 읽을 때 흑설탕의 감칠맛보다는 어딘지 모르게 사카린 같은 인공 감미료 맛을 느끼게 되는 것은 바로 그 때문이다.

이렇듯 포크너는 제도 교육에 주눅 들지 않고 상상력을 한껏 발휘해 그가 자란 고향 옥스퍼드에서 몸소 겪은 경험을 작품으로 형상화했다. 요즈음 들어 "지방적인 것이 곧 세계적이다"라는 말을 부쩍 자주 듣는다. 세계성과 지역성, 전체성과 국부성을 함께 탐색하려는 '글로컬'(glocal)이 그 어느 때보다 주목받는다. 포크너는 지방적이고 국부적인 것에 뿌리를 박되 세계적이고 지구적인 것에 게을리하지 않는다. 포크너는 이 두 가지를 유기적으로 결합시키는 데 보기 드물게 성공을 거둔 작가다.

포크너의 이러한 창작 태도에 결정적인 영향을 미친 작가는 다름 아닌 셔우드 앤더슨이다. 작가의 길을 모색하던 포크너는 뉴올리언스에서 이 무렵 미국 문단의 대가로 대접받던 앤더슨을 처음 만났다. 선배 작가는 포크너에게 그가 잘 알고 있는 고향 땅을 소재로 작품을 쓸 것을 권했다. 이 점과 관련해 포크너는『병사의 보수』와『모기』를 쓸 때만 해도 오직 글 쓰는 일을 위해서만 글을 썼지만『사토리스』를 쓰면서부터 나는 우표딱지만 한 조그마한 내 고향 땅은 충분히 글을 쓸 만한 가치가 있고, 나는 그것에 대해 평생 글을 써도 다 쓸 수 없을 것이라는 사실을 깨달았다고 술회한다. 또한 포크너는 실제 사건을 경외성서적(経外聖書的)인 것으로 승화시킴으로써 자신의 문학적 재능을 절대적인 단계까지 마음껏 발휘할 수 있으리라는 사실도 깨달았다. 그러면서 포크너는 자신만의 우주를 창조해 마치 신처럼 작중 인물들을 공간적으로나 시간적으로 마음대로 움직이게 만들 수 있었다.[3]

포크너가 말하는 "우표딱지만 한 고향 땅"이란 옥스퍼드를 포함한 북부 미시시피 지방을 말한다. 그는 이 지방의 특수한 경험을 보편적이고 세계적인 것으로 끌어올리는 것이 곧 작가의 임무라고 판단했다. 이로써 포크너는『병사의 보수』(1926)와『모기』(1927)를 창작하던 습작기를 청산하고 마침내 『사토리스』(1929)를 시작으로 자신만의 독특한 창작 세계를 구축했다. 그리고 그는 20여 편에 이르는 장편소설과 100여 편 넘는 단편소설에서 "마치 하느님처럼" 시공간을 자유롭게 넘나들며 창조주로서의 역할을 유감없이 발휘했다.

『사토리스』는 본디 포크너가 『흙 속의 깃발』이라는 제목으로 썼다가 출판사로부터 거절당한 뒤 상당 부분을 삭제하고 수정한 뒤에야 겨우 출간한 작품이다. 이 작품은 포크너가 사망한 뒤 1973년에 『흙 속의 깃발』이라는 원래 제목으로 출간됐다. 포크너는 『사토리스』와 더불어 마침내 '금광'과도 같은 작중 인물들을 찾아냈을 뿐 아니라 '소우주'라고 할 예술 세계를 창조했다.

포크너는 미시시피주에 있는 라피엣군을 모델로 '요크나파토파' (Yoknapatawpha)를, 옥스퍼드읍을 모델로 '제퍼슨'(Jefferson)을 창안했다. 제퍼슨과 요크나파토파는 지도나 GPS로는 절대 찾아갈 수 없는 허구적 공간이다. 포크너는 이 소설에서 앞으로 그가 다루게 될 주요 배경뿐 아니라 작중 인물·사건·주제·수법·형식 따위를 처음으로 도입한다. 이 소설은 포크너가 즐겨 쓰는 비유를 빌려 표현한다면 목수가 필요한 연장과 재료들을 보관해두는 창고와도 같은 작품이다.

그는 새로운 요크나파토파 소설을 쓸 때마다 이 창고에 보관해둔 재목을 꺼내어 작품의 집을 지었다. 이 작품에서 부분적으로 사용한 작중 인물이나 사건은 뒷날의 작품에서는 중심적인 인물이나 사건으로 발전되는 등 요크나파토파 소설의 씨앗은 모두 이미 이 작품에 뿌려졌다.

1. 신화적 왕국 '요크나파토파' 창조

포크너는 『흙 속의 깃발』에서 앞으로 사용하게 될 중요한 작중 인물들을 거의 대부분 선보인다. 이 작품에서 가장 중심적인 인물로 등장하는 사토리스 집안사람들은 말할 것도 없고 제퍼슨에서 오랫동안 판사 생활을 해온 벤보 집안사람들, 프렌치먼스 벤드에서 시작해 제퍼슨을 향해 조금씩 침식해 들어오는 스놉스 집안사람들, 그리고 시간의 변화를 모두 거부한 채 산간 지방에서 칩거하는 맥캘럼 집안 사람들이 등장한다.

또한 이 작품에는 사회적 신분이 높은 귀족 출신들과 '가난한 백인들'과 더불어 흑인 작중 인물들을 본격적으로 소개한다. 물론 흑인 작중 인물들은 이미 『병사의 보수』에 처음 나오지만 그들은 이 작품에서 단순히 틀에 박은 듯한 전형적 인물의 범위에서 크게 벗어나지 않는다. 그러나 『흙 속의 깃발』에 이르러 포크너는 흑인 작중 인물을 좀 더 개성을 지닌 살아 숨 쉬는 인물로 다루기 시작한다. 그러므로 그의 작품은 장르적 관점에서 보면 한 가문의 역사를 다루는 '계보 소설'이나 '연대기 소설'에 속한다.

포크너가 요크나파토파 연작소설에서 다루는 중심 주제는 남부 전통에 대한 재평가다. 남부 전통을 맹목적으로 수호하던 몇몇 작가들과는 달리 포크너는 좀 더 균형 잡힌 비판적 시각으로 남부의 문제를 다룬다. 예를 들어 백인과 흑백을 둘러싼 인종 문제만 해도 포크너는 급진적인 인종차별 폐지를 반대할 뿐 아니라 인권 운동이 너무 무리하게 전개되는 것에 대해서도 우려를 표한다. 포크너의 이러한 태도는 주류 백인들의 견해에는 어긋나는 것으로 특히 남부 백인들로부터 적잖이 비판을 받았다. 흑인 작가 제임스 볼드윈도 포크너의 이러한 태도를 날카롭게 비판했다.

한편 포크너는 미국 남부가 직면한 현실 문제에 매몰되지 않고 좀 더 보편타당한 문제를 다룬다. 여기에서 그가 '실제 사건'을 '경외성서적인 것'으로 승화시키려고 노력했다고 말한 점을 다시 한번 떠올릴 필요가 있다. 어떤 의미에서 포크너가 흑백 인종 문제를 둘러싼 남부 현실을 다루는 것은 좀 더 보편적인 주제를 끌어내기 위한 수단에 지나지 않는다.

실제로 노벨문학상 수상 연설에서 포크너는 그가 다루는 문제는 상호 갈등하는 인간 마음을 둘러싼 여러 문제라고 못 박아 말한다.[4] 그가 단순히 미국 독자들에게 그치지 않고 전 세계에 걸쳐 폭넓은 독자를 확보하고 있는 것은 이렇게 "우표딱지만 한 고향 땅"에 국한된 문제를 뛰어넘어 모든 인류가 고민해온 문제를 심도 있게 다루기 때문이다. 더구나 포크너가 다루는 삶의 문제가 무척 복잡하고 광범위하다는 것은 그동안 신비평과 형식주의를 비롯해 심리주의와 정신분석, 마르크스주의, 페미니즘 등 여러 유파의 비평가들이 여러 각도에서 그의 작품을 분석해왔다는 사실이 뒷받침한다. 문학 전통에서 보아도 포크너는 섣불리 낭만주의, 리얼리즘, 모더니즘, 포스트모더니즘 등 어느 한 잣대로 쉽게 재단할 수 없다.

2. 가장 훌륭한 실패작:『고함과 분노』[5]

포크너는 20여 편의 장편소설을 썼지만 그중에서도『고함과 분노』

(1929), 『팔월의 빛』(1932), 『압살롬, 압살롬!』(1936)은 흔히 그의 대표 작으로 꼽힌다. '포크너의 3부작'이라고 할 수 있는 이 세 소설은 포크너 특유의 주제와 형식을 잘 보여준다. 포크너의 문학적 역량을 유감없이 보여주는 이 작품들은 미국 문학사는 말할 것도 없고 세계 문학사에도 '현대의 고전'으로 높이 평가받는다. 이 작품들 외에 후기의 중요한 작품으로는 이른바 '스놉스 3부작'으로 일컫는 『마을』(1940), 『읍내』(1957), 『저택』(1959)을 들 수 있다. 이 작품들에서는 제퍼슨 남부에 자리 잡고 있는 시골 마을 프렌치먼스 벤드를 중심으로 스놉스 일가가 펼치는 희비극적 드라마가 박진감 있게 펼쳐진다.

포크너는 네 번째 장편소설 『고함과 분노』를 집필하면서 희열과 환희에 한껏 도취되어 있었다. 그것은 그 이전의 장편소설을 쓸 때와는 전혀 다른 감정이었다. 뒷날 포크너는 『고함과 분노』를 집필하면서 몸으로 느낄 만큼 분명하고 물리적이면서도 무엇이라고 딱 말하기 어려운 감정, 즉 아직 더럽혀지지 않은 하얀 종이가 그의 손 밑에서 해방되기를 기다리며 고스란히 간직하고 있는 경이감에 대한 열렬하고도 행복한 믿음과 기대를 느꼈다고 밝힌다.[6] 그의 말은 소설 창작보다는 오히려 남녀의 성행위를 묘사하는 것처럼 자못 육감적으로 들린다.

그렇다면 포크너는 이 작품을 쓰면서 왜 그토록 희열에 취해 있었을까? 두말할 나위 없이 그는 '아름답고 비극적인 소녀' 캐디 콤슨을 작중 인물로 다루기 때문이다. 포크너는 현실 세계에서 충족하지 못한 욕망을 이 작품을 빌려 보상적으로 만족을 느끼려고 했다. 그러니까 여동생이 없던 작가에게 캐디는 아름다운 누이동생이요 사랑스런 딸 같은 인물이다.

그러나 포크너가 『고함과 분노』를 집필하면서 희열과 황홀을 느낀 데는 또 다른 이유가 있었다. 이 소설을 집필하기에 앞서 그는 『흙 속의 깃발』의 원고를 처음 두 장편소설을 출간한 보니 앤드 라이브라이트 출판사에 보냈지만 거절당했다. 『고함과 분노』는 제임스 조이스의 『율리시스』처럼 연대기적인 구성을 무시한 채 의식의 흐름과 내면독백 수법을 구사한 작품으로 당시 미국 문단에서는 난해해서 좀처럼 받아들여지기 어려운 작품이었다. 포크너가 소설 제목으로 삼은 『맥베스』 5막 5장 속 주인공의 독백처럼 이 작품은 '바보들이 지껄이는 이야기'에 가까웠다. 그 이유야 어찌 됐든 출판 거절에서 오는 실망과 좌절을 포크너는 참으로 견디기 어려웠다. 작가로서의 직업에 회의를 느낄 정도였으니 그 실망과 좌절이 어떠했는지 미뤄보고도 남는다.

포크너는 작가로서 얻게 될 명성과 작품 창작에서 오는 물질적 보상이나 세속적 명예 따위를 모두 접어두고 오직 자기 자신만을 위해 작품을 쓰기로 결심했다. 이 점과 관련해 그는 "어느 날 나는 나와 모든 출판사 주소와 책 목록 사이에 굳게 문을 닫아놓은 것 같았다. 자, 이제 비로소 나는 작품을 쓸 수 있구나, 이제 저 옛날 로마 사람이 침대 머리맡에 놓아두고 입을 맞추어 천천히 그 가장자리를 닳게 한 것 같은 항아리를 만들어낼 수 있게 되었구나"[7]라고 생각했다.

작가와 출판사 사이에 문을 굳게 닫아놓았다는 것은 이제는 더 출판사에 작품 원고를 보내지 않겠다는 말이다. 다시 말해서 작품 창작과 출판을 별개의 작업으로 생각하겠다는 의지를 천명한 것이다. 출판을 염두에 두지 않고 작품을 창작한다면 한껏 상상력을 발휘해 오직 작가가 쓰고 싶은 작품을 마음대로 쓸 수 있을 것이다. 『고함과 분노』는 바로 이러한 새로운 각오로 쓴 첫 작품이다. 그가 이 작품을 집필하면서 일찍이 느껴보지 못한 희열과 자유를 맛본 것은 바로 그 때문이다.

그러나 『고함과 분노』는 포크너의 말처럼 그렇게 희열과 환희에서 나온 산물만은 아니었다. 그는 이 작품을 쓰면서 희열과 환희 못지않게 슬픔과 고뇌를 겪었다. 이 작품에 대해 그는 뒷날 가장 큰 고뇌를 안겨준 작품, 그가 가장 열심히 노력한 작품이라고 밝혔다. 이렇게 슬픔과 고뇌 가운데 썼기 때문에 포크너는 이 소설에 더더욱 애틋한 사랑과 애정을 느꼈다. 특히 포크너는 신부(神父)가 된 자식보다 도둑이나 살인자가 된 자식을 더 사랑하는 어머니 같은 심정을 느꼈다고 털어놓았다.[8]

그렇다면 포크너는 이 작품을 쓰면서 왜 그토록 고통과 고뇌를 겪었을까? 그는 이 작품의 창작 과정에 대해 똑같은 이야기를 네 번에 걸쳐 썼다고 밝힌다. 여기에서 네 번이란 바로 『고함과 분노』의 네 장(章)을 가리킨다. 즉 그는 맨 먼저 콤슨 집안의 백치 막내아들 벤지 콤슨의 입을 빌려 캐디의 비극을 전달하려 했지만 실패했다. 이번에는 장남 퀜틴을 통해 말하려고 했지만 역시 성공을 거두지 못했다. 다시 둘째 아들 제이슨의 입을 빌려 말하려 했지만 그 역시 실패했다. 그래서 마지막으로 작가 자신이 직접 나서 말하려고 했지만 그것 역시 실패하고 말았다는 것이다. 실제로 『고함과 분노』를 출간하고 15년이 지난 뒤 맬컴 카울리가 편집한 『포터블 포크너』(1946)에 싣기 위해 쓴 「부록: 콤슨 집안사람들」까지 넣는다면 포크너는 네 번이 아니라 무려 다섯 번에 걸쳐 이 작품을 쓴 셈이다.

포크너는 『고함과 분노』가 '실패작'이되 '가장 훌륭한 실패작'이라고 말했다. 포크너가 이 작품을 두고 모순어법을 구사해 '훌륭한 실패작'이라고 말하는 데는 그럴 만한 까닭이 있다. 심혈을 기울여 이 작품을 썼을 뿐 아니라 지금까지 그가 쓴 작품 가운데에서 가장 뛰어난 작품이기 때문이다. 그의 작품 중에서 어느 작품을 가장 훌륭한 작품으로 생각하느냐는 물음을 받을 때마다 포크너는 서슴지 않고 늘 『고함과 분노』를 첫손가락에 꼽았다. 그는 이 작품이야말로 가장 비극적으로, 가장 찬란하게 실패한 작품일 뿐 아니라 그가 가장 사랑해 마지않는 작품이라고 밝힌다.[9]

『고함과 분노』는 '훌륭한 실패작'일 뿐 아니라 '미완성' 작품이기도 하다. 『포터블 포크너』에 실린 「부록」에 대해 언급하면서 포크너는 이 작품이 15년이 지난 뒤에도 여전히 살아 있으며, 여전히 살아 있다는 것은 곧 계속 자라고 변화한다는 것을 뜻한다고 밝힌다.[10] 물론 이것은 「부록」의 내용과 작품의 내용이 몇몇 세부 사항에서 차이가 난다는 비판에 대한 일종의 변명으로 한 말이다. 어찌 됐든 포크너는 프랑스의 상징주의 시인 폴 발레리처럼 모든 예술 작품은 결코 완성될 수 없으며 오직 중도에서 포기할 뿐이라고 생각했는지도 모른다. 발레리에게도 포크너에게도 예술 작품은 「모나리자」처럼 어디까지나 미완성 작품에 지나지 않는다.

그러나 포크너의 예상을 뒤집고 『고함과 분노』는 생각보다 쉽게 출판사를 찾을 수 있었다. 출판 편집자 앨프리드 하콧은 포크너의 에이전트인 벤 왓슨으로부터 이 원고를 건네받고 그의 동료 편집자 해리슨 스미스가 독립해 새 출판사를 차리자 그에게 원고를 넘겨주었다. 평소 포크너의 작품을 좋아하던 스미스는 곧 그 작품을 출판하기로 결심했고, 왓슨을 편집자로 고용해 출판을 위한 본격적인 작업에 들어갔다. 이 작품은 1929년 10월, 그러니까 뉴욕의 증권 시장이 폭락하면서 경제 대공황이 몰아닥치기 2주 전에 출간됐다. 이 작품은 난해성과는 별도로 시대 상황과 맞물려 독자들로부터는 철저하게 외면당했다. 이 작품은 미국보다는 오히려 유럽, 그 가운데에서도 특히 프랑스에서 각광을 받았다. 가령 앙드레 말로, 모리스 르 브레통, 장 폴 사르트르 같은 작가들이 이 작품을 격찬해 마지않았다. 그들은 통찰력 있는 분석을 통해 프랑스 독자에게 이 작품을 소개했다. 미국에서 이 소설이 본격적으로 받아들여지기 시작한 것은 1940년대 말과 1950년대 초에 들어와서다.

『고함과 분노』는 한 가문의 몰락과 붕괴를 다루는 계보소설에 속한다. 한 가문의 몰락이나 붕괴는 서구 문학 전통에서 보면 꽤 흔한 장르다. 미국에서 산업화나 공업화가 빠르게 진행되면서 혈연관계가 비교적 무의미해진 북부와는 달리, 농경 사회인 남부에서는 여전히 가족을 중심으로 한 혈연관계가 무엇보다도 중요했다. 이 소설에서 포크너가 다루는 콤슨 가문은 요크나파토파의 제퍼슨에서 중추적 역할을 맡았던 귀족 가문이다. 찬란한 전통과 화려한 명예를 자랑하는 가문으로 선조 중에는 남북전쟁 때 장군으로 이름을 떨친 군인도 있고 미시시피주의 주지사를 지낸 정치가도 있다. 제퍼슨을 창설하는 데 주역을 맡기도 한 콤슨 집안사람들은 저택 주위의 수백 에이커 땅을 소유한다. 그러나 이 작품이 주로 다루는 1928년에 이르러서는 그 찬란한 전통과 명예는 한낱 그림자에 지나지 않는다.

제이슨 콤슨 3세의 자손 대에 내려와서는 더더욱 말이 아니어서 큰아들 퀜틴은 이상과 현실 사이의 간극에 절망한 나머지 마침내 하버드대학교 재학 중 스스로 목숨을 끊는다. 하나밖에 없는 외딸 캐디는 결혼하기 전에 무분별한 남자관계로 사생아를 낳고 결혼 뒤에는 남편으로부터 버림을 받아 어디론가 자취를 감춘다. 둘째 아들 제이슨은 형과 누이가 받은 기회를 박탈당한 것에 몹시 분개하며 지금은 아버지와 형을 대신해 가장으로서의 무거운 짐을 진 채 살아간다. 그리고 태어날 때부터 백치인 막내아들 벤지는 현재 나이 서른세 살이건만 정신 능력은 겨우 세 살 정도밖에 되지 않는다.

언뜻 보면 콤슨 가문의 파멸은 소포클레스의 비극처럼 운명적이고 필연적인 것 같다. 실제로 퀜틴은 캐디에게 자기들에게 '저주'가 내려져 있는데, 그것은 그들의 잘못이 아니라고 말한다. 본질적으로 콤슨 집안의 몰락은 어떤 외부적인 힘에서 비롯한다기보다는 내적 결함에 그 원인이 있다. 구체적으로 말해서 콤슨 가문의 몰락과 파멸은 가족 구성원 사이에 사랑이나 애정 같은 정신적 교섭이 제대로 이루어지지 않는다는 데서 그 이유를 찾을 수 있다. 제이슨 콤슨 3세와 그의 아내 캐롤라인에게서는 정상적인 부부 사이에서 볼 수 있는 정서적 교감을 찾아보기 어렵다. 두 사람은 상대방을 조금도 배려하지 않고 오직 자신만의 세계에 빠져 있다. 술과 냉소주의에서 도피처를 찾는 제이슨은 좀처럼 허무주의의 늪에서 헤어나지 못한다. 그에게는 인간은 한낱 "불운의 총화"에 지나지 않으며, 인간의 모든 "희망과 욕망"은 시간이라는 거센 흐름 속에 결국 '무덤'으로 변해버리고 만다.

제이슨은 아내에게 애정을 느끼지 못할 뿐 아니라 자녀들에 대해서도 아버지로서의 구실을 제대로 하지 못한다. 이 점에서는 캐롤라인 콤슨도 남편과 크게 다르지 않아서 어머니로서의 역할을 제대로 하지 못한 채 늘 자기연민에 빠져 있고 투덜대며 불평을 늘어놓으며 때로는 신경질환 증세를 보이는 데다 제이슨을 편애한다.

포크너에게 가족의 붕괴나 가문의 파멸은 그 이상의 상징적 의미가 있다. 콤슨 가문의 몰락은 전통적인 남부 사회의 붕괴를 상징한다. 가족은 그저 혈육의 집합체에 지나지 않는 것처럼 보일지 모르지만 사회의 최소 구성단위다. 그것은 좁게는 한 공동사회의 구성원, 넓게는 한 민족, 더 넓게는 우주 시민을 축소해놓은 것과 다름없다. 가족은 개인을 보호해주는 울타리가 되기도 하지만 때로는 개인을 억압하고 제어하는 걸림돌이 되기도 한다.

한때 찬란한 명예와 전통을 자랑하는 콤슨 가문이 점차 파멸의 길을 걷듯이 미국 남부도 시간이 지나면서 점차 쇠퇴의 길로 들어선다. 전통적인 남부 사회에서도 콤슨 가문에서처럼 동료 인간에 대한 사랑과 연민, 이해와 관심을 찾아보기 어렵다. 북부 사회와 비교해볼 때 남부 사회는 신분과 혈통에 따라 계급 질서가 뚜렷이 구분된다. 같은 백인이라 해도 사회적 위계질서에서 차이가 난다. 가령 계급 질서의 사다리에서 콤슨 집안사람들은 맨 꼭대기를 차지한다. 캐롤라인 콤슨이 친정집 배스콤 가문도 콤슨 가문 못지않게 뼈대 있는 가문이라는 강박관념에 사로잡혀 있는 것을 보면 같은 상류 계급 안에서도 갈등과 긴장이 적지 않다. 더구나 남부는 비인간적인 흑인 노예 제도라는 원죄의 짐을 지고 있다. 이렇게 노예 제도에 의존하는 남부의 전통적 농경 사회는 남북전쟁 이후 북부의 공업 사회로부터 위협을 받자 여지없이 허물어진다. 이렇듯 남부의 몰락은 내적 요인 못지않게 외부 요인에서도 비롯한다.

더구나 미국의 전통적 남부 사회의 몰락과 붕괴는 20세기 현대인의 정신적 파산을 보여주는 상징이기도 하다. 거의 같은 시대에 활약한 T.S. 엘리엇과 마찬가지로 포크너도 제1차 세계대전 이후 서구 사회를 황무지에 빗댄다. 콤슨 집안사람들이 살고 있는 요크나파토파의 제퍼슨도 황량한 불모지와 크게 다르지 않다. 콤슨 집안사람들처럼 20세기의 현대인은 삶다운 삶을 살지 못한 채 엘리엇이 말하는 "죽음 속의 삶"(living in death) 또는 "삶 속의 죽음"(death in living)을 살아간다. 『맥베스』에서 주인공의 독백처럼 삶이란 한낱 '걸어 다니는 그림자'요 '가련한 배우'에 지나지 않는다.

『고함과 분노』의 허무주의적인 주제는 그 형식과 기교에서도 엿볼 수 있다. 윌리엄 포크너의 작품 중에서 아마 이 소설만큼 주제와 기교, 내용과 형식이 잘 맞아떨어지는 작품도 찾아보기 쉽지 않다. 이 작품에서는 형식이 곧 내용이요 기교가 곧 주제라고 해도 크게 틀리지 않는다. 작가가 사용하는 복수적(複數的) 관점이나 시점에 주목하면 진리란 포착하기 어렵고 가변적이라는 주제를 이끌어낼 수 있다. 복수적 관점이나 시점을 사용한다는 점에서 『고함과 분노』는 『내 죽으며 누워 있을 때』나 『압살롬, 압살롬!』과 비슷하다.

이 작품에서 포크너는 복수적 관점을 사용할 뿐 아니라 비연대기적 서술 방법을 즐겨 구사한다. 전통적 리얼리즘 계열에 속하는 작품과는 달리 이 소설에서 사건을 연대기적으로 배열하지 않고 사건을 뒤섞어놓는다. 그래서 이 작품을 읽노라면 마치 조각난 퍼즐을 긁어 모아 하나의 완성된 그림으로 짜맞추는 것과 같다. 실제로 작가 자신도 이 소설을 '조각 그림 맞추기'에 견준 적이 있다. 그런데 이러한 서술 방법은 비극적 주제를 표현하는 데 그야말로 안성맞춤이다. 이 작품은 인류 역사에서 일찍이 그 유례를 찾을 수 없는 제1차 세계대전을 겪고 난 뒤 서구 사람들이 느끼는 환멸과 비극적 절망감을 설득력 있게 보여준다.

3. 서로 다른 세 가닥의 이야기: 『팔월의 빛』

『팔월의 빛』은 포크너의 장편소설로서는 일곱 번째, 요크나파토파 연작소설로서는 다섯 번째 작품이다. '요크나파토파 소설'이라는 꼬리표가 붙어 있으면서도 이 소설은 다른 작품들과 비교해 여러모로 다르다. 무엇보다도 앞의 두 작품들은 귀족이든 '가난한 백인'이든 미국 남부의 한 가문 이야기를 다루는 계보소설이나 가문소설 장르에 속한다. 그러나 『팔월의 빛』에서 가족이나 가문은 이렇다 할 의미가 없다. 이 작품에 이르러 작중 인물은 좁은 가족이나 가문의 테두리에서 벗어나 좀 더 공적이고 사회적인 영역으로 옮겨간다. 이 작품에서는 가족보다는 개인과 제퍼슨이라는 공동사회가 전면에 부각된다.

『팔월의 빛』은 스케일이 크다는 점에서도 포크너의 다른 작품들과는 차이가 난다. 작중 인물이 무려 70여 명에 이르는 이 작품은 포크너의 장편소설 중에서 가장 방대하다. 비단 작중 인물뿐 아니라 시간적·공간적 배경에서도 이 작품은 다른 작품들과는 사뭇 다르다. 현재 사건은 1930년대 초엽에 일어나지만 과거 사건은 멀게는 남북전쟁이 일어나기 훨씬 전 19세기 초엽으로까지 거슬러 올라간다. 공간적 배경도 미시시피주 요크나파토파의 제퍼슨과 그 주변 지역에 그치지 않고 가깝게는 이웃에 인접해 있는 앨라배마주와 테네시주와 아칸소주, 멀게는 일리노이주의 시카고와 미시간주의 디트로이트, 더 멀게는 캘리포니아주와 멕시코까지 넓어진다. 그러나 포크너의 작품이 으레 그러하듯이 『팔월의 빛』은 좁게는 미시시피주, 넓게는 미국 남부 전체의 문제를 중요한 소재와 주제로 다룬다. 그 가운데에서도 미국인의 원죄라고 할 백인과 흑인 사이의 인종 문제는 가장 핵심적이다.

그러나 좀 더 꼼꼼히 따져보면 이 작품은 인종 문제를 다루면서도 지리적 한계를 뛰어넘어 더 보편적인 주제를 다룬다. 포크너가 이 작품에서 다루는 중심 주제는 개인과 사회 사이에서 빚어지는 긴장이나 갈등이다. 이 작품의 작중 인물은 개인적 자아와 제퍼슨 사회가 부여하는 공적 역할 사이에서 적잖이 갈등을 겪는다. 주인공 조 크리스마스와 실패한 목사 게일 하이타워와 광신적인 조애너 버든은 제퍼슨 사회와 활시위처럼 팽팽한 긴장 관계 속에서 살아간다. 백인 중심적이고 남성 중심적일뿐더러 공동사회적인 특성이 강한 제퍼슨은 무엇보다 안정된 전통적 가치를 추구하며, 이러한 가치에 위협이 되는 인물에게는 하나같이 이단자의 낙인을 찍어 단죄한다.

그렇다면 이 소설에서 개인과 사회 사이의 긴장과 갈등은 어떠한 모습으로 나타나는가? 주인공 조 크리스마스에게 개인의 주체성이나 자유를 제한하고 억압하는 외부 사회의 힘은 크게 세 가지 모습으로 나타난다. 여성 세계와 기독교 그리고 사회적 인습과 제도가 바로 그것이다. 이 작품 전체에서 여성은 포크너가 말하는 '나의 주체성'을 크게 위협하고 있으며, 크리스마스는 끊임없이 여성 세계의 싸늘한 손길로부터 벗어나려고 안간힘을 쓴다. 그가 평생 품게 되는 여성혐오증은 삶의 질서를 파괴하고 자유를 억압하려는 여성들과의 경험에서 비롯한다. 물론 여성에 대한 불건전한 태도는 그의 외할아버지 유피어스 하인스에게서 유전적으로 물려받은 몫도 적지 않다. 하인스가 여성에게 느끼는 증오심은 아주 남다르다. 이러한 증오심은 흔히 '여성타락'이니 '여성고통'이니 '여성육체'니 또는 '여성죄악'이니 하는 그 특유의 조어에서도 엿볼 수 있다.

『팔월의 빛』에서 개인의 자유를 억압하고 위협하는 또 다른 사회적 힘은 제도화된 종교, 좀 더 구체적으로 말해서 기독교다. 포크너는 이 소설에서 남부 개신교의 광신주의를 날카롭게 비판한다. 크리스마스의 외할아버지를 비롯해 그의 양아버지 사이먼 맥이컨, 조애너 버든과 그녀의 선조들, 그리고 게일 하이타워 등은 한결같이 기독교의 참다운 진리를 왜곡한 채 속이 텅 빈 형식만을 굳게 믿는다. 그래서 크리스마스에게 기독교는 따뜻한 사랑과 관용을 전하는 종교라기보다는 오히려 인간의 영혼을 짓밟는 비인간적인 폭력이다.

크리스마스에게 개인의 자유나 주체성을 위협하는 세 번째 힘은 사회 제도와 인습이다. 여기에서 사회적 제도와 인습이란 미국 남부 사회 특유의 백인과 흑인의 인종 문제를 말한다. 요크나파토파의 제퍼슨 주민들은 과거로부터 인종 문제에 대한 인습과 전통을 물려받는다. 이에 따르면 이곳에 사는 주민은 반드시 피부 색깔에 따라 백인이나 흑인으로 분류돼야 하며, 일단 어느 한쪽으로 분류되면 반드시 그것에 따라 행동해야 한다. 그런데도 크리스마스는 이러한 비인간적이고 추상적인 전통과 인습에 따라 행동하기를 완강히 거부한다. 그가 마침내 모츠타운에서 체포되는 모습을 지켜본 한 목격자는 "그는 흑인처럼 행동하는 것도 아니고, 그렇다고 백인처럼 행동하는 것도 아니었다. 사람들을 화나게 한 것은 바로 그 점이었다"라고 말한다. 크리스마스가 백인처럼 행동하지도 않고 흑인처럼 행동하지도 않는 것은 남부 인습과 전통을 정면으로 거부하는 행위다. 흑인이나 백인으로 분류되기를 거부한 채 그는 오직 인격을 지닌 한 인간으로서 대접받고 싶을 뿐이다.

『팔월의 빛』에서 포크너는 개인이 사회와 빚게 되는 갈등과 긴장을 다룰 뿐 아니라 더 나아가 정체성 탐구라는 또 다른 주제를 다룬다.

그런데 엄밀히 따지고 보면 이 두 주제는 동전의 양면처럼 같은 문제를 다루는 것에 지나지 않는다. 작중 인물이 사회와 갈등을 일으키는 것은 바로 정체성을 지키려고 하기 때문이고, 정체성을 지키다 보면 그 과정에서 어쩔 수 없이 사회와 맞부딪치지 않을 수 없기 마련이다. 이 작품이 좀 더 보편적인 의미를 지니는 것은 주인공이 자신의 정체성을 추구함으로써 인간의 존엄성과 위엄을 지키려 하기 때문이다. 조 크리스마스가 던지는 "나는 과연 누구인가?"라는 물음은 동서고금을 가르지 않고 수많은 철학자와 문학가가 지금까지 끈질기게 던져온 물음이다. 예를 들어 고대 그리스 시대 소포클레스의 『오이디푸스왕』에서 중세기의 윌리엄 셰익스피어의 『리어왕』을 거쳐 현대 작품에 이르기까지 "나는 과연 누구인가?"라는 물음은 아주 중요하다. 크리스마스도 오이디푸스나 리어왕처럼 자신의 정체성에 깊은 의문을 품고 늘 이 물음에 대한 답을 찾으려고 무척 애쓴다. 크리스마스는 그 답을 찾는 데 온갖 희생을 무릅쓰다가 마침내 죽음이라는 값비싼 대가를 치른다.

『팔월의 빛』은 얼핏 보면 형식이나 기교에서 전통적인 소설의 테두리에서 크게 벗어나지 않는 것 같지만 실제로 포크너는 나름대로 새로운 서술 기법을 시도한다. 이 작품에서 무엇보다도 먼저 눈길을 끄는 것은 구성이나 플롯 방식이다. 지금까지 적지 않은 비평가들은 이 소설이 통일된 이야기로 구성된 것이 아니라 서로 다른 세 가닥의 이야기가 뒤엉켜 있다고 지적해왔다. 여기에서 세 가닥의 이야기란 두말할 나위 없이 조 크리스마스, 리너 그로브, 그리고 게일 하이타워에 관한 세 이야기를 한다. 물론 이 밖에도 조애너 버든에 관한 이야기라든지, 바이런 번치에 관한 이야기라든지 또는 유피어스 하인스 부부에 관한 이야기가 더 있지만 그것들은 어디까지나 이 세 가닥의 플롯에 포섭되는 하위 플롯에 지나지 않는다. 『팔월의 빛』에서 이 세 가닥은 언뜻 이렇다 할 관련이 없는 것처럼 보이지만 좀더 따져보면 서로 깊이 연관되어 있음을 알 수 있다. 세 가닥의 플롯은 마치 세 폭의 그림으로 된 병풍에 빗댈 수 있다. 포크너의 에이전트 벤 왓슨(Ben Wasson)은 작가에게 세 가닥의 이야기가 산만하다는 점을 지적하며 수정할 생각이 없느냐고 물었다. 그러자 포크너는 그에게 보낸 편지에서 "이 작품에 잘못된 곳이라고는 찾을 수 없습니다. 그러니 현재 상태 그대로 두십시오"[11]라고 단호하게 말했다.

4. 헛된 이상과 야망을 둘러싼 비극적 드라마: 『압살롬, 압살롬!』

포크너는『압살롬, 압살롬!』에서 남부인들이 어떻게 흑인 노예를 주 춧돌로 삼아 남부라는 대저택을 세웠는지, 그리고 그 집이 어떻게 허물어졌는지 상징적으로 보여준다. 미국에서 흑인 노예의 역사는 17세기 초엽으로 거슬러 올라간다. 미국 땅에 흑인 노예가 처음 도착한 것은 1619년, 그러니까 흔히 '순례자'로 일컫는 급진파 청교도들이 메이플라워호를 타고 대서양을 건너 오늘날의 보스턴 근교 플리머스에 도착하기 일 년 전이다.

스무 명 남짓한 노예가 네덜란드 상선에 실려 오늘날의 버지니아 주 제임스타운 근처에 처음 상륙했다. 그들은 네덜란드 상인들이 스페인의 노예선에서 탈취한 흑인들이었다. 그 뒤 미국에서 흑인 노예의 수는 기하급수적으로 늘어났고, 농업에 기반을 둔 남부는 흑인 노예의 노동력에 의존해 농업 경제를 구축했다. 남부의 백인 농장주들은 온갖 구실과 핑계로 노예 제도를 합리화했다. 남부의 종교 지도자들은 백인 농장주의 편에 서서 흑인 노예 제도에 아예 입을 다물거나 간접적이나마 그것을 두둔했다. 심지어 몇몇 개신교 목사 중에는 "종의 멍에를 메고 있는 사람은 자기 주인을 아주 존경할 분으로 여겨야 합니다. 그렇게 해야 하나님의 이름과 우리의 가르침에 욕이 돌아가지 않을 것입니다"(디모데전서 6:1)라는 성경 구절을 인용하며 노예 제도의 손을 들어줬다.

『압살롬, 압살롬!』의 주인공 토머스 서트펜은 옛 남부를 대표하는 전형적 인물이다. 그의 성공과 실패는 곧 남부의 발흥과 몰락을 상징적으로 보여준다. 서트펜은 '서트펜스 헌드리드'라는 자신의 왕조를 건설하는 데 흑인 노예 제도를 주춧돌로 삼는다. 서트펜처럼 남부의 경제도 비인간적인 흑인 노예 제도에 기반을 두고 있었다. 마침내 서트펜의 '위대한 계획'도 남부의 전통 사회도 흑인 노예 제도 때문에 붕괴한다. 이렇듯 서트펜의 왕조와 남부의 발흥과 몰락은 처음부터 흑인 노예와는 떼려야 뗄 수 없을 만큼 아주 깊이 얽혀 있다.

그러나 남부 주민 중에는 서트펜의 비인간적인 노예 제도에 반기를 드는 인물도 있었다. 예를 들어 토머스 서트펜의 장인인 굿휴 콜드필드는 미국 남부가 엄격한 도덕성의 반석 위에 그 경제의 집을 세운 것이 아니라 기회주의와 도덕적 약탈 행위라는 유사(流沙) 위에 그 집을 세운 것에 대가를 치르고 있다고 말한다. 그의 말대로 남부 경제는 그야말로 모래 위에 지은 누각과 크게 다름없다. 바람만 조금 불어도 쉽게 허물어져 내리는 사상누각처럼 남부 경제 또한 외부의 힘에 쉽게 무너져버릴 수밖에 없었다. 남북전쟁은 노예 제도에 기반을 둔 남부 경제의 사상누각에 치명적인 일격을 가한 역사적 사건이었다.

그러나 『압살롬, 압살롬!』이 이렇게 미국 남부에 국한된 이야기만을 다룬다면 아마 미국문학, 아니 세계문학에서 지금처럼 고전의 반열에 오르지 못했을 것이다. 이 작품은 포크너의 작품이 흔히 그러하듯이 미시시피의 역사와 현실에 굳게 뿌리를 박되 가장 빛을 내뿜을 때는 지리적 한계와 공간적 제약을 훌쩍 뛰어넘는다. 이 작품에서 궁극적으로 그가 다루는 보편적인 주제는 인간의 헛된 이상과 야망을 둘러싼 비극적 드라마다. 적어도 이 점에서 보면 이 작품은 사회경제학적 관점보다는 윤리학적이고 철학적인 관점에서 접근해야 한다. 가난한 소작농 출신인 토머스 서트펜은 제퍼슨 근처에 왕조를 건설하려는 그 '위대한 계획'을 실행에 옮기는 데 온갖 노력과 수고를 아끼지 않는다. 이 계획을 실천하는 데 조금이라도 걸림돌이 되는 것이 있으면 그는 가차 없이 제거해버린다. 이 계획을 달성하기 위해서라면 심지어 목숨까지도 기꺼이 바칠 각오가 되어 있다. 좁게는 미국 문학사에서, 넓게는 서구 문학사를 통틀어 아마 서트펜처럼 한 목표를 정해놓고 그것을 향해 그토록 무모하게 매진하는 인물도 아마 찾아보기 쉽지 않다.

서트펜의 비인간성은 첫 번째 아내에 대한 태도에서 엿볼 수 있다. 그 '위대한 계획'을 실행에 옮기기 위해 그가 집에서 도망 나와 맨 처음 도착한 곳이 바로 서인도 제도의 아이티섬이다. 이곳에서 그는 농장주 딸을 아내로 맞아 첫아들을 낳은 지 얼마 안 되어 그는 아내에게 흑인의 피가 흐른다는 사실을 알게 된다. 이 무렵 순수 백인 혈통을 소중하게 생각하는 남부 인습이나 전통에 따르면, 백인과 흑인 사이에서 태어난 혼혈은 말할 것도 없거니와 몸속에 흑인 피가 한 숟가락, 아니 한 방울만 흐르고 있어도 흑인으로 여겼다. 서트펜은 만약 자기 아내와 아들에게 흑인의 피가 흐른다면 자신의 '위대한 계획'이 한낱 물거품으로 돌아가게 되리라는 것을 잘 알고 있다. 그래서 그는 아무런 양심의 가책도 느끼지 않고 자신의 모든 재산을 물려주는 것으로 그녀와의 관계를 모두 청산하고 북부 미시시피로 온다.

토머스 서트펜의 비인간적 특성은 첫 번째 아내에게서 낳은 아들 찰스 본에 대한 태도에서도 드러난다. 왕조를 세우기 위해 그가 두 번째로 도착하는 곳이 미시시피주 요크나파토파의 제퍼슨 부근이다. 치커소 인디언에게서 빼앗다시피 한 비옥한 땅에 두 해에 걸쳐 '서트펜스 헌드리드'를 짓고, 그 저택이 완성되자 남부 특유의 대농장을 건설하고 씨앗을 빌려 농사를 짓는다. 이번에는 저택과 농장에 걸맞은 안주인을 구해오는 일만이 남아 있다. 그래서 그가 택한 안주인이 바로 제퍼슨에서 가장 경건하고 강직하기로 이름난 굿휴 콜드필드의 딸 엘렌이다. 엘렌과의 사이에서 서트펜은 헨리와 주디스 두 자식을 둔다. 여기까지는 서트펜의 왕조가 '위대한 계획'에 따라 순조롭게 진행되는 것처럼 보인다.

그러나 아이티에서처럼 제퍼슨에서도 서트펜의 왕조에 결함이 있다는 사실이 점차 밝혀진다. 미시시피대학교에 입학한 헨리 서트펜은 뜻밖에도 그곳에서 이복형 찰스 본을 만나면서 그 왕조에는 조금씩 금이 가기 시작한다. 물론 찰스가 이복형인 줄 모르는 헨리는 세련된 그와 친한 사이가 되고, 크리스마스 휴가 때 '서트펜스 헌드리드'를 방문한 찰스 본은 주디스와 사랑에 빠지고 얼마 안 되어 곧 결혼 이야기가 나오기에 이른다. 서트펜은 찰스와 주디스의 결혼을 막으려고 하지만 뜻대로 되지 않는다. 이러는 와중에 남북전쟁이 일어나고 아버지와 두 아들은 남부군에 자원해 싸움터로 나간다. 전쟁 중에도 주디스와 결혼하려는 찰스의 생각은 조금도 달라지지 않고, 헨리도 여전히 아버지 편보다는 찰스 편을 든다.

전쟁이 막바지에 접어들 무렵 서트펜은 마침내 최후에 쓰려고 남겨둔 비장의 무기를 사용하기에 이른다. 즉 서트펜은 헨리에게 찰스의 몸속에 흑인의 피가 흐르고 있다는 사실을 폭로하는 것이다. 이 무기는 서트펜이 예상한 바대로 놀라운 효과를 발휘한다. 이 사실을 알고 나서부터 헨리는 태도를 바꾸어 찰스에게 주디스와 결혼하지 말 것을 강요한다. 만약 찰스가 주디스와 결혼한다면 근친상간을 범하는 것이 될 뿐 아니라 흑인과 결혼하는 것이 되기 때문이다. 근친상간은 받아들일 수 있어도 흑인과의 결혼은 받아들일 수 없다는 것이 헨리의 판단이다. 찰스가 끝끝내 생각을 바꾸지 않자 헨리는 이복형을 총으로 쏘아 죽이고 어디론가 자취를 감춘다.

왕조를 세우려는 서트펜의 꿈은 이렇게 한낱 물거품으로 돌아간다. 그가 죽은 뒤 100에이커에 이르는 농장은 허물어져가는 저택만 남기고 다른 백인 명문 귀족에게 팔리고, 그 땅을 구입한 사람은 사냥터로 씀으로써 원래의 모습으로 되돌려놓는다. 서트펜의 대를 이을 유일한 남자 후예라고 할 짐 본드는 흑인 혼혈아인 데다 거의 백치에 가깝다. 노년에 '서트펜스 헌드리드'에 돌아와 숨어 있는 헨리를 병원에 옮기려고 그의 이모 로저 콜드필드가 앰뷸런스를 가지고 찾아오자 클라이티는 헨리를 체포하러 온 것으로 오해하고 마침내 저택에 불을 지른다. 왕조의 상징인 저택은 한 줌의 잿더미로 변하고, 짐은 집 근처에서 신음소리를 내며 울부짖다가 어디론가 자취를 감추고 사라져버린다.

포크너는『압살롬, 압살롬!』에서 한 인간이 맹목적으로 추구하는 이상과 야망이 얼마나 위험한지 설득력 있게 보여준다. 그는 토머스 서트펜의 야망과 실패를 통해 수단이 목적을 정당화할 수 없다는 진리를 웅변적으로 말한다. 서트펜은 자신이 정한 목표를 달성하기 위해 동료 인간의 인간성이나 존엄성에는 조금도 관심을 두지 않은 채 오직 목표 달성에만 혈안이 되어 있다.

포크너는 중편소설「버베나 향기」에서 주인공 베이어드 사토리스의 입을 빌려 어느 누구도 서트펜 대령보다 더 많은 꿈을 간직할 수는 없었을 것이라고 말한다. 그러자 드루실러는 그에게 서트펜의 꿈과 사토리스 대령의 꿈은 근본적으로 다르다고 지적한다. 그러면서 그녀는 서트펜의 꿈은 바로 그 자신의 꿈에 지나지 않았지만 존의 꿈은 달랐다고 밝힌다. 그러면서 드루실러는 서트펜이야말로 이 지역 전체를 생각하고 있고 이 지역을 뿌리부터 뜯어고치려고 했다고 지적한다. 두르실러는 계속해 꿈이란 조금만 눌러도 발사되는 털 모양의 방아쇠를 장전한 피스톨과 같아서 가까이 두기에는 전혀 안전하지 않다고 말한다.[12]

포크너는『고함과 분노』나『내 죽으며 누워 있을 때』와 마찬가지로 『압살롬, 압살롬!』에서도 복수적 관점이나 시점을 구사한다. 다시 말해서 서로 다른 화자를 등장시켜 토머스 서트펜의 이야기를 재구성하는 형식을 취한다. 이 작품에는 ① 서트펜의 처제 로저 콜드필드, ② 이 작품에서 흔히 '콤슨 씨'로 언급하는 제이슨 콤슨, ③ 제이슨 콤슨의 아들 퀜틴 콤슨, 그리고 ④ 캐나다 출신으로 퀜틴의 하버드대학교 기숙사 룸메이트 시리브 맥캐넌 등 적어도 네 명의 화자가 등장한다. 포크너의 말대로 각각의 화자 시점이나 관점은 그 이야기를 재구성하는 하나의 방법에 지나지 않을 뿐 결코 그것만이 유일한 방법은 아니다. 서트펜처럼 성격이 복잡하고 과거에 살았던 인물은 아마 이러한 방법으로밖에는 달리 묘사할 방법이 없을 것이다. 이 점과 관련해 포크너는 서트펜은 퀜틴이나 미스 로저나 콤슨 씨 정도 규모의 사람들이 그의 모습 전체를 한꺼번에 헤아리기에는 조금 크다고 밝힌다.[13] 이렇게 실물보다 큰 주인공의 이야기를 서술하는 데는 아마 복수적 관점이나 시점보다 더 안성맞춤인 방법도 없을 것이다.

포크너는 이러한 복수적 관점이나 시점 기법을 통해 객관적 진리에 이른다는 것이 얼마나 어려운지 극적으로 보여준다. 네 화자는 상상력에 있어서나 자신이 알고 있는 정보에 있어서나 그 정도가 저마다 다르다. 또한 개성이나 성격 그리고 세계관이 서로 다를 뿐 아니라 서트펜에 대해서도 편견과 선입관이 저마다 다르다. '제 눈에 안경'이라는 우리말 속담도 있듯이 각각의 화자는 오직 자신의 관점과 자신이 알고 있는 정보에 따라서 서트펜의 이야기를 재구성한다. 네 화자의 이야기는 서트펜의 이야기를 전달하는 과정에서 어쩔 수 없이 굴절되고 왜곡될 수밖에 없다.

진리의 주관성과 상대성도 포크너가 『압살롬, 압살롬!』에서 다루는 핵심적인 주제 중 하나다. 1957-58년 버지니아대학교에서 열린 세미나에서 한 청중이 포크너에게 검은 새를 바라보는 방법에는 모두 열세 가지가 있다는 서양 속담을 인용하며 이 작품의 기법과 주제에 대해 질문했다. 그러자 포크너는 바로 그 속담처럼 한 개인도 진리를 완벽하게 바라볼 수 없다고 대답한다. 그러면서 그는 화자로서의 퀜틴 콤슨의 역할에 대해 그는 검은 새를 바라보는 열네 번째 이미지를 지니고 있을 뿐이라고 밝힌다.[14] 포크너는 독자의 역할에 대해서도 이와 똑같이 언급한다. 독자는 서트펜의 이야기에 대해 열네 번째의 이미지를 지니고 있다는 것이다. 이 작품에서 포크너가 사용하는 서술 전략을 읽을 수 있는 대목이다. 포크너는 이 작품에서 역사적 진리나 철학적 진리 못지않게 문학적 진리에 대해서도 깊은 관심을 기울인다. 좀 더 좁은 의미에서 이 소설은 '문학 해석의 알레고리'로 읽어도 크게 무리가 없다.

윌리엄 포크너가 이룩한 업적은 리얼리즘과 자연주의가 깊게 뿌리내린 미국 문단에 본격적 의미의 모더니즘을 처음 도입했다는 점이다. 미국문학이 영국문학에서 젖을 떼고 국민문학으로 본격적으로 이유식을 하던 19세기 전반기에는 낭만주의가 크게 힘을 떨쳤다. 그러나 남북전쟁 이후 20세기 초엽까지 미국문학은 사실주의와 그것의 극단적 형태라고 할 자연주의가 풍미했다. 이러한 문학적 풍토에 모더니즘을 처음 도입해 꽃을 피운 작가가 바로 포크너다. 그는 제임스 조이스와 버지니아 울프가 아일랜드문학을 포함한 영국문학에 이룩한 업적을 미국문학에서 이룩했다. 전보문을 떠올리게 하는 헤밍웨이의 간결체 문장과는 달리, 꼬리에 꼬리를 물고 이어지는 만연체 문장은 미국 소설사에서 새로운 획을 그었다.[15]

포크너의 작품에서는 모더니즘을 뛰어넘어 포스트모더니즘의 경향을 읽을 수도 있다. 지칠 줄 모르는 왕성한 실험 정신은 그가 미국문학에 남긴 소중한 유산이다. 또한 포크너는 헤밍웨이와 함께 미국문학을 세계문학의 반열에 올려놓는 데도 크게 이바지했다. 지칠 줄 모르는 그의 실험 정신은 문학청년 시절부터 죽을 때까지 거의 평생에 걸쳐 계속됐다. 프랑스의 정치가요 역사가인 알렉시스 드 토크빌은 일찍이 미국의 민주주의 정치 체제를 두고 '위대한 실험'이라고 부른 적이 있지만, 지금까지 언급한 포크너의 세 작품이야말로 미국문학사는 말할 것도 없고 세계문학사에서도 가장 '위대한 실험'이라고 할 수 있을 것이다.

알베르 카뮈의 『이방인』과 『페스트』

부조리에 맞선 반항

류은영 한국외대 프랑스어학부 초빙교수

알베르 카뮈
Albert Camus, 1913-60

1913년 프랑스 식민지였던 알제리에서 태어났다. 이듬해 제1차 세계대전으로 징집된 아버지가 전장에서 사망하면서 청각장애가 있는 홀어머니 밑에서 어렵게 성장했다. 폐결핵을 앓으면서도 알제대학에 입학, 철학을 전공한다. 리세 시절부터 문학에 눈떠, 1937년 일찍이 문단에 데뷔했으며, 신문 기자로도 여러 활동을 했다. 1942년 『이방인』으로 단번에 프랑스 문단의 주목을 받았고, 이후 『페스트』로 세계적 명성을 얻으며 1957년 44세의 젊은 나이로 노벨문학상을 수상한다. 하지만 불행하게도 1960년 뜻밖의 교통사고로 현장에서 사망한다. 현대 부조리 문학을 대표하는 작가로, 그의 문학적 세계관은 소설 외에도 사상적 에세이 『시지프 신화』 『반항인』에도 잘 나타나 있다.

"부조리에 굴하지 않는
그 인식에 대한 동의는
곧 연대로 가는,
인간에게 남은 실존의
마지막 실마리다."

1. 부조리한 인간의 운명에 부단히 맞서다

카뮈, '피에 누아르'

알베르 카뮈(Albert Camus, 1913-60)는 아프리카 알제리 땅을 딛고 태어난 '피에 누아르'(pied-noir), 즉 '검은 발'의 프랑스인, 그러니까 태생적으로 '이방인'이었던 존재이자 작가였다. 카뮈는 1913년 수도 알제의 먼 동쪽 몽도비에서, 프랑스계 이주자의 후손으로 포도농장 노동자였던 아버지와 청각장애를 가진 스페인계 어머니 사이의 둘째 아들로 태어났다. 아버지는 카뮈가 태어난 이듬해 제1차 세계대전의 발발로 군에 소집되어 이내 전사한다. 어머니는 아버지가 전장으로 나가자 그길로 아이들을 데리고 친정으로 돌아가, 엄격하고 호된 할머니와 장애가 있는 할아버지가 계신 아이들의 외가에서 살았다. 이후 아버지가 전사하면서 어머니는 고된 하녀 일을 시작한다. 카뮈 외가의 어른들은 물론 어머니도 문맹이었다.

1918년 5세가 된 카뮈는 공립 초등학교에 들어가는데, 여기서 평생의 스승이 되는 담임 루이 제르맹을 만난다. 이 스승 덕분에 세상은 카뮈를 만날 수 있었다. 제르맹 선생님은 카뮈의 재능을 알아보고 특별 지도를 하며, 무엇보다 당시의 아이들처럼 그저 졸업해 돈을 벌기를 바라던 카뮈의 가족을 설득해 그가 상급 학교에 진학할 수 있도록 마음을 다해 노력했다. 후일 카뮈는 노벨문학상을 한없이 자애로웠던 어머니와 제르맹 선생님에게 헌정한다.

카뮈는 1924년 알제의 그랑 리세에 당당히 장학생으로 입학한다. 그리고 대학 진학반 철학 수업에서 또 한 분, 평생의 스승이 되는 철학자 장 그르니에를 만난다. 카뮈는 그르니에의 권유로 앙드레 드 리쇼를 접하며, 그의 『고통』(*La Douleur*)을 읽고 문학에 눈뜬다. 하지만 폐결핵으로 학업을 계속할 수 없었다. 그럼에도 다행한 일은, 이 시기에 정육점을 하던 아코 이모부의 집에 기거하며, 독서를 즐기던 이모부 덕분에 많은 책을 한껏 읽을 수 있었다. 무엇보다 그가 지대한 영향을 받은 앙드레 지드와 마르셀 프루스트를 접할 수 있었다.

1933년 카뮈는 작가를 꿈꾸며 알제대학 문학부에 입학해 철학을 전공하게 된다. 그런데 이듬해 뜻밖에도 카뮈는 아코 이모부가 "그러면 더 이상 도움을 줄 수 없다"며 극구 말린 결혼을 하게 된다. 그는 시몽 이에(후일 그녀의 외도로 결국 이혼하지만)와 결혼을 강행한다. 그 즈음에 카뮈는 공산당에도 가입하는데, 당시는 전쟁과 자본주의에 대한 환멸이 극에 달해 다 같이 행복하자를 외치며 새로이 등장한 공산주의 이데올로기에 대부분의 작가와 사상가들이 일시 매료되었던 시기다. 카뮈 역시 그 노선에 합류하며 '노동극장'(Théâtre du Travail)을 창단한다. 하지만 카뮈는, 1936년 석사 학위를 받는 시점이면, 이미 어머니의 나라 스페인의 비극적 내전을 지켜보며 사상적으로 비폭력,

반파시즘으로 전향하고 있었다. 1937년에는 공산당과 결별을 선언하게 된다.

살다보면 불행이라 믿는 일들이 새로운 길이 되는 경우가 있다. 사실 카뮈에게 폐결핵이 항상 좌절만 가져다준 지병은 아니었다. 문학을 더 깊이 만나게 했고, 기자로 세상과 더 넓게 대면할 시점을 열어주기도 했다. 1938년 카뮈는 폐결핵을 앓은 병력으로 철학 교수 자격시험을 치르지 못하고 좌절하지만, 대신 일간지『알제 레퓌블리캥』(*Alger républicain*)의 기자로서, 긴 기자 생활의 첫발을 내디디며 줄곧 세상의 부조리를 고발하는, 어쩌면 보다 의미 있는 삶의 한 장을 시작한다. 한편으로 1940년 수학 교사였던 프랑신 포르와 두 번째 결혼을 한다. 하지만 이 역시 불행하게도, 그들 사이에 쌍둥이 남매까지 두지만 그는 줄곧 불륜으로 포르를 괴롭히며, 결국 그녀를 약물 중독으로 몰고 간다.

드디어 1942년『이방인』(*L'Étranger*)을 출간, 큰 반향을 일으킨다. 같은 해 카뮈의 세계관을 추론할 수 있는 에세이『시지프 신화』(*Le Mythe de Sisyphe*)도 출간된다. 함께 읽어보면 카뮈를 더 넓고 깊이 이해하는 데 도움이 될 것이다. 카뮈는 언론 활동도 계속했는데, 특히 1943년 레지스탕스 지하 기관지『콩바』(*Combat*)의 편집장으로 활동하며, 후일 파리 해방과 함께 필자임이 알려지는 반향을 불러일으킨 사설을 남기기도 한다. 그사이 카뮈는 사르트르의 연극「파리 떼」를 관람한 바 있는데, 그때 20세기의 두 지성이 처음으로 조우했다. 카뮈 역시 여러 희곡을 썼다. 그중 1945년 초연된『칼리굴라』(*Caligula*)는 대성공을 이루었다.

1947년, 그를 세계적 작가로 만든『페스트』(*La Peste*)를 출간하며 크리티크상을 수상한다. 하지만 훈장이 작가에게 행복까지 가져다주지는 못했다. 이 시기를 전후로 카뮈는 삶의 딜레마에 빠진다. 삶의 부조리, 거기에 포르에 대한 죄책감 등으로 자살 충동에 사로잡히는 지경까지 우울증을 앓는데, 이 우울은 노벨문학상을 수상한 이후에도 쉽게 회복되지 않았다.

1951년 카뮈는 『시지프 신화』에 이은 또 하나의 주요한 사상적 에세이 『반항인』(L'Homme révolté)을 출간한다. 당시 사르트르 비평의 수장이었던 프랑시스 장송은 사르트르가 창간·주재한 잡지 『현대』(Les Temps modernes)에 카뮈의 『반항인』을 비판하는 글 「알베르 카뮈, 반항하는 영혼」(Albert Camus ou l'âme révoltée)[1]을 기고한다. 단번에 '(그저) 아름다운 영혼'(belle âme)이라는 헤겔의 비판적 개념을 상기시키는 공격적인 이 글은 카뮈의 사회정치적 입장이 그저 나약하고 무기력할 뿐이라 힐난했다. 카뮈는 이를 계기로 사르트르와 결별하고 파리 문단에서 고립된다. 이후 소설 『전락』(La Chute)을 출간하며, 다음 해인 1957년 노벨문학상을 수상한다. 하지만 여전히 카뮈는 파리 문단의 이방인이었다.

실로 안타까운 일로, 수상 후 몇 년이 지나지 않은 1960년 1월 2일 불과 47세의 카뮈는 루르마랭에서 파리로 향하는 한 길목에서 가로수를 들이받는 교통사고로 현장에서 사망한다. 카뮈는 동승자들 중 한 명이었으며, 그의 옆에는 한 미완의 초고가 들어 있는 가방이 놓여 있었다. 카뮈는 노벨문학상 상금을 받자, 그가 나고 자란 지중해 해변을 닮아 평소 사랑하던 프로방스-알프-코트다쥐르 지방 루르마랭에 집을 마련하고, 오랜 우울과 불면을 치유하며 다시 글쓰기에 매달렸는데, 그 글이 바로 미완의 초고, 결국 카뮈의 마지막 글이 되는 『최초의 인간』(*Le Premier homme*)이었다. 또 하나의 역작이 되었을 글은 결국 미완의 유작으로 1994년 출판된다. 카뮈는 태양과 함께 하는 루르마랭의 생활이 참으로 행복하다고 했다. 현재 카뮈는 프랑신 포르와 함께 루르마랭 묘원에 안장되어, 여전히 그를 사랑하는 독자들을 만나고 있다.

카뮈, 부조리에 맞선 반항인

카뮈는 아버지 없는 아이로, 지중해 연안 알제의 한 곤궁한 마을 몽도비에서, 로제 그르니에의 표현처럼[2], 태양(희망·반항)과 그늘(절망·부조리)의 중간 대지에서 유년기를 보냈다. 양가적인 몽도비에서 이미 우리는 카뮈의 세계관을 이루는 두 원천을 본다. '부조리'에 맞서는 '반항'은 카뮈의 오랜 기자 생활 내내 주된 이슈였고, 이후 그의 문학을 밝히는 바탕의 세계관이 된다.

카뮈는 1940년 프랑스에 정착한다. 그는 철학자로 간주되는 것을 줄곧 거부했고, 실제로 어떤 사상적 영향력을 행사하는 인물이고자 한 적이 결코 없었지만, 작품으로 세상에 울림을 행사했고, 여전히 행사하고 있다. 그의 세계관은 빛과 그림자와 같은 양면성을 띤다. 신의 어떠한 지표도 가늠할 수 없는 개인은 인간의 숙명적 부조리에 반항으로 답할 수밖에 다른 도리가 없다. 시지프는 "(나는) 반항한다, 고로 (우리는) 존재한다"[3]고 했다. 제우스를 속인 벌로 영원한 형벌을 짊어진 시지프. 그는 결국 떨어질 돌을 끝없이 밀어올리며 신들을 놀라게 하고 종국에는 경외의 마음까지 품게 만든, 신에게 반항한 가장 위대한 인간이다. 카뮈는 그의 부조리 사상의 전적인 반영인 『시지프 신화』에서 시지프를 부조리에 반항으로 맞선 영웅으로 승화시킨다. 카뮈는 이렇게 썼다.

"나는 이 사람이 무겁지만 한결같은 걸음걸이로, 결코 끝이 없을 고통을 향해 다시 걸어 내려오는 것을 본다. 마치 내쉬는 숨과도 같은 이 시간, 또한 불행처럼 어김없이 되찾아오는 이 시간은 곧 의식의 시간이다. 그가 산꼭대기를 떠나 제신의 소굴을 향해 조금씩 더 깊숙이 내려가는 그 순간순간 시지프는 자신의 운명보다 더 우월하다."[4]

카뮈가 말하는 부조리의 알레고리, 부조리한 인간 숙명의 상징, 시지프를 통해 우리는 인간의 숙명에 부조리로 반항하는 존재의 전형을 본다. 시지프의 위대함은 부조리에 대한 극복이 아니라 '인식' 자체에 있다. 불가능 앞에서 비관적이지만 굴하지 않고 대면해 맞서는 그 반항적 인식에 있다. 만일 우리가 시지프의 그 부조리 앞의 인식-선택-반항의 매순간을 지켜보며 (공격적이지 않지만) 그 불굴의 인식과 반항, 자유와 열정, 바로 그 실존에 공감할 수 있다면 우리도 위대한 것이다. 부조리에 굴하지 않는 그 인식에 대한 동의는 곧 연대로 가는, 인간에게 남은 실존의 마지막 실마리이기 때문이다. 시지프의 부조리에 대한 인식과 반항을 통해 결국 우리 개인은 자신의 실존과 서로의 반항 속에서 발원하는 연대의식을 정당화하는 가치를 발견한다.

사실 카뮈는 흔히 이야기하듯 절망에 빠진 사람이 아니다. 『결혼』(*Noces*)을 비롯한 그의 초기작들이 보여주듯, 카뮈는 삶에 대한 열정을 가진 사람이다. 단지 그는, 그의 희곡 『칼리굴라』의 주인공처럼, "인간은 죽는 것이니 행복하지 않을 따름이라"[5]는 그 부조리한 숙명을 자신의 운명으로 반항 없이 그대로 받아들이길 거부할 뿐이다.

1957년 『이방인』으로 노벨문학상을 수상하며 카뮈는 그의 문학이 부정-긍정-사랑으로 승화해가는 무엇이 될 것이라 그 포부를 밝힌 바 있다. 『이방인』은 『시지프 신화』 『칼리굴라』 『오해』(Le Malentendu) 등과 더불어 '부정'의 문학이었으나, 『페스트』는 극복 불가능해 보이는 전염병이라는 부조리한 현실에 맞서 서로 나약하지만 연대해 반항하는 인간상을 제시하며 '긍정'의 문학으로 나아갔다. 『반항인』은 이 시기를 밝히는 대표적 사상서다. 그리고 카뮈는 인간의 사랑을 이야기하는 소설을 쓸 차례라고, 쓸 수 있길 기대한다고, 그의 계속되는 문학적 열정을 피력한 바 있다. 하지만 우리는 1960년 그의 예기치 못한 죽음으로 그 '사랑' 연작의 시작이었을 『최초의 인간』을 완본으로 만나지 못했다. 미완으로 남은 그 공백은 결국 우리 독자들의 몫이 되었다.

카뮈는 사랑의 문학을 제시하는 대신 우리에게 사랑의 문학을 생각하게 만들었다. '연대'보다 나아간 '사랑'은, 카뮈가 우리에게 이야기하고 싶었던 그 사랑은 얼마나 넓고 깊은 무엇이었을까. 부조리에 순응할 수 없다면 우리는 무엇이든, 계속해서 생각해야 한다. 답이 없을 의문이니 답을 얻을 리 만무하지만, 그래도 무엇이든 계속 생각해야 한다. 오늘도 내가 살아가고 있다면.

『이방인』과 『페스트』가 있기까지

카뮈는 25세 즈음에 이미 부조리를 세계관으로 하는 『이방인』의 틀을 구상하고 있었다. 1971년 유작으로 출간되어 상대적으로 잘 알려지지 않은 『행복한 죽음』(La Mort heureuse)의 1937년 초안을 보면 구성과 주제, 세부적인 설정이나 주요 문장에 이르기까지, 『이방인』의 윤곽이 그대로 드러난다. 제목부터 죽음의 부조리를 반어적으로 밝힌 『행복한 죽음』은 마치 『이방인』의 초고인 듯 'étranger'라는 표현과 함께 태양과 바다, 그리고 세상과 다른, 자기만의 삶을 사는 주인공 (뫼르소가 아니라) 메르소를 기술하고 있다. 1937년 당시의 카뮈는 어머니의 나라 스페인의 내전, 시몬 이에와의 이혼, 공산 이데올로기에 대한 환멸 등이 그 당장의 현실이었던 청년이었다. 그런데 현실이 불행하다고 그로부터 영감이 싹트고 인식이 정립되는 것은 아니니, 그 나이의 카뮈가 가진 세계관은 놀라운 일이다. 원천은 어디에서 비롯된 것일까?

1957년 한림원은 카뮈의 노벨문학상 선정을 알리며 그를 "우리 시대 인간의 정의를 진지하게 탁월한 통찰력으로 조명한 작가"라고 밝혔다. 실제로『이방인』은 우여곡절의 구체적 사건보다 카뮈의 세상에 대한 진지한 인식이 낳은 인간 사유의 보고다. 카뮈는 태생적으로 피에 누아르였고, 세상을 정면으로 대면할 수밖에 없었던 기자였으니 『이방인』은 이미 몽도비에서 싹터 어느 순간순간, 어쩌면 쉼 없는 카뮈의 인식의 흐름을 따라 줄곧 쓰이고 있었던 것이다.

"인간은 죽는 것이니 행복하지 않을 따름이라."

모든 것을 다 주었으면서 유일하게 원한 사랑만을 허락하지 않은 신에게 절규하며 반항한 셰익스피어의『리처드 3세』를 상기시키는 『칼리굴라』는 '사랑' 대신 '죽음'의 부조리를 집요하게 문제에 부친 카뮈 초기의 희곡이다.『이방인』과 거의 동시기에 집필된『칼리굴라』는 인간의 숙명인 죽음, 부조리의 시작이자 끝인 그 죽음에 끝내 반항한 한 존재를 재현하며『이방인』의 세계관을 보다 구체적으로 밝히고 있었다.

카뮈는 불의의 전쟁이 낳은 죽음으로 아버지 없는 아이였고, 지병인 폐결핵은 늘 그에게 죽음을 속삭이는 예감, 그림자처럼 떠나지 않는 어두운 상념이었다. 죽음에는 언제나 조리 없는 이유가 따라다니는 법이다. 아버지의 죽음에는 개인이 거부할 수 없는 거대한 힘이 밀어붙인 전쟁이, 그의 지병에는 그저 가련한 운명이, 피할 도리 없는 그 부조리가 언제나 카뮈를 현실에 눈감지 못하게, 부조리를 대면할 수밖에 없도록 만들었다. 물론 불가역한 현실에 그대로 주저앉아 무기력해질 수도 있었을 것이다. 그런데 세상은 카뮈에 대해, 무거운 부조리를 이야기한 작가지만 축구를 즐기고 춤도 잘 춘 사람, 사람들과 담소를 나눌 때 냉소적이기도 했으나 의외로 짓궂고 때로 익살스러울 정도로 분위기를 유쾌하게 만든, 대체로 낙관적이고 한편으로 열정적이었던 사람, 또 여성 편력의 면모를 유감없이 발휘하면서도 경우에 따라 도덕적이고 보수적인 면모를 보인 역동적인 사람이었다고 회상한다. 물론 인간은 하나로 단정할 수 없는 부조리 자체지만, 그럼에도 언제나 자신의 감정에 그대로 충실한 사람이었다는 인상만큼은 한결같았던 인물이었다고 기억한다.

요컨대 카뮈는 뫼르소처럼 그저 자신이었던 이방인, 그저 자신의 것을 자신의 것으로 누리길 원했고 누릴 줄 알았던 이방인이었다. 카뮈는 회상했다.

"가벼운 바람 속, 그저 얼굴 한쪽 뺨을 덥히는 태양 아래서, 우리는 하늘에서 내리는 빛을, 주름살 하나 없는 바다를, 빛나는 그 바다가 짓는 미소를 바라본다."[6]

"나는 바다에서 자라 내게는 가난조차 호사스러웠는데, 지나 바다를 잃어버리곤 모든 사치가 잿빛으로, 가난이 견딜 수 없는 것으로 보였다."[7]

카뮈는 알제의 그늘과 태양을, 특히 태양을 '자기 것'으로 만들었다. 아버지 대신 어머니의 자애로움을 깊이 사랑했고, 빈곤한 그늘보다는 지중해의 태양이 발하는 낙관, 긍정의 빛을 바라보았다. 지중해 연안 알제가 품은 긍정의 빛을 고스란히 자기 것으로 누리며 『이방인』은 어둠이 낳은 빛, 어둠 속 한 줄기 빛의 서사가 된다. 『이방인』의 대단원에서 뫼르소는 오로지 자신이고자 죽음조차 자신의 것으로 받아들인다. 그 궁극의 반항은 관습을 위반했다고 성토하는 수없는 고함 속에서 뫼르소를 오로지 뫼르소라고 밝히는 한 줄기 빛이다. 이는 우리에게도 자신을 대면하고 돌아보게 만든다. 이 한 줄기 긍정의 빛은 이미 '연대'를 향해 나아가는 『페스트』를 밝히고 있었다.

사실 당시의 공산 폭력을 '불가피한 선택,' 즉 필요악으로 정당화하며 낙관적 '저항'(résistance)을 외친 철학자 사르트르에게 폭력은 폭력일 뿐, 어떤 폭력도 정당화될 수 없다고 밝히며 무력한 '반항'(révolte)을 수행할 뿐이었던 작가 카뮈는 분명 그저 '아름다운 영혼', 곧 현실적 갈등과 동떨어진 인식을 지닌 지식인으로 비칠 수도 있었을 것이다. 실제 카뮈는 저항이란 말을 한 적이 없다. 늘 반항이라고 했다. 카뮈는 1945년 한 저널 인터뷰에서 자신의 사회적 입장에 대해 이렇게 밝혔다.

"나는 철학자가 아닙니다. 나는 어떤 체계를 믿을 만큼 충분히 이성을 믿지 않습니다. 나의 관심은, 어떻게 행동해야 할 것인가를 아는 데 있습니다. 더 정확히 말하면, 신도 이성도 믿지 않을 때 우리는 어떻게 행동할 수 있을 것인가를 알고 싶습니다."[8]

카뮈에게 문제는 결국 모럴(삶이나 사회에 대한 정신적 태도)이다. 그렇다, 세상은 오로지 부조리할 뿐이다. 그래서 카뮈의 반항에는 낙관적 희망은 없다. 반항만이 희망일 뿐이다. 흔히 '부정'의 소설이라는

『이방인』속에 한 줄기 빛이 있다면 그것은 부조리를 인식하는 '반항'이다. 그리고 로제 그르니에의 말처럼, 이 반항이『페스트』의 '긍정'을 밝힌다.

"그는 결코 어떤 애호가도 회의론자도 냉소주의자도 아니다. 그는 세계에 대한 일관된 비전을 지니고서, 그로부터 하나의 모럴, 즉 어떤 삶의 규칙을 이끌어내고자 한다. 그가 일차적 분석을 통해 부조리라는 (부정적) 결론에 이른다 해도, 그것은 그 결론에 안주하기 위해서가 아니라 어떤 (긍정적) 해결책, 바로 그 반항, 그 사랑을 찾기 위해서다."[9]

본래 카뮈는 긍정의『페스트』로 세상에 알려진다.『이방인』과『시지프 신화』로 이미 프랑스에서 매우 독창적인 작가, 사상가로 인정을 받았지만, 세상에 알려지고 인정받게 되는 것은 1947년『페스트』를 통해서다. (물론 지금은『이방인』이 카뮈를 표상하지만.)

『페스트』는 1941년 집필을 본격적으로 마음먹고, 구상에서 마지막 마무리까지 7년이 걸린 소설로,『이방인』에 비해 발로 뛴 공력이 담긴 작품이다. 어느덧 중견 기자로서의 경험도『페스트』를 다채롭게 만들었다. 하지만 역시 착상은 몽도비부터였을까? 아니면 그의 지병? 분명 1941년보다 훨씬 이전이었을 것이다.

『칼리굴라』는 카뮈라는 작가의 인식을, 그리고 그의 작품 여정을 일찍이 조망하고 예견한 의미심장한 희곡이다. 카뮈가『페스트』출간 9년 전인 1938년부터 본격 집필을 시작한『칼리굴라』는 "운명이란 납득 가능한 게 아니야. 그래서 나 스스로 운명이 된 거야"[10]라고 부조리 사상을 선언했었다. 로마 황제 칼리굴라는 사랑하는 여동생의 죽음에 절망해 세상의 가치를 부정하며 온갖 악행을 자행한다. 그리고 결국 부조리 앞에 스스로 부조리한 세계 자체, 죽음의 '페스트'가 되기를 선언하며 세계로부터 부정당한다. 하지만 칼리굴라는 '그 자신'이기를 선택했기에 죽는 순간까지 "나는 아직 살아 있다"고 외쳤다. 『칼리굴라』는 끝내 죽음에 반항한, 이미 『이방인』이고 『페스트』였다.

『페스트』의 착상은 『칼리굴라』부터이거나, 아니면 분명 그 이전일 수 있다. 하지만 기록으로 알 수 있는 직접적 동인은 제2차 세계대전이다. 그때 카뮈는 구체적으로 가공할 '전쟁'을 가공할 '페스트'로 바꾸기로 한다. 카뮈는 『작가수첩 I』(*Carnets I*)에 이렇게 적어놓았다.

"전쟁이 터졌다. 그런데 전쟁이 어디에 있는가? 당연히 믿어야 할 소식지들과 당연히 읽어야 할 벽보들 이외 그 부조리한 사건의 징조들을 어디서 찾을 수 있단 말인가? 전쟁이, 혐오 그 자체인 전쟁이 어디에 있는지를 우리는 계속 자문했다. 그런데 우리는 이미 그것이 어디에 있는지 알고 있으며, 그것을 마음속에 지니고 있다는 사실을 느끼고 있다."[11]

카뮈는 『페스트』에서, 전쟁이나 마찬가지로 페스트를 '마음속'에 사는 절망으로 치환해, 부조리한 절망에 맞서는 것은 결국 자신의 행복에 대한 의지, 진정한 '반항', 우리 인간이 걸어가야 할 길임을 때로 우화적으로 때로 사실적으로 기술한다.

『페스트』의 초고는 아이러니하게도 폐렴으로 요양을 하던 시기, 삶과 중첩되는 조건 속에서 쓰였다. 『페스트』의 세계관은 『이방인』과 마찬가지로 관념적이라 할 수 있겠으나, 상황은 경험적이고 구체적으로 묘사·전개된다. 전쟁 중 검열로 『수아르 레퓌블리캥』(*Soir républicain*)이 폐간당한 사건을 비롯한 현실의 부조리한 경험들이 남긴 인상과 그에 대한 깊은 성찰들이 페스트가 지배하는 삼엄한 도시를 재현하는 상황 곳곳에서 고스란히 드러난다. 그의 『작가 수첩』은 『페스트』의 구상이나 주제는 물론 배경이나 사건, 인물, 대화 등의 설정, 보다 세부적인 설정들까지도 실제 체험, 절실한 인상 등을 바탕으로 쓰인 것임을 세세하게 기록하고 있다. 『페스트』가 우화적이지만 동시에 살아있는 현실로서 설득력을 갖는 이유일 것이다.

2. 『이방인』과 『페스트』 읽기

『이방인』, 세상에 말을 거는 낯섦

"오늘 엄마가 죽었다."[12]

『이방인』의 주인공 뫼르소는 모친의 부고를 받고 이렇게 되새겼다. '어머니'가 아니고 '엄마'(maman)라고. 뫼르소는 엄마를 놓지 않은 아들이었다. 살인 자체보다, 모친의 장례식에서 눈물을 흘리지 않았다는 죄목으로 사형 선고를 받은 뫼르소. 하지만 그는 사실 모친에 대해 여전히 어린 아들의 마음을 가진 어른이었다. 카뮈가 자신의 모친에 대해 그랬던 것처럼.

『이방인』은 부조리한 인간 조건과 운명에 부조리로 반항하는 한 존재의 이야기다. 그렇기에 『이방인』을 읽고 무리 없이 이해가 된다면 그것이 오히려 이상할 수 있다. 『이방인』에 대해 세상은 무수한 질문을 던진다. 그중 가장 흔한 잘 알려진 몇 가지 질문이다.

– 뫼르소가 하는 이야기를 들으면 그가 한 행동의 이유를 이해할 수 있나요?

- 『이방인』에서 태양과 바다의 역할은 무엇일까요?

- 뫼르소는 왜 움직이지 않는 몸을 향해 다시 총을 네 방이나 쏜 것일까요?

카뮈가 답을 주지 않은, 어쩌면 주지 못한 위의 질문들에 우리는 답할 수 있을까?

『이방인』은 사전에 의도하지 않았으나, 사후에 부조리 철학으로 일컬어지는 작가 카뮈의 세계관을 누구도 납득하기 어려운 의문의 한 살인 사건을 통해 단조롭게 혹은 무미건조하게 재현하며 독자들 스스로가 질문하고 답을 찾아보려 애쓰게 만드는, 열린 결말의 일인칭 주인공 시점의 현대 프랑스 소설이다. 소설은 20세기, 카뮈가 태어난 땅, 태양과 바다가 있는 알제가 배경이며, '살인'과 '재판,' 2부 구성의 이야기로 펼쳐진다.

1부는 6장으로, 엄마의 부고를 받은 목요일부터 살인 사건이 벌어지는 문제의 일요일까지 18일간 이어지는 주인공 뫼르소의 그저 그런 일상의 이야기다. 2부는 5장으로, 옥중 생활과 재판 과정, 그리고 사형 전날의 마지막 밤까지 약 1년에 걸친 이야기다. 하지만 실제로는 6월과 7월, 두 달을 그리고 있다.

『이방인』에는, 1부의 마지막, 몇 페이지 되지 않는 6장에 기록된 살인 사건을 제외하면, 사실상 아무 사건이 없다. 그러니까 뫼르소의 의식의 흐름, 그것도 깊이 공감해보려 들지 않는다면 우리를 이방인으로 만들어버리는 그 배타적인, 아니면 '다른' 그 의식의 흐름 외에는 우리가 읽어내야 하는 것이 아무것도 없다. 이야기는 주인공 1인칭 시점으로 기술되고 있는데, 매사에 '무관심한' 뫼르소의 의식의 흐름 그대로, 문체는 가감이 없으며 무미건조할 정도로 단조롭고 간결하다. 『이방인』은 독자가 오로지 뫼르소의 의식에 집중할 수 있도록 살인 사건 이외 어떤 서사적 일탈도, 문체적 일탈도 없는, 간결하지만 밀도 있는 서사를 제시한다. 독자는 오로지 뫼르소의 의식에만 집중할 수밖에 없다. 그렇다면 단 하나의 유일한 사건이니, 뫼르소의 의식이 가장 정점에 이른 순간의 사건을 한번 읽어보자.

나는 그저 내가 할 수 있는 거라곤 돌아서는 길밖에 없으며 그러면 끝일 거라고 생각했다. 하지만 햇빛으로 요동치는 해변이 내 뒤에서 압박하고 있었다. 나는 샘 쪽으로 몇 걸음 다가갔다. 아랍인은 움직이지 않고 있었다. 그럼에도 그는 아직 꽤 멀리 있었다. 아마 그의 얼굴 위의 그림자 때문이었는지, 그는 웃고 있는 것 같았다. 나는 기다렸다. 이글거리는 태양이 내 볼을 집어삼키고 있었고 눈썹에 땀방울들이 고인 것을 느꼈다. […] 그 불타는 검이 나의 속눈썹을 쑤시고 아픈 두 눈을 파헤쳤다. 모든 것이 요동친 건 바로 그때였다. 바다는 무겁고 불같은 바람을 실어왔다. 하늘이 완전히 펼쳐 열리며 불이 비 오듯 쏟아지는 것 같았다. 나는 온몸이 긴장되어 권총을 손에 쥐었다. 방아쇠가 당겨졌고 권총 자루의 매끈한 배가 만져졌다. 그때 그 둔탁하고 요란한 소리와 함께 모든 것이 시작되었다. 나는 땀과 태양을 떨쳐버렸다. 나는 내가 한낮의 균형과 내가 행복을 느낀 어느 바닷가의 예외적인 그 침묵을 깨뜨리고 말았다는 사실을 깨달았다. 그때 나는 아무 움직임 없는 몸뚱이에 다시 네 방을 쏘았고, 총알들은 보이지 않을 정도로 깊숙이 박혔다. 그것은 내가 불행의 문을 두드리는

네 번의 짧은 노크와도 같은 것이었다.[13]

실망할 필요 없다. 사실 『이방인』 어디에도 집중한다고 해서 우리가 읽어내고 이해할 수 있는 무엇을 가시적으로 드러내 보여주는 고마운 글귀, 글간 같은 것은 없다. 『이방인』은 독자의 이해에 무심하다. 매번 "사실 이러나저러나 내게는 마찬가지"라는 말을 입에 달고 사는 뫼르소에게 무슨 의식의 명시적 흐름을 기대할 수 있겠는가? 단지 자기식으로 살고 생각하면서, 아주 가끔, 한두 번 자신이 다른 사람들과 다르다는 사실을, 그것도 누구에게 들어 알게 되는, 그렇다고 변하지도 않는 뫼르소를, 독자는 인내를 가지고 반항하듯 읽어가야 한다. 하지만 독자를 끌어들이고 독자에게 말을 거는 지점은 바로 뫼르소가 우리와 다른 그 지점이다. 그 무심한 낯섦이 독서의 매개, 독자와 소통의 매개가 되는 것이다.

상대적으로 2부는 흥미로울 수 있다. 하지만 이는 뫼르소 덕분이 아니라 우리들 덕분이다. 살인 사건을 판단하는 재판장도, 감옥의 관리도, 재판을 지켜보는 청중도, 심지어 죄인에게 위안을 주는 신부도 흥미롭다, 사실 우스꽝스럽다. 1부의 세상이 일상의 세계라면, 2부의 세상은 수사학의 세계다. 세상의 죄인이 된 뫼르소의 시선에 비친 모든 이들, 모두 자신이 정상이고 조리라고 자처하는 이들, 예컨대 살인의 죄보다 어머니에 대한 진심을 근엄하게 캐묻는 재판장, 규율을 따라 일한다고 말하는 관리, 도덕적인 얼굴을 하고 뫼르소에게 왜 우리와 다르냐고 비난하는 우리 청중, 자애로운 미소로 위로의 말을 늘어놓는 신부도 2부에서는 모두가 희극 무대 위의 배우들이 되고 만다.

뫼르소는 결국 부조리한 사형 선고를 항소 없이 '자신의 것'으로 받아들이기로 한다. 부조리한 세상에서 항소라고 조리한 것이겠으며, 사형 선고가 번복된들 그것이 또 조리한 것이겠는가? 시지프처럼 떨어질 돌을 밀어올려야 할 뿐인 것이다.

『이방인』은 인간의 숙명인 죽음과 부조리, 그리고 반항에 관한 이야기다. 부조리의 시작이자 끝인 '죽음'을 통해 부조리에 대한 반항을 이야기한다. 『이방인』에는 시작과 가운데, 그리고 마지막에 세 가지 죽음이 있다. 어머니의 '자연사,' 아랍인 '살인,' 그리고 뫼르소의 '사형.' 카뮈는 "진정 중요한 철학적 문제는 오로지 하나다. 그것은 자살이다. 인생이 살 만한 가치가 있느냐 없느냐를 판단하는 것, 이것이 철학의 근본적 질문에 답하는 것이다"[14]라고 말한다. 어머니는 굴하지 않고 '죽음'까지 부조리의 긴 역정을 살아 반항한 위대한 시지프다. 뫼르소가 울어야 하겠는가?

앞에서 우리는 '뫼르소가 하는 이야기를 들으면 그가 한 행동의 이유를 이해할 수 있나요?'라고 물었다. 사실 뫼르소의 말처럼 "이러나 저러나 내게는 마찬가지"일 질문이다. 그저 내가 가진 답대로 살아가면 되는 것이다. 자기로 살아가면 되는 것이다. 그렇다고 카뮈가 살인까지, 멋대로 살아가라고 말하는 것은 아닐 것이다. 그런 점에서 『이방인』은 우화적이다. 뫼르소는 마지막 날 밤에 이렇게 생각했다.

"나는 처음으로 세상의 다정한 무관심에 마음을 열고 있었다…"[15]

카뮈는 다만 '다르다'는 것에 대해 우리는 조금 더 넓고 깊어져야 한다는, 연대적인 다정한 모럴을 이야기하고 싶었을 것이다. 그래야 세상과 '다른' 나도 이방인이 아니고, 당신도 이방인이 되지 않을 것이니. 세상에 말을 거는 것은 서로의 다른 '낯섦'이다.

『페스트』, 혼자인 우리에게 내미는 연민의 손길

"그러나 혼자만 행복하다는 것은 부끄러운 일이 될 수 있지요"[16]라고 말하는 연대적인 모럴은 『페스트』를 '긍정'의 서사로 만드는 그 주된 세계관이다. 카뮈는 "침묵하는 자들 중 하나가 되지 않기 위해"[17] 『페스트』를 썼다.

카뮈는 『페스트』의 의도를 밝히듯, 본문에 앞서 서문처럼 다니엘 디포를 인용한다,

> "하나의 감옥살이를 다른 하나의 감옥살이를 통해 대신 표현해보는 것은, 뭐든 실제로 존재하는 무엇을 존재하지 않는 무엇을 통해 대신 표현해보는 것과 마찬가지로 합당한 일이다."

카뮈는 상황으로 인한 것이든 마음의 고통에 따른 것이든, 인간은 저마다 숙명처럼 자신 속에 갇혀 부조리한 상황을 살고 있다고 본다. 『페스트』는 이러한 인간을 가두는 숙명의 부조리를, 역시 불가해한 공포로 인간을 가두는 페스트로 재현해 성찰하며 절망 가운데서도 시종일관 연대라는 '긍정'의 모럴을 밝히는 소설이다. 현대인은 저마다 자기 속에 갇혀 사는 이방인이다. 『페스트』는 혼자인 우리에게 내미는 연민의 손길이다. 『페스트』는 혼자만 행복하다는 것이 행복한 것인지, 혼자만 행복하다는 것은 부끄러운 일이 아닌지를 물으며 침묵하는 자들 중 하나가 되지 않기를 권한다. 혼자라는 감옥에서 나와, 침묵이라는 감옥에서 나와 더불어 서로 연대하자고, 자유로워지자고 권한다.

『페스트』는 전반적으로 우화적이고 극적이다. 고전 비극처럼 『페

스트』는 5부로 구성되어 있다. 가운데 3부는 단일 장이며, 그 앞과 뒤, 1, 2부와 4, 5부는 모두 몇 장으로 구성되어 있다. 소설의 막을 여는 1부의 첫 장은 소설의 배경인 한 작은 도시 오랑의 연대기다. 2장부터 등장인물들이 차례로 소개되며, 종국에 페스트 선언과 함께 도시 폐쇄 명령이 내려진다. 감옥살이가 시작되는 것이다. 2부는 9장으로 구성된 긴 글이다. 페스트를 수용하는 세 가지의 인식과 태도가 이야기를 이끌어간다. 자신과 상관없다며 '도피적' 태도를 보이는 외지의 기자, 신의 징벌을 논하며 '초월적' 태도를 취하는 신부, 그리고 재앙에 직면해 '반항적' 태도로 맞서는 여러 인물의 이야기들이 길게 이어진다. 상대적으로 짧은 단장의 3부는 페스트가 절정에 달한 상황을 묘사적으로 전한다. 그리고 4부에서는 그와 같은 절망에 맞서는 집요한 '반항'의 시도들이 다양하게 펼쳐진다.

그러면 『페스트』에서 신은 어떤 의미인가? 무엇을 하는가? 이미 2부에서 이렇게 나타난다.

> 그러나 세상의 질서는 죽음이 좌우하는 것이니, 어쩌면 신으로서는 사람들이 자기를 믿어주지 않는 편이 더 나을지도 모르며, 그저 침묵하는 하늘을 쳐다볼 것이 아니라 죽음과 맞서 있는 힘을 다해 싸워주기를 더 바랄지도 모릅니다.[18]

페스트가 창궐한 비극적 세계에서 신은 구원이 되지 못한다. 『페스트』에서 신은 결국 '침묵만 하고 있는 하늘'이다. 리유의 눈에 비친 하늘은 힘만 과시했고, 별은 무뚝뚝했다. "집 위로 냉기가 도는 거대한 하늘이 번득이고 있었고, 언덕 가까이의 별들은 부싯돌처럼 무뚝

뚝하게 보였다."[19] 『페스트』는 신에 기대지 않은 반항하는 인간들의 이야기다. 대단원인 5부는 페스트가 물러가고 밖으로 나오는 오랑시를 그린다.

하지만 현실은 여전히 영원히 부조리한 것이니, 『페스트』의 결말이 오로지 낙관적이라면 그것은 '도피'다. 진정한 결말은 다가올, 사실은 항상 함께하는 부조리에 대한 비극적 예감이자 비극적 인식이다. 5부의 마지막에는 환호가 교차하는 가운데 마지막 희생자들이 생긴다. 그러나 사실은 이후에도 계속 생길 것이라고, 끝내 반항한 의사 리유는 예감한다.

그러나 그는 그래도 이 연대기가 결정적 승리의 연대기가 될 수 없다는 사실을 알고 있었다. 그 연대기는 그가 성공할 뻔했던, 그리고 분명, 공포와 그 공포의 지칠 줄 모르는 공격 앞에서, 자신들의 개인적 고통을 감수하고, 성자가 되지는 못해도 재앙을 인정하길 거부하며 어떻게든 의사들이 되어보고자 노력하는 모든 이들이 계속해서 성공해야만 하는 것에 대한 증거밖에는 될 수 없었다.

마을에서 실제로 드높아지는 기쁨의 함성을 들으며 리유는 그 기쁨은 항상 위협받고 있음을 기억했다. 왜냐하면 그는 이 환희에 찬 군중들이 모르고 있는 사실, 책에서 읽을 수 있듯, 페스트 박테리아는 결코 사멸하지도 소멸하지도 않으며, 수십 년 동안 가구와 세탁물 속에 잠든 채로 살 수 있고, 방과 지하실, 트렁크, 손수건, 서류 속에서 끈기 있게 기다리며, 그리고 어쩌면 언젠가, 인간에게 불행과 가르침을 주기 위해, 페스트가 그의 쥐들을 깨워

행복한 도시로 보내 죽게 할 날이 올 수도 있다는 사실을 알고 있었기 때문이다.[20]

리유의 말처럼, 『페스트』는 초월할 수 없어도 거부하며 저마다 의사가 되고자 반항하는, 반항해야 하는 존재들의 증언으로서의 연대기다. 카뮈는 "나는 『페스트』를 통해 우리가 겪어낸 그 숨 막히는 상황과 우리가 견뎌낸 그 위태로움과 귀양살이의 분위기를 표현해보고 싶다. 동시에 나는 그와 같은 해석을 세상살이 전반의 차원으로까지 확장해보고 싶다"[21]라고, 그의 소설 『페스트』가 우리 현실의 우화가 되길 바라는 그의 기대 혹은 의도를 밝힌 바 있다. 우리의 현실은 페스트가 깨워 보낸 쥐들이 살고 있는, 어쩌면 깨워 보낼 수 있는 도시, 신들이 그렇게 숙명으로 만들어놓은 부조리한 세계, 그렇게 "이미 창조되어 있는 그대로의 세계"[22]일 뿐이다.

"혼자만 행복하다는 것은 부끄러운 일이 될 수 있다." 그래서 카뮈는 부끄러운 혼자이길 거부하며 "침묵하는 자들 중 하나가 되지 않기 위해" 『페스트』를 썼다. 카뮈가 이야기한, 페스트를 수용하는 '긍정'으로서 그 인식과 태도는 역시 '반항'이었다. 하지만 그 '반항'은 여전히 거창한 것이 아니다. 『페스트』의 서술자는 "약간의 선량한 마음과 언뜻 보면 우스꽝스러운 이상밖에는 없는,"[23] 그러니까 영웅적인 면모라고는 전혀 없는 그랑이 조용히 연대를 움직이는 실질적 대표자라고 했다. 반항은 실존하는 존재의 일상적 세상살이다. 약간의 선량함과 뭔가 조금 남달라 우스꽝스러울 수도 있는 이상, 자기 밖으로 나와 그저 자기로서 다른 자기들과 더불어 사는, 연대하는 존재의 생활 자체다. 그리고 '연대'가 깊어지면 '사랑'이 되는 법이다. 그래서 우리는 미완의 『최초의 인간』이 더 안타깝다.

3. 『이방인』과 『페스트』, 그 낯섦과 비어 있음

문학이 세상에 무슨 소용이 있을까? 한 편의 문학이 세상에 무엇을 줄 수 있을까? 언젠가부터 우리는 문학에 회의를 품기 시작했다. 더욱이 시각 매체 시대, 글 읽기가 낯설고 불편해진 시대가 되었으니 '과연 문학이 어떤 비전을 밝힐 수 있을 것인가?' 하는 회의를 충분히 품을 수 있다.

오늘의 우리는 1인 매체를 향유하는, 저마다 그 매체의 주체인 시대를 살고 있다. 더욱이 뭐든 의문이 생기면 곧바로 AI에게 묻고 답을 얻을 수도 있는 편리한 시대를 살고 있다. 빅데이터를 알고리즘으로 AI는 순식간에 해답을 늘어놓는다. 그것도 명확하게 단정적으로. 간단하고 편리하다. 하지만 삶이 그렇게 간단하고 편리하고 명확하고 단정적일 수 있는 것인가? AI는 그저 객관적인 타인의 대변자일 뿐이다. 그렇다면 AI 시대에 주체라고 자부하는 나는 진정 어디에 있는가?

물론 카뮈의 책을 읽는다고 삶의 명료한 해답을 얻을 수 있는 것은 아니다. 오히려 문제를 더 불확실하게 만들지도 모른다. 카뮈의 문체는 AI처럼, 어쩌면 그보다 더 단순하고 분명해보인다. 하지만 둘은 다르다. 카뮈는 꽉 차 닫혀 있지 않고, 투명하게 열려 있다. 문학은 거울처럼 투명해 독자를 반영한다. 문학의 공간은 자아의 공간이다. 그리고 카뮈의 문학은 그 전형이다. 『이방인』과 『페스트』는 답을 주는 대신 '낯섦'과 '비어 있음'으로 독자의 자아를 반영하며 저마다의 자아를 대면하게 만든다. 나는 진정 어디에 있는가? 나는 진정 누구인가를 묻게 만든다.

"신도 이성도 믿을 수 없을 때, 우리는 어떻게 행동할 수 있을 것인가?"

카뮈가 그랬던 것처럼 어느 날 이렇게 묻고 싶어질 때, AI 대신 『이방인』을 펼쳐보자. 최소한 나를 만날 수 있을 것이다.

네이딘 고디머의 『보호주의자』

'경계 영지학'의 가능성

이석호 카이스트 인문사회과학연구소 연구부교수

네이딘 고디머
Nadine Gordimer, 1923–2014

남아프리카공화국 요하네스버그 교외에 위치한
탄광촌에서 유대계 이민자 집안의 딸로 태어났다.
그는 백인 중산층 가족에서 성장했으나,
어려서부터 아파르트헤이트의 모순을 목격하며
사회 현실에 기반한 소설을 쓰기 시작했다.
1937년 첫 단편소설 「금을 찾아서」를 발표하며
데뷔했고, 1953년 첫 장편소설 『거짓의 나날들』을
출간했다. 이후 『보호주의자』 『줄라이의 사람들』 등
남아공의 억압이 백인과 흑인의 삶에 미치는
파괴적인 영향을 비판적으로 다룬 작품을 다수
발표했다. 그는 '남아프리카공화국의 양심'으로
불렸으며, 1991년 노벨문학상을 수상했다.

©Bengt Oberger

"인종차별 문제에 적극적으로 개입해
비판적 목소리를 내던 고디머는
문학의 임무가 소시민의 사생활에
참견하는 것이 아니라 공동체 구성원
모두가 고민하는 정치적 메시지를
타전하는 것이라 믿었다."

1. 예리한 시선으로 사회를 조감하다

네이딘 고디머(Nadine Gordimer, 1923-2014)는 남아프리카공화국의 소설가로 '아파르트헤이트'에 저항하는 글쓰기를 필생의 화두로 삼았다. 1923년 트란스발 지역의 스프링스에서 리투아니아 출신의 유대인 아버지와 영국계 유대인 어머니 사이에서 태어났다. 수녀원에서 운영하는 학교를 졸업한 후에 비트버터스란드대학에 입학해 본격적인 글쓰기에 전념했다. 1949년 첫 단편소설집 『얼굴을 맞대고』(*Face to Face*)를 상재해 세간의 주목을 한 몸에 받았다. 1953년에는 첫 장편소설 『거짓의 나날들』(*The Lying Days*)을 발표하며 본격적인 전업 작가의 길로 들어섰다.

1960년대에 벌어진 '샤프빌 학살' 사건을 계기로 정치적 각성을 하게 된 작가는 남아공의 인종차별정책을 정면으로 비판하는 작품을 쏟아내기 시작한다. 1974년에 출간한 『보호주의자』(*The Conservationist*)가 첫 포문을 연 대표적인 작품이다. 이 작품으로 고디머는 부커상을 수상한다. 그 이후 『버거의 딸』(*Burger's Daughter*, 1979)과 『줄라이의 사람들』(*July's People*, 1981) 등과 같은 주옥같은 장편들을 써내며 남아공 최초로 1991년에 노벨문학상을 수상한다.

한림원은 고디머를 도덕적으로 예리한 시선으로 사회를 조감한 작가라고 상찬하며, 남아공 백인의 특권 의식을 말끔하게 벗어던지고 주변부의 목소리를 대변하는 글을 써온 작가를 명예의 전당에 올렸다. 2014년 7월 13일, 90세의 나이로 영면에 들었다.

2. 문학의 이름으로 묻다

네이딘 고디머는 소설을 통해 남아공의 현실을 비판하며 사회정의와 소수자의 인권을 옹호하는 글쓰기를 전개했다. 백인 지식인이자 여성이라는 정체성을 기반으로 인종차별 문제에 적극적으로 개입해 비판적 목소리를 내던 작가는 문학의 임무가 소시민의 사생활에 참견하는 것이 아니라 공동체 구성원 모두가 고민하는 정치적 메시지를 타전하는 것이라 굳게 믿었다. 그가 아프리카민족회의(ANC)의 활동을 공개적으로 지지하고 넬슨 만델라의 석방에 앞장섰던 이유도 그 때문이다.

고디머 문학이 아파르트헤이트(1948-94)라는 반인륜적인 남아공의 정치사를 주요 제재로 다루었음에도 단순한 프로파간다로 빠지지 않은 이유는 그의 문장이 인간의 심리와 내면을 깊이 있게 통찰하는 직관을 두루 선보였기 때문이다. 그가 쓴 소설 속 인물들은 한결같이 부조리한 인종차별과 계급 갈등으로 인해 야기된 사회의 문제를 날카롭게 심문한다. 뿐만 아니라 과거의 부정적 유산을 극복하기 위해서 포스트-아파르트헤이트 시대가 나아가야 할 이상적인 진로에 대해서도 채찍과 당근의 말을 아끼지 않는다.

민주주의의 타락과 인종 간 불평등을 둘러싸고 적과 동지를 가리지 않는 냉철한 비판으로 인해 고디머 문학은 아파르트헤이트와 포스트-아파르트헤이트 시대를 전후로 모진 시련을 겪는다. 그가 쓴 많은 작품이 금서로 규정되는 불운을 맞이하게 되는 것이다. 반(反) 아파르트헤이트 운동을 다룬 『버거의 딸』은 아파르트헤이트 시절의 백인 정부에 의해 그리고 그 백인 정부가 무너진 이후의 남아공 미래상을 회색빛으로 그려낸 『줄라이의 사람들』은 포스트-아파르트헤이트 시절의 흑인 정부에 의해 소위 '불량한 책'으로 낙인 찍히게 되는 일이 벌어진다. 고디머는 이에 굴하지 않고 흑인이 정치권력을 장악한 남아공 사회에서 새롭게 태어나야 할 백인의 역할이 무엇인지 그리고 흑인 정부는 어떻게 이들을 유기적으로 새로운 공동체에 녹아들게 할 것인지를 문학의 이름으로 묻는 일을 멈추지 않는다.

3. 자연과 문명의 파괴자: 『보호주의자』

누가 진정한 '보호주의자'인가

네이딘 고디머의 대표작 『보호주의자』는 식민주의와 인종차별 정책이 한창이던 시기에 남아공의 한 변두리 백인 농장에서 벌어지는 일을 다룬다. 이 작품의 주요 등장인물인 메링은 선철 거래로 성공한 백인이다. 그는 부자임에도 사치를 즐기지 않는다. 대신 도시에서 다소 떨어진 한적한 교외에 농장을 구입해 주말마다 이곳에서 휴식과 밀애를 즐긴다. 주중의 그는 사무실에서 거주지로 다람쥐 쳇바퀴 도는 듯한 무미하고 건조한 삶을 영위한다. 오래전에 헤어진 아내 사이에 낳은 열여섯 살 된 아들과는 대화도 나누지 않는다. 농장을 매입한 후 함께하기로 했던 연인 안토니아와도 이별 중이다. 그와 뜻이 맞지 않던 그녀가 영국행을 택했기 때문이다. 외롭고 쓸쓸한 그의 삶을 잠깐이나마 구원할 유일한 공간이 바로 이 주말농장이다.

고디머는 메링의 정신적 고립을 여러 유형의 독백을 통해 직간접적으로 드러낸다. 그의 독백은 한때 밀애의 대상이었던 안토니아를 추억할 때와 그 외 여러 여성을 성적인 환상의 대상으로 유희할 때 도드라진다. 그의 고립은 도덕적 차원에서도 발생한다. 그는 아들의 친구이기도 했던 안토니아의 딸에게 흑심을 품을 정도로 미성숙한 윤리 의식의 소유자다. 160만 제곱미터에 이르는 광활한 농장을 소유한 그는 자신이 아프리카 땅을 지극히 사랑할 뿐만 아니라 그 땅의 일부라고 굳게 믿고 있는 인물이다. 그러나 실상 그는 그 땅의 역사나 문화 그리고 생태 환경 및 정체성에 대해 깊게 성찰한 적이 없다. 그가 농장을 구입한 이유도 실은 세속적인 욕망 때문이었다.

메링에게 농장은 탈세를 위한 조세 회피처이자 소위 인생을 즐길 줄 아는 사람들이 삶의 어느 국면에서 부를 과시하기 위해 선택하는 갈망의 대상이다. 그 갈망은 땅과의 진정한 유대감을 도모하기 위한 농부의 욕망이 아니다. 따라서 농장으로 표상되는 자연을 보호한다고 자처하는 그는 실은 진정한 의미의 '보호주의자'가 아니다. 그저 유무형의 자본을 축적하기 위한 수단으로 농장을 이용하는 백인 기득권자일 뿐이다. 물론 그는 농장을 외부적인 여러 위협으로부터 '보호'하고자 힘쓴다. 그러나 그가 외부의 위협이라고 규정하는 대상은 아프리카 원주민, 인도인, 그리고 유대인 및 부시먼과 같은 인종적 약자다. 심지어 자연스럽게 순환하는 생태 환경조차도 차단해야 할 위협으로 간주한다.

자신을 둘러싼 인간과 자연에 대한 이해가 부족한 탓에 메링은 농장에서 일하는 흑인 노동자들에게 정서적인 유대감을 전혀 느끼지 못한다. 그는 그들의 삶과 문화 그리고 역사에도 관심을 보이지 않는다. 그저 그들을 계약의 대상으로 여길 뿐이다. 따라서 그에게 그들은 같은 공간을 공유하며 함께 일하는 동료가 아니라 주변 환경과 더불어 통제하고 관리해야 할 존재다. 그렇다고 그가 단순한 의미의 외부인 혹은 이방인으로만 등장하는 것은 아니다. 고디머는 그를 통해 식민 권력의 주체가 이질적인 공간에서 어떤 방식으로 붕괴하는지를 치밀하게 드러낸다.

메링은 물리적으로는 강력한 힘을 가진 존재다. '땅'이라는 생산수단 혹은 경제력을 가지고 있고 사회적으로 그리고 제도적으로 정부의 '보호'를 받는 특권 인종인 백인이기 때문이다. 남아공 사회에서 백인이 지닌 '하얀 피부'는 권력이다. 그럼에도 그는 내면적으로 극심한 불안과 공포에 시달린다. 인간적으로 소외되어 있기 때문이다. 게다가 다양한 의미에서 그의 허위의식이 농축되어 있는 농장도 화재와 홍수를 비롯해 여러 유무형의 부침을 겪으면서 그가 기대했던 일말의 욕망을 배반한다.

고디머는『보호주의자』의 메링을 매개로 아파르트헤이트 체제의 일방적 편애를 받는 남아공의 백인들이 실은 자연과 문명의 보호자가 아니라 파괴자임을 반어적으로 드러낸다. 그는 이러한 역설을 통해 식민 권력의 허약함을 적나라하게 노출할 뿐만 아니라 그 권력의 정당성마저도 심문한다. 그렇다고 그가 이 작품에서 원주민의 입장을 드러내놓고 두둔하는 것은 아니다. 그는 남아공의 원주민이 직면한 문제를 당사자의 언어로 대리하지 않는다. 나아가 그들이 겪는 주변부의 경험에도 심정적 동화 내지는 동의를 표하지 않는다. 오히려 원주민의 세계와 냉정하고 객관적인 미학적 거리를 유지한다. 그들의 세계를 서투르게 대리 혹은 재현하려다 본의를 왜곡하는 우발적 실수를 미연에 방지하기 위함이다.

『보호주의자』에서 메링의 파국은 고디머가 침묵으로 증언한 원주민 세계의 대리 혹은 재현 불가능성과 깊은 관계가 있다. 메링은 그 불가능성의 의미를 제대로 이해할 수 없는 인물이다. '보호주의자'를 자처하면서도 애초부터 원주민의 삶과 세계를 대리 및 재현할 의지를 가지고 있지 않았기 때문이다. 그가 야코버스를 비롯해 일군의 농장 노동자들의 마음을 얻는 데 실패하는 이유도 그 때문이다. 이 소설에서 야코버스는 메링이 대변하는 백인 중심의 서사를 침묵으로 전복한다. 그는 농장 일에 대한 메링의 무지를 비판적 복화술로 조롱하면서 농장의 실질적인 주인이 누구인지를 은밀하게 노출한다. 이는 인종 간의 관계가 명시적으로 위계화된 세계에서 인종적 약자가 세계를 지배하는 방식의 한 전형이다.

물과 불의 연금술

네이딘 고디머는 『보호주의자』를 농장주인 메링의 언어로 전개한다. 흑인 노동자에게는 공적인 언어를 허락하지 않는다. 그렇다고 그들의 침묵을 수동적으로 방치하는 것은 아니다. 그들에게는 내밀한 마음을 드러내는 수단으로 몸짓과 표정 등을 부여한다. 그들은 이를 활용해 그들 자신의 인간성과 공동체성을 드러낸다. 물난리가 난 후에 농장에서 발견된 신원 미상자의 시신을 수습해 장례를 치러주는 대목을 그 예로 들 수 있다. 야코버스가 주도해 치르는 무명씨 시신의 장례 의식은 흑인 공동체가 문화적 연대를 회복하고 있음을 보여준다. 무명씨의 매장은 형식적 의미의 매장이 아니다. 그것은 역사가 재탄생하는 계기를 부여한다. 그 제의적 사건을 매개로 농장의 흑인 노동자들은 완전히 새로운 공동체로 다시 태어난다.

메링은 무명씨의 사체가 그의 농장을 '쓰레기 처리장이나 공동묘지'를 떠올리게 한다며 오물로 취급한다. 그 오물이 '물'의 연금술을 통해 새롭게 탄생한 공동체 전체를 유기적으로 결합하는 매개물이 된다는 것을 그는 이해할 수 없다. 이렇게 재탄생한 흑인 공동체는 이 연금술을 더욱 과감하게 적용해 생물학적으로 '죽은 자'를 '역사/문화적으로' 되살리는 마법을 부린다. 이 마법을 주도적으로 수행하는 야코버스는 이 대목에 이르면 단순한 농장 노동자의 신분을 넘어 집단적인 문화적 기억의 수호자로 비약한다.

고디머는 침묵으로 치르는 장례의 제의적 '틈새'를 통해 백인들이 점유하고 있던 공적인 공간을 흑인들의 사적인 공간으로 바꾸어버린다. 백인의 권력과 질서 안에서 '시체'로 부유하던 유령의 존재가 공동체 구성원의 집단 의례를 통해 다시 역사의 층위로 소환되는 것이다. 메링은 이 현장을 마주하면서 자신이 더 이상 농장의 실질적 주인이 아니라 잠시 머무는 이방인임을 직감한다. 농장의 진정한 역사적 주체가 '물'의 연금술을 통해 귀신의 자리에서 인간의 지위로 상승한 자들의 것임을 깨닫는다. 이 작품에서 폭우는 단순한 의미의 자연 현상이 아니다. 종교적 의미를 함축한 묵시록적 처벌에 가깝다. 집중 호우로 인해 메링의 농장은 침수 피해를 당한다. 그러나 그것은 문자적 의미의 자연재해가 아니다. '식민화되지 않는 자연'이 그 자연을 엉뚱한 방식으로 길들이려 한 백인의 권력과 질서에 맞서 '재난'이라는 방식으로 대거리한 것이다.

메링은 '땅'을 정복하면 그곳의 '자연'도 순화하고 통제할 수 있다고 믿었다. 그러나 사나운 폭우로 인해 그의 믿음은 익사 지경에 이른다. 그는 그 '물의 심판' 앞에서 백인의 지식과 권력이 얼마나 무기력한 것인지를 뼈저리게 깨닫는다. 한편, 흑인 노동자들은 그 폭우 앞에서 오히려 덤덤한 태도를 보인다. 폭우를 재산상의 피해와 번거로운 노동을 수반하는 피해야 할 대상이 아니라 반복되는 자연의 순환으로 이해하기 때문이다. 대지와 자연의 관계에 대한 무지로 인해 물의 압도적 흐름 앞에서 조바심을 감추지 못하는 메링과 달리, 그들은 폭우로 인해 불어난 물길을 돌리며, 피해를 줄이기 위해 갖은 애를 쓰고, 그런 과정을 거치면서 대지와 새로운 관계를 면면히 이어간다.

한편, 『보호주의자』는 '물'뿐만 아니라 '불'이라는 계시록적 물상을 통해서도 식민주의가 유린한 지배자의 역사를 정화한다. 유럽에서 건너온 기독교를 지배 이데올로기로 구축한 남아공 사회의 백인 지배자들에게 물과 불에 의한 심판과 정화는 그 자체로 매우 강력한 '처벌의 기제'를 환기한다. 고디머는 이 기제를 효과적으로 활용해 특정 공동체를 대상으로 백인들이 저지른 '원죄'의 의미를 특별하게 부각한다. 그러나 이 원죄가 반드시 죄의식의 형태로 돌출하는 것은 아니다. 『보호주의자』의 농장주인 메링은 원죄와 죄의식을 몰각한 대표적인 인물로 농장에서 발생한 대형 화재의 의미를 제대로 천착하는 데 실패한다.

　생태 환경에 대한 무지에서 발생한 화재를 두고 아무런 죄의식도 느끼지 못하는 메링은 심지어 불에 탄 농장을 걸으며 더러운 재떨이에서 나는 악취를 맡는다. 나아가 몸이 멀쩡한 쥐 한 마리가 눈을 뜬 채 죽어 있는 모습을 보고도 연민은커녕 연기에 질식해 죽은 것일지도 모른다는 뜬금없는 의문으로 일갈한다. 자연을 생태학적 순환의 공간으로 이해하는 눈을 가지고 있지 못한 메링에게 화재는 농장에 재산상의 피해를 입힌 번거로운 물리적 사건에 불과할 뿐이다. 그러므로 그는 '불'의 심판 뒤에 찾아오는 새로운 시공간의 풍경이 지닌 연금술의 비의를 이해하는 데 실패한다. 모든 것이 까맣게 잿더미로 변해버린 가운데에서도 강물 위를 여유롭게 유영하는 오리들과 파괴된 갈대숲 사이로 새로운 물길을 내며 흘러가는 도도한 강물이 그 이전의 시간과 공간을 어떻게 지우고 또 그 위에 무엇을 새로 쓰는지 메링은 볼 수 없는 것이다.

'사물화된 자연'이라는 이름의 타자

　『보호주의자』에서 메링이 바라보는 자연은 완벽하게 사물화되어 있다. 메링은 전형적인 자본가로 그의 농장을 돌보는 흑인 노동자들을 주변 환경과 감정적으로 교감하는 인격이 아니라 노동력이라는 상품으로 환원한다. 그 사례는 야코버스가 송아지의 질병을 진단하고 주사를 놓는 장면을 보고 마음속으로 수익성을 따지는 대목에서 명료하게 드러난다. 그는 어깨너머로 백인 수의사의 의술을 배워 병든 송아지를 치료하는 야코버스의 치밀함에 조금도 고마워하지 않는다. 오히려 그가 익힌 기술을 경제적 수단으로 전락시킨다.

메링의 이러한 시각은 농장 내의 가축들을 바라보는 시선에도 동일하게 적용된다. 그는 물난리로 인한 송아지의 죽음조차 가볍게 치부하는 인물로 생명에 대한 무감각, 나아가 생명 경시 풍조를 드러낸다. 인간과 동물에 대한 그의 도구적 시선은 종국에는 자연 그 자체에까지 확장된다. 그는 비 내린 뒤의 어수선한 농장 풍경을 보며 자연을 자율적인 생명력을 가진 유기적 대상이 아니라 통제하지 않으면 타락하는 물상으로 이해한다. 이러한 인식을 매개로 원시적 자연과 그 속의 인간 및 동식물에 대한 식민주의적 통치와 지배의 정당성을 재차 확인한다.

『보호주의자』에서 메링의 자연관을 가장 적극적으로 비판하는 인물은 안토니아다. 한때 메링의 연인이었던 안토니아는 메링이 신봉하는 '진보'와 '발전'의 개념이 얼마나 사물화되어 있고 비인간적인 것인지를 날카롭게 지적한다. 안토니아는 메링이 신봉하는 '발전' 및 '진보'와 같은 근대화 담론이 얼마나 허상에 가까운지를 증언한다. 아울러 실제로는 그것이 권력을 유지하기 위한 수단에 지나지 않음을 고발한다.

안토니아는 메링과 감정적인 유대 관계를 이어가면서도 메링이 속한 특권적인 사회의 구조와 지배적 위치를 끊임없이 교란하는 발언을 거침없이 토설하면서 '비판적 연인'의 역할을 충실히 이행한다. 이는 식민 담론이 자기모순을 통해 내부의 균열을 일으키고, 이를 매개로 내부에서 저항 담론이 출현하게 되는 과정을 핍진하게 드러낸다. 결국 안토니아는 메링이 자처하는 '보호주의자'라는 명분이 허위의식의 다른 이름일 뿐만 아니라 그가 구축한 세계가 얼마나 위선적이고 초라한가를 적나라하게 노출해 식민주의가 만든 지배담론이 그 내부의 반성적 주체에 의해서도 도전받을 수 있다는 사실을 강력하게 방증한다.

흥미로운 점은 『보호주의자』에서 안토니아가 드러내는 '진보'와 '발전'에 관한 관점을 셰익스피어가 마지막으로 쓴 희곡인 『템페스트』를 카리브해의 문맥으로 다시 쓴 에메 세제르의 곤잘로가 『어떤 태풍』에서 동일한 형태로 공유하고 있다는 사실이다. 셰익스피어의 곤잘로는 '무역도 영주도 학교도 부도 가난도 노예 제도도 없고, 나아가 계약, 상속, 국경, 울타리, 경작뿐만 아니라 철기도 옥수수도 와인도 기름도 필요가 없는, 따라서 누구라도 한가롭고 게다가 어떤 여자든지 순수하고 순결할 무인도'를 꿈꾸는 대책 없는 낭만주의자의 한 전형으로 등장한다. 그에 반해 에메 세제르의 곤잘로는 무인도에 유럽의 문명을 이식하려는 유럽 귀족들의 발상에 동의를 표하지 않으면서 유럽인의 기준으로 볼 때 기이할 정도로 탈중세적인 근대적 자연관 혹은 생태관을 현학적인 어조로 설파한다.

『보호주의자』에 등장하는 안토니아는 에메 세제르의 곤잘로를 완벽하게 계승하면서 아프리카라는 '섬'을 문명에서 자유로운 해방의 공간으로 만들고자 한다. 그렇다고 안토니아가 상정하는 자연관이 가장 이상적인 것은 아니다. 그의 발상에 따를 경우, 아프리카인과 아프리카는 기껏해야 '고상한 야만인'과 그가 사는 탈역사적인 공간에 불과할 따름이기 때문이다.

경계 영지학

『보호주의자』는 영지주의와 관련해서도 매우 흥미로운 지점을 여럿 노출한다. 고디머가 농장의 실질적 주인을 흑인 노동자로 설정하고 그들의 시선을 매개로 자연과 문명을 바라보는 관점을 대위법적으로 전개할 때 영지주의의 세계가 묵시적으로 얼굴을 드러낸다. 『보호주의자』에 등장하는 농장은 단지 시초 축적을 위한 농작물만을 생산하는 물리적 공간이 아니다. 다시 말해, 백인 주체의 규범과 가치를 토대로 식민주의의 물리적 기반이 형성되는 장소로만 기능하는 것은 아니다.

농장의 법적 소유주는 분명 백인 남성인 메링이지만, 그 농장을 실질적으로 유지하고 관리하는 주인공은 야코버스를 비롯한 흑인 노동자다. 농장의 노동자들과 정서적 교감이 부족해 소외를 당하던 메링은 모종의 사건으로 인해 건달에게 협박을 당하는 등 부침을 겪다가 종국에는 그곳을 떠난다. 더 이상 통제가 불가능한 공간으로 변한 농장과 그 농장의 법적 소유주인 메링의 이탈은 두 가지 의미를 내포한다. 먼저, 이는 메링이라는 한 단독자의 패착이 아닌 상징적인 식민 권력의 해체를 뜻한다. 아울러 주인이 사라진 자리에 '새로운 지식'과 그 지식을 기반으로 하는 '새로운 공간'이 열릴 가능성도 뜻한다. 바로 이 지점에서 영지주의의 세계가 고개를 내민다.

전통적인 의미의 영지주의는 영혼이 악마가 만든 물질의 세계에 갇혀 고통받고 있으므로 영적인 앎에 매진해 신을 직접 만나 해방을 도모해야 한다고 가르친다. 콩고 출신의 역사학자이자 사회학자인 무딤브는 『조작된 아프리카』에서 이 개념과 정의를 아프리카의 문맥으로 바꾸어 새로운 해석을 제출한다. 그는 서구의 지식 체계인 에피스테메(episteme)와 아프리카의 토착 종교 및 전통에 뿌리를 둔 그노시스(gnosis)를 대비시키면서 양자 사이의 '경계 영지학'을 통해 식민 권력이 설정한 인식의 경계를 가로지르며 위계를 해체 및 재구성할 것을 강조한다.

『보호주의자』에 등장하는 농장이 '경계 영지학'이 작동해야 할 전형적인 공간이다. 메링이 떠난 농장을 잠시나마 접수한 흑인 노동자들은 그곳을 새로운 지식 생산의 터전으로 삼는다. 그 과정은 흑인 무명씨의 시체를 재매장하는 사건으로부터 시작된다. 그들은 이 사건을 아프리카 고유의 토착적인 전통 지식과 사유 체계를 복원하는 계기로 적극 활용한다. 이를 통해 새로운 공동체와 그 구성원 간의 연대감을 구축한다. 이를 푸코식으로 말하면, 소위 새로운 담론이 출현할 '가능성의 조건'을 활짝 여는 것이다.

무딤브는 이 '가능성의 조건'을 경계 영지학과 접목한다. 그는 아프리카에 관한 지식'들'이 언제나 서구의 '에피스테메,' 즉 서구 지식의 질서와 틀 안에서만 작동했다고 비판하며, 이를 서구적 인식 구조의 위계 속에서 말해지는 타자화된 아프리카로 진단한다. 나아가 그는 『보호주의자』의 메링 같은 외부자의 기록은 아프리카 문화를 열등한 타자의 것으로 조작하는 데 도움을 주었다고 비판한다.

스펜서와 같은 이론가도 이러한 야만성을 역사와 의식이 시작되던 초기부터 존재했던 것으로 분류한다. 에도시대의 대표적인 유학자로 '일본의 마키아벨리'라 불리던 오규 소라이도 성인이 귀신을 제사하는 예를 제정함으로써 인간의 공동체가 성립했다고 주장하며 경계 영지학과 새로운 문명론의 탄생을 예고한 바 있다.

이러한 맥락에서 보면, 『보호주의자』의 농장은 식민주의의 담론과 지식이 특별한 경향성을 구축하는 공간이다. 그러나 동시에 원주민의 토착 지식과 사유 방식이 저항의 가능성을 모색하는 공간이기도 하다. 다시 말해, 경계 영지주의가 상투적인 기왕의 담론을 극복하고 참신한 담론을 창출하기에 매우 적합한 공간이기도 한 것이다.

4. 고디머가 남긴 유산

네이딘 고디머의『보호주의자』는 아파르트헤이트 체제 아래서 작동하는 토지 소유권과 인종적 위계 그리고 환경 보호의 위선을 예리하게 파헤친 작품이다. 작가는 백인 사업가인 메링의 농장 경영 방식을 매개로 식민주의가 남긴 구조적 폭력과 문화적 왜곡의 징후를 곳곳에서 드러낸다. 메링은 남아공 백인 엘리트의 전형으로 식민주의 체제의 실질적인 수혜자다. 그는 산업 자본으로 축적한 부를 기반으로 농장을 소유하고, 그 농장을 매개로 자연과 원주민 타자를 통제하려 한다. 그러나 그의 장악력은 견고하지 않다. '땅'과 자연 그리고 그곳을 터전으로 살아가는 인간들 및 그들의 역사·문화와 유기적으로 연결되어 있지 않기 때문이다.

무딤브는 메링과 같은 식민 권력자가 지배를 항구화하기 위해 시도한 세 가지 방책을 소개하면서 이를 타개하기 위해서 첫째는 식민지에서 땅을 획득하고 분배하고 착취하는 과정에 대한 연구, 둘째는 원주민들을 순화시키는 정책에 대한 연구, 셋째는 기존의 조직들을 운영하면서 동시에 새로운 생산양식을 접목하는 방식에 대한 연구가 필요하다고 강변한다. 이는 식민화가 물리적 지배와 정신적 개조 그리고 경제적 재구성을 아우르는 총체적 기획이었음을 뜻한다. 이를 튼실하게 해체하기 위해서는 위의 세 가지 방책을 근본부터 허무는 영지주의 사유가 갈급하다고 본 것이다.

끝으로『보호주의자』를 비롯해 고디머 소설이 다소 느슨하게 노출한 문제의 일단을 아프리카 내 흑인 작가들의 목소리를 빌려 제기해 보자. 먼저, 지배담론의 내부에서 이질적인 목소리를 도출해 그 담론의 정당성에 균열을 내는 시도는 주목받을 가치가 있다. 그러나 고디머의 이질적인 목소리에는 흑인 원주민의 목소리가 결락되어 있다. 물론 인종적 약자의 목소리를 기계적으로 대리 혹은 재현하려다 오히려 발화 주체의 욕망만을 드러내는 실수를 범하는 것보다 침묵이 나은 선택이 될 때도 있다. 그러나 원주민의 존재를 목소리가 없는 무언의 존재로 방치할 수는 없다. 둘째, 고디머 소설에는 원주민의 토착 지식에 대한 관심이 농밀하게 드러나지 않는다. 무딤브가 거론한 경계 영지학으로까지 굳이 그 관심을 확장하지 않더라도, 지배담론이 사라진 이후의 공간을 새롭게 갱신할 신선한 지식에 대해 관심을 갖는 일은 매우 중요하다.

J.M. 쿳시의 『추락』
얼음도끼 같은 소설

왕은철 전북대 영문학과 명예교수

J.M. 쿳시
J.M. Coetzee, 1940-

1940년 남아프리카공화국 케이프타운에서
태어났다. 그는 1974년 『어둠의 땅』을 발표하며
소설가로 데뷔했고, 1977년에 출간한 『나라의
심장부에서』로 남아공 최고 권위의 문학상인
CNA상을 받았다. 『마이클 K의 삶과 시대』로
1983년 부커상을 받았으며, 한 작가에게 두 번
수상하지 않는다는 전례를 깨고 1999년
『추락』으로 다시 한번 부커상을 받았다.
그는 식민주의와 인종차별이 개인의 일상에
미치는 영향을 실험적인 서술과 냉정하고
객관적인 문체로 그려내 평단의 호평을 받았다.
2003년 노벨문학상을 수상했다.

©Miriam Berkley

"쿳시의 소설은 카프카가 말한
얼음도끼, 즉 현실의 표면을 깨고
그 안에 있는 불안하고 불편하고
때로는 모순적이기도 한 진실을
드러냄으로써 독자의 마음에
상처를 입히는 얼음도끼였다."

1. 남아프리카 역사 속으로

상식적인 말이지만, J.M. 쿳시(J.M. Coetzee, 1940-)를 이해하려면 그의 조국인 남아프리카공화국의 역사를 조금이나마 이해할 필요가 있다. 남아공에 대해 모르고 읽어도 그의 소설은 풍요로운 독서 경험을 선사하지만, 그가 살았던 공간과 시대를 이해하면 그 경험이 더욱 풍요로워진다. 그의 소설이 특정한 시간과 공간의 산물이기 때문이다. 그래서 괴테의 말처럼, "시를 이해하고 싶은 사람은 시의 나라로 가야 한다." 괴테가 말하는 시가 예술을 총칭하는 은유적 표현임은 물론이다.

공교롭게도 쿳시는 "시를 이해하고 싶은 사람은 시의 나라로 가야 한다"는 괴테의 시구를 자전 3부작 중 하나인 『청년 시절』의 제사(題詞)로 삼아, 창작의 질료가 된 남아공 역사에 대한 이해가 병행되어야 자신의 작품을 온전히 이해할 수 있다는 것을 암시한다. 이것은 『청년 시절』을 포함한 자전 3부작만이 아니라 쿳시가 쓴 모든 소설에 해당하는 말이다. 실제로 그의 소설은 식민주의 폭력으로 일그러진 남아공을 자양분 삼아 싹이 트고 자라서 무성해진 나무요 숲이었다. 폭력적인 식민주의가 역설적이게도 그의 소설 세계를 풍요롭게 만들었다. 그의 소설을 이해하기 위해서 남아공으로 가야 하는 이유다.

아프리카 대륙 남쪽에 있는 남아공은 멀리 떨어진 곳이긴 해도 우리에게 그리 생소한 나라가 아니다. 그들의 역사가 세계사의 일부가 되어 있기에 그렇다. 잔혹한 인종차별 정책을 의미하는 '아파르트헤이트'는 처음에는 남아공에서 일어나는 인종차별을 가리키는 용어였지만, 이제는 세계 곳곳에서 자행되는 인종차별을 총칭하는 보편적인 용어가 되었다. 그 용어는 자크 데리다가 폭력적인 위계질서라고 말한 남아공의 인종차별을 넘어 이제는 세계 곳곳의 인종차별을 지칭하는 보통명사가 되었다. 예를 들어 세계는 이스라엘이 팔레스타인을 향해 벌이는 인종적 폭력을 아파르트헤이트라 일컫는다.

그런데 그 용어만 세계 속으로 들어온 게 아니라 남아공이 과거를 대하는 독특한 방식도 세계 속으로 들어왔다. 아파르트헤이트와 관련된 과거를 청산하기 위해 만들어진 '진실화해위원회'(Truth and Reconciliation Commission)는 캐나다, 뉴질랜드, 오스트레일리아, 아르헨티나, 칠레, 르완다, 모로코, 한국을 비롯한 50개 이상의 국가들이 그들 나름의 '진실화해위원회'를 설치할 수 있는 모범을 보여주었다. 권력을 잡으면 복수극을 벌이는 게 다반사인 세상에서 그토록 평화롭게 역사를 청산하는 길을 택한 남아공 정부의 노력은 세계인의 찬사를 받아 마땅했다. 그들에게 도덕적 권위가 부여된 것은 그래서였다. 남아공 정부가 가자지구에서 벌어지는 이스라엘의 잔혹한 인종청소를 국제형사재판소에 제소해 이스라엘 총리 베냐민 네타냐후에 대한 체포 명령을 2024년에 받아낼 수 있었던 것은 '진실화해위원회'를 통해 입증된 도덕적 권위가 있기에 가능했다.

'진실화해위원회'는 남아공 근대사의 산물이었다. 남아공 역사에서 가장 상징적인 사건 중 하나는 흑인들의 지도자인 만델라가 1990년에 감옥에서 석방된 것이었다. 27년 동안 수감생활을 하던 그가 자유의 몸이 된 것은 아파르트헤이트 정부가 밖으로는 국제 제재에, 안으로는 끊임없는 저항에 굴복한 결과였다. 아파르트헤이트 정권은 결국 흑인들에게 정권을 이양할 수밖에 없는 상황에 이르렀다. 결과적으로 모든 국민이 참여하는 남아공 최초의 민주적인 선거가 1994년에 치러지고, 만델라가 대통령이 되었다. 그리고 만델라 정부가 아파르트헤이트의 부정적 유산을 청산하기 위해 만든 것이 '진실화해위원회'였다. 그래서 남아프리카의 근대사는 1948년에서 1990년대 초반까지의 아파르트헤이트 시기, 그리고 1994년 흑인들에게 권력이 이양된 포스트-아파르트헤이트 시기로 나뉜다.

쿳시의 삶은 남아공의 근대사와 밀접하게 맞물려 있다. 그는 1940년 남아공 서남단에 있는 케이프타운에서 태어났다. 아파르트헤이트 법령을 제정하고 흑인들을 무자비하게 차별한 아프리카너(Afrikaner) 정권, 즉 네덜란드계 백인 정권이 1948년에 들어섰다는 사실을 고려하면, 그는 태어나면서부터 남아공의 인종적 실존 속으로 내던져졌다고 해도 과언이 아니다. 더욱이 그는 아프리카너였다. 아버지는 네덜란드계 정착민, 즉 아프리카너의 후손이었고, 어머니는 현재 폴란드 영토인 동독에서 남아공으로 이주한 유럽인의 후손이었다. 그의 모국어는 아프리카너들이 사용하는 아프리칸스어(Afrikaans), 즉 네덜란드어가 남아공에 정착하며 변형된 언어였다. 그는 혈통적으로나 언어적으로 명실상부하게 지배계층인 아프리카너에 속했다. 그가 모국어가 아닌 영어로 글을 쓰게 된 것은 부모가 그를 영어 학교에 보냈기에 가능한 일이었다.

아프리카너 부모가 자식을 영어 학교에 보내는 것이 동족에 대한 배반으로 여겨지던 시절이었을 때, 그의 부모는 아들을 영어 학교에 보냈다. 영어도 유럽 언어라는 점에서 아프리칸스어와 마찬가지로 식민주의자의 언어였지만, 아파르트헤이트를 법제화해 흑인들의 인권을 짓밟은 아프리카너들의 언어, 즉 아프리칸스어보다는 상대적으로 덜 억압적인 언어로 인식되던 게 당대의 현실이었다.

그러나 어떠한 언어를 사용하든, 남아공 백인은 태어나는 순간부터 피부색만으로 특권을 누렸다. 인구 분포로 보면 백인은 1960년에는 전체 인구의 약 19%, 1980년에는 약 18%, 1994년에는 약 12%였다(참고로 2024년에는 약 7%였다). 전체 인구 중 소수인 백인들이 모든 것을 손에 쥐고 있었기 때문에 다수인 흑인들은 가난과 억압, 착취와 차별에 시달려야 했다. 흑인들에게는 이동의 자유조차 주어지지 않았다. 이동할 때는 정부가 발행하는 통행증을 소지해야 했고 그렇지 않으면 감옥에 갇혔다. 투표권도 주어지지 않아서 그들의 대변자를 의회에 보낼 수도 없었다.

백인과 흑인은 한쪽은 주인으로, 다른 쪽은 종으로 태어났다. 쿳시의 말대로 남아공은 세습적 카스트 사회였다. 쿳시는 태어나는 순간, 카스트의 상단에 속했다. 그의 집안이 권력층이었던 것도 아니고 아파르트헤이트를 지지한 것도 아니었지만, 그는 흑인이었으면 결코 누리지 못할 특권을 누렸다. 그러한 인종적 현실은 그가 삼십대부터 쓰기 시작한 소설 속으로 스며들었다. 첫 소설 『어둠의 땅』에서 시작

218

해 『나라의 심장부에서』『야만인을 기다리며』『마이클 K의 삶과 시대』『포』를 거쳐 『철의 시대』와 『추락』에 이르는 소설들에 인종에 관한 사유와 고뇌가 투영된 것은 자연스러운 일이었다. 그가 속한 시간과 공간이 그를 인종적 사유 쪽으로 이끌었다. 그가 자전 삼부작 중 하나인 『소년 시절』에서 적절하게 표현한 것처럼, 그의 의식 속에서 백인은 잠시 머물다가 어딘가로 가버리는 일종의 철새 같은 존재였다. 그의 소설들에 이러한 자의식과 죄의식, 고뇌가 깊숙이 투영되었음은 물론이다.

1999년에 발표된 『추락』도 예외가 아니다. 다만 이 소설이 이전의 소설들과 다른 점은 정치 지형이 흑인들에게로 넘어간 포스트-아파르트헤이트를 배경으로 한다는 사실이다. 아파르트헤이트를 배경으로 하는 이전의 소설들과 달리, 이 소설은 과거가 현재에 드리우는 어두운 그림자를 형상화한다.

부커상 심사위원들이 한 작가에게 부커상을 두 번 주지 않는 관행과 불문율을 깨고, 『마이클 K의 삶과 시대』로 부커상을 받았던 쿳시에게 세계 최초로 두 번째 부커상을 주기로 한 『추락』은 이렇듯 역사의 산물이었다. 그런데 쿳시가 현실을 바라보는 시각은 당대의 분위기와는 달라도 너무 달랐다. 남아공인들이 서로 다른 인종들이 평화롭게 공존하는 '무지개 나라'를 꿈꾸며 용서와 화합을 얘기할 때, 쿳시는 남아공 사회가 빠져들고 있는 불편한 틈에 주목했다. 그는 "남아공은 아파르트헤이트 이후의 시대에 접어들었습니다. 새로운 역사의 장은 당신의 안목에 어떤 변화를 가져다주었습니까? 지금의 남아공을 어떻게 평가하시겠습니까?"라는 질문에 이렇게 대답했다.

"남아공이 진정으로 새로운 역사적 시기에 들어갔는지 의문을 제기할 필요가 있습니다. 내 생각에 우리는 현재, 옛것과 새것이라고 희망했던 것 사이의 불안하고 점점 더 편치 못한 틈에 끼어 있는 것 같습니다."

그가 이렇게 말한 것은 1998년, 즉 만델라 대통령이 취임하고 4년이 되었을 때였다. 사람들은 새 정부가 추구하는 무지개 나라, 즉 서로 다른 인종들이 평화롭게 공존하는 나라가 현실적으로 가능하다고 생각했다. 그러나 쿳시는 그리 낙관적이지 않았다. 인류의 역사를 돌아보면, 참혹한 과거는 권력의 지형이 바뀌었다고 사라지는 것이 아니었다. 식민주의를 경험한 국가들은 독립 이후에도 때로는 내전에, 때로는 부패와 독재에, 그리고 많은 경우 과거의 유령에 시달려야 했다. 이것이 현실이었다.

더욱이 남아공은 식민 지배를 받은 다른 국가들과 달리, 식민주의자들이 본국으로 돌아간 게 아니라 그대로 남아 예전의 피식민주의자들과 공존하는 상황이었기에 속내가 더욱 복잡했다. 무지개 나라는 민중의 현실이 아니라 꿈에 지나지 않았다. 백인들의 땅은 여전히 백인들의 것이었다. 1994년을 기준으로 하면 전체 인구의 약 12%에 해당하는 백인들이 약 87%의 농토를 소유했다. 쿳시가 『추락』의 후반부에서 토지의 문제를 부분적으로 쟁점화한 것은 이러한 맥락에서였다. 비록 토지 문제가 중심에 설정되어 있지는 않지만, 그것이 소설 속에서 일어나고 있는 흑백 갈등의 배경인 것은 분명하다.

2. 소설에 관한 논의의 소용돌이

소설의 주인공은 낭만주의 영시 특히 워즈워스와 바이런의 시를 전공하는 백인 교수 데이비드 루리다. 성에 일종의 강박증이 있는 루리는 소라야라는 매춘 여성을 만나 성을 해소하며 살다가 고객으로서 넘지 말아야 하는 선을 넘게 되고 결국에는 그녀를 만나지 못하게 된다. 그러다가 자신의 수업을 듣는 멜라니라는 여학생—그녀는 남아프리카의 인종 분류에 따르면 컬러드(Coloured, 혼혈인)—을 우연히 만나 '거의' 강제적인 성관계를 하게 된다. 그리고 그 학생으로부터 고발을 당한다. 그 사건에 대처하기 위해 꾸려진 위원회는 그에게 '공개적으로' 잘못을 인정하고 사과하면 적당한 선에서 사건을 무마하겠다고 제안한다. 중국의 문화혁명 기간에 있었던 인민재판에서처럼 대중과 언론 앞에서 일종의 '쇼'를 하라고 제안한 것이다. 루리는 위원회의 제안을 거절하고 대학에서 쫓겨나는 길을 택한다. 위원회의 제안을 받아들였다면 적당한 수위의 제재를 받아들이고 교수직을 유지할 수 있었음에도 거부한 것이다. 교수직에서 쫓겨날망정 최소한의 자존심을 지킨 셈이다. 그는 교수직을 사임하고, 시골에 사는 딸 루시의 집으로 간다.

스토리는 이 지점에서 앞뒤로 나뉜다. 전반부는 루리가 재직 중인 대학교가 있는 케이프타운이 배경이고, 후반부는 그의 딸 루시가 농사를 짓고 사는 시골이 배경이다. 루시는 사람들의 개를 일시적으로 맡아주는 동물보호소를 운영하고, 채소를 길러 인근에 있는 도시로 가져가서 파는 농부다. 그녀는 이웃에 사는 흑인 페트루스에게서 도움을 받는다. 페트루스는 아파르트헤이트 시기였으면 일꾼이거나 하인이었겠지만, 지금은 더 많은 땅을 가지려고 하는 탐욕스러운 흑인 농부다. 세 사람 즉 루리, 루시, 페트루스는 불편한 관계가 된다. 특히 옛날식 사고방식에 젖어 있는 루리는 포스트-아파르트헤이트의 변화된 현실에 제대로 적응하지 못한다.

그러던 어느 날, 세 명의 흑인 남자들이 나타나 루리를 욕실에 가두고 루시를 집단으로 강간하고 달아나는 사건이 발생한다. 이 지점에서부터 스토리는 그 일에 대한 루리와 루시의 상반된 반응에 집중된다. 루리는 딸에게 그 사건을 경찰에 신고하고, 그러한 일이 또 생길지 모르니 그곳을 떠나라고 말한다. 돈이 필요하면 자신이 줄 테니 안전한 곳으로 가서 살라는 충고다. 루시는 그 충고를 받아들이지 않는다. 그녀는 그 사건에 대해 아버지와 얘기하려고 하지도 않고, 그 사건에 대해서는 함구하고 차를 도난당했다는 사실만을 경찰에 알린다. 더 놀라운 것은 강간으로 임신한 아이를 낳아서 키우겠다고 하는 것이다. 그녀는 페트루스의 제안대로 그의 세 번째 부인이 되어 살겠다고 한다. 그녀는 그러한 선택이 그곳에 살기 위해서 치러야 하는 일종의 값이라고 생각한다. 굴욕의 자리, 그 밑바닥에서 시작하겠다는 것이다.

이렇게 플롯을 대충 살펴보는 것에서 알 수 있듯, 『추락』은 어둡고 우울한 분위기가 지배적이다. 남아공이 꿈꾸는 무지개 나라의 아름다움이나 평화로움은 어디에서도 찾아볼 수 없다. 그래서인지, 이 소설에 대한 남아공 독자들의 반응은 상당히 부정적이었다. 백인 여자가 세 명의 흑인 남자에게 강간당하는 사건을 형상화한 후반부에 대한 반응이 특히 그랬다. 백인은 백인대로, 흑인은 흑인대로 불만이었다. 예를 들어, 세계적인 백인 극작가 애설 퓨가드는 쿳시의 소설을 쓰레기라고 하면서, 소설이 루시가 강간당한 것을 백인이 저지른 과거의 악행에 대한 속죄의 몸짓으로 제시하고 있다고 말했다. 대통령까지 나섰다. 만델라에 이어 대통령이 된 타보 음베키는 소설이 흑인을 악마화하고 있다며 쿳시를 인종차별주의자라고 비난했다. 그들은 쿳시가 과거와 화해하고 차별이 없는 새로운 국가를 건설하려고 하는 남아공 정부의 노력에 찬물을 끼얹고 있다고 생각했다.

그런데 이 소설에 비판적인 남아공인들이 간과한 것은 쿳시가 아파르트헤이트의 폭력성을 그의 소설에서 일관되게 형상화한 작가이며, 더불어 그가 현실 이면에 있는 불편한 것을 드러내는 예술가라는 사실이었다. 카프카나 도스토옙스키에게서 낙관적인 전망을 기대하는 것이 무리이듯, 쿳시에게서 낙관이나 단순한 긍정을 기대하는 것이 애당초 무리였음에도, 그들은 보통의 작가들에게 기대하는 것을 그에게 기대했다. 그리고 그 기대가 무너지자 상처를 받고 분노했다. 그러나 현실을 너무 안이하고 순진하게 바라보는 그들의 눈이 잘못된 것이지, 현실의 복잡하고 불안한 속내를 응시하는 그의 눈이 잘못된 것은 아니었다.

"책은 우리 안의 얼어붙은 바다를 깨는 얼음도끼여야 한다"는 카프카의 말처럼, 쿳시의 소설은 일종의 얼음도끼였다. 그런데 남아공 독자들이 원하는 것은 얼음도끼가 아니었다. 그들은 아파르트헤이트 시기에 작가들에게 불의를 폭로하고 부조리한 현실을 고발하는 리얼리즘 문학을 기대했던 것처럼, 포스트-아파르트헤이트 시기에는 작가들이 새로운 남아공을 향한 희망가를 불러주고 대외적으로 남아공을 좋은 이미지로 제시해주기를 기대했다. 그러나 쿳시는 그 기대에 부응하기를 거부했다. 아파르트헤이트 시기에 리얼리즘 소설을 쓰라는 압박을 거부하고 포스트모던 계열의 소설을 썼던 것처럼, 그는 희망적이고 낙관적인 소설을 써서 새로운 남아공 건설에 힘을 보태라는 압박을 단호하게 거부했다. 그는 냉정하고 차갑게 현실을 응시하면서 역사의 과도기에 나타나는 불안을 자기만의 방식으로 사유하는 길을 택했다.

따라서 음베키 대통령이 그러한 것처럼, 소설이 그려내는 남아공의 모습이 마음에 들지 않는다는 이유로 쿳시를 인종차별주의자라고 비난한 것은 몰이해에서 비롯된 감정의 과잉이었다. 남아공 정부의 '진실화해위원회'가 표방하는 화해와 용서가 고귀한 개념인 것은 맞지만, 국가가 그것을 일방적으로 강요하는 것은 애국주의를 가장한 폭력이었다. 그리고 국가가 과거의 죄를 묻지 않고 사면해준다고 진정한 화해와 용서가 이루어지는 것도 아니었다. 다양한 색깔들이 평화롭게 공존하는 무지개처럼, 피부색이 다른 인종들이 증오와 복수에 휘말리지 않고 평화롭게 살아갈 무지개 나라를 건설하겠다는 것은 수사적으로는 훌륭하고 심오할지 몰라도, 현실적으로는 쉬운 일이 아니었다. 쿳시는 결코 남아공의 미래를 순탄한 것으로 보지 않았다. 서로 용서하고 화해함으로써 과거를 청산할 수 있다면 얼마나 좋으랴만, 고통의 식민 역사와 그것의 후유증이 하루아침에 사라지거나 해소되는 것은 아닐 터였다. 국가가 나서서 가해자를 용서한다고 피해자가 가해자와 그리 쉽게 화해하고 그들을 용서할 수 있으리라고 기대하는 것은 너무 순진한 생각이었다.

비록 쿳시가 『추락』에서 '진실화해위원회'에 대해 전혀 언급하고 있지 않지만, 루리의 성폭력 사건을 조사하기 위해 구성된 위원회가 '진실화해위원회'를 환기하는 것은 불가피하다. 공개적으로 사실을 인정하고 사과하면 선처하도록 대학 당국에 건의하겠다는 진상조사위원회의 방식을 보고, 과거의 폭력적 행위를 사실대로 밝히면 사면해주는 '진실화해위원회'의 방식을 떠올리지 않는 것은 거의 불가능하다. 이 소설이 1995년에 관련 법령이 만들어지고 1996년부터 청문회를 시작한 '진실화해위원회'가 진행되던 시기에 쓰였기에 더욱 그렇다. 따라서 '진실화해위원회'에 대한 작가의 사유와 성찰이, 루리의 성폭력 사건을 둘러싼 진상조사위원회 위원들의 다양한 시각과 그 사건이 처리되는 방식에 투영되어 있다고 보는 것은 무리가 아니다.

'진실화해위원회'에 관한 보다 심오한 성찰적 사유는 소설의 후반부에 있다. 후반부는 아파르트헤이트가 역사 속으로 사라지고 가해자와 피해자가 공존하는 실존적 상황을 형상화한다. 소설은 독자에게 이러한 질문을 던진다. 아파르트헤이트 시기에는 나이와 상관없이 흑인은 하인(boy)이고 백인은 주인(baas)이었던 위계질서가 무너진 상황에서 피해자와 가해자, 흑인과 백인이 평화롭게 공존할 수 있을까. 국가는 그런 사회를 만들겠다고 하지만, 그것이 서로가 얼굴을 맞대고 부대끼며 살아가야 하는 현실 속에서 정말로 가능할까. 그리고 식민 상태에서 풀려난 흑인들이, 아파르트헤이트가 종식되었음에도 백인들이 여전히 대부분 땅을 소유하고 있는 상황을 현실로 인정하고 살아갈 수 있을까.

소설이 전개되는 방식을 보면 그럴 것 같지는 않다. 흑인들이 집단으로 루시를 강간한 사건에서 알 수 있듯, 그녀가 시골에서 평화롭게 살아가는 것은 위험천만해 보인다. 그녀는 한 번도 만난 적 없는 그들이 왜 복수를 하듯 자신을 강간했는지 알 수 없다며 혼란스러워하지만, 그녀의 아버지 루리는 그것이 역사와 관계가 있다고 한다. 백인에 대한 분노가 그들을 그렇게 만들었다는 논리다. 그러니 그곳을 떠나라는 것이다.

루리의 말이 폭력에 대한 온전한 설명이 될 수는 없지만, 루시가 겪어야 했던 사건과 그것에 대한 그녀의 혼란스러운 반응은 백인과 흑인의 공존이 '진실화해위원회'가 꿈꾸는 것보다 훨씬 더 불안하고 위태로운 것일 수 있음을 암시한다. 설령 흑인들이 루시를 집단으로 강간한 사건이 아버지 루리의 판단과 다르게 인종적 복수에서 비롯된 것이 아니라 하더라도, 그것을 인종과 관련해 생각하는 것이 포스트-아파르트헤이트의 현실이다.

3. 사유의 방식으로서의 소설

『추락』에 대한 남아프리카 독자들의 반응에서 알 수 있듯, 일반 독자들은 이 소설을 리얼리즘으로 읽는 경향이 있다. 첫 소설인 『어둠의 땅』에서 가장 최근에 발표한 『폴란드인』에 이르기까지 쿳시의 소설을 통틀어 이 소설만큼 리얼리즘처럼 보이는 소설이 없으니 그럴 만도 하다. 실제로 플롯이라든가 시간의 흐름을 처리하는 방식을 보면 이 소설은 리얼리즘 소설이라고 해도 손색이 없다. 소설을 읽다 보면 마치 작가가 리얼리즘으로부터 의도적으로 거리를 뒀던 기존의 미학적 입장을 포기한 것이 아닐까 하는 생각이 들 정도다. 그래서 남아공 독자가 이 소설의 묘사를 남아공의 현실을 '복사'하듯 재현한 것으로 받아들인 것도 무리는 아니다. 실제로 이 소설의 한복판에 있는 성폭력이 현실에서 크게 벗어난 것은 아니다. 여성에 대한 성폭력의 빈도가 세계에서 순위를 다툴 정도로 남아공 사회에 만연해 있다는 것은 잘 알려진 사실이다.

그러나 이 소설은 리얼리즘처럼 보이지만 외형적으로만 그러할 뿐, 속내를 들여다보면 다른 소설들과 마찬가지로 리얼리즘과는 거리가 있는 소설이라는 게 드러난다. 기본적으로 쿳시는 리얼리즘으로부터 일정한 거리를 두고 소설을 써온 작가다. 그는 현실을 복사하는 것에 자부심을 느끼는 리얼리즘에 관심이 없다면서, 처음부터 리얼리즘과는 거리가 먼 포스트모더니즘 계열의 소설을 써왔다. 남아공의 좌파 비평가들이 그를 비판한 것은 그래서였다. 가장 대표적인 예가 1991년에 노벨문학상을 받은 남아공 백인 작가 네이딘 고디머의 신랄한 비판이었다. 고디머는 남아공 작가라면 모두가 아파르트헤이트의 참상과 비극을 고발하고 형상화하는 리얼리즘 문학을 해야 한다고 생각했다. 그녀가 남아공 작가들에게 기대했던 것은 마르크시스트 비평가인 루카치가 1930년대와 1940년대에 『유럽 리얼리즘 연구』와 『역사소설』 같은 저서에서 설파했던 비판적 리얼리즘이었다.

그녀가 남아공 문학의 대세였던 리얼리즘을 거부하고 포스트모더니즘을 남아공 문학에 최초로 도입한 쿳시를 못마땅하게 생각했음은 물론이다. 지금 돌아보면 너무 편협한 생각이지만 당대의 좌파 비평가들은 고디머처럼 쿳시의 문학에 거의 한결같이 비판적이었다.

고디머를 비롯한 남아공 비평가들이 쿳시에게서 기대했던 것은 폭력적인 아파르트헤이트 정권을 고발하고 고통받는 민중의 삶을 형상화하는 리얼리즘 문학이었다. 그들에게 모든 글은 불의에 저항하는 무기여야 했다. 그러나 쿳시는 그러한 압력에 격렬히 저항했다. 그것은 쿳시의 표현대로 하면 획일적인 이데올로기를 작가에게 강요하는 것이나 마찬가지였다. 다른 작가들과 달리 그는 타협하지 않았다. 따라서 외면적으로 리얼리즘 소설처럼 읽힌다는 이유만으로 『추락』을 리얼리즘 소설로 보고 거기에 묘사된 것을 현실의 반영이라고 단정하는 것은 쿳시가 시종일관 지켜온 미학적 원리에 대한 몰이해에 가깝다.

쿳시는 기본적으로 소설을 사유의 방편으로 생각하는 관념적인 작가다. 그가 리얼리즘으로부터 거리를 둔 것은 아파르트헤이트 체제에 저항하지 않아서가 아니라 리얼리즘 소설이 사유와 관념을 다루는 데 적합하지 않다고 생각했기 때문이다. 그것은 쿳시의 모든 소설이 기반으로 하는 일종의 미학적 원리나 마찬가지다. 그렇다면 그가 포스트-아파르트헤이트를 배경으로 하는 『추락』에서 자신이 그때까지 지켜온 미학적 원리를 버렸을 가능성은 거의 없다. 그의 관심은 다른 소설들에서처럼 이 소설에서도 스토리를 통한 사유에 있다. 따라서 백인 여성에 대한 폭력이 부분적으로는 남아공의 현실을 반영하는 측면이 있다 하더라도, 그것은 현실을 반영하기 위한 것이 아니라 남아공의 과거와 현재를 거시적인 의미에서 상상적으로 사유하기 위한 서사 전략일 따름이다.

그리고 그 사유는 상반된 목소리들이 충돌하면서 생성된다. 예를 들어, 아버지와 딸은 하나의 사건을 전혀 다른 입장에서 바라본다. 아버지는 강간으로 임신한 아이를 낙태시켜야 한다고 생각하고, 딸은 어떻게 임신을 했든 아이를 낳아서 기르겠다고 선언한다. 소설의 서사가 거의 전적으로 루리의 의식을 중심으로 전개되고 있어서 왜 루시가 폭력으로 인해 임신하게 된 아이를 낳아서 기르겠다고 하는지, 다른 곳에 가서 얼마든지 평화롭게 살 수 있음에도 왜 굴욕적인 삶을 살겠다고 고집하는지, 과연 그렇게 사는 것이 어떤 가치가 있는 것인지, 독자로서 상세히 알 길이 없다. 묘하게도 이 지점에서 독자는 루리가 아버지로서 느끼는 감정과 매우 흡사한 감정을 갖게 된다.

왜 루시는 그토록 위험한 곳에서 살겠다고 고집하고, 사랑이 아니라 강간으로 임신한 아이를 낳아서 기르겠다고 하는 것일까. 더군다나 그녀는 레즈비언이 아닌가. 이것은 그녀의 아버지만이 아니라 이 소설의 독자가 품는 의문이기도 하다. 이런 면에서 대부분의 독자는 딸이 아니라 아버지 편에 선다. 매사에 너무 냉소적이어서 좀처럼 좋아하기 힘든 인물인 루리의 입장에 서는 다소 어이없는 일이 벌어지는 것이다. 이 지점에서 독자는 위기에 처한다. 타자에 대한 이해 불능의 위기다.

우리는 어떻게든 우리만의 방식으로 타자라는 존재를 이해하고 해석하려 한다. 바로 이것이 에마뉘엘 레비나스가 말하는 전체주의나 제국주의다. 우리가 이해하려 해도 완전한 이해가 불가능하고, 접근하려 해도 완전한 접근이 불가능한 존재가 타자임에도, 우리는 타자를 우리식으로 소화하려 한다. 데리다식으로 말하자면, 우리는 그 타자를 삼켜 소화해 우리의 일부로 만들려고 한다. '우리'는 루시가 내린 결론이 인종과 관련한 일반적인 규칙이나 행동지침에 따른 것이 아니라, 자기 자신의 삶에 대한 결정권을 가진 개인으로서 스스로를 위해 내린 결론이라는 것을 이해하지 못한다. 백인이면서 레즈비언인 루시가 흑인이 대다수인 시골에서, 폭력으로 임신한 아이를 낳아서 키우고, 페트루스의 세 번째 아내가 되어 그의 보호막 속에서 살겠다고 하는 것은 전적으로 루시 자신의 결정이다. 그곳을 떠나지 않으면 똑같은 폭력이 또 일어날지 모르니 그곳을 떠나 다른 곳에 가서 살라고 종용하는 루리도, 그 상황에서 더 이성적이고 상식적으로 반응하는 루리를 루시보다 더 합리적이라고 생각하는 일반 독자도, 루시와 관련된 모든 것을 인종적으로만 바라보려 하는 남아공 독자도, 루시를 온전히 이해하지 못한다.

바로 이것이 루시라는 타자의 타자성이다. 그 타자성을 무시하고 우리식으로 타자를 재단하려고 하는 성향이 우리 안에 웅크리고 있는 전체주의다. 조금 과장하자면, 우리는 이 소설에서 소각장 안으로 매끈하게 들어가 잘 타도록 개의 사체를 삽이나 작대기로 두들기거나 구부리고 부러뜨리는 인부들을 닮았고, 그리스로마 신화에서 자신의 침대에 맞추기 위해 손님의 몸을 늘이거나 줄이는 프로크루스테스를 닮았다. 편리성과 상식과 이성만을 중요하게 여기다 보니 그렇다.

쿳시의 소설에서 루시는 이해할 수 없는 타자로 남는다. 루리로서는 딸의 선택을 존중하는 것 말고는 할 것이 없다. 그는 여전히 딸이 위태롭고 현명치 못한 삶의 행로를 택했다고 생각하지만, 그 행로가 새로운 남아공에서 백인이 살아가는 방식일 수도 있겠다는 사실을 어쩔 수 없이 인정한다. 그렇게 되면 역설적이게도, 루시에게 가해진 무지막지한 폭력은 새로운 시작이 될 수도 있을 것이다.

이러한 맥락에서 가해자 중 하나의 이름이 그리스로마 신화에 나오는 폴룩스와 이름이 같다는 사실은 중요하다. 여러 학자(반 와이크 스미스van Wyk Smith, 섀턱Shattuck)가 지적했듯, 신화에 나오는 폴룩스도 소설 속의 폴룩스와 마찬가지로 강간범이다. 그는 제우스가 백조로 변신해 스파르타 왕비 레다를 유혹해 강간해서 태어난 아이다. 그런데 그는 성인이 된 후, 쌍둥이 형제 카스토르와 함께 쌍둥이 사촌 형제들(린케우스, 이다스)의 약혼녀들(포이베, 힐라에이라)을 납치해 강간하고 아이들을 낳는다. 폭력을 통해 세상에 태어난 폴룩스가 성년이 되어 폭력을 행사해 아이를 낳은 것이다. 아이러니하게도 그런 그가 카스트로와 함께 로마를 창시한 신화적 존재가 된다. 허무맹랑하게 들리지만, 이 신화는 국가의 기초에 폭력이 있다는 사실을 우리에게 환기한다.

이런 맥락에서 보면 쿳시는 아주 의도적으로 강간범 중 하나의 이름을 폴룩스라고 명명한 것처럼 보인다. 어떠한 이유에서도 강간이 정당화될 수는 없지만, 신화에서처럼 폭력이 공존과 평화의 씨앗이 될 가능성은 존재한다. 루리가 소설의 마지막 부분에서 임신한 몸으로 꽃을 손질하는 딸을 보며 하는 생각은 그러한 가능성을 암시한다. 그는 딸이 지금까지 그랬던 것 이상으로 견고한 삶을 살아가고 있다며, 운이 좋으면 그녀가 낳게 될 아이도 엄마만큼 견고한 삶을 살아갈 수 있고, 그러는 과정에서 언젠가는 다른 세대가 만들어질 수 있을지 모른다고 생각한다. 실제로 그렇게 될지 여부는 미래의 일이라서 불확실하지만, 운이 좋으면 그럴 가능성이 있다는 것이다.

이렇듯 루리는 시련을 통해 변화한다. 세상을 바라보는 시선이 여전히 회의적이긴 하지만, 그가 자신을 이후에 태어날 아이의 할아버지로 상상하는 것은 예전 같으면 불가능한 일이다. 그 아이가 누구인가. 흑인 셋이 그의 레즈비언 딸을 강간해 태어나는 아이가 아닌가. 예전의 그는 딸의 몸속에 있는 아이를 불결하다고까지 생각했다. 개가 오줌을 싸서 영역 표시를 하듯, 흑인들이 영역 표시를 위해 그녀의 몸에 씨를 뿌렸다고 생각했던 사람이, 머지않아 태어날 아이가 자신의 손자라는 사실을 인정하고 자신에게 할아버지의 자격이 있는지 자문해보는 것은 정말이지 놀라운 변화가 아닐 수 없다.

그를 변화하게 만든 것이 하나 더 있다. 동물과의 관계다. 일반적으로 독자가 이 소설에서 주목하는 것은 인간 대 인간의 관계이지만, 그것만큼이나 중요한 것이 인간과 동물의 관계다. 학생과의 불미스러운 행동 때문에 치욕을 당하고도 별로 변한 게 없던 루리를 결정적으로 변하게 만든 것이 바로 동물이다. 앞에서 언급한 타자성과 관련해 얘기하자면, 폭력을 당한 현장을 떠나지 않고 어떻게든 그곳에서 뿌리를 내리고 살겠다는 루시, 루시의 이웃인 흑인으로 땅에 집착하는 페트루스, 루리를 치욕의 상태로 내몬 여학생 멜라니 등 모두가 저마다 다른 타자이지만, 그들보다 더 타자적인 타자가 동물이다.

놀랍게도, 루리는 안락사를 당해 짐짝 취급을 당하며 소각로 속으로 들어가는 개들의 운명에 자기도 모르게 반응한다. 세상을 이성적이고 냉소적으로만 바라보던 자기중심적인 그가, 안락사를 당하는 동물들의 마지막 모습과 그들의 사체가 처리되는 방식을 보면서 자기도 모르게 눈물을 흘리고 그들에 대한 책임을 떠맡게 된다. 그는 전과 다르게 이성을 앞세우지 않는다. 그저 동물과 접촉하고 동물 옆에 누워 동물이 '되어갈' 따름이다. 그래서 흑인들의 잔치를 위해 도살될 두 마리 양이 중요해지고, 절름발이 개가 중요해지고, 동물의 사체가 소각장에 들어가기 전에 처리되는 방식이 중요하게 된다.

처음에 대학교에서 해임될 당시의 냉소적인 그를 생각하면 엄청난 변화가 아닐 수 없다. 그가 멜라니의 부모를 찾아가 용서를 비는 것은 이러한 변화와 무관하지 않다. 물론 그 변화가 완전하다는 것은 아니다. 그의 변화는 아직도 불충분하고 불완전하며 모호하다. 그럼에도 그가 변했다는 것은 우울하고 암담하고 황량한 소설에 한 줄기 빛을 드리운다. 역설적이게도 그의 추락과 치욕이 그를 윤리적인 존재로 만들었다. 우리가 조금이나마 그를 이해하고 그와 공감하게 되는 것은 그러한 변화 덕이다.

그러나 루리의 변화에도 불구하고 『추락』에서 느껴지는 분위기는 무척 어둡다. 이것은 남아공을 바라보는 쿳시의 눈이 그렇다는 의미다. 그러한 눈으로 현실을 응시하다 보니 남아공을 무지개색으로 칠해주기를 기대하는 독자들의 기대에 어긋나는 소설을 쓰고 그들의 마음에 상처를 준 것도 사실이다. 『추락』에 대한 남아공 독자들의 공격 이면에는 자국이 낳은 세계적인 작가가 그들의 나라를 밝고 희망찬 모습으로 그려주지 않았다는 데서 연유한 상처가 있다. 그러나 쿳시는 상처를 주더라도, 과거가 현재에 드리우는 그림자를 보여주고 현실의 밑바닥에 있는 것이 무엇인지를 드러내 사유하는 것이 자신의 몫이라고 생각한 것처럼 보인다. 이런 의미에서 그의 소설은 카프카가 말한 얼음도끼, 즉 현실의 표면을 깨고 그 안에 있는 불안하고 불편하며 때로는 모순적이기도 한 진실을 드러냄으로써 독자의 마음에 상처를 입히는 얼음도끼였다.

이렇듯 쿳시의 소설은 남아공을 이해해야 입체적으로 다가온다. 그래서 괴테의 말을 다시 인용하자면, "시를 이해하고 싶은 사람은 시의 나라로 가야 한다. 시인을 이해하고 싶은 사람은 시인의 나라로 가야 한다." 비록 그는 『추락』을 발표하고 몇 년이 지나 오스트레일리아로 이주했지만, 『추락』을 비롯한 그의 위대한 소설들이 남아공의 산물이라는 사실에는 변함이 없다.

어니스트 헤밍웨이의 『무기여 잘 있어라』 『누구를 위하여 종은 울리나』 『노인과 바다』

20세기 문학의 거인

김욱동 서강대 영문학부 명예교수

어니스트 헤밍웨이
Ernest Hemingway, 1899-1961

20세기 미국의 가장 위대한 작가로 손꼽히는 헤밍웨이는 시카고 교외의 오크파크에서 태어났다. 그는 고등학교 졸업 후 유명 일간지 『캔자스시티 스타』에서 기자로 일했다. 그는 제1차 세계대전이 발발하자 운전병으로 전쟁에 참전, 부상을 입은 후 제대했다. 그는 파리로 건너가 낚시, 사냥, 투우 등 남성적인 경험과 전쟁 참전 경험을 문학 속에 녹여냈다. 『태양은 다시 떠오른다』 『무기여 잘 있어라』 『누구를 위하여 종을 울리나』 등의 작품에서 간결하고 절제된 하드 보일드 문체를 확립한 그는, 1954년 『노인과 바다』로 노벨문학상을 수상했다. 1961년 우울증으로 스스로 생을 마감했다.

"독자들은 인간 헤밍웨이에게
동정을 느끼는 한편 작가 헤밍웨이를
존경하지 않을 수 없다.
그는 예술의 제단 위에 자신의 삶을 바친
20세기 문학의 거인이다."

언젠가 어니스트 헤밍웨이(Ernest Hemingway, 1899-1961)는 작가에게 가장 좋은 초기 교육이 무엇이냐는 질문을 받은 적이 있다. 그러자 그는 기다렸다는 듯이 곧바로 불행한 유년 시절이라고 대답했다.[1] 유년 시절을 불행하게 보내는 것만큼 작가에게 더할 나위 없이 소중한 예술적 자산은 없다는 뜻이다. 이와는 조금 맥락이 다르지만 헤밍웨이는 표도르 도스토옙스키를 언급하면서 이 19세기 러시아의 문호가 위대한 작가가 될 수 있었던 것은 바로 시베리아로 유배를 갔기 때문이라고 말한 적도 있다. 실제로 도스토옙스키는 젊은 시절 이상적 사회주의 모임에 가담했다가 당국에 체포되어 사형 선고를 받고 총살되기 직전 황제의 특별 사면으로 가까스로 목숨을 건진 뒤 시베리아 옴스크로 유배되어 그곳에서 4년 동안 유형 생활을 했다. 그러면서 헤밍웨이는 "대장간의 불 속에서 칼이 단련되듯이 작가들도 도스토옙스키처럼 불의나 부정 속에서 연단된다"[2]고 밝혔다.

그런데 불행한 유년 시절이 작가 지망생에게 좋은 교육이 된다는 헤밍웨이의 말은 자칫 엄살처럼 들린다. 따지고 보면 미국 작가 중에서 그만큼 유복한 집안에서 태어난 사람도 그다지 많지 않기 때문이다. 그는 19세기가 서산마루에 걸려 있던 1899년 7월 일리노이주 시카고 근교의 오크파크에서 외과 의사인 아버지와 성악가를 꿈꾸던 어머니 사이에서 2남 4녀 중 장남으로 태어났다. 요즈음도 크게 다르지 않지만 미국에서 의사는 어떤 직업보다도 안정되고 수입이 좋은 전문직이었다. 어머니 집안은 아버지 집안보다도 훨씬 더 부유해 한 번도 손에 물을 묻히고 부엌에서 일해본 적이 없을 정도로 호강하며 살았다. 결혼 때문에 무산됐지만 어머니 그레이스는 빅토리아 여왕을 축하하는 자리에서 노래를 부르도록 초대받을 정도였다. 헤밍웨이는 남성적인 외모와 야외 생활을 좋아하는 성격은 아버지한테서 물려받은 반면, 예민한 감수성과 예술가적 기질은 어머니한테서 물려받았다.

1. '불행한' 유년 시절

겉으로 보면 헤밍웨이는 그야말로 부유한 집안에서 태어나 호의호식하며 부족한 것 없이 유복하게 자랐다. 그렇다면 도대체 왜 그는 "불행한 유년 시절" 운운했을까? 이 물음에 대한 대답은 아마 행복이란 물질적 풍요와 반드시 정비례하지 않는다는 사실에서 찾아야 할 것 같다. 헤밍웨이는 물질적으로는 남부럽지 않게 유년 시절을 보냈을지 모르지만 적어도 정신적·심리적으로는 그렇게 행복하지 못했다. 고등학교 시절 그가 여러 번 가출했다는 사실은 이 점을 뒷받침한다.

헤밍웨이는 누구보다도 어머니에게 적잖이 증오심을 품었다. 그의 집안에서 주도권을 쥐고 있는 사람은 아버지가 아니라 어머니였다.

어머니는 여장부인 데다 언급했듯이 그녀의 집안이 아버지 집안보다 재산이 많았다. 헤밍웨이는 어머니가 장티푸스로 병원에 잠시 입원해 있었던 때가 가장 행복한 시간이었다고 털어놓았을 정도다. 더구나 헤밍웨이는 1928년에 아버지가 권총으로 자살한 것이 어머니 때문이라고 믿고 있었다. 1948년에 헤밍웨이는 비평가 맬컴 카울리에게 보낸 편지에서 사태의 진상을 알자마자 어머니를 증오했고, 아버지의 비겁함 때문에 당황하기 전까지는 그를 사랑했다고 고백했다. 그러면서 우리 어머니는 미국에 전무후무한 심술궂은 여자로, 불쌍한 아버지는 말할 것도 없고 짐 나르는 노새도 자살하게 할 위인이라고 어머니에 대한 불편한 심기를 숨기지 않았다.[3]

더구나 어머니는 헤밍웨이가 아들이 십대부터 쓴 글을 하나같이 병적인 것으로 치부했을 뿐 아니라, 『태양은 다시 떠오른다』(1926)를 읽고 나서는 페이지마다 역겹고 메스꺼울 뿐이라고 말하면서 그러한 '오물'을 집 안에 절대로 들여놓지 못하게 했다.[4] 1951년에 어머니가 사망했을 때 헤밍웨이는 장례식에도 참석하지 않았다. 존 도스 패서스는 자신이 알고 있는 사람 중에서 헤밍웨이처럼 그토록 자기 어머니를 진정으로 증오한 사람은 일찍이 본 적이 없다고 밝힌 바 있다.[5]

이렇게 어머니와 적잖이 갈등을 빚던 헤밍웨이는 하루라도 빨리 집에서 벗어나고 싶었다. 그가 고등학교를 졸업하던 1917년 봄, 그동안 고립 정책을 고수하던 미국은 마침내 제1차 세계대전에 참여하면서 헌법을 개정해 징병제를 부활시켜 독신 남성만을 징집시켰다. 헤밍웨이에게 미국 참전은 질식할 것 같은 집안 분위기와 청교도적인 오크파크에서 벗어날 수 있는 절호의 기회였다. 어렸을 적 그는 성경 중에서도 특히 구약성서를 좋아했는데 전쟁 이야기가 유난히 많이 실려 있기 때문이었다. 작가를 꿈꾸던 헤밍웨이는 전쟁에 참가해 전투를 하는 것보다 더 좋은 경험이 없다고 판단했다. 그가 참가한 전쟁만도 이탈리아, 튀르키예, 스페인, 중국, 프랑스 등 모두 다섯이나 된다. 그러나 이 무렵 제1차 세계대전에 참전하고 싶은 생각이 간절했지만 부모의 완강한 반대에 부딪힌 데다 고등학교 시절 복싱을 하다 눈에 상처를 입어 시력이 나빠져 징집 응모를 포기할 수밖에 없었다.

헤밍웨이가 택한 차선책은 대학을 포기하고 다른 도시에 가서 신문기자가 되는 것이었다. 고등학교를 졸업하자마자 그는 곧바로 미주리주 캔자스시티로 가서 그곳에서 발행하던 신문『캔자스시티 스타』의 수습기자가 됐다. 헤밍웨이 부모는 아들이 아버지처럼 의과대학에 진학해 의사가 되기를 바랐지만 헤밍웨이는 대학 진학을 포기하고 일찍 직업 전선에 뛰어들었다.

헤밍웨이는 고등학교 재학 시절 학교 연감과 학교 신문에 산문 소품과 희곡을 발표하는 등 일찍부터 작가로서의 꿈을 품고 있었다. 이러한 꿈을 실현하기 위해서는 신문기자 생활이 더할 나위 없이 좋은 밑거름이 된다고 판단했다. 작가 지망생에게는 신문기자처럼 삶의 현장에서 구체적인 경험을 쌓는 것이 대학에서 문학 수업을 받는 것보다 훨씬 소중하다고 생각했다.

헤밍웨이는 직접 눈으로 보지 않은 것에 대해 어떤 것을 진실하게 쓴다는 것은 아주 어렵다고 말했다. 실제로 이 무렵『캔자스시티 스타』는 미국에서도 몇 손가락 안에 꼽히는 저명한 신문이었다. 헤밍웨이가 수습기자로 있을 무렵 이 신문사에서 일하는 기자들은 하나같이 소설을 쓰고 싶어 했다. 실제로 신문기자 생활은 뒷날 그가 작가가 되는 데 더할 나위 없이 소중한 밑거름이 됐다. 그는 "『캔자스시티

스타』지에서 단순한 평서문을 쓰는 법을 억지로 배웠다. 이것은 누구한테나 도움이 된다. 신문사 일은 젊은 작가에게는 해가 되지 않으며 제때에 빠져나올 수만 있다면 도움을 줄 수 있다"고 밝힌 적이 있다. 미국 문학사를 살펴보면 마크 트웨인을 비롯해 스티븐 크레인, 시어도어 드라이저, 잭 런던, 싱클레어 루이스 등 작가가 되기 전에 신문기자 생활을 한 사람이 적지 않다.

『캔자스시티 스타』의 기자로 근무하면서도 입대에 대한 미련을 아직 버리지 못한 헤밍웨이는 미국 적십자사에서 앰뷸런스 운전병을 모집한다는 소식을 전해 듣는다. 운전병은 전투에 투입되는 정규병이 아니기 때문에 시력은 그다지 문제가 되지 않았지만 다만 그의 나이가 문제가 됐다. 이때 헤밍웨이 나이가 겨우 열아홉 살이었다. 운전병에 응모하기 위해서는 적어도 스무 살은 되어야 하기 때문에 그는 지원서를 작성하면서 태어난 해를 '1899년'이 아닌 '1898년'으로 한 살 높여 기재했다. 오랫동안 그의 출생연도가 '1898년'으로 잘못 전해온 까닭이 바로 여기에 있다. 1918년 5월 초 헤밍웨이는 미국 적십자 앰뷸런스 부대원의 일원으로 뉴욕에서 배를 타고 프랑스를 거쳐 이탈리아 전선으로 갔다.

허먼 멜빌에게 드넓은 바다가, 윌리엄 포크너에게는 제도 교육 밖에서 겪은 구체적인 일상 경험이 소중한 교육장이었다면, 헤밍웨이에게는 전쟁터가 그 역할을 맡았다. 헤밍웨이는 제1차 세계대전 중 비록 길다고 할 수는 없어도 삶과 죽음이 교차하는 피비린내 나는 이탈리아 전쟁터에서 많은 것을 배웠다. 전쟁에 대해 그는 아무리 필요하고 아무리 정당화될지라도 전쟁이 범죄가 아니라고는 생각하지 말라고 잘라 말했다. 또 그는 제1차 세계대전을 두고 인류 역사에서 지금껏 일어난 가장 살인적이고 잘못 관리된 살육 행위였다고 밝혔다. 그러면서도 헤밍웨이는 전쟁이야말로 작가에게 더할 나위 없이 중요한 작품 소재라고 말하기도 했다. 토비어스 울프는 헤밍웨이는 전쟁 그 자체보다는 전쟁의 여파나 영향, 즉 전쟁에서 영혼에 일어나는 일과 그 뒤에 인간이 어떻게 그것을 취급하는지를 다룬다고 지적한다.[6]

1918년 7월 헤밍웨이는 전선에서 오스트리아군이 쏜 박격포탄을 맞았다. 의사들이 사망할 것으로 간주할 만큼 그의 부상은 아주 심했다. 근처 야전병원에서 응급치료를 받은 뒤 헤밍웨이는 밀라노 후방으로 후송되어 미국 적십자 병원에서 본격적으로 치료를 받았다. 이 병원에서 치료를 받던 헤밍웨이는 미국인 간호사 애그니스 본 쿠로스키(Agnes von Kurowsky)를 만나 사랑에 빠졌다. 헤밍웨이보다 일곱 살 연상인 쿠로스키는 처음에는 의도적으로 그를 멀리하다가 점차 시간이 지나면서 그의 매력에 끌려 그를 사랑하게 됐지만, 젊은 미국인 환자가 그녀를 사랑하는 것만큼 그를 열렬히 사랑하지는 않았다.

1919년 1월 헤밍웨이는 그녀와 결혼할 수 있도록 취직을 위해 귀국했고, 쿠로스키는 그가 미국에 돌아간 뒤 곧바로 그에게 편지를 보내 이별을 선언했다. 이러한 실연의 경험은 헤밍웨이에게 엄청난 상처를 안겨줬다. 다리에 부상을 입은 것 못지않게, 아니 어쩌면 그보다도 훨씬 큰 정신적 외상을 남겼다. 그러나 씻을 수 없는 이 실연의 상처는 뒷날 그가 작가로 성공하는 데 소중한 밑거름이 됐다. 앞에서 이미 밝혔듯이 헤밍웨이는 불행한 유년 시절이 작가 지망생에게 좋은 교육이 된다고 말했지만, 실연의 상처도 작가에게 더할 나위 없이 좋은 교육이 됐다.

지그문트 프로이트는 작가들과 예술가들이란 흔히 현실에서 얻지 못한 것을 예술 작품을 빌려 대리 만족을 느낀다고 지적한 적이 있다. 그의 정신분석 이론에 따르면 예술가들에게 작품이란 곧 소망 실현이요 심리적 보상이다. 그러나 헤밍웨이는 프로이트의 이론을 한발 더 밀고 나가 현실에서 실패한 쿠로스키와의 사랑을 작품으로 써서 대리만족을 느꼈을 뿐 아니라 나아가 자신을 배반한 것에 대해 복수까지 했다.

가령 자신을 버리고 다른 남성과 결혼한 쿠로스키를 자신에게 완전히 무릎을 꿇고 그가 원하는 대로 고분고분하게 따르는 정부(情婦)로 만드는가 하면, 한 비평가의 지적처럼 한 개성을 지닌 인간이 아니라 단세포 동물인 '아메바처럼' 그에게 헌신적으로 봉사하도록 만든다. 여주인공 캐서린 바클리는 프레더릭에게 이미 '나'라는 존재는 없으며, 그녀 자신이 바로 '당신'이므로 '나'를 '당신'과 떼어놓고 생각하지 말라고 부탁한다. 그런가 하면 프레더릭을 '나의 종교'라고 말할 만큼 그를 신의 반열에 끌어올린다. 그것으로도 직성이 풀리지 않아 자신의 아이를 분만하다가 마침내 사망하도록 만들어버리기도 한다.

한마디로 헤밍웨이는 현실에서 이루지 못한 사랑을 자신이 원하는 대로 실현시킨다. 더구나 쿠로스키는 뒷날 헤밍웨이의 실제 삶, 특히 여성과의 관계에서도 직접 또는 간접으로 큰 영향을 미치게 된다.

장교복 차림에 목발에 몸을 의지하고 오크파크로 돌아온 상이용사 헤밍웨이는 고향에 돌아왔다는 환희도 잠시 곧 사회에 적응하는 데 적잖이 어려움을 겪었다. 신체적으로 부상을 입은 불구일 뿐 아니라 그는 정신과 영혼에도 깊은 상처를 입었고, 더 나아가 도덕적으로도 상처를 입은 정신적 절름발이와 다름없었다. 헤밍웨이는 한밤중에 전

깃불을 환하게 켜놓지 않고서는 제대로 잠을 이룰 수 없을 정도였다. 어둠 속에서 부상을 입은 그에게 암흑은 곧 죽음과 같았기 때문이다. 이처럼 스무 살도 채 되기 전 어린 나이에 입은 상처는 생각보다 훨씬 심각했다. 이 무렵 유행하던 용어로 표현하자면 헤밍웨이는 '셸쇼크'(전투 신경증)나 '트로마티즘'(외상성 정신 장애)을 겪고 있었다.

2. 예술의 메카 파리

여전히 문학에 대한 꿈을 품고 있던 헤밍웨이는 캐나다 토론토에서 다시 기자 생활을 했고, 신문사 사정이 좋지 않자 시카고의 친구 형 집에서 빈둥거리고 있었다. 이곳에서 그는 당시 미국 문단의 대부 격인 셔우드 앤더슨과 미래의 아내 해들리 리처드슨을 만났다. 헤밍웨이의 문학적 재능을 발견한 앤더슨은 파리에 있는 친구들에게 그를 소개하는 편지와 소개장을 써주었다. 앤더슨은 에즈라 파운드에게 보낸 편지에서 헤밍웨이는 탁월한 재능을 지닌 젊은이고 앞으로 작가로 성공하게 될 것이라고 믿어 의심치 않는다고 칭찬을 아끼지 않았다.[7]

스물두 살에 해들리와 결혼한 직후 헤밍웨이는 아내를 데리고 이탈리아에 갈 계획을 세우고 있었다. 그러나 이 소식을 들은 앤더슨은 그에게 파리야말로 아방가르드 문학과 예술의 메카라며 파리로 갈 것을 추천했다. 그러면서 앤더슨은 당시 파리에서 미국 작가와 예술가의 대모였던 하던 거트루드 스타인에게 소개장을 써주었다.

헤밍웨이 부부가 파리에 도착한 것은 1921년 12월이었다. 곧바로 그들은 파리의 센강 좌안에서도 가장 오래된 지역에 싸구려 아파트를 잡았다. 건물 아래층은 목공소였고, 헤밍웨이 부부는 방이 두 개 딸린 이층 아파트를 썼다. 시끄럽고 비좁은 아파트에서 글을 쓸 수 없자 헤밍웨이는 근처 조그마한 호텔 방을 하나 얻어 작업했다. 굶주림이야말로 좋은 훈련이라는 그의 말에서도 볼 수 있듯이[8] 당시 생활은 궁핍했어도 그의 예술혼은 찬연하게 불타올랐다. 이렇듯 문학청년 헤밍웨이에게 파리 생활은 작가로 성장하는 데 무척 소중한 경험이었다. 1950년 그는 자신의 전기를 쓴 A.E. 호치너에게 운이 좋아 젊을 때 파리에서 산 경험이 있다면, 파리는 움직이는 축제이므로 평생 어디를 가더라도 파리가 함께할 것이라고 말했다.[9]

파리에 도착할 때부터 헤밍웨이는 단순히 작가가 되려는 것에 그치지 않고 미국에서 가장 훌륭한 산문 작가가 되려는 원대한 꿈을 품고 있었다. 그래서 그는 남들이 잠들어 있는 새벽에 일어나 작품을 썼다. 더구나 파리에 머무는 동안 헤밍웨이는 여러 예술가들을 만나 교류하면서 직간접으로 문학 수업을 받았다. 헤밍웨이에게 흔히 '길 잃은 세대'(génération perdue) 작가라는 꼬리표가 붙는 것은 당시 제1차 세계대전을 겪고 난 뒤 기성 가치와 전통에 환멸을 느끼고 방향 감각을 상실한 젊은이들을 소재로 작품을 썼기 때문이다. 헤밍웨이를 비롯한 젊은 작가들을 처음 이렇게 부른 것은 거트루드 스타인이었다.

파리에 머무는 동안 헤밍웨이가 가장 영향을 받은 작가라면 역시 에즈라 파운드, 제임스 조이스, F. 스콧 피츠제럴드를 빼놓을 수 없다. 헤밍웨이가 그를 처음 만났을 때 파운드는 엘리엇의 『황무지』 편집을 막 마친 뒤였고, 조이스가 『율리시스』를 출간하는 데 결정적인 역할을 한 직후였다. 파운드는 헤밍웨이가 문학가로 성공하는 데도 적잖이 도움을 줬다. 헤밍웨이가 파운드한테서 배운 것은 한두 가지가 아니지만 그중에서도 정확하고 응축된 이미지를 구사하는 기법은 특히 눈여겨볼 만하다. 파운드에 대해 헤밍웨이는 한 가지 사물을 표현하는 데는 가장 적확한 낱말이 하나밖에 없다고 믿는 사람, 자기에게 형용사를 불신하도록 가르쳐준 사람이었다고 털어놓았다. 파운드의 충고대로 헤밍웨이는 작품을 쓸 때 되도록 형용사나 부사를 사용하지 않으려 애썼다. 헤밍웨이는 산문은 실내장식이 아니라 건축이고, 바로크 건축 양식은 이미 지나갔다는 미학적 명제를 제시했다.[10]

이미『율리시스』를 출간해 모더니즘 소설의 대부로 인정받던 조이스는 헤밍웨이의 작품 원고를 읽어줬고, 헤밍웨이는 선배 작가의 작품을 읽고 연구하며 그 기법을 배웠다. 특히 헤밍웨이는 단편소설을 한데 모아놓은 작품집도 아니고 그렇다고 엄밀한 의미에서 장편소설도 아닌『더블린 사람들』에서 새로운 유형의 소설 장르를 발견했다. 헤밍웨이의『우리들의 시대에』(1924)는 조이스의 작품에서 영향을 받았다. 또한 조이스는 헤밍웨이에게 작품에서 군더더기를 제거하고 오직 필수적인 요소만을 다루고 의미를 직접 진술하기보다는 암시적으로 표현하도록 가르쳤다. 그렇다면 헤밍웨이 문체의 빙산 이론은 파운드 못지않게 조이스한테서도 힘입은 바가 크다.

뒷날 헤밍웨이는 만약 산문 작가가 자신이 쓰고 있는 것에 대해 충분히 알고 있다면 그는 알고 있는 것을 생략할지 모른다고 말한다. 그러면서 빙산이 위엄 있게 움직일 수 있는 것은 오직 8분의 1만이 수면에 떠 있기 때문이라는 것이다.[11] 한편 피츠제럴드는『태양은 다시 떠오른다』(1926)의 원고를 읽으며 여러모로 제안을 해줬을 뿐 아니라 뉴욕의 유수 출판사 찰스 스크리브너스의 편집자 맥스웰 퍼킨스에게 당시 무명작가와 다를 바 없던 헤밍웨이를 소개해줬다.

3. 전쟁터에서 펼쳐지는 애틋한 러브 스토리:
   『무기여 잘 있어라』

『태양은 다시 떠오른다』(1926)로 하루아침에 작가로서 명성을 얻은 헤밍웨이는 두 번째 장편소설『무기여 잘 있어라』(1929)를 출간함으로써 소설가로서의 입지를 더욱 굳게 다졌다. 그는 이 소설로 미국 문단은 물론 세계 문단에서 명성을 크게 떨쳤다. 에즈라 파운드나 거트루드 스타인, F. 스콧 피츠제럴드 밑에서 도제 생활을 끝내고 그제야 장인의 반열에 오른 헤밍웨이는 이 무렵 작가로서뿐 아니라 '파파 헤밍웨이'라는 이미지와 함께 전 세계에서 대중의 우상으로 대접받기 시작했다. 텁수룩한 수염에 술잔을 들고 있는 모습은 1961년 엽총으로 스스로 목숨을 끊을 때까지 그의 아이콘이 되다시피 했다.

『태양은 다시 떠오른다』를 9주에 걸쳐 집필한 것과는 달리 헤밍웨이는『무기여 잘 있어라』를 쓰는 데 무려 6개월이나 걸렸다. 물론 첫 작품도 정성 들여 다듬고 또 다듬었지만 두 번째 작품은 보석을 가공하듯이 더더욱 심혈을 기울여 수정하고 개작했다. 1928년 3월 파리에서 처음 이 작품의 초고를 시작해 미국 플로리다주의 키웨스트, 두 번째 아내 폴린 파이퍼의 친정집이 있는 아칸소주의 피콧, 미주리주 캔자스시티, 와이오밍주의 셰리던 등 미국 전역을 옮겨다니다시피 하면서 이 작품을 집필했다. 마지막에는 다시 파리로 돌아와 1929년 6월까지 최종 원고에 매달렸다.

헤밍웨이는『무기여 잘 있어라』를 단행본으로 출간하기 전에『스크리브너스 매거진』에 연재했다. 그는 원고료로 잡지사로부터 1만 6,000달러를 받았다. 당시 헤밍웨이로서는 엄청난 금액이었다. 이 잡지의 6월호 분은 부도덕하다는 이유로 보스턴에서 판매 금지 처분을 받았지만 아이러니하게도 이러한 처분을 받자 이 잡지는 날개 돋친 듯이 팔려 나가면서 독자들로부터 선풍적인 인기를 끌었다. 그해 9월에 단행본으로 출간된 이 작품은 곧바로 초판이 3만 부 이상 팔리고 4개월이 지나자 8만 부 이상 팔려나갔는데, 이로써 헤밍웨이는 예술적으로뿐만 아니라 재정적으로도 독립을 선언할 수 있게 됐다.

제목에서도 엿볼 수 있듯이 헤밍웨이의 『무기여 잘 있어라』는 작가가 제1차 세계대전에서 겪은 경험을 토대로 쓴 작품이다. 헤밍웨이 작품 중에서 이 소설만큼 자전적 요소가 짙은 작품도 없다. 시간적·공간적 배경을 비롯해 작품의 소재와 작중 인물들이 실제 사건과 아주 비슷하다. 주인공이 전쟁터에서 부상을 입는 것도 그러하고, 치료를 받던 병원에서 간호사와 사랑에 빠지는 것도 그러하다. 이탈리아 전선에서 앰뷸런스 부대를 지휘하는 미국인 장교인 남성 주인공 프레더릭 헨리는 여러모로 헤밍웨이 자신이다.

물론 헤밍웨이는 자신의 경험을 그대로 옮겨놓지 않고 한껏 상상력을 발휘해 새로운 인물을 만들어낸다. 예를 들어 임신한 캐서린을 후방 병원에 남겨둔 채 전선으로 복귀한다든지, 자신의 부대와 연락이 끊긴 채 퇴각 중이던 이탈리아 헌병으로부터 검문을 받고 탈영 혐의로 총살당하기 직전 강 속으로 뛰어들어 구사일생으로 목숨을 건진다든지, 캐서린과 다시 만나 이탈리아 국경을 넘어 중립국 스위스로 피신한다든지 하는 사건은 하나같이 그의 상상력이 빚어낸 허구다.

이 점에서는 여주인공 캐서린 바클리도 마찬가지로, 작가가 열렬히 사랑한 미국인 간호사 애그니스 본 쿠로스키를 모델로 삼아 창조한 인물이다. 특히 쿠로스키와 캐서린은 훤칠한 키와 날씬한 몸매에

금발이나 금발에 가까운 긴 머리며 예쁘장한 얼굴 등 적어도 외모에서는 서로 적잖이 닮았다. 그러나 두 여성의 유사점은 여기에서 멈춘다. 앞에서 잠깐 밝혔듯이 지그문트 프로이트는 예술가들이란 흔히 현실에서 얻지 못한 것을 예술 작품을 빌려 대리 만족을 느낀다고 지적했다. 그의 이론에 따르면 예술가들에게 작품이란 곧 소망 실현이요 심리적 보상이다. 또 프로이트는 예술가가 예술 작품을 창작하는 것은 곧 "죽음을 애도하는 행위"와 크게 다르지 않다고 주장했다. 그러나 헤밍웨이는 프로이트의 이론을 한발 더 밀고나가 현실에서 이루지 못한 쿠로스키와의 사랑을 소재로 작품을 써서 대리 만족을 느꼈을 뿐 아니라 자신을 배반한 것에 대해 복수까지 했다.

『무기여 잘 있어라』는 언뜻 전쟁의 잔혹성과 비인간성을 고발하는 일종의 반전소설처럼 보인다. 실제로 이 작품 곳곳에서는 전쟁을 날카롭게 비판하는 구절을 쉽게 읽을 수 있다. 예를 들어 프레더릭 밑에서 기술병으로 근무하던 한 사병은 아무것도 깨닫지 못하고 또 깨달을 능력도 없는 계급이 있는데, 그런 부류 때문에 지금 이런 전쟁이 벌어지고 있다고 말한다. 이탈리아인 군의관인 리날디도 프레더릭에게 정말로 지긋지긋한 전쟁이라고 말하면서 전쟁의 비인간성을 지적한다. 적어도 소설 장르의 관점에서 보면 이 작품은 에리히 마리아 레마르크의 『서부 전선 이상 없다』, 리처드 올딩턴의 『한 영웅의 죽음』, 로버트 그레이브스의 『모든 것이여, 안녕』 같은 반전소설에 속한다. 헤밍웨이의 작품을 포함해 이 세 소설이 모두 같은 해에 출간됐다는 것도 무척 흥미롭다.

한편 『무기여 잘 있어라』는 삶과 죽음이 엇갈리는 긴박한 전쟁터를 배경으로 펼쳐지는 애틋한 러브스토리로 읽을 수도 있다. 실제로 헤밍웨이는 자신이 쓴 『로미오와 줄리엣』이라고 밝히면서 이 작품이 젊은 남녀의 비극적 사랑을 그린 연애소설이라고 말한 적이 있다. 그의 말대로 이 작품은 윌리엄 셰익스피어의 비극 같은 사랑 이야기로 읽기에 크게 무리가 없다. 온갖 장애를 겪으며 애틋하게 사랑한다는 점에서도 그러하고, 그 사랑이 불행한 비극적 결말로 끝난다는 점에서도 그러하다. 다만 차이가 있다면 셰익스피어의 비극이 두 가문의 불화와 갈등 때문에 빚어지는 반면, 헤밍웨이의 작품에서는 생물학적 우연이나 우주의 질서 때문에 주인공이 파멸에 이른다. 어찌됐든 이 두 작품에서 주인공들은 인간의 자유의지와 상관없이 어떤 외부의 힘에 의해 비극을 맞는다.

그러나 『무기여 잘 있어라』는 단순한 반전소설이나 애정소설을 뛰어넘는다. 어떤 의미에서 이 작품은 인식론적인 소설로 읽어도 무리가 없다. 다시 말해서 주인공이 온갖 고통과 좌절을 겪으면서 삶에 대한 지식이나 통찰을 조금씩 터득해가는 과정을 그린 작품이다. 헤밍웨이는 삶과 죽음이 교차하는 전쟁터에서 삶의 의미를 배웠다. 그는 평소 전쟁만큼 작가에게 좋은 경험도 없다고 생각했다. 헤밍웨이는 옛날부터 현대까지 전쟁에 참가한 사람들이 쓴 수기를 한데 모아 『전쟁하는 인간들』(1942)이라는 책을 편집한 적이 있다. 이 책의 서문에서 그는 젊은 작가 지망생에게 "전쟁에서 인간의 마음과 인간의 정신을 배우라"[12]고 말한다.

이렇듯 헤밍웨이에게 삶과 죽음이 교차하는 전쟁터는 일상적 삶을 극적으로 보여주는 더할 나위 없이 좋은 은유다. 일상 세계의 생존 경쟁이나 투쟁을 축소해놓은 것이 다름 아닌 전쟁터다. 정글 법칙이나 적자생존의 법칙은 일상적 삶뿐 아니라 전쟁터에서도 그대로 찾아볼 수 있다. 손에 총과 칼을 들고 있지 않았을 뿐 일상 세계에서도 인간은 서로에게 상처를 입히고 죽음으로 몰아넣는다.

『무기여 잘 있어라』에서 작품이 시작될 무렵, 화자이자 주인공인 프레더릭은 사춘기를 갓 벗어난 순진한 청년일 뿐 삶의 의미에 대해 거의 무지한 상태에 있다. 그러다가 마치 병아리가 달걀을 깨고 나오듯 그는 점차 무지의 벽을 깨뜨리고 인식의 단계에 이른다. 프레더릭의 자기인식 과정은 군부대 위안소가 상징하는 욕정과 무질서의 세계에서 캐서린이 상징하는 사랑과 질서의 세계로 옮겨가는 과정으로 볼 수 있다. 또는 '이성의 뱀'이라고 할 리날디에서 '믿음의 비둘기'라고 할 군종신부로 옮겨가는 과정으로도 볼 수 있다.

소설 첫머리에서 헤밍웨이는 프레더릭의 입을 빌려 군종신부를 두고. 다른 점이 많지만 취향이 많이 닮은 친구였는데, 신부는 그가 모르는 것, 일단 배워도 늘 잊어버리는 것을 언제나 알고 있었다고 밝힌다. 그러면서 프레더릭은 나중에 깨닫게 되었지만 그때는 그것을 알지 못했다고 말한다. 그런데 이 문장은 이 작품의 주제를 파악하는 데 아주 중요한 실마리가 된다. 특히 여기에서 무엇보다도 찬찬히 눈여겨보아야 할 것은 '알고 있었다'와 '나중에' 그리고 '그때'라는 세 낱말이다. 주인공은 '그때'는 미처 몰랐지만 '나중에' 그 무엇인가를 '알게' 되었다고 밝힌다. 한마디로 이 소설은 주인공이 전쟁 중 온갖 일을 겪으면서 자신은 몰랐지만 군종신부는 이미 알고 있던 바로 '그것'을 조금씩 배워가는 과정을 그린 작품이다. 그렇다면 이 소설의 주제를 밝히는 것은 곧 주인공이 나중에 깨닫게 되는 '그것'이 과연 무엇인지를 찾아내는 일일 것이다.

프레더릭은 캐서린 바클리와의 사랑을 통해 삶의 참다운 의미를 깊이 깨닫는다. 부대 근처에서 처음 그녀를 만날 때 그는 장교 위안소로 위안부를 찾아가는 것보다는 그녀를 만나는 게 조금 더 낫다고 솔직히 털어놓는다. 그러나 그녀를 계속 만나면서 점차 사랑의 의미를 깊이 깨닫기 시작한다. 그녀에게 애정을 느끼는 것은 비단 중상을 입고 병원에 입원해 있는 신세여서만은 아니다. 프레더릭은 자신이 그녀에게 '미쳐' 있었다고 고백할 정도로 캐서린을 깊이 사랑하게 된다. 이 작품의 후반부에 이르러 프레더릭이 그레피 백작을 만나 함께 당구 치는 장면을 보면 캐서린에 대한 그의 사랑이 과연 어떠한지 쉽게 미루어볼 수 있다. 백작이 프레더릭에게 삶에서 가장 소중하게 생각하는 것이 무엇이냐고 묻자, 프레더릭은 주저하지 않고 자신이 사랑하는 사람이라고 대답한다. 그러자 백작은 자신의 생각도 마찬가지라고 말하면서 이번에는 삶을 소중하게 생각하느냐고 묻는다. 프레더릭은 그렇다고 대답하고, 백작도 그의 말에 수긍하면서 현재의 삶이야말로 그들이 갖고 있는 전부라고 말한다.

작품 첫머리에서 첫 키스를 한 뒤 캐서린은 프레더릭에게 관심을 보이지만 그는 그녀에게 별다른 감정을 느끼지 않는다. 그는 캐서린을 사랑하지 않았으며, 또 앞으로도 사랑하지 않으리라는 사실을 잘 알고 있었다. 그러면서 그는 캐서린과의 관계는 마치 카드 대신 말로 하는 브리지 게임 같은 것이었다고 말한다. 또 프레더릭은 부상당한 뒤 야전 구급소로 찾아온 군종신부에게 자기는 어느 누구도 사랑하지 않는다고 고백하기도 한다. 이러한 프레더릭의 말과 그레피 백작에게 고백하는 말 사이에는 엄청난 차이가 난다. 프레더릭은 이제 이 세상에서 가장 소중하게 생각하는 것이 캐서린에 대한 사랑이라는 사실을 숨김없이 털어놓는다. 그가 삶을 소중하게 생각하는 것도 바로 사랑하는 사람이 있기 때문이다. 그레피 백작의 말대로 현세가 인간에게 주어진 모든 것이라면 현세에서 이루어지는 인간의 사랑은 더더욱 소중할 수밖에 없을 것이다.

이렇듯 프레더릭은 캐서린과의 사랑을 통해 남녀 사이의 사랑이 인간의 삶에서 얼마나 소중한지 새삼 깨닫는다. 두 사람의 사랑은 단순한 육체적 관계를 넘어 인간과 인간 사이의 정신적 교감이나 교섭을 뜻하는 은유로 볼 수 있다. 이러한 정신적 소통이야말로 삶을 충만하고 의미 있게 만들어준다는 사실을 그는 처음으로 깨닫는다.

한편 프레더릭은 전쟁터에서 온갖 고통을 겪고 캐서린 바클리를 사랑하면서 추상적이고 관념적인 것이 얼마나 공허한지 깊이 깨닫는다. 추상적이고 관념적인 것을 무척 싫어하는 그는 점차 구체적이고 물질적인 경험에 무게를 싣는다. 프레더릭은 서슴지 않고 "나는 생각하도록 만들어진 것이 아니다. 먹고 마시고 캐서린과 같이 자도록 만들어졌다"고 밝힌다. 이 구절은 서구 근대화의 이론적 토대를 마련한 르네 데카르트의 관념 철학에 쐐기를 박는 말이다. 데카르트는 일찍이 "나는 생각한다. 그러므로 나는 존재한다"라고 주장함으로써 인간의 존재 이유를 다름 아닌 사유에서 찾았다. 그러나 차가운 머리가 아니라 뜨거운 가슴, 이성이 아니라 감성에서 진리를 찾으려는 프레더릭은 좁게는 데카르트의 관념철학, 넓게는 서구 근대철학에 정면으로 맞선다.

이렇게 인간의 사유를 믿지 않는 프레더릭은 추상적이고 관념적인 것에 적잖이 메스꺼움을 느낀다. 그가 그렇게 추상적이고 관념적인 말을 끔찍이도 싫어하게 된 데는 그럴 만한 까닭이 있다. 그가 생각하기에 그러한 말들은 전쟁의 폭력과 무의미를 감추거나 정당화하기 위한 속임수에 지나지 않기 때문이다. 또한 도살장처럼 살육과 폭력이 난무하는 전쟁을 불러일으킨 장본인들이 추상적이고 관념적인 것을 중시한다고 생각하기 때문이다.

프레더릭은 '신성'이니 '영광'이니 '희생'이니 하는 공허한 표현을 들으면 언제나 당혹스러웠다고 고백한다. 그러면서 그는 이제껏 신성한 것을 실제로 본 적이 한 번도 없으며, 영광스럽다고 부르는 것에서도 조금도 영광스러움을 느낄 수 없었다고 말한다. 심지어 그는 희생이란 고깃덩어리를 땅속에 파묻는 것 말고는 달리 할 것이 없는 시카고의 도살장과 같다느니, 영광·명예·용기·성스러움 같은 추상적인 말들은 마을 이름이나 도로의 번지, 강 이름, 연대(聯隊)의 번호와 날짜와 비교해보면 오히려 외설스럽게 느껴진다고 지적한다.

프레더릭에게 서구 문명이나 문화는 겉보기에는 이렇게 화려하고 우아하지만 실제로는 허황된 장식에 지나지 않을 뿐이다. 그는 추상적이고 관념적인 말의 바벨탑이 바로 서구 문명과 문화라고 생각한다. 그렇기 때문에 그는 오직 손으로 만질 수 있고 눈으로 볼 수 있으며 귀로 들을 수 있는 것만 진리로 받아들인다. 사물의 구체적인 이름에 주의를 기울이고 구체적인 감각을 지식의 근거로 삼으려고 한다. 프레더릭이 지나치다고 할 만큼 먹고 마시고 성행위에 탐닉하는 것은 바로 그 때문이다. 적어도 이 점에서 그는 경험론자요 유물론자라고 할 수 있다. 그가 제도화된 종교를 받아들이지 않는 이유는 어찌 보면 지극히 당연하다. 그에게 서구 문명의 주춧돌이라고 할 전통적인 기독교는 한낱 추상적 개념에 지나지 않기 때문이다. 그는 기독교의 신보다는 차라리 이교도의 바쿠스 신, 시쳇말로 주(酒)님을 믿는다고 고백한다.

4. 억압 속의 우아함: 『누구를 위하여 종은 울리나』

헤밍웨이는 유럽의 여러 나라 가운데에서도 스페인과 스페인 사람에게 남다른 애정이 있었다. 그에게 스페인은 유럽 국가 중 유일하게 남아 있는 중세 국가이며, 스페인 사람들은 유럽인 중에서는 가장 인간적인 사람들이었다. 『누구를 위하여 종은 울리나』의 첫 부분에서 미국 몬태나주 출신의 주인공 로버트 조던은 "스페인 같은 나라는 이 세상에 없죠"라고 말한다. 그러자 옆에 있던 스페인의 게릴라 대원 페르난도가 "당신 말이 맞아요. 이 세상에 어딜 가도 스페인 같은 나라는 없어요"라고 대답한다. 로버트의 말은 작가 헤밍웨이의 말로 받아들여도 크게 틀리지 않다.

헤밍웨이의 『누구를 위하여 종은 울리나』는 스페인 내전을 중심적인 배경으로 삼고 있을 뿐 아니라 그 내전에서 핵심적인 소재를 취한다. 그가 이 작품을 처음 구상하기 시작한 것은 1930년대 초엽, 그러니까 1931년 알폰소 13세가 왕위에서 물러나고 스페인 제2공화국이 막 출범한 직후였다. 의회는 우파와 좌파로 첨예하게 대립하고 정국은 걷잡을 수 없이 혼란스러웠다. 시기적으로는 조금 늦었지만 헤밍웨이가 예상한 대로 스페인에서는 1936년에 내전이 일어났다. 1936년 7월 모로코에서 프란시스코 프랑코 장군이 쿠데타를 일으킨 것이 도화선이 되어 마침내 전쟁이 시작됐다.

스페인 내전은 독일의 나치주의와 소련의 공산주의 그리고 이탈리아의 파시즘 등 유럽의 온갖 정치 이데올로기가 서로 다투는 이념의 각축장이었다. 내전이 일어나자 헤밍웨이는 스페인 좌파 공화국 정부를 지원하기 위해 자금을 모금하는 데 누구보다도 앞장섰다. 1937년에는 북아메리카뉴스연합(NANA)의 통신 특파원 자격으로 직접 스페인을 방문해 내전을 취재했다.

　반(反)파시즘 진영인 인민전선(공화파)을 소비에트 연방과 각국에서 모여든 의용군인 국제여단이 지원하고, 프랑코파를 파시스트 진영인 나치 독일과 이탈리아의 무솔리니 정권, 그리고 안토니우 드 올리베이라 살라자르가 집권하고 있던 포르투갈이 지원해 제2차 세계대전의 전초전 양상을 띠었다. 아울러 스페인의 가톨릭교회와 왕당파는 프랑코파를 지원했다. 영국과 프랑스는 공화국 정부에 군수 물자를 지원했지만 국제연맹의 불간섭 조약을 이유로 스페인 정부에 대한 지원에는 미온적인 태도를 취했다. 미국은 공식적으로는 중립을 표방하면서도 공화군 측에는 비행기를, 프랑코 측에는 휘발유를 팔아 이익을 챙겼다. 스페인 내전은 1939년 4월 공화파 정부가 마드리드에서 항복하면서 프랑코 측의 승리로 끝이 났다. 3년여 동안 계속된 이 내전으로 스페인은 전 지역이 초토화되다시피 했다.

　헤밍웨이는 『누구를 위하여 종은 울리나』에서 실존주의적인 관점에서 죽음의 문제를 심도 있게 다룬다. 그의 작품이 흔히 그러하듯이 이 작품에서도 이 황량한 우주에 '던져진 존재'로 우연히 태어나 우연히 삶을 마감한다. 헤밍웨이는 이 소설에서 죽음을 가장 핵심적인 주제 가운데 하나로 다룬다. 주인공 로버트 조던은 스페인 내전이 일어나자 이 무렵 미국과 유럽의 많은 지식인이 그러했듯이 내전에 참가해 파시스트에 맞서 공화파의 대의명분을 위해 싸운다. 로버트는 그가 속해 있는 공화파 사령부로부터 세고비아 공격의 사전 단계로 다리를 파괴하라는 명령을 받는다. 그리하여 안셀모라는 노인의 안내로 과다라마 산맥의 한 산중에 숨어 있는 공화파 유격대원들을 찾아간다. 산중에서 유격대원을 이끌고 있는 사람은 파블로다. 다리를 폭파하는 작전을 성공하지만 로버트는 함께 탈출하다가 끝내 사망한다.

만약 삶이 종국에는 죽음으로밖에는 이어질 수 없다면 스스로 목숨을 끊음으로써 삶을 마감하거나 포기할 수도 있을 것이다. 헤밍웨이 작품에는 실제로 그렇게 행동한 사람이 적지 않다. 그러나 로버트는 장폴 사르트르나 알베르 카뮈 같은 실존주의자처럼 자살을 비겁한 행동으로 간주한다. 삶이 장밋빛처럼 그렇게 낙관적이고 희망적인 것은 아니지만 현세의 삶만이 인간에게 주어진 모든 것이기 때문이다. 내세나 피안을 믿지 않는 사람들에게는 '지금 여기에서의 삶'이 더욱 소중할 수밖에 없다. 삶이 일회적인 것에 지나지 않는다면 소중한 삶을 함부로 낭비할 수 없을 것이다. 일회적 삶이기 때문에 두 번 세 번 사는 것보다 더욱 더 보람 있고 소중하게 살아야 하기 때문이다.

헤밍웨이는 로버트의 일련의 행동을 통해 일회적 삶을 어떻게 살아야 하는지 보여준다. 언뜻 역설처럼 보일지 모르지만 인간은 죽음에 직면할 때 자신의 존재감, 가능성, 잠재력을 발견해 그것을 한껏 발휘할 수 있다. 이것이 헤밍웨이가 말하는 '억압 속의 우아함'(grace under pressure)이다. 폭력이나 죽음 같은 위협 속에서도 로버트를 비롯한 그의 주인공들은 하나같이 우아함을 잃지 않는다. 『태양은 다시 떠오른다』에서 투우사 페드로 로메로가 황소에 맞서 싸우며 죽음 앞에서 한순간도 우아함을 잃지 않고 끝까지 투우사로서의 아름다운 모습을 보여주는 것과 같다. 젊은 투우사 페드로처럼 로버트도 온갖 역경과 위험 속에서 다리를 폭파하는 임무를 수행하면서도 인간으로서의 위엄을 지키려고 노력한다.

로버트는 무엇보다도 동지애에 무게를 싣고 공동선을 이룩하려는 데 온갖 희생을 무릅쓴다. 공산주의자도 아니면서 그가 공화국 정부 편에서 싸우는 것은 오직 파시즘을 증오하기 때문이다. 베니토 무솔리니를 두 번이나 직접 만나 인터뷰를 한 헤밍웨이는 평소 어떤 정치 체제보다도 파시즘을 끔찍하게 생각했다. 그의 태도는 좋은 작가가 나올 수 없는 단 하나의 정부 형태가 있는데, 그 체제는 바로 파시즘이라고 말하는[13] 데서도 단적으로 엿볼 수 있다. 몇몇 비평가는 헤밍웨이의 사상을 의심하기도 하지만 작가나 로버트가 공산주의자들의 좌파 인민전선에서 싸우는 것은 공산주의를 신봉하기 때문이 아니다. 첫째는 파시즘을 몹시 싫어하기 때문이고, 둘째는 공산주의자들이 기율을 가장 잘 지키고 있기 때문이다. 로버트는 마리아에 대한 사랑과 관련해 순수한 유물론적 사회관에서는 사랑 같은 것은 아예 존재하지 않는다고 잘라 말한다. 로버트의 내면의 자아는 그가 자유·평등·박애뿐 아니라 생명·자유·행복을 신봉하는 인물임을 상기시켜준다.

내면적 자아의 말에서도 엿볼 수 있듯이 로버트는 변증법적 유물론을 믿지 않는다. 그가 믿는 생명과 자유 그리고 행복의 추구는 미국 독립선언서에서도 핵심 부분이다. 이 선언서는 모든 인간은 평등하게 창조되었으며, 어떤 천부적인 권리를 조물주로부터 부여받았으니, 거기에는 생명과 자유와 행복 추구의 권리가 포함된다고 천명한다. 그러므로 로버트나 헤밍웨이를 공산주의자로 몰아세우는 것은 옳지 않다. 로버트는 파시즘으로부터 스페인을 구한다는 공동선을 위해 투쟁할 뿐이다. 그는 죽음을 무릅쓰고라도 상부로부터 받은 명령대로 다리 폭파에 최선의 노력을 기울인다. 이 점과 관련해 그는 "내일 그들이 죽게 된들 어떻단 말인가? 다리만 잘 폭파하고 죽는다면 죽는 것쯤은 문제될 건 없잖은가? 내일 그들이 할 일이라고는 오직 그것뿐이었다"라고 밝힌다. 스페인을 좋아하고 그 민족을 사랑한다는 것 말고는 아무런 이해관계가 없는 남의 나라에 와서 이렇게 죽음을 무릅쓰면서까지 임무를 수행한다는 것은 무척 용기 있는 일이요 고귀한 희생정신의 발로다.

이렇게 로버트는 공동선을 구호로만 부르짖는 것이 아니라 몸소 구현하기 위해서는 개인은 기꺼이 자신을 버려 희생해야 한다고 믿는다. '나'와 '우리,' 개인과 공동사회는 서로 양립하기 어렵고 거의 언제나 나침판의 S극과 N극처럼 대립하기 마련이다. 전자에 힘을 실어주면 후자가 약해지고, 후자에 힘의 무게를 두면 전자가 힘이 빠진다. 이 작품의 첫머리에서 로버트는 임무를 수행하기 위해서는 '나'라는 존재를 버려야 한다고 생각한다. 이 점과 관련해 그는 자신에게 '너'라는 존재는 없고 오직 인류의 장래를 위해 무슨 일이 있어도 다리를 폭파시켜야 한다고 굳게 다짐한다.

이 내면 독백에서 볼 수 있듯이 로버트는 다리 폭파라는 공동선을 위해서라면 '나'라는 개인을 기꺼이 희생할 각오가 되어 있다. 그런데 그는 여기에서 왜 '스페인 국민의 장래'라고 말하지 않고 굳이 '인류의 장래'라고 말할까? 물론 좁게는 스페인 국민의 장래가 달린 문제이지만 궁극적으로는 국경을 초월해 인류 전체의 장래가 달려 있기 때문이다. 로버트가 파괴하도록 명령받은 철교는 이 소설에서 원심과 같은 역할을 한다.

소설의 사건은 이 다리를 중심으로 점차 원심적으로 넓게 확산된다. 하나의 계곡에 걸려 있는 이 조그마한 다리는 마치 물 위에 퍼지는 파문처럼 과다마라산맥을 넘어 스페인으로 퍼지고, 스페인을 넘어 다시 유럽으로 퍼진 뒤 온 세계로 퍼져나간다. 로버트는 자신을 포함해 안셀모와 페르난도의 죽음이라는 값비싼 희생을 치렀지만 결국 다리를 폭파한 것을 자못 가슴 뿌듯하게 느낀다.

죽음을 바로 눈앞에 둔 시점에서 로버트는 이 세상은 아름다운 곳이고, 그것을 위해 싸울 만한 가치가 있는 곳이라고 밝힌다. 이 세계를 고통의 바다나 눈물의 골짜기로 보는 비관주의적 태도에 쐐기를 박는 말이다. 폭력과 죽음의 그림자가 짙게 드리워진 헤밍웨이의 초기 작품과 비교해보면 참으로 놀라운 발전이다. 초기 작품의 낙관주의에서 후기 작품의 비관주의로 점차 옮아간 마크 트웨인과는 달리, 헤밍웨이는 초기 작품의 비관주의에서 점차 후기 작품의 낙관주의로 옮아간다. 헤밍웨이는 시간이 지나면서 부정적 세계관에서 벗어나 점차 긍정적 세계관을 받아들인다.

5. 헤밍웨이의 최후의 걸작: 『노인과 바다』

『노인과 바다』(1952)는 헤밍웨이가 남긴 '백조의 노래'다. 이 소설은 1961년 7월 그가 아이다호주 케첨에서 엽총으로 자살하기 전 출간한 마지막 작품이다. 마지막 작품이라는 점으로 보나, 훌륭한 작품이라는 점으로 보나 이 소설은 가히 헤밍웨이 문학을 장식하는 최후의 걸작이라고 할 수 있다. 그는 이 작품에 이르러 처음으로 쿠바와 걸프 해안을 중요한 지리적 배경으로 삼는다. 지금까지 헤밍웨이는 주로 프랑스와 스페인 그리고 이탈리아 같은 유럽을 주요 공간 배경으로 삼았을 뿐 아메리카 대륙을 배경으로 삼은 적이 별로 없었다.

헤밍웨이가 이 작품에 깊은 관심을 기울였다는 것은 1951년 10월 찰스 스크리브너 사장에게 보낸 편지에서 드러난다. 그는 이 소설이 그가 평생 작업해온 산문 작품으로 쉽고도 단순하게 읽힐 수 있고 길이가 짧은 것 같아도 가시적 세계와 인간 영혼 세계의 모든 차원을 담고 있다고 밝힌다. 그러면서 지금 현재로서는 그가 쓸 수 있는 '가장 훌륭한 작품'이라고 자신 있게 말한다.[14]

1952년 3월에도 헤밍웨이는 스크리브너사의 편집자 월러스 마이어에게 보낸 편지에서도 그가 평생 쓸 수 있는 최고의 작품이라고 생각한다고 밝힌다.[15] 이 작품은 1954년 마침내 헤밍웨이가 미국 작가로서 다섯 번째로 노벨문학상을 받는 데도 크게 이바지했다. 물론 노벨문학상은 한 작가의 예술이 인류에게 미친 업적을 기려 수여하는 공로상일 뿐 개별적인 작품에 수여하는 상은 아니다. 그런데도 스웨덴한림원의 노벨상 위원회는 특별히 이 작품을 언급하면서 가장 최근 『노인과 바다』에서 보여준 내러티브 예술의 놀라운 경지와 현대 문체에 미친 그의 영향을 높이 평가해 문학상을 수여한다고 밝혔다.[16]

헤밍웨이의 작품이 흔히 그러하지만 특히 『노인과 바다』는 그 주제가 다양한 것이 특징이다. 이 작품은 무엇보다도 먼저 노령에 맞서는 모습을 예술적으로 형상화한다. 이 작품을 집필할 무렵 헤밍웨이는 이미 쉰두 살이었다. 지금 기준으로 보면 아직 장년의 나이라고 할 수 있지만 지금처럼 의학이 발달하지 못한 데다 젊은 시절 야외 활동에 전념하면서 크고 작은 사고를 당한 그로서는 초로를 맞이한 것과 크게 다름없었다. 또한 그동안 술을 많이 마신 그는 이 무렵부터 고혈압과 당뇨 등 여러 성인병을 앓고 있었을 뿐 아니라 우울증과 알코올 중독증에 시달리고 있었다. 1940년대 말이나 1950년대 초에 찍은 그의 사진을 보면 헤밍웨이는 이미 장년을 벗어나 노년 단계에 접어든 것처럼 보인다.

주인공 산티아고가 죽음을 무릅쓰고 거대한 청새치를 잡아올리는 행위는 곧 자신에게 닥쳐온 늙음을 물리치려는 상징적 행위로 보아 크게 틀리지 않다. 허먼 멜빌의 『모비딕』에서 주인공 에이해브 선장이 목숨을 걸고 추적하는 흰 고래가 우주의 악을 상징한다면, 산티아고의 조각배보다 60센티미터 넘게 긴 청새치는 노령이나 노쇠를 뜻한다. 온갖 고생 끝에 청새치를 잡는 산티아고는 『누구를 위하여 종은 울리나』 이후 이렇다 할 작품을 창작하지 못한 헤밍웨이로서는 자신의 창작력이 여전히 건재함을 과시하는 상징적 몸짓이었다.

헤밍웨이는 『노인과 바다』에서 자신의 개인적 이야기를 뛰어넘어 좀 더 보편적인 주제를 다룬다. 이중에서도 영웅주의와 금욕주의는 아마 가장 중요한 주제일 것이다. 처음에는 청새치 그리고 나중에는 상어 떼와 사투를 벌이는 산티아고는 그리스 신화에 등장하는 시시포스 같은 인물이다. 산티아고는 산꼭대기를 향해 커다란 바윗덩이를 쉴 새 없이 밀어올리는 시시포스처럼 끊임없이 자신의 운명에 맞서 싸우는 인간의 용기와 의지를 보여준다. 프레더릭 헨리 같은 청년이나 로버트 조던 같은 장년이 아니라 인생의 황혼기에 접어든 노인이기에 산티아고의 이러한 노력은 더더욱 값지고 소중하다.

금욕주의자들에게 흔히 그러하듯이 정신적 승리는 물질적 승리 못지않게, 아니 어쩌면 그보다도 더 소중하다. 산티아고는 청새치를 잡지만 결국에는 상어 떼에게 모두 빼앗기고 만다. 그가 청새치를 지키기 위해 사투를 벌이며 죽인 상어만도 무려 다섯 마리나 된다. 그가 항구로 가까스로 돌아왔을 때 청새치는 상어 떼에게 뜯어먹혀 형체는 알아볼 수 없고 오직 뼈만이 앙상하게 남아 있다. 자신의 영웅적 행동을 두고 산티아고는 인간은 패배하도록 창조된 게 아니라고, 인간은 파멸당할 수는 있을지 몰라도 패배할 수는 없다고 말한다. 여기에서 언뜻 보면 '패배'(defeat)와 '파멸'(destroy) 사이에는 이렇다 할 차이가 없는 것 같다. 그러나 헤밍웨이는 산티아고의 입을 빌려 물질적 승리와 정신적 승리를 엄밀히 구분 짓고 있다. 즉 '파멸'은 물질적 가치와 관련된 반면, '패배'는 어디까지나 정신적 가치와 관련되어 있다. 산티아고는 물질적으로는 이렇게 실패했을지 몰라도 정신적으로는 조금도 위축되거나 좌절하지 않는다.

이러한 백절불굴의 정신이야말로 헤밍웨이가 무엇보다도 소중하게 생각하는 덕목이요 가치다. 『노인과 바다』에 대해 스웨덴 한림원의 노벨문학상 선정 위원회가 "폭력과 죽음의 그림자가 짙게 드리워진 현실 세계에서 선한 싸움을 벌이는 모든 개인에 대한 자연스러운 존경심"을 다루는 작품이라고 평한 것은 그 때문이다.

더구나 헤밍웨이는 『노인과 바다』에서 인간의 연대 의식이나 협동 정신이 얼마나 중요한지 역설한다. 드넓은 바다에서 홀로 고기를 잡는 산티아고는 자칫 개인주의를 상징하는 인물로 생각하기 쉽다. 실제로 그는 아내와 사별한 뒤 판잣집에서 혼자 외롭게 살고 있으며, 바다에서 고기를 잡을 때도 다른 어부들과 좀처럼 어울리지 않고 홀로 고기잡이를 한다.

그러나 산티아고는 점차 인간의 유대의식과 상호의존이 얼마나 소중한지 깨닫는다. 어렸을 적 산티아고로부터 고기잡이를 배운 소년 마놀린은 노인을 좀 더 구체적으로 유대 의식과 상호의존의 세계로 안내하는 역할을 한다. 산티아고는 청새치와 사투를 벌이면서 여러 번 소년을 그리워한다. 단순히 그리워만 하는 것이 아니라 자기 옆에서 고기잡이를 도와주고 쥐가 난 팔을 주물러주기를 간절히 바란다. "마놀린이 옆에 있다면 얼마나 좋을까"라는 구절은 그가 낚시질을 하는 동안 마치 민요의 후렴구처럼 입에 자주 오르내리거나 머릿속에 자주 떠오른다. 한 번은 그는 늙어서는 어느 누구도 혼자 있어서는 안 된다고 말하기도 한다. 그러면서 산티아고는 마놀린은 말할 것도 없고 다른 어부들이나 마을 사람들도 자신의 안전을 두고 걱정할 것이라고 생각한다. 산티아고는 자신이 정말 좋은 마을에 살고 있다고 말하면서 새삼 자신이 마을 공동체에 속한 일원이라는 사실을 깨닫는다.

헤밍웨이는 『노인과 바다』에서 미국의 국민 스포츠라고 할 야구를 인간의 유대 의식이나 상호 의존을 보여주는 상징으로 사용한다. 그가 좋아하던 투우나 사파리 사냥 또는 낚시와 달리 야구는 고도로 발달한 팀 스포츠, 즉 협동의 운동이다. 야구에서는 개인 선수가 아무리 경기를 잘해도 다른 선수들과의 협력 없이는 승리할 수 없다. 인기 선수의 화려한 개인기에 의존하지 않고, 경기장에 나서는 아홉 명의 선수들은 말할 것도 없고 코칭스태프와도 힘을 모아 완벽한 연대를 이룰 때 비로소 승리할 수 있다. 그래서 요즈음 경영학에서는 야구를 회사 경영과 비교하곤 한다. 희생 정신, 협동 정신, 위기에 대처하는 능력, 타인과의 유대 관계 등을 깨우치는 과정 등 야구는 회사 경영과 크게 다르지 않기 때문이다.

산티아고는 미국의 여러 프로 야구 선수 중에서도 뉴욕 양키스 팀에서 외야수로 활약하던 조지프 폴 디마지오를 가장 좋아한다. 개인의 기량이나 타율로 보자면 보스턴 레드삭스 팀의 테드 윌리엄스가 디마지오보다 더 뛰어난 야구 선수이지만, 팀 플레이어로서 역량을 유감없이 발휘하는 것은 디마지오다.

18세기에 활약한 영국 역사가 에드워드 기번은 장 자크 루소에 대해 위대하지만 불행한 사람이라며, 그를 존경하면서 동시에 그에게 동정을 느낀다고 말한 적이 있다. 헤밍웨이에 대해서도 이와 똑같은 말을 할 수 있을 것 같다. 오늘날 기준으로 보면 그렇게 길다고 할 수 없는 예순두 해를 살았고, 또 프리드리히 니체의 표현을 빌리면 '너무나 인간적인' 불행한 삶을 살았지만 좁게는 미국문학사, 넓게는 세계문학사에 헤밍웨이만큼 굵직한 획을 그은 작가도 찾아보기 쉽지 않다. 그의 작품을 읽는 독자들은 인간 헤밍웨이에게 동정을 느끼는 한편 작가 헤밍웨이를 존경하지 않을 수 없다. 한마디로 그는 예술의 제단 위에 자신의 삶을 바친 20세기 문학의 거인이라고 할 수 있을 것이다.

V.S. 나이폴의 『미겔 스트리트』와 『도착의 수수께끼』

억압된 역사의 존재를 바라보게 하는 글쓰기

손나경 계명대 Tabula Rasa College 교수

비디아다르 수라지프라사드 나이폴
Vidiadhar Surajprasad Naipaul, 1932-2018

영국령 트리니다드섬에서 인도계 부모 아래
태어났다. 그는 정부의 지원으로 영국 옥스퍼드
대학교에 입학해 영문학을 전공했다.
1957년 첫 소설 『신비한 안마사』를 발표했으며,
1959년에는 『미겔 스트리트』를 발표해 작가로서의
명성을 얻었다. 그는 제3세계 출신 탈식민주의
작가로서, 식민 지배와 탈식민 시대의 혼란,
이방인의 고독과 정체성 문제에 천착했다.
그는 제3세계의 솔제니친으로 불리며
『자유 국가에서』로 1971년 부커상을 수상했고
2001년 노벨문학상을 수상했다.

"나이폴의 서사의 밑바탕에는
어디에도 뿌리내리지 못하는 존재가
자신의 자리를 찾으려는
갈망을 볼 수 있다."

1. 포스트 식민지인, 디아스포라 작가 V.S. 나이폴

2001년 스웨덴 한림원은 트리니다드 토바고(Trinidad and Tobago) 출신 영국 작가 V.S. 나이폴(Vidiadhar Surajprasad Naipaul, 1932-2018) 에게 노벨문학상을 수여하며 "통찰력 있는 서사와 부패하지 않는 탐구로 억압된 역사의 존재를 바라보게 했다"고 평했다. 한림원은 나이폴을 현대의 철학자로 부르기도 했는데, 이는 그가 자신이 속한 문화적 배경과 공동체를 때로는 잔혹하리만큼 냉정하게 바라보며, 개인에게 가해지는 억압과 정체성의 혼란을 예리하게 서사 속에 녹여냈기 때문일 것이다. 그의 작품 속 인물들은 식민주의의 잔재와 그로 인한 문화적 충돌, 그리고 그 안에서 생겨나는 모순과 위선을 생생히 드러낸다.

나이폴은 1932년 8월 17일 서인도제도 트리니다드 토바고의 차구아나스(Chaguanas)에서 태어났다. 그의 아버지 시퍼사드 나이폴은 트리니다드 『가이언』지의 특파원으로 활동한 언론인이었고, 집안은

1890년대 인도를 떠나 아메리카 대륙의 서인도제도로 이주한 인도계 이민자였다. 이민과 정착의 과정에서 겪은 디아스포라의 경험과 정신적·문화적 주변성(marginality)은 나이폴 문학의 깊은 토양이 되었다.

시퍼사드 나이폴은 정신적으로 아들과 교감했을 뿐만 아니라 아들 나이폴이 작가로서의 길을 걷는 데 실질적인 영향을 미쳤다. 안타깝게도 시퍼사드는 아들이 영국 정부의 장학금을 받고 옥스퍼드대학교에서 공부하던 중 심장병으로 세상을 떠났다. 하지만 그는 죽기 직전 아들에게 한 통의 편지를 남겼다. 그 편지에서 그는 D.H. 로렌스의 말 '예술은 나를 위한 것'(art for my sake)을 인용하며 아들이 로렌스와 같은 예술가로 살아갈 것과 예술가가 되는 것을 두려워하지 말 것을 당부했다고 한다. 이 당부는 훗날 나이폴이 "나는 나 자신을 대변할 뿐 어느 누구도 대변하지 않는다, 소설은 소설일 뿐"이라고 했던 말과 겹쳐지며, 그의 예술관을 상징적으로 보여준다.

나이폴은 트리니다드의 퀸즈로열고등학교를 졸업하고 장학금을 받아 영국 옥스퍼드대학교에서 수학했다. 학업을 마친 후 그는 BBC 방송국에서 작가 겸 편집자로 3년간 일했으며, 이후 『새정치인』(*The New Statesman*)지에서 소설 서평을 맡아 1957년부터 1961년까지 활동했다. 이 시기에 그는 첫 장편소설 『신비로운 안마사』(*The Mystic Masseur*, 1957)를 발표하며 문단에 데뷔했다.

그는 옥스퍼드 재학 시절부터 알았던 영국인 페트리샤 앤 헤일과 결혼했다. 두 사람의 결혼은 1996년 그녀가 암으로 사망할 때까지 41년간 지속되었으나, 일반적인 결혼생활과는 거리가 멀었다. 페트리샤는 남편의 글을 교정하고 조언하는 헌신적인 동반자였으나, 나이폴은 런던의 사창가를 정기적으로 찾았고, 마가렛 구딩이라는 유부

녀와도 오랜 기간 불륜 관계를 유지했다. 페트리샤가 암으로 세상을 떠난 뒤, 그는 구딩과의 관계를 정리하고 파키스탄 출신의 언론인 나디라 알비와 재혼했다.

2004년에 출간된 소설『마술 씨앗』(*Magic Seeds*)에 이르기까지 나이폴은 10여 편의 소설을 세상에 내놓았다. 그 가운데 작가로서의 명성을 본격적으로 얻게 했던 작품은『미겔 스트리트』에 이어 발표된 네 번째 장편소설인『비스와스 씨를 위한 집』(*A House for Mr. Biswas*, 1961)이었다. 이 작품의 주인공 비스와스 씨는 그의 아버지 시퍼사드 나이폴이 모델이라고 알려져 있다. 이 작품 외에도『자유 국가에서』(*In a Free State*, 1971),『강의 굽이』(*A bend in the river*, 1979),『도착의 수수께끼』(*The Enigma of Arrival*, 1987),『세계 속의 길』(*A Way in the World*, 1994) 등의 작품을 발표했다.

그는 상복이 많은 작가로 권위 있는 문학상을 여러 번 받았다. 1971년에 부커상을 비롯해 서머싯 몸상, 존 르윌린 라이스상, 데이비드 코헨 영국문학상을 받았으며 2001년에는 노벨문학상의 영예를 안았다. 1990년에는 영국에서 기사 작위를 받아서, 포스트 식민지 출신 영국 작가로서 확고한 입지를 다졌다. 소설과 더불어 나이폴은 인도와 아프리카 등 제3세계 국가를 여행하고 난 뒤 여행기와 비문학의 집필에도 힘썼다. 그가 쓴 비문학으로는『인도: 상처받은 문명』(*India: A Wounded Civilization*, 1977),『신자 사이에서: 이슬람 여행기』(*Among the Believers: An Islamic Journey*, 1981) 등이 있다.

나이폴은 과거 피식민지인과 이슬람교에 대해 거침없는 견해를 밝혀서 평생 논란의 중심에 서 있었다. 나이폴을 떠올릴 때 같이 거론하게 되는 인물은 미국의 문예평론가이자 후기식민지주의 비평가인

에드워드 사이드(Edward Said)일 것이다. 사이드는 나이폴이 제3세계와 이슬람 사회를 바라보는 시각에 대해 줄기차게 비판을 쏟았다. 나이폴의 시각이 서구 중심적이며 제3세계에 대해 편파적이라는 것이다. 특히 2001년에 출간된 『도전받는 오리엔탈리즘』에서는 한 장 전체를 할애해 같은 해에 있었던 나이폴의 노벨문학상 수상을 강하게 비판했다. 나이폴이 제3세계의 문제를 그들 스스로 초래한 것으로 본다고 사이드가 지적한 것에서 볼 수 있듯 나이폴은 평생 '서구식민주의 옹호의 앞잡이'라는 식의 비판을 지속적으로 받았다.

이런 비판을 받게 된 데에는 나이폴이 트리니다드의 문화를 '해적'에 비유하고, 본인의 문화적 뿌리조차 가차 없이 비판했던 것도 있었다. 나이폴 작품의 대표적인 연구자 중의 하나인 파지아 무스타파(Fawzia Mustafa)는 나이폴이 식민지 시대에 대한 노스텔지어가 있었고, 국가관이나 대의명분 따위는 따지지 않는 본연의 인간이며, 정직만이 내가 가진 유일한 이념이라며 자신의 민족적 정체성과 정치적 상황을 부인했다고 말하기도 했다. 하지만 이런 말도 많고 탈도 많은 문필 생활 동안 나이폴이 평생을 통해 줄기차게 천착했던 것이 본인이 그렇게 부정하려고 애썼던 '이산자(離散者)로서의 개인적 경험'이었다는 것은 역설적이다.

흑인, 인도인, 백인이 복잡하게 얽힌 신생 독립국 트리니다드 토바고에서 식민지 시대와 신생 독립국 시대를 모두 경험한 나이폴과 그의 주변인물들은 어느 정도 『흉내 내는 사람들』의 등장인물들과 닮아 있다. 소설 속에는 하숙집 가정부이자 몰타 출신 이민자인 리에니가 파티를 여는 장면이 있다. 파티에 모인 사람들은 서로를 백작부인이니 뭐니 하고 부르지만, 실상은 가정부, 웨이터, 포주에 불과하다.

말 그대로 그들은 중심 없이 단지 흉내만 내고 있는 셈이다.

나이폴의 작품은 이처럼 식민지 역사를 겪은 제3세계인이 형식상 식민지 상태에서 벗어나 독립을 얻었음에도 불구하고 진정한 독립 상태에 이르지 못하고 주변부를 맴도는 포스트 식민지 상태를 그려 냈다. 이 인물들의 상황이 보여주는 이러한 주변성은 제3세계인 모두가 역사적으로 겪을 수밖에 없는 현실이자 나이폴에게는 지극히 개인적인 경험이기도 했다. 혈통적으로는 인도인이고 고향은 트리니다드, 삶의 터전은 영국이었던 그는 그 어느 곳에도 완전히 속하지 못한 채 살아온 주변인이었던 것이다.

나이폴은 2018년 8월 11일 런던의 자택에서 향년 85세로 세상을 떠났다. 생의 마지막 날에도 그는 알프레드 테니슨 경의 시집 『모래톱을 건너며』(Crossing the Bar)를 읽고 토론했다고 전해진다. 이렇듯 삶의 끝자락까지도 문학과 예술에 대한 성찰을 멈추지 않았던 나이폴은 누구의 편에도 서지 않는 절대적인 이방인이었다.

2. 이산인으로서의 삶과 글쓰기

나이폴의 작품 세계는 식민지 시대와 이산의 삶을 직접 겪은 작가의 개인사, 그리고 그가 지닌 혼종적 문화 배경과 긴밀하게 맞물려 있다. 원래 나라를 잃고 떠돌던 유대인의 삶을 가리키던 '이산'(diaspora)이라는 용어는, 오늘날 한곳에 정주하지 못하는 이주민의 처지를 뜻하는 용어로 인식되고 있다. 나이폴 집안의 이산의 역사 —인도에서 머나먼 카리브해 서인도제도까지 건너와 삶을 일군 피식민지인의 여정— 는 그에게서 떼어낼 수 없는 삶의 조건이자, 그의 문학을 유일무이하게 만든 토대였다.

나이폴은 혈통적으로 힌두교 최고 계급인 브라만이었지만, 서인도제도에서는 이민 노동자의 후손이었다. 그의 출생 국가, 트리니다드토바고는 17세기 이후 영국의 식민지였던 트리니다드와 프랑스의 식민지였던 토바고가 합쳐진 신생 독립국이었다. 영국은 19세기 중반이후 계약노동제[1]를 통해 약 50만 명의 인도인들을 서인도제도로 이주시켰고 이들 이주민 중에서 상당수는 고향으로 돌아가지 못한 채 트리니다드에 정착했다. 그 과정에서 이주민들은 식민정부의 가치관과 교육체계 속으로 흡수되어 새로운 정체성을 형성해나갔다.

나이폴은 여러 문화가 뒤섞였음에도 명확한 정체성을 확립하지 못한 트리니다드 사회를 자신의 작품 속에서 중심이 부재한 혼란스러운 사회로 날카롭게 비판했다. 인도의 종교와 문화를 지키려 애쓰면서도 동시에 서구 문화에 절반쯤 동화된 채, 특별한 자각 없이 독립에 이른 트리니다드 토바고의 모습은 그의 작품 속 다양한 인물을 통해 풍자적으로 형상화되었다.

그 한 예가 『비스와스 씨를 위한 집』에 등장하는 비스와스 씨 매제의 모습이다. 그는 서구식 이름인 W.C. 터틀로 불리며, 마하트마 간디의 사진, 영국의 시골 풍경, 알프스 마터호른의 전경 사진을 배경으로, 힌두교 성직자인 펀디트의 예복을 완벽하게 차려입은 모습으로 사진을 찍는다. 이처럼 서양과 동양이 무질서하게 뒤섞인 W.C. 터틀의 모습은 여전히 힌두교의 계급의식이 남아 있고, 한때는 영국의 식민지였으며 제2차 세계대전 후에는 미군의 주둔지가 되었던 트리니다드 사회의 혼종적이고 불안정한 정체성을 압축해 보여주는 것이다.

제3세계 여러 국가를 여행했던 나이폴에게 이런 문화 간의 충돌과 그로 인한 불안정한 상황은 트리니다드의 문제는 아니었다. 아프리카를 비롯한 다른 지역을 배경으로 한 그의 소설과 비문학에서도 이런 묘사는 반복된다. 이는 '중심의 부재'가 제3세계인에게 보편적인 경험이었기 때문이다. 이런 상황 속에서 나이폴과 그의 등장인물들이 집착하는 것이 글쓰기였다. 혼재와 혼란의 상태 속에서 구심점을 찾고 자기 인식을 확립하려는 수단이 바로 그것이었던 것이다.

나이폴과 그의 작품 속 등장인물들은 글쓰기에 집착하며, 글쓰기를 통해 자신의 중심을 찾아나가려 한다. 『비스와스 씨를 위한 집』에서 주인공 비스와스 씨는 인도인 이민 사회에서 부과하는 질서 속에서 살기를 강요당하는 것을 '덫'으로, 그런 덫 속으로 빨려들어가 개인성을 상실하는 상태를 '허공'(void)이라고 표현한다. 그는 강박적이라고 할 만큼 간판이나 신문 기사, 심지어 낙서에 이르기까지 여러 형태의 글을 집요하게 쓰며, 이를 통해 자신을 구속하는 덫에서 벗어나고 허공 속으로 빠지지 않으려 한다. 오렌지 대신 사과를, 눈이 오는 영국을 동경하는 『흉내 내는 사람들』(*The Mimic Men*, 1967)의 랄프 싱 역시 자신이 글쓰기에 집착하는 이유에 대해 혼동된 상태를 정리할 수 있는 질서를 찾기 위해서라고 말했다. 그에게 글쓰기는 곧 정체성을 지탱하는 닻이었던 것이다.

나이폴 본인에게도 글쓰기는 곧 자기 자신을 정의하는 데 필수적인 과정이었다. 그렇기에 나이폴에게 글쓰기의 대상은 자기 자신이다. 지독한 나르시시스트라고 하거나, 허구를 기반으로 하는 기존 소설의 작법을 뒤집는 예술적 도전이라고 할 수도 있을 이런 특이성은 나이폴의 모든 작품에서 공통적으로 찾을 수 있다. 그러므로 여러 작품에서 등장하는 서술자들은 하나의 단일한 목소리로 나이폴을 대변하며 그 문체와 시선은 변함없이 지속된다. 파지아 무스타파 역시 나이폴이 오랜 문필생활 동안 동일한 인물, 동일한 목소리, 동일한 페르소나들과 변함없는 서사적 태도를 구축해왔다는 점을 지적하며 이러한 사실이 놀랍다고 말한 바 있다.

나이폴의 문학을 형성한 것은 그의 가족의 역사와 개인적 경험이다. 롤랑 바르트가 말한 '작가의 죽음'(the Death of the Author)이라는 표현이 나이폴의 작품에는 적용될 수 없다는 길리언 둘리(Gillian Dooley)의 말처럼, 나이폴의 작품은 작가인 자신의 인생과 분리할 수 없다. 그는 의도적으로 '작가로서의 자신'을 작품 안에 등장시키고 자신의 글쓰기를 작품 안에서 반복적으로 흉내 내고 있다. 그래서 그의 작품 속 인물은 나이폴 자신과 주변 인물임을 감추지 않으며, 작품과 작가의 삶은 분리하기 어려울 정도로 일치한다.

나이폴의 작품들이 마치 한 편의 연작소설 같다고 느껴지는 이유는 그의 작품들의 시간적 배경이 그의 인생의 연대기와 긴밀하게 맞물려 있기 때문이다. 『신비로운 안마사』 이후 거의 매년 발표된 초기 네 편의 작품은 1940-50년대 그가 어린 시절을 보낸 트리니다드 토바고의 삶을 그린다. 『흉내 내는 사람들』은 영국 유학 시절의 경험을 반영하고 이후의 작품은 아프리카와 인도를 여행하며 비문학을 집필하던 시기를 담아낸다. 후기작인 『도착의 수수께끼』는 영국 작가로서 입지를 굳히고 정착한 뒤 나이가 들어서 자리 잡은 자신을 돌아보는 성찰의 기록이다.

나이폴의 소설들은 단절된 개별 이야기가 아니라, 작가 개인의 삶의 궤적과 내면의 변화를 반영하며 시간의 흐름에 따라 달라지는 의식을 따라가는 일종의 자전적 연작이라 할 수 있다. 이는 나이폴 문학의 독창성과 통일성을 동시에 부여하는 핵심적인 특징이 되었다.

3. 『미겔 스트리트』와 『도착의 수수께끼』

젊은 작가의 날 선 시선: 『미겔 스트리트』

『미겔 스트리트』(*Miguel Street*)는 나이폴이 런던의 BBC 방송국에서 근무하던 때인 1959년에 발표한 작품이다. 이 작품으로 나이폴은 1961년 서머싯 몸상을 수상했다. 작품의 공간적 배경이 된 미겔 스트리트는 나이폴이 10대 시절 거주했던 포트 오브 스페인의 루이스 스트리트(Luis Street)를 바탕으로 한 것으로 추정된다. 소설은 한 소년의 시선을 통해 가상의 거리 미겔 스트리트에 사는 주민들의 이야기를 담아낸다.

총 17개의 단편으로 구성된 이 작품은 각 단편마다 한 인물이 중심이 된다. 마지막 단편인 「내가 미겔 스트리트를 떠난 경위」(How I Left Miguel Street)의 중심인물이 바로 앞서 16편의 인물들에 대해 서술했던 소년이다. 즉 작품 전체의 서술자인 소년이 마지막 단편에서 중심인물로 등장한다. 이 단편의 내용은 아들이 점점 난폭해지자 서술자의 어머니는 아들이 트리니다드를 떠나 영국에서 공부할 수 있게 장학금을 받게끔 손을 쓴다. 그리고 떠나는 소년에게 앞서 단편의 중심인물들이 각자의 방식으로 작별 인사를 하는 이야기가 진행된다.

소설 속 인물들은 대부분 혈연이나 이웃 관계로 얽혀 있다. 각 단편은 미겔 스트리트 주민 한 명의 사연을 중심으로 전개되며, 다음

이야기로 넘어갈 때 조명이 이동하듯 서술의 초점이 다른 인물로 옮겨간다. 이 작품처럼 특정 장소에 사는 여러 등장인물을 중심으로 서사가 진행되는 경우 각각의 등장인물들이 발산하는 효과보다 등장인물들의 총합으로 응축된 이미지가 더욱 강렬한 효과를 발한다. 제임스 조이스의 『더블린 사람들』이 더블린 전역에 퍼진 마비(paralysis)의 징후를 인간 군상을 통해 보여주었듯, 『미겔 스트리트』 또한 1950년대 트리니다드의 빈민가를 배경으로 가난하고, 우스꽝스럽고, 괴팍하고, 어리석은 인간들을 통해 신생 독립국 국민의 정체성 혼란, 좌절과 욕망, 도덕적 타락, 그리고 『더블린 사람들』에 견줄 만한 수준으로 정체되고 마비된 그들의 정신 상태를 총체적으로 드러낸다.

『미겔 스트리트』는 나이폴의 여행기 『대서양 중간 항로』(*The Middle Passage: The Caribbean Revisited*, 1962)를 떠올리게 하는 지점이 있다. 이 여행기는 나이폴이 영국에서 언론인으로 활동하던 시절 트리니다드 정부의 초청을 받아 고향을 방문한 후 집필한 여행기다. 그는 그 여정을 통해, 오랜만에 발을 디딘 고향이 자신에게 얼마나 불편하고 답답한 공간인지를 적나라하게 드러냈다. 이 점에서 『미겔 스트리트』 속 인물들의 묘사가 단순한 창작이 아니라, 작가의 개인적 경험과 현실 감각에서 비롯되었음을 짐작할 수 있다. 나이폴에게 있어서 트리니다드 방문은 그가 벗어났던 과거의 무질서와 부재를 다시 직면하는 것이었다.

『대서양 중간 항로』의 묘사에 따르면, 당시 트리니다드 사회는 무언가 잘못되었다는 자각은 있었지만, 그것이 무엇인지 규명하려는 시도는 거의 없었다. 역사를 읽고 이해하려는 의지도 부족했고, 사회 전체가 별다른 비전 없이 살아가고 있었다. 또한 각자 지역사회 속에서 자리를 잡으려 애쓰긴 하지만 그들을 하나로 묶어주는 공동체는 부재했다. 다양한 인종, 종교, 파벌이 뒤섞여서 이를 넘어서는 연대를 찾기도 어려웠다. 국수주의도, 진지한 반제국주의 정서도 부재했고, 그나마 이들을 엮어줄 것이라고는 과거 영국제국에 속한 식민지였다는 의식밖에는 없었다. 그렇기에 어떤 저항이 있더라도, 그것은 고립된 개인이 비체계적으로 행하는 것에 그칠 수밖에 없었다.

『미겔 스트리트』의 서술자인 소년이 미겔 스트리트 주민들을 보며 가장 신기하게 여긴 점은, 남녀를 불문하고 뚜렷한 직업이나 안정적인 생계 수단이 없음에도 불구하고 누구 하나 굶주리지 않고 살아간다는 사실이었다. 소년의 눈에 비친 이 거리의 남자들은 가부장적이며 툭하면 여자를 때리고, 여자들은 아이들을 때린다. 남자들은 일하지 않은 채 허세를 부리고, 여자들은 건달의 유혹에 쉽게 넘어가 임신을 반복했다. 그들은 허황한 꿈을 떠벌리지만 이를 실현하기 위한 노력은 하지 않았고, 실패에 익숙해져 기회가 눈앞에 와도 의심부터 하며 잡지 않았다. 막연하게 미국을 동경하지만 미국에서 살려는 엄두는 내지 못한다. 이렇게 『미겔 스트리트』에는 순응, 무기력, 무지, 뻔뻔스러움, 방종, 현실 도피, 냉소가 뒤섞인 실패담이 가득하다.

나이폴이 이 소설을 집필한 시기가 영국에서 대학을 졸업하고 사회에 첫발을 내딛던 때였음을 고려하면, 미겔 스트리트를 떠나 약학 공부를 하기 위해 영국으로 향하는 소년 서술자는 나이폴의 또 다른 자아로 볼 수 있다. 마치 작가가 어린 시절에는 보지 못했던 고향의 문제점들을 그곳을 떠나 세월이 흐른 뒤에야 또렷이 바라본 것처럼, 이 작품은 트리니다드의 민낯을 거침없이 드러낸다.

첫 번째 단편인 「보가트」(Bogart)는 별명이 보가트인 자칭 재단사의 이야기다. 이 사람은 남성성을 대표하는 영화배우 험프리 보가트처럼 행동하고 다녔기 때문에 보가트라는 별명이 붙었다. 재단사라고 하지만 양복을 짓지는 않고 하루 종일 페이션스 게임만 하는 보가트를 보며 서술자는 그를 이 세상에서 가장 권태로운 사람이라고 부른다. 그는 주기적으로 미겔 스트리트를 떠났다가 돌아왔는데, 그때마다 미국식 억양이 더 완벽해지고 미군 주둔지에서 흔히 볼 수 있듯 아이들에게 껌과 초콜릿을 살 푼돈을 건네며 장황한 무용담을 늘어놓았다. 그가 세 번째로 다시 나타났을 때 경찰은 그를 중혼 혐의로 체포한다. 독신인 척했던 보가트가 사실은 아내와 아이가 있으며, 그 와중에 어떤 소녀를 임신하게까지 했던 것이다. 그가 왜 중혼을 했는가에 대해 주민 중 한 사람인 해트는 '그 거리에서 사내답게 살기 위해서'라고 한다. 이렇게 허상에 불과한 남성성을 숭배하는 이 거리 남자들의 초라함은 씁쓸한 웃음을 자아낸다.

무기력한 허상의 삶은 다음 단편 「이름 없는 물건」(The Thing without a Name)의 포포에게서도 드러난다. 그는 늘 벽돌을 나르고 나무를 다듬으며 집을 짓는 중이라고 말하지만, 완성된 집은 한 채도 없다. 목공을 자처하지만, 그가 만든 것이라곤 실용성이 전혀 없는, 이름조차 붙일 수 없는 물건들뿐이다. '이름 없는 물건'이란 제목도 포포의 삶 자체가 이름조차 붙일 수 없는 공허한 무엇에 불과하다는 점을 말해줄 뿐이다.

보가트나 포포는 실질적으로 아무 일도 하지 않으면서 무엇인가 하는 척 행동한다. 이렇게 '척하는 삶'은 이들뿐 아니라 나머지 등장 인물에게서도 공통적으로 찾을 수 있는 지점이다. 바쿠는 무언가를 고치는 척하고, B. 워즈워스는 위대한 시를 쓰는 척한다. 에드워드는 자신이 잡은 게를 실으려면 대형 트럭이 필요하다고 허풍을 떨고, 볼 보는 모든 신문 기사를 불신한 나머지 실제로 당첨된 복권마저 찢어 버린다. 실체 없는 삶, 허상을 가장하는 삶은 트리니다드처럼 중심이 부재한 사회의 전형적 속성이며, 이는 그곳을 벗어난 사람들에게조차도 쉽게 지워지지 않는 그림자다.

　여성 인물들의 삶 역시 크게 다르지 않다. 「모성의 본능」(The Maternal Instinct)의 로라는 아버지가 다른 여덟 아이를 키우고 있는 여성이다. 로라에 대한 서술자의 묘사는 건실하게 여덟 아이를 부양하는 중국 인 어머니 메리와 대비된다. 서술자는 로라와 아이들이 어떻게 굶지 않고 살아가는지 늘 의아해하며, 로라가 아이들에게나 남자에게 억 척스럽게 구는 것이 아이들의 아버지가 이들의 생활을 위해 어떤 도 움도 주지 않기 때문이라고 생각한다. 한편으로는 억척스럽고, 한편 으로는 태평스럽기 그지없는 로라의 모습이 달라진 순간은 맏딸 로 나가 본인과 같은 삶을 답습하게 된 것을 보았을 때다. 로나는 타이핑 수업을 받으며 가정부로 일하다 임신했고, 로라는 그 사실 앞에서 눈 물과 분노가 뒤섞인 침묵에 잠겼다. 결국 로나는 익사체로 발견되었 고, 자살로 추정되는 그 죽음 앞에서 로라는 "잘된 거야. 그게 나아" 라는 말을 남겼다. 체념 섞인 그녀의 말은 낙천적으로 보였던 로라의 마음 깊이 내재되어 있는 고통과 자신의 전철을 밟으려던 딸이 선택 한 또 다른 결말 속에서 언어화되지 못하는 슬픔과 절망을 내뱉은 것 이라 할 수 있다.

　「그가 선택한 직업」(His Chosen Calling)의 주인공인 엘리아스나 이 발사 볼보는 한때 트리니다드를 떠나겠다는 꿈을 품었지만, 끝내 실 패해 미겔 스트리트에 남는다. 그리고 이곳을 실제로 벗어난 인물은 서술자 소년, '나'뿐이다. 마지막 에피소드에서 '나'는 술, 담배, 오락에 빠져 사는 자신을 꾸짖는 어머니에게 이곳에서는 술이나 마시는 것 말고 할 일이 뭐가 있겠냐고 반문한다. 이는 단순한 변명이 아니라, 미겔 스트리트라는 공간이 청년의 내면에 깊이 새겨놓은 절망감을 드러내는 말이다.

그러나 엘리아스와 볼보같이 꿈을 꾸지만 떠나지는 못하는 사람들과 달리, '나'는 그 경계를 넘어서 또 다른 세계로 탈출하는 데 성공한다. 그의 탈출은 무엇보다도 포스트 식민지 사회에서 진정한 주체로 성장하기 위해서는 그 이전과 단절하고, 자신의 이야기를 새롭게 써나가야 함을 말하고 있는 것이기도 하다.

수필과 자서전, 소설이 교직된 글쓰기: 『도착의 수수께끼』

1987년에 발표된 『도착의 수수께끼』는 작가 V.S. 나이폴에게 노벨문학상을 안겨준 작품이며 그의 첫 작품 『수수께끼의 안마사』를 발표한 지 30년 후 세상에 나온 저작이다. 영국의 고전적인 풍경과 이웃으로 살아가는 영국인들의 삶의 모습을 스케치하듯 묘사한 이 작품은 제3세계 국가를 배경으로 했던 이전 작품들과는 확연히 다른 배경을 제시한다는 점에서 나이폴 문학에 한 획을 긋는 작품으로 평가된다.

『도착의 수수께끼』에서 영국 윌트셔에 정착한 작가는 자신이 지나온 발자취를 회고하며, 자신의 자리가 어디인지 되돌아본다. 또한 이 과정에서 이산인으로서 방랑했던 자신의 운명이 자신만의 운명이 아니라 타인과 공유하는 인간의 필연적 존재 조건임을 깨닫게 된다.

이 작품이 과연 소설이라고 할 수 있는가에 대해서는 많은 논란이 있었다. 가상의 인물을 중심으로 진행되는 현실감 있는 허구를 소설이라고 정의한다면, 작가의 실제 삶과 과거를 기술하는 이 작품은 소설이라기보다는 회상록 같은 느낌을 주기 때문이다. 무엇보다도 작품 안에서 서술자가 『도착의 수수께끼』라는 작품을 쓰고 있다. 『도착의 수수께끼』라는 작품에 대한 서술자의 구상은 여기저기에서 돌발적으로 나타나며, 자신이 그 글을 쓰고 있는 중임을 상기시킨다.

작품 안에서 서술자는 자신이 처음에는 지중해를 배경으로 한 여행자와 낯선 도시, 지친 삶을 그리려는 구상을 했다고 한다. 그러나 시간이 흐르면서 이러한 환상과 고대 세계의 배경을 버리고 점차 이야기를 개인적인 차원으로 수렴시켰다. 그 결과 단순한 모험담이 아니라, 글쓰기를 통해 세상을 바라보는 자신만의 시각을 확립해가는 과정을 보여주는 내용으로 변모했다. 또한 글을 쓰는 여정의 초기에는 '작가'와 '인간'이 분리되어 있었지만 결말에 이르기 직전 합쳐져서, 자아와 창작의 합일이라는 주제로 함축되게 되었음을 설명하기도 했다. 작가와 서술자가 동일한 제목의 소설을 소설의 안과 밖에서 동시에 써내려가는 이 작품은 수필과 자서전, 소설이 교직된 독특한 형식의 글쓰기다. 이전 작품들에서 나이폴이 결국 말하고자 했던 것이 자신의 글쓰기였듯, 이 작품의 중심에도 여전히 '자기 자신'과 '자신에 대한 글쓰기'가 자리한다.

『도착의 수수께끼』에는 초기작부터 최근작에 이르기까지 발표했던 여러 작품이 직접 언급되고, 동생의 죽음과 같은 지극히 사적인 사건까지도 녹아 있다. 이를테면 2부 "여행"에서 서술자가 런던 얼스코트의 하숙집에 모인 이산인들을 '유럽을 표류하는 사람들'이라 부르는 장면은 『흉내 내는 사람들』의 한 대목을 환기시키며, 1956년 트리니다드로의 귀향, 식민지에서 독립한 후 부족 전쟁이 발발한 아프리카 국가의 혼란상에 대한 서술 역시 나이폴의 실제 경험과 그의 다른 작품 속 장면들과 겹쳐진다. 이러한 요소들은 나이폴의 작품들을 읽어온 독자라면 어렵지 않게 감지할 수 있는 자기반영적 장치다.

"잭의 정원" "여행" "담쟁이덩굴" "까마귀" "고별식"이란 5개의 부분으로 나뉜 이 작품은 작품 전체를 관통하는 명확한 스토리라인 없이, 과거의 기억과 눈앞에서 펼쳐지는 영국 월트셔의 고풍스러운 장원(manor), 장원의 안팎에서 일하는 동네 주민들에 대한 묘사가 의식의 흐름을 따라 번갈아가며 펼쳐진다. 서술자는 영국에서 오랜 시간을 보냈음에도 여전히 타인의 땅에 발을 딛고 있는 이방인의 고독에 지쳐 있으며, 천식 발작으로 쇠약해진 몸을 이끌고 솔즈베리의 월트셔에 도착한다. 그는 고향에서 멀리 떨어져 자신의 자리를 찾지 못한 상실감을 여전히 느끼며, '두 번째 유년기'이자 '두 번째 인생'이라 부를 수 있는 글쓰기를 시작한다. 이렇게 형성된 심리적 풍경은 월트셔의 정원과 시골 마을의 사건들 속에서 재해석되고, 곧이어 트리니다드와 영국의 기억이 서로의 거울이 되어 하나의 총체적 이미지로 응축된다.

5개의 제목을 통해 작가는 장원의 풍경과 주변 사람들에 대한 피상적 일화, 그리고 함께 교직되고 있는 과거에 대한 복잡한 서술을 정리한다. 1부 "잭의 정원"에서 서술자는 가장 영국적이라고 생각했던 이웃 잭과 그의 정원을 보며 본인이 영국적이라고 생각했던 것이 미망이었음을 말한다. 열대지방인 트리니다드 출신으로 그림에서나 봤을 낭만적이고 목가적인 월트셔에 살게 된 서술자는 처음에는 이웃인 잭을 이상적인 영국인으로 바라보았다. 하지만 그는 잭의 아름다운 정원이 그의 고된 노동과 지속적인 관리로 인한 결과였음을 그가 세상을 떠나고 난 뒤 깨닫게 된다. 또한 잭이 사망하자, 새로운 주인이 땅을 사들여 현대적인 농장으로 탈바꿈시키는데, 그 와중에 새 농장의 일꾼 한 명이 아내를 살해하는 사건이 발생한다. 화자는 이 모든 것을 멀리서 바라보며 윌트셔의 풍경이 거주인의 내면세계와 정체성을 반영하는 거울임을, 그리고 시간의 흐름 속에서 필연적으로 다가오는 상실과 변화의 의미를 성찰하게 된다.

2부 "여행"에서 서술자는 옥스퍼드대학 시절의 기억을 불러오며, 트리니다드에서 상상했던 영국이 실제와 어떻게 달랐는지, 영국의 식민주의가 식민지인이자 작가인 자신에게 어떤 영향을 주었는지를 말한다. 또한 지난 30여 년간 세계 곳곳을 다니며 문화의 경계를 잇고자 했던 그의 노력이 성공하지 못했음을 고백한다. 영국에서도 서술자는 쉽게 융화되지 못했으며 그렇게 여러 장소를 돌고 돌아 고풍스러운 윌트셔 장원까지 도착했던 것이다. 그리고 이곳에서 그는 비로소 깨닫는다. 자신이 찾아헤맨 것은 어느 공동체의 일원이 되는 소속감이 아니라, 타인의 승인과 무관하게 자신에게 주어진 권리를 온전히 행사할 수 있는 '개인만의 자리'였음을.

3부 "담쟁이덩굴"에서 서술자의 시선은 19세기 대영제국의 영광이 서서히 퇴색되어가는 풍경으로 향한다. 담쟁이덩굴이 장원을 천천히 덮어가는 모습은 마치 과거의 위세를 잃어가는 영국의 초상을 비추는 듯하다. 한때 열여섯 명의 정원사가 돌보던 영지가 이제는 단 한 명의 정원사도 두기 어려운 처지가 되었고, 그 쇠락은 눈에 띄게 진행된다. 서술자는 자신뿐 아니라, 새로 부임한 정원사 피턴과 필립스 부부 역시 이곳에서 뿌리내리지 못한 채 살아가는, 본질적으로는 '이방인'임을 직감한다.

4부 "까마귀"는 서술자 주변 인물들의 연이은 죽음을 그린다. 마을 사람들 가운데 건강이 악화되거나 마을을 떠나는 사람들이 생기고, 과거에 잘 가꾸어졌던 농장과 정원은 방치되거나 본래의 모습을 잃어간다. 이러한 풍경 속에서 그는 죽음과 상실, 그리고 그에 수반되는 변화가 삶의 불가피한 일부임을 깊이 자각한다. 그러면서 농장의 소를 바라보다가, 문득 자신이 트리니다드 시절에 열대지방에는 없는 얼룩소가 풀을 뜯는 장면을 그려본 적이 있음을 떠올린다. 그의 시선은 이렇게 과거와 현재 사이를 오가며, 시간의 층위 위에 얹힌 자기 삶을 재구성한다.

마지막 5부 "고별식"에서 서술자는 집필 중인 『도착의 수수께끼』의 내용을 언급하며, 동생의 갑작스러운 죽음으로 30년 만에 다시 트리니다드로 돌아가야 했던 일을 회상한다.

작품의 제목인 "도착의 수수께끼"는 조르지오 데 키리코(Giorgio de Chirico, 1888-1978)의 초기 회화 「도착과 오후의 수수께끼」(The Enigma of the Arrival and the Afternoon, 1912)에서 가져왔다. 서술자는 이전 거주자가 남겨두고 간 소책자 속에서 이 그림을 발견하고, 윌트셔에 도착한 자신의 심정을 시적으로 압축한 듯한 그 장면에 강하게 끌렸다. 성문 너머로 보이는 돛대, 그리고 그림 속 적막한 거리에 서 있는 두 사람, 그 희미한 형체 중 한 명은 막 도착한 여행자이고, 다른 한 명은 그 항구의 원주민일 것이라 그는 상상한다. 이어 그는 그 여행자가 이미 배를 놓쳐 돌아갈 길을 잃고, 왜 이곳에 도착했는지조차 기억하지 못한 채 낯선 땅에서 방황하는 모습을 그려본다.

서술자는 트리니다드를 떠나 어느 곳에서도 정주하지 못한 채 낯선 나라의 고풍스러운 장원에 도착했다. 육체적으로나 정신적으로도 쇠잔한 상태로 도착했던 그는 이웃 잭의 죽음으로 시작해 동생의 죽음에 이르기까지의 사건을 서술하며 자신의 자리가 어디인지를 묻는다. 그리고 키리코의 그림 속 낯선 곳에 도착해 당혹스러워하는 사람이 자신이며 자신의 자리가 글쓰기임을 깨닫는다. 트리니다드나 영국, 혹은 그가 거쳐왔던 특정 지역, 혹은 특정 문화에 속한 지리적 자리를 넘어서서, 작가의 개인성이 추구되고 발현되는 자신의 글이 그의 개인적 자리인 것이다.

여행자의 여정은 배를 놓쳐 갑작스럽게 끝나버리고, 더 이상 돌아갈 곳이 없어졌으나 신기하게도 그것은 비극이 아니었다. 서술자는 비극으로 끝날 줄 알았던 여행자의 이야기가 실은 그렇지 않았다는 사실에 다시 한번 놀란다. 세상의 절반을 돌아 런던에 와서 작가가 되었지만, 어느 곳에서도 정주하지 못하고 수십 년을 보냈다. 그리고 그는 키리코 그림 속의 여행자처럼 윌트셔에 도착하고 당혹스러워했다.

하지만 그가 윌트셔에서 맞이한 수수께끼는 낯선 곳에 도착했다는 사실보다는 오히려 그 낯선 곳에서 자신의 개인적인 자리를 찾게 되었다는 것이다. 또한 그의 개인적 자리에서 비로소 타인의 개인적 자리 역시 볼 수 있게 되었다는 것이기도 하다.

서술자는 『도착의 수수께끼』를 집필하는 과정에서, 지금 자신 곁에 있는 영국인들 역시 그곳을 낯설어하는 사람들이라는 사실을 깨닫는다. 그들은 과거 자신이 떠나고자 했던 트리니다드의 친척들이나 여정을 거쳐 만난 아프리카인들처럼 저마다의 이유로 이곳에 도착한 타지인이었다. 서술자가 동생의 죽음을 통해 과거에 대한 새로운 이야기를 써내듯 타인도 살아가기 위해서 새로운 이야기들을 계속 쓴다는 사실을 글을 쓴 지 30여 년 만에 알게 된 것이다.

그는 결코 예상치 못한 길을 돌아, 늦은 나이에 멀고 고요한 영국의 시골에서, 과거 트리니다드에서도 인도에서도 경험하지 못했던 방식으로 자연과 조화를 이루고 있는 자신을 발견한다. 그리고 글쓰기를 통해 얻은 해답과 성찰이 주변 환경의 평온함과 은밀히 균형을 이루고 있음을 깨닫는다. 결국 서술자는 월트셔라는 낯선 땅에서 자기만의 자리를 찾음과 동시에, 타인의 경험과 자신의 경험이 맞닿는 지점을 발견하게 된 것이다.

4. 작가의 문학적 이정표

28년의 간극을 두고 발표된 V.S. 나이폴의 『미겔 스트리트』와 『도착의 수수께끼』는 한 작가의 문학적 여정과 인식이 어떻게 성숙해졌는지를 보여주는 이정표와 같다. 『미겔 스트리트』에서 나이폴은 자신이 어린 시절을 보낸 신생 독립국 트리니다드 토바고의 한 거리를 무대로, 중심이 부재한 포스트식민지 사회를 풍자와 비판의 시선으로 그려냈다. 반면 『도착의 수수께끼』에서는 세계의 여러 대륙을 떠돌다 상처 입고 쇠잔한 몸으로 영국 시골에 이른 이산인이 어디에도 속하지 못하는 경험이 결코 개인에게 국한된 것이 아니라 보편의 경험임을 깨닫는 과정을 담았다. 이 두 작품은 문필 활동을 막 시작한 젊은 작가의 날 선 시선과 긴 여정을 마치고 낯선 땅에서 자기 자리를 발견한 노작가의 사유가 어떻게 맞닿을 수 있는지를 함께 보여준다.

『도착의 수수께끼』의 서술자가 모든 것이 글쓰기에서 시작되었다고 했듯 나이폴에게 있어서 글쓰기는 그의 시작과 끝이며 삶 자체다.

트리니다드에서도, 영국에서도, 인도에서도 낯섦을 느껴야 했던 그는 글쓰기를 통해서만 비로소 어느 곳에도 속하지 못하는 자가 가질 수 있는 개인의 자리를 찾았다. 개인적 권리를 가진 개인의 자리를 찾아 떠돌았던 나이폴은 그런 의미에서 코즈모폴리턴이라고 할 수 있을 것이다.

나이폴의 문학적 미덕은 자기 정체성의 근원을 외면하지 않으면서도 그 속의 허위와 허망을 문학적으로 그려냈다는 것이다. 그는 풍자를 통해 제3세계에 타협 없는 비판을 가했고, 어떤 공동체에도 완전히 귀속되지 않는 개인의 목소리를 유지하려 했다. 그 결과 세계적인 작가로서의 영광을 누리기도, 서구의 시선으로 제3세계를 비판한다는 식의 비난도 감래해야 했다. 지역적·문화적 맥락을 벗어난 개인 간의 연결을 말하는 그의 문학은 한 이산인의 여정을 통해 그가 어떻게 존재의 닻을 내리며 자신의 자리를 찾게 되었는가를 살펴보게 했다.

나이폴의 문학을 처음 읽는 이에게 가장 먼저 권하고 싶은 것은, 그의 작품을 단순히 제국주의와 제3세계, 혹은 탈식민지주의의 틀에서만 보지 말고, 인간 존재의 불안정성과 소속되지 못하는 자의 고독이라는 보편적 주제에 주목하라는 것이다. 그의 서사의 밑바탕에서는 어디에도 뿌리내리지 못하는 존재가 자신의 자리를 찾으려는 갈망을 볼 수 있다. 그러므로 그의 문장을 읽을 때 인물의 실패 밑에 깔려 있는 공허와 갈망을 섬세하게 포착하려는 태도로 바라볼 필요가 있다.

헤르타 뮐러의 『저지대』와 『숨그네』
숨의 잔흔에 깃든 존재의 기척

서은주 부산대 독어독문학과 교수

헤르타 뮐러
Herta Müller, 1953 –

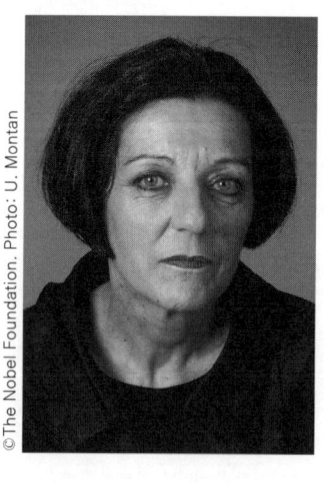

©The Nobel Foundation. Photo: U. Montan

1953년 루마니아 바나트 지역의 독일계 소수민족
가정에서 태어났다. 제2차 세계대전의 상흔과
차우셰스쿠 독재정권의 공포 속에서 성장했다.
티미쇼아라대학교에서 독일문학과 루마니아문학을
전공했고, 그곳에서 루마니아 독재정권에 비판적인
독일어권 젊은 작가들과 교류했다. 1982년 루마니아
정부의 검열을 거친 작품 『저지대』로 작품 활동을
시작했으나, 곧 금서로 지정되었고 감시가
뒤따랐다. 계속된 탄압 끝에 1987년 독일로 이주해
베를린에 정착했다. 대표작으로 『숨그네』
『마음짐승』 『인간은 이 세상의 거대한 꿩이다』
등이 있으며, 2009년 노벨문학상을 수상했다.

"우리는 늘상 언어의 세계에 도취해 있지만,
진실은 발화의 배후에서 점멸하곤 한다.
그녀의 문학은 가파른 침묵 속에
방치된 언어의 음영 너머를 응시한다."

1. 말이 닿지 않는 곳의 풍경

서늘한 절단선 위의 음영

우리는 늘상 언어의 세계에 도취해 있지만, 진실은 발화의 배후에서 점멸하곤 한다. 헤르타 뮐러(Herta Müller, 1953-)의 문학은 가파른 침묵 속에 방치된 언어의 음영 너머를 응시한다. 말의 외곽에서 작가는 글을 짓는다. 그녀의 문학은 도처에 흩어진 파편의 호흡이다. 뮐러는 미처 발화되기도 전에 추방당한 존재들을 읊조린다. 2009년 가을 스웨덴 한림원이 노벨문학상 수상자로 뮐러를 호명했을 때, 그들은 그녀의 문학을 두고 "운문의 응축성과 산문의 진솔함으로 소외된 이들의 풍경을 묘사"한다고 평했다.

뮐러가 태어난 루마니아의 바나트 지방은 역사의 파열음이 첨예하게 서려 있는 지역이었다. 그녀의 고향은 제1차 세계대전 이후 오스트리아-헝가리 제국의 해체로 인해 루마니아의 영토로 편입된 곳이었다. 독일계 소수민족이 거주하던 바나트 고장은 전후 재편된 지도 속에 유기되어버린 언어적 고아들의 군집 공간이었다. 침묵과 폭력이 응축된 그곳에서 뮐러의 모국어는 표준 독일어가 아니라 이방의 억양을 품은 방언이었고, 합리와 이성에 기반한 언어가 아니라 추방과 감시로 인해 다져진 언어였다. 마을에는 발화를 허락하지 않는 무언의 억압이 대기의 습도 속에 흥건해 있었다.

뮐러의 고향은 낱말이 유린되고, 의미가 감청되며, 구문이 누락되는 세계였다. 어린 뮐러는 폭력의 진통으로 온몸에 멍울이 맺혔고, 날 서린 그 통각이 훗날 그녀의 문학이 되었다. 나날의 기진한 일상을 발설하는 것 자체를 금함으로써 마을의 규범이 지속되고 보존되는 기묘한 공동체 속에서, 뮐러는 진실의 터부에 맞서 불구가 되어버린 언어를 그녀의 글을 통해 다시금 회복하고자 했다. 작가의 모든 문장은 매 순간 함구를 강요당했던 발화의 상흔을 예리하게 투시하고 있다.

발화 이전의 상흔들

그 누구의 삶도 임의로 누락될 수 있는 개인 서사로 치부될 수 없다. 모든 개인사는 고유의 역사를 품는다. 뮐러의 가족사는 역사에 귀속되는 것을 넘어, 그 자체로 하나의 역사적 외상을 내포하고 있다. 그녀의 아버지는 루마니아에 거주하던 여느 독일인들과 다름없이 나치 친위대를 자청한 이력이 있었다. 그의 전력은 마을의 구성원 간에도 공고히 터부시되었고, 가족이라는 가장 사적인 공동체에서조차 거론되어서는 안 되는 치부로 각인되었다. 반면 그녀의 어머니는 전쟁이 끝난 직후 소련 재건이라는 미명 하에 강제 노동수용소로 이송되었던 상처가 있었다. 노약자를 제외한 루마니아의 거의 모든 독일 소수민족을 타국으로 압송한 체제의 명령은 가해자와 피해자를 자의로 지목하는 이념의 기치 하에 거뜬히 행해졌다. 그녀의 아버지는 침묵을 강요받았고, 그녀의 어머니는 고통을 금기시해야 했다. 이 상흔들은 부표하는 일상 속에 기입되었으며, 마을은 이를 집요하게 인지하며 암묵의 시선으로 힐난했다.

침묵은 곧 불문의 규율이었다. 마을은 외견상 평온한 농촌의 일상을 과시했지만, 내부에 엄폐되어 있는 정적은 사유와 감정을 차단하는 억압의 기미였다. 어린 뮐러에게 강제된 침묵은 체제의 통제였고, 폭력의 형식이었다. 침묵을 가장해 은폐되는 진실이야말로 가장 완강하게 지속된다는 것을 그녀는 너무 일찍 체득해버렸다.

뮐러의 유년은 발화 이전의 불안과 싸우는 일이었다. 루마니아의 변방에서 그녀가 익힌 말은 외상으로 굴곡진 억양이자, 억압의 기류가 가득 찬 방언이었다. 시대의 불가해한 무력에 맞서기 위해, 그녀는 폭로하는 법을 도모하는 대신 응시하는 법을 터득했다. 통제된 대화와 규제된 시선은 감각의 파편 속에서 은유의 형태로 공진했다. 그녀의 문장은 발화하는 것을 허락받지 못한 나날에 맺힌 바로 그 상흔에서 출발한다. 뮐러의 언어는 증언이 아니라 응시이고, 회복이 아니라 경청이다. 그녀가 문학이라는 예술을 통해 도달하려 한 것은 어쩌면 침묵의 폐허 너머를 향한 말의 윤리였는지도 모른다.

언어라는 마지막 유랑지

성인이 된 뮐러는 대학에서 독일문학과 루마니아문학을 공부하며, 두 언어의 상징 체계를 가르는 구조적 간극을 실감한다. 이는 각기 다른 언어의 이질적인 구조에 국한되는 것이 아니라, 두 이념의 존재

양식과 진실의 규범 그리고 배타적인 가치가 충돌하는 체계였다. 그녀에게 독일어는 상실의 언어였고, 루마니아어는 억압의 언어였다. 전자는 유배의 얼룩이 드리워진 언어였고, 후자는 감시를 내면화한 언어였다. 뮐러는 독일어와 루마니아어 사이에서 자신만의 문학적 언어를 전면적으로 재구성해야 했다. 시시각각 허물어지는 발화 속에서 낱말이 바스라지고 구문이 내려앉았다.

졸업 후 그녀는 공장의 기술문서를 루마니아어로 번역하는 일을 맡지만, 곧 루마니아 비밀경찰의 감시 대상이 된다. 정보원으로 포섭하고자 하는 집요한 시도에도 불구하고 수락을 거부하자 그녀는 폭언과 협박을 감내하며 버티던 끝에 결국 직장에서 해고되기에 이른다. 실직 후에도 뮐러는 수년간 지속적인 심문과 모함에 시달리며 궁핍한 생활로 연명해야 했다. 숱한 위협에도 그녀가 방기할 수 없었던 것은 저항의 언어였다. 대학 시절부터 젊은 작가들의 모임에 참여하며, 그녀는 문학을 통해 체제에 맞서는 법을 터득했다. 뮐러가 가담했던 문학적 연대는 곧 국가 권력의 탄압으로 강제 해산되었지만, 문인들과의 예술적 결속은 언어라는 것이 단지 표현의 수단에 불과한 것이 아니라 실존을 위한 전위적인 실천임을 그녀 스스로 각인하는 직접적인 계기가 되었다.

1987년, 뮐러는 결국 독일로 망명한다. 가까스로 그곳으로 이주한 후에도 그녀는 정서적인 소속감을 느끼지 못했다. 루마니아에서는 자국민이 아닌 독일인으로 치부되어버렸듯이, 독일에서 뮐러는 루마니아인으로 호명되었다. 그녀는 어디에도 소속되지 못하는 언어적 유랑민으로 거처 없이 부유해야 했다. 이방인으로서의 정체성은 그녀의 문장 속에 고스란히 스며 있다. 그녀의 독일어는 타자에 의해 훼손된 언어이자, 체제와의 불화로 뒤틀린 언어였다. 작품 속에서 뮐러는 기이하게 균열된 억양을 품고 발화한다. 그녀의 문체는 엄격할 정도로 절제되어 있으며, 한 문단 안에 폭력과 침묵이 동시에 존재한다. 그녀는 문장을 능란하게 배치하지만, 단어를 남용하지는 않는다. 서사의 윤리가 수사적인 언어로 치환되는 것을 철저히 거부했던 뮐러에게 있어, 문학은 역사 속에 침전되어 차마 언표될 수 없었던 존재의 심부에 이르기 위한 미학적 제의 양식이나 진배없었다.

2. 그늘에서 태어난 문장: 『저지대』에 새겨진 폐허의 기척

숨죽인 침묵이 깃든 자리

뮐러가 글을 쓰기 시작한 1969년의 루마니아는 온전한 사유가 허락되지 않는 곳이었다. 당시는 언표 행위 자체가 생존의 위험이 되던 시기였다. 은폐된 감정은 고발의 기제로 작동했고, 사적인 기억은 의혹의 대상이 되었으며, 발화된 언어는 검열의 위험을 각오해야 했다. 역사의 불가항력적인 참상 속에서 문학은 언어예술이기 이전에, 감정이 정제되기 전의 분노를 복원하고 고통을 자각하는 감각을 통렬히 주시함으로써 발화가 허락되지 않는 존재를 입증해야 하는 윤리적 고투를 떠맡게 된다. 시대의 격랑 속에서 뮐러는 작가로서의 책무를 자처하며 예술적 소명을 감내했다. 언어의 잔해를 걸으면서도, 그녀는 문장의 끝마다 살아남았다. 침묵이 만연했던 체제의 적요를 딛고, 뮐러는 도처에 불안으로 산재해 있는 말의 편린들을 어루만졌다.

그 폐허 속 기척을 담은 뮐러의 데뷔작인 『저지대』(*Niederungen*)는 작가의 첫 작품이기 이전에, 육성을 몰수당한 이들의 생존 투혼을 미학적으로 예증한다. 독재 정권하에서 집필된 『저지대』는 출간되기까지 숱한 검열의 고문을 견뎌야 했다. 국가는 낱말의 살갗을 유린했고, 문장은 자신의 척수를 갈취당한 대가로 부지할 수 있었다. 이 때문에 루마니아에서 1982년에 출간된 첫 판본은 미완본이 아님에도 불구하고 이념의 지대를 통과한 탓에 체재 내에서 가까스로 허용된 언어의 잔해가 처연하게 배어 있다.

작가 스스로도 작품을 구상하는 순간부터 당국의 검열을 전제해야만 했기 때문에, 매 문장은 의미를 직접적으로 표출하지 않는 방식으로 더 많은 의도를 역설적으로 함축하는 독법을 택하지 않을 수 없었다. 누락되고 부식된 『저지대』의 결락 속에 시대의 폐허를 더듬는 뮐러의 기척이 칠흑처럼 드리워져 있다.

여타의 작품들과는 달리 『저지대』는 다층적 궤적의 층위를 구성한다. 그녀의 소설집은 1982년 루마니아에서 출간된 첫 판본, 이후 1984년 독일에서의 출간을 감행한 수정본, 그리고 2010년 검열기관의 감시나 편집자의 수정 없이 뮐러 자신에 의해 완결된 최종본의 지층을 연대순으로 지니고 있다. 삼십여 년의 세월을 거쳐 한 권의 책이 시대의 외압을 딛고 수차례 재간되었다는 사실은 각각의 서사가 인내해야 했던 침묵의 너비와 폭력의 심도를 가늠케 한다. 첫 번째 판본을 통해 가차 없이 난도당한 언어의 잔해를 목도할 수 있다면, 두 번째 판본은 행간에 서린 의미의 상흔을 복구하려는 문학적 실천이었으며, 마지막 판본은 그 모든 체제의 폭압을 관통한 후에 살아남은 망자들의 음향을 온전히 재건하고자 하는 작가로서의 결기였다.

세 겹의 판본은 강압에 의한 문체상의 변형이나 자의에 의한 편집상의 차이를 드러내는 데 그치지 않고, 시대별 지층의 편차를 통해 작가가 무엇을 선취할 수 있었고 무엇을 상실해야 했으며 무엇을 복원해 나갔는지를 켜켜이 조탁한 뮐러 삶의 문학적 지층이라 할 것이다. 세 겹의 지층을 읽는다는 것은 곧 그녀가 관통한 시대의 참상과 언어의 멍울을 작가의 호흡으로 함께 사유함을 뜻한다. 독자는 상처로 점철된 적막한 그 문장들을 해석하는 것이 아니라 끝까지 감내하게 된다. 그러면서도 낱말마다 서린 고통을 작가의 시선에 기대어 응시함으로써, 독자는 작품 속에 흥건한 통각의 음영을 오롯이 마주하게 된다. 어떠한 말도 허락되지 않을 때조차 문학은 언어가 말살된 바로 그곳에서 사유를 멈추지 않는다. 그로 인해 서사의 윤리가 복원될 수 있는 것이다.

고요한 소란의 윤무

『저지대』는 열아홉 편의 단편으로 이루어진 모음집이다. 일견 각 단편은 개별 인물들의 각기 다른 상황을 다루는 독자적인 이야기인 것처럼 보이지만, 작품의 면면에 일관되게 공명하는 불안과 죽음의 기조가 단편집 전체에 드리워져 있다.

『저지대』에 등장하는 대부분의 인물은 고유의 이름을 부여받지 못한다. 독재 체제에서 개인의 주체성은 전체주의 이념에 압사당하기 마련이고, 자아의 정체성은 국가에 부속되는 기능의 일부분으로 환원되어 버린다. 특히 단편집의 대표작이라 할 만한 표제작 「저지대」는 시대의 가장 서늘한 음향을 묘사한다. 냉엄한 고요가 단편 전체를 짓누르고 있다. 작가의 고향 마을을 연상케 하는 작품의 공간은 후면에 부가적으로 배치되는 지리적 배경으로 기능하는 것이 아니라, 집단의 반윤리적 폭력이 공공연히 자행되는 실존적 영역으로서 플롯의 전면에 자리한다.

마을의 곳곳마다 부패된 침묵이 얼룩져 있다. 집집마다 가해자와 피해자가 뒤엉켜 있고, 시선마다 혐오와 수치가 교차되며, 규범과 위반의 경계가 자의적으로 설정되어 있다. 익명의 군상 속에서 주인공인 어린 화자는 자신의 세계를 감각적으로 지각하며, 언어의 알레고리를 통해 마을에 드리워진 몰락의 국면을 인지한다. 그녀는 천편일률적인 현실을 재귀적으로 재현하는 것에 대한 반감을 표출한다. 아이는 사물을 은유의 대상으로 삼아 기억의 편린들을 가공하거나 왜곡하는 것을 서슴지 않으며, 이를 통해 발화가 허락되지 않는 마을의 실상을 미학적인 이미지로 치환하는 데 성공한다. 사물은 실어증을 앓지 않는다. 화자가 감정을 표출하는 것이 아니라, 사물이 감정을 굴절해 폭로한다. 기호이자 징후로서의 사물 속에 감정의 지형이 침묵을 능가해 직조된다. 비약을 넘나드는 그녀의 상상력을 경유함으로써만 독자는 말해지지 않는 현상 너머의 직관에 이르게 된다.

「저지대」는 유년의 잔해 위에 드리워진 불안의 시학이다. 아이의 시선으로 묘사되는 마을의 풍경은 목가적인 일상을 가장하고 있지만 실상은 만연한 잔악성에 고스란히 노출되어 있다. 식탁에서, 들판에서, 골목에서 갑자기 맞닥뜨리는 불가해한 폭력 앞에서 어린 화자는 비명조차 허락받지 못한 채 눅진한 침묵을 강요당한다. 아이는 불안을 망각할지도 모른다는 두려움에 시달린다. 어린 그녀에게 죽음은 형이상학적인 불안이 아니라 노상 마주하는 무료한 일과가 되고, 무위의 절멸에 이를 수 있는 죽음을 동경하다 못해, 끝내 그것을 갈망하는 지점에 다다른다. 마을 전체의 사람들이 무의식적으로 자기검열을 행하듯이, 아이는 나날의 절망을 외부로 투사하려 하지 않고 일상에 잔류하는 방식으로 내면화한다. 어린 화자의 무구한 시선을 통해 뮐러는 평온을 가장한 폭력을 힐난함과 동시에 불안을 역류하며 솟구치는 침묵의 소란을 형상화하고 있다.

뮐러는 등장인물들의 기진한 고통을 감상적인 억양으로 위무하는 대신 냉담에 가득 찬 어조로 응시한다. 이를 통해 그녀의 서사는 독자로 하여금 언어를 투과해 고통을 직시하는 법을 터득하게 한다. 침묵의 외연에서 주저하던 화자 또한 외상의 고통을 가장 첨예하게 통찰할 수 있는 죽음을 은유의 형태로 감각함으로써 존재의 심연을 내딛게 된다. 열아홉 편의 단편은 존재의 환희가 아니라, 죽음의 하중을 견디고 있다.

『저지대』는 헤어날 방도를 찾을 수 없었던 파국적인 시대의 참상을 문장으로 복구하려는 뮐러의 가장 절박했던 시절의 단면을 보여준다. 언어가 부재했다면 그녀는 그 순간을 부지하지 못했을 것이다. 바로 그러한 점에서 『저지대』는 뮐러 문학의 예술적 미학을 계시하는 데뷔작임과 동시에 그녀 문학 전체의 윤리적 시학이 응축되어 있는 대표작이라 할 수 있다. 뮐러 문학의 서슬 퍼런 결의, 곧 삶의 폐허 속에서도 고요한 소란을 허물고 언어 속으로 투신하겠다는 작가의 신념이 단편집 전체에 걸쳐 문장마다 맺혀 있다.

말 없는 문장의 윤리

독자는 『저지대』를 읽는 내내 제쳐놓을 수 없는 화두에 봉착하게 된다. 침묵으로 일관하는 문장을 복원하고자 애쓰고, 드러나지 않는 상흔을 목도하고자 긍긍하면서 독자는 타자의 고통을 온전히 헤아릴 수 없다는 비감에 휩싸이고 만다. 그러나 전도될 수 없는 바로 그 고통의 외곽을 물끄러미 서성이다가 불현듯 서사의 의미를 재촉하지 않고 말의 행간에 머무르는 이치를 어렴풋하게나마 깨닫게 된다. 뮐러는 문학으로 설익은 이해나 공감을 갈구하지 않는다. 독자에게 섣부른 합일이나 화해 또한 간구하지 않는다. 뮐러의 작품 어디에서도 작가의 성마른 희망은 표출되지 않는다. 그저 그녀는 불가항력적인 상황에서도 글을 쓰는 행위를 지속할 뿐이다. 『저지대』는 바로 그 완강한 지속의 미적 실천이다.

시대의 고통을 설파하는 것이 아니라 고통을 투시한 말의 파편으로 처연히 글을 짓는 뮐러의 문학 행위 자체가 어쩌면 그 자체로 윤리적 선취일지도 모른다. 검열의 겁탈로 인해 언어가 불구에 이르게 된다 할지라도 작가는 기어이 집필을 중단하지 않았다. 그녀의 문장은 고통을 간과하거나 희석하지 않는다. 그렇다고 고통을 두둔하거나 호소하지도 않는다.

뮐러는 자신의 작품 속에 드리워진 불안과 절망의 감정들을 형상화하는 데 있어 특유의 시적인 이미지로 도약했고, 이미지와 이미지의 단락 사이를 횡단하며 독자는 침묵 너머에 배치된 고통의 진폭을 가늠하게 된다. 소리가 닿지 않아도 언어는 여전히 존재할 수 있으며, 침묵 속에서도 문학은 거뜬히 쓰일 수 있다는 것을 뮐러의 작품이 예증해내고 있다. 『저지대』는 바로 그 침묵의 폐허를 통과한 문장들의 맥박인 동시에 나날의 완력을 견뎌야 했던 존재들의 반향에 다름 아니라 할 것이다.

3. 부서진 숨이 머무는 자리: 『숨그네』에 깃든 숨결의 잔향

숨의 그네에 매달린 존재들

살아남았다는 사실이 외려 죄책이 되는 때가 있다. 그들의 가책이 서사 속에 멍든다. 『숨그네』(Atemschaukel)는 그 누구로부터도 연원하지 않은 과오를 스스로 책망하는 이들의 비망록이다. 독자는 죄의 명목을 추궁할 수 없는 문장에 사로잡힌다. 소설 속 인물들은 침묵으로 일관하던 것들을 발설하는 것으로는 진실의 층위에 도달할 수 없음을 속속들이 알면서도, 시대의 잔해 위에서 존엄을 박탈당한 넋들의 삶을 복원하고자 하는 고투에 시달린다. 사건의 외상을 서사화하기 위한 그들의 사투는 예기된 바대로 좌절되고, 분간할 길 없는 언어의 주검을 그들은 다시금 맞닥뜨리고 만다. 무릇 살아남았다는 사실만으로 자책이 되는 삶이 있는 법이다.

밀러 문학의 예술적 절정이라고 평가받는 『숨그네』는 그녀의 작품 세계에서 가장 말수가 적으면서도 동시에 가장 많은 함의를 내포하고 있는 작품이다. 2009년에 발표된 이 소설은 제2차 세계대전 직후 루마니아에 거주하는 독일계 소수민족이 전후 재건을 빌미로 강제노동을 위해 우크라이나로 이송된 역사적 사건을 배경으로 한다. 자신의 어머니뿐만 아니라 친지와 지인에 이르기까지 숱한 독일인이 타국으로 강제 압송되었던 이 사건에 밀러는 오랜 시간 사로잡혀 있었다. 공교롭게도 그녀는 베를린 망명 시절에 자신과 친분이 두터웠던 루마니아 작가 오스카 파스티오르(Oskar Pastior) 또한 5년간 노동수용소로 강제 추방되었던 경험이 있음을 전해 듣게 된다. 이후 밀러는 그의 구술적 증언을 단상이나 메모의 형태로 채록해나간다.

시인이자 소설가인 두 사람은 소련 강제수용소를 제재로 하는 작품을 공동 집필하기로 결심하기에 이른다. 뮐러는 그와 투합해 우크라이나 현장으로 답사를 다녀오기도 할 만큼 텍스트의 인물, 장소, 사물, 사건 등에 이르기까지 작품에 수반되는 주된 개요의 면면을 함께 구상해나갔다. 파스티오르의 돌연한 죽음으로 소설은 난항을 거듭하게 되었으나, 결국 뮐러는 단독으로 탈고를 완수하게 된다.

소설의 출간 이후 작가 스스로 수차례 역설한 바 있듯이, 『숨그네』는 그녀의 문학적 독백이 아니라 망자와의 기억적 협업에서 비롯된 존재론적 공저다. 그의 실존적 부재에도 불구하고 작품 속에는 뮐러와 파스티오르, 두 작가의 문학적 동행의 기적이 혼융되어 있다. 그녀는 파스티오르의 체험적 회고에 근거한 실증적 기록에 전적으로 의탁하면서도, 증언 문학이나 기록 문학의 장르적 속성과는 달리 시대의 참상을 순순히 재현하고자 하지 않았다. 뮐러는 사건의 진실에 이르는 온전한 서사가 가능하리라는 맹목을 따르지 않는다. 체제에 횡행하는 침묵이 은유의 형태로 발설되는 단락 속으로 허약한 진실이 증폭되어 역류하고 있다.

무게 없는 호흡, 그 흔들림 속에서

『숨그네』는 한 인물의 고백, 혹은 한 시대의 증언으로 일축되지 않는다. 소설 전체의 기축이 되는 열일곱의 소년 레오는 루마니아 태생의 독일인이자 동성애자로서, 자신이 은닉하고자 했던 모든 징표를 수반한 채 수용소로 향한다. 그는 타국의 불모지에서 극한의 노동을 견디며, 특유의 섬세한 시선으로 그곳의 풍경을 소묘한다. 소설 어디에서도 적대의 주체는 노출되지 않는다. 뮐러는 가해와 피해로 이분해 사건을 평면화하지 않는다. 배경의 암막에 배치된 규율의 폭력과 권력의 시원 그리고 감시의 체계가 비가시적으로 감지될 뿐이다. 수감된 이들에게 생사의 위협은 배식을 받듯이 임의로 할당되고, 서로가 서로에게 불가항력인 공포를 전가하며 환란의 나날을 근근이 살아낸다. 그들에게 있어 감정은 생존을 겁박하는 호사로운 사치로 전락하고, 감각은 마비된 사유가 재생될 여지가 도사리고 있는 위험으로 치부된다. 은밀한 향유를 추구하는 성적 정체성을 지닌 주인공에게조차 노역장에서의 연정과 비애는 사치품에 불과하고, 절망과 분노는 호사품으로 간주된다. 일체의 감정을 철저히 소진한 대가로 수용소를 포위한 죽음의 기미는 잠정 유보된다.

소설 속의 인물은 윤리적 존엄으로 살아가는 사람들이 아니라, 반인권적 패륜일지언정 여하한 이유로든 삶을 부지하는 것이 유일의 집념이 되어버린 자들이다. 이들의 생존 방식 위에 파국의 징조가 드리워진다. 주인공 레오는 타자에게 고통을 전가하는 것을 서슴지 않는 인면수심의 행태를 환멸의 시선으로 힐난하지 않는다. 그는 수용소 사람들이 암묵적으로 규정한 생존의 준칙을 재단하려 하지도 않는다. 어린 화자는 언어도단의 일상을 서사로 포착하려는 유일한 증인이자 목격자인 동시에, 사건의 연루자이자 가담자로서의 역할 또한 자처하고 있다. 그는 철저히 행위의 내부에 자리한다. 수용소의 삶을 형상화하기 위한 레오의 기억은 과거로부터 소환되는 것이 아니라, 심연으로부터 솟구치는 절규로 부조된다. 『숨그네』의 문장은 기억의 선형적 구조가 아니라, 시간의 단절된 리듬을 배태하고 있다. 고립과 강박, 축약과 반복이 서사의 리듬을 결정짓는다. 언표될 수 없는 수용소의 참극은 단정한 문장으로 끝내 정제되지 못한다.

서사가 실패하는 지점에서 주인공은 자신의 생존 근거를 다시금 근원적인 윤리적 성찰로 치환하게 된다. 밀러는 살아남은 자의 책무에 대한 실존적 화두를 강제노동수용소라는 구체적인 현실을 초월해 존재 전체에 대한 형이상학적 사유로 확장한다. 태생적으로 문학은 산 자의 부채로부터 연유되기 마련인 터, 작가는 『숨그네』를 통해 그 윤리적 채무의 본의에 침잠하고 있다. 사건을 서사화하는 것으로는 고통의 윤곽이 드러나지 않는다. 이들의 상흔은 단일 시제로 완결될 수 없는 미완의 언어를 통해 채취되고, 침묵의 외연에 서려 있는 진실의 잔향은 이성이 아닌 감각을 통해 간신히 포착된다.

작품은 언어의 퇴영을 예증이라도 할 요량으로 말의 무기력에 끊임없이 노출된다. 밀러는 언어가 허물어지는 바로 그 자리를 기억의 재현이 아니라 기억의 도약을 통해 말의 파편으로 복원해내고 있다. 이로써 독자는 망자의 기억을 도단하는 것이 아니라, 그 추념의 행렬에 동행하게 된다.

허기의 리듬으로 흩날리는 승무

소설 전체를 요동치는 심연의 개념은 허기다. 그것은 생물학적 결핍을 능가하는, 거의 신학적 범주로까지 증폭된 존재론적 감각이다. 레오는 이 허기를 배고픈 천사로 지칭하며 의인화하고 시각화한다. 비단 주인공뿐만 아니라 수용소에 있는 모든 이들에게 허기는 실존의 원천인 동시에 현존의 근거가 된다. 빈사를 면할 길 없는 그곳에서의 삶은 허기를 주축으로 모든 것이 정렬된다. 찰나의 허기나마 채울 수 있는 일체의 사물들은 위엄이 서린 하나의 산학적 숭고로 부상한다. 일상의 잔존물들이 허기의 환각으로 인해 신봉의 대상으로 변모한다. 허기라는 감각적 실체 덕분에 소설 속 인물들은 허무를 딛고 그럴듯한 노동의 명분을 스스로 부여할 수 있게 되고, 가족이나 동료와의 관계 또한 실리적으로 처분할 수 있게 될 뿐만 아니라, 심지어 타인의 죽음조차 물적 자원의 합리적 분배로 간명히 환원시킬 수 있게 된다. 갖은 죽음이 시시각각 난발되는 초유의 강제노동 현장에서, 수용소 전체를 잠식하는 허기는 그곳의 모든 가치를 통솔하고 규제하는 절대적 권능을 거머쥐기에 이른다.

그럼에도 작가는 근원적 허기의 심상을 인간 존재의 굴욕이나 치욕을 단적으로 드러내는 수단으로 동원하지 않는다. 오히려 뮐러는 허기의 감각을 통해 육체적 경험의 언어가 사변적 사유의 시어로 도약하는 경이에 도달한다. 『숨그네』의 문장은 비약에 가까운 시적인 은유를 통해 허기에 맞서고 있으며, 서정적인 선율 속에 노동의 비근한 동작들이 우아한 몸짓으로 승화되고 있다. 그의 미학적 제의 덕분에 레오는 더 이상 수용소의 남루한 삶을 감내하는 노역자가 아니라, 허기라는 존재론적 실체를 애무하는 예술가로 일약 부상하게 된다. 그의 노동은 안무가 되고, 그 안무는 곧 시가 된다. 허기의 장단에 혼미한 착란을 느끼며, 레오는 폐허의 허공 속에서 광무를 춘다. 그는 비천한 노역을 예술의 형태로 승화함으로써 내적인 모반을 도모하게 되고, 이를 통해 은밀한 반역을 부조리한 형태로 수행하게 된다. 어린 레오의 미적 저항은 그 자체로 황홀하기 그지없다.

뮐러의 문학은 시나 소설 그 어디에서도 운문과 산문의 문체적 간극을 이분하지 않는다. 그녀의 언어는 논리적 명료성을 지향하기보다는 구문적 다의성을 우위에 두고 있으며, 서사 속 문장은 의미가 선명하게 전달되지 않고 모호하면서도 비의적이다. 진실의 편린들이 정제된 서사의 초석이 아니라 훼손된 구문의 잔해 속에서 출몰하게 될 때, 문학은 더 이상 나긋한 미적 유희가 아니라 전위적인 실천 행위가 된다.

『숨그네』에서 뮐러는 파편화된 언어의 철편들을 조형하며, 전례 없는 미학적 건축술을 고안해낸다. 침묵의 문장을 빚으며 그녀는 시대의 윤리를 세운다. 그것은 이념적 압제에 의해 유린된 역사를 파헤치는 윤리가 아니다. 뮐러는 침묵의 폐허를 응시하는 동시에 폭력의 그늘을 투시함으로써, 수선스러운 적막 너머에 자리한 문학의 윤리적 위엄을 구현하고 있다. 그리하여 『숨그네』는 한 편의 장엄한 진혼의 서사를 이룩하게 된다. 문학은 치유의 부산물이 아니다. 독자가 행간의 적요를 관망하는 것이 아니라 문장에 서린 고통을 함께 무릅쓰는 순간, 문학은 비로소 순전한 미학적 직조물을 넘어 윤리적 연대를 요청하는 예술적 제의로 거듭난다.

4. 흰빛 서린 서사의 온기

견고하게 허물어지는 사유

발화 이전의 편린을 포착하는 것 그리고 그것을 가시화하되 난발하지 않는 것, 이것이야말로 뮐러 문학이 지닌 미적 긴장이다. 이는 소리로 포획되기 전의 고통과 언어로 지각되기 전의 불안을 통해, 그리고 구문과 구문 사이에 침윤되어 있는 침묵을 통해 발현된다. 서사의 단락마다 행간의 호흡이 일순에 단절되어버리고는 별안간 흩어졌다가 불현듯 솟구치고는 한다. 뮐러의 문학은 상처를 봉합하려 하지 않는다. 도리어 그녀는 언어를 투과해 상흔의 폐부를 예리하게 관통한다. 침묵의 음향과 고통의 잔향이 문장 곳곳에 숨어 있다. 뮐러의 문학에서 언어의 단절은 미학적 과시가 아니라 윤리적 징후로 독법되어야 한다. 그녀의 글은 육신을 부여받지 못한 존재의 절규를 언어로 해득하기 위한 미학적 실천에 다름 아니다.

폭력의 능선에서, 뮐러는 언어를 다시 세운다. 그녀의 문학은 발화가 허용되지 않는 곳에서 언어의 파편을 수습한다. 전횡을 일삼는 체제 속에서 작가는 서슬 퍼런 사유의 기척을 채취하고, 침묵의 폭압에도 불구하고 지속되는 존재의 고집들을 문장 사이에 배치한다. 뮐러의 글은 고난을 증언하는 것이 아니라, 고통이 어떻게 존재의 심부로 침투하는지를 사유한다. 그녀는 상흔을 묘사하면서도 그것을 남용하지 않으며, 침묵을 돌파하면서도 그 적요를 끝내 파괴하지 않는다.

뮐러의 문학은 가파른 경계 위에 서 있다. 기만과 침묵, 감시와 폭로 그리고 위압과 폭력 사이에서 그녀는 어느 편으로도 치우치지 않고 절단선에 다름없는 그 끝자락에 위태롭게 머무르며 경계 그 자체를 통찰한다. 이로 인해 그녀의 문장은 끊임없이 뒤척이지만, 동시에 견고하게 단련되어 있다. 침묵이 규범으로 고착되어버린 기이한 풍경 속에서 뮐러는 일거에 소거되어버린 존재들과 진상을 규명할 길 없는 사건들을 섬세하게 포착하면서도 상처를 섣불리 치유하려 하지 않는다. 오히려 그 멍울의 살갗이 드러내는 혈흔의 형적들을 문장 속에 부여잡는다. 서늘한 감각으로 침묵을 응시하고 폭력을 경청함으로써, 뮐러는 가장 고요하고도 단호한 문장을 조탁해내고 있다.

문학이라는 은유의 직물

뮐러는 언어가 허물어진 자리에서 문장을 빚는다. 글을 익히기 전에 말의 적의를 먼저 체득해야 했기에, 그녀의 문장은 상처의 투영이 아닌 고통의 음영이었다. 뮐러는 문장을 쓰는 사람이 아니라 문장이 되기를 결단한 시인이었고, 단어의 의미를 제약하는 것이 아니라 단어의 진폭을 사유하는 작가였다. 서술의 외곽에서 그녀는 미학적 윤리를 정초한다. 뮐러에게 있어 문학은 미학과 윤리가 촘촘히 교차되어 있는 예술적 직조물이었다. 언어의 기적을 경청하는 한, 문장은 파열되지 않는다. 그렇게 뮐러는 문장 속에 서린 침묵을 서성인다.

『숨그네』에서 레오는 경문을 외우듯 단 하나의 문장을 되풀이해 읊조린다. "너는 돌아올 거야." 이 문장은 사지로 떠밀려가는 손자를 위한 할머니의 마지막 발원이었다. 삶이 무너지려 할 때마다 나지막이 되뇌던 이 문장이 그에게는 찰나의 위로나 희망이 아니라 간절한 기약이자 서약이었다. 묵시에 가까운 이 말은 환란에 빠진 어린 레오에게 그 무엇도 계시하거나 설법하지 않았지만, 실낱같은 그 문장이 단 하나의 신탁으로 그의 내면에 각인되어 자신을 간신히 부여잡을 수 있게 했다. 묵상과 다름없는 그의 기도가 그곳에서 그를 버티게 했으며 결국에는 살아남게 했다.

2009년 노벨문학상 수상 연설에서 뮐러는 한 장의 손수건을 내민다. 그녀는 매일 아침 어김없이 손수건을 건네주시던 어머니의 다정한 안부가 자신의 생을 지켜주었다고 고백한다. 하얀 아마포의 조각천은 그녀의 하루를 마중하고, 불안을 곁에서 호위하며, 비탄을 애도하는 사물이었다. 뮐러에게 있어 손수건은 단순한 모성의 징표나 유년의 표상에 국한되는 상징물이 아니라, 감각적 물성에서 사변적 사유로 고양되는 은유의 직물이었다. 그것은 작가가 존재의 고통을 견디는 방도이자, 상처의 윤리를 여미는 방식이었다. 문장의 살갗마다 바늘이 꽂혔다. 속절없이 언어는 구문 속에서 마모되고 훼손되었지만, 뮐러는 무채색의 색실로 불온한 그 리듬을 작품에 아로새겼다. 그렇게 뮐러의 서사는 흰빛 서린 손수건이 된다.

본디 문학은 발화를 허락받지 못한 존재의 상흔을 언어의 편린으로 어루만진다. 그것은 언어의 포화를 난사하듯 쏟아내는 대신, 부서진 언어의 잔해를 나직이 건넴으로써 지속된다. 또한 문학은 절망의 감각을 무화하는 것이 아니라, 비탄의 정서를 끌어안는 몸짓에서 비롯된다. 바로 그 손길로 뮐러는 문장을 짓는다. 무명의 조각천은 난폭하게 구겨진 채로 독자를 맞이한다. 서사의 상처마다 맺힌 유린된 존재들의 체온이 해진 모서리에 스며든다. 이들의 비탄이 흥건하게 고인 손수건을 펼쳐 든 독자는 끝내 서사를 완결하지 못하고, 남루해진 문장의 고요를 하염없이 배회하게 된다. 여전히 세상은 참혹하고 혹독할 테지만, 그녀의 문학은 존재의 완미한 기품을 아랑곳없이 고수할 것이다. 그것이야말로 헤르타 뮐러의 서사가 성취한 가장 아름다운 미학적 윤리다.

마리오 바르가스 요사의 『도시와 개들』 『판탈레온과 특별봉사대』 『염소의 축제』

개인의 저항과 패배를 그리다

송병선 울산대 스페인중남미학과 교수

마리오 바르가스 요사

Mario Vargas Llosa, 1936-2025

©The Nobel Foundation. Photo: U. Montan

페루 출신의 스페인 작가이자, 남미문학의 '붐'(Boom) 소설 세대를 견인한 거장이다. 어린 시절 에콰도르와 페루의 여러 도시에서 지냈으며, 청소년기에는 군사학교에 다니다 중퇴했다. 1963년 군사학교 경험을 바탕으로 첫 장편소설 『도시와 개들』을 발표하며 주목받았고, 이후 『녹색의 집』 『염소의 축제』 『판탈레온과 특별 봉사대』 등 독재 권력, 부패한 정치, 사회적 불평등 등 라틴아메리카의 현실을 신랄하게 비판했다. 그는 1990년 페루 대통령 선거에 출마했다가 낙선하는 등 현실 정치에도 적극적으로 참여했다. 2010년 노벨문학상을 수상했다.

"그는 문학이 절대적 자유의 산물이
될 때 비로소 훌륭한 작품이
탄생한다고 믿는다.
그의 작품에서 정치는
재생되지 않고 재창조된다."

1. '붐 소설'과 마리오 바르가스 요사

20세기 후반부터 세계문학을 이끄는 라틴아메리카 현대소설은 '붐 (Boom) 소설'이란 이름으로 널리 알려져 있다. 폭탄이 터지는 소리이자 갑작스러운 인기를 뜻하는 '붐'과 '소설'이란 합성어에서 알 수 있듯이, 오랜 세월 동안 주변부에 있던 라틴아메리카 소설은 1960년대와 1970년대에 세계 문학계를 강타하면서 세계문학의 주인공으로 자리 잡는다.

이 붐 소설의 작가로는 콜롬비아의 가브리엘 가르시아 마르케스 (Gabriel García Márquez, 1924-2014), 멕시코의 카를로스 푸엔테스 (Carlos Fuentes, 1928-2012), 아르헨티나의 훌리오 코르타사르(Julio Cortázar, 1914-84), 페루의 마리오 바르가스 요사(Mario Vargas Llosa, 1936-2025) 등이 있는데, 이 '붐 소설'을 유럽에 본격적으로 알린 첫 작품이 바로 마리오 바르가스 요사의 『도시와 개들』(*La ciudad y los perros*, 1962)이다. 그는 붐 소설 작가 중에서 마지막으로 2025년 4월

13일에 타계하면서, 붐 소설의 시작이자 끝을 이루게 된다. 바르가스 요사의 죽음으로 이제 모든 붐 소설 작가는 역사 속으로 들어갔다.

1936년 3월 28일에 페루 남부인 아레키파에서 태어난 바르가스 요사는 소설, 단편, 희곡, 문학비평, 언론 등 여러 분야에서 활동한 다재다능한 작가였다. 그는 결코 지식인과의 논쟁을 두려워하지 않았으며, 라틴아메리카 문화와 정치의 대변인 역할을 마다하지 않았다. 그는 활발하게 정치활동을 했지만, 문학은 그에게 가장 중요한 열정의 대상이었으며 그의 재능을 가장 잘 보여준 분야로 평가받는다. 페루 사회는 거의 항상 바르가스 요사 문학의 중심이었다. 페루는 다양한 인종으로 이루어진 다문화 사회다. 그곳에는 스페인어를 사용하는 백인 지배층 계급과 케추아어를 사용하는 원주민 피지배계층을 비롯해 소수의 아시아계와 흑인도 있다. 이런 인종의 다양성은 해안 사막지대, 안데스산맥, 그리고 아마존 밀림과 같은 지리적 특색으로 더 복잡해진다. 한 나라 안에 이토록 다채로운 세계가 있기에, 바르가스 요사의 소설은 대부분 이런 여러 세계가 서로 충돌하며 공존하는 현상을 다룬다.

이런 소재와 더불어 그가 사용한 작품의 형식도 중요하다. 바르가스 요사는 19세기 사실주의의 특징을 20세기의 역동적인 문학 기법, 즉 유럽과 영미 모더니즘 소설과 결합한다. 그래서 다양한 관점이나 내면 독백과 같은 기법을 사용하며, 몽타주 효과, 비연속적이고 파편화되거나 서로 뒤얽힌 다층적 서사를 구사한다. 한편, 그가 소설에서 다루는 주제는 그의 경험을 잘 반영한다. 그것은 권력자들이 폭력을 통해 권위를 강요하거나, 권력이 없는 사람이 강제로 사회적 구속을 받아들이는 것으로 이루어진다. 그러나 1980년대 이후의 작품에서 그의 스토리텔링은 현실에 대한 권력의 힘을 부정하지 않으면서도, 그런 사회적 구속의 끈을 끊어버린다. 이렇게 바르가스 요사는 소설이 현실을 수정하고 '인생의 짐을 견디도록' 해야 한다는 관점을 피력한다.

마리오 바르가스 요사가 처음으로 출간한 작품은 단편집 『두목들』(*Los jefes*, 1959)이다. 이 이야기들은 문체적으로 빈약하며 구성도 그다지 극적이지 않다. 이 작품부터 『카테드랄 주점에서의 대화』(*Conversación en La Catedral*, 1969)에 이르기까지, 바르가스 요사의 소설은 갈수록 복잡한 구조를 띤다. 1980년대 이후에 출판한 작품들은 초기 작품보다는 단순해지지만, 『세상 종말 전쟁』(*La guerra del fin del mundo*, 1981)은 예외다. 이 작품은 에우클리데스 다 쿠냐(Euclides da Cunha)의 『오지의 반란』(*Os sertões*, 1902)에 바탕을 둔 역사소설이며, 그의 초기 소설에서 볼 수 있는 총체적 소설에 관한 관심이 사라지지 않았음을 보여준다.

바르가스 요사의 첫 번째 장편소설 『도시와 개들』은 그가 재학했던 리마의 레온시오 프라도 군사고등학교를 배경으로 삼는다. 이 작품은 스페인에서 유명한 브레베 도서관상(Biblioteca Breve)을 받고, 페루의 군사학교 운동장에서 공개적으로 불태워지면서 주목을 받는다. 군사학교를 페루 사회의 밀실 정치를 보여주는 소우주로 사용하면서, 이 소설은 학교의 군대식 규율이 어떤 잔인한 결과를 초래하는지 서술한다. 그의 두 번째 장편소설 『녹색의 집』(*La casa verde*, 1966)은 도시와 학교의 대립을 아마존 밀림의 녹색이 상징하는 '자유'와 피우라의 혼탁한 색으로 구현되는 '구속'의 대립으로 확장한다. 시간적 대립은 물리적 대립을 일으킨다. 피우라와 신화적 과거를 지닌 아마존은 현재에 의해 침투되고 변형된다. 그렇게 40년에 걸쳐 일어나는 다섯 개의 서로 연결된 서사는 혼합되면서 이 작품의 효과를 극대화한다. 한편 『카테드랄 주점에서의 대화』에서 바르가스 요사의 무대는 다시 리마로 돌아온다. 그리고 다양한 층위의 이야기를 혼합하면서, 탐정소설 구조와 순환 구조를 통해 수수께끼를 푼다. 서로 다른 이야기를 하나로 통합하는 이 소설은 1950년대 마누엘 오드리아(Manuel Odría) 정권에서 일어난 사회적·성적·정치적 타락을 보여준다.

그의 초기 소설에서는 자전적 요소가 작품의 출처로 언급만 될 뿐 심도 있게 전개되지는 않는다. 그러나 소설 『나는 훌리아 아주머니와 결혼했다』(La tía Julia y el escribidor, 1977)에서는 핵심적인 요소로 등장하면서, 일상생활의 역설과 사랑과 방송 각본을 쓰는 행위는 '마리토'와 숙모 훌리아의 연애와 혼합된다.

『이야기꾼』(El hablador, 1987)에서 바르가스 요사는 자기 생애의 일부를 포함하는 차원을 넘어 쉽게 알아볼 수 있는 초기 작품들의 내용을 언급한다. 이렇게 그는 소설과 현실의 불확실한 경계를 분명하게 보여준다.

『카테드랄 주점에서의 대화』의 사색적인 구조를 탈피해 『이야기꾼』과 『마이타의 이야기』(Historia de Mayta, 1984)는 현재의 권력에 저항하는 바보 혹은 영웅인 사람을 구성하기 위해 잘 알려지지 않고 모순적인 증거들을 이용하면서, 특정한 정치적·경제적 문제를 부각한다. 『마이타의 이야기』는 초기의 실패한 테러리즘 일화부터 반정부 무장그룹 '빛나는 길'(El sendero luminoso)의 투쟁에 이르기까지의 순간을 재구성한다. 한편 『이야기꾼』은 전통적 아마존 문화와 근대화와의 충돌을 깊이 다루지만, 해결책을 제시하지는 못한다.

1981년에 바르가스 요사는 페르난도 벨라운데(Fernando Belaúnde) 대통령의 요청으로 우추라카이 살인 조사위원회의 조사위원으로 활동한다. 그 위원회의 임무는 게릴라 단체 '빛나는 길'이 폭동을 일으킨 기간에 우추라카이 마을에서 여덟 명의 기자가 학살된 끔찍한 사건을 조사하고 그 살인범들을 밝혀내는 것이었다.

『누가 팔로미노 몰레로를 죽였나?』(Quién mató a Palomino Molero?, 1986)는 그가 우추라카이 조사를 마친 후 얼마 안 되어 출판된다. 이 미스터리 소설은 우추라카이의 비극적 사건과 매우 유사하다. 또한 이 경험은『안데스의 리투마』(Lituma en los Andes, 1993)를 쓰게 한 동기가 되기도 했다.

1988년에 출판된『새엄마 찬양』(Elogio de la madrastra)은 익살스럽고 장난기로 가득한 작품이다. 이 소설은 작품에 잘 알려진 유명한 그림을 삽입해서 현실과 해석의 차원을 복잡하게 만들고, 에로티시즘을 통해 문학성이 어떻게 실현되는가를 보여준다.

한편, 2000년에 바르가스 요사는 대작으로 평가되는 정치 스릴러『염소의 축제』(La fiesta del chivo)를 발표한다. 가장 야심적이고 완성도가 높은 작품이라는 평가를 받는 이 소설은 1930년에 집권해 1961년에 살해될 때까지 도미니카공화국을 통치했던 라파엘 레오니다스 트루히요(Rafael Leonidas Trujillo)의 독재에 바탕을 두고 전개된다. 2003년에 발표한『천국은 다른 곳에』(El paraíso en la otra esquina)는 원시 세계를 찾아 타히티로 떠난 후기 인상파 화가 폴 고갱과 그의 할머니이자 초기 사회주의자이며 페미니즘의 창시자 중의 한 명인 플로라 트리스탄의 이야기를 다룬다. 실제로 만난 적이 없는 이 두 사람은 천국을 찾지 못하고 생을 마감한다.

그러나 바르가스 요사는 천국이란 불가능한 꿈이지만 꿈이 있기에 인간의 삶은 가치 있다고 역설한다. 그리고 2006년에는 '나쁜 여자' 혹은 '팜 파탈'(femme fatale)을 통해 프랑스 모더니즘 작가인 귀스타브 플로베르의 고전소설 『마담 보바리』를 현대적 감각으로 다시 썼다는 평가를 받는 『나쁜 소녀의 짓궂음』(Travesuras de la niña mala)을 발표한다.

노벨문학상을 받은 후에도 바르가스 요사는 다섯 편의 소설을 더 발표했다. 『켈트의 꿈』(El sueño del celta, 2010)은 노벨문학상 수상자로 선정된 직후에 발표한 소설로 아일랜드 출신의 인권 운동가 로저 케이스먼트(Roger Casement)의 일생을 다룬 작품이다. 그는 콩고와 페루에서 이루어지던 고무 채취라는 참담한 현실을 서구 사회에 고발했으며, 아일랜드의 독립을 위해 투쟁하다가 체포되어 교수형을 당한 사람이다. 그리고 2013년에 출간한 『현명한 영웅』(El héroe discreto)은 용기와 충성의 진정한 의미를 찾는 소설이며, 2016년에 발표한 『다섯 모퉁이』(Cinco esquinas)는 '빛나는 길'의 테러리즘, 황색 언론, 알베르토 후지모리 대통령 정권의 부패한 정치권력을 다루면서, 위선과 야망, 그리고 폭력으로 위협받는 1990년대 중반의 페루 사회를 그린다.

2019년에 출간된 『힘든 시절』(Tiempos recios)은 1950년대 중반 과테말라가 겪은 격동의 역사를 서술한다. 그리고 바르가스 요사의 마지막 소설인 『당신에게 내 침묵을』(Le dedico mi silencio, 2023)은 페루 해안 지방의 전통 음악으로 하나가 된 나라를 꿈꾸었던 한 청년의 이야기를 들려준다.

바르가스 요사는 1985년에 프랑스 정부가 수여하는 레지옹 도뇌르

훈장을, 1994년에는 스페인어권에서 권위 있는 세르반테스상을 받았고, 옥스퍼드, 예일, 하버드 등의 세계 유명 대학에서 명예박사 학위를 받았다. 그는 사실적인 표현 방식, 사건의 빠른 전개, 퍼즐을 맞추는 듯한 치밀한 구성, 날카로운 유머와 비판적 상상력, 그리고 감동적인 휴머니즘으로 세계성을 인정받았다. 그리고 2010년 스웨덴 한림원은 권력구조를 세밀하게 그려내고 개인의 저항과 투쟁, 패배를 정확하게 묘사한 점을 높이 평가해서 그에게 노벨문학상을 수상하기로 했다고 발표한다. 이 글에서 다룰 『도시와 개들』, 『판탈레온과 특별봉사대』(*Pantaleón y las visitadoras*), 『염소의 축제』는 노벨문학상 수상 이유를 정확하게 보여주는 대표작이다.

2. 『도시와 개들』: 유럽에서 '붐 소설'의 시작을 알리다

『도시와 개들』은 마리오 바르가스 요사의 첫 번째 소설이면서 동시에 '붐 소설'로 알려진 라틴아메리카 현대소설이 유럽에 본격적으로 알려지게 만든 첫 작품이다. 다시 말해 유럽과 미국 중심으로 이루어진 세계문학에 지각변동을 가져온 최초의 라틴아메리카 소설이다. 바르가스 요사는 이 소설을 1958년 가을에 마드리드에서 쓰기 시작해서 1961년 파리의 다락방에서 탈고했다. 1962년에 미출간된 혁신적이고 실험적인 소설에 수여하는 브레베 도서관상을 받았으며, 1963년에 출간되자마자 스페인 비평상을 받았다.

페루의 리마에 있는 레온시오 프라도 군사고등학교를 배경으로 전개되는 『도시와 개들』은 작가가 1950-51년에 그 학교에서 공부하며 겪었던 개인적 경험에 바탕을 두고 있다. 이런 점에서 이 소설은 '자전적' 성격을 띠고 있지만, 더 정확하게 말하자면, 작가가 레온시오 프라도 군사고등학교의 생활에서 영감을 받은 소설이라고 말할 수 있다. 『도시와 개들』의 작중 인물들은 작가가 실제 모델을 매우 자유롭게 각색했거나 변형한 것이며, 어떤 인물들은 완전히 만들어 낸 것이다.

작가가 이 작품을 탈고한 1961년은 쿠바혁명이 일어난 지 불과 2년밖에 지나지 않은 때였다. 이때와 매우 근접한 1956년부터 1961년까지를 살펴보면, 쿠바뿐만 아니라 라틴아메리카의 여러 나라에서 군부 독재정권이 무너졌다. 대표적으로 베네수엘라의 페레스 히메네스(Pérez Jímenez) 정권, 콜롬비아의 로하스 피니야(Rojas Pinilla) 군사정권, 페루의 오드리아 군사정권이 붕괴했다. 그러면서 여러 라틴아메리카 국가에서는 좌파가 정권을 잡을 수 있는 공간이 열리고 있었지만, 페루만은 그렇지 않았다. 바르가스 요사가 『도시와 개들』을 쓰고 출간하던 시기에 페루에서는 군부가 사회민주주의 동맹인 아메리카혁명인민동맹(APRA)의 지도자 아야 델라 토레(Haya de la Torre)가 대통령으로 선출되지 못하도록 방해하면서 정치 변화를 통제할 수 있다고 자신하고 있었다.

『도시와 개들』은 출간되자마자 여러 스페인어권 국가에서 이구동성으로 훌륭한 작품이라는 평가를 받았다. 이 소설은 '왕초그룹'이라고 불리는 비밀그룹의 단원들인 산골 촌놈, 왕뱀, 곱슬머리, 그리고 재규어를 중심으로 전개된다. 어느 날 밤 그들은 모여서 화학 시험지를 훔치기로 계획을 세운다. 보초를 서고 있던 '노예'라는 별명의 리카르도 아라나는 '산골 촌놈'이라는 별명의 카바가 계획을 실행에 옮기기 위해 학교 강의실로 가는 것을 목격한다. 카바는 시험지를 훔치고, 이후 시험지가 도난당했다는 사실이 발각된다. 그러나 누가 훔쳤는지는 밝히지 못한다.

그러자 학교는 생도들에게 전원 외출 금지 명령을 내린다. '노예'는 사랑하는 애인 테레사를 만나고 싶은 마음을 참지 못해 카바가 훔쳤다는 사실을 학교 당국에 밀고하고, 카바는 퇴학당한다. 밀고가 있고서 얼마 안 되어, 군사훈련 도중 노예는 총탄에 맞아 죽는다. '시인' 알베르토 페르난데스는 그 범죄를 저지른 장본인이 재규어라고 고발하지만, 학교 당국은 학교의 명예가 실추될 것을 두려워해 이런 사실을 은폐하기로 하고 리카르도 아라나가 자살했다고 발표하면서 그 사태를 수습한다.

이 소설에서 '개'는 신입생 혹은 하급생들을 지칭하고, '도시'는 레온시오 프라도 군사고등학교가 있는 리마를 뜻한다. 이렇게 군사고등학교 생도들과 리마의 관계가 암시되어 있다. 바르가스 요사는 레온시오 프라도에서의 경험으로 자기가 태어난 나라가 어떤 곳인지 알게 되었다고 고백한다. 그곳은 당시까지 그가 살았던 중산층 동네와는 완전히 다른 사회였다. 레온시오 프라도는 페루의 지역적·인종적 다양성을 축소해서 재생산하는 몇 안 되는 교육기관이었다. 그곳에는 아마존 지역과 안데스 산지를 비롯해 전국 각지에서 온 학생들이 있었다. 국립학교였기에 수업료는 거의 무료였다. 그래서 가난한 가정, 농촌 출신 혹은 가난한 마을이나 동네의 아이들도 들어올 수 있었다.

바르가스 요사는 학교 폭력을 끔찍하다고 여겼지만, 그보다 덜 유복한 가정의 생도들에게는 삶의 자연적인 조건이었다. 폭력은 바로 생도들의 인종과 지역과 경제 수준이 뒤섞였기에 일어났다. 그들 대부분은 어렸을 때부터 보고 배운 편견과 콤플렉스, 인종적·사회적 원한을 가지고 그 닫힌 공간으로 왔다. 그리고 개인적·공식적 관계에서 그런 것들을 분출했고, 신고식이나 부하 생도들에게 그런 감정을 해소할 방법을 찾으면서 학대를 합리화했다. 남성성이라는 기본 신화 위에 세워진 가치는 학교 철학이었던 다윈 철학의 도덕적 덮개로 이용되었다.

이런 이유로 군사고등학교는 모든 인종과 사회 계층이 한데 어우러져 있으며, 불평등, 범죄와 약탈, 허위 고발과 부패, 체념과 남성우월주의가 횡행하는 곳이라는 점에서 리마 혹은 페루의 소우주라고 볼 수 있다. 또한 사회 계층 간의 계급이 존재한다는 의미에서도 그렇다. 즉, 이 소설의 주요 무대가 되는 레온시오 프라도 군사고등학교는 학교라는 공간에 한정되지 않고, 리마, 그리고 더 넓게는 페루의 비유적 표현으로 작용한다. 그러면서 리마, 아니 이 세상의 모든 도시는 폭력으로 점철되어 있으며, 결코 편안하고 안락한 삶을 살 수 없음을 보여준다. 가령 『도시와 개들』의 생도들은 주말에 학교를 벗어나면 '정상적인' 사람으로 행동하려고 애쓰지만, 그들이 살고 있는 가정과 공동체의 현실은 학교와 같은 사회구조를 재확인하면서, 학교 내에 존재하는 권력구조를 그대로 드러낸다. 이런 권력으로 인한 폭력 이외에도, 사회적·인종적 편견과 악습이 지배하는 사회라는 점도 어느 정도 일치한다.

이 이야기는 복잡한 구조와 여러 실험적인 문학 기법을 통해 구현된다. 우선 구조를 살펴보면, 이 소설은 1부와 2부, 그리고 에필로그로 구성되어 있다. 1부에는 사르트르의 『킨』(Kean)에서 인용한 제사가 실려 있고 2부에는 폴 니장의 문구가 인용되면서, 청소년기에서 어른으로 옮겨가는 과정의 지난함을 암시한다. 한편 1부와 2부는 각각 8개의 장으로 구분되어 있으며, 각 장은 한 개부터 열 개까지의 일화로 이루어져 있고, 그 일화는 전통적 방식에 따라 여백으로 구분되어 있다.

이 작품의 파편화는 공간뿐만 아니라 시간적 차원으로 확대되면서 현재와 과거를 오간다. 그리고 이것은 다양한 문학 기법의 사용으로 더욱 복잡해지면서, 독자에게 일종의 도전이 된다. 이런 작품들은 대부분 골치 아프며 따분하기 일쑤이지만, 『도시와 개들』의 힘은 긴장과 극적인 요소로 가득해 독자를 완전히 몰입하게 만든다는 데 있다. 이것은 당시 파리에서 절정에 있던 '누보로망'과 달리, 바르가스 요사의 소설은 가치가 충돌하면서 이루어지는 인간적인 드라마를 보여주면서, 전통적인 소설 기법과 혁신적인 문학 기법의 대화를 모색하기 때문이다.

바르가스 요사는 직선적 시간, 일관된 관점, 전지적 시점이나 혹은 일인칭 서술, 작중 인물을 분명하게 묘사하는 사실주의와 맞선다. 즉, 사실주의를 사용하면서도 다양한 관점과 모호한 서술, 그리고 비선형적 시간, 회상 기법을 사용하면서 사실주의 너머의 공간을 정복하는 모험을 감행한다.

1963년에 『도시와 개들』은 기존의 전통과 단절하고 이야기 쓰는 방식을 바꾼 대표적인 작품이었다. 이런 소설은 작품의 의미를 생산할 수 있는 새로운 독자를 요구한다. 이것은 독자에게 작품 속에서 일어나는 일을 읽게 하고 그 의미를 스스로 깨닫게 한다. 이런 정신에 기반해서 혁신적인 문학 기법을 사용하지만, 매력적이고 탄탄한 이야기도 지니고 있어야 한다. 젊은 시절의 바르가스 요사는 정치적으로 쿠바혁명을 열렬히 지지했지만, 문학적으로는 조이스와 포크너, 플로베르와 사르트르를 매우 좋아한 독자였다. 그러나 그의 삶은 결코 책이 아니었고 따분하지도 않았다. 그는 살면서 수많은 역경을 견뎌내야만 했고, 그런 경험을 바탕으로 탄탄한 줄거리를 구성할 수 있었다.

3. 『판탈레온과 특별봉사대』: 유머의 정치성과 성의 패러디

1973년에 바르가스 요사가 소설 『판탈레온과 특별봉사대』를 발표하자, 많은 독자와 문학 비평가들은 갑작스럽게 변한 그의 작품 세계에 놀란다. 그는 초기 작품에서 유머를 터부로 여겼지만, 이 작품은 유머로 가득하기 때문이다. 바르가스 요사는 자기가 문학적 유머에 아무런 관심이 없다고 여러 차례 말하면서, 유머가 일반적으로 비현실적이며 현실과 유머는 상반된다는 그의 믿음을 강조했었다.

그러나 『판탈레온과 특별봉사대』를 출판하면서 바르가스 요사는 유머에 관한 생각을 완전히 바꾼다. 그는 유머가 인간 경험에서 매우 중요하며, 인간의 본성을 탐구하고 문학적 의미로 표현할 수 있는 여러 수단을 제공하고, 특히 소설을 쓰는 데 서술 방법의 원천이 된다는 걸 깨닫는다. 그래서 『판탈레온과 특별봉사대』에서는 유머를 직접 느낄 수 있으며, 독자는 웃으면서 이 비극적인 작품을 읽을 수 있다. 또한 이 소설에서는 어처구니없는 계획과 유머러스한 상황에서 만들어진 아이러니를 엿볼 수 있다. 기괴한 몇몇 사건들은 인간 본성의 여러 측면을 보여주면서, 페루 현실에 대한 작가의 확고한 관심과 비판적 자세를 드러낸다.

바르가스 요사의 소설 『판탈레온과 특별봉사대』는 외딴 아마존 밀림에서 페루 군대가 직면하는 독특한 문제를 다룬다. 아마존 밀림의 고립된 군부대에 복무하는 병사들이 섹스에 굶주린 나머지 인근 마을의 여자들을 겁탈하자, 지역주민들은 병사들의 불법 행위를 고발한다. 이 놀라운 소식은 안데스산맥을 넘어 페루의 수도 리마에 도착한다. 그곳에서 군 고위층은 병사들의 성욕을 달랠 방법을 고안한다. 즉, 누군가를 밀림 지역으로 파견해 비밀리에 창녀들을 고용하도록 하자고 결정한다.

군 당국은 판탈레온 판토하 대위에게 군인이라는 신분을 감추고 비밀리에 임무를 수행할 것을 지시한다. 그래서 판탈레온은 군 장교들의 숙소가 아니라 일반 민간인들과 어울려 살아야 한다. 또한 다른 군인들과 만날 수도 없으며, 아무에게도, 심지어 함께 사는 아내 포차와 어머니 레오노르에게도 비밀 임무의 성격을 밝혀서는 안 된다. 처음에 판탈레온은 그 임무가 자기의 원칙을 위배한다면서 거부하지만, 결국 그 임무를 맡게 된다. 판탈레온이 수행하는 임무는 '수국초특'(수비대와 국경 및 인근 초소를 위한 특별봉사대)이라고 불리며, 그것은 창녀들을 아마존 지역의 병영과 초소로 데려가 병사들의 성욕을 해결하는 것이다. 이 창녀 중에는 아주 매력적인 여자인 올가 아레야노('미스 브라질')가 있는데, 판탈레온은 그녀를 애인으로 삼으면서 아내 포차를 배신한다.

이후 '미스 브라질'은 이키토스 주민들에게 살해되고, 판탈레온은 봉사대원들의 사기를 북돋우기 위해 장교복을 입고 그녀의 장례식에 참석한다. 그렇게 그는 봉사대의 성격을 만천하에 공개하고 그가 지켜야만 했던 비밀을 폭로한다. 이 사건으로 '수국초특'은 군 내외부로부터 심한 비판을 받고, 결국 판탈레온은 상관들의 압력으로 봉사대 기지를 폐쇄한다. 이런 복잡한 상황으로 판탈레온은 자기의 군 생활이 끝났다고 생각하지만, 그의 상관들은 그에게 마지막 기회를 제공하면서, 티티카카 호수의 수비대로 파견한다.

이 소설은 모두 10장으로 구성되며, 크게 네 부분으로 나뉜다. 각부분은 대화로 시작하고 그 이후에 이어지는 내용은 거기서 제시된 상황을 더 상세하게 발전시킨다. 이 네 부분들은 판탈레온의 특별봉사대 발전 과정에 해당하는데, 작전기지설립-확장-침몰-에필로그의 순서로 전개된다.

첫 번째 부분인 작전기지설립은 1장부터 4장까지 전개된다. 다른 시간대의 대화로 이루어진 1장에서는 이미 이 부분의 나머지에서 전개될 이야기의 등장인물을 소개한다. 판탈레온 판토하와 포차의 대화를 통해 판탈레온이 장교라는 직책에 헌신하는 사람이며, 새로운 업무를 배정받은 지 얼마 안 되었다는 것을 알 수 있다. 다른 시간 차원에서 이루어진 대화에서는 그가 상부의 명령을 받아 그 임무를 수행하는 과정을 볼 수 있다.

두 번째 부분은 특별봉사대의 확장을 다룬다. 첫 번째 부분과 마찬가지로 판탈레온과 포차의 대화로 시작하지만, 이내 다른 대화가 삽입되면서 보다 복잡한 양상을 띤다. 여기에 삽입된 군인들과의 대화에서 스카비노 장군은 이제 그 사태를 멈추게 할 수는 없다고 지적한다. 두 번째 부분의 마지막에서는 포차가 남편을 버렸음을 유추할 수 있다. 이제 그 사태를 멈추게 할 수는 없다는 말이 일종의 전조인 것처럼, 이것은 현실이 되고, 작전은 갈수록 복잡해지면서 많은 문제를 초래한다. 여기서 판탈레온은 익명의 편지를 받는다. 그리고 마클로 비아는 포차에게 자기를 특별봉사대에 다시 들어가도록 도와달라는 편지를 쓴다. 이 편지들은 특별봉사대의 봉사업무가 확장되면서, 그들의 존재가 널리 알려졌다는 사실을 보여준다. 이런 소식이 유포되었다는 사실은 신치의 라디오 프로그램에서 잘 드러난다.

세 번째 부분은 2개의 장으로 구성된다. 이곳에서는 판탈레온의 몰락과 다른 문제를 볼 수 있다. 판탈레온과 레오노르의 대화로 시작하는 세 번째 부분은 이내 그곳에 없는 아내로 대체되면서 판탈레온의 가족이 해체되었다는 것을 알려준다. 고위 장교들의 대화는 특별봉사대 해체의 원인에 또 다른 문제들이 존재한다는 것을 시사한다. 신치의 라디오 프로그램, 미스 브라질을 기리는 판탈레온의 연설문, 일련의 신문 기사들은 바로 특별봉사대가 널리 세상에 알려졌으며, 그로 인해 판탈레온 판토하의 임무는 끝났다는 것을 보여준다.

네 번째 부분은 사실상 에필로그다. 이미 특별봉사대의 활동이 중지되었기 때문이다. 여기서는 특별봉사대 임무가 끝난 판탈레온 판토하가 어떻게 되는지 이야기된다. 그의 삶은 다시 초기의 질서와 화합을 되찾는다. 이 부분에서 포차와 판탈레온은 함께 새 부임지로 간다는 걸 알 수 있다. 그리고 아내 포차는 새로운 업무를 맡은 판탈레온의 일에 대해 말하면서, 그가 평소와 마찬가지로 질서와 규율에 너무나 집착하고 있다는 사실을 보여준다.

이 소설의 구조는 마치 시계태엽처럼 너무나 정확하다. 그리고 3부로 이루어진 전통적인 연극작품의 구조를 떠올리게 한다. 즉, 첫 번째 부분에서는 충돌이 제시되고, 두 번째 부분에서는 그 충돌이 더 복잡하게 전개되며, 세 번째 부분에서는 충돌이 해결된다. 대화로 이루어진 장들은 각 부분의 도입으로 기능하고, 소설이 전개되면서 어떤 변화가 이루어질 것인지 미리 알려준다.

한편 이 소설에서는 작품 처음에 등장하는 스카비노 장군의 경고가 판탈레온이 조직한 특별봉사대의 실패라는 실제 현실로 이루어지고, 1장에서 나타나는 신치의 존재가 작품 마지막에서 결정적인 역할을 하며, 이 소설의 첫 문장인 "일어나요, 판타"가 작품의 마지막 문장으로 반복되고, 이렇게 판탈레온과 포차가 다시 화합을 이루면서 순환 구조를 보여준다.

이런 짜임새 있는 구조 이외에도,『판탈레온과 특별봉사대』는 마음은 부패하면서도 겉으로는 청교도처럼 행동하는 페루 군부를 패러디했다고 할 수 있다. 그런 군부를 통해 같은 특징을 지닌 정치계를 비판하기도 한다. 여기서 군부는 매음굴이고 장성급과 영관급은 관리인이며, 하급 장교들은 뚜쟁이나 기둥서방이고, 병사들은 매음굴을 드나드는 사내들이며, 창녀들은 엘리트 집단으로 해석될 수 있다. 또한 아마존에 고립된 병사들의 성욕을 해결하고자 하는 이런 방식은 한 국가가 급박한 문제를 얼마나 황당한 방법으로 해결하려고 하는지를 다소 과장되게 보여준다고 볼 수 있다. 다시 말하면,『판탈레온과 특별봉사대』는 유머로 가득 차 있지만, 그 안에는 정치적 의미가 가득 담겨 있다.

4.『염소의 축제』: 독재정치와 그 정신적 상처

2000년대에 들어서 마리오 바르가스 요사는 독재체제에 많은 관심을 보인다. 이런 점에서 스페인의 유력일간지 『엘 파이스』가 바르가스 요사의 노벨문학상 수상은 그에게 국제적 명성을 가져다주었던 초기 작품이 아니라, 『염소의 축제』라는 후기 대표작이자 도미니카의 독재에 관한 소설에 기인할 것이라고 지적한 것은 의미심장하다. 바르가스 요사는 스웨덴 한림원이 자신의 정치적 견해가 아닌 '문학성'으로 노벨문학상이 결정되었기를 바란다는 희망을 밝혔지만, 『염소의 축제』에서는 그의 문학성뿐만 아니라 정치적 견해를 동시에 음미할 수 있다.

바르가스 요사의 『염소의 축제』는 정치를 그대로 재생산하지 않고 재창조하면서, 현실을 모방하지 않고 수정함으로써 새로운 현실을 만들면서 문학성을 획득한다. 이렇게 『염소의 축제』는 문학과 정치의 관계를 재정립하면서, 미래를 향한 창조적 가치를 구현한다.

독재자 소설은 라틴아메리카에서 오랜 전통을 자랑하는 문학 장르다. 아르헨티나의 후안 마누엘 데 로사스(Juan Manuel de Rosas)의 독재에 바탕을 둔 호세 마르몰(José Mármol)의 『아말리아』(*Amalia*, 1844)는 일반적으로 이 장르의 첫 번째 소설로 여겨진다. 이후 라틴아메리카에서는 수많은 독재자 소설이 출간되었다. 특히 20세기 중반에 들면서 미겔 앙헬 아스투리아스(Miguel Angel Asturias)의 『대통령 각하』(*El señor presidente*, 1946), 호르헤 살라메아(Jorge Zalamea)의 『위대한 부룬둔-부룬다는 죽었다』(*El gran Burundún-Burundá ha muerto*, 1951), 엔리케 라포우르카데(Enrique Lafourcade)의 『아캅왕의 축제』(*La fiesta del Rey Acab*, 1964)가 발표되었고, 1970년대에는 라틴아메리카 최고의 작가들인 알레호 카르펜티에르(Alejo Carpentier)의 『방법론 기원』(*El recurso del método*, 1974), 아우구스토 로아 바스토스(Augusto Roa

Bastos)의 『나 최고』(*Yo el supremo*, 1974), 가브리엘 가르시아 마르케스 (Gabriel García Márquez)의 『족장의 가을』(*El otoño del patriarca*, 1974) 이 출간되면서, 독재자 소설은 절정에 이른다.

이런 전통은 1980년대에 들어 루이사 발렌수엘라(Luisa Valenzuela) 의 『도마뱀 꼬리』(*Cola de lagartija*, 1983)와 토마스 엘로이 마르티네 스(Tomás Eloy Martínez)의 『페론의 소설』(*La novela de Perón*, 1985)로 이어진다. 이후 독재자 소설은 약간 주춤하는 것 같았지만, 2000년에 마리오 바르가스 요사가 『염소의 축제』를 발표하면서 또다시 이 장 르에 불을 지피게 된다.

독재자 소설은 사회 비판을 목적으로 삼고 있기에 사실주의 형식 을 취할 거라고 짐작할 것이다. 그러나 20세기 중반 이후에 출간된 대 부분의 라틴아메리카 독재자 소설은 실험기법을 사용하면서 독특한 형식을 구성한다. 그들은 전통적인 사실주의 소설의 구조를 거부하 면서, 사실주의는 현실이 쉽고 단순하게 관찰될 수 있다고 가정하는 오류를 범하고 있다고 비판한다. 여기서 새로운 기법의 사용으로 지 역적 문제는 보편적인 것으로 승화되고, 정돈된 세계관은 파편화되 고 왜곡되거나 혹은 환상적인 서사물이 된다. 이렇게 라틴아메리카 독재자 소설의 작가들은 내용뿐만 아니라 형식을 통해서도 독재를 비판한다.

특히 그들은 '작가'(author)와 '권위'(authority)의 어원 관계를 다시 점검하면서, 특권적인 가부장적 모습을 비롯해 모든 의미의 유래처 럼 보이는 권위적 아버지 같은 작가의 전통적 역할에 의문을 제기한 다. 이런 작가들은 비전통적 방식으로 소설을 쓰면서 독자들에게 사 회적·정치적 문제가 그들의 일상생활에 어떤 영향을 미치는지 살펴

본다.

『염소의 축제』는 바르가스 요사의 두 번째 독재자 소설이다. 그의 첫 번째 독재자 소설은 『카테드랄 주점에서의 대화』로 1948년부터 1956년까지 페루를 통치했던 마누엘 오드리아의 독재정치에 바탕을 두고 전개된다. 그리고 『염소의 축제』는 1931년부터 1961년까지 도미니카공화국을 공포로 몰아넣은 트루히요의 독재정권을 다룬다. 『염소의 축제』에서 트루히요 독재정권을 다루게 된 동기는 그가 1975년에 8개월가량 도미니카공화국에 머물렀을 때, 도미니카 사람들과 대화할 때면 피할 수 없는 주제에 관해 수많은 일화를 들었기 때문이었다.

그 주제는 바로 트루히요의 독재 시절이었다. 또한 그는 트루히요와 그를 살해하기 위한 음모 그리고 가공할 탄압 정치에 관해서도 읽었다. 그런데 그중에서 그가 가장 충격받았던 것은 독재자를 살해하는 데 성공했으면서도 이후의 계획을 실패로 돌아가게 만든 주요 가담자들의 행동이었다. 바르가스 요사는 왜 실패했는지 알고자 했다. 그리고 주요 음모자들이 자기들이 저지른 일을 보고 겁을 집어먹었기 때문이라고 결론지었다. 트루히요의 시체는 거기에 있었지만, 트루히요는 계속 그들 안에 살아 있었던 것이다.

이렇듯 바르가스 요사는 트루히요 독재 시절의 역사에 바탕을 둔 소설을 통해 트루히요 독재가 도미니카 국민의 심리에 어떤 영향을 주었는지 보여주고자 한다. 이런 목적을 달성하기 위해 그는 라파엘 레오니다스 트루히요 일생의 일부, 즉 그의 마지막 나날에 초점을 맞춘다. 이것을 출발점으로 삼아 플래시백, 대화, 회상, 다양한 화자의 등장, 목소리의 중첩 등을 통해 독재자의 삶에서 중요했던 순간들을 재구성한다.

이 소설은 역사적 사실에 바탕을 두고 있지만, 일인칭 화자를 비롯해 다양한 화자들, 트루히요와 다른 인물들의 생각과 대화를 보여준다. 그리고 이런 '상상된 사실'을 실제 확인할 수 있는 역사적 사실이나 사건과 뒤섞으면서, 트루히요의 절대 권력과 그것이 국민에게 끼친 영향으로 나아간다.

『염소의 축제』는 모두 24장으로 구성되어 있으며, 세 개의 서로 다른 이야기가 중첩되어 있다. 이 이야기는 관점과 시간, 그리고 공간이 모두 다르지만, 트루히요 독재라는 역사적 상황을 다룬다. 이 소설은 트루히요의 독재 시절을 재구성하는 세 개의 관점을 번갈아가며 사용한다.

우선 35년 만에 도미니카공화국으로 돌아온 우라니아의 현재 관점(1996년)이다. 그리고 트루히요와 그의 협력자들이 나누는 대화를 통해서는 과거가 서술된다. 셋째로 독재자 살해 음모와 그를 처형한 사람들의 죽음, 그리고 새로운 정부 수립에 관한 이야기가 등장한다. 12장에서 트루히요가 살해되지만, 이런 순서는 15장까지 그대로 유지된다. 그러나 16장부터는 다소 변화한다. 16장과 24장은 우라니아의 이야기이며, 한 장은 트루히요에 관한 것이고, 나머지는 모두 트루히요 살해 이후의 사건과 관련되어 있다.

이 소설은 트루히요의 독재에 초점을 맞추고 있지만, 주인공은 우라니아다. 그녀는 이 소설의 처음과 마지막을 장식하는 사람으로, 실존 인물이 아니라 바르가스 요사가 만든 인물이다. 우라니아는 잔인하기 그지없던 독재 기간에 자유를 빼앗기고 탄압받으며 침묵을 지켜야만 했던 모든 여자를 상징한다. 또한 독재자에게 상상할 수 없을 정도로 치욕을 당하고 타락해야만 했던 도미니카 국민 전체를 대표하기도 한다.

바르가스 요사는 이 소설이 과거의 역사적 관점뿐만 아니라 현대적 관점을 지닐 수 있도록, 즉 독재와 트루히요의 죽음을 비롯해 그 이후 전개된 혼돈과 폭력을 그 당시부터 누적된 모든 경험을 바탕으로 현대적 관점에서 쓰기 위해 우라니아라는 인물을 창조한다. 그리고 여성 인물이 역사의 주인공 중 하나가 되기를 원한다. 그것은 독재가 특히 여성에게 잔인하기 때문이다. 사실 모든 라틴아메리카 독재는 남성우월주의(machismo)에 물들어 있다. 절대권력을 휘두르는 권위주의 체제는 여자를 허약한 대상으로 만들어서 마구 짓밟았다. 트루히요에게 섹스는 권력과 남성성, 그리고 남성우월주의 사회의 최고 가치를 보여주는 상징 가운데 하나여서 여성은 항상 희생의 대상이 된다. 부모들은 딸을 트루히요에게 선물하고, 트루히요는 가장 가까운 협력자들의 아내와 잠자리하면서 치욕을 준다. 그것은 그들에게 그의 권력과 권위를 보여주기 위해서다.

바르가스 요사의 『염소의 축제』는 우라니아의 기억으로 구성된다. 우라니아 카브랄은 기억을 통해 공포와 부정과 부패와 비극으로 점철된 독재 시기를 재창조한다. 그것은 '살아 있는 제물,' 즉 희생 제물이었던 우라니아의 고통스러운 목소리와 제한된 기억을 통해 이루어진다. 이렇게 트루히요 독재의 어두운 시절은 열네 살짜리 희생자의 개인적 이야기를 통해 전개되지만, 그녀가 받은 상처는 개인적일 뿐만 아니라 도미니카 전체 국민의 목소리이기도 하다.

우라니아는 더럽고 추잡한 정치적 거래의 희생자다. 31년 동안 충실하게 봉사했지만, 특별한 이유 없이 독재자에게 버림받자, 그녀의 아버지 아구스틴 카브랄은 다시 총애를 받기 위해 딸을 염소(독재자)에게 바친다. 그러면서 우라니아의 처절한 운명이 시작된다. 그녀의 아버지는 '지식인'이라는 별명을 지니고 있지만, 그런 별명이 무색할 정도로 수령에게 무조건적인 충성을 다하며, 수령이 관련된 것은 제대로 판단하지도 못한다. 그렇게 마누엘 알폰소, 아구스틴 카브랄, 그리고 독재자 트루히요는 '염소의 축제'를 준비한다. 그것은 단 한 명의 초대 손님만 있는 은밀한 행사인데, 그 손님은 바로 우라니아다. 일흔 살의 독재자 트루히요는 발기가 되지 않는 바람에 그 축제를 제대로 즐기지 못한다.

그 사건 이후 우라니아는 조국을 떠나 35년간 돌아오지 않는다. 그녀는 하버드대학을 우수한 성적으로 졸업한 성공한 변호사로 뉴욕에 살고 있지만, 트루히요에게 강간당했고 아버지의 배신을 경험한 열네 살의 연약한 여자아이이기도 하다. 그녀가 마흔아홉이 되어 조국을 방문한 것은 중풍에 걸린 여든세 살의 늙은 아버지를 만나기 위한 것이 아니라, 자신의 운명을 결정해버린 파렴치한 음모와 자기가 당했던 성폭력을 밝히기 위함이다.

이런 비밀을 간직하고 그녀는 미국으로 혼자 건너가 자신의 상황을 극복하고 성공하면서 그 어떤 남자의 도움 없이 혼자 살 수 있는 여자가 된다. 스스로 자신의 삶을 설계하면서 자기가 태어나고 자란 남근중심주의 세계의 한계를 넘어선다. 그것은 자기 아버지뿐만 아니라 자기에게 접근하는 모든 남자를 상징적으로 죽이면서 얻게 된 결과다. 하지만 공적 공간에서의 사회적 성공과는 달리, 사적 공간에서는 아직도 조국의 아버지가 남긴 깊은 상처를 안고 살아가는 열네 살의 어린 여자아이다. 사적 공간과 공적 공간에서의 이런 차이는 바르가스 요사가 그리는 여성 인물의 한계로 작용한다.

『염소의 축제』는 역사가들의 비판과 더불어 문학 비평가들의 칭송을 동시에 받은 작품이다. 이 소설은 단순히 도미니카의 독재자 소설이 아니라, 라틴아메리카 내외부에서 아직도 존재하는 독재와의 투쟁에 대한 조언이며, 동시에 독재를 경험한 사람들의 트라우마를 어떻게 치유할지를 보여주는 것으로 그 의미가 확장되고 있다. 그러면서 이 소설은 바르가스 요사의 대표작품으로 인정받고 있을 뿐만 아니라, 2000년 이후에 발표된 라틴아메리카 소설 중에서 가장 훌륭한 작품으로 평가받고 있다. 스웨덴 한림원의 노벨문학상 수여 이유처럼, 이것은 단지 한 나라가 아닌 전 세계의 권력구조에 대한 지형도이며, 저항과 봉기, 그리고 개인의 패배를 예리하게 간파해 지적한 작품이기 때문이다.

5. 창조적 가치를 구현한 바르가스 요사

바르가스 요사는 첫 소설『도시와 개들』을 발표한 후 2025년에 세상을 떠날 때까지 60년 넘게 왕성하게 활동했다. 바르가스 요사의 문학적·정치적 입장은 크게 세 단계로 나뉜다. 소설가로서 본격적인 활동을 시작했던 1960년대와 1970년대 초까지 그는 사르트르와 카뮈의 영향을 받아 사회주의와 쿠바혁명을 옹호한다.『도시와 개들』『녹색의 집』『카테드랄 주점에서의 대화』가 이 단계에 해당한다. 그러나 1970년대 초에 일어난 쿠바혁명에 회의를 느끼면서 그의 입장은 완전히 바뀌고, 1970년대 후반부터는 신자유주의 경제사상과 자유시장

경제를 지지한다. 『판탈레온과 특별봉사대』와 『나는 훌리아 아주머니와 결혼했다』는 전환기의 작품이라고 평가되며, 『세상 종말 전쟁』 이후의 작품들은 신자유주의 단계를 잘 보여준다.

이렇게 시대에 따라 변화한 바르가스 요사의 작품은 현재의 독자에게 무엇을 말해줄 수 있을까? 초기 작품과 후기 작품은 다소 차이가 있지만, 그래도 그의 작품에는 변하지 않는 것이 있다. 그것은 폐쇄적 사회의 부패와 위선, 인종과 사회 계층 간의 계급과 권력, 그리고 일반화된 폭력과 사실 조작 혹은 은폐는 야만적인 페루의 영원한 역사라는 점이다. 아니 페루에 국한되는 것이 아니라, 라틴아메리카 또는 전 세계의 메타포라고 말할 수 있다. 그의 소설을 페루나 라틴아메리카에 한정된 작품이 아니라 우리의 현실을 그리고 있다고 읽을 수 있는 이유가 바로 여기에 있다.

바르가스 요사의 작품은 서너 작품만을 제외하곤 거의 모두가 페루를 무대로 삼고 있지만, 민족주의에 함몰되지 않는다. 그는 민족주의를 인간이 만든 최악의 개념이며, 가장 극단적인 민족주의는 문화적 민족주의라고 강조한다. 이것은 바르가스 요사가 자유시장경제와 신자유주의의 열렬한 지지자라는 상황과 연결되는 대목이기도 하다. 그러나 그는 사회 비판을 포기하지 않는다. 특히 2000년대에 들어서는 독재체제에 대해서 지대한 관심을 보인다.

바르가스 요사의 소설 세계와 그의 정치적 관점은 불가분의 관계에 있다. 다시 말해, 그는 문학에 대한 열정을 자기의 정치적 신념과 일치시키려고 노력한 작가다. 이것은 그가 훌륭한 문학 작품이란 정치적 의미를 띠어야 한다고 주장했다는 의미는 아니다. 오히려 그는 문학이 절대적 자유의 산물이 될 때 비로소 훌륭한 작품이 탄생한다고 믿는다. 그의 작품에서 정치는 그대로 재생되지 않고 재창조된다. 그의 작품은 현실을 모방하지 않고 수정함으로써 새로운 현실을 만들면서 문학성을 획득한다. 이렇게 바르가스 요사는 문학과 정치의 관계를 재정립하면서, 미래를 향한 창조적 가치를 구현한 작가다.

모옌의 『붉은 수수 가족』
원초적 인간의 세계를 감각의 향연 속에 그리다

이선옥 충북대 중어중문학과 교수

모옌
Mo Yan, 1955 -

본명은 관모예(管謨業)로, 1955년 중국 산둥성에서 태어났다. 소학교 5학년 때 일어난 문화대혁명으로 학업을 중단했고, 1976년 입대한 후 문학에 눈을 떴다. 1981년 단편소설 「봄밤에 비는 부슬부슬 내리고」로 데뷔해, 1984년에는 해방군 예술학원 문학과에 입학해 본격적으로 문학을 공부했다. 1986년 발표한 『붉은 수수 가족』을 바탕으로 만들어진 영화 「붉은 수수밭」이 베를린영화제 황금곰상을 수상하며 세계적인 작가로 떠올랐다. 『개구리』『티엔탕 마을의 마늘종 노래』 등 주요 작품을 통해 민담, 역사, 현대 사회상을 뒤섞은 독특한 환각 리얼리즘으로 주목받았다. 2012년 스웨덴 한림원은 그에게 노벨문학상을 수여했다.

"모옌의 작품에는 감각이
펄펄 살아 있고,
소설의 글자를 통해 독자의 감각을
불러일으켜서 독자의 마음속에
생명체를 만들어낸다."

1. 1980년대 중국: 다시 문학의 본질을 탐구하다

중국의 1980년대는 마오쩌둥식 사회주의를 뒤로하고 지금의 세계 강국 중국을 이룬 관념과 시스템의 첫발을 내딛는 때였다. 80년대 중국은 냉전 이후 단절되었던 서구의 것들을 게걸스럽게 학습하며 놀라운 속도로 변신했다. 역사 속에는 특별히 밀도 있고 창조적인 시기가 있는데, 중국의 80년대가 그렇다. 중국 80년대는 20세기 초반 중국의 신문화운동에 버금가는 창조적인 시기였으며, 중국 80년대를 만든 사람들은 지금 중국을 대표하는 세계적인 인물이 되었다.

문학예술 영역에서 영화감독 장이머우, 천카이거, 작가 위화, 왕안이, 화가 장샤오강 등이 그들이며, 모옌(莫言, 1955-) 또한 80년대의 문화를 배경으로 80년대 문학을 주도하며 성장한 작가다. 80년대 중국 문학계에는 상흔문학, 반사문학, 의식류소설, 몽롱시, 모더니즘, 뿌리찾기, 아방가르드, 신사실소설, 신역사소설에 이르는 다양한 문학적 주장들과 담론이 등장했다 사라졌다. 그러나 이들 주장의 근저에는 일정한 방향이 있었다. 마오쩌둥 시기 유일하게 군림하던 문예관, 즉 작가는 '인류 영혼의 엔지니어'이며 문학은 인민대중을 위한 것이라는 국가이데올로기로서의 선전문학에서 하루속히 벗어나고자 하는 갈망이 그것이다. 이는 두 방향에서 진행되었다. 하나는 마오쩌둥 시기에 억압되고 말살되었던 '인간'을 되살려내어 '인간의 본성'을 밝히고자 하는 것이었고, 또 하나는 지식인들이 자유롭게 다양한 주장을 제기함으로서 당의 유일한 권위적 담론에서 탈피하는 것이었다. 전자의 측면에서 사랑, 욕망, 감각, 실존과 같은 담론이 분출했고, 후자의 측면에서 전통, 자유, 해방, 비판, 문화와 같은 용어가 되살아났다. 그리고 냉전으로 단절되었던 제2차 세계대전 이후 30여 년간 서구의 다양한 문학예술과 부르주아문예라고 금지되었던 20세기 전반기 모더니즘 문예들이 쏟아져 들어오면서 문학예술가들은 새로운 문학 형식의 실험에 몰두했다.

하지만 80년대 전반기의 상흔 반사문학, 풍속문학, 개혁문학 등은 여전히 사회주의 현실주의의 범주 안에서 문학의 변화를 꾀하는 것에 머물렀다. 중국 문학이 마오쩌둥 시기 문학관념의 굴레를 완전히 털어내게 되는 것은 1984-85년 즈음 '뿌리 찾기 문학' '모더니즘 문학'을 주창하면서였다. 이때에 이르러 중국 문단은 다시금 문학의 본질적 문제에 대한 질문과 성찰을 진행한다. 마위안을 필두로 위화, 쑤퉁 등의 '아방가르드파'(先鋒派) 작가들은 무엇을 쓰는가가 아니라 어떻게 쓰는가가 중요하다고 주장하며 전위적인 문학 실험을 과감하게 시도했으며, 츠리, 팡팡, 류전윈, 류헝 등 '신사실소설'의 작가들은 '감정이 제로인 상태'(情感的零度)에서 창작할 것을 주창하며 문학의 현실 재현 가능성의 문제를 본격적으로 제기했다.

아방가르드파의 소설들은 주인공을 중심으로 시간 순서와 인과관계에 따른 단선적 서사를 전개하는 기존의 천편일률적인 소설작법의 규범을 파괴하고, 시간 순서의 도치, 다양한 시점의 이용, 의식의 흐름에 따른 서사를 구사하자고 주장했는데, 이는 문학의 담지체인 '형식'에 주목하게 했다. 형식을 단순한 기교로 이해해 내용과 형식의 기계적 결합을 주장했던 기존의 경직된 문학관을 벗어나서, 문학의 유일한 담지체인 언어를 '어떻게' 구사하는가 하는 것이 문학의 본질이며 형식이 곧 내용임을 각성시켰던 것이다.

'생활의 본래 모습을 환원'시키기 위해 '감정이 제로인 상태'에서 창작할 것을 주장한 신사실소설은 사회주의 중국의 문학을 지배해온 현실주의 원칙에 재차 근본적 질문을 던졌으며, '현실주의' 작품으로 평가되는 마오쩌둥 문학이 사실은 국가이데올로기라는 이념을 전제로 한 것이었음을 폭로하고 그것의 굴레를 던져버리는 데 혁혁한 공을 세웠다. 하지만 그들의 주장대로 '감정이 제로인 상태'에서 창작하면 '생활의 본래 모습을 환원'하는 것이 근본적으로 가능해지는 것일까? 생활의 본래 모습, 즉 객관세계를 있는 그대로 인식하는 것이 가능한가, 문학이 객관세계를 있는 그대로 재현하는 것이 가능한가? 신사실소설은 19세기 자연주의 문학이 직면했던 딜레마를 재현했다. 실제로 80년대 신사실소설가들이 창작 속에 구현한 생활 본래의 모습은 지리멸렬하고 구차한 일상생활(류전윈, 츠리 등)이거나 이기적이고 추악한 인간의 본능이 지배하는 비참한 현실(팡팡, 류헝 등)이었다.

80년대의 작가들은 이와 같이 다양한 문학 주장과 이론, 실천의 세례 속에서 수많은 영감을 받으며 자기만의 문학 세계를 자유롭게 구축해나갈 수 있었으며, 모옌은 80년대의 이러한 자유롭고 창조적인 사회문학적 배경을 토양으로 삼아 어느 한 사조에 귀속되지 않고 자기만의 문학 세계를 일구었다.

2. 모옌 문학의 근원: 굶주림과 고독

모옌은 1955년 중국 산둥성 가오미시(高密市) 동북부에 위치한 다란향(大欄鄉) 핑안촌(平安村)의 평범한 농민 가정에서 태어났다. 그는 문혁이 일어난 1966년 12세 나이에 5년 과정의 소학교 졸업을 끝으로 더 이상의 정규 교육을 받지 못한다. 마오쩌둥 시기 중 가장 고달팠던 시기로 알려진 대약진 시기를 겪으며 제대로 먹지 못해 비쩍 말라 있던 모옌은 소학교 졸업 후 인민공사의 가장 어린 사원으로 배치되었다. 아침 일찍 아저씨 아주머니들 사이에 끼어 작업장에 출근한 모옌에게 맡겨진 일은 소와 양을 멀리 떨어진 목초지로 끌고 가서 풀을 먹이는 일이었다. 모옌은 1973년 면화 가공공장의 노동자가 될 때까지 소와 양 외에 어떤 인간도 없는 그곳에서 하루 종일 꼬박 홀로 지내다 내려오는 생활을 했다.

모옌의 사춘기는 학교와 공부, 장래를 꿈꾸고 설계하는 것 대신 가난과 고독, 배고픔과 함께하며 그것들을 견뎌내는 시절이었다. 모옌은 가난한 고향을 떠날 수만 있다면 무엇이든 하고 싶었다. 당시 중국에서 농촌을 떠날 수 있는 길은 군인이 되거나 학교에 진학하는 길뿐이었다. 부유한 중농의 자식이라는 딱지를 단 모옌에게 학교 진학은 난망할 일이었기 때문에, 모옌은 군인이 되기 위해 온갖 노력을 기울였고, 우여곡절 끝에 1976년 마침내 일반 병사의 신분으로 군대에 들어간다.

　하지만 이토록 힘겹고 배고팠던 모옌의 사춘기에는 특이한 경험이 있었다. 모옌은 책을 좋아했고 글을 잘 썼다. 모옌의 고향마을은 변변한 책이 많지 않은 농촌이었지만 마을 누구네 집에 책이 있다는 사실만 알았다 하면 모옌은 무슨 수를 써서라도 달려가 빌려 읽었다. 모옌은 작문 실력도 뛰어나서 그가 작문 시간에 제출한 글을 보고 선생님이 남의 것을 베낀 것이라고 오해해 혼이 난 적도 있었다. 꾸준히 소설을 창작하던 모옌은 1981년 「이슬비 내리는 봄밤」이 처음 잡지에 실리면서 평생을 보장받는 간부급 군인이 될 수 있었다.

　그러나 모옌의 문학 생애가 본격적으로 펼쳐지는 것은 그가 중국 군대문학의 요람인 해방군예술학원 문학과에 입학한 1984년 이후다. 해방군예술학원에 입학하고 나서 비로소 모옌은 본격적인 문학 수업을 받으며 창작에만 전념할 수 있었다. 농민의 근면성과 의지를 지닌 모옌은 남들이 모두 잠든 시간에도 스탠드 등불에 가림막을 쳐놓고 문학 공부와 창작에 몰두했다. 모옌이 본격적인 문학 수업을 받던 때의 중국은 '신시기'의 기대 속에서 전 사회가 변화를 겪던 시기였고, 문학계 역시 요동치고 있었다.

　모옌은 1984년 노벨상 수상자인 마르케스의 『백년 동안의 고독』에 심취했고, 당시 문학 지망생이라면 너도나도 읽고 논의하던 포크너의 『고함과 분노』를 읽었는데, 이들 작가와 작품들은 모옌에게 자기 문학의 방향에 근본적인 영감을 주었다. 포크너의 작품은 모옌이 그토록 벗어나고 싶었던 그의 고향이 바로 자기 문학의 원천이 될 수 있다는 것을 일깨워주었다. 포크너의 작품을 읽고 난 모옌은 "꿈에서 깬 것" 같은 느낌을 받았다. 모옌은 "소설이라는 게 원래 이렇게 자기 하고 싶은 말을 되는 대로 떠벌여도 되는 거구나" "원래 농촌에서 벌어진 시시콜콜하고 별 볼 일 없는 일도 이렇게 당당하게 소설이 될 수 있는 거구나" 하는 것을 깨달았다. 그는 곧바로 포크너의 책을 내려놓고 자신의 소설을 쓰기 시작했다. 포크너의 요크나파토파 마을에 영감을 받았던 것이다.

고향의 자연과 사물, 동물, 사람들, 그리고 사건과 전설과 민담, 자신의 고향 경험을 소설로 쓸 수 있다는 것을 알게 된 이후에 모옌의 가슴속에 솟구치는 창작 영감은 그의 손이 따라가지 못할 정도였다. 그렇게 모옌은 자신의 실제 경험을 쓴 「투명한 자색무」로 문단의 주목을 받기 시작해 『붉은 수수 가족』(1986)으로 높은 평가를 받고 『티엔탕 마을 마늘종 노래』(1988), 『열세 걸음』(1988), 『술의 나라』(1992), 『풀 먹는 가족』(1993), 『풍유비둔』(1995)에 이르는 작품들을 속속 발표했다. 작품마다 새로운 문학적 탐색을 시도하며 결코 자기 복제 없이 끝없는 자기 갱신을 수행하는 작가 모옌은 문단의 호평을 받았다. 하지만 모옌이 무게감 있는 비평가들로부터 주목받으며 중국 문단에서 확고한 입지를 다지는 것은 2001년 『탄샹싱』이 발표되고 나서였다. 『탄샹싱』 이후 모옌은 놀라운 생산력으로 장편소설 『사십일포』(2003), 『인생은 고달파』(2006), 『개구리』(2009)를 연달아 발표했고 드디어 2012년 노벨문학상을 받음으로써 세계성을 인정받았다.

미국을 돌아다니며 중요한 강연을 하던 2000년 모옌이 스탠퍼드 대학에서 행한 '나의 창작 자산은 굶주림과 고독'이라는 제목의 강연은 모옌 문학의 고갱이를 이해하는 데에 결정적이다. 이 강연은 모옌 문학의 원천을 밝히고 있기 때문이다. 초등 5년이 정규 교육의 전부였던 모옌은 독특한 세계 인식의 경로를 지니고 있다. 사회화 과정으로서 제도권 교육이 결여된 모옌은 이성적 사고와 논리의 훈련에 익숙지 않고, 기성의 관념과 가치로서 이데올로기의 훈육에 크게 노출되지 않았다(모옌의 어린 시절이 경직된 이데올로기 교육의 시기였던 걸 생각하면 모옌의 낮은 학력이 오히려 그의 문학을 위해 다행스럽다고 하겠다). 학교 교육을 대신해 모옌은 자기의 직접적인 체험을 통해 스스로 세계를 인식하는 법을 익혔다. 그때 모옌이 맞이한 체험이 굶주림이라는 극한의 생존 상황과 자기 자신과 마주하는 것 외에는 이야기 상대도 아무런 놀잇감도 없는 지독한 고독이었다.

모옌은 여러 곳에서 자신이 직접 겪은 굶주림에 대한 이야기를 고백하는데 그 경험은 말 그대로 이 세상 이야기 같지 않다. 먹을 것이 부족해 항상 굶주리던 아이들이 어느 날 마을에 트럭 한가득 실려 들어온 숯을 처음 보고는 서걱서걱 맛있게 먹었고 그를 본 젊은 선생조차 학생들의 권유로 온 입에 검댕을 묻혀가며 허겁지겁 숯을 먹었다는 이야기는 대표적이다. 어디 숯검댕이뿐이랴, 모옌은 곰팡이 핀 고구마말랭이, 기름 찌꺼기로 만든 전병이라도 먹을 수만 있다면 다행이었던 어린 시절을 보냈다고 고백했다. 이러한 처절한 굶주림의 경험 때문에 모옌은 생활이 넉넉해진 이후에도 먹는 것 앞에서 사족을 못 쓰는 사람이 되었다고 자조 섞인 고백을 하기도 했다.

인간 삶에서 먹는 것은 어떠한 그럴듯한 가치와 관념, 사상마저도 능가하는 근본적이고 필수적 조건이자 또한 가장 강력한 에너지를 지닌 원초적 욕망이다. 먹는 것에 대한 욕망은 모옌의 어린 시절 내내 강력한 에너지로 그가 세상을 받아들이고 느끼고 해석하는 방향을 이끌었을 것이다. 그의 작품에 먹는 것에 대한 이야기가 지천이고, 너무나 구체적이고 자세하며 감각적으로 묘사되는 것은 이 경험에서 비롯되었다. 모옌 문학이 추상적 관념이 아닌 원초적 욕망을 그려내는 것도 이 때문이라고 할 것이다. 또한 소나 양과 함께 보낸 고독의 경험은 모옌에게 자기 내면과 깊이 접촉할 기회를 제공했다. 홀로 있는 그 긴 시간 동안 모옌은 하늘의 구름이 모이고 흩어지는 모습을 바라보며 상상의 나래를 펼치고, 무심히 풀을 뜯는 소와 양에게 하릴 없이 말을 건네며, 바람과 비, 풀벌레, 잡풀, 흙의 움직임을 느끼고 작은 소리를 구분하며 냄새에 반응했을 것이다.

예민한 감각과 그로부터 자극받아 날아오르는 상상의 세계, 자기 내면에서 올라오는 감정과 욕망의 꿈틀거림을 고스란히 마음에 새기는 것 말고 모옌이 할 일은 없었을 것이다. 제도권 교육을 통해 배우는 사회화된 가치와 사고방식이 결여된 상태에서, 먹는 것에 대한 처절한 갈망과 결핍의 경험, 지독한 고독 속에서 마음껏 혼자만의 세계에서 시간을 보내야 했던 이 경험이 모옌의 문학을 형성하는 데에 얼마나 결정적이었을지는 미루어 짐작할 수 있다. 모옌이 고향 마을에서 굶주림과 고독을 겪었다는 점이야말로 모옌 문학을 이해하는 핵심 키워드라고 할 것이다.

3. 몸으로서 자아를 발견하다: 감각의 향연

모옌이 작가로서 중국 문단 내에 확고한 자리를 굳히게 한 작품은 『붉은 수수 가족』이다. 이 장편소설은 「붉은 수수」 「고량주」 「개의 길」 「수수 장례」 「기이한 죽음」이라는 5편의 연작 중편소설을 묶은 것으로 처음부터 장편소설을 구상해 쓴 것은 아니었다. 장이머우 감독의 영화 「붉은 수수밭」의 명성 덕에 덩달아 소설도 유명해진 바가 있기는 하지만, 영화로 인한 유명세가 아니어도 이 작품은 모옌 문학의 대표작이다. 이 작품에서 모옌은 80년대 문학계에 등장한 새로운 주장들을 창작 실천 속에 넉넉히 구현해내고 있을 뿐만 아니라 모옌 문학만의 특징 또한 잘 드러내고 있다.

『붉은 수수 가족』에 나타나는 서사적 특징은 당시 아방가르드 문학이 주창해 높은 주목을 받았던 80년대 문학이 일반적으로 지니고 있는 특징이다. 화자인 '나'가 이야기의 주인공이 되지 않고 할아버지, 할머니, 아버지가 이야기의 주인공이 되도록 함으로써 다양한 인물의 시점을 작품 속에 도입할 수 있었다. 또한 시간 순서가 아니라 인물의 기억에 따른 서사를 진행함으로써 이야기 중심의 서사를 벗어나 있는데, 이는 당시 문학이론이 자유로운 문학적 상상력을 발휘할 수 있도록 모옌에게 제공한 것이었다. 모옌 스스로 『붉은 수수 가족』이 문학적으로 성공할 수 있었던 데에는 할아버지, 할머니, 아버지, 나의 시점을 다양하게 구사한 것이 결정적이었다고 고백할 정도로 이러한 서사 실험은 모옌 문학의 성취에 있어서 필수적이었다.

그러나 이 작품을 통해 우리가 볼 수 있는 것은 모옌이 당시 문학계의 새로운 사조를 거뜬히 소화하는 데에 그치지 않는다. 『붉은 수수 가족』에는 모옌만의 특징이 십분 발휘되고 있기 때문이다. 『붉은 수수 가족』의 첫 작품인 「붉은 수수」 창작은 인민해방군 소속 작가 신분에 있던 모옌이 군대 제재 소설로서 창작한 것이지만 「붉은 수수」는 기존의 군대 제재 소설로부터 한참이나 벗어나서 이채를 발한다. 모옌 세대의 해방군 소속 작가들에게는 고민이 있었다. 해방군 소속의 선배 작가들은 실제 전투 경험이 풍부해 그것을 작품 창작의 자원으로 삼을 수 있었지만 자신들의 세대는 직접적인 전투 경험도 없고 심지어 전쟁을 겪어본 적도 없는데 의욕만으로 그 한계를 극복할 수 있겠느냐는 것이 그들의 고민이었다.

모옌은 이 문제에 대해 '우리 마음속의 전쟁'을 써낼 수 있다는 해답을 제시했다. 그 결과 창작한 것이 「붉은 수수」이고, 모옌이 선택한 소재는 고향 마을 사람들 사이에서 입에서 입으로 전해져온 전설이었다. 바로 「붉은 수수」의 소재가 되는 1939년 있었던 일본군 차량 폭발 사건이다. 작품은 도시에 살고 있는 지금의 '나'가 자기 고향의 현지(縣誌)에 기록된 항일투쟁의 현장을 찾아 조사를 진행한 후 항일투쟁의 영웅이었던 할아버지, 할머니, 아버지의 이야기를 서술하는 구조를 취하고 있다. 일본군이 마을 사람들과 노새를 강제 동원해 자오핑로를 닦자 1939년 마을 사람들이 힘을 모아 일본군 차량을 폭발시키고 일본 장교를 죽이는 데 성공한다는 이야기인데, 이 유명한 마을의 전설은 『풍유비둔』을 비롯해 모옌의 다른 작품에서도 수시로 등장한다.

그런데 「붉은 수수」는 이전 선배 작가들 작품이 중시했던 전투 장면을 중심으로 이야기가 구성되지 않는다. 마을 사람들과 일본군의 전투 장면이 나오기는 하지만 그것은 소설 마지막 장에 나올 뿐이고, 대부분은 할아버지 할머니의 만남과 방화 살인, 뭐한 할아버지와의 추억과 죽음 등 전투를 이끄는 할아버지 위잔아오, 할머니 다이펑렌, 뭐한 할아버지, 아버지 떠우관의 인물됨을 보여주는 장면들이다. 이러한 이야기들을 그리는 데에 있어서 소설은 시점의 변화, 의식의 흐름과 같이 당시 문학계에서 각광받던 형식 실험을 능숙하게 구사하며 문학적 공간을 확대시키는 것은 물론이고, 모든 감각을 동원해 꼼꼼하고 자세하게 그려내는 모옌 특유의 감각적 장면 묘사를 구사한다.

「붉은 수수」에서 결코 잊을 수 없는 충격적 장면은 뤄한 할아버지가 일본군에 의해서 피부가 벗겨지는 장면이다. 그 모습은 선연한 감각의 묘사를 통해 독자에게 전시된다. "톱으로 나무토막을 자르듯이" 귀를 잘라내었더니 잘린 귀가 "쟁반 위에서 탕탕거리며 펄펄 뛰는 소리"를 내는 등, 쏜우가 정교한 솜씨로 상처난 부위부터 스스슥 소리를 내며 얼굴 가죽을 모조리 벗겨내는 모습을 하나하나 세밀하게 묘사하는 것이야말로 모옌의 특징인 것이다. 모옌의 문학은 인간의 모든 감각이 철저하게 동원되어 완성된다. 모옌이 잔인한 장면을 이토록 꼼꼼하게 묘사하는 것은 그가 유달리 잔혹성을 좋아하기 때문이 아니라, 오히려 그가 일반 사람들은 외면하고 싶기만 한 인간의 잔혹성까지도 용감하게 대면해 끝까지 '감각적으로' '생생하게' 묘사하는 집요함과 성실성을 지니고 있음을 보여준다. 사고를 통해서가 아니라 예민하고 집요하게 모든 감각을 동원해 세계를 이해하고자 하는 것이 바로 모옌 문학의 특징이자, 그의 독창성이고 그만의 개성이었다. 이것은 모옌 문체의 중요한 특징이기도 하다.

모옌 문학의 이러한 특징은 특별히 모옌의 굶주림의 경험에서 기인한 것 같다. 중국의 한 평론가는 모옌이 음식과의 접촉을 통해 세상과 소통하고 있으며, 음식이야말로 모옌 문학의 기본주제라고 주장하기도 하는데, 이 평가는 매우 예리한 지적이다. 모옌에게 있어서 음식은 추상적 정신을 표현하기 위한 은유나 상징이 아니다. 모옌에게 음식은 인간의 감각기관을 통해서 구체적으로 인식할 수 있는 물질적인 존재로서 그려진다. 모옌 작품에는 무수한 비유들이 음식과 관련되어 있으며, 먹는 과정에 대한 묘사가 작품 곳곳에 널려 있고 자세하다. 그 모양뿐 아니라 촉감과 냄새를 음미하고 드디어 혀끝에 닿는 느낌과 맛, 목구멍을 지나 위장에 내려갈 때까지의 그 긴 감각이 세세하게 그려진다. 음식과 먹는 것에 대한 구체적인 감각적 경험은 미각뿐 아니라 시각·청각·후각·촉각의 인간 오감을 활성화시키고 있는 것이다.

이와 같은 세계 인식, 그것은 정신으로서의 자아가 아니라 '몸으로서 자아'에 대한 각성이라고 할 수 있을 것이다. 80년대 중국은 계급을 대신해 '인간' '인간성'을 제창하느라 열광하던 시기였는데, 이때의 인간은 존엄과 가치를 지닌 추상적 차원에서 '정신적 자아'였다. 그런데 모옌의 작품 속에 등장하는 인간은 몸의 각 기관이 당당하게 앞으로 나와 인간의 육체성을 주장하고 있는 것이다.

모옌의 문학은 사건이 벌어졌다는 사실을 전달하는 것에 그치지 않고, 그 사건의 전 과정이 어떠한 감각을 불러일으키며 전개되는지를 세밀하게 묘사한다. 다양한 감각으로 그려지는 세밀한 묘사를 따라 읽어가는 가운데 독자를 그 장면에 동화시키는 데에 매력이 있다고 할 수 있다. 그래서 모옌의 대표작이라고 일컫는 작품을 보면 사실 줄거리의 재미는 그다지 크지 않으며, 줄거리 자체는 별 의미가 없기도 하다. 대신에 모옌의 작품은 장면마다 너무나 감각적이기에, 자세하게 모옌의 소설을 읽다 보면 독자는 자기의 모든 감각이 활성되어서 소설의 장면을 자기의 감각으로 음미하게 된다. 모옌은 「소설의 냄새」라는 글에서 "소설은 냄새를 풍겨야 하고" "작가가 소설을 쓸 때에는 응당 자신의 모든 감각을 부려야 한다"고 말한다. 그래야만 소설이 "생명력 없는 글자 더미이기를 멈추고, 냄새와 소리가 있고, 온기와 형체, 감정이 있는 생동하는 생명체가 되는 것"이라고 말한다.

모옌은 사물과 사건, 공간과 감정을 감각적으로 묘사하는 데에 실로 천재적이다. 모옌의 작품에는 감각이 펄펄 살아 있고, 소설의 글자를 통해 독자의 감각을 불러일으켜서 독자의 마음속에 생명체를 만들어낸다. 모옌 작품의 어느 한 부분을 펼쳐보든지 간에 독자는 감각의 향연이 가득한 세계를 만나게 될 것이다.

4. 원초적 인간의 세계:
   모든 생명과 소통하는 환상적 현실의 구현

「붉은 수수」에는 감각을 통한 세계 인식이라는 특징 외에 모옌 문학의 또 하나의 특징이 있다. 본능적 인간, 즉 원초적 욕망의 차원에서 살아가는 사람들을 등장시킨다는 점이다. 「붉은 수수」는 군대 제재 소설임에도 불구하고 항일전투뿐만 아니라 위잔아오와 다이펑롄의 수수밭 정사를 그리고 있다. 모옌은 항일이라는 국가이데올로기 선전의 전쟁문학작품에 남녀의 사랑 이야기를 중요한 내용으로 삽입시켰다. 「붉은 수수」의 후속 연작인 「고량주」「개의 길」「수수장례」「기이한 죽음」에 이르면 항일과 전쟁이라는 군대문학의 내용은 희미해지고 대신에 가오미둥베이향 보통사람들의 이야기는 물론 심지어 동물(개)의 삶이 펼쳐진다.

『붉은 수수 가족』은 「붉은 수수」에서 시작된 위잔아오와 다이펑롄의 수수밭 정사를 정점으로 두 생명이 만들어가는 삶을 그린 작품이 되는 것이다. 그런데 위잔아오와 다이펑롄의 사랑은 낭만적이고 달콤하고 애절한 사랑이 아니다. 오밀조밀한 감정의 밀고 당김이나 로맨

틱한 고백이나 헌신도 없다. 두 사람의 인생이 완전히 달라지는 것은 위잔아오가 다이펑렌의 발을 한 번 잡은 것 때문일 따름이다. 다이펑렌의 발을 한 번 잡은 것 때문에 위잔아오는 친정 나들이 가는 다이펑렌을 수수밭으로 끌고 가 몸을 섞었고, 그 때문에 그녀의 문둥병 남편을 죽이고 그녀의 남자가 되어 두 사람의 인생이 펼쳐지게 된다. 그들의 선택과 행동은 고민이나 머뭇거림 없이, 온몸에서 요구하는 충동과 욕망에 따라 거침없이 이루어진다. 그래서 위잔아오는 다이펑렌의 몸종 렌얼과 억수로 비가 쏟아지던 사흘 낮 사흘 밤을 미친 듯이 사랑을 나누고, 다이펑렌은 자기의 연적 렌얼이 일본군의 강간 폭력으로 만신창이가 되어 실려왔을 때 그녀를 따뜻하게 받아주고 그녀의 죽음을 지키는 것이다. 이들의 선택과 행동에서는 도덕이나 문명의 흔적을 찾을 수 없고, 오로지 본능적 욕망에 따라 사랑하고 싸우고 죽음을 맞이하는 원초적 인간을 발견할 따름이다.

원초적 인간은 비단 본능적 욕망을 지닌 인간만을 의미하지 않는다. 문명이 발달하기 전 태곳적 인류는 현대인의 이성과 총명함이 발달하지 않아 온몸으로 생명을 영위했으며, 그들에게는 집단과 분리된 자아가 존재하지 않았기에 현대인의 일상이 된 과도한 '개인' 의식이 없었다. 그들에게는 집단으로부터 분리되어 고독한 자아로 살아가는 현대인이 지닌 예민한 자의식과 불안, 초조, 비대해진 두뇌로 작업하는 영악한 계산성이 없다. 원초적 인간의 사고와 감정, 감각은 본능적 욕망으로 통합된 몸을 통해 인식되고, 그들은 세계와 미분화해 우주와 감응하며 존재했다.

모옌 문학에서는 태곳적 인류로부터 지속되어 현대인 깊은 곳에서 활동하고 있는 원초적 인간이 등장해 주변의 동물과 대등하게 살아가고 눈에 보이지 않는 존재와 교감한다. 「개들의 길」에서는 일본군의 공격으로 마을에 널려 있는 인간의 시체를 뜯어 먹으며 마을의 주인이 된 개들이 주인공이 되어 인간과 동등하게 생명력의 주체로 등장하고, 「기이한 죽음」에서는 렌얼이 여우 족제비의 혼령에 씌어 발광하며 소리 지르는 비현실적 현상, 소위 환상적 현상들이 천연덕스럽게 이야기의 계기로 등장한다. 모옌 문학에서 동물들이 인간과 동등하게 등장하는 예는 많다. 『인생은 고달파』에서는 건국 초 총살당한 지주 서문뇨가 나귀, 소, 돼지, 개, 원숭이로 환생하고 있으며, 『사십일포』의 주인공 뤄샤오퉁은 인간의 먹이가 된 가축의 말을 알아듣는 순간 '고기의 신'(肉神)이 된다.

모옌 문학의 세계는 근대 이래 인간중심주의와 대척점에 서서 인간과 동물, 자연이 대등하게 공존하고 있는 우주의 생명 활동이라는 차원에서 구성되고 있다. 생명이라는 측면에서 보면 동물과 인간이 다르지 않으며 인간이 동물보다 우월한 지위에 있을 것이 없으며 우주의 차원에서 인간과 동물은 상호 소통하며 공존해왔고 그래야 하기 때문이다. 그런 점에서 모옌은 인간중심주의의 반대자다. 인간중심주의의 한계를 벗어나서 보면 세상은 현대인이 생각하듯이 그렇게 합리적이고 이성적이지 않다. 모옌은 이성으로 이해할 수 없는 현상, 인식을 초월하는 일들이 얼마든지 우리 삶에 출현할 수 있음을 천연덕스럽게 작품에 표현한다.

『인생은 고달파』와 『사십일포』에서는 동물들이 말을 하고 욕망하고 생각한다. 물활론적 사유를 갖고, 보이지 않는 세계와 교류하는 모옌 문학의 특징은 그의 고향이 포송령의 『요재지이』에 나오는 환상적이고 비현실적인 이야기가 회자되는 곳이라는 것과도 무관하지 않을 것이다. 모옌이 등단한 이후 그의 문학에 대해 '마술적 리얼리즘'이라는 평가가 붙는 것도 이러한 특징과 관련이 있다. 하지만 그의 문학은 남미문학을 근원지로 하는 마술적 리얼리즘과는 다르다. 그의 문학은 그의 고향에서 대대로 전해져 마을 사람들 정신에 자리 잡은 세계관에서 찾아야 할 것이기 때문이다.

모옌의 이 원초적 인간은 후기작에 이르면 중국의 보통사람들로 구체화되고 있다. 90년대 중국이 시장경제사회에 본격적으로 돌입하면서 상업적인 대중문화가 득세하자 문학계에서는 이에 대응하고자 '민간' 담론이 대두하는데, 민간문학이 무엇인가에 대해 모옌은 민간문학이란 보통사람들을 "위해" 글을 쓰는 것이 아니라 보통사람"으로서" 글을 쓰는 것이라고 말한 적이 있다. 이것은 모옌이 자신의 문학이 개별적인 '개인'으로서가 아니라 보통사람 중의 하나로서 수행되고 있다는 것을 민간문학의 개념을 빌려서 천명한 것이다.

『탄샹싱』의 후기에서 "전면 철수"를 주장하며 작품 곳곳에 가오미 둥베이의 전통극인 마오챵의 노래를 삽입시켜 작품의 분위기를 고양시키고, 『풍유비둔』『술의 나라』『개구리』의 주인공들이 낭낭묘(娘娘廟: 중국 고유의 여신 사당)를 찾아 기도하는 것은 모옌이 문화와 종교의 차원으로 응결된 민간의 욕망과 삶과 체험을 그려내고 있다는 증거다. 이리하여 모옌이 그려온 원초적 인간의 세계는 중국의 민간문화, 종교와 결합하고 있다.

5. 역사와 현실 속 원시적 인간을 그리다:
　『탄샹싱』『사십일포』『술의 나라』

　모옌의 문학은 비현실적이고 환상적인 이야기가 많기는 하지만, 대다수 작품이 중국의 역사와 당대 현실을 소재로 한다. 모옌의 장편소설 중 『붉은 수수 가족』『풍유비둔』『탄샹싱』『인생은 고달파』『개구리』는 20세기 중국 역사가 배경이고, 『티엔탕 마을 마늘종 노래』『술의 나라』『사십일포』는 개혁개방 이후 중국 당대 현실이 배경이다. 그러므로 현대중국의 실상을 이해하기 위해 그의 작품을 읽는 것도 잘못된 선택은 아니다. 하지만 그의 작품을 통해서 현대중국에 대한 비판이나 평가를 얻고자 한다면 늘 무언가 개운치 않은 느낌을 받게 된다. 그것은 아마도 모옌의 관심이 역사와 현실에 대한 이성적인 비판에 맞추어져 있지 않고, 모옌 작품에서 중국의 역사와 당대 현실은 인간의 생존 조건으로서 의미가 있을 뿐이기 때문일 것이다. 작품의 주인공들은 고난의 역사라는 조건, 부조리한 현실이라는 조건 속에서 견디고 버텨내며, 사랑하고 투쟁하고 죽음을 맞이하면서 면면히 이어져 살아가는 것이다. 모옌 문학에서는 20세기 중국이라는 조건을 살아가는 원초적 인간의 세계가 펼쳐진다.

　『탄샹싱』은 독일군의 철도건설에 반항한 의화단운동을 소재로 하지만 작품은 의화단운동이라는 역사적 사건에 대한 평가에는 무관심하다. 박달나무 형벌을 의미하는 '탄샹싱'을 제목으로 삼은 것에서도 알 수 있듯이, 이 작품은 인간의 극단적 잔혹성을 보여주는 박달나무 형벌을 둘러싸고 벌어지는 인간 본성에 대한 탐구라고 할 수 있다. 박달나무를 항문으로 집어넣어 입으로 나오게 하는 형벌을 중심으로,

죄인을 죽이지 않고 산 채로 형벌의 고통을 느끼도록 할 수 있는 최고의 형벌집행 기술자 자오쟈와 박달나무 형벌이라는 극도의 고통을 당하면서도 끝내 살아 버텨내는 쑨빙의 용기가 대결하는데, 소설은 그 과정을 꼼꼼히 감각적으로 묘사한다.

탄샹싱의 집행자 자오쟈와 피집행자 쑨빙은 메이냥이라는 여인을 중심으로 각각 그녀의 시아버지와 친아버지이며, 탄샹싱의 집행을 명령하는 현령(縣令) 첸딩은 또한 메이냥의 애인이라는 관계에 있음으로써, 이 작품은 화해 불가능한 대립 관계에 있는 두 남자(자오쟈와 쑨빙)와 사랑으로 결합된 남녀(메이냥과 첸딩)의 관계를 기본 구조로 하고 있다. 그리고 애정으로 결합한 남녀가 각각 극단적 대립 관계에 있는 두 남자를 죽이는 것으로 이야기를 끝맺는다(즉, 메이냥이 자오쟈를 죽이고, 첸딩이 쑨빙을 죽인다). 역사적 악인인 자오쟈는 이 작품에서 선악의 평가를 초월해 온전히 형집행인의 입장에서 그려진다. 자오쟈뿐 아니라 쑨빙, 메이냥, 첸딩, 샤오쟈가 각각 화자가 되어 사건에 대해 이야기해주는 다성부적 서사구조를 취하고, 작품 중간에 마오창(猫腔: 고양이 창법)의 가락을 삽입시키는 독특한 문체를 구사함으로써 교향악같이 웅장한 분위기를 연출한다.

예술적 완성도 높은 구성으로 인해 이 작품은 실제로 산둥예술학원에서 오페라로 각색되어 전국 공연을 하기도 했다. 봉황의 머리, 돼지의 배, 표범의 꼬리라는 제목의 장으로 나뉘어서 전개되는 박달나무 형벌을 중심으로 얽힌 인물들의 이야기는 인간의 원초적 욕망이 펼쳐내는 교향악이 된다.

원초적 욕망을 의도적으로 전면에 부각시키고 있는 작품이 『사십일포』다. 사십일포는 오통신묘(五通神廟)라는 신당(神堂)에서 뤄샤오퉁이 란다 스님에게 자신의 10년 전 이야기, 십대 시절의 이야기를 들려주는 서사틀을 취하고 있기 때문에, 이 소설은 두 사람이 대화하는 현재 시점의 이야기 하나와 뤄샤오퉁이 들려주는 또 하나의 옛날 이야기가 교차하며 전개된다. 란다 스님과 뤄샤오퉁의 대화가 이루어지는 장소는 오퉁신묘 신당이고, 시간은 2000년 음력 칠월 칠석부터, 그다음 날 시작된 '육식 페스티벌'이 진행되는 사흘을 포함해 나흘 동안이다.

대화가 이루어지는 장소인 오퉁신묘는 말을 비롯한 다섯 동물을 모시는 신당인데, 이들 동물은 동물성, 특히 성적 욕망을 상징한다. 이 신당은 『요재지이』에 실린 굉장한 성욕을 지닌 다섯 동물신(오퉁신)에 관한 이야기인 「오퉁」(五通)을 바탕으로 한다. 칠월 칠석은 견우와 직녀가 일 년에 한 번 만나 쏟는 한바탕 눈물 때문에 큰비가 내린다는 속설이 있는 날로서, 뤄샤오퉁과 란다 스님의 이야기는 칠월 칠석 큰비와 함께 시작된다. 이러한 설정은 두 사람의 이야기가 남녀의 대극이 결합해 우주가 소통하는 생명이 가득한 가운데 진행된다는 것을 의미한다. 뤄샤오퉁이 수시로 란다 스님의 젊은 시절 생활을 환상으로 경험할 수 있는 것도 우주가 소통하는 일체의 기운 속에 초현실적 일들이 벌어지게 되면서 가능한 일일 것이다.

반면에 그 시기 현실에서는 사흘간의 '육식 페스티벌'이라는 광란과 그로 인한 사태(식중독으로 인한 혼란과 연극 중 돌발적인 자살사건)들이 벌어진다. 이야기를 나누는 두 사람 중, 이야기를 듣는 란다 스님은 젊은 시절 왕성한 성욕으로 숱한 여성들을 거느렸던 사람이자, 육류연합가공공장 사장인 라오란이 가장 존경하는 그의 셋째 숙부다. 이야기를 하는 뤄샤오퉁은 고기를 너무 좋아하고 잘 먹어서 '고기 아이'라는 별명이 있던 아이였는데 나중에 도축되는 가축들의 말소리를 듣는 신기한 능력을 지니게 되면서 라오란의 공장 경영에 참여해 공장의 성공에 혁혁한 공을 세우게 되고 마침내 '육신'(肉神)으로 떠받들어지게 되는 인물이다. 성욕을 대변하는 란다 스님 앞에서 식욕을 대변하는 뤄샤오퉁이 자신의 과거를 들려주는 형식을 취하고 있는 이 소설은 대놓고 풀어쓴 '성'(色)과 '식'(食)에 대한 이야기다. 하지만 이들이 살았던 시절이 중국의 20세기, 특히 고기의 신 뤄샤오퉁이 들려주는 시대는 중국의 1990년대이기에, 소설의 상당 부분은 개혁개방 이후 중국사회의 생생한 현실을 펼쳐보인다.

이야기의 배경이자 오퉁신묘가 자리 잡은 쌍성(雙城)마을은 원래 농사를 짓던 곳이었지만 개혁개방 이후 모든 마을 사람이 돈벌이를 위해 농사를 내던지고 도축에 매달려 살게 된 도축마을이다. 촌장 라오란은 가축에게 물을 먹여 무게를 늘리고 고기에 포르말린 방부제를 주입하는 불법을 마을 사람들에게 가르쳐주고, 나중에는 육류 연합 가공공장을 설립해 개별 도축업자였던 마을 사람들을 모두 노동자로 고용하는 방법으로 마을을 부유하게 만드는 지도자다. 중국 개혁개방 경제발전의 주역으로 벼락부자가 되는 전형적 인물인 셈이다.

반면에 '고기아이' 뤄샤오퉁은 그의 특별한 육식 능력으로 인해 라오란의 총애를 받고 그에게 고용되어 공장의 성공에 없어서는 안 될 역할을 하지만, 나중에 아버지와 어머니 살해 사건을 계기로 라오란과 원수지간이 되어 그를 죽이기 위한 복수의 여정을 시작한다. 뤄샤오퉁은 집 한 켠에 오래도록 간직해온 대포를 꺼내 41발의 포탄을 장전하고 라오란을 죽이는 복수를 시작하는데, 마흔 발을 실패하고 마지막 41번째 포탄에서야 라오란를 죽이는 데 성공한다. 그런데 어찌

된 영문인지 란다 스님과 이야기하는 현재 라오란이 버젓이 살아 돌아와 오통신과 육신에게 축사를 보내며 그들을 위로하는 연극을 주최하는 것이다. 얼핏 보기에 비현실적이고 혼란스럽게 전개되는 이야기 속에서 라오란은 부정한 방법으로 부를 축적함으로써 악을 대표하는 인물로 보일 수 있다. 하지만 이 작품은 단지 라오란을 비판하는 데에 머물지 않는다. 라오란이 가장 존경하는 인물은 란다 스님이고, 라오란의 성공은 뤄샤오퉁의 조력을 통해서 가능했으며, 게다가 라오란이 뤄샤오퉁의 41발의 포탄에도 죽지 않고 다시 살아나서 오통신과 육신에게 제사를 지내고 있지 않은가.

이 작품은 성(性)과 식(食)의 욕망이 만연하고 팽배한 당대 현실을 반성하는 한편, 인간의 원초적 욕망인 성과 식이 현실에서 얼마나 강력한 힘으로 활약하고 있는가를 보여준다. 라오란의 부정과 부패가 현상의 악이라면, 그 악은 인간의 욕망에 근원을 두고 있는 것이며, 인간의 원초적 욕망인 성과 식에 대한 욕망의 결핍은 인간 종의 멸망일 뿐이다. 이 작품은 단순히 무절제한 욕망의 현실을 비판한 것이 아니라, 원초적 욕망이 현실에 어떻게 작동하고 있는가를 (란다 스님과 뤄샤오퉁이 오통신상에서 가부좌를 틀고 경건히 이야기하듯이) 깊이 숙고할 것을 제기한다.

『술의 나라』는 톈안먼사건의 비극으로 중국사회의 미래가 불확실하던 1989년에 쓰기 시작해 1992년에 완성된 작품으로, 유난히 이야기가 혼란스럽고 기괴해 내용 파악이 쉽지 않다. 이 작품은 술나라 시(市)에서 아이 요리를 해 먹는다는 제보를 받고 수사차 그곳에 잠입한 특급 형사가 술나라의 술과 요리에 취해 종국에는 똥통에 빠져 죽었다는 싱겁기 짝이 없는 줄거리를 중심으로, 모옌을 흠모하는 작가 지망생과 모옌 사이에 오가는 편지, 작가 지망생의 소설 습작이라는 세 가지 이야기가 교차하며 서술되는 서사방식을 취한다. 아이 요리 사건의 진상은 미궁에 빠진 채 새로운 술자리와 진귀한 요리, 여자와의 뜬금없는 성관계를 겪는 형사의 감각과 의식 활동이 하염없이 쓰이는 한편, 작가 지망생의 습작에 등장하는 인물이 술나라의 인물들과 중첩되는데, 작품을 읽는 독자는 장면마다의 생생한 묘사에 심취해 흥미진진함을 느끼면서도, 다른 한편 줄거리를 파악하고 의미를 이해하는 데에서 혼란을 느끼게 된다. 이 작품은 기괴하고 혼란스러우며 그로테스크하다. 이야기의 시공간 배경이 작품 속에 명시되어 있지 않지만『술의 나라』는 다분히 개혁개방 이후 중국을 떠올리게 한다.

하지만 '술나라'는 소설 속 허구의 공간이라기보다는 오히려 비현실적·초현실적·환상적 공간으로 보인다.『술의 나라』에서 모옌의 창작은 작가 자신의 통제를 벗어나고 있는 것으로 보인다. 분석심리학의 창시자 카를 구스타프 융은 괴테의『파우스트』1, 2부를 예로 들어 문학의 상이한 두 가지 창작방식을 설명했다.『파우스트』1부가 작가의 심리학적 통찰의 범위 안에서 이루어지고 있다면, 2부는 창작과정이 작가의 의식적 통제를 벗어나서 미지의 영역으로부터 작가 자신도 알지 못하는 인간 정신이 분출되어 나오기 때문에 혼란스럽고 기괴하다는 것이다. 그는 이 두 가지를 각각 심리학적 창작, 환상적 창작이라며 별개의 창작방식이라고 설명한다.『술의 나라』의 혼란스러운 줄거리는 이 작품이 인간 정신의 미지의 영역을 원천으로 한 환상적 창작방식에 의한 작품이기 때문으로, 작가는 마치 무당이 신내림을 받는 것처럼 글을 쓴 것으로 보인다. 문학과 예술의 기원이 원시시대

사제의 종교 행위였던 것처럼 작가가 의식의 통제가 해제된 상태에서 미지의 영역에서 오는 메시지를 받아쓰는 것은 가능한 일이다.

『술의 나라』는 구체적인 감각의 경험과 고독한 내면의 소리를 바탕으로 한 모옌의 창작이 모옌 내면에 자리 잡고 있는 더 큰 자아, 인류가 축적해온 집단의 정신이 분출되는 차원으로까지 나아가서 작가가 의식하지 못했던 세계를 그려낸 사례라고 할 수 있지 않을까? 모옌의 문학은 집단무의식을 표현해내고 있다는 점에서 시대를 향한 메시지로 읽을 수 있을 것이다.

올가 토카르추크의 『태고의 시간들』 『방랑자들』 『죽은 이들의 뼈 위로 쟁기를 끌어라』

경계와 단절을 허무는 글쓰기

최성은 한국외대 폴란드학과 교수

올가 토카르추크
Olga Tokarczuk, 1962 -

1962년 폴란드 서부에서 태어난 그는 현재 폴란드에서 가장 많은 독자의 사랑을 받는 국민 작가다. 바르샤바대학교에서 심리학을 전공한 경험은 인간의 내면과 타자를 향한 공감이라는 그의 문학적 주제에 큰 영향을 미쳤다. 그는 폴란드 역사와 민속 신화, 여성적 시각을 결합해 인간에 대해 사유하는 독특한 문학 세계를 선보인다. 『방랑자들』은 2018년 부커상 인터내셔널 부문을 수상했으며, 『죽은 이들의 뼈 위로 쟁기를 끌어라』는 영화로 각색되기도 했다. 그는 2018년 노벨문학상을 받았으며, 한림원은 그의 문학 세계를 두고 "삶의 한 형태로서 경계를 넘어서는 과정을 해박한 열정으로 그려냈다"고 평가했다.

"그의 소설은 연약하고 힘없는
존재들에 담겨 있는 소중한
생명의 가치를 일깨우며,
생태계의 모든 존재에게 가해지는
억압과 폭력에 맞서는
눈물겨운 저항의 기록이다."

올가 토카르추크(Olga Tokarczuk, 1962-)는 독자와 평론가들로부터 고른 찬사를 받으며, 21세기 폴란드 문단에서 독보적인 위상을 차지하고 있는 소설가다. 2018년도에 인터내셔널 부커상과 노벨문학상을 동시에 수상하며 세계적인 작가로 자리매김한 토카르추크는 우리 시대를 대표하는 '기발하고 독창적이고 비범한 이야기꾼'인 동시에 문학이 세상을 구원할 수 있다는 믿음을 피력하며 적극적으로 행동하는 사회운동가이기도 하다.

1. 등단과 동시에 주목받은 신예

올가 토카르추크는 폴란드가 민주화를 이룬 1989년 직후, 베를린 장벽이 무너지고 동유럽 전역에서 사회주의 체제가 붕괴하던 격변의 시기에 등단했다. 정치·경제·사회·문화 전반에 걸쳐 급격한 변화가 일어나던 이때, 폴란드 문단에서는 '새로운 문학'에 대한 기대와 요구가 높아지고 있었다. 토카르추크는 기존의 주류였던 기록문학과 참여문학의 흐름과는 전혀 다른 주제 의식과 새로운 인물상, 작법, 형식 등을 보여주며 자신만의 뚜렷한 색채와 개성을 선보여 등단과 동시에 주목받는 신예로 떠올랐다.

토카르추크는 바르샤바대학교에서 심리학을 전공했고, 심리치료사로도 활동했는데, 이는 '공감'을 핵심 키워드로 하는 그의 문학세계를 형성하는 데 중요한 밑바탕이 되었다. 그는 심리학과 문학이 모두 '이야기'와 그에 대한 '해석'을 바탕으로 한다는 점에서 서로 밀접한 공통점이 있다고 밝혔다.

토카르추크는 칼 융의 사상과 불교 철학에도 깊은 관심을 갖고 있다. 세상을 상호작용의 총체로 보고, 타자에 대한 연민을 강조하는 그의 시선은 불교 철학과도 자연스럽게 맞닿아 있다.

첫 장편이자 등단작인 『책의 인물들의 여정』(*Podróż ludzi księgi*, 1993)이 폴란드출판인협회 '올해의 책'으로 선정되며 필력을 인정받은 토가르추크는 장편소설 『E.E.』(1995)와 『태고의 시간들』(*Prawiek i inne czasy*, 1996), 『낮의 집, 밤의 집』(*Dom dzienny, dom nocny*, 1998)을 연이어 발표했고, 40대 이전의 작가들에게 수여하는 권위 있는 문학상인 코시치엘스키 문학상을 수상했다.

2006년에 발표한 다섯 번째 장편 『세상의 무덤 속 안나 인』(*Anna In w grobowcach świata*)은 스코틀랜드의 출판사 케넌게이트(Canongate)가 기획한 '세계신화총서' 프로젝트의 일환으로 탄생된 작품이다(한국, 폴란드, 영국, 프랑스, 독일 등 전 세계 33개 출판사가 각 나라를 대표하는 작가를 선정해, 다양한 신화를 현대적으로 재해석한 작품을 쓰게 했다. 이렇게 완성된 작품들은 전 세계에서 같은 날 동시에 출간됐다). 수메르 신화 속

인안나(Inanna)라는 이름의 여신의 신화를 차용해 현대적으로 해석한 이 소설은 토카르추크의 작품에 반복적으로 등장하는 '신화적 원형'을 모티브로 하고 있다.

2007년에는 여행과 방랑, 이동을 주제로 한 116편의 크고 작은 텍스트를 묶어 하이브리드 소설 『방랑자들』(Bieguni)을 발표했다. 이 작품에서 토카르추크는 '인생'이라는 이름의 유랑길에 오른 인간의 존재론적 숙명, 그리고 이주와 유랑을 갈망하는 인류의 노마드적인 본성을 깊이 성찰했다.

장르를 단정하기 힘든 이 독특하고 기이한 작품으로 토카르추크는 폴란드에서 최고의 권위를 자랑하는 니케(Nike) 문학상을 수상했다. 이 상은 장르에 상관없이 매년 한 권의 책을 선정해서 폴란드 대통령이 직접 수여한다. 이후 『방랑자들』은 2018년 인터내셔널 부커상 수상작으로 선정되며, 폴란드를 넘어 전 세계 문단에 큰 반향을 일으켰다.

2009년 출간한 『죽은 이들의 뼈 위로 쟁기를 끌어라』(Prowadź swój pług przez kości umarłych)는 연쇄 살인 사건을 소재로 한 장르 소설이다. 예상을 뒤엎는 파격적인 결말을 통해 인간중심주의에 대한 윤리적 성찰을 촉구하는 이 작품은 동식물을 인간과 동등한 생태계의 일원으로 인식하는 생태중심주의 사상에 기반하고 있다. 2017년 폴란드 출신의 거장 아그니에슈카 홀란드(Agnieszka Holland) 감독이 이 소설을 「흔적」(Pokot)이란 제목으로 영화화하기도 했다. 국내에서는 영어 제목 「스푸어」(Spoor)로 개봉되었는데, 토카르추크와 홀란드 감독이 공동으로 시나리오를 집필했다. 소설과 영화의 결말이 서로 달라 비교하며 감상하는 재미가 있다. 이 영화는 2017년 베를린 국제 영화제에서 은곰상을 수상했고, 2018년 제52회 전미비평가협회로부터 특별상을 받았다. 또한 영문판 『죽은 이들의 뼈 위로 쟁기를 끌어라』는 2020년 인터내셔널 부커상 최종후보 6편(Short list) 중 하나로 선정되었다.

2014년 토카르추크가 5년간의 침묵을 깨고 내놓은 역사소설 『야쿱의 서』(Księgi Jakubowe)는 작가의 노벨문학상 수상에 결정적인 역할을 한 대표작인데, 아직 국내에서는 출간되지 않았다. 강대국의 틈바구니에서 역사의 희생자로 묘사되곤 했던 폴란드의 이면에 타민족을 수탈하고 폭력적으로 억압했던 어두운 과거도 있음을 솔직하게 드러낸 작품이다.

토카르추크는 이로 인해 극우 세력으로부터 살해위협을 받기도 했다. 천 쪽이 넘는 이 대하소설로 토카르추크는 다시 한번 니케 문학상 대상을 수상하며, 폴란드 문단에서 전무후무한 기록을 세웠고, 스웨덴의 쿨투르후세트상까지 받았다. 스웨덴 한림원은 이 작품을 가리켜 "출간된 바로 그 순간부터 고전의 반열에 오른 걸작(opus magnum)"이라고 극찬했다. 토카르추크는 이 작품의 영문판으로 2022년 또다시 인터내셔널 부커상 최종후보에 올랐다.

스웨덴 한림원은 2018년도 노벨문학상 수상자로 올가 토카르추크를 선정하면서 "삶의 한 형태로서 경계를 넘어서는 과정을 해박한 열정으로 그려낸 서사적 상상력"에 찬사를 보냈다. 일찍이 토카르추크는 타인과 교감할 수 있는 무한한 가능성이야말로 글쓰기의 가장 큰 매력이라고 토로한 바 있다. 경계와 단절을 허무는 글쓰기, 타자를 향한 공감과 연민은 토카르추크의 모든 작품에서 일관되게 발견되는 특징이다.

노벨상 수상 이후 토카르추크가 가장 먼저 내놓은 책은 에세이와 강연록을 모은 『다정한 서술자』(*Czuły narrator*, 2020)다. 여섯 편의 에세이와 여섯 편의 강연록이 수록된 이 책에서 토카르추크는 강연자, 심리학 전공자, 열혈 독자, 에코페미니스트, 채식주의자, 사회운동가 등 다채로운 면모를 보여준다. 또한 코로나 팬데믹이 한창이던 시기에 세상에 대한 날카로운 현실진단을 통해 인류에게 반성과 성찰을 촉구하고, 전 생명체를 연결하는 글로벌 휴머니즘 연대를 제안한다. 나아가 세상의 중심에 문학이 버티고 있기에 인류에게 아직은 희망이 있음을 역설한다.

2022년 6월, 토카르추크는 장편소설로는 『야쿱의 서』 이후 8년 만에 신작 『엠푸사의 향연』을 발표했다. 토마스 만의 『마의 산』(1924)에서 영감을 얻은 이 작품에서 토카르추크는 직접 '4인칭 서술'이라고 이름 붙인, 새로운 내러티브 기법을 시도한다. 여기서 4인칭 서술자란 다인칭이면서 동시에 무인칭인 화자를 뜻한다. 이 새로운 형태의 서술자는 등장인물의 개별적인 관점을 세밀하게 포착하는 동시에, 전체 이야기를 한눈에 조망하는 넓은 시야를 지닌다. 시간과 공간을 자유롭게 넘나들고, 시점을 자유자재로 바꾸며, 심지어 저자의 한계를 넘어서는 초월적인 위치에서 이야기를 이끈다. 『엠푸사의 향연』에서 작중 화자는 1인칭 복수인 '우리'로 등장하는 여성들인데, 그들은 등장인물들 사이를 자유롭게 유영하며, 문학 속 가상의 세계로 독자들을 안내한다. 정작 소설 속에는 여성 등장인물이 단 한 명도 등장하지 않는다는 사실도 흥미로운 지점이다.

2. 토카르추크 자체가 하나의 장르다

평단에서 올가 토카르추크의 문학은 특정한 조류로 분류할 수 없다는 평가를 받고 있다. '토카르추크는 토카르추크일 뿐이다' 혹은 '토카르추크 자체가 하나의 장르다'라는 찬사가 뒤따르는 것은 그가 그만큼 독창적인 경지에 이르렀다는 의미일 것이다.

작품마다 탄생되는 새로운 틀

토카르추크는 새 소설을 쓸 때마다 준비된 형식을 차용하지 않고, 작품의 지향점과 주제 의식에 부합되는 형식을 매번 새롭게 만들어 왔다. 예를 들어 『태고의 시간들』과 『낮의 집, 밤의 집』『방랑자들』과 같은 작품에서 토카르추크는 중심 서사를 의도적으로 지우고, 대신 미시 서사를 나열하는 전략을 선택한다. 각 조각글마다 주인공이 따로 있으며, 전체적인 서사에서 주·조연의 구분이 거의 없다고 봐도 무방하다.

『태고의 시간들』의 경우 20세기 폴란드에서 실제로 일어났던 역사적 사건들을 배경으로 설정한 뒤, 여기에 개별적인 존재들의 시간을 촘촘히 접목시킨다. 이를 통해 역사의 기록에서 사라진, 혹은 주변부로 밀려난 평범한 개인의 존재감을 묵직하게 부각시킨다. 작품 속에 등장하는 다양한 사건과 사연들은 모두 역사책에 실리지 못한 익명의 존재, 힘없는 사람들의 이야기다.

『방랑자들』에서는 등장인물들이 모두 한곳에 정주하지 않고 쉼 없이 이동하면서, 여정의 한 좌표에서 마주쳤다가 헤어지기를 반복한다. 토카르추크는 이런 관계 지향적이면서도 유동적인 텍스트를 단순한 '이야기 모음집'이 아닌 '별자리 소설'(Constellation Novel)이라 명명했다. 밤하늘의 별을 선으로 이어 별자리를 그리듯, 독자들이 각자의 방식으로 이야기를 연결하고 조합하기를 바란 것이다. 각 에피소드 속에는 서로 이어질 수 있는 작은 단서들이 숨겨져 있으며, 그것들을 엮어 별자리를 완성하는 일은 오롯이 독자의 몫이라고 토카르추크는 설명한다. 즉 독자들이 이야기 속의 조각들을 스스로 연결해서 자신만의 궤도와 패턴을 만들도록 유도하고자 한 것이다.

『방랑자들』에 등장하는 수많은 여행담은 처음에는 각각이 단절된 것처럼 보이지만, 숨겨진 연결고리를 따라가다 보면 눈앞에는 어느새 거대한 하나의 서사가 별자리처럼 펼쳐진다. 그러한 과정에서 독자는 여행자들의 개별적인 삶이 켜켜이 쌓여서 하나의 이야기를 완성해나간다는 사실을 깨닫게 된다. 바로 이것이 토카르추크의 작품을 읽는 묘미다.

주류를 거부하고 중심에서 멀어지다

토카르추크는 주류에서 벗어난 존재들, 중심에서 소외된 인물들, 그리고 작은 파편과 부스러기에 각별한 애정을 보인다. 나아가 이러한 조각들이 서로 얼마든지 연결될 수 있으며, 서로를 소환하고, 관계를 맺고, 상호 의존할 수 있다고 믿는다. 그에게 작가의 정신이란 흩어진 파편을 집요하게 모아 하나의 보편적 전체로 엮어내는 '종합적인 사고'를 의미한다.

토카르추크는 독자들에게 익숙한 안전한 장르와 형식을 거부하고, 끊임없이 문학적 실험을 이어가고 있다. 그 이유를 묻는 질문에, 그는 문학이 새로운 환경에 맞춰 변화하고 변형을 거듭하는 것은 당연하다고 대답한다. 그래서 늘 새로운 형식과 개념, 문장, 그리고 '탈중심적인(ex-centric) 이야기'를 시도한다. 그는 중심이나 주류에 머무르려는 성향이야말로 창의성에 치명적이라고 경고하며, 괴팍함과 기이함을 뜻하는 '기벽'(excentricity), 그리고 주류에서 벗어나려는 '탈중심주의'(ex-center)를 적극적으로 장려하고 소중히 가꿔야 한다고 강조한다.

신화적 상상력

토카르추크에게 예술은 신화적 언어의 수호자이며, 신화는 곧 기억이다. 신화는 인류가 종으로서의 연속성을 보존하고 세상을 질서 있게 정리하는 데 기여한다. 토카르추크는 융의 견해처럼, 신화가 종의 기억을 구성하는 조각이라고 믿는다. 그것은 학습으로 습득하는 것이 아니라 이미 우리 안에 내재된 것이라는 점에서도 융과 생각을 같이한다.

토카르추크 월드에서는 일상의 사물이 초현실적인 마술성을 띠고, 평범한 공간 속에서 환상적인 요소가 불쑥 모습을 드러낸다. 신화와 전설, 민담, 성서 등에서 차용한 동화적 모티브가 곳곳에 배치되어 있는 것도 특징이다. 이러한 경향은 등단작 『책의 인물들의 여정』을 비롯해 『태고의 시간들』 『낮의 집, 밤의 집』, 수메르 신화를 현대적으로 재해석한 『세상의 무덤 속 안나 인』, 그리고 『엠푸사의 향연』 등에서 두드러진다.

토카르추크는 오늘날 많은 이야기가 새로운 학문적 이론에서 영감을 받아 다시 쓰일 필요가 있다고 본다. 하지만 동시에 인류의 집단적 상상력과 신화를 끊임없이 연결하고 상기하는 작업도 중요하다고 강조한다. 신화는 우리의 정신을 세우는 건축 자재나 다름없기에, 결코 소홀히 해서는 안 된다는 것이다.

그래서 토카르추크가 그려내는 독특한 소우주에서는 현실과 신화가 나란히 존재한다. 그는 특히 신화에 깃든 '영원한 현재성'에 주목한다. 신화란 한 번도 일어난 적 없지만, 언제나 현재진행형으로 살아 있는 이야기이기 때문이다.

다정함으로 연결되는 거대한 생명 공동체

2019년 노벨문학상 수상 기념 강연에서 그는 인류가 직면한 위기의 원인으로 탐욕, 자연에 대한 오만, 이기주의, 상상력의 빈곤, 끝없는 분쟁, 그리고 책임 의식의 부재를 꼽았다. 이런 요인들이 세상을 분열시키고, 함부로 남용하며, 마침내 파괴가능한 상태로 만들었다는 것이다.

그 대안으로 토카르추크가 제시한 것은 '다정함'이다. 다정함이란 인간뿐 아니라 동식물을 포함한 모든 존재를 인격체로 바라보고, 감정을 나누며, 끊임없이 자신과 닮은 점을 발견하려는 태도다. 토카르추크는 타자에게 다정함을 실천함으로써, 세상이 서로 긴밀하게 연결되어 있으며, 협력과 의존 속에서 유지되고 있음을 깨닫게 된다고 설명한다.

토카르추크에게 있어 문학은 우리와 다른 모든 존재에 대한 다정함에 뿌리를 둔다. 다정함이라는 놀라운 도구, 즉 인간이 가진 가장 정교한 소통 방식 덕분에 우리의 다양한 경험이 시간과 세대를 넘어 아직 태어나지 않은 이들에게까지 전해질 수 있다고 보는 것이다.

토카르추크는 또한 세상 만물을 살아 있는 하나의 거대한 유기체로 인식한다. 그에 따르면, 인간은 더 이상 '만물의 영장'이나 '문명의 주인'이 아니라, 유기적인 생태계를 지탱하는 수많은 구성원 중 하나일 뿐이다. 토카르추크는 국내 언론과의 인터뷰에서 모든 존재가 서로 연결되어 있다는 깨달음이 자신의 인생에서 가장 강렬하고 아찔한 경험 중 하나였다고 회상한 바 있다. 자연은 인간을 포함하는 하나의 커다란 유기체이기에 인간보다 훨씬 지혜로우며, 그렇기에 인간은 자연을 파괴할 수 없다고 단언하기도 했다.

토카르추크가 바라보는 세상은 결코 쪼갤 수 없는 하나의 덩어리다. 주체와 대상, 신과 인간, 인간과 동물, 인간과 자연이 미묘한 대응 관계와 깊은 유대의 끈으로 이어져 있다는 것이다. 이렇게 생태계의 상호의존성과 공생 관계를 강조하는 토카르추크의 사상은, 모든 존재가 하나의 전체를 이루고 있다는 자연관에서 비롯된다. 그리고 이 연결을 가능하게 하는 고리가 바로 '문학'이라고 확신한다. 그에게 문학은 세상을 향한 이야기를 끊임없이 직조하는 과정이자, 존재와 존재 사이에 교감과 연결을 만들어내는 원동력이다. 토카르추크는 문학을 폭넓게 바라보면, 그것이 '네트워크'와 닮아 있다고 말한다. 마치 네트워크처럼 서로 다른 개체들을 이어주고, 더불어 살아가도록 만드는 힘을 지니고 있기 때문이다.

토카르추크가 문학을 통해 꿈꾸는 미래는, 모든 존재가 서로 공존하고 연대하며 동반자로 살아가는 거대한 생명 공동체, 자신의 가치를 인정하듯, 타자의 가치 역시 당연하게 존중하는 세상이다.

3. 기발하고 독창적인 이야기

시간의 이름으로 불리는 공간: 『태고의 시간들』

초기작 가운데 가장 주목할 만한 작품은 『태고의 시간들』(1996)이다. '태고'라는 이름을 가진 폴란드의 마을, 허구와 현실이 절묘하게 중첩되는 가상 공간을 배경으로 20세기의 야만적 현실과 맞닥뜨린 주민들의 치열한 삶, 그리고 마을에 깃든 초자연적인 존재들과 사물들의 유구한 시간을 84편의 조각글로 기록했다. 제1, 2차 세계대전, 유대인 학살, 전후 폴란드 국경선의 변동, 냉전체제와 사회주의 시대에 이르기까지 폴란드에서 실제로 일어났던 역사적 사건들이 신화적인 요소들과 어우러져 한 편의 장엄한 우화를 완성한다. 단선적 혹은 연대기적인 흐름을 따르지 않고, 단문이나 짤막한 에피소드들을 촘촘히 엮어서 하나의 이야기를 빚어내는 특유의 내러티브 방식을 처음으로 시도한 작품이기도 하다.

『태고의 시간들』에서 '태고'(Prawiek)는 소설의 공간적 배경이자 가상의 지명이기도 하지만, 동시에 '아주 오랜 옛날' 혹은 '원시의 시간'을 뜻하는 단어다. 하지만 소설의 시간적 배경은 태고가 아니라 근현대이며, 역사적 사실과 실제 사건이 곳곳에 스며 있다. 현실에서 분리된 신화적 시공간을 그리면서도, 한편으로는 구체적인 현실에 발을 딛고 있는, 일종의 모순 어법이다. 그런 의미에서 태고는 허구와 현실이 절묘하게 포개어지는 공간이라고 할 수 있다.

이 작품을 이해하는 핵심 키워드는 '신화'다. 평범한 사물과 공간에 초현실적 마술성이 깃들고, 일상 속에 환상적인 요소가 자연스럽게 스며들어 있다. 작품 곳곳에서 신화와 전설, 민담, 성서 등에서 차

용한 환상적 이미지들이 발견된다. 예를 들어 태고의 모든 존재에게
는 수호천사가 지정되어 있고, 성당에 걸린 성화 속 인물이 주인공에
게 태연히 말을 건다.

소설은 80여 년에 이르는 긴 세월을 배경으로 거대한 역사의 흐름
을 따라가지만, 동시에 개개인의 '직선적·선형적 시간'과 한 사회가
공유하는 '순환적·원형적 시간'이 함께 펼쳐진다. 역사적 사건과 개
개인의 삶, 여기에 신화적 모티브가 맞물리며 집단의 기억과 보편적
상징성이 선명하게 드러난다.

태고는 인간과 동식물, 사물들이 함께 어우러지는 살아 있는 유기
체다. 태고에서는 비단 인간뿐 아니라 신(神)이나 동식물, 그리고 커
피 그라인더 같은 무생물까지도 자신만의 방식으로 존재하며, 각자
고유한 질서와 법칙에 따라 주어진 시간 속에서 생성과 소멸을 되풀
이한다. 인간과 자연, 사물, 초자연적 존재들이 각자의 본성과 존재
방식을 지키며 살아가는 이 세계는 경계를 초월한 공존의 미학을 보
여준다. 이러한 관점은 신화에 대한 작가의 각별한 관심 및 탐닉과
연결된다.

『태고의 시간들』에서 토카르추크는 불가능해 보이는 것 같은 것들
이 통합적 합일을 이루어냈다. 정신과 물질, 주체와 객체, 자연과 문
명, 관념과 실재, 환상과 현실, 변화와 반복. 이 모든 것이 토카르추크
의 세계에서는 영구적으로 대립하지 않고, 서로 자연스럽게 융합된
다. 인간의 의식은 자연의 생명과 리듬으로부터 분리될 수 없으며, 우
리의 의식으로부터 완벽히 분리된 세계 또한 존재하지 않는다는 메
시지가 담겨 있다고 할 수 있다.

『태고의 시간들』에 등장하는 다양한 인간군상은 저마다 주어진 시

간을 치열하게 살아낸다. 예를 들어 '미시아의 시간'에서는 미시아의 생의 단면을 조명하면서 동시에 그의 내면과 존재 방식을 설명하고, 결국 그것은 미시아의 삶 전체를 관통한다. 마찬가지로 개별적인 존재의 시간이 모여 이야기를 짓고, 그것이 역사가 된다.

이 소설의 주제는 제목이 암시하듯, 인류와 자연이 아주 먼 옛날인 태고, 즉 시원(始元)에서부터 함께 걸어온 시간이다. '태고'라는 소우주를 중심축으로, 그 안에서 살아가는 존재들의 시간이 여러 층위로 맞물리고 포개어지며 흐른다. 그래서 '태고'는 시간이면서 동시에 장소다. 그 시간과 장소를 채우고 있는 인간들은 탄생부터 성장, 노화, 죽음에 이르는 보편적인 생의 과정을 통과해나가며 유구한 삶의 원형을 이어간다. 그리고 종국에는 시간의 풍화 속에서 스러져 신화가 된다. 토카르추크가 '태고'라는, 시간을 뜻하는 단어를 지명으로 사용한 이유가 여기에 있다.

작품 속에서 토카르추크는 게노베파, 미시아, 크워스카, 플로렌틴카, 루타, 아델카 등 역사의 비극 뒤편에서 잊혀졌던 여성의 삶을 복원하고, 그들의 일생에 남다른 의미를 부여한다. 강하고 자주적이며, 독립적인 여성성을 지닌 이 인물들을 통해 토카르추크는 남성이 중심이 되는 전통적인 가부장적 역사서술(he-story)과는 다른, 여성들의 역사와 목소리를 섬세하게 포착한다. 소설의 마지막 장면, 고향을 떠나는 버스에 오른 아델카는 아버지 집에서 몰래 가져온 어머니의 커피 그라인더를 꺼내 천천히 돌린다. 이 커피 그라인더는 소설의 도입부, '세상을 돌리는 축'으로서 태고의 흑강과 백강이 만나는 지점에 배치된 물레방아와 연결된다. 아델카의 이러한 행위는 연속성과 지속성, 그리고 어머니라는 존재의 계승을 상징하는 것으로 볼 수 있다. 게

노베파의 시간은 미시아의 시간으로 이어지고, 그 시간은 다시 아델카에게로 연결되며, 겹겹의 시간을 잇는 고리가 된다. 그런 의미에서 『태고의 시간들』은 대를 이어 생명력을 지켜내며, 삶의 순환을 이어가는 여인들의 분투기라고 할 수 있다.

『태고의 시간들』은 되풀이되고 재현되고 반복되면서 끈끈하게 이어지는 우리네 삶을 역설한다. 그러므로 이 소설은 공간에 대한 이야기이자 시간에 대한 이야기이며, 동시에 인류에 대한 이야기다.

여행과 이동에 바치는 찬가: 『방랑자들』

2018년도 인터내셔날 부커상 수상에 빛나는 『방랑자들』(2007)은 '이동·이주·유랑'이라는 키워드를 공통분모로 100여 편의 다양한 글들이 씨실과 날실처럼 정교하게 엮인 하이브리드 텍스트다. 미시 서사 기법을 활용해 거대 서사를 축약해서 보여주는 토카르추크 고유의 스타일이 이 작품을 통해 그 정점을 찍었다고 해도 과언이 아니다. 한 권의 책 속에 단편소설, 강연록, 여행일지, 편지, 르포르타주, 심지어는 휘갈긴 메모에 가까운 짧은 글까지 여러 장르가 혼재되어 있고, 분량 또한 제각각이다. 600페이지가 넘는 대작이면서도 서사를 종잡을 수가 없기에 일반적인 소설을 생각하고 책을 읽으면 당황하기 딱 좋다. 굉장히 낯설고 새로운 형식의 글이라 끝까지 읽지 못하고 포기할 수도 있다.

그럼에도 『방랑자들』을 끝까지 독파하고 나면, 우리의 삶이 왜 여행인지, 그리고 '인생'이라는 이름의 유랑길에서 우리는 어떻게 타인과 연결되며 서로에게 영향을 미치는지 깨닫게 된다. 이 작품의 자유분방한 형식에는 정처 없이 방랑하는 우리 현대인의 모습이 투영되어 있기 때문이다.

2019년 12월 10일, 노벨문학상 시상식에서 한림원을 대표해 헌사를 낭독한 종신 심사위원 페르 베스트베리(Per Wästberg)는 토카르추크의 대표작으로 『방랑자들』을 꼽았다. 그는 이 작품이 다양한 이동과 여행을 놀라울 만큼 다채롭게 기록했다고 평가했다. 또한 저자인 토카르추크가 자연과 문명, 이성과 광기, 남성성과 여성성을 대립시키면서도 단거리 주자의 마지막 스퍼트처럼 놀라운 속도로 사회와 문화를 가르는 경계를 뛰어넘었다고 덧붙였다.

『방랑자들』에서는 국경을 넘어 낯선 곳을 떠도는 수많은 방랑자의 사연이 생생하게 살아 꿈틀거리며, 쉼 없이 덧붙여지고, 뒤엉키고, 이어진다. 각각의 에피소드는 마치 여행 가방에 구겨넣은 짐처럼 혼란스럽게 다가오기도 하고, 여행길에서 닥치는 대로 쓴 글처럼 보이기도 한다. 토카르추크는 한 인터뷰에서 '소설'이라는 형식 속에서 '유동하는 서사,' 즉 '움직이는 텍스트'를 추구함으로써 여행의 혼란스러움과 두서없음, 비정형성과 광기를 재현하고 싶었다고 밝혔다. '여행' 혹은 '유랑'이라는 주제를 효과적으로 전달하기 위한 새로운 형식을 치열하게 고민했고, 『방랑자들』의 낯설고도 독특한 구성은 바로 이러한 고민의 산물이다.

『방랑자들』에서 토카르추크는 17세기부터 21세기까지 다양한 시공간을 배경으로 각자 나름의 이유로 여행길에 오른 다채로운 인간군상을 보여준다. 불치병을 갖고 태어난 아들을 보살피며 고단한 삶을 살아가다가 느닷없이 가출해서 지하철역 노숙자로 살아가는 러시아 여인 야누슈카, 죽어가는 첫사랑으로부터 안락사를 집행해달라는 부탁을 받고 수십 년 만에 모국인 폴란드를 방문하는 생물학자, 감옥에서 멜빌의 『모비 딕』을 읽으며 영어를 습득한 동유럽 이민자 출신의 선원, 생태계를 파괴하는 인간의 비리를 파헤치는 '악행의 책'을 쓰기 위해 전 세계를 떠도는 환경운동가, 프랑스에서 사망한 쇼팽의 심장을 치마폭에 몰래 숨긴 채 폴란드로 돌아오는 쇼팽의 누이, 지중해 유람선을 타고 생의 마지막 여행을 떠나는 그리스 문명의 권위자… 이처럼 책에는 다양한 인물이 등장한다. 이들을 통해 토카르추크는 우리를 쉼 없이 움직이게 만드는 여행이야말로 인간을 자유롭게 해 줄 수 있음을 역설한다.

여기서 여행은 단순히 바다를 건너고, 대륙을 횡단하는 물리적인 이동만을 의미하지 않는다. 자신의 내면을 향한 여행, 묻어두었던 과거의 기억을 되살리려는 시도, 시련과 고통을 직시하고 받아들이는 과정 또한 여행에 포함된다.

『방랑자들』에는 몸을 다룬 이야기, 그중에서도 파편화된 인간의 신체 부위에 대한 언급이 유독 자주 등장한다. 특히 인간의 내장 기관이나 미라를 전시한 박물관에 대한 관람 기록이 상당한 비중을 차지한다. 심지어 책 뒷부분에는 이러한 박물관들의 목록도 수록되어 있다. 또한 소멸에 저항하기 위해 인체를 방부 처리해서 영원히 보존하기 위해 고심하는 해부학자들의 사연도 여러 차례 언급된다. 경계를 넘어서는 이동을 실현하는 주체가 바로 '인간의 육체'이기 때문이다. 작가는 인체를 향한 탐구 또한 일종의 여행이라고 생각하며, 우리 모두가 일정한 시간 동안 육체라는 공간 속을 여행하다가 언젠가는 그곳을 떠나야 하는 여행자임을 상기시킨다.

토카르추크에게 '여행'이란 단순한 장소의 이동이 아니라 멈추지 않는 모든 순간을 의미한다. 인간은 생이 시작된 순간부터 각자에게 할당된 시간의 한계에 쫓기며, 하루하루 소멸을 향해 나아가는 존재이기 때문이다. 멈추는 건 잠깐, 금방 또 어디론가 떠나게 마련인, 부단히 움직이는 존재인 것이다. 따라서 타성에 젖어 안주하고, 현실에 순응하는 삶은 인간으로서 진정한 자유를 누리지 못하는 삶이라는 사실을 강조한다.

"경계를 뛰어넘는 과정을 삶의 한 형태로 그려냈다"는 한림원의 노벨문학상 선정 이유처럼 토카르추크에게 삶이란 끊임없이 경계와 단절을 허물면서, 쉼 없이 이동하는 기나긴 여정이다.

삶의 여정에서 우리는 종종 길을 잃고 헤매고 방랑한다. 타인과의 관계 속에서 소외와 고독에 몸서리치기도 하고, 누군가를 잃고 견딜 수 없는 슬픔을 맛보기도 하며, 장애물에 부딪히거나 예기치 못한 위험에 빠지기도 한다. 이렇게 막다른 벽에 부딪히면, 그대로 거기에 주저앉거나 멈춰버리지 말고, 다시 제자리로 돌아가야 한다. 인생의 크고 작은 여정에서 우리는 이처럼 출발과 귀환을 반복하고 있다.

『방랑자들』에서 토카르추크는 우리에게 지금까지와는 다른 시각으로 자신을 성찰하고, 세상을 바라보고, 경계를 뛰어넘어보라고 촉구한다. 나아가 세상 만물이 별자리처럼 촘촘하게 이어져 있고, 서로가 서로에게 의지하고 있다는 사실을 일깨우며, 코로나 팬데믹 이후 단절과 고립의 시대에 익숙해진 우리에게 다정한 위로를 건넨다. 그런 의미에서 『방랑자들』은 세상의 모든 여행과 이동에 바치는 찬가이자, 불안정한 생(生)의 여정에서 끊임없이 흔들리고 방황하는 호모 노마드, 바로 우리 자신에 관한 뜨겁고도 냉철한 성찰의 기록이라고 할 수 있다.

생태적 각성을 촉구하는 모럴 스릴러: 『죽은 이들의 뼈 위로 쟁기를 끌어라』

『죽은 이들의 뼈 위로 쟁기를 끌어라』(2009)는 지금껏 올가 토카르추크가 발표한 소설들과는 결이 완전히 다른 작품이다. 불과 1년 전에 내놓은 『방랑자들』에서 '별자리 소설'이라는 새로운 모형을 통해 문학과 철학 사이를 유랑하듯 넘나들며, 관계 지향적인 사유를 강조했던 토카르추크가 곧바로 장르문학, 그것도 유혈이 낭자한 추리물을 내놓았다. 천천히 음미하고 곱씹으며 읽어야 비로소 촘촘히 배치된 연결고리가 보이는 『방랑자들』과 달리, 이 작품은 처음부터 끝까지 긴장감을 유지하며 단숨에 읽힌다. 범인이 누구인지, 그 동기가 무엇인지 대단원에서야 밝혀지는 스릴러의 플롯을 따르고 있기 때문이다.

작품의 제목은 윌리엄 블레이크의 연작시 『천국과 지옥의 결혼』(*The Marriage of Heaven and Hell*, 1790-1793) 중에서 「지옥의 격언」(Proverbs of Hell, 1793)에 등장하는 시구에서 가져왔다. 인간을 자연 생태계의 동등한 구성원으로 보고, 생명의 존엄성을 강조해온 토카르추크는 블레이크의 시에 나타난 유기론적인 자연관에 주목해 그의 시를 작품의 모토로 삼게 된다. 대지는 씨앗이 움트고 곡식이 자라나는 생태적 근원이지만, 동시에 육신이 죽어서 묻히는 거대한 무덤이라는 의미를 담고 있다.

한 언론과의 인터뷰에서 토카르추크는 제목을 놓고, 편집자와 논쟁을 벌인 일화를 밝힌 적이 있다. 길고 기괴한 제목이라 독자에게 친근하게 다가갈 수 없다는 이유를 들어 출판사 측에서 완강히 반대했지만, 이 한 줄의 문장에 작품의 메시지가 상징적으로 담겨 있기에 끝까지 제목을 고수했다고 한다.

2019년 제니퍼 크로프트(Jennifer Croft)의 번역으로 출간된 영어판 『Drive your plow over the bones of the dead』는 인터내셔널 부커상 최종후보에 선정되는 영예를 안았다. 당시 『타임』지는 이 소설을 추리와 동화가 결합된 작품으로 평가하며, 한 존재가 다른 존재보다 지나치게 많은 특권을 누리는 현실을 일깨우는, 매혹적이고 철학적인 텍스트라고 소개했다. 영국 문예지 『가디언』 역시 '거침없는 실존적 스릴러'라 극찬하며, 스릴러와 블랙코미디, 정치적 단상이 절묘하게 결합된 아름다운 작품이라고 분석했다. 또한 '21세기 가장 위대한 책 100권' 중 75위에 이 소설을 올렸다.

소설의 주인공인 야니나 두셰이코(Janina Duszejko)는 60대의 노파로 대도시 출신이지만, 노년에 외딴 고원으로 이주한 인물이다. 한때 기간제 교사로 근무하다 지금은 별장 관리인으로 일하고 있다. 그와 유일하게 친분을 나누는 사람은 이웃에 사는 '괴짜'와 중고 의류점에서 점원으로 일하는 20대 여성 '기쁜 소식' 그리고 윌리엄 블레이크의 시를 함께 번역하는 옛 제자 '디오니시오스'뿐이다. 어느 날 '왕발'의 기이한 죽음을 시작으로 마을에서 연쇄 살인 사건이 일어난다. 피해자들은 모두 동물 사냥에 연루되었고, 시신 주변에는 어김없이 사슴 발자국이 찍혀 있다. 점성학 애호가인 두셰이코는 사망자들의 별자리를 근거로 동물들이 인간을 단죄하고 있다고 주장한다. 하지만 두셰이코의 견해는 무시되고, 다들 그녀를 정신 나간 노파로 취급한다.

언론과의 인터뷰에서 토카르추크가 밝혔듯이 산골에 거주하는 60대 노년 여성이 문학이나 영화에서 주인공으로 등장하는 건 매우 드문 일이다. 두셰이코는 억압과 폭력을 일삼는 가부장적인 시스템과 인간의 이익 추구를 위해 자연의 희생을 당연시하는 기존의 종교에 실망하고 좌절하고 분노하는 인물이다. '사냥 달력'을 발행해 특정한 시기에 특정한 동물을 죽이는 행위를 버젓이 정당화하는 마을 사람들, 동물을 인간과 동등하게 취급하는 건 죄악이라며 사냥을 적극적으로 옹호하는 가톨릭교회, 권위주의가 팽배한 지방 경찰서, 모피를 암거래하기 위해 불법으로 여우를 기르는 농장, 비리와 의혹투성이의 인물이 대표 자리를 맡은 버섯 채집가 협회. 두셰이코를 둘러싼 마을 공동체는 온통 불의와 모순으로 가득 차 있다. 그런 점에서 이 소설은 정치적인 소설이면서 사회적인 소설이기도 하다.

이 작품은 범죄 스릴러의 서사 구조를 따르고 있지만, 전통적인 추리소설과는 뚜렷하게 구별된다. 스릴러의 기법을 차용하면서도, 저자가 여러 차례 장르적 전형을 의도적으로 깨뜨렸기 때문이다. 공포와 긴장감을 시종일관 유지하기보다는 중간중간 블랙 유머나 멜랑콜리한 정서를 삽입해 긴장과 이완을 반복하며, 고유한 개성을 구축한다. 또한 일반적인 추리소설의 경우, 마지막에 범인의 정체를 밝히는 핵심적인 반전과 범인을 밝혀내는 과정에 무게를 두게 마련이지만, 이 작품은 사회에서 변방으로 밀려난 하찮은 인물이 공감과 연대를 통해 자신보다 더 나약한 존재를 지켜내기 위해 세상에 맞서는 이야기에 초점을 맞춘다. 주인공 두셰이코의 사고와 감정, 동기를 깊이 다루고 있다는 점에서 심리소설의 성격도 띤다.

연쇄 살인범의 정체가 드러나는 소설의 결말은 극단적이고 충격적이다. 동물이 인간에게 복수하고 있다고 줄기차게 주장해온 두셰이코가 범인으로 밝혀진다. 자신이 사냥한 사슴을 먹다가 사슴 뼈가 목에 걸려 어이없는 죽음을 맞이한 '왕발'의 시신을 목격하던 날, 두셰이코는 자신들이 잡은 동물들의 사체를 늘어놓고 자부심 넘치는 표정으로 촬영한 밀렵꾼들의 사진 한 장을 발견하게 된다. 그리고 그 사진의 한 귀퉁이에서 그토록 찾아헤매던 자신의 두 딸, 암캐 두 마리의 시신을 보게 된다. 그 순간 두셰이코는 폭력을 폭력으로 단죄하는 극단적인 방식으로 불의와 맞서 싸우기로 결심한다.

폭력에 대한 앙갚음으로 다시 폭력을 선택하는 파격적인 결말을 놓고, 당연히 비판과 지탄의 목소리가 나오리란 걸, 작가 또한 당연히 알았을 것이다. 그럼에도 토카르추크는 파국을 선택함으로써 이슈를 만들고, 사회적 논쟁을 촉발한다. 작품은 독자에게 여러 질문을 던진다. 인간의 과도한 욕망이 생태계의 균형을 무너뜨리고 공멸의 위기를 초래한다면, 우리는 어떻게 대처해야 할까? 세상이 잘못된 방향으로 치닫고 있을 때, 비폭력에 기반한 평화적 저항만으로 그것을 바로잡을 수 없다면, 다른 방법은 무엇일까? 모성을 신비화하는 에코페미니즘(ecofeminism)의 영성적 관점이 생존의 위협을 해결할 수 있는 구체적이고 실천적인 해법을 제시하지 못한다면, 대안은 무엇인가? 선과 악, 옳고 그름을 판별할 때, 인간의 안위와 이익만을 최우선에 두는 사고방식은 과연 정당한가? 보편적 인권의 범위를 동물에게까지 확장할 수는 없는가?

두셰이코의 비윤리적인 선택은 역설적으로 동물을 포함한 생태계 전반에 대한 인간의 도덕적 책무를 돌아보게 한다. 나아가 동물의 존재론적 지위를 성찰하게 만들며, 도덕적 가치판단의 기준을 '인간'이 아닌 '생명'에 두는 생태적 양심(ecological conscience), 나아가 동물을 포함한 자연에 대한 생태적 책임(ecological responsibility)을 촉구한다. 이제는 동물과 생태, 정치·사회적 존재로서의 인간을 모두 포괄하는 통합적 윤리 이론이 필요한 시점이 도래한 것이다.

예상 밖의 파격적인 결말과 주인공의 극단적인 선택을 통해, 토카르추크는 인간과 동물, 나아가 지구의 모든 생명체가 평등하게 어우러져 살아가는 상생의 공동체, 에코토피아를 그려낸다. 이곳에서 모든 생명체는 자연이라는 울타리 안에서 동등한 권리를 지니며, 누구도 자연을 지배하거나 정복할 수 없다. 인간과 동물, 인간과 자연이 조화롭게 살아가고, 자신의 가치를 인정하듯 타자의 가치도 존중하는 사회가 바로 두셰이코가 꿈꾸는 세계다. 이 세계는 차갑고 엄격한 이성의 법칙이 아니라, 마음과 직관이 이끄는 곳이다. 윌리엄 블레이크가 꿈꾸던 에덴동산이 재현된 듯, 사람들은 자유롭게 자신의 생각을 말하고, 이미 아는 것을 뽐내는 데 그치지 않고 상상력을 발휘해 놀라운 것들을 만들어낸다. 국가는 개인을 억압하는 족쇄가 아니라 희망과 꿈을 실현하도록 돕는다. 그곳에서 개인은 거대한 시스템의 톱니바퀴라는 수동적인 역할을 벗어나, 자유롭고 창조적인 존재로 변화한다.

『죽은 이들의 뼈 위로 쟁기를 끌어라』는 연약하고 힘없는 존재들에 담겨 있는 소중한 생명의 가치를 일깨우며, 생태계의 모든 존재에게 가해지는 억압과 폭력에 맞서는 눈물겨운 저항의 기록이다. 토카르추크는 이 책이 독자들의 감정을 건드리고, 도덕적으로 불편함을 유발할 수 있기를, 아울러 분노와 두려움에 몸서리치는 체험을 할 수 있기를 바란다고 집필 의도를 밝혔다.

작가의 바람대로 파국으로 치닫는 이 작품은 읽는 이들에게 불편함과 당혹스러움이 교차하는 직관적 체험을 선사한다. 호불호가 극명히 갈릴 수밖에 없는 파격적인 결말에도 불구하고, 소설『죽은 이들의 뼈 위로 쟁기를 끌어라』가 문단과 독자들에게 뜨거운 호응을 받은 것은 세상으로부터 소외된 존재가 자신보다 더 힘없고 연약한 존재의 불행을 아파하고, 그들에게 연대와 위로의 손길을 내미는 이야기이기 때문이리라.

제3부

희곡

조지 버나드 쇼
다리오 포
페터 한트케

조지 버나드 쇼의 『인간과 초인』과 『피그말리온』
현시대의 사회상을 꿰뚫어본 예언가적 극작가

김소임 건국대 영어문화학과 교수

조지 버나드 쇼
George Bernard Shaw, 1856-1950

아일랜드 더블린에서 태어난 쇼는 셰익스피어
이후 최고의 극작가로 평가받는다. 그는 스무 살이
되던 해 부모의 이혼으로 어머니를 따라 런던으로
이주했으며, 독학으로 예술에 대한 소양을 키웠다.
1879년부터 1883년까지 다섯 편의 소설을 썼으나
출판사의 문턱을 넘지 못했다. 그는 1885년
「홀아비의 집」을 시작으로 「피그말리온」 「인간과
초인」 등 60여 편의 희곡을 발표하며 세계적인
작가가 된다. 그의 희곡은 당시의 정치·경제·사회·
종교·문화 등 다양한 분야의 문제점을 풍자하고
비판하는 사회 문제극이 주를 이룬다.
1925년에 노벨문학상을 수상했다.

"인류의 과거와 현재 그리고
미래를 성찰하게 한다는 점에서
쇼의 문학적 성과는 소중하며
그의 인물들 또한 인류의
다면성과 변화가능성을
보여준다는 점에서 우리가
흘려버려서는 안 되는 자원이다."

1. 아일랜드에서 영국 그리고 세계로

더블린에서 출생해 영국의 허트포드셔에서 세상을 떠난 조지 버나드 쇼(George Bernard Shaw, 1856-1950)는 여러모로 특출한 인물이다.[1] 대중에게는 60여 편의 희곡을 발표한 희곡작가로 가장 잘 알려져 있지만 그는 음악, 연극을 비롯한 문화 예술 전반을 향해 예봉을 휘두른 비평가였으며 정치, 경제, 종교, 결혼, 여성 인권 등 사회 전반의 부조리를 지적하고 개선을 위해 노력한 사회운동가이기도 했다. 쇼는 연극이 엔터테인먼트 역할에 치중했던 19세기 후반, 철학적·도덕적·사회개혁적 비전을 전달하는 사상극을 발표했다. 그는 인간애와 인권에 바탕을 둔 혁신적 비전을 수려한 문장으로 표현해 현대 독자에게도 영감을 제공한다.

쇼의 청소년기는 불우했다. 부친인 조지 카르 쇼(George Carr Shaw)와 모친인 루신다 엘리자베스 쇼(Lucinda Elizabeth Shaw)는 사이가 좋지 않았고 경제적으로도 궁핍했다. 부모와 쇼의 관계도 문제가 많았다. 곡물상이었던 부친은 알코올 중독이었고 성악가였던 쇼의 모친은 3남매를 하녀와 가정교사에게 맡겨두고 무관심했다. 쇼가 7세 무렵부터 어머니의 음악 선생 조지 존 리(George John Lee)와 한집에 살게 되면서 경제적·문화적으로 보다 윤택한 삶을 살게 되지만 쇼는 어머니와 리의 관계가 각별했기 때문에 생부가 리가 아닌지 의심하는 등 마음고생을 했다.

쇼는 1871년까지 여러 학교에서 수학했으나 만족하지 못했다. 학교는 감옥, 교사는 간수와 다를 바 없다는 고정관념이 생겼으며 이는 문학 작품에도 드러난다. 학교를 싫어했던 쇼에게 지적·문화적 자극은 리가 제공하는 음악적 환경과 그의 제자들이 가져오는 서적이 대부분이었다. 모친은 1873년 리를 따라서 딸 둘만 데리고 런던으로 떠났다. 남겨진 쇼는 부친과 살면서 부동산 회사 직원으로 일하게 된다. 비록 학교는 떠났지만 쇼는 회사에서 능력을 인정받았고 여가 시간에는 더블린의 미술관과 극장에 다녔고 독서와 피아노 연주로 문화적 소양을 키워간다.

1876년 작은누이의 장례식에 참석하기 위해 런던에 온 쇼는 영구 정착하게 된다. 런던에 왔지만 쇼의 문학과 삶은 1880년대 중반이 될 때까지 개화하지 못했다. 어머니 집에 얹혀살면서 리를 위해 음악 평론을 대필해주거나 피아노 반주 등을 하면서 용돈벌이를 하는 것이 고작이었다. 직업이 없었던 쇼는 여유 시간을 대영박물관의 독서실에서 보냈는데 그곳이 그에게는 학교가 되었다. 마음껏 독서하고 글을 쓰면서 쇼는 희곡과 소설의 습작을 시작한다. 하지만 글이 돈이 되기까지는 긴 시간을 기다려야 했다.

30대부터 작가, 평론가, 사회운동가로 주목받게 된 쇼에게 영향을 준 인물과 단체는 여럿이다. 더블린에서의 10대 시절 쇼는 전화기를 발명한 그레이엄 벨의 사촌 치체스터 벨(Chichester Bell, 1848-1924)과 교우하게 된다. 오디오 엔지니어면서 발명가였던 벨에게서 쇼는 과학을 수학하고, 영어 철자법과 음성학에도 관심을 갖게 된다. 런던으로 이주한 후에는 1883년에 대영박물관에서 스코틀랜드 출신 연극 평론가인 윌리엄 아처(William Archer, 1856-1924)를 만나게 된다. 쇼의 능력을 알아본 아처는 쇼에게 평론을 쓸 수 있는 지면을 섭외해 준다. 1894년 쇼는 권위 있는 『새터데이 리뷰』의 연극 비평가가 되었고 총 150개의 평론을 기고하며 명성을 날리게 된다. 아처는 최초로 입센의 작품을 영어로 번역하기도 했는데 이를 통해서 쇼는 입센의 작품 세계에 눈을 뜨게 된다. 사회 부조리를 용감하게 비판하는 입센의 작품에 매료된 쇼는 입센의 사상을 정리한 『입세니즘의 정수』(*The Quintessence of Ibsenism*, 1891)를 발표한다.

쇼가 사회주의에 눈을 뜨기 시작한 것은 1882년, 독서실에서 마르크스의 서적을 접하면서부터라고 할 수 있다. 쇼는 1884년 사회주의 단체인 페이비언 협회에 가입하게 된다. 사회개혁에 점점 더 관심을 갖게 된 쇼는 1889년 페이비언 협회가 발행한 사회주의에 대한 평론집에 두 편의 글을 발표할 뿐 아니라 여러 학술 단체에 참여해 토론 능력 또한 키워간다. 1885년부터 89년까지 쇼는 브리티시 경제 협회에서 격주로 개최하는 회합에 참여하면서 지식뿐 아니라 토론 능력을 키워갔는데 전기작가 마이클 홀로이드(Michael Holroyd, 1935-)는 이 경험이 쇼에게 대학교육과 맞먹는 것이었다고 진단한다.

1880년대 중반에 시작된 쇼의 문학 여정은 사회에 만연된 불합리와 부조리를 비판하는 메시지가 가득하다. 쇼는 자신의 초기 작품을 불쾌한 극과 유쾌한 극으로 분류했다. 불쾌한 극에는 빈곤층에 대한 착취로 부유한 생활을 영위하는 중산층에 대한 풍자를 담은『홀아비의 집』(*Widowers' House*, 1892), 두 여성 사이에서 양다리를 거치는 입센 클럽 회원의 모습을 담은『바람둥이』(*The Philanderer*, 1893), 매춘업을 하는 여성이 직업의 당위성을 주장하는『워렌 부인의 직업』(*Mrs. Warren's Profession*, 1893) 등 세 작품이 속한다.

뒤이어 발표된 보다 부드러운 코미디는 유쾌한 극이라 불렀다. 세르비아와 불가리아 간의 전쟁을 배경으로 낭만적 환상을 깨고 참사랑을 찾아가는 젊은 여성의 이야기를 담은『무기와 인간』(*Arms and the Man*, 1894), 성직자와 그의 아내, 그리고 그녀를 사랑하는 젊은 시인을 통해 결혼에 대한 성찰을 제공하는『캔디다』(*Candida*, 1894), 이탈리아를 배경으로 전쟁 중의 나폴레옹을 주인공으로 한『운명의 남자』(*The Man of Destiny*, 1895), 18년 만에 재회한 가족이 서로 알아보지 못해서 벌어지는 코미디『알 수 없어요』(*You Never Can Tell*, 1896)가 유쾌한 극에 속한다.

위의 작품들은 추후 수정 후『유쾌한 극과 불쾌한 극』(*Plays Pleasant and Unpleasant*, 1898)이란 제목으로 출판된다. 미국의 독립전쟁을 배경으로 악마의 제자를 자칭하면서도 남을 위해 목숨까지 바치는 한 남자의 이야기를 다룬『악마의 제자』(*The Devil's Disciple*, 1896),『카이사르와 클레오파트라』(*Caesar and Cleopatra*, 1898),『캡틴 브래스바운드의 회심』(*Captain Brassbound's Conversion*, 1900) 등이 뒤를 이어 발표되는데 쇼는 이에 청교도인을 위한 극이라고 이름 붙인다.

쇼는『결혼하기』(*Getting Married*, 1908)를 비롯한 여러 작품에서 결혼의 본질과 영국 사회 내에서의 결혼 제도의 문제점을 꾸준히 탐색하고 있는데 삶에서도 결혼관과 여성관은 독특했다. 쇼가 여성에 관심이 없었던 것은 아니다. 도리어 일흔이 넘었는데도 여자 때문에 정신이 혼란스럽다는 말을 남기기도 했다. 쇼는 29세에 연상의 과부와 첫 성경험을 한 이후 8년간 관계를 지속했다고 한다. 독신으로 살듯하던 쇼는 1898년 41세에 아일랜드 출신의 사회운동가인 샬럿 페인 타운센드(Charlotte Payne Townshend, 1857-1943)와 결혼한다. 샬럿은 페이비언 협회 회원이면서 여성운동가이며 독신주의자였다. 쇼 또한 결혼의 구속을 원하지 않았기에 둘은 서로 매력을 느끼면서도 수년간 결혼을 결정하지 못했다. 특히 무일푼에 가까운 쇼는 부유한 샬럿과 결혼하면 자신이 재산을 탐내는 사람으로 보일까 걱정했다.

두 사람이 결혼하게 된 결정적 계기는 쇼의 다리 부상이었다. 샬럿은 쇼를 간병하기 위해 집을 방문하고 둘은 며칠 후 결혼한다. 결혼은 자녀를 두지 않는다는 조건으로 성사되었으며 결국 아이는 생기지 않았다. 학자들은 둘 사이에 성관계가 없었기 때문으로 추정하고 있다. 샬럿과의 결혼은 쇼에게 경제적 안정을 가져왔다. 부부는 1906년 허트포드쉬어에 시골집을 구입한 뒤 쇼의 귀퉁이라고 명명하고 이곳에서 평생을 기거한다. 쇼가 세상을 떠난 곳도 그곳이다.

쇼는 결혼 후에도 이성과 열정적 관계를 이어갔다. 그중에서 가장 유명한 관계가 여배우 패트릭 캠벨 부인(Mrs. Patrick Campbell, 1865-1940)과의 편지 연애다. 쇼는 캠벨을 염두에 두고 『피그말리온』의 여주인공 일라이자를 쓴 것으로 알려져 있다.[2] 둘의 관계는 1912년 캠벨이 『피그말리온』 출연을 결정할 무렵 불타오르게 된다. 비록 성관계로 이어지지는 않았으나 둘은 엄청난 양의 편지를 주고받으며 사랑을 나누게 된다.

쇼는 사망하기 1년 전인 1949년 마지막 작품인 인형극 『셰익스피어 대 셔브』(*Shakespeare versus Shav*)를 발표하면서 문자 그대로 많은 것을 오랫동안 수확했다. 쇼의 희곡은 사회 비판에 집중하는 초기, 대안적 사상을 제안하는 중기를 거쳐 보다 환상적인 비전을 보여주는 말기까지 폭넓은 스펙트럼을 보여준다. 본인이 추앙했던 작곡가 빌헬름 리하르트 바그너(Wilhelm Richard Wagner, 1813-83)에 대한 평론집인 『완전한 와그너 애호가』(*The Perfect Wagnerite*, 1898)뿐 아니라 3년이나 희곡 집필을 중단하고 쓴 정치평론집 『지식 여성을 위한 사회주의, 자본주의 안내서』(*The Intelligent Woman's Guide to Socialism and capitalism*, 1928) 등을 통해 평론가로서의 지위 또한 공고히 했다.

쇼는 생전에 세계적인 명성과 영광을 누렸는데 그를 세계적 작가로 이끈 작품은 여성을 중심에 세운 극이다. 이 글에서 다루게 되는 『인간과 초인』(*Man and Superman*, 1903), 『피그말리온』(*Pygmalion*, 1913)뿐 아니라 빈민 구제에 나선 이상주의적 여성의 성장기를 다룬 『바바라 소령』(*Major Barbara*, 1905), 영국과 프랑스 간의 백년 전쟁을 배경으로 한 『성 조앤』(*Saint Joan*, 1923) 등으로 그는 세계적 작가가 된다. 『성 조앤』은 쇼에게 1925년 노벨문학상을, 1938년 영화화된 『피그말리온』은 아카데미 최우수 각색상을 안겨준다. 노벨문학상과 아카데미상을 둘 다 수상한 사람은 아직까지 쇼가 유일하다. 평생 여성을 사랑했던 쇼에게 여성의 지위와 운명은 깊은 성찰의 대상이었다.

그는 위트가 넘치는 어록을 많이 남겼다. 그중에서 그의 묘비명으로 남은 "한참 있다 보면 이런 일이 생길 줄 알았다니까"(I knew if I stayed around long enough, something like this would happen)는 담담하고 유쾌하게 죽음을 관조하는 태도로 많은 사람들에게 회자되고 있다.

죽어서도 그는 세계적 명사로 남았다.

2. 초인보다 여성이 먼저, 음성학보다 인간이 우선

『인간과 초인』과『피그말리온』두 작품 모두 전설과 신화에서 모티브를 가져온다. 두 작품 모두에서 쇼는 기존의 남성 중심적 이야기를 여성 중심으로 변형한다. 먼저『인간과 초인』은 초인의 탄생을 통한 인류의 발전에 방점을 찍고 있는데 이를 가능하게 하는 것은 여성이다.

『인간과 초인』서문에서도 밝혔듯이 집필 무렵 쇼는 창조적 진화(creative evolution)와 생명력(the life force) 그리고 초인(superman)의 등장에 큰 관심을 가지고 있었다. 쇼가 극 중 인물인 태너 등을 통해 설파한 중심 사상들은 자신이 창조한 것이라기보다는 당대 석학들의 사상을 자기화한 것이라고 할 수 있다. 태너는 앤이 생명력을 구현하고 있다고 주장하는데 이 생명력은 앙리 베르그송(Henri-Louis Bergson, 1859-1941)의 창조적 진화와 연관된 엘랑비탈(Élan vital, 약동) 사상에서 파생된 것으로 본다.[3] 베르그송은 생명체는 과거를 기억하고 보존할 뿐 아니라 미래를 위해 새로운 것을 만들어낸다고 주장하면서 이것을 엘랑비탈, 즉 생명의 약동이라고 불렀다.[4]

초인에 대한 기대도 마찬가지다. 비록 쇼 자신은 프리드리히 니체(Friedrich Nietzsche, 1844-1900)에게서 각별한 영향을 받지는 않았다고 주장하지만 대부분의 비평가들은 쇼의 진화와 초인의 등장은 니체의 초인(Übermensch) 사상의 영향을 부인할 수 없다고 평가하고 있다.[5]

니체는 인간이 지향해야 할 목표로 인간을 나약하게 만들고 종속시키는 도덕과 계율을 넘어선 인간, 즉 초인을 제시한다. 니체는 『차라투스트라는 이렇게 말했다』(1883)에서 종속되어 있는 낙타와 파괴가 가능한 사자 단계를 넘어가면, 인간은 새로운 세계를 만들 수 있는 어린이 같은 존재에 달하게 된다고 주장한다. 그 마지막 단계에 존재하는 창조적 인간이 초인이다.

그렇지만 쇼가 이 생명력을 보유해 초인을 생산할 수 있는 주체로서 여성을 지목한 것은 다른 사상가들에게서는 볼 수 없는 것이다. 쇼 자신이 밝혔듯이 『인간과 초인』의 3막에서 초인을 생산하기 위해 남성을 사냥하는 포식자는 여성이다. 이를 보여주기 위해서 쇼는 돈 후안(Don Juan) 설화를 가져와 뒤집는다. 돈 후안은 스페인의 전설적인 바람둥이인데 실은 가공의 인물이다. 그의 이야기가 작품화된 것은 스페인의 티르소 데 몰리나(Tirso de Molina, 1579-1648)의 『세비야의 사기꾼과 돌로 된 손님』(1630)이 처음이다. 이후 프랑스의 극작가 몰리에르(Molière), 작곡가 모차르트(Mozart)에 의해서 오페라로, 영국의 낭만주의 시인 바이런 경(Lord Byron)에 의해서 서사시로 만들어졌다. 돈 후안은 일반적으로 바람둥이를 뜻하는 명사로 사용된다. 3막에서 쇼는 태너의 꿈으로 설정된 극중극을 통해서 4막에서 태너가 앤에게 승복하게 되는 운명적 행보를 제시한다. 3막에서 돈 후안의 기질은 아나라는 여성에게서 나타난다. 돈 후안은 자신의 개별성을 내세우는 아나란 여성으로 성전환된다. 작품 안에서 여성의 강력한 생명력을 거부할 수 있는 남성은 없다.

『피그말리온』에서는 영어 교육, 발음 교육 등 영국에서의 영어의 문제를 다루고 있지만 교육이 필요한 대상으로 여성을, 교육자를 남성으로 내세움으로써 여성 문제도 다루고 있다. 쇼의 음성학 분야에 대한 관심부터 살펴보면 시작은 앞에서 말한 대로 10대 시절 치처스테 벨을 만나면서부터다.[6] 서문을 보면 영어, 특히 영국 영어에 대한 작가의 깊은 고민과 언어학자를 작품의 영웅으로 내세운 까닭을 이해할 수 있다. 영어는 철자와 발음이 일치하지 않는 경우가 많아서 발음을 혼자 배울 수 없으며, 제대로 발음하기가 어려워서 타인의 영어 발음을 들으면 대부분 불쾌감을 느끼게 된다고 주장한다. 그는 서문에서 1870년부터 이 문제에 관심을 가져왔다고 밝히면서 오늘날 영국에서 필요한 개혁가는 이 작품에 등장하는 히긴스와 같은 "에너지가 넘치고 열성적인 음성학자"라고 주장한다.[7] 쇼는 히긴스의 모델로 헨리 스위트(Henry Sweet, 1845-1912)라는 공격적이고 외통수 같은 성격을 가진 언어학자를 염두에 두었다. 스위트는 다른 학문 분야와 학자들에 대한 지나친 공격과 풍자로 빛을 보지 못했지만 많은 제자를 길러냈고 이는 영어의 미래에 희망을 주었다고 쇼는 보았다. 쇼는 이 작품이 전 세계적으로 사랑을 받아서 음성학의 중요성을 사람들이 알게 되기를 바라며, 발음 때문에 신분 상승이 어렵다고 생각하는 사람들도 일라이자와 같은 변화가 가능하다고 희망적으로 조언한다.

쇼는 사망할 때까지 영어의 문제에 대한 관심을 놓지 않았다. 쇼는 1950년에 완성된 유언장에서 발음과 철자가 일치하는 '쇼 알파벳'을 만들기 위해 지원금을 제공한다고 밝혔다. 쇼 사후 신탁관리자는 전 세계적인 알파벳 공모전을 개최했고, 수년간 이 문제를 쇼와 소통해왔던 로널드 킹슬리 레드(Ronald Kingsley Read)가 선정되어 새로운 알파벳을 디자인했다. 이 알파벳으로 『앤드로클레스와 사자』(*Androcles and the Lion*)가 출판되었다.[8]

영어의 문제뿐 아니라 피그말리온 신화를 활용해서 탐구한 여성 문제 또한 수년 전부터 배양되었음을 알 수 있다. 작품을 집필하기 수년 전 쇼는 조각가 로댕의 스튜디오를 방문했는데, 이때 피그말리온 신화를 떠올리게 되었다고 한다. 전기작가 St. 존 어빈(St. John Ervine)에 의하면 신화뿐 아니라 선배 작가인 W.S. 길버트(W.S. Gilbert, 1836-1911)가 쓴 『피그말리온과 갈라테이아』(*Pygmalion and Galatea*, 1871)라는 희곡 작품을 기억해냈다는 것이다.[9] 신화에 따르면 피그말리온은 여성들이 비너스에게 저주를 받아 매춘을 하게 되자 여성혐오증에 걸린다. 살아 있는 여자는 거들떠보지도 않고 이상형을 조각상으로 만들어 갈라테이아라고 이름을 붙이고 사랑한다. 아무리 아름다워도 조각상은 조각상일 뿐이다. 피그말리온은 비너스 축제 때 조각상이 인간이 되기를 기도한다. 비너스는 소원을 들어주고 피그말리온과 갈라테이아는 결혼해 행복하게 살게 된다.

『피그말리온』에서 피그말리온은 언어학자 히긴스 교수이고 갈라테이아는 하류층 영어를 하는 꽃 파는 처녀, 일라이자다. 쇼의 갈라테이아는 피그말리온의 이상형이 아니고 피그말리온 또한 갈라테이아의 이상형이 아니다. 작품이 발표되기 십수 년 전인 1897년 쇼는 엘렌 테리(Ellen Terry)에게 쓴 편지에서 '앞치마를 하고 오렌지 3개와 붉은 타조 깃털을 가진 이스트엔드 여성'이 등장하는 희곡을 구상하고 있다고 밝힌 것으로 보아 쇼는 신분이 낮고 매력적인 외모가 아닌 갈라테이아를 구상하고 있었던 것으로 보인다. 이 극에서 피그말리온은 갈라테이아를 사랑하지 않고 갈라테이아 또한 마찬가지다.

쇼는 신화에서와 같은 낭만적 해피엔딩을 거부하고 피그말리온과 갈라테이아의 결합의 문제점을 후일담에서 길게 늘어놓으며 다른 종결을 제시한다. 즉 갈라테이아는 피그말리온에게 종속되지 않고 서툴지만 새로운 삶을 시작한다. 그럼으로써 신분과 학식이 뛰어난 남자에게 종속되는 대신 부족하지만 사랑하는 남자와의 동행을 보여준다.

3. 『인간과 초인』, 초인의 어머니는 여성

『인간과 초인』은 4막으로 구성되어 있는데 시간 관계뿐만 아니라 지나친 현학성 때문에 대부분 공연에서는 돈 후안을 모티브로 한 3막은 배제되고 있다. 3막을 뺀 『인간과 초인』은 19세기 말 오스카 와일드(Oscar Wilde, 1854-1900)의 재치 있는 말싸움을 담은 풍습 희극과 유사하다. 출판본에는 돈 후안을 모티브로 한 극을 쓸 것을 권고했던 친구 아서 빙햄 워클리(Arthur Bingham Walkley, 1855-1926)에게 바치는 서문과 극중 인물인 존 태너가 집필했다고 언급되는 『혁명가의 핸드북』이 추가되었다.

서문에서 쇼는 워클리가 기대했던 것과 달리 자신의 작품에 돈 후안 모티브를 뒤집을 수밖에 없음에 대해 설명한다. 더 이상 남녀 관계에서 남성이 승리자이고 여성이 일방적인 희생자가 될 수 없으며, 일이 잘못되면 돈 후안이 수염까지 뜯길 판이라는 것이다.[10] 이 극은 남자를 사냥하는 인물로 여성을 등장시키면서 초인의 등장을 위해서는 여성 권리 신장이 삶의 진화과정에서 필연적임을 이야기한다.

1막은 나이 든 신사, 로벅 램스덴의 집을 배경으로 램스덴의 절친이었던 화이트필드의 사망 이후 그의 양아들인 옥타비어스와 그의 친구, 존 태너, 친딸인 앤, 양딸인 바이올렛 등의 얽히고설킨 남녀 관계를 풀어내고 있다. 쇼가 서문에서 밝혔듯이 인물 간의 갈등을 통해 여성의 인권과 결혼의 목적과 의미에 대한 견해들이 펼쳐진다. 화이트필드가 유언장에서 렘스덴과 태너를 딸들의 후견인으로 지명하면서 위의 여권과 결혼이라는 두 문제가 가시화된다. 렘스덴은 태너를 급진주의자이며 무정부주의자로 낙인찍으며 공동 후견인이 될 수 없다고 고집한다. 태너는 태너대로 후견인이 되기를 거부하는데 앤과 엮이게 되면 그녀와 결혼하게 될 것을 두려워해서다.

두 남자 주인공 태너와 옥타비어스를 통해 상반된 결혼관이 제시된다. 자유를 위해 독신을 고집하는 태너와 달리 시적이며 낭만적인 옥타비어스는 정신없이 사랑에 빠져 앤과의 결혼을 꿈꾸고 있다. 사랑 자체를 사랑하는 옥타비어스와 달리 태너는 언젠가 자신이 여성의 강한 생식욕에 굴복해 강제로 결혼당하지 않을까 노심초사하고 있다. 태너는 결혼하고자 하는 여성의 목적은 남녀의 행복이 아니라 자연이 가장 원하는 증식이라고 단언한다. 즉 남성은 여성의 임신과 출산을 위한 씨 뿌리는 도구일 뿐이라는 것이다. 태너는 예술가와 여성을 둘 다 창조에 목숨을 건 극단적 이기주의자라고 정의한다.

20세기 초반임에도 자유와 독립으로부터 거리가 먼 여성의 상황이 비판적으로 그려진다. 영국 사회는 성인 여성인데다 모친까지 생존해 있는데도 남자 후견인을 당연시하고 있다. 모친인 화이트필드 부인을 통해서는 자기 견해는 미리 포기하고 후견인 2명과 딸에게 모든 결정을 맡기는 유약한 빅토리아 시대 여성이 그려진다. 이와 다르게 옥타비어스의 여동생인 바이올렛은 소위 신세대에 속하는 여성이다. 그녀가 혼전 임신을 한 것으로 알려져 모두가 경악하면서 쑥덕거리는데, 이를 통해 당대에 혼전 임신이 얼마나 백안시되었는지가 드러난다. 하지만 바이올렛은 비밀리에 이미 결혼을 했음을 당당하게 밝혀서 걱정하는 사람들을 무안하게 만든다.

2막은 신문물인 자동차를 타고 교외로 드라이브 나온 태너와 그의 기사 스트레이커 그리고 옥타비어스를 통해서 과학 문명의 발전과 이에 따른 교육과 계급에 대한 가치 변화가 언급된다. 스트레이커가 H 발음을 못한다는 것이 강조되는데 이는 스트레이커가 하류 계층임을 시사한다. 하지만 스트레이커는 절대 기가 죽지 않고 자동차를 다루는 자신의 능력에 강한 자신감을 갖고 도리어 신사 계층의 무능함을 비아냥거린다. 스트레이커는 코미디에서 흔히 등장하는 주인을 찜쪄먹는 희극적 하인이라고 할 수 있다. 스트레이커는 옥스퍼드에서는 신사가 되는 법을 배우지만 기술학교에서는 엔지니어가 되는 법을 배운다고 당당히 말한다. 이 말에는 노동을 하지 않는 신사 계층에 대한 경멸이 숨어 있다. 옥타비어스가 노동의 존엄성을 운운하자 그것은 당신이 노동을 해본 적이 없기 때문이라고 응수한다. 사회주의자이기도 한 그는 당당하게 노동자 계층을 대변한다.

태너는 독신주의를 고집하지만 여성에게 관심이 아주 많을 뿐 아니라 여성에게 씨를 제공해야 한다는 숙명론에 경도되었음이 드러난다. 그 숙명론 때문에 여성을 비판하고 피하려 했던 것이다. 태너는 남성과 여성의 관계를 곤충과 비교하며 암거미가 수거미를 죽이듯이 여성도 남성 없이 생존이 가능하다면 남성을 죽여 없애버릴 것이라고 말한다.[11] 태너는 옥타비어스에게 남성은 비혼을 선언해야 한다고 말하지만 그는 한 발짝씩 앤과의 결혼에 다가간다.

태너는 자의 반 타의 반으로 앤이 쳐놓은 거미줄에 걸려 든다. 태너는 여성이 결혼을 성공하기 위해서도 독립해야 할 것을 강조하는

데 이는 역으로 태너를 앤과 여행을 떠나게 만든다. 태너는 앤이 후견인과의 관계에 대한 결정을 어머니에게 미루자 어머니로부터 독립하라고 장광설을 늘어놓는다. 나중에 두고 보면 앤의 이런 책임 회피가 태너를 잡기 위한 덫이었음이 드러난다. 태너는 앤에게 부모로부터의 독립 선언이 성인의 의무라며 부모에게 매인 사슬을 끊고 자기의 양심에 따라 인생을 결정하라며 유럽 자동차 여행을 제안한다.[12] 태너는 결국 앤의 덫에 걸려 같이 여행을 떠나게 된다.

3막은 돈 후안 전설을 기반으로 탄생한 모차르트의 오페라 「돈 조반니」를 패러디한 것으로 돈 후안의 여성 버전이 등장한다. 3막의 대부분은 여행 중 산적에게 붙잡힌 태너가 꾸는 꿈인데 꿈속에서 태너는 돈 후안으로 등장한다. 등장인물은 「돈 조반니」에 나오는 아나의 분신인 노파, 1막에 등장하는 램스덴의 분신이자 「돈 조반니」에 등장하는 아나의 아버지 조각상을 상기시키는 조각상과 악마 등이다. 이들은 천국과 지옥, 삶과 죽음, 결혼, 생명의 힘에 대한 토론을 주고받는다. 모차르트의 「돈 조반니」에서는 아나의 부친을 죽이고도 반성이 없는 돈 조반니가 지옥으로 떨어지는데 태너의 꿈속 돈 후안은 이미 지옥에 가 있다.

이야기의 중심은 1막에서와 마찬가지로 결혼과 생식이다. 돈 후안과 악마 간 토론의 주제 중 하나가 '자연이 목표로 하는 것'인데 돈 후안의 답은 생식이다. 그는 1막에서 태너가 했던 말을 반복한다. 여성은 생산, 증식이라는 자연의 고귀한 목적을 위한 도구이고 그 명령을 완수하기 위해 남성을 사용한다는 것이다. 젊은 시절 바람둥이였던 조각상도 결혼과 부모 되기의 장점을 말한다. 악마 또한 생식의 중요성에 동참한다. 악마는 인류의 진화를 이야기 하면서 니체가 말한 초인의 등장을 언급하지만 초인을 어디서 찾을 수 있느냐는 아나의 질문에는 아직 창조되지 않았다고 대답한다. 늙은 노파였다가 27세로 변신한 아나는 그 말을 듣자 성호까지 그으며, 초인을 잉태시켜줄 남편감을 소리 높여 찾으며 결혼과 생식에 대한 의지를 다진다.[13] 그녀는 돈 후안의 여성 버전인 것이다.

꿈에서 깬 태너는 산적에게서는 풀려나지만 앤을 피할 수 없다. 산적에게 납치당했다는 소식을 들은 앤이 태너를 찾아 도착하고 태너는 생명의 힘이 자신을 찾아왔으며 자신은 생식에 기여해야 한다는 것을 깨닫게 된다. 결국 4막에서는 태너가 앤과의 결혼을 결심하는 것이 펼쳐진다.

스페인의 그라나다에 있는 별장을 배경으로 한 4막은 두 쌍의 젊은 부부가 탄생하고 인정받는 해피엔딩이다. 태너는 자유를 포기하고 후손을 만들겠다는 앤이 보여주는 생명의 힘에 굴복한다. 태너가 보는 결혼은 낭만적이지 않다. 결혼은 가정과 가족을 돌보기 위해 행복, 자유, 평온함, 낭만적 가능성을 버리는 것일 거라고 걱정하면서도 태너는 관청에 가서 평상복을 입고 결혼을 하겠다고 선언한다. 작품의 끝은 아이러니가 가득하다. 태너는 지인들이 준 결혼 선물을 처분한 돈으로 『혁명가의 핸드북』을 무료 배포하겠다고 장담하는데 그가 자랑스러워하는 저서는 재산과 결혼 제도의 대대적인 혁명을 역설하고 있다. 현재의 제도를 비판했던 태너가 결혼 제도에 갇히게 되는 것은 아이러니이면서 자연과 여성의 힘이 얼마나 강력한지를 보여준다. 초인의 탄생을 위해서 태너가 결혼에 승복한 것이지만 전 과정을 보면 시대는 여성의 자유와 권리를 향해 나아가고 있음을 보여준다. 태너는 이제 앤의 손아귀에 들어갔으며 결혼이라는 관습 안에 매인 존재가 되었다. 제도 내 개혁은 태너와 앤의 몫이다.

바이올렛의 결혼 또한 여성의 주도권을 드러낸다. 아일랜드의 빈곤한 가정에서 성장한 바이올렛의 시아버지 말론은 며느리감이 전통 있는 집안의 자제여야 한다며 바이올렛과의 결혼을 반대한다. 하지만 결국 바이올렛과 남편 헥터는 아버지로부터 축복과 재정적 지원을 받아낸다. 아들의 결혼 고집에 분노한 말론이 재정적 지원을 중단하겠다고 하지만 헥터는 바이올렛과 이미 결혼했음을 밝히며 서슴없이 재정적 독립을 선언하고, 이에 당황한 말론은 재빨리 꼬리를 내린다. 바이올렛은 말론 부자와의 관계에서 주도권을 확보하며 당당하게 말론에게서 직접 수표를 받아내고, 영국의 고성 구매 또한 자신과 의논할 것을 당부한다. 헥터와의 결혼 생활의 주도권은 바이올렛이 쥐고 있음이 드러난다.

이 극은 여성을 울리는 유명한 바람둥이 돈 후안 서사를 전복시키고 여성을 남녀 관계에서 결정권을 가진 존재로 내세움으로써 여성의 종속을 당연시하는 부당한 관습에 경종을 울린다. 대중의 반응은 뜨거웠다. 1905년 런던의 허드슨 극장에서 초연된 이 작품은 192회나 공연되면서 큰 성공을 거두었다. 이 극은 1946년 BBC 라디오를 통해서 전체가 최초로 방송되었을 뿐 아니라 1968년과 1982년에 TV 매체로 각색되어 대중과 만났다.[14]

4. 『피그말리온』, 언어의 주인은 인간

웨스트엔드 극장가를 배경으로 하는 1막은 코벤트 가든에서 꽃 파는 소녀 일라이자와 그녀의 특이한 발음을 받아 적는 언어학자 히긴스의 대비로 시작된다. 하류층으로 하류층 영어를 구사하는 일라이자와 언어학자로 최고급 영어를 구사하는 히긴스의 외관, 신분, 교육, 문화 수준의 차이가 극명하게 대비된다. 화려하게 차려입고 연극을 보고 택시를 타고 귀가하는 이들에게 꽃을 팔아 살아가는 일라이자는 신분 제도의 빛과 그림자, 신분 제도를 고착화시키는 언어의 문제, 빈곤의 문제 등을 드러낸다.

피그말리온과 갈라테이아의 만남은 낭만적이지 않다. 히긴스에게 일라이자는 연구의 대상이자 내기의 대상이다. 일라이자는 자신의 상스러운 발음을 연구를 위해 받아 적는 히긴스를 불한당으로 오해해 울부짖으며 반항한다. 히긴스 또한 일라이자를 인간으로 존중하지 않는다. 일라이자에게 영어를 가르쳐 가든파티에서 공작부인으로 보이게 해줄 수 있으며 상점의 점원으로 신분 상승까지 가능하다는 이야기도 사실상 내기 상대인 피커링을 향한 것이다. 그러나 일라이자는 귀가 솔깃해진다.[15] 난방도 없이 잠자리에 들어가는 빈민층 일라이자에게 히긴스의 제안은 재투성이를 공주로 만들어준다는 요정의 약속과도 같다. 자신의 정체성과 일자리마저 잃어버리게 하는 악마의 제안일 수도 있지만 신분 상승에 흥분한 일라이자는 아랑곳하지 않고 다음 날 아침 바로 히긴스를 찾아간다.

2막은 윔폴거리의 히긴스의 집을 배경으로 한다. 당시로서는 최첨단 녹음 시설을 갖춘 히긴스의 실험실이 드러나면서 히긴스와 일라이자의 신분의 차이는 더욱 두드러진다. 일라이자는 다짜고짜 수업료를 낼 테니 꽃집 점원이 될 수 있는 수준의 영어를 가르쳐달라고 말한다. 히긴스와 피커링은 일라이자를 데리고 언어실험을 하는 것에 흥미를 느끼고, 대사관 가든파티에서 성공할 경우 모든 경비를 피커링이 내는 조건으로 교육을 시작한다. 영어 교육은 반복의 연속이고 일라이자는 지쳐간다. 재투성이를 공주로 만드는 마법은 없다. 신분상승을 위해 젖 먹던 힘까지 짜내던 일라이자는 반복된 훈련에 지쳐 울음을 터뜨리기까지 한다. 일라이자의 외관과 태도, 언어는 점차 나아지고는 있으나 그녀를 대하는 히긴스의 태도는 여전히 오만하고 무신경하다. 결국 히긴스의 무신경은 관계 파국의 씨앗이 된다.

생부 둘리틀의 등장도 일라이자를 힘들게 한다. 딸이 히긴스의 집에 들어가 산다는 말을 들은 둘리틀은 딸이 성적인 서비스를 제공하는 것으로 오해해 돈을 뜯어내려 한다. 청소부로 일하는 둘리틀은 로맨스의 방해꾼 역할보다는 영국의 사회보장제도의 모순을 지적하는 것으로 더 주목을 끈다.[16] 둘리틀은 자신이 비보호대상 빈민이라면서 사회보장제도가 형평성이 없다고 장광설을 늘어놓는다. 둘리틀의 말솜씨에 놀란 히긴스는 그에게 5파운드를 제공한다. 딸을 보호하기는커녕 이용해 돈을 뜯어내는 둘리틀을 통해 일라이자의 삶이 얼마나 고단했을지를 알 수 있다.

3막은 몇 달이 지난 후 일라이자가 히긴스와 어머니 집과 대사관 가든파티에서 영어 실력을 뽐내는 것을 보여준다. 하지만 로맨스는 이뤄질 수 없다. 히긴스에게 일라이자는 여전히 내기의 대상, 장난의 도구일 뿐이기 때문이다. 히긴스는 일라이자가 중산층으로 보일 수 있을지 실험하기 위해 자신의 어머니와 방문객 아인스포드 힐 가족에게 선보인다. 일라이자는 아름다운 외모와 완벽한 발음으로 좋은 인상을 주지만, 한계 또한 보여준다. 일라이자는 자신의 불우한 가정 환경을 이야기하다가 결국 욕설을 내뱉어 모두를 놀라게 만든다. 일라이자의 실수가 히긴스에게는 그저 웃음거리에 불과하다. 히긴스 부인은 아들과 피커링의 실험이 일라이자에 대한 인격적 대우를 전제로 하고 있지 않다고 비판한다. 히긴스 부인은 사람을 데리고 인형놀이하듯이 실험을 하느냐며 아들을 나무라지만 히긴스는 들은 척도 하지 않는다. 결국 히긴스의 태도는 관계의 파국을 가져온다.

언어 수업은 계속되고 마침내 일라이자는 대사관 파티에 등장하면서 왕족으로 인정받는다. 아름다운 외모와 품격 있는 말투에 모든 사람이 찬사를 아끼지 않는다. 32개의 언어를 구사한다는 통역사조차 그녀의 실체를 알아차리지 못하고 헝가리의 왕족으로 평가한다. 언어 훈련을 통해 신분 상승은 물론 신분 위장 또한 가능하다는 것을 증명한다. 오랜 전통과 뼛속까지의 고귀함으로 무장하지 않아도 몇 달의 훈련으로 상류층 대접을 받을 수 있다면 과연 신분이란 무엇인지 의문을 갖게 된다. 상류층으로 성장한 프레디가 가난하지만 직업 훈련을 받지 못해 실패를 거듭하는 것 또한 신분 제도의 모순을 드러낸다. 그러나 일라이자가 상류층으로 보이는 것은 일회성에 불과하다.

4막은 대사관 파티에서 돌아온 일라이자가 자신의 노력과 성과를 제대로 인정해주지 않는 히긴스에게 실망해 슬리퍼를 던지며 각을 세우는 장면으로 시작한다. 이 극에는 파티가 끝난 후 사랑을 나누는 왕자와 공주는 없다. 히긴스는 파티가 지겨웠고 참석자들이 어리석다는 등 불만에 빠져 일라이자의 기분 따위는 아랑곳하지 않는다. 일라이자는 자신의 정체성을 팔아버린 듯한 두려움에 빠진다. 이제 숙녀가 되었으니 어떤 물건도 팔 수 없게 되었고 돌아갈 곳이 없어졌다고 울부짖는다. 히긴스는 혼란에 빠진 일라이자를 이해하지 못한다. 피커링이 화원을 차려줄 거라는 히긴스의 말도 위로가 되지 않는다.

결국 일라이자는 자신을 여전히 꽃 파는 소녀로 대하는 히긴스를 떠나기로 결심한다. 가출을 감행한 일라이자는 히긴스 부인 집에서 만난 프레디와 택시를 타고 밤새 런던을 돌아다닌다. 일라이자에게 히긴스는 멋진 왕자님이 아니라 자신의 노력을 인정해주지 않고 심부름만 시키는 폭군이다. 일라이자의 선택은 프레디다. 그녀는 프레디와 결혼해서 히긴스에게 배운 것을 토대로 언어교사가 되겠다고 선언한다.[17] 공작부인에 걸맞게 키워낸 일라이자가 프레디와 결혼하겠다는 말을 들은 히긴스는 실소를 금치 못한다.

5막에서 다시 등장한 둘리틀은 신분 제도의 문제점을 제기한다. 둘리틀과 일라이자를 통해 신분 제도의 허와 실이 부각된다. 둘리틀은 히긴스가 장난삼아 미국의 백만장자에게 자신을 영국의 가장 독특한 도덕주의자로 추천한 덕에 연 4,000파운드의 수입이 생겨 어쩔 수 없이 신분 상승을 하게 된다. 돈을 가진 것이 소문이 나서 친척들이 달려와 도움을 요청하고 동거하는 여자와 교회에서 결혼까지 하게 된 것도 둘리틀을 힘들게 한다. 둘리틀은 자신이 중산층의 도덕률에 매이는 것은 싫지만 돈을 포기할 용기가 없어서 이대로 살아가야 한다며 푸념을 늘어놓는다. 둘리틀을 통해서 각 계층의 어려움이 드러나고, 중산층의 도덕률의 당위성도 도마 위에 오른다.

쇼는 후일담에서 남녀 주인공이 결혼하는 해피엔딩을 기대하는 독자에게 긴 변명을 늘어놓는다. 피그말리온과의 연관성은 히긴스의 영어 교육 성과에서 끝난다. 쇼는 히긴스가 어머니를 우상화하는 고질적인 독신남이어서 결혼은 불가하다고 설명한다. 이 극에서 피그말리온과 갈라테이아의 결합을 도와줄 비너스는 없다. 일라이자는 지속적으로 히긴스의 살림을 도와주기는 하지만, 아주 작은 일에도 거침없이 대든다. 일라이자는 히긴스가 자신의 도움을 필요로 하지만 자신은 그에게 슬리퍼만도 못한 존재라고 확신한다.

프레디와 결혼한 일라이자의 앞날도 꽃밭은 아니다. 피커링의 도움으로 문을 연 꽃집도 실패를 거듭한다. 후일담에서 사업 경험이 없는 일라이자와 프레디는 시행착오를 거듭하며 자본금을 대준 피커링에게 여러 번 손실을 입힌 후에야 사업이 정상화되었다고 덧붙인다. 그것도 일라이자가 상업학교를 다니면서 부기와 타자를 배운 후에 가능한 일이다. 상류층인 프레디와 누나 클라라까지 중산층이나 하는 장사에 뛰어듦으로써 영국의 신분 제도가 흔들리고 있음이 밝혀진다.

이 작품은 서문에서 영어 교육의 중요성을 강력하게 피력했으나 끝에서는 영어 교육보다 인간에 대한 존중이 더 중요하다는 것을 보여준다. 일라이자는 히긴스에게 큰 빚을 지었다. 자신을 언어적으로 문화적으로 신분 상승을 시켜주었기 때문이다. 하지만 일라이자는 프레디를 선택한다. 일라이자는 자신에게 군림하는 천재보다는 자신을 존중해주는 남자를 선호한다. 아무리 언어 능력이 뛰어나다고 하더라도 인간에 대한 존중, 여성에 대한 배려가 우선인 것이다. 히긴스는 뛰어난 지성에도 불구하고 정서적으로는 성장을 멈춘 큰 어린아이와 같다. 한 여자와 평생을 함께하기 위해서는 지성만으로는 안 된다는 것을 이 극은 시사한다.

쇼의 단호한 입장에도 불구하고 뮤지컬계와 할리우드 영화계는 쇼의 사후, 히긴스와 일라이자의 결합을 지지한다. 쇼가 죽은 후인 1956년 「마이 페어 레이디」(My Fair Lady)라는 이름으로 만들어진 브로드웨이 뮤지컬에서는 히긴스가 일라이자를 사랑하고 있음을 시사하면서 끝난다. 1964년에 제작된 오드리 헵번 주연의 동명의 영화 또한 히긴스와 일라이자의 사랑에 초점을 맞추고 있다. 역시 대중은 낭만희극을 좋아하고 있었다. 영화와 뮤지컬은 대단한 성공을 거둔다. 대중의 취향을 알면서도 거스른 쇼의 용기는 남녀 관계의 통속성이 현실과 맞지 않는 것을 아는 오늘날 독자와 청중에게 울림을 준다.

5. 변화의 마중물이 된 버나드 쇼

쇼는 평생 상이나 명예박사학위 같은 영예를 거부했다. 박사학위를 따기 위해 열심히 노력해도 받지 못하는 사람도 있는데 아무 노력도 없이 학위를 받는 것은 공정하지 못하다고 생각했다. 그런 그에게 노벨상이 수여되었다. 1926년이 쇼와 노벨문학상의 첫 인연은 아니었다. 이미 1911년부터 5차례나 후보로 추천된 바 있었다.[18] 1924년 『성 조앤』의 성공이 노벨문학상 수상에 견인차가 되었다. 노벨상위원회는 쇼의 작품이 이상주의와 인간애를 보여주며 자극적인 풍자에도 독특한 시적인 아름다움이 들어가 있다며 선정 이유를 밝혔다.[19] 수상을 꺼리던 쇼는 노벨문학상에 7,000파운드의 상금이 있으며 그것을 아주 유용하게 사용할 수 있다는 것을 깨닫고 수락하게 된다. 그 돈은 스웨덴 작품을 영어로 번역하는 데 지원되었다.[20] 1929년 아우구스트 스트린드베리(August Strindberg, 1849-1912)의 작품 4편이 번역 출판되었다. 1939년까지 스트린드베리 작품 3편을 포함한 7편의 작품이 번역 출판되었다. 번역 작업은 제2차 세계대전이 끝난 후에 재개되어 1953년까지 지속되었다.

노벨문학상 에피소드에서 보듯이 쇼는 세상을 보다 더 나은 곳으로 만드는 것에 기여하기를 원했다. 쇼의 작품들은 19세기 말에서 20세기 중반까지의 사회적·문화적·관습적 변화의 만화경이다. 쇼는 자신만의 독특한 시각으로 영국 사회의 다양한 문제들을 짚어내고 해결책을 제시한다. 그가 포착한 문제는 이 글에서 볼 수 있듯이 결혼, 가정생활, 남녀 관계, 여성의 지위, 영어와 신분, 매춘, 자본주의, 빈곤과 구제, 전쟁, 봉사, 종교, 리더십, 초인 사상, 진화론 등 다양하다.

전 세계적으로 쇼만큼 오랜 기간, 다양한 주제로 작품 활동을 한 작가를 찾기는 거의 불가능하다. 긴 집필 과정을 통해 쇼는 엄청난 사회 변화를 목격했고 세상을 바라보는 비전 또한 진화·확장되었다. 쇼의 작품 세계는 광대한 문화연대기라고 할 수 있다. 장르의 실험 또한 인정받을 만하다. 그의 작품은 사실주의의 시작과 함께 움텄으며 중상류층의 여흥 기능을 하던 빅토리아 연극에 사회 비판을 가져옴으로써 연극계에 놀라운 개혁을 성취했다. 역사극, 사회비판극, 영웅극, 페미니즘극, 멜로드라마 등이 혼합된 장르의 다양성 또한 작가로서의 진지함과 탁월함을 보여준다.

1900년에 쇼는 자신이 창조한 인물들이 시간이 지나면 당연하게 여겨질 것이라는 말을 남겼다. 20세기에 남녀 관계의 변화만큼 큰 변화는 없을 것이며 시간이 흐르면 청중들도 자신이 보는 관점에 이끌릴 것이기 때문이다.[21] 쇼의 예언은 맞아떨어졌다. 20세기에 남성과 여성의 관계에 있어서 놀라운 변화가 일어났다. 인류의 과거와 현재 그리고 미래를 성찰하게 한다는 점에서 쇼의 문학적 성과는 소중하며 그의 작품 속 인물들 또한 인류의 다면성과 변화가능성을 보여준다는 점에서 우리가 흘려버려서는 안 되는 자원이다.

다리오 포의 풍자극 『미스테로 부포』와 『무정부주의자의 사고사』[1]

사회와 권력의 부조리 및 부정을 고발하고 저항하다

장지연 서경대 인성교양대학 부교수

다리오 포
Dario Fo, 1926-2016

대학에서 건축학을 공부했고 무대장치를 배우면서 연극과 무대공간에 관심을 갖기 시작했다. 그 무렵 생계를 위해 전시회장 세트를 장식하는 일을 하며 새벽 4시 반에 일어나 기차를 타고 다니면서 착취가 무엇인지 느끼기 시작했다. 그의 연극은 중세 어릿광대 줄라레와 르네상스 말기(16세기 중반)부터 유행했던 '코메디아 델라르테'의 전통을 계승하고 있으며, 해학적 유머와 통렬한 사회 비판을 결합한 것이 특징이다. 전통적인 극장을 벗어나 공장, 집회장, 광장 등 공간에 구애받지 않고 관객들과 직접 소통했다. 늘 힘없는 자들 편에 서며 그들의 존엄성을 지키고자 했던 그의 노력은 1997년 노벨문학상을 수상하며 빛을 보았다.

"다리오 포 작품의 가치가 더욱 주목받는
이유는 단지 형식적 실험에 그치지 않고,
무엇보다 인간다운 삶에 대한 근본적인
물음을 제기한다는 점에 있다."

1. 한쪽 발은 무덤에, 다른 쪽 발은 무대에

　다리오 포(Dario Fo, 1926-2016)를 일컬어 사람들은 총체적인 연극인이라고 칭하는데 그것은 그가 극작, 연출, 무대 의상, 안무뿐만 아니라 배우로서의 역할까지 모두 한꺼번에 해냈기 때문이다. 포는 이탈리아 바레세(Varese) 지방의 산지아노(Sangiano)에서 역장인 아버지와 농부인 어머니 사이에 태어났다. 원래는 건축학을 공부했지만 브레라(Brera)[2]에서 무대장치를 배우며 무대 공간에 관심을 집중하기 시작했다. 대학 시절에는 생계를 위해 전시회장 세트를 장식하는 보조사로 일하기도 했다. 이때 새벽 4시 반에 일어나 기차를 타고 다니며 착취가 무엇인지 피부로 느끼기 시작했다고 한다. 그러다 14세기부터 16세기 이탈리아 르네상스 시기의 회화법과 16세기와 17세기의 주된 연극의 흐름이었던 코미디 즉흥극인 코메디아 델라르테(Commedia dell'arte)[3]에 열중하게 되며, 이후 연극에 본격적인 흥미를 갖고 방향을 전환한다.

포는 풍자극을 통해 부패한 정치권력, 마약과 마피아의 결탁, 타락한 성직자 등 당대 사회의 부조리를 날카롭게 파헤친다. 또한 노동자·학생·프롤레타리아 운동에 깊이 연대하며 권력층에 대항해 싸우고 늘 힘없는 자들을 대변했다.

그는 정치적 노선에 일관성이 없는 정당의 마구잡이식 타협주의에 반대하고 자신이 확신하는 바대로 정치적·사회적 참여를 실천하면서 정부, 민중 위에 군림하는 경찰, 검열관, 심지어는 바티칸과도 수많은 충돌을 빚을 수밖에 없었다. 그는 극은 노동자와 프롤레타리아 편에 선 정치적 수단이 될 수 있다고 믿었다. 그러나 예술과 이데올로기의 관계에 대한 질문에 대해, 어느 하나가 종속되어 있거나 아니면 두 가지가 각각 독립적으로 존재한다는 식의 개념은 위험하다고 했다. 예술은 정치, 철학, 이데올로기로부터 분리될 수 없으며 예술은 삶의 요소들과 강하게 관계를 맺고 있어야 하고 따라서 순수한 예술이란 존재하지 않는다는 것이 그의 대답이다. 다만 염두에 둘 것은 정치 자체가 아니라 정치적 논리라는 점을 강조하고 싶다고 했다.

포는 흥행의 성공을 보장해주는 당시의 제작 배포 체계의 조건에 따르며 한때 금전적인 성공도 거두기도 했으나 곧 이러한 기존 체제 하의 상업적 흥행성과는 단절을 고한다. 1960년대 포의 관객의 80%는 젊은이였으며, 포는 이들만이 이탈리아의 살아있는 유일한 대중이라고 칭하기까지 했다. 그는 시내 중심가 극장에서 행해지는 극이나 흥행성으로 인정받는 극이라는 타이틀을 거부하고 '자신의 관객들'을 찾아 순회공연을 실시하며 교외의 야외나 작업장, 공장 현관 입구, 천막 등을 공연장으로 선택했다. 관객을 모으려고 호객행위를 할 필요도 없었다. 대개 많은 배우들이 어느 한 층의 관객이라도 잃는 것을 두려워해 모든 층을 다 만족시키고자 어떠한 장르라도 받아들일 태세를 하지만 포는 그러한 것은 불가능하다고 여겼다. 대중은 무엇보다도 일관성을 선호한다고 주장한 포는 실제로 1965년에 다른 어떤 쟁쟁한 극단들보다 더 많은 공연과 높은 수입을 기록했다고 발표했다. 게다가 그의 70편이 넘는 작품들 중 다수가 노동자나 관객들이 직접 요청해 만들어진 작품이었다. 어느 크리스털 컵 생산 공장은 위기에 빠져 물건이 팔리지 않게 되자 그에게 도움을 요청하게 되었는데, 광장에서 공연이 이루어졌고 끝났을 때엔 트럭 두개에 쌓아놓았던 만 여 개의 컵이 삽시간에 다 팔렸다고 한다.

포는 부인 프란카 라메(Franca Rame)와 함께 여러 차례 극단을 조직해 활동했다. 극단의 목적은 무엇보다도 당면한 정치적 상황을 반영하고 사회문제를 고발하는 극을 만들어 권력자들의 부정과 압제를 다루는 것이었다. 이들의 공연은 사람들을 웃기면서도 한편으로 이성적으로 만드는 힘을 지녔고, 배우들은 늘 시민권, 여성운동, 감옥에 갇힌 자들의 권리 등을 위해 투쟁하는 사람들과 뜻을 같이했다. 1973년에는 라메가 파시스트들에게 납치되어 집단 강간을 당한 일까지 있었지만, 포와 라메는 이에 굴하지 않고 일관된 노선을 꾸준히 유지해나갔다.

이처럼 악조건 속에서도 사회의 불의와 악습, 역사적 맥락까지도 직시하게 만드는 작품의 '보편적 주제,' 중세의 어릿광대 줄라레와 르네상스 시대 코메디아 델라르테의 양식을 계승하고 현대화시켜 웃음과 진지함의 조화를 통해 주제를 극대화시키는 '공연 기법,' 그리고 권력층에 대항해 싸우며 늘 억압받는 자들의 편에 서서 대항하며 그들의 존엄을 지켜내려는 일관성 있는 '실천적 노력' 등이 성과를 인정받으며 포는 1997년 노벨문학상을 수상했다.[4] 한쪽 발은 무덤에, 다른 한쪽 발은 무대에 걸쳐놓고 산다던 그의 말처럼, 수십 년 동안 주저하지 않고 격렬하게 권위주의에 도전하며 예술과 삶을 분리시키지 않고 진실을 추구하려는 일관된 담화 내용과 행동하는 지식인의 모습이 인정을 받은 것이다. 그는 2016년 90세의 나이에도 불구하고 왕성한 활동을 하며 『미스테로 부포』 공연을 치러내기도 했지만, 그해 10월 13일 폐질환으로 세상을 떠났다.

2. 풍자는 가장 효과적인 무기

유럽의 68혁명 당시 이탈리아 상황

제2차 세계대전 이후 이탈리아는 급격한 산업화와 도시화를 겪으며 계급·세대 간 갈등이 폭발했고, 1960년대부터 1970년대에 걸쳐 격렬한 사회적·정치적 격변의 시기를 맞이했다. 1961년에는 자본주의 구조를 분석하고 노동자 조직화의 필요성이 제기되면서 '오페라이스모'(Operaismo, 노동자주의)의 이론적 기반이 형성된다. 오페라이스모란 이탈리아의 좌파 운동으로 1960년대 중반부터 1970년대 초반까지 이어진 '학생과 노동자 연대'의 실천적 흐름을 가리킨다. 이러한 움직임은 1963년부터 노동자위원회가 결성되면서 더욱 구체화되고 확장된다.

또한 이 시기에 대학의 대중화가 급격히 진전되었다. 기존에는 중산층·엘리트 출신이 주를 이루던 대학이 1960년대 후반부터 등록금 면제 등으로 누구나 입학할 수 있도록 문을 열면서 노동자와 농민 출신 학생들이 대거 유입되었다. 하지만 대학생 수가 급증했음에도 뒤떨어진 강의 내용과 낙후된 시설, 학생들의 자치권이 보장되지 않는 교수·행정 중심의 권위적이고 폐쇄적인 교육 시스템은 학생들의 불만을 격화시켰다. 그러자 1967년 가을부터 밀라노, 토리노, 트리에스테, 카타니아, 파비아 등 여러 대학에서 시위가 이어졌고, 1968년 5월 이후에는 68혁명과 맞물려 대학생들이 거의 모든 국공립대학을 점거했다. 학생들은 공장 노동자들이 겪는 저임금·고강도·비정규직 문제 등과 같은 노동의 현실을 공론화하기 시작했고, 노동자들 또한 노동조건 개선과 임금 인상 등을 요구하며 경제적 불평등을 비판하는 대규모 시위와 파업에 나섰다.

1968년대 말부터 1969년까지 대학 점거와 대규모 공장 파업('Autunno Caldo, 뜨거운 가을')이 결합되면서 학생들과 노동자 간의 연대가 최고조에 달했다. 특히 노동자 투쟁 속에서 오페라이스모 이론이 확산되고, 학생들은 현장에서 노동자들과 공동 토론회·시위·문화예술 활동을 벌였고 다양한 방식으로 연대를 구체화해나갔다.

정치적·사회적 메시지를 담은 예술 활동과 연대

이 시기 이탈리아의 문화예술계 역시, 지식인과 예술가들이 권위와 억압에 맞서 예술을 통해 저항의 목소리를 냈다. 포와 라메의 활동도 이러한 흐름과 맥을 같이 했다. 1968년의 사건들은 이들에게도 커다란 영향을 미쳤고, 이들은 이 시기의 문제들을 고발하는 극들을 무대에 올렸다. 이들은 당시 ARCI와 협력을 시작하며[5] 1968년 '누오바 쉐나'(Nuova Scena, 새로운 무대) 극단을 설립하고, 공장·광장·협동조합 등 민중 현장에서 공연을 진행했다. 그러나 곧 공산당 지도부와 정치적 이견으로 불화를 겪으면서 ARCI와의 협력은 중단되었고 '누오바 쉐나'도 1970년에 해체되었다.

다리오 포는 공식적으로 공산당원이 아니었지만, 부인 프란카 라메는 잠시 공산당원이었는데 이때 그녀도 공산당에서 탈당하게 된다. 같은 해 포와 라메는 세 번째 극단인 '라 코무네'(La Comune)를 설립하며 활동을 이어갔다. 정치적·사회적 메시지를 담은 공연과 이후 즉석 토론회를 통해 노동자 투쟁, 학생운동, 프롤레타리아 운동에 연대했다. 이들의 연극은 단순 시위나 파업 선동이 아니라 민중 스스로 자기 인식과 자기 조직화를 통해 스스로 사회를 변화시킬 수 있는 가능성을 모색하도록 정치적·사회적 각성을 추구했다.[6] 그러나 동시에 당파적 경직성에는 비판적 태도를 견지하며 특정 정당에 종속되는 것을 경계했고, 예술의 독립성을 지키고자 했다. 이들은 자유로운 예술가의 목소리로서 사회를 비판, 성찰하고 새로운 시각을 지속적으로 제시하는 공적 기능을 수행하는 예술의 역할을 일관되게 중시했다.

극단적 폭력의 시대에 탄생한 풍자극

또한 이 시기는 납치·테러·암살 등의 극단적인 폭력의 시대이기도 했다. 일명 이탈리아 '납의 시대'(Anni di piombo, 납은 '총알'을 가리킨다)가 1980년대까지 이어지며 극좌파(Brigate Rosse, 붉은 여단)와 극우파(네오파시스트 테러 조직 등)가 충돌했다. 1969년 밀라노 폰타나 광장의 국립농업은행 폭탄 테러, 1978년 기독교민주당 총리 알도 모로의 납치·살해 사건, 1980년 볼로냐 기차역 폭탄 테러[7]는 이탈리아 사회를 충격과 혼란에 빠트렸고, 그 외에도 크고 작은 테러·암살·납치가 수백 건에 달하는 등 정치적·사회적 폭력이 만연했다.

이러한 배경에서 탄생한 수많은 다리오 포의 작품들 중 대표작으로 꼽히는 『미스테로 부포』(*Mistero Buffo*, 1968-69 극작, 1969 초연. 이후 계속 다른 버전으로 각색해 공연되었다)와 『무정부주의자의 사고사』(*Morte accidentale di un anarchico*, 1970)는 당시 사회를 살아가는 민중의 분노와 열망을 고스란히 담아낸 고발과 저항의 산물이었다. 두 작품은 모두 전통적 연극 기법을 현대적으로 재창조한 코미디극이면서, 단순한 웃음을 넘어서 사회 비판과 함께 민중의 각성과 저항을 촉구하는 풍자극이다.

풍자극이 말 그대로 "사회 또는 인간의 부정적인 면을 풍자해 꾸민 희곡이나 연극" "사회나 인생의 모순되고 불합리한 점을 날카롭게 폭로하고 비웃는 내용의 연극 또는 희곡"을 뜻하듯, 포는 기득권층에 대한 신랄한 비판과 민중(관객)의 의식을 일깨우기 위한 가장 효과적인 수단으로서 풍자극을 사용한다. 그는 자신이 풍자 형식을 선택한 이유에 대해 『미스테로 부포』에서 언급했다.

"만약 수사학적이고 우울하고 드라마의 원칙을 지닌 비극적인 주요소(전통적인 드라마)를 사용해 폭정에 대해 이야기해야 한다면 단지 분노에 대한 감동만을 줄 것이며, 그 모든 건 분명 거위 등 위로 흘러내리는 물처럼 미끄러져 떨어져버릴 것이고, 아무것도 남지 않게 될 것이다."

그리고는 "풍자란 민중이 통치자들의 모든 부정과 부패를 자신들의 문화 내에서 자신들 스스로에게 분명하게 이해시키기 위해 사용해온 가장 효과적인 무기"라고 평했다.

3. 전통적 연극 양식의 현대적 재창조, 사회 고발과 저항

『미스테로 부포』

'미스테로 부포'라는 제목은 포가 현대 사회의 다양한 억압의 문제들을 재조명하기 위해 중세 종교극인 '미스테로'(Mistero, 중세의 신비극 즉 미스터리 극)를 차용하고 여기에 '부포'(buffo, 익살스러운)를 덧붙인 것이다. 포는 이를 통해 성스런 종교극을 익살스럽고 그로테스크한 풍자극으로 새롭게 각색해냈다.

① 현대판 줄라레가 되어 벌이는 내레이션 연극

이 극의 양식은 다리오 포가 중세 어릿광대인 '줄라레'(giullare)를 차용해 권력자들을 조롱하고 민중에게 웃음과 각성을 주는 현대판 줄라레로 분해 '혼자서' 공연하는 '내레이션 연극;(Teatro di Narrazione)이다.

줄라레란 중세에 여기저기를 돌아다니며, 광장에서 익살광대 짓을 통해 강력한 권력층에 대한 그로테스크한 공격을 가하는 작품을 벌이는 인물이었다.

"줄라레들은 민중 속에서 나온 인물로서 민중들에게서 분노를 이끌어내어 그것을 그로테스크한 매개수단을 통해 투영해낸다. 민중들에게 이들의 극이란 항상 표현, 소통의 주요 매개 수단이었다. 뿐만 아니라 여러 사상들을 포함한 도전과 선동의 수단이고, 극적인 형태로 만들어진, 그리고 말로 하는 민중들의 신문이었다."

따라서 포의 『미스테로 부포』는 줄라레에 의해 신랄하게 표현되는 현대판 그로테스크 연극을 뜻한다.

내레이션 연극은 등장인물이 따로 없이 공연자가 '자신의 정체성'을 그대로 지닌 채, 이야기를 연기하지 않고 '내레이션' 형식으로 혼자서 공연을 펼치는 새로운 방식의 서사 공연이다. 이 극 형식에서 '나라토레'(narrattore, 내레이터 혹은 내레이터-배우)라고 불리는 공연자는 문학에서 비롯된 작품들을 새롭게 각색하거나 독창적인 해석으로 재창조해 무대에 올린다. 이들은 작가이자, 이야기하는 자(구술자)이며 연기하는 자(배우)이자, 연출가다.[8]

『미스테로 부포』를 공연하는 다리오 포는 리드미컬한 언어(고어체 및 이탈리아 방언 등)를 구사하며, 세트나 의상·조명·음향 없이 빈 무대 위에서 혼자 모든 역할을 수행한다. 분장하지 않고 폴로 티셔츠와 어두운 색 바지를 입은 채, 손에 마이크를 들고(혹은 얼굴에 장착한 채) 2-3시간씩, 어떤 경우엔 12시간까지 줄라레가 되어 공연을 이어간다. 또한 포는 자신의 정체성을 그대로 지닌 채 인물들을 연기한다. 따라서 관객은 극 속 인물에 완전히 몰입하지 않고 자신들의 상황과 메시지를 객관적으로 비추어 볼 수 있다. 이렇게 중세의 종교극 형식을 빌려 권위적이고 타락한 현대를 풍자하며 놀라운 솜씨로 펼치는 공연들은 그의 재능을 빛나게 하고 지속적인 성공을 안겨주었다.

② 지배층, 기득권층, 기독교 세력 및 순응하는 민중 비판

이 극은 가스펠의 개작을 통해 타락한 가톨릭교회를 풍자하는 내용이 들어 있어 로마의 바티칸은 공연을 금지했고, 이 작품의 TV 방송에 대해 TV 역사상 가장 모독적인 쇼라고 비난하기도 했다. 하지만 포는 작품에서 말하고자 하는 것은 종교 자체에 반대하거나 반가톨릭적인 것 또는 '신비'와의 모든 연결 관계를 부인하려는 것이 아니라고 주장한다. 모든 것은 존중해야 한다며 자신은 종교의 규범에만 얽매인 도식주의자도 종교를 부인하는 공산주의자도 아님을 피력한다. 실제로도 포는 1954년 부인 프란카 라메와의 결혼식을 그가 이전부터 그토록 날카롭게 풍자해오던 가톨릭교회에서 올리기도 했다.

『미스테로 부포』를 구성하는 텍스트들은 출처가 다양하다. 중세 이탈리아 작가들과 공연자들의 작품뿐만 아니라 이탈리아, 유고슬라비아와 유럽 도처에서 전해져 내려오는 작자 미상의 것도 포함되어 있고 체코슬로바키아와 폴란드에서 보전된 성극도 있다고 한다. 포는 중세의 원본 텍스트들을 소개하는 동시에, 작가와 배우로서 지닌 자신의 천재적인 재능을 발휘해 여러 책과 복음서에서 따온 이야기들을 덧붙여 각색하고 새롭게 재창작했다.

이렇게 만들어진 포의 『미스테로 부포』는 「향내 짙은 싱싱한 장미」를 시작으로 「채찍질 수행자들의 송가」 「무고한 자들에 대한 대학살」 「맹인과 절름발이의 도덕성」 「가나의 결혼식」 「줄라레의 탄생」 「빌라노의 탄생」 「라자로의 부활」 「보니파치오 8세」까지 총 9편[9]의 내용으로 이루어져 있다.

각 텍스트는 독립적인 이야기들로 구성되어 있으며, 전체적으로는 일관된 주제의식을 지니고 있지만 세부적으로는 다루는 주된 풍자 대상이 각기 다르다. 민중을 억압하고 착취하는 부자와 귀족층, 그리고 이들의 권력을 옹호하며 종교적 위선과 도그마로 민중을 절망으로 몰아넣는 타락한 기독교 성직자 등의 행태를 적나라하게 드러낸다. 따라서 중세 줄라레들과 포의 줄라레가 드러내는 이러한 비판적 관점은 지배층에게는 언제나 이단적 시선으로 취급받아왔다. 그러나 각 텍스트에 담긴 신랄한 풍자 너머에는 궁극적으로 '인간의 존엄성'

과 '사랑'을 상징하는 진정한 그리스도 정신의 회복을 추구하는 메시지가 공통적으로 담겨 있다. 포가 부패하고 타락한 기독교 세계를 예리하게 풍자하지만 그렇다고 해서 그가 기독교 자체를 부정하는 것은 결코 아닌 것이다. 오히려 성직자들의 위선을 폭로하면서도, 그 너머에 있는 인간 존엄의 상징으로서 예수 그리스도를 더욱 강하게 부각시킨다. 예로 극의 일부 장면들을 살펴본다.

• 「향내 짙은 싱싱한 장미」
이 텍스트에서 포는 여러 장의 그림을 슬라이드 사진을 통해 제시하며 상인, 황제, 고리대금업자, 금융업자, 주교와 추기경, 교황, 당시 민중이 아주 증오하던 군인을 풍자한다. 그 가운데 '다비드의 주정'이란 내용은 성경에 나온 다비드가 7일 동안이나 술에 취한 이야기를 모티브로 중세의 줄라레가 재현하는 장면이다. 취한 다비드는 모든 사람들에 대해 분개해 그의 아버지, 어머니, 신에게 모욕을 주기 시작하는데 누구보다도 자신의 예속민들 즉 민중에 대해 분개한다. 포는 줄라레가 되어 다비드를 그로테스크하게 재현하면서 민중에게 이렇게 소리를 지른다.

"야비하고, 재수 없고 좀 멍청하기까지 한 백성들아, 도대체 왜 이 모든 이야기들을 믿는 것이냐? [⋯] 정말 너희들은 신이 이 모든 쓰잘데기없는 싸구려 것들을 갖고 이 땅으로 내려와서는 이렇게 말했다고 믿는 것이냐. 자, 이제 재산과 땅의 분할에 관해서는 이 논쟁들로 그만 충분하다. 내가 하마, 내가 할 것이다. 자, 너 이리 오너라, 너 수염이 있구나, 내가 맘에 드느냐, 이 왕관을 받아라. 네가 왕을 하는 거다. 너, 이리 오너라. 이 여자 네 아내냐? 너 호감이 가는구나, 넌 여왕을 하는 거야. 넌 범죄형 얼굴이구나, 받아라… 넌 황제를 하는 거다. 그리고 저 자는… 참 교활하게 생겼다… 너 이리 와, 이리 와봐, 넌 주교를 하는 거야, 자! 너한테는, 봐라, 상인을 하게 해줄게. 너한테는, 이리 와, 이리 와… 봐라, 이 지역 모두, 저 강까지 이어져 있는 이 땅 모두 전부 네 거 해라… 넌 호감이 가거든… 그리고 꽉 쥐고 지켜라, 웅! … 이걸 다른 사람 손에 넘어가게 하지 말고, 잘 되게 잘 일구도록 해라… 그리고 너도, 이 땅을 가져라… […] 그리고 너희들… 거기 아래… 불쌍하고 찌들은… 너 그리고 너 그리고 너 그리고 너, 그리고 너희들 마누라까지, 너희들은 이자, 이자, 이자, 그리고 이자를 위해 일하거라. 만약 불평을 한다면 내가 너희들을 지옥으로 내동댕이쳐버릴 것이다."

위의 내용은 무력하게 당하기만 하는 민중들의 절망적인 상황을 풍자적으로 드러낸다. 줄라레는 중세시대 대중의 분노에서 탄생해, 그 분노를 '이성'에 기반한 그로테스크 극을 통해 다시 돌려주었다. 이는 민중으로 하여금 자신들의 억압된 현실을 자각하게 하려는 시도였다. 하지만 주교들은 이러한 민중 앞에서 벌이는 줄라레의 연극이 자신들의 권력을 위협한다고 보았고, 톨레도 칙령을 근거로 즉각 불태워 죽이라고 명령했다. 결국 줄라레들은 가죽이 벗겨지고 혀가 잘리며 화형에 처해졌다.

• 「줄라레의 탄생」

이 텍스트에서는 줄라레가 어떻게 태어났는지를 통해 당시 땅 소유주였던 부자 지배층의 폭력과 착취를 신랄하게 풍자한다. 줄라레는 처음에는 단지 농부였을 뿐이었지만, 그를 투쟁하고 저항하는 존재로 변화시킨 것은 '존엄성'을 되찾으려는 그리스도 정신에서 비롯된다. 포는 줄라레가 어느 날 갑자기 하늘에서 뚝 떨어져 태어난 것이 아니라, 기적과도 같은 삶의 경험을 통해 탄생했다고 말한다. 그는 원래 가난한 농부였고, 행복하고 슬펐으며, 땅도 없었다. 그러던 어느 날 바위산을 통과하다가 그곳이 누구의 소유도 아니라는 사실을 알게 되었다. 손가락부터 등뼈까지 닳도록 그 땅을 일궜고, 아이들과 아내도 함께 그곳을 일구었다. 그 땅은 그들에게 기적이자 천국과도 같은 공간이었으며, 다른 농부들조차 부러워했다.

하지만 어느 날 계곡의 주인이 나타나 그 땅의 소유를 물었다. 농부는 자신이 직접 일군 땅이며, 전에는 아무도 주인이 없었다고 답했다. 그러자 주인은 "아무도 없다는 말은 존재하지 않는 단어야. 이건 내 거야"라며 땅을 자신의 것이라고 주장했다. 농부가 이를 거부하자, 계곡 주인은 사냥꾼과 말, 친구들을 보내 농부의 땅을 짓밟고 울타리를 무너뜨리고 불을 질렀다. 모든 것이 불에 타버렸지만, 농부는 떠나지 않았다. 그러던 어느 날, 계곡 주인은 군인들을 이끌고 나타났다. 그는 말에서 내리더니 농부의 아내를 낚아채 땅바닥에 쓰러뜨리고 마치 암소처럼 다뤘다. 농부와 아이들은 머리가 터져나올 듯한 분노와 공포의 눈빛으로 그 광경을 지켜볼 수밖에 없었다. 농부가 곡괭이를 들고 "이 짐승 같은 놈아"라고 외치자, 아내가 그를 막아섰다.

"멈춰요, 그러지 말아요. 이자들이 원하는 것이 바로 그거예요. 당신이 몽둥이를 들면 그 순간 이자들은 당신을 죽일 거예요. 모르겠어요? 이자들은 당신을 죽이고 당신 땅을 빼앗아갈 거예요. 그게 이자들이 원하는 거예요. 이자는 자신을 방어하게 되어 있고요. 당신은 이자에 대항할 만한 가치가 없어요. 당신은 명예도 없고, 가난하고, 농부이고, 촌사람이고, 당신은 명예라든가 존엄성에 대해서는 생각해볼 수도 없어요. 그런 건 부자들이나 주인들, 귀족들을 위한 것이에요. 그자들은 사람들이 자기들의 아내나 딸을 겁탈하면 화를 낼 자격이 있지만, 당신은 그럴 수 없어요. 그냥 둬요. 땅은 당신의 명예나 내 명예보다 가치가 있는 것이에요. 그 어떤 모든 것보다 가치가 있어요. 난 당신의 사랑을 위해서 암소가, 암소가 되었어요."

아내의 대사는 지배자들의 잔인한 폭정을 적나라하게 드러낸다. 명예와 존엄은 오직 부유한 주인과 귀족에게만 해당되는 것일 뿐, 가난한 자들은 아내와 딸이 겁탈당해도 방어[10]할 권리조차 갖지 못하며 사람이 짐승처럼 취급받는 현실을 풍자한다. 그 후 아내는 집을 떠났고, 아이들은 병들어 울지도 못한 채 세상을 떠났다. 혼자 남은 농부는 어느 날 서까래에 밧줄을 걸고 목을 매려 했으나, 그 순간 예수 그리스도가 나타나 마실 것을 청하며 그를 말렸다. 그리고 먹을 것을 준 대가로 농부에게 '말할 것'을 주겠다고 약속했다. 여기서 '말할 것'이란, 농부가 줄라레가 되어 자신의 혀로 날카로운 풍자를 펼치며 민중을 교화하라는 뜻이다.

"가여운 사람아! 네가 땅을 지킨 것은 옳은 일이다. 네가 너를 지배할 주인을 원치 않는 것은 옳은 일이다. 네가 포기하지 않도록 힘을 썼던 것은 옳은 일이다. 옳은 일이다. 나는 너를 사랑한다. 너는 착한 사람이다. 강한 사람이다. 그런데 지금은 뭔가 놓치고 있구나, 옳고도 네가 해야 하는 그것을, 여기에서 그리고 여기에서. (그는 이마와 입을 가리킨다.) 너는 여기 이 땅에 붙어 머물러서는 안 된다. 너는 방방곡곡 돌아다녀야 한다. 사람들이 너에게 돌을 던지면 너는 그들을 이해시켜야 한다. 땅주인의 횡포의 풍선에 구멍을 내 터트려야 한다. 너는 너의 혀의 날카로움으로 땅주인에 맞서 싸워야 한다. 너는 땅주인의 악취 나는 악독함과 잔인함을 짜 말려버려야 한다. 너는 이 귀족과 이 성직자와 그들을 둘러싸고 있는 모든 자들, 즉 변호사와 공증인 등을 다 쳐부숴야 한다. 너의 재산과 너의 땅뿐만 아니라 땅을 갖지 못한 너 자신과 같은 사람들, 아무것도 갖지 못한 사람들, 권리라고는 단지 고통받을 권리만 가진 사람들, 자랑스러워할 인간의 존엄성을 갖지 못한 사람들을 위해서. 너는 그들이 그들의 손이 아니라 머리로 생존할 수 있도록 가르쳐라."

농부는 자신은 배운 것도 없고 말도 잘 못 하고 머리도 좋지 않다고 하자, 예수는 걱정 말라며 기적을 입게 해줄 것이라고 그의 머리에 손을 갖다 대고는 말한다.

"나는 예수 그리스도다. 나는 너에게 말하는 능력을 주기 위해 왔다. 너의 혀는 채찍질을 할 것이고 칼처럼 베어낼 것이고 모든 땅 위에 부풀려져 있는 풍선들을 터트려버릴 것이다. 너는 주인들에 대항해 거리낌없이 말을 할 것이고 그들을 쳐부술 것이다. 그로써 다른 사람들이 이해하고 배울 수 있도록, 다른 사람들이 그들을 비웃고 조롱할 수 있도록. 왜냐하면 이 웃음으로서만 주인들이 파괴될 것이기 때문이니까."

이 말은 줄라레의 역할을 뜻하는 것이며, 민중들의 저항은 곧 예수 그리스도의 정신과 맞닿아 있다는 의미를 드러내는 중요한 대목이다. 예수 그리스도가 한참 동안 입맞춤을 해주자 농부는 갑자기 혀가 민첩하게 약동하는 느낌이 들었고 머리가 잘 돌아가고 다리가 저절로 움직여 광장으로 나아가게 되었다. 그러고는 말한다.

"나는 여러분에게 모든 것을 말씀드릴 거예요, 모든 일이 어떻게 되어가는 것인지, 훔치는 자가 어떻게 신이 아닌지! 신은 훔치고도 벌도 안 받는 그자들이지요. 그자들은 법이에요… 말을 해요… 말을 해… 여러분, 이 주인들은 쳐부숴야 해요, 그자들을 쳐부숴야 해요, 쳐부숴야 해!"

이 같은 공연을 벌였으니 풍자 대상이 되는 통치자, 부자, 땅주인, 성직자가 가만 놔둘 리가 없었다. 그 결과는 앞에서와 마찬가지로 줄라레들의 잔혹한 죽음이었다. 당시 성직자들은 신의 이름을 빌려 민중에게 온갖 교리의 굴레를 씌우고 억압의 도구로 삼았는데, 정작 신의 아들 그리스도는 농부로 하여금 줄라레가 되어 그들에게 저항하도록 가르친 셈이다. 이 점은 그들로서는 절대 인정할 수 없는 사실일 것이다. 즉 줄라레가 펼친 '존엄성'의 가르침이야말로 오히려 민중의 해방과 저항의 진정한 근간이었음을 보여준다.

• 「빌라노의 탄생」

이 텍스트의 원래 내용은 다음과 같다. 일곱 세대가 지난 후 땅에서 일하는 데 지친 인간이 신을 찾아가 어떻게든 일을 덜어달라고 간청했다. 신은 그에게 당나귀, 노새, 말, 황소를 마련해주지 않았느냐고 했다. 그러자 인간은 쟁기를 뒤에서 밀거나 밭에 똥을 뿌리거나 우유를 짜거나 돼지를 잡는 일 같은 가장 낮은 일은 결국 항상 인간이 해야 한다며 자기 일을 대신해줄 누군가를 창조해달라고 요청한다. 그러자 신께서는 "아, 그럼 네가 원하는 건 빌라노로구나!" 하더니 지나가는 당나귀에게 손가락으로 제스처를 취했고 당나귀가 부풀어올랐다. 임신을 한 것이다. 이것이 빌라노 탄생에 관한 오리지널 텍스트 내용이다.

그러나 이후 포는 이 이야기에 변형을 가했다. 그는 작품에 연속성과 논리성을 주기 위해 다양한 단편적 요소들을 함께 섞어 상상력을 발휘하고 재구성했다. 즉 포는 당나귀는 가지치기를 할 수도 없고 아무리 가르쳐도 우유 짜는 법을 배우지도 못한다는 설명을 덧붙였다. 그래서 이 모든 노동이 인간을 늙게 만들고 여자들은 생기를 잃고 시들어서 20세가 되기도 전에 벌써 늙어버린다고 한다. 하느님은 그의 말에 공감하고 나귀에게 어떤 제스처를 취하니 9달이 지나 나귀의 배가 터지기 직전까지 부풀어오른다. 갑자기 나귀가 엄청나게 큰 방귀를 뀌더니 빌라노가 껑충 튀어나온다. 하늘에서 천둥 번개가 치더니 빌라노의 몸을 강타하고 빌라노는 생명을 얻게 된다. 그리고 하늘에서 하느님의 천사가 내려오더니 인간에게 말한다.

"이제부터 너는 높은 계급인 주인이 될 것이고 저것은 낮은 계급 빌라노다. 이 빌라노는 거친 빵과 날양파와 잠두콩과 삶은 콩 그리고 뱉은 침을 먹고 살아가도록 정해져 있고 적혀 있다. 그는 짚 위에서 잠을 자야 하고 항상 자신의 처지를 기억해야 한다. 그가 벌거벗고 태어난 그 순간부터 그에게 거친 삼베옷을 주어라. 그 삼베는 그들이 물고기를 잡을 때 쓰는 종류의 것이다. 그래서 그가 스스로 근사한 바지를 만들어 입도록 하라. 바지는 가운데 아래가 뚫려 있어야 한다. 오줌을 누는 데 시간이 너무 많이 걸리지 않도록 하기 위해서다."

다리오 포는 나귀 빌라노를 통해 중세와 현대를 막론하고 변하지 않는 지배계급과 노동자 간의 관계를 보여주고자 했다. 빌라노는 당시 농민과 같은 민중의 고된 현실을 상징하며, 포는 이를 현대 노동자 계층의 현실에 대한 고발로 확장했다. 특히 그는 악덕 고용주들이 생산량을 위해 노동자의 화장실 사용 시간조차 빼앗는 착취 현실을 재구성해 공연 속에 담아냈다. 노동자들이 화장실 갈 권리를 쟁취하기 위해 벌인 파업 또한 풍자적으로 묘사하며, 현대 이탈리아 노동자들의 투쟁 실상도 생생히 드러냈다. 한편, 하늘에서 내려온 천사가 빌라노의 주인에게 빌라노를 어떻게 다루어야 할지 지시하는 장면에서는 권력과 착취의 냉혹한 본질이 드러난다.

"그의 어깨에 곡괭이와 삽을 줘. 일 년 내내 그가 맨발로 돌아다니도록 해. 그는 아무런 말도 하지 않을 것이니까. 1월이면 그의 어깨에 쇠스랑을 얹어 줘. 그리고 그를 마구간을 청소하러 보내. 2월이면 그를 들판으로 내보내 흙덩이를 잘게 부수며 땀을 흘리게 해. 그의 목 언저리가 해지든, 그가 상처투성이가 되든 티눈이 박히든 걱정하지 마. 그 모든 것은 네 말한테 이로워. 파리 떼나 모기 떼한테서 해방될 것이거든. 왜냐하면 파리 떼는 몽땅 날아가 빌라노의 집에서 살게 될 테니까. 그가 하는 모든 일에 세금을 부과해. 심지어 그가 똥을 싸는 일에도 세금을 붙여. 카니발에서는 그에게 춤을 추게 해. 노래도 부르게 하고 맘껏 즐기게 해. 하지만 너무 많이는 안 돼, 그가 자신이 이 세상에 존재하는 이유가 노동을 하기 위해서라는 걸 잊어선 안 되니까. [⋯] 11월에는, 그리고 12월에는 그가 감기에 걸려서 해를 입지 않도록 해. 너의 농부를 따뜻하게 해줘. 그를 보내 걷게 해. 그를 보내 나무를 해오라고 해. 그리고 자주 돌아오게 해. 나무를 가득 싣고 오게 하라고. 이런 식으로 하면 감기에 걸리지 않을 거야. 그가 불가로 오면 다른 장소로 쫓아내, 문밖으로 쫓아내. 왜냐하면 불은 그를 흐릿해지게 만들거든. 밖에 비가 오면 그한테 가서 미사를 보라고 해. 왜냐하면 그는 교회에서 피난처를 발견할 테니까. 그는 기도도 할 수 있을 거야. 시간을 보내기 위해서 말이지. 어쨌든 그건 그에게 아무 해도 입히지 않을 거잖아. 어쨌든 그는 구원을 얻지 못할 테니까. 왜냐하면 그는 영혼이 없거든. 하느님은 그의 얘기를 들을 수 없거든. 그리고 어떻게 그 어리석은 농부가 영혼을 가질 희망이나 품겠어? 그는 당나귀 몸에서, 당나귀가 방귀를 뀔 때 태어났는데 말이지."

이 장면은 영혼의 문제를 다룬다. 민중을 상징하는 빌라노는 당나귀의 몸에서 태어나 영혼을 가질 수 없다. 그는 주어진 조건을 받아들여야 하며, 영혼을 받아들이는 것은 허락되지 않는다. 영혼의 박탈은 주인들이 민중에게 가할 수 있는 가장 심각한 약탈 행위 중 하나다. 만약 누군가가 절망 속에서 최소한의 존엄을 찾기 위해 주인을 죽이려 한다면, 주인들은 성직자를 앞세워 이렇게 말한다.

"안 돼! 그만둬라! 너는 너 자신을 파괴하려 하는구나. 평생 고통받았고, 이제 곧 너는 죽을 것이다. 너는 이제 천국에 갈 가망이 있다. 예수 그리스도께서 말씀하시길, 너는 하늘의 왕국으로 들어갈 자들 중 마지막 사람이니라… 그런데 이 모든 것을 망치려 하는가? 반란을 일으키지 말고 사후세계를 기다려라."

더 나아가, 주인 계급이 천국에 가는 일은 낙타가 바늘구멍으로 들어가는 것만큼 어렵다고 하자, 그들은 또 속임수를 쓴다. 그들은 대신 이 지상에 자신들만의 천국을 만들어버린다. 그리고 민중을 착취하면서, 자신들은 현세에서 천국을 누리고, 민중에게는 사후의 천국을 기약하라고 강요한다. 포의 줄라레가 쏟아내는 대사들은 영혼을 박탈하고 민중을 억압하며 착취를 일삼는 주인들뿐만 아니라, 사후세계를 들먹여 이 세상의 불평등을 은폐하고 민중을 순응하게 만드는 기독교 성직자들을 동시에 풍자하며, 인간으로서의 존엄성이란 기대할 수 없는 민중들의 비참한 현실을 드러내고 있다.

『무정부주의자의 사고사』

이 극은 취조를 당하던 중 1969년 12월 15일 밀라노 경찰서의 5층 창문에서 떨어져 죽은 철도 노동자 주세페 피넬리(Giuseppe Pinelli)[11]의 실제 사건을 기반으로 한다. 당시 유럽 전역은 68혁명의 열기로 젊은 이들이 저항과 해방의 열망으로 들끓었고, 이에 극우 세력과 기득권 층은 위기의식을 느끼게 된다. 이때 1969년 12월 12일 밀라노 폰타나 광장의 은행에서 폭탄 테러가 발생해 다수의 사상자가 생겼다. 같은 날 밀라노의 다른 곳과 로마에서도 미리 설치된 폭탄이 터졌고, 이 사건들은 몇 년간 기차에서 잇달아 일어난 폭탄 테러들과 연관된 것으로 간주되었다. 그 결과 철도 노동자였던 무정부주의자 주세페 피넬리가 다른 무정부주의자들과 함께 체포된다.

밀라노에서 가장 열악한 형편의 노동자 계급에 속했던 피넬리는 생계를 위해 웨이터, 창고업자, 철도 수리공으로 일하면서도 많은 책을 읽고 정치적 활동에 참여했는데, 그러한 그의 정치적이고 적극적인 활동 이력이 빌미가 된 것이다. 그런데 피넬리가 취조를 당하던 중 갑자기 경찰서 창문에서 추락해 사망한다. 사람들은 그가 살해당한 것이라 의심했지만, 경찰은 언론들과 TV 인터뷰를 통해 그의 죽음을 자살이라고 발표했다. 당시 언론과 매체들은 그의 자살은 그가 저지른 폭탄 테러의 암묵적 증거이자 자백이라며 그를 괴물로 몰아갔고, 이후에도 이 사건은 거짓말과 음모로 은폐되었다. 이에 좌파 단체, 국회의원, 기자들은 규명 조사를 요구했고, 1971년이 되어서야 피넬리를 신문했던 경찰관들이 조사를 받았다. 이후 사법부는 피넬리의 추락이 자살이 아닌 '우발적인 원인' 때문이었다고 결론지었지만, 끝내 그 경찰관들에 대한 유죄 판결은 내려지지 않았다.

이 사건은 더 나은 세상을 꿈꾸며 현실을 바꾸려던 죄 없는 젊은 노동자를 체포에 이르게 만든 극우 기득권 세력의 음모, 취조하다 죽음에 이르게 하는 민중의 두려움의 대상인 경찰, 자살로 발표하며 사건을 은폐하고 조작한 정부 당국, 이들의 논리를 일방적으로 유포하고 선동하는 언론 그리고 사법부와 판사들의 결탁과 유착이 빚어낸 비극이었다.

다리오 포는 극을 통해 이들뿐만 아니라 동시에 문화부, 돈 가진 자본가와 정치인, 권위를 이용하고 돈과 권력에 종속된 성직자와 의사, 온갖 특권을 누리며 사회의 전반적인 부정부패를 조장하는 '기득권 세력들에 대한 신랄한 풍자'를 가한다. 포는 여기서 멈추지 않는다. 피해를 당하면서도 기득권 세력들의 속성을 파악하지 못한 채 그들이 구사하는 고도의 전략과 자극적인 이미지에 길들여지고 좌지우지되는 '민중에 대한 풍자'도 빼놓지 않는다.

① 현대판 줄라레가 되어 펼치는 즉흥연기와 라찌

『무정부주의자의 사고사』의 등장인물 '미친 사내'에게서는 중세 줄라레의 모습과 함께, 르네상스 말기(16세기 중반)부터 유행했던 코미디 양식인 '코메디아 델라르테'의 배우들이 구사하던 숙련된 즉흥연기와 익살스런 라찌(lazzi)의 현대적 재창조를 목격할 수 있다. 폭력과 은폐 조작, 권력 남용을 일삼는 경찰들을 예리하게 꼬집고 풍자하는 과정에서, 그의 즉흥적인 역할 변신과 기발하고 익살스런 행동들에 관객들은 매번 폭소를 터트리게 된다.

코메디아 델라르테는 전문 연극인들이 가면을 쓰고 고정된 역할을 하는 '전형성'과 대본 없이 연기를 펼치던 '즉흥성'을 특징으로 한다.

이들은 엄청난 인기를 누렸고 현대 희극인들에게도 많은 영향을 주었다. 이들이 구사하던 라찌는 관객들의 웃음을 유발하기 위한 과장된 대사나 몸짓을 가리킨다. 극 중 형사반장2가 미친 사내가 떨어뜨린 가짜 유리눈알을 밟고 미끄러져 바닥에 나뒹군다거나, 미친 사내가 그걸 다시 주워 씻어서 알약처럼 꿀꺽 삼킨다거나, 미친 사내의 의수가 쏙 빠진다거나 등의 예기치 못한 우스꽝스런 행동들이 이에 해당된다.

② 경찰, 문화예술계, 판사, 언론, 길들여진 민중 등 비판

극의 풍자는 등장인물 '미친 사내'의 연극 놀이를 통해 치밀하고 논리적이면서 아주 익살스런 방식으로 이루어진다. 분노한 민중을 대변하는 줄라레와 같은 인물이면서 코메디아 델라르테 배우들의 극적 기법들을 한껏 활용하는 '미친 사내'는 다섯 가지의 역할을 오가며 능수능란하게 연극 놀이를 펼친다. 처음에는 '용의자'로 시작하더니, 이후 1인 2역을 하며 두 명의 경찰 역할을, 이어서 판사, 과학수사연구소 소장, 교황청 특사(주교), 마지막으로 다시 '용의자'로 돌아온다.

이 과정에서 첫째로 용의자 역할을 통해서는 경찰, 문화예술계, 의사, 권위에 속는 대중, 판사를, 둘째로 판사와 부패 경찰을, 셋째로 본격적인 판사 역할로 분해 경찰, 성직자, 판사를, 넷째로 과학수사연구소 소장으로 변신해 경찰, 판사, 자본가, 언론, 그리고 길들여진 민중의 모습을, 다섯째로 교황청 특사(주교) 역할로서 종교인과 언론을, 여섯째로 다시 용의자 역할로 돌아와 자극적인 이미지에 휘둘리는 민중의 모습을 풍자한다. 예로 경찰, 문화예술계, 판사, 언론계, 민중을 비판하는 몇 장면만을 살펴보기로 한다.

〈경찰 비판〉

미친 사내는 열두 번째 경찰서에 잡혀왔지만 자신은 전과기록이 없다며, 경찰이 그에게 작정하고 전과 기록을 만들어주려고 하는 건 그들 경찰이 늘 즐겨 하는 일이라며 비꼰다. 이는 경찰의 무리한 조작 수사나 표적 수사, 마녀사냥식 수사를 꼬집는 대목이다. 또한 합당한 증거나 근거 없이 민중을 마구잡이로 체포하거나 조작과 은폐를 하면서도 기계적인 경찰들의 행태를 지적한다.

"그러니까 그런 식으로, 철로에 폭탄이 장치되어서 그건 철도원이 한 짓이라고 한다면, 그럼 로마 법원에 그 유명한 폭탄이 장치되어 있다면 그건 판사가 한 짓이고, 무명 용사탑의 폭탄은 용사의 시체들 가운데 대장 시체가 장치한 짓이고, 농협에 설치된 폭탄은 농부나 은행원 중 하나를 골라잡으면 된다는 얘긴데"라거나 "그렇다면 은행에 뇌관과 폭탄을 설치해놓고 그 자리를 뜬 사람은 폭파범이 아니란 소리군. 왜냐하면 폭파 순간에 그 사람은 그 자리에 없었으니까! 아, 여기서 또 논리학을 들먹여야 되나!"라고 꼬집는다.

또 계략과 협박, 폭력과 고문을 일삼는 자신들의 행위를 장난에 불과하다는 식으로 말하는 경찰에게 미친 사내는, 잡혀온 사람들이 내는 소리는 가혹한 고문에서 나오는 비명이 아니라 좋아서 내는 웃음소리였다며 비꼰다. 앞으로는 경찰의 좌우명을 민중의 지팡이가 아니라 "민중을 즐겁게 해주기 위한 지팡이"라 하자고 조롱한다. 그 밖에도 경찰이 내부적으로 위기에 처했을 때 같은 경찰이라도 하급경찰은 별 힘없이 상관의 꼭두각시가 되거나 꼬리 자르기의 희생양에 불과하다는 현실을 폭로한다.

〈문화 예술계 비판〉

한편 그는 자신을 '미친놈'이자 '연극배우광'이라 소개하면서 자기 극단의 배우들은 자기가 연극을 하고 있다는 걸 모르는 일반인으로 이루어져야 한다고 한다.[12] 이는 사실 연극인들이 공연을 할 때 배우들에게 지불할 돈이 없다는 점을 빗댄 것인데, 그 이유는 문화부에 보조금을 신청해도 정치적 줄이 없어서 지원을 못 받기 때문이라는 것이다. 이 장면에서는 불공정하게 정치적 관계에 따라 지원을 좌지우지하는 '문화예술계'의 실태를 비판한다.

〈판사 비판〉

미친 사내는 무엇보다 가장 해보고 싶었던 역할이 '판사'라고 하듯 극은 판사들에 대한 풍자가 매우 두드러진다. 신념이나 도덕성, 정의감이라곤 없이 영구적인 무소불위의 권력을 행사하며 사람들의 운명을 좌지우지하고, 자신들을 조금이라도 비난하는 자는 모욕죄로 처단하며 신성불가침의 영역을 구축하고 있는 기득권층 판사들의 민낯이 낱낱이 드러난다.

"불행히도 아직 판사 노릇은 해볼 기회가 없었어요. 아휴, 얼마나 해보고 싶었는데. 판사가 직업 중에서 제일 근사하잖아요! 무엇보다도 판사는 거의 퇴직하는 일이 없으니… 보통 사람은 55세에서 60세면 좀 둔해지고 사고력도 좀 느려진다 해서 직장에서 쫓겨나기 시작하죠. 하지만 반대로 판사는 그 나이가 한창 빛 보는 때 아닙니까? 노동자들은 움직이는 자동 작업대와 절단기 앞에서는 나이 50이 넘으면 끝장이죠. 일은 더디고 사고나 일으키니 쓸모가 없어져 퇴출감이죠. 광부는 55세가 되면 진폐증에 걸려서… 쫓겨나죠. 신체검사에 불합격하고, 해고당하고, 내쳐지죠, 연금을 받기도 전에… 은행에서 일하는 은행원도 마찬가지죠. 어느 나이에 이르면 계산도 틀리기 시작하고, 회사들 이름이나 고객 이름, 할인율을 까먹고 … '자 그럼, 집으로'… 강제로 쫓겨나는 거예요… '너는 늙었어… 푹 곯아서 맛이 갔어'라며!

그런데 판사들은 반대로 안 그렇거든요. 판사는 정반대라고요. 늙고 맛이 가서… 쇠약해질수록 주가가 올라요… 더 높은 자리에 앉혀서 중요한 사건들을 맡깁니다… 분명히 그래요! … 그런데 이 판사라는 등장인물들은 아무 때나 자신이 원하는 방법으로 사람 하나쯤이야 파멸시킬 수도, 구제할 수도 있다 이 말입니다. 그 양반들이 용의자에게 종신형을 선고할 때는, 마치 사람들이 '음, 아마 내일 비가 올 것 같은데'라고 말하는 것 같은 식이죠. '너는 50년… 너는 30년… 그리고 너, 너는 인상이 좋으니까 20년만!' 형을 언도하고, 법을 제정하고,[13] 판결하고, 영장을 발급하고… 그야말로 신성불가침이에요! … 왜냐하면 그건, 이걸 잊지 말아야 해요, 만에 하나라도 우리 사법부에 대해 요만큼의 욕이라도 했다간, 여전히 모욕죄로 재깍 걸린다는 것을… 우리 이탈리아에서 그러든 아니면 저기 사우디아라비아에서 그러든!"

경찰들의 조작된 진술과 당연히 해야 할 조사를 제대로 하지 않고, 경찰들과 한통속이 되어 권력층을 위해 조작과 은폐에 가담하고 야합하는 사법부와 판사 무리는 계속해서 미친 사내에게 조롱과 비판의 대상이 된다. 증거나 증언을 인정함에 있어서 매우 비합리적이고 편파적인 판결을 일삼는 판사들, 즉 힘없고 무고한 사람들은 억울하게 기소하면서도 경찰이나 돈 많은 자본가 같은 기득권 세력의 범죄는 눈감아주는 판사들의 위선을 드러낸다. 그 과정에서 노동자들의 현실도 재조명된다.

"당신은 노동자란 무엇인지 아시오? 최근 통계를 보자니, 통계란 항상 숫자를 줄이지만, 노동자란 연금을 탈 시기에 접어들면, 숱하게 쥐어짠 행주 같고, 쪼그라든 유충들의 빈껍데기처럼 남아, 사고력은 최소한으로 졸아들고, 나중엔 너덜너덜 걸레 상태가 되어 있답니다." 또한 '우리 사회는 지금 여러 등급으로 갈라져 있는 게 사실이죠. 증언에도 역시 등급이 있죠. 제1, 제2, 제3, 제4등급. 그건 결코 나이 문제가 아니에요. 만약에 말이오, 노아보다 더 늙고 여호수아보다 더 늙어 빠졌어도 사우나에서 더운물과 찬물에 번갈아가며 샤워하고 수정 램프 아래서 마사지하고 비단 셔츠에 스카프 매고 운전사 딸린 6인승 메르세데스를 타고 막 밖에서 들어온다면 그때도 판사가 과연 당신 증언을 신빙성 없다고 할지 한 번 들어보고 싶구만. 내 생각엔 아마 그 판사, 당신 손에 키스까지 하면서 '고도로 초강력하고 신빙성이 있군요'라고 할 거요"라고도 비꼰다.

무정부주의자의 시신에 폭행이나 고문이 있었음을 암시하는데도, 판사들은 이런 증거와 의문점들에 대한 조사나 질문을 일체 하지 않는다. 오히려 판사들은 무정부주의자의 알리바이를 증언하는 증인들이 장애까지 있는 노인네라서 그들의 증언에 신빙성이 없다고 무시해버린다.

이러한 태도를 두고 미친 사내는, 판사들이란 바욘트댐 소송 사건[14]처럼 정경유착과 부실공사의 주범인 자본가와 기술자의 편에 서서 비굴하고 불공정한 판결을 내리는 자들이라고 꼬집는다. 또 미친 사내가 판사로 변신해서 경찰들을 방어해주겠다고 안심시키자 경찰들이 아무런 의심 없이 쉽게 그를 믿고 동조하는 장면은, 이미 부패한 권력층과 판사들과의 유착관계가 얼마나 만연하고 공고한지를 드러내준다.

〈언론(조작, 왜곡)과 길들여진 민중 비판〉

'언론'에 대해서도 마찬가지다. 경찰과 파시스트 조직의 조작들을 유포하는 건 우파 언론이고, 스캔들을 이용하는 기득권층의 재집권 전략에는 언론의 협력이 필연적으로 따른다는 것이다. 동시에 기득권층과 합작한 언론의 조작과 왜곡에도 불구하고 그들의 고도의 전략을 알아차리지 못하고 길들여지는 '민중'의 의식 상태도 지적한다. 스캔들을 적당히 폭로하고 이용하면 민중은 문제의 본질을 외면하고 곧 안이해지게 된다. 그는 이런 건 언론의 자유가 아니라 트림의 자유라고 비꼰다. 언론이 민중의 분노를 표현해준 것 같지만 사실은 음식을 먹고 난 후 내뱉는 트림 정도에 불과하다고 일갈한다.

이렇게 민중의 분노를 적당한 수준에서 일부 해소시켜주는 교묘한 시스템은, 오히려 아이러니하게 착취당하는 자들이 기득권을 보호하는 결과를 낳고, 반대로 진정으로 부조리한 체제를 쳐부수려는 이들은 결국 국가와 조국의 적으로 몰려 죽임을 당하고 마는 사회의 현실을 비판한다.

"물론이죠! 그러면 충분해할걸요! 국민들이 어디 진짜 정의를 요구하나요? 그러니 대신에 우린 다소 정당하지 못한 정의에 국민이 만족할 수 있도록 길들이죠. 노동자들이 야만적인 착취에 치욕을 느끼며 그만두라고 외치면 우린 착취가 좀 덜 야만적으로 되도록 해주고, 또 무엇보다도 그들이 느끼는 치욕감을 그 이상으로 넘어가지 않도록 신경을 씁니다… 그러나 그들이 계속 치욕감을 느끼며… 공장에서 몸이 산산조각나 죽기는 싫다고 하면 우린 또 좀 더 나은 어떤 보호 조치와 사후 그의 미망인을 위한 보조금을 추가해주지요. 그들이 계급 철폐를 원하면… 우리가 해주는 건 계급 간의 커다란 차이가 그 이상 나지 않도록 하거나 또는 그렇게 많이 눈에 띄지 않도록 만드는 것이지요! 그들이 혁명을 요구한다면… 그땐 그들에게 개혁을 제시해보이죠… 많은 개혁을요… 그렇게 해서 그들을 개혁 아래 진정시켜 가라앉히는 겁니다. 아니 개혁이라기보다는 개혁의 약속 아래라고 하는 게 더 낫겠구만! 왜냐하면 실제로 개혁을 하는 일은 절대 없으니까."

그러면서 중요한 스캔들이 터지면, '민중'이란 어차피 진실이나 정당한 절차보다는 자극적인 이미지에 좌지우지된다면서, 무지, 방관, 순응으로 인해 기득권의 조작에 휘말리는 민중에 대한 날카로운 풍자도 담겨 있다.[15]

결국 미친 사내를 통해 포는 마지막까지 "우린 목까지 차오른 똥구덩이 속에 있다. 우리가 고개를 쳐들고 걷는 건 바로 그 때문이다!"라는 지적으로 민중들이 처한 처참한 현실을 신랄하게 풍자한다. 미친 사내의 익살스러운 놀이를 지켜보는 내내 관객들은(민중은) 조작과 은폐, 부패와 타락, 폭력과 억압, 차별과 위선, 권위주의, 존엄성이라곤 없이 도구화된 자신들과 자신들의 현실을 정면으로 마주하고 각성에 이르게 된다.

4. 연대와 실천적 저항을 추구하다

포의 『미스테로 부포』와 『무정부주의자의 사고사』는 전통적인 연극 양식을 현대적으로 재창조한 완성도 높은 풍자극으로, 연극사적 측면에서도 중요한 의의를 지닌다. 그러나 이들 작품의 가치가 더욱 주목받는 이유는 형식적 실험에 그치지 않고, 무엇보다 인간다운 삶에 대한 근본적인 물음을 제기한다는 점에 있다. 포의 극들이 그려내는 부조리한 사회구조와 억압받는 인간의 상황은 비록 특정 시대와 지역을 배경으로 하지만, 그 본질은 오늘날 전 세계 곳곳의 현실 속에서 여전히 반복되고 있는 핵심적 사회 문제를 반영하기 때문이다.

포의 작품들은 관객, 즉 억압받는 민중 주체로 하여금 억압적 현실의 본질을 자각하게 하고, 의식을 각성시키며, 나아가 짓밟혀온 인간의 존엄성을 스스로 회복하도록 이끈다. 이를 위해 공동체 속에서의 연대와 실천적 저항을 촉구한다. 이러한 점들에서 포의 작품들은 시대와 공간을 초월해 지속적으로 유효한 보편적 가치를 지닌다고 할 수 있다.

페터 한트케의 『관객모독』

언어장벽 바깥에서 맞는 환한 아침

인성기 부산대 독어독문학과 명예교수

페터 한트케
Peter Handke, 1942 –

1942년 오스트리아 남부에서 태어났다. 어린 시절 제2차 세계대전의 궁핍함을 겪었으며, 그라츠대학교에서 법학을 공부하다가 1966년 첫 소설 『말벌들』을 발표하면서 전업 작가의 길을 걷고 있다. 그는 기존 연극의 형식과 문학적 관습에 도전하는 파격적인 작품들로 평단의 호평을 받았다. 특히 초기작 『관객모독』은 언어의 의미 전달 기능을 문제 삼으며 전통적 연극 형식을 파괴함으로써 주목받았다. 그는 희곡, 소설, 영화 시나리오를 넘나드는 다양한 분야에서 활동하고 있다. 2019년 노벨문학상을 수상했다.

"한트케는 사람들이
아무 생각도 없이
언어의 유리장벽 안에
갇혀 살고 있는 것은 아닌지
늘 질문했다."

1. 유럽의 변방에서 태어나다

페터 한트케(Peter Handke, 1942-)는 1942년도에 오스트리아 남부 케른튼(Kärnten)주의 농촌마을 그리펜(Griffen)에서 태어났다. 어머니는 슬로베니아계 여성이었고 아버지는 독일군이었다. 아버지는 오스트리아에 주둔하며 재정 업무를 담당하던 행정병이었다. 어머니는 그를 매우 사랑했다. 그러나 그는 그녀를 홀로 남겨두고 독일로 떠났다.

한트케는 성인이 되어서야 아버지의 존재에 대해 알게 되었다. 어머니는 그를 임신한 상태였으며 가족들은 어머니에게 '미혼모가 되어서는 안 된다'라며 누구와라도 결혼해야 한다고 주장했다. 어머니도 그 생각을 따라서 어떤 남자와 결혼했다. 이 남자도 독일군이었다. 그의 전직은 시내 철도 차장이었다. 한트케는 이 출생의 비밀을 성년이 되고 나서야 알았다. 어머니는 남편을 따라 베를린 판코우(Pankow)로 이주했고, 한트케도 그곳에서 유년 시절을 보냈다. 그의 기억 속에 그 남자는 술을 좋아했고 폭력적인 편이었다.

가족은 1948년에 오스트리아의 고향으로 귀환했다. 그러나 이 고향에서도 한트케는 낯설기만 했다. 그는 여기서 초등학교를 졸업했고 클라겐푸르트 인근 소재의 중학교 마리아눔(Marianum)에 진학했다. 이 학교는 기숙학교였다. 학교에서 가족과 떨어져 지내야 했던 그는 외로움을 많이 느꼈다. 고대 그리스어 수업시간은 그에게 낯선 세계를 배울 수 있게 해주어 유일하게 위안이 되었다. 그러나 그 언어는 현대에는 아무도 사용하지 않는 사어에 불과했다. 그 언어가 그를 외로움에서 구해주지는 못했다. 그는 클라겐푸르트 소재의 인문계 고등학교로 진학해 1959년도에 졸업했다.

그 후 그는 1961년에 그라츠대학의 법대에 진학했다. 법학은 그의 관심사가 아니었다. 안정적 밥벌이 수단일 뿐이었다. 법학 공부가 도움이 된 것이 있다면, 개별적 사례들을 개념으로 추상화할 수 있는 능력을 배양한 것이었다. 그는 법학 공부를 도중에 포기했고, 작가가 되기로 결심했다. 변호사가 될 수 있는 국가시험을 2차까지 본 상태에서였다. 그의 첫 희극 『관객모독』(*Publikums-beschimpfung*, 1966)의 대성공이 큰 힘이 되었다. 그는 전업 작가로서 살아갈 수 있다는 자신감을 얻었다.

이 작품의 성공을 계기로 그는 오스트리아 국영방송 ORF에서 일할 기회도 얻었다. 몇 년간 방송극들을 창작했으며 세계문학작품 소개를 위한 고정 칼럼의 담당자로서 일했고 평론가로서 리뷰도 다수 작성했다. 그는 많은 독서를 할 수 있었고 본격적인 작가로서 필요한 기본 소양을 탄탄히 확보했다. 그는 이후부터 작가로서 무난한 삶을 살아갈 수 있었다. 수많은 작품을 창작했으며 시류에 따라 다양한 매체를 통해 자신을 알리며 창작의 지평을 지속적으로 넓혔다.

국내에 잘 알려진 작품으로는 극작품『관객모독』이 있고 그 이외에도 영화「페널티킥을 앞둔 골키퍼의 불안」(Die Angst des Tormanns beim Elfmeter, 1970) 그리고 빔 벤더스(Wim Wenders) 감독과 공동으로 각색한 영화「베를린 천사의 시」(Der Himmel über Berlin, 1993)가 알려져 있다. 유럽인들 사이에 유명한 작품으로는『고통의 중국인』(Der Chinese des Schmerzes, 1983),『우리가 아무것도 서로 몰랐던 시간』(Die Stunde da wir nichts voneinander wußten, 1992),『아무도 없는 만(灣)에서 나의 한 해』(Mein Jahr in der Niemandsbucht, 1994),『모라비아의 밤』(Die morawische Nacht, 2008),『죄 없는 사람들, 나 그리고 국도 갓길의 모르는 여자』(Die Unschuldigen, ich und die Unbekannte am Rand der Landstraße, 2015) 등이 있다.

그는 유럽 각지를 여행하기를 좋아했다. 그래서 베를린, 파리, 쾰른, 프랑크푸르트 인근 등 수많은 도시에 정착해서 몇 년씩 살았다. 가족 관계로는 1969년에 사랑하는 딸이 태어났고, 1971년에 어머니가 사망했다. 이해에 이혼이라는 아픔을 겪었다. 그는 현재 프랑스의 작은 도시에 거주하고 있다. 그의 삶의 모든 경험은 그의 작품 속에 스며들어 있다. 예를 들어,『왼손잡이 여인』(Die linkshändige Frau, 1976)은 프랑크푸르트에서의 경험을,『긴 이별을 위한 짧은 편지』(Der kurze Brief zum langen Abschied, 1972)는 그의 이혼 후 두 번째 미국 여행 경험을,『진정한 감성의 시간』(Die Stunde der wahren Empfindung, 1975)은 파리에서의 거주 경험을 담고 있다.

2. 유럽 지식인들 특유의 시적 주체: '빗나간 동작'

한트케의 작품들에는 그의 깊은 관조와 사색으로 인해 독특한 분위기가 감돈다. 그는 늘 국외자의 위치에서 자신의 주어진 환경을 관찰하며 내다보기 때문이다. 이 독특한 분위기는 그의 작품을 기존의 어떤 문학사의 사조나 개념으로 분류하기 어렵게 한다. 작품마다 제목도 특이하다. 그러한 특수성은 거시적으로 보면 유럽의 지성사에서 보편화되어 있는 일반적 특성이기도 하다. 문학작품에는 철학이 깃들어 있고, 철학은 문학적 글쓰기를 낳는다. 이런 관계는 그를 낭만주의자가 되게 한다. '시인과 사상가의 나라'에 속한 작가답게 경험과 사색이 서로를 견제하며 끝없이 밀고 당긴다.

독일 철학자 칸트는 계몽주의 시대에 인간은 늘 자신의 정체성을 스스로 책임지고 개척해야 한다고 선언했다. 누구든지 현실의 자기 모습에 만족하지 말고 올바른 길로 나아가야 한다. 자신도 행복해야 하고 사회에 대해서도 책임을 다해야 한다. 이 과제는 정언명령에 속한다. 한트케는 고유의 시 짓기로 그 과제에 부응한다. 그는 뷔히너 문학상 수상식 연설에서 말하길, 자신은 "시적 사고방식"을 사용해 "개념"을 해체하겠다고 말한다. 그는 철학자이기보다는 시인이 되려는 편이다. 시가 미래를 창조하는 원동력이 있다고 믿기 때문이다.

시는 기존의 익숙한 통념에 저항한다. 그의 시문학은 늘 새로운 형식을 갈망한다. 그러나 그 언어는 특별한 것이 아니다. 일상에서 흔히 접하는 언어에서 단어와 단어의 우연한 만남이 기존의 언어 맥락을 재조명하게 한다. 새로운 맥락이 어렴풋이 생겨나면서 새로운 존재의 지평을 연다. 그의 이러한 시문학 언어의 특징은 그를 독일의 고전주의 작가 괴테에 비교해볼 수 있게 한다.

괴테의 소설 『빌헬름 마이스터의 수업시대』(*Wilhelm Meisters Lehrjahre*, 1796)에서 보면, 나이 어린 주인공은 집 대문 밖의 넓은 세상을 상상하며 그리워한다. 그래서 그는 마을에 온 유랑극단의 연극 공연을 보고 감동받아 그 세계를 동경해 무작정 가출한다. 그리고 단원들의 기구한 운명을 알게 되면서 인생이란 무엇인지 어렴풋이 예감하며 자아의 성장을 경험한다. 인간의 삶은 고통스러운 것임을 알게 된다. 고통 속에서 삶의 진정한 의미가 어렴풋이 예감된다. 사랑을 배우는 것이다.

한트케의 영화 대본 『빗나간 동작』(*Falsche Bewegung*, 1975)은 바로 괴테의 소설 줄거리를 변주한다. 주인공은 시인이 되고 싶어 한다. 그는 꿈을 이루기 위해 죄스트(Soest)라는 시골도시로 여행을 간다. 어머니와 작별하고 우연히 기차 속에서 어떤 노인과 젊은 여성을 만난다. 그들은 거리의 버스킹 예술가다. 노인은 계속 코피를 쏟는다. 그들은 가난하다. 그러나 노인이 쏟아놓은 피는 좌석에 얼룩을 남기며 굳어져 그들의 고달픈 삶의 기록이 된다. 여성은 동냥을 해준 그를 위해 답례로 열차 칸 안에서 물구나무 서기 곡예를 선보인다. 그들의 여정은 끝이 없다. 흔적은 주인공에게 그리움을 불러일으킨다. 그리움은 푸른 꽃을 향한 그리움이다. 그러나 푸른 꽃은 세상에 없는 시의 세계다. 그러므로 인생은 늘 빗나간 동작이 된다. 그러나 빗나감은 희망이기도 하다. 빗나감이 있다는 것은 정타(正打)가 전제되어 있다는 뜻이기도 하기 때문이다. 정타는 무엇일까?

3. 팝음악 세대의 저항 정신: 『관객모독』

한트케에게 노벨문학상을 선물한 희곡 『관객모독』은 그가 직접 체험한 전후 시대 부르주아의 생활과 감정의 기록이다. 사람들은 인생의 정타가 무엇인지 모르는 채 평범하게 일상을 영위하고 있었다. 작품은 그 모든 생활이 빗나간 동작이라고 포괄적으로 강타한다. 그로써 관객은 그에게 한 방 정타를 맞은 셈이다. 어안이 벙벙해질 수밖에 없다.

제2차 세계대전이 끝난 지 얼마 되지 않았던 1960년대 중반은 나치 전범들에 대한 재판이 뉘른베르크에서 간신히 시작되고 있을 때였다. 사람들은 전쟁의 참여자로서 국가주의자들과 함께 범죄를 저지른 공범이었지만, 과오를 인정하기보다는 조용히 덮어두고 없던 일로 하고 싶었다. 참회보다는 망각을 선택한 것이었다. 설사 잘못이 있었더라도, 그 시대는 모두가 광인처럼 미쳤던 시대이니 자신도 무엇인가에 홀려 과오를 저질렀으니 어쩔 수 없었다는 태도였다.

이렇게 과거의 시간을 모두 덮어버리고 살아가던 관객의 일상은 오스트리아의 정치권에도 그대로 재현되고 있었다. 좋은 게 좋다는 식이었다. 가톨릭 계열의 보수정당과 사회주의 계열의 진보정당은 더 이상 과거의 책임 문제로 대립하지 않았으며, 벌써 십여 년간 연정을 하며 기득권을 나눠 가질 뿐이었다. 사회는 이제 아무 문제도 없는 듯 평화로워 보였으며 경제는 나날이 성장하고 있었다. 그러나 눈을 국외로 돌려보면 베트남에서는 벌써 수년째 참혹한 전쟁이 벌어지고 있었다. 제2차 세계대전은 끝난 것이 아니었다. 열강의 욕심은 세계를 동서로 양분했으며, 엉뚱한 먼 나라에서 열강의 이익을 위한 대리전쟁을 치르게 하고 있었다.

한트케는 이 모든 국내외의 현실에 대해 눈 가리고 모르는 채 살아가는 국민에게 경종을 울리고 싶었다. 그리고 각자의 삶을 되돌아보도록 자극하고 싶었다. 물론 그 자신도 어떤 것이 올바른 삶인지는 몰랐다. 1960년대의 그라츠(Graz)에는 이 질문을 화두로 삼는 비판적 문화의 바람이 조용히 일고 있었다. 도시는 매우 아름다운 중세 건물들이 늘어서 있으며 주말의 테마파크처럼 평화로워 보이는 곳이었지만, 그 평화로운 분위기 속에서 젊은이들은 현재의 상태에 안주하지 않았다. 아직 경험하지 못한 유토피아의 삶의 지평을 열기 위해 패기만만하게 예술세계를 펼치고 싶었다. 때마침 미국과 유럽 전역에서 새로운 시대정신으로 팝아트의 아방가르드 예술이 등장해 인기를 끌었고 그 소식은 지역의 문화예술계에도 활력을 불어넣었다.

이리하여 그라츠에서도 그라츠 그룹(Grazer Gruppe)이라는 문화 사조가 형성될 수 있었다. 구심점은 시내에 있는 '포럼 슈타트파크'(Forum Stadtpark)였다. 한트케는 이 포럼에 1963년부터 관여했다. 많은 아방가르드 예술가들이 그곳에서 교류하면서 아방가르드 예술을 실험했다. 이 예술운동이 펼쳐진 장소는 지금도 도시 한가운데에 남아 있다. 1958년에 신축된 현대식 건물인데 원래는 낡은 카페 하우스가 그곳에 있었다. 그곳은 서울의 예술의전당처럼 문화예술센터로 사용된다. 다양한 전시와 공연이 펼쳐진다.

한트케는 이 포럼에서 자신의 신작 문예작품을 낭독하곤 했다. 당시 포럼의 핵심 분야는 여러 문화예술 장르 중에서도 역시 문학이었다. 그것이 어떤 것이었는지는 1960년 4월에 창간된 잡지『수기』(*manuskripte*)를 보면 잘 알 수 있다. 이 잡지는 한국의『문학과지성』

내지는『창작과비평』에 해당한다. 창간 이후 약 30년 동안 (두어 차례 제목이 변경되기는 했지만) 계속 발간되었다. 오늘날도 이 잡지는 오스트리아의 대표적 문예지로서 권위를 인정받고 있다. 한트케는 이 잡지에 각별한 애정을 느꼈으며 다수의 작품을 여기에 발표했다.

그라츠 그룹 작가들은 기성 작가와 차별화되는 개성적 글쓰기를 하는 것으로 유명했다. 물론 개성적 글쓰기가 그들의 전유물은 아니다. 전술한 바와 같이, 독일어권에서는 작가들이 칸트의 계몽주의 시대 이래로 모더니즘 시대를 거쳐 한트케의 아방가르드 시대에 이르기까지 평범함을 거부하는 문인들이 늘 존재했다. 그들은 자신의 삶을 모두 의문시하며 실존주의자가 되어 영점에서부터 성찰한다. 작품 세계는 독자로서는 읽기조차 어려운 문법파괴적 글쓰기에서부터 초현실주의적 글쓰기까지 매우 다양하다.

한트케는 완전히 혁명적 태도를 취하지는 않는다. 그는 독자가 쉽게 다가갈 수 있도록 쉬운 글쓰기를 한다. 대중성을 포기하지 않는 것이다. 다만 그는 역시 괴테의『빌헬름 마이스터』처럼 부르주아 세계에 대해 더 깊이 알기 위해 일단 세계 어디론가를 향해 출발할 뿐이다. 무슨 일이 벌어질지는 그 자신을 포함해 아무도 모른다. 일단 용기 있게 어느 방향으로든지 떠날 뿐이다.

문학 장르의 창의적 재현

부르주아 사회에 대해 늘 반골의 자세로 개성적 글쓰기를 하려는 한트케의 태도는 그의 작품에서 전 생애에 걸쳐 일관되게 확인된다. 그의 데뷔소설은 아방가르드 정신으로 매우 실험적 면모를 보였다. 작품 제목은『말벌들』(*Die Hornissen*, 1966)이다. 프랑스 아방가르드

문학의 글쓰기에 영향을 받은 작품이며, 소설의 서사형식 자체를 관찰하게 하는 메타소설이다. 일반 독자로서는 읽기가 매우 난해하다. 화자는 가가호호 방문해서 물건을 파는 행상인이다. 그는 자신이 읽은 책의 내용을 통해 자신의 기억을 재구성한다. 책 내용은 기억의 편린들로 짜깁기될 수밖에 없다. 이처럼 작품은 태생적으로 빈 허점이 많다. 체험보다는 책이 기억을 조작해내기 때문이다. 작품의 구성도 독자의 읽기에 따라서 임의로 재구성될 수 있게 빈틈이 많다. 일종의 메타소설이다. 인생이란 무엇이며 서사란 무엇인지 질문하게 한다. 모든 것이 헛동작일 가능성이 배제되지 않는다.

이 작품의 서사 스타일은 구체적으로 말하면 탐정소설의 일반적 줄거리 구성 형식을 패러디하는 형식이다. 일반적으로 탐정소설은 긴장된 줄거리가 형성되도록 도식적으로 '질서→흐트러짐→해결 실마리의 암시→질서의 재확보' 순서를 따른다. 그런데 이 과정이 『행상인』(De Hausierer, 1967)에서는 노골적으로 장마다 소제목으로 미리 제시된다. 작품은 열두 장면으로 구성되는데, 매 장면마다 그 도식의 단계들의 내용이 개념화되어 미리 고지되는 것이다. 그리고 나서 비로소 거기에 부응하는 사건들이 추후적으로 묘사된다. 이 사건들은 미리 제시된 단계의 표제어 때문에 그 이론에 맞춘 예시 문장들의 나열에 불과하다. 이러한 실험적 글쓰기 형식은 독자의 기대를 실망시켰다. 서스펜스가 있어야 작품이 박진감 넘치고 실감 나는데 그렇지 못하기 때문이다. 독자로서는 내용이 싱겁다는 느낌을 받을 뿐이다.

그로써 주인공 행상인은 현실과 직접적으로 연결되지 않은 채, 오직 통상적 탐정소설의 언어를 통해서만 삶을 경험하는 존재가 된다.

그는 자신이 읽은 소설 속 인물의 이야기를 끊임없이 재현하고 모방하면서 보고한다. 이로 인해 서사언어는 현실을 반영하거나 묘사하는 도구가 아니라, 현실을 대체하고 창조하는 수단이 된다. 그는 자신의 맹인 형과 익사한 동생의 이야기를 재구성하려 하지만, 그 과정에서 그는 자신이 읽었던 소설 속 주인공의 경험과 자신의 이야기를 뒤섞어버린다. 이처럼 언어는 불완전하며 현실을 제대로 담아내지 못하는 한계를 지닌다.

하지만 독자는 전체적 줄거리보다는 각 장면들의 구체적 언어에 주목하면 흥미롭게 작품을 읽을 수 있다. 행상인의 심정으로 세상을 표현하는 장면의 서사 언어는 매우 감각적이어서, 그 자체로 사실주의적 탐정소설 못지않게 독자에게 불안감과 긴박감을 느끼게 할 수 있다. 문장들은 토막이 나 있으며 메타포로 변주되며 병렬된다. 예를 들어 행상인이 살인자 혐의를 받기 때문에 자신의 존재를 숨겨야 하는 강박감에 시달리는 장면이 있다. 마치 베이컨 한 장이 셈멜(오스트리아식 바게트)의 가장자리 밖으로 삐져나와 매달려 있듯이 그의 신분은 자꾸만 바깥으로 노출된다. 빗자루의 끝자락도 문틈으로 빠끔히 내다보고 있다. 그가 그것의 열쇠 구멍 안을 들여다보면, 뒤집힌 신발 한 짝만이 그 안에 있을 뿐이지만 이것도 다시 밀어넣고 싶다. 그래서 자신도 모르게 두 손을 거기로 뻗게 된다. 그러나 그것은 잡히지 않고 바깥으로 튕겨나간다. 세계는 그 주변에서 그렇게 팽이처럼 빙빙 돈다. 유리창 쪽에서는 불안하게도 덜컹거리는 소리가 들린다.

출판사들은 이 별난 형식의 언어비판적 작품을 출판하기를 주저했다. 그러다가 마침내 운 좋게도 독일의 명문 출판사 주어캄프(Suhrkamp)가 원고를 받아주어 작품은 빛을 볼 수 있었다. 『말벌들』은 이리하여 독일에서 최고 권위를 자랑하는 문인 단체 '47그룹'(Gruppe 47)의 비평가들의 눈에도 띄게 되었다. 이 그룹은 때마침 해외 낭독회를 기획하는 중이었고 한트케를 그곳에 함께 초청했다. 장소는 미국의 대학도시 프린스턴이었다. 1966년 4월이었다. 그는 부인과 함께 그곳으로 갔다. 그리고 거기서 자신이 아직 집필 중이던 작품『행상인』을 낭독하게 된다.

문학의 언어 자체의 특이한 형식에 대해 주목하게 하는 이 작품에 대해 47그룹 작가들은 제대로 평가하기보다는 그 형식의 가치를 깎아내리며 쓴소리를 냈다. 한트케는 이 작품에서 기성 47그룹 작가들의 사실주의적 글쓰기 관행과 어긋나는 글쓰기를 했기 때문이다. 이 작품은 아무런 내용도 없다는 것이 그들이 평가한 요지였다. 독일의 비평가 라니키(Marcel Reich Ranicki)와 옌스(Walter Jens)가 그 대표적 인물이었다.

그러나 한트케에게 언어의 형식 자체는 매우 중요했기에, 그는 글쓰기에서 그 형식이 드러나게 포커스를 맞추었다. 한트케는 자신의 글쓰기로 47그룹의 언어와 차별화를 이루었다. 이 그룹이 사회철학적 현실인식을 교훈하기 위해 리얼리티를 추구하며 사실주의적 글쓰기를 했다면, 한트케는 그러한 글쓰기는 훈화처럼 지루하며 언어의 혁신이 필요하다고 생각했다. 그에게 문학은 철학의 시녀가 아니라 언어예술이었다.

작품『행상인』의 낭독으로 한트케는 언론의 집중 조명을 받게 됐다. 문학 연구자들은 그 일을 프린스턴 스캔들(Princeton-Eklat)이라고 부른다. 스캔들은 그다음 날 일어났다. 그는 첫날에는 낭독을 했고 거기에 대한 청중의 악평을 감내했다. 그 말을 듣고 속이 상했던 그는 둘째 날에 마침내 그들에 대해 반격을 가했다. 기성세대의 작품 세계는 하나같이 "묘사 발기부전[무능력]"(Beschreibungsimpotenz)에 시달린다고 일갈한 것이다. 문학작품의 힘은 언어의 수사학적 혁신에서 나오는 법이다. 그런데도 기성 작가들은 교장 선생님처럼 파시즘을 비판하며 독자들을 훈수하는 데만 익숙해져 있었고, 독자들은 거기에 싫증이 나 있었다.

이 사건으로 한트케는 일약 도발적 팝아트 작가로 통하게 된다. 물론 47그룹은 나름대로 독일 시민의 파시즘을 비판한 공로가 있었다. 한트케는 신세대로서 이제는 새로운 글쓰기 전략을 취해야 한다고 생각했을 뿐이다. 기존의 정형화된 형식을 파격적으로 깨뜨리는 글쓰기가 현실을 새로운 관점으로 바라보게 할 수 있을 것이기 때문이다. 브레히트처럼 낯설기 형식이 중요한 것이다. 탐정소설도 과연 현실에서 범인이 잡히고 정의가 실현되는지 질문하도록 해야 한다. 도식이 실제로 그러한지 포괄적으로 질문해야 하는 것이다.

한트케는 언어의 천편일률적 도식성을 깨뜨리는 글쓰기를 실천했다. 언어는 결코 현실을 들여다보게 하는 투명한 유리창이 아니기 때문이다. 언어는 매체일 뿐만 아니라 그 자체로 고유의 현실을 형성하는 힘이다. 언어는 인간의 내면세계와 외부세계를 맺어줄 때 자체적으로 매우 중요한 기능을 하는 것이다. 그것은 이데올로기의 언어일 수도 있고 시적 언어일 수도 있다. 둘의 경계의 선명한 구분은 물론 쉽지 않다. 우리는 언어의 구상세계에 사로잡히기 쉽기 때문이다. 언어학자 야콥슨(Roman Jakobson)이 주장했듯이 문학의 시적 언어는 그 자체로 독자들의 현실인지를 혁신시킬 수 있는 새로운 세계를 창조할 수 있는 가능성이기도 하다. 한트케는 후자의 힘을 믿었다.

언어와 현실, 그리고 현실과 내면의 상관관계에서 언어의 역할에 대한 그의 관심은 소설 『내면세계의 외부세계의 내면세계』(*Die Innenwelt der Außenwelt der Innenwelt*, 1969)의 제목에서도 잘 드러난다. 언어는 이미지를 통해서 인간의 내면세계를 형성하고 그것을 외부로 투영해 현실이 되게 하고 그것을 마치 객관세계인 듯 다시 내면에 각인시킨다. 이 연쇄의 과정을 우리가 유심히 주목한다면 거기서 언어가 매우 중요한 역할을 하고 있음을 우리는 알 수 있다. 나는 현실에서 왜 외로우며 소외되었는가? 그 이유는 혹시 중간에 끼어 있는 언어 자체의 경직성 때문은 아닐까? 나는 언어의 감옥에 갇힌 것은 아닐까?

언어의 매체적 특징에 대한 한트케의 질문은 그의 극작품 『카스파』(*Kaspar*, 1967)에서 적나라하게 표출된다. 사회는 개인에게 유년 시절부터 도식적 언어를 말하도록 훈육한다. 나이 어린 주인공 카스파는 무대 뒤에 있는 확성기에서 흘러나오는 언어를 앵무새처럼 따라 말하도록 강요받는다. 한트케는 이와 유사한 경험을 중학교 시절에 했다. 기숙학교에서 선배들은 후배들에게 복종을 요구했다. 그는 기숙사의 방에 선배가 들어오면 얼른 자리에서 일어나야만 했다고 회상한다. 학교에서 통용되는 규율의 언어가 내면화되어 그 자신도 모르게 그렇게 행동했던 것이다.

일상의 언어생활에 대한 한트케의 비판 정신은 그만의 전유물이 아니다. 그 전통은 오스트리아 문학사 특유의 것이다. 철학자 비트겐슈타인도 그 문제를 주목했다. 그는 철학자로서 초기에는 언어를 세계의 그림으로 규정했으며, 나중에는 이 그림이 언어매체의 게임 규칙의 결과물임을 깨달았다. 규칙이 바뀌면 그림이 바뀌며 그로써 세계도 바뀔 수 있는 것이다.

언어매체 비판의 전통은 1950년대 말엽에 오스트리아의 수도 빈에서 빈 그룹(Wiener Gruppe) 작가들에게서 언어실험 운동을 일으켰다. 작가들은 유럽의 미래파나 다다이즘 따위의 모더니즘 예술운동 정신을 수용했으며 파격적 글쓰기를 실험했다. 언어의 재조합을 통해 현실의 새로운 이미지로 보수적 사회를 개혁할 수 있을 것이라는 희망을 품었다. 그러나 이 급진적 모더니즘 운동은 1964년경에 이미 종언을 고했다. 그들의 형식 실험이 너무 과도해서 작품 세계가 현실과 너무 거리가 먼 말장난처럼 되고 말았기 때문이다. 텍스트의 의미는 따라가기 힘들 만큼 매우 난해해졌다. 이 고답적 언어는 익숙한 문법의 통사구조를 파괴함과 동시에 언어를 소통불가능한 것으로 만들고 말았다. 독자들은 마치 공중에서 폭격기로 마구 투하되는 듯한 단어들의 홍수를 이성적으로 이해하며 따라갈 수 없었다. 이 실험은 실패로 돌아가고 말았다. 단어는 새로운 조합으로 새로운 시적 세계를 낳을 수 있지만, 이때에도 규칙 즉 나름대로 문법이 있어야 한다. 한트케가 속한 그라츠 그룹은 빈 그룹의 전통을 이어받았다.

한트케는 다만 일상의 쉬운 언어를 통한 소통가능성을 포기하지 않는다는 점에서 빈 그룹 전통과 확실히 차별화된다. 그의 작품들에서 서사의 줄거리는 중요하지 않으므로 희미하지만, 각 장면들의 언어는 우리의 경험적 현실에서 말해지는 언어를 충실히 재현한다. 그의 소설 『페널티킥 앞에 선 골키퍼의 불안』(*Die Angst des Tormanns beim Elfmeter*, 1972)은 그 좋은 예다. 이 작품에서 작가는 대중매체의 언어를 문제 삼는다. 불안은 그 자체로 보면 철학적 고급문학의 모티브이기도 하다. 불안은 키르케고르 이래로 인간의 존재에 내재하는 것이며 그의 실존주의 철학을 통해 20세기 초 모더니즘 문학에도 많은 영향을 미쳤다. 그러나 그 작품에서 축구 소재는 이 작품을 대중문학에 속하게 한다. 불안과 대중문화가 하나로 결합된 것이다. 언어도 그 자체로 평이하다.

주인공은 건설 현장의 조립공 블로흐다. 그는 과거에 축구선수였으며 포지션은 골키퍼였다. 그는 공사 현장에 오전에 출근했을 때 자신이 해고되었다고 오해한다. 그가 그렇게 오판한 근거는 생각보다 간단하다. 본인이 작업장 함바에 들어섰을 때 업무 조정관이 간식을 먹다가 그를 흘깃 쳐다보았기 때문이다. 선수 시절부터 느꼈던 초조감이 그를 과민 신경증 환자처럼 만들었던 것이다. 그는 좌절해 어떤 여인을 찾아가고 마침내 살인을 저지르게 된다.

사건 초두의 서스펜스는 독일문학 특유의 노벨레 장르를 연상시킨다. 그 장르는 미지의 사건을 냉정히 관찰하게 한다. 한트케는 이 장르적 서스펜스의 공식을 여기서 재인용하는 식으로 관찰하게 하면서, 불안과 서스펜스는 인간의 고유의 것이 아니라 노벨레라는 언어적 담론의 형식이 초래시키는 것임이 시사된다. 블로흐는 살인 이후에도 습관처럼 지속적으로 신문을 읽는다. 자신의 범죄가 신문에 기사화되지는 않았는지 확인하는 것이다. 그가 신문기사를 통해서 자신의 삶을 규정지으려 하는 수동적 존재임이 여기서 드러난다. 또한 그가 살해하는 여성도 극장의 매표원이다. 그로써 영화가 현대인의 사고방식을 규정하고 있음도 아울러 시사된다. 신문이나 TV 중계 그리고 영화관에서 매일 생산되는 언어는 개인의 사고방식을 규정한다. 작품은 바로 이 도식적 메커니즘의 언어를 비판한다.

한트케의 언어 형식에 대한 직접적 비판은 1970년대 이후에는 차

츰 퇴조한다. 시적 언어에 대한 관심이 그 빈자리에 들어서기 시작한다. 그는 기존의 언어형식에 대한 비판과 해체보다는 이제는 사람들이 긍정적으로 몸을 담고 살아갈 만한 문학적 지평을 열고 싶어 한다. 독일 낭만주의자 노발리스가 꿈꾸었던 새로운 푸른 꽃을 그곳에서 피울 수 있게 되길 기대하는 것이다. 그의 소설 『소망 없는 불행』(*Wunschloses Unglück*, 1972)은 이 변화의 변곡점에 서 있다. 물론 여기서도 주인공의 어머니는 아직도 신문을 많이 읽는 여성으로 그려진다. 그녀는 이미 행동과 정서가 동시대의 문화사 속에서 결정된 것이다. 그녀 개인의 삶이 어떠한 것인지 자세히 묘사되지 않은 채 그녀의 행동은 그 시대 대부분의 농촌여성의 삶과 크게 다르지 않았다고 일반화하는 식으로 서술이 이어진다. 그녀는 역사 속에서 고통받는 여인들의 전형일 뿐이다. 그러므로 그녀는 개인의 고통을 참을 만한 것으로 여긴다. 이 일반화는 독자로 하여금 그녀를 역사의 희생자로서 함께 애도할 수 있게 한다.

어머니의 자살을 계기로 집필된 이 작품 이후로 한트케는 자신의 슬픈 가족사를 차근차근 되짚어보기 시작한다. 그러면서 삶의 숨은 의미를 발견하기 위해 노력한다. 사회의 매체 형식들에 대한 비판보다는 그 속에서도 개인이 나름대로 존재의 가치를 발견할 수 있는 글쓰기를 모색하는 것이다. 물론 이 태도의 변화에서도 그는 사회의 주변인이며 조용한 관찰자다. 관찰을 통해 시인처럼 언어의 음악적 리듬을 되찾으려 한다.

그의 소설 『긴 이별을 위한 짧은 편지』(*Kurzen Brief zum langen Abschied*, 1972)는 이 변화된 분위기를 반영한다. 세태에 오염되지 않은 순수한 존재의 시간이 거기서 추구된다. 『느린 귀향』(*Langsame*

Heimkehr, 1979)도 이와 마찬가지로 시적 자아의 정체성 발견을 위한 탐색의 시간을 갖는다. 그가 2019년에 노벨문학상 수상식에서 낭독한 극시「마을들을 넘어서」(Über die Dörfer, 1981)에서도 주인공은 자신의 유년 시절을 그리움 속에서 회상한다. 내면세계의 발견을 위한 회상은 한트케에게서 그 이후에도 지속적으로 나타난다. 소설『반복』(*Wiederholung*, 1986)에서 나이 어린 중학생 주인공은 기숙학교에서 소외감으로 외롭고 힘들어하다가 여름방학에 어머니의 고향 슬로베니아를 방문한다. 그리고 그곳에서 만나는 사람들의 말에서 모처럼 마음의 위안을 얻는다.

이 작품은 특히 어머니의 모국인 슬로베니아 국어에서 느껴지는 토착적 리듬의 정서를 통해 그에게 새로운 공동체와의 연대감을 선사한다. 그는 학교를 떠나 국경 도시 제세니스(Jesenice)에 와 있다. 그곳의 국경초소에서 병사는 새로 발급받은 그의 오스트리아 여권을 보더니 자국 언어로 친절히 말을 건다. 그의 여권에 적힌 단어 코발(Kobal)이 원래 슬로베니아어이며, 벌리고 선 두 발 사이의 공간인 '가랑이'(kobal)를 뜻한다며 설명해준다. 단어는 걸을 때 내딛는 걸음, 즉 보폭이라는 뜻도 있고 두 발을 벌리고 서 있는 사람을 뜻하기도 한다는 것이다. 그 뜻이 현재 보초를 서고 있는 병사 본인에게도 해당한다며 웃는다.

또한 그의 곁에 서 있던 중장년의 직원은 그의 서브네임 필립(Filip)에 대해서 설명해주기 시작한다. 그 어원은 '말(馬)을 사랑한다'는 뜻이므로 그의 성 코발에도 아주 잘 어울린다는 것이었다. 즉 필립 코발(Filip Kobal)은 서로 만나 그 의미가 '기어올라가기'(klettern), '말 타고 가기'(reiten)라는 뜻이 된다는 것이다.

이 장면에서 주인공은 자신의 이름 코발 필립의 뜻을 통해 마음의 문을 연다. 어머니의 나라 슬로베니아에 대해 동질감을 느끼는 것이다. 그의 이름의 숨은 뜻은 그의 아버지의 고향 북독일의 표준어 발음에서는 전혀 예감할 수 없던 것이다. 한트케는 이제 어머니에 대한 어두운 이미지를 밝은 이미지로 대체하기 시작한다. 어머니는 사실은 굉장히 능동적이고 활달한 여성이었다고 생각하는 것이다. 음식점을 운영했던 어머니는 불쌍한 외로운 사람이 아니라 사람들과 능동적으로 사귐을 가졌던 활달한 여사였음이 새록새록 기억나기 시작한다. 어머니는 20년 전에 러시아 전선에서 전사한 그의 형이 이곳으로 왔다는 말을 그에게 평생 동안 반복했다. 이 말의 참된 의미를 주인공은 이제 슬로베니아 국경에서 알 것 같았다. 죽은 형이 살아서 지금 어디선가 곧 나타날 것 같은 느낌이다.

그의 이러한 서정적 문학 세계로의 전환은 독일문학사에서 1970년대에 다른 작가들의 작품에서도 드물지 않게 나타났다. 격변과 정치의 시대를 뒤로하고 독일어권에서 이른바 신주관성(Neue Subjektivität)의 시대가 열린 것이다. 68혁명세대에게 정치적 구호와 이념이 중요했다면 그것은 이제 과거사가 되었고 이제 주변에서 놓친 아름다운 순간들을 재발견하는 것이 중요해졌다. 사람들은 잃어버린 시간을 조용히 되찾고 싶어 했다.

한트케는 작가 생활을 하면서 평탄한 삶을 이어간 편이었다. 인기도 끌었고 상복도 많았다. 그래서 독일어권의 중요 문학상을 거의 휩쓸었다. 1967년 하우프트만상, 1973년 뷔히너상, 1987년 오스트리아 국가 대상, 1988년 브레멘 문학상, 2009년 프란츠 카프카 문학상, 2014년 국제 입센상 등을 수상했다. 그리고 2019년에는『관객모독』

으로 마침내 노벨문학상까지 수상했다. 다소 늦은 감이 있는 이 노벨문학상의 수여 근거는, 위원회의 심사평에 따르자면, 작품이 "언어적 독창성으로 인간 경험의 주변부와 특수성을 탐구한 영향력 있는 작품"이었기 때문이다. '언어적 독창성'은 이미 그가 대학생 시절에 그라츠 그룹의 슈타트파크 포럼 작가 시기부터 맹아를 보였다. 그리고 그는 그것을 통해서 "인간 경험의 주변부와 특수성 탐구"를 지속적으로 해왔다.

사실주의적 연극의 관행에 대한 도전: 『관객모독』

한트케에게 노벨문학상 수상의 영예를 선사한 결정적인 작품은 연극 『관객모독』이었다. 이 작품은 사회에 대한 젊은 작가 한트케의 저항 정신을 잘 표출한다. 작품에서 관객석과 무대 사이에 놓인 투명한 제4의 벽은 더 이상 없다. 배우들이 객석을 향해 직접 이성적 존재가 되어 정신차려야 한다며 질책성 발언을 연신 이어갈 뿐이다. 클라우스 파이만(Claus Peymann)은 이 작품을 프랑크푸르트의 실험적인 '암 투름 극장'(Frankfurter Theater am Turm)에서 연출했다. 1966년 6월 8일이었다. 작품은 기대치 이상의 성공을 거두었고 한트케를 일약 팝스타가 되게 했다.

『관객모독』의 개방극 형식

작품은 희곡 형식이지만, 막과 장의 구분이 없다. 단막극이다. 배우들이 관객을 향해 일방적으로 말을 쏟아내는 형식이다. 그들의 장광설을 들으며 객석에 앉아 있는 관객들은 아무 말도 못 하고 마치 교장 선생님으로부터 꾸지람을 듣는 듯한 위치에 있게 된다. 작품의 출판본에는 연출가와 배우들을 위한 일종의 매뉴얼이 서두에 두 편 달려 있다.

우선 「배우를 위한 조언」(Tipps für Schauspieler)이 있다. 약 두 페이지 분량이며 배우들이 연기력 강화를 위해 내공을 쌓아야 한다는 취지의 내용이다. 그다음에는 「무대 지문」이 온다. 네 페이지 분량이며 스태프와 배우들의 연극 준비가 한창이라는 것을 관객에게 시뮬레이션으로 쇼하듯 연출하라는 내용이다. 뒤이은 「본극」에서는 배우 네 명이 나란히 무대에 서서 객석을 향해 각자 맡은 대사를 말한다. 객석을 향한 방백 형식이다.

「배우를 위한 조언」

배우들은 연기를 시작하기 전에, 일상생활의 주변에서 무심코 들었을 듯한 여러 가지 소음들에 귀를 기울이고 다시 한번 잘 들어보아야 한다. 평소에 간과했던 주변의 여러 이미지도 잘 관찰해서 나름대로 의미를 파악해야 한다. 작가는 소리와 이미지를 추천한다.

추천하는 소리: 축구 경기장의 환호와 함성, 가톨릭교회의 교독문, 기차의 도착과 출발하는 소리, 롤링 스톤스의 「텔 미」, 라디오 룩셈부르크의 히트 퍼레이드. 아나운서의 코멘트 따위.

추천하는 이미지: 비틀스 영화에서 링고 스타의 미소, 「서부에서 온 사나이」에서 게리 쿠퍼의 얼굴, 사람 흉내내는 원숭이, 슬롯머신을 바라보며 배회하는 낮 도둑의 모습 따위.

「무대 지문」

무대의 막이 오르기 전에 관객에게 연극의 시작을 알리는 시뮬레이션이 소리를 통해 연출된다. 무대 뒤에서 연극을 준비하는 듯한 소리들이 확성기를 통해서 들린다. 의자 끄는 소리도 들리고 감독의 목소리도 들린다. 객석에서도 관객은 부지런한 안내원의 지시를 받아야 한다. 부적절한 복장을 한 사람은 입장할 수 없다. 남성의 경우 짙은 색 정장, 흰색 셔츠, 넥타이를 매야 하고 여성은 밝은 색상의 옷을 입으면 안 된다 등등.

「본극」

불이 서서히 꺼지고 무대가 환해지면 모두 비슷하게 생긴 배우 네 명이 아직도 리허설을 하듯이 중얼거리며 등장한다. 그들은 관객을 향해서 여러분을 환영합니다라고 말하고 나서, 한 명씩 순서대로 말을 하기 시작한다.

배우는 이 작품은 관객 여러분들이 살아가기 위해 필요한 일종의 머리말에 불과하다고 말한다. 그러면서 평생 살아가면서 아직 들어본 적이 없는 말은 이 자리에서도 듣지 못할 것이라고 말한다. 뿐만 아니라 관객이 아직 본 적 없는 새로운 것도 없을 것이라고 말한다.

배우는 관객에게 이제 금방 시작된 공연에서 어떤 내용도 더 이상 기대하지 말라고 미리 경고한다. 실제로 공연 시간 내내 공연되는 것은 아무것도 없다. 배우는 자신들이 그 어떤 빛도, 어둠도, 소리도, 공간도, 시간도, 사물도 재현할 것이 전혀 없다고 노골적으로 미리 말한다. 재현해야 할 사건이나 행동이 도대체 없으며, 혹시라도 배우의 평범한 말 속에 숨은 의미가 있기를 기대한다면 그것은 오산일 뿐이다. 실제로 배우의 모든 행동은 아무런 의미가 없음이 미리 강조된다. 작품에는 재현한 사건이 없으므로 그는 그 어떤 연기를 보여줄 필요도 없다.

작품은 일종의 서사극이다. 공연은 아무것도 연기할 것이 없는 연극이다. 연극은 그동안 일반적으로 어떤 형식으로 공연되었는지 관객이 이미 잘 알고 있듯이 연극 형식을 따라야 한다. 그래서 배우도 무엇인가를 연기해야 하지만, 배우는 오늘 공연에서는 연기할 것이 없다는 말만 되풀이한다. 일종의 메타극이다. 연극 형식에 대한 연극이다. 배우는 자신이 작가의 말을 그대로 전달하는 확성기에 불과하다고 강조한다. 그가 비틀거리거나 말을 더듬거나 멍한 표정을 짓는 등 모든 것은 우연한 행동일 뿐이며 그로써 연극이란 무엇인지 관찰해야 한다.

배우는 이 작품에서 연기자가 아니라 말만 많이 하는 발언자다. 발언은 관객을 향하지만 관객을 특별히 존중해서 그렇게 하는 것은 아니다. 그는 일반적인 공연에서처럼 '저 위'의 무대와 '여기 아래'의 객석이라는 생각을 가진 관객을 향해 아무 내용 없는 빈 소리만 할 뿐이다. 관객은 실제로는 편안한 저녁을 기대했음에도 불구하고 이 기이한 연극 시뮬레이션을 보면서 불편함을 느끼게 된다. 배우는 이 점을 누누이 강조한다. 공연에서 구경할 만한 사건이나 행동이 전혀 없으므로 희극도 없고 비극도 무대 위에 더 이상 없으며 낭만적인 사랑 이야기도 당연히 없다.

관객이 혹시 막간극이라도 있지 않을까 기대한다면 이 역시 큰 오산이다. 배우는 기존의 사실주의적 연극 형식을 비판한다. 기존 배우들의 그 어떤 행동은 사실 모두 흉내 내기 행동에 불과했다. 즉 가짜 내용을 가지고 진짜인 척할 뿐이다. 그러므로 현재의 공연에서는 그런 가짜를 철저히 배제하기로 한다. 무대에서 누군가의 죽음을 애처롭게 미화하거나 극적인 클라이맥스로 끌어올리는 일은 절대로 하지 않는다. 아무런 사건도 연출되지 않을 것이다.

공연은 이렇게 솔직한 방백의 토크쇼로 진행된다. 토크는 두 가지에 대한 것이다. 하나는 현재 진행되는 공연의 특이한 형식 자체에 대해서다. 배우는 관객이 이 낯선 공연의 모습을 어떻게 받아들이는지에 대해서 말한다. 관객이 허탈해할 것이며 당황스러워할 것이 분명하다. 관객은 배우가 관객을 데리고 논다고 생각할 것이다. 배우는 이점을 직접 언급한다. 관객은 무대를 바라보는 관찰자가 아니라, 도리어 무대의 배우가 내려다보는 객석의 구경거리일 뿐이다. 관객은 주체가 아니다. 관객은 객체다. 배우의 언어극이 비판하는 대상이라는 것이다.

둘째는 사실주의적 연극 형식 일반에 관한 것이다. 배우는 사실주의적 연극의 3통일 형식에 관해 비판하기 시작한다. 일반적으로 연극 공연에서는 시나리오 속 사건의 시간이 무대에서 재연될 때 시간, 장소 그리고 행동의 고유한 통일성이 지켜진다. 그러나 현재의 공연에서는 그런 연극적 통일성이 지켜질 수 없다. 재연되어야 할 대상으로서의 소재나 사건이 전혀 미리 주어져 있지 않다. 그런데 도리어 바로 그렇기 때문에 현재진행형의 무대에서는 도리어 3통일 형식이 완벽히 지켜지는 중이기도 하다. 일종의 역설이 공연에서 일어나고 있다. 다만, 연기되는 사건 내용의 차원이 아니라 연기하는 배우들의 플레이 차원에서 그렇게 된다.

그러므로 무대 위와 객석의 공간의 시간은 극장 공간 내에서 동일하게 흐른다. 머리카락이 자라고 땀샘에서 땀이 분비되는 시간이 관객과 배우 모두에게서 완전히 일치한다. 그들은 하나의 극장 안에 있기 때문이다. 배우는 자신은 행동도 연기하지 않고, 시간도 연기하지 않는다고 말한다. 시간은 한 단어에서 다음 단어로 진행되는 실제 현실이다. 시간은 단어들을 경유해서 흘러간다. 아무도 그 시간은 반복된다고 주장할 수 없다. 미래의 어떤 연극도 지금의 공연을 그대로 반복할 수 없을 것이다. 여기서 시간은 관객의 시간이다. 여기서 시간의 지속은 관객의 시간의 지속과 완벽히 동일하게 싱크로나이징되어 있다.

지금 이 순간의 완벽한 3통일성 원칙의 연극 공연에서는 연극의 주체가 이제 관객이다. 관객은 더 이상 무대를 관찰하는 방관자가 아니고 그 자신이 공연의 주인공이 된다. 객석이 무대이며 그 자리에서 자신의 삶에 대해 스스로 책임을 지는 행동을 해야 한다. 배우는 관객에게 이 부분을 강조해서 주지시킨다. 기존의 연극 관행에 따라서 관객이 마치 만화경 속을 들여다보듯이 자신도 색안경을 쓰고 조용히 구경만 하면 되는 것이 아니다. 연극무대의 주인공과 관객의 처지가 뒤바뀌어 있다. 관객이 어두운 객석의 의자에 앉아서 무대 위를 구경하려 한다면 그것은 오산이다. 안락한 객석에 앉아 있는 관객의 자세는 사실주의 환상극에서나 익숙한 하나의 패턴일 뿐이다. 이 패턴에서 관객은 시간이 흐르면서 점점 더 감각이 나른해지는 관성에서 벗어날 수 없게 된다. 만약 관객이 의자에 앉지 않고 서서 무대를 구경한다면 (무비판적으로 무대의 허구 세계에 빠져드는 대신에) 간간이 고함도 치고, 이의도 제기하고, 조급함을 표현하고, 자신의 몸이나 세상에 대해 더 뚜렷이 인지할 수 있을 텐데, 기존의 사실주의적 공연의 관람 방식에서는 그런 반응조차 불가능하다. 모두가 숨죽이고 조용히 무대를 관람해야 하기 때문이다.

지금 공연에서는 배우가 관객을 얕잡아본다. 배우가 무대 위에서 객석을 내려다볼 때, 관객은 그 자리에 있으나 마나 한 집단에 속해 있을 뿐이다. 기껏해야 오늘의 통계 수치로나 잡힐 표본적 집단에 속해 있을 뿐, 그 이상도 그 이하도 아니다. 오늘의 입장객 전체 중에서 한 명일 뿐이다. 이런 말을 직접 배우로부터 듣게 되는 관객은 기분이 나쁘겠지만, 자신의 현재 흘러가는 시간이 얼마나 중요한지 깨달아야 하는 처지에 놓인다.

배우는 적극적으로 관객을 훈계하기 시작한다. 관객은 자신들의 현재를 의식하고 있을 것이다. 관객이 극장에서 보내는 이 시간이 바로 관객의 시간이다. 관객 스스로가 오늘의 연극 주제다. 관객 자신이 연극할 문제를 스스로 만들고 스스로 연출하고 연기해야 마땅하다. 아무도 그 문제를 해결해줄 수 없다. 주인공으로서의 관객은 귀부인 역을 하는 연기자다. 위대한 캐릭터의 연기자다. 플레이보이이고 동시에 영웅이다. 영웅이고 동시에 악한이다. 오늘 공연의 악한이고 동시에 영웅이다.

그러나 배우는 관객을 실제로도 영웅일 것이라고 믿지 않는다. 관객은 아마도 평균적 행동을 할 것이기 때문이다. 오늘 공연을 보러 오기 위해 관객은 나름대로 어떤 행동을 했을 것이지만 거기에 그다지 특별한 것은 없다. 누구는 시계를 보았을 것이고, 누구는 현관문 열쇠를 돌려 잠갔을 것이고, 누구는 현관문 밖으로 걸어나왔을 것이다. 그들은 그들 나름대로 극장에 가겠다는 공통된 의도로 뭉친 셈이다. 극장에 도착해서도 그들은 또 역시 나름대로 어떤 행동을 하기는 했다. 서로 친절하게 극장 출입문을 먼저 열어 붙잡아주고, 프런트에서 코트를 벗어 맡기는 것을 도와주고, 서로를 쳐다보고, 입장을 알리는 벨

소리가 언제 울릴지 귀를 기울여 들었다. 그리고 벨이 울린 후에는 기대에 찬 표정으로 객석으로 가서 의자에 착석해 몸을 편히 뒤로 젖혔다. 배우는 그런 평균적 행동들을 하는 관객들을 영웅이라고 말하지만 사실은 그 모든 행동이 관습은 아닌지 깨달아야 한다고 지적할 뿐이다.

관객은 자신의 삶을 바꿀 의지가 없는 나약한 존재다. 극장 무대에서 어떤 극단적 사건이 벌어져도 개의치 않는다. 이미 일어난 과거의 시간 속으로 따라들어가 그 흐름을 수동적으로 따라갈 뿐이다. 그리고 공연 시간 내내 마법에 걸린 듯 꼼짝도 하지 않고 앉아 있다. 마치 죽은 사람처럼 극장 분위기에 푹 젖어 있다. 그러면 극장의 공간 안에서 무대와 객석 사이에는 건널 수 없는 깊은 골짜기가 푹 파인다. 물론 간혹 의미심장한 난센스, 배경과 서브 텍스트, 숨겨진 내용이 연출되기도 한다. 그 어떤 경우라도 객석을 향한 메시지가 있기는 하다. 서양연극사에서 연극 공연의 무대는 경기장, 재판소 또는 도덕적 기관처럼 되고자 했다. 그러나 결과적으로 항상 두 개의 분리된 시간이 유지되었을 뿐이다. 즉 연극 속 인물의 시간과 객석 속 관객의 시간은 서로 만나지 않고 평행선을 그었다.

배우는 이러한 분리된 시간에서의 연극이 사실상 죽은 연극이라고 매도한다. 무대의 모든 시간이 시뮬레이션 즉 가짜에 불과했다는 것이다. 시간은 반복될 수 없는데도 무대는 시간이 마치 과거에서 언제라도 불러올 수 있는 것처럼 또는 미래에서 가져올 수 있는 것처럼 가상세계를 연출했기 때문이다. 그러므로 연극의 시간은 늘 불완전한 것이며 이미 모순을 안고 있었다.

이제 연극이 진짜가 되려면 그 형식은 예컨대 축구 경기처럼 선수들의 90분과 팬들의 90분이 동일해야 한다. 즉 관객의 일상적 현실에서 현재의 시간이 늘 제일 중요한 것이다. 배우는 관객에게 현재의 공연 전체가 모두 일종의 머리말일 뿐이라고 말한다. 이 작품은 일종의 머리말이다. 다른 작품에 대한 머리말이 아니라 관객 자신이 과거에 했던 것과, 지금 하고 있는 것, 그리고 앞으로 할 것에 관한 머리말이다. 머리말에 이어질 본극은 따로 있다. 그것의 주인공은 관객 자신이다. 현재의 공연은 관객이라는 주제에 대한 머리말이다. 관객의 관습과 도덕 일체가 주제인 것이다.

관객을 향한 욕설

배우는 관객이 주인공이자 연극의 주제라고 말한 다음에는 이제 관객에게 육두문자는 아닐지라도 모욕적으로 느껴질 만한 문장들을 퍼붓기 시작한다. 그 이유는 욕설이 관객과 말하는 방법 중 하나이기 때문이라는 것이다. 배우는 그러나 욕설이 관객을 욕하기 위한 것이 아니라 관객이 평소에 하는 욕을 그대로 흉내 내는 것일 뿐이라며 너스레를 떤다. 그러더니 관객이 일상에서 서로를 비난할 때 사용하던 문장들을 그대로 흉내 내어 토해내기 시작한다. 욕의 분량은 매우 많아서 대본에서 쪽수로 5페이지에 달할 만큼 끝이 없이 이어진다.

관객아, 너는 항상 거기에 앉아 있었다. 이 연극에서 너의 성실한 태도는 아무런 기여도 하지 못했다. 너는 진짜 순수한 연기자에 불과했다. 너의 입에서는 어떤 허튼소리도 나오지 않았다. 너의 연극은 매우 고상했다.

이런 욕설은 관객을 기분 나쁘게 할 수 있다. 그러나 실제 투름 극장의 초연에서 관객은 침묵하거나 미소지으며 관람했다. 관객은 그것을 당시의 극장에서 모두 연극의 일환으로 간주했기 때문이다. 사실상 관객은 모든 종류의 연극에 익숙하다. 배우는 이 점을 의식하고 있기나 하듯이 관객이 연극뿐만 아니라 현실에서도 순한 양처럼 늘 구경꾼이며 방관자였다고 나무란다. 관객은 전쟁과 파시즘에 대해서도 연극관람처럼 침묵하거나 방조했기 때문이다. 배우는 욕설을 계속한다.

관객, 너는 뛰어난 연기자다. 멍청하게 서서 구경하는 꼴통, 조국도 없는 불쌍한 작자, 사이비 혁명가, 쓰레기 같은 작자, 자기 나라를 헐뜯는 작자, 내면세계로 이민 간 작자, 패배주의자, 수정주의자, 복수심에 불타는 자, 군국주의자, 평화주의자, 파시스트야 등등.

배우는 욕설을 다 퍼붓고 나서 객석을 향해 작별인사를 한다. 무대의 확성기로부터는 우레 같은 갈채소리와 휘파람 소리가 울려 퍼진다. 그리고 막이 내려오면서 공연은 끝난다.

4. 연극적 현실의 감옥

한트케는 사람들이 아무 생각도 없이 언어의 유리장벽 안에 갇혀 살고 있는 것은 아닌지 늘 질문했다. 그에게 노벨문학상을 안긴 『관객모독』은 바로 그 부분을 가지고 놀이를 한다. 관객은 연극을 보는 관습을 반성하게 되고, 일상에서도 연극 구경하듯 수수방관하며 살아가는 것은 아닌지 되돌아보게 된다.

작품은 연극인 척하지만 재현 형식의 연극은 아니다. 관객은 무대에서 배우들의 대사를 통해서 보고 싶었던 줄거리 있는 연극을 아무것도 구경하지 못한다. 관객은 연극의 형식을 빌려 관객에게 대놓고 행동의 수동성을 질타한다. 이 황당한 작품을 접하게 된 관객은 속수무책이 된다. 연극 무대의 막이 내리고 나서도 막은 되튕겨져 올라가면서 다시 열리고 무대에서 욕설은 계속된다. 시끄러운 확성기에서 나오는 시끄러운 욕설이 귀가하는 관객의 뒤통수에 쏟아진다.

한트케는 이 작품을 "말로 하는 록 콘서트"라고 일컬었다. 그러나 사실은 우리의 현대적 K-Pop 감각으로 보면 개최조차 되지 못한 콘서트다. 콘서트라면, 최소한 싸이의 「강남스타일」 공연 정도는 되어야 하지 않겠는가? 물론 우리가 대본을 직접 읽어본다면 그 이면에는 록 음악처럼 리듬감이 느껴지는 부분이 없지는 않다. 유사한 문장들이 반복되기 때문이다. 그러나 그것은 아름다움과는 거리가 멀며 단순히 반복되는 기계음에 가깝다. 작품의 초연에서는 네 명의 배우들이 나란히 서서 공연을 했다. 그들의 모습은 오늘날의 콘서트 개념으로 보면 지루한 성우처럼 느껴진다.

그러나 한트케는 그 당시로서는 최첨단 음향 콘서트의 형식을 이 작품에 도입한 것이다. 그는 오늘날도 유튜브 영상을 많이 제작한다. 그는 매체에 민감한 작가다. 매체는 인간의 사고방식에 집단적으로 영향을 미치는 힘이 있다. 그는 그러므로 이열치열처럼 독자에게 매스미디어 자체의 형식을 보게 한다.

발칸 전쟁(1991-95)에 대한 그의 정치적 입장 표명도 그중 하나였다. 전쟁이 발발하자 그는 서구의 일반 대중의 상식과는 전혀 반대되는 행보를 선보였다. 당시에 세르비아의 대통령 밀로셰비치가 자국의 경찰관을 국경에서 살해한 알바니아인들에 대한 보복조치로 그들을 무차별적으로 살해하는 인종청소를 단행했다고 서구 언론에서 그에 대한 응징을 소리 높여 외칠 때, 그는 도리어 이 인종청소주의자의 편을 들었다. 그의 태도는 이례적이었다. NATO가 밀로셰비치의 행동을 비판하면서 세르비아에 공습을 감행할 때, 그는 공습이 또 다른 민간인을 살상할 것이라고 경고했다. 그는 『세르비아를 위한 정의』(1996)라는 저서까지 출간했다. 그는 자신이 유년 시절부터 국외자였듯이 늘 사회적 소수자의 편에 서서 매스미디어를 비판했다.

5. 창의적 가치를 구현한 현대작가

한트케는 유럽 정신사에서 지식인들의 전통이 된 창의적 사고의 가치를 한몸에 구현하고 있는 현대작가로 평가받을 수 있다.

첫째, 그는 문인이지만 사상적으로는 계몽주의 이후 유럽의 전통에 속하는 사회철학자 중 한 명이다. 그는 현대의 부르주아 사회 일반을 향해 대립각을 세우며 사회를 낯선 시선으로 바라본다. 그는 부르주아 사회의 허상을 비판하고자 하며 거기서 우리가 진짜 찾아야 되는 소중한 것은 무엇인지 다각도로 고찰한다.

둘째, 그는 일상의 언어적 의사소통 매체 전반에 대해 깊이 성찰하는 작가다. 탐정소설, 노벨레, 연극 등의 문학적 형식들이 그의 포괄적 비판의 대상이 된다. 매체가 그 자체로 인간의 사유를 규정하는 데 큰 역할을 하기 때문이다. 매체는 개인의 내면세계를 결정하고 그로써 사회 전체의 집단 행동도 유도할 수 있다.

셋째, 그는 산문작가이지만 늘 독백적 시인처럼 수사학에서 천부적 재능을 발휘한다. 그의 글쓰기에서는 언어 재료가 패턴이 되어 나타나며 매체를 눈에 띄게 한다. 그로써 작품에서는 하나의 언어의 양면을 통해서 현실의 명암이 함께 드러난다. 한편에는 일상적 언어에 갇힌 추한 현실이 있고, 다른 한편에는 그 안에서도 미래에 대한 희망이 싹튼다.

한트케의 사회철학, 매체성찰, 그리고 다층적 문학기법은 오늘날 우리에게 시사하는 것이 많다. 우리의 현실에서도 사회는 계층갈등·세대갈등·지역갈등 등 수많은 문제를 안고 있다. 이 상황에서 과연 무엇이 문제인지 우리는 조용히 질문하고 해법을 모색해야 한다. 한트케는 그 당면 과제들을 해결하기 위해 좋은 본보기가 되어준다. 그는 평생에 걸쳐 쉬지 않고 부르주아 사회 전체에 대해 질문하며 글쓰기 실험을 해왔기 때문이다. 그 자체만으로도 우리는 그에게서 많은 것을 보고 배울 수 있을 것이다.

제4부

시

라빈드라나트 타고르
파블로 네루다
데릭 월컷

라빈드라나트 타고르의 시 세계와 『기탄잘리』
내면에서 묵상되기를 기다리는 시집

홍은택 대진대 영어영문학과 명예교수

라빈드라나트 타고르
Rabindranath Tagore, 1861-1941

아시아 최초의 노벨문학상 수상자인 타고르는 1861년 캘커타의 명문가에서 태어났다. 여덟 살 때 처음 시를 쓰기 시작했고, 열두 살이 되던 해에는 인도의 각지를 여행하며 전기, 역사, 천문학, 현대 과학, 산스크리트어 등 다양한 분야를 섭렵했다. 그는 시, 소설, 희곡, 음악, 미술 등 다방면에서 활동했으며, 벵골 민족주의와 보편적 인간애, 종교적 신비주의가 융합된 작품을 주로 선보였다. 그는 시집 『기탄잘리』로 노벨문학상을 받았다. 개인 재산으로 학교를 설립하는 등 교육과 민족 운동에도 적극 참여하며 근대화에 힘쓰기도 했다. 1913년 노벨 문학상을 수상했지만, 그의 수락 연설은 8년 뒤인 1921년에서야 이루어졌다.

"타고르는 시는 말이 아니라
침묵으로 도달하는 것이며,
신은 외부에서 오는 것이 아니라
나의 존재 깊은 곳에서
깨어나는 것이라고 말한다."

1. 존재의 꽃을 피울 수 있게

출생과 가계

라빈드라나트 타고르(Rabindranath Tagore, 1861-1941)는 인도의 시인이자 사상가, 교육자이자 예술가, 음악가이자 사회개혁가로서, 근대 인도의 문화 정신을 상징하는 인물이었다. 그는 아시아 최초의 노벨문학상 수상자였으며, 서구 문명과 인도 정신을 문학적으로 통합하고 예술을 통한 인간 해방과 존재적 통찰을 시도했다.

타고르는 1861년 5월 7일, 영국령 인도 벵골 지방의 수도였던 캘커타(Calcutta, 현재의 콜카타)에서 태어났다. 그의 가문은 벵골 지역의 유서 깊은 브라만 가문으로, 할아버지 드와르카나트 타고르는 기업가이자 자선가였으며, 아버지 데벤드라나트 타고르는 인도 근대 종교개혁 운동인 브라모 사마즈(Brahmo Samaj)의 핵심 지도자였다. 브라모 사마즈는 힌두교의 우상 숭배를 배격하고, 범신론적 신 개념과 윤리 중심의 종교 생활을 지향한 사상운동으로, 훗날 타고르의 종교관과 인간주의에 큰 영향을 주었다.

유년기와 교육

타고르는 어려서부터 문학과 예술에 재능을 보였다. 그는 전통적인 학교 교육보다는 가정에서 다양한 분야의 교사들로부터 교육을 받으며 자랐다. 초등학교에 잠시 다녔지만 곧 그만두었고, 학교의 분위기를 견딜 수 없을 만큼 제도 교육에 거부감을 느꼈다. 대신 그는 뱅골어 시문학, 힌두 신화, 산스크리트 고전, 우파니샤드 철학을 읽으며 내면의 감수성과 철학적 사유를 키워 나갔다.

그는 8세에 첫 시를 썼고, 16세에 작품을 문단에 내놓았다. 12세 무렵에는 아버지와 함께 히말라야 지방을 여행하며 고요한 자연 속에서 명상하며 신비로운 체험을 했고, 이러한 체험은 이후 그의 시 세계에 지속적으로 영향을 주었다. 자연은 그에게 단지 아름다운 풍경이 아니라 신의 목소리가 깃든 영적 공간이었다.

유럽 유학과 사유의 확장

1878년, 타고르는 형의 권유로 영국에 유학해 런던대학교(UCL)에서 법학을 공부했다. 그러나 정규 과정을 마치지 않고 귀국했다. 그럼에도 그는 이 시기 동안 셰익스피어, 밀턴, 루소, 칸트, 휘트먼 등 서구 문학과 철학에 심취했으며, 동양의 내면성과 서양의 합리성을 통합하는 자기만의 사유 체계를 형성하게 된다. 그는 서구 문명이 이룩한 과학성과 논리성을 높이 평가했으나, 그것만으로는 인간 존재의 다층적 구조와 영혼의 내면적 울림을 온전히 설명할 수 없다고 보았다. 그는 서구는 기계와 권력을 신으로 만들었고 동양은 영혼과 시를 신으로 삼았다며 예술과 종교, 자연을 통한 인간 회복을 강조했다.

문학 활동의 시작과 시인의 종교

귀국 후, 타고르는 1882년 시집 『황혼의 음악』(*Sandhya Sangit*)을 출간하며 문단에 본격적으로 데뷔한다. 이후 『정원사』(*The Gardener*), 『과일 따기』(*The Fruit-Gathering*), 『기탄잘리』(*Gitanjali*) 등 다수의 시집과 소설, 희곡, 음악 작품 등을 발표하며 다양한 분야에서 창작 활동을 이어간다.

타고르가 추구한 '종교'는 특정한 교리나 의례가 아닌 내면의 자각과 존재의 본질을 통찰하는 체험이었다. 그는 이를 '시인의 종교' (poet's religion)라 불렀다. 신은 우주 전체의 조화이며 인간 영혼의 깊은 곳에서 응답하는 목소리였다. 그는 우파니샤드의 사상을 바탕으로 '아트만(Atman)은 브라만(Brahman)과 다르지 않다'는 범아일여(梵我一如) 사상을 시적 언어로 풀어냈다. 『기탄잘리』에서 반복되는 '나는 당신을 내 가슴속에서 찾는다'는 주제는 바로 이런 사유의 산물이다.

교육자 타고르: 산티니케탄의 실험

1901년, 타고르는 벵골 산티니케탄(Santiniketan)에 실험 학교를 세운다. 이 학교는 자연 속에서 학생들이 자율적으로 사고하고 학문과 예술을 통합적으로 배울 수 있는 공동체로서, 훗날 비스바-바라티 대학교(Visva-Bharati University)로 발전한다. 타고르는 이곳에서 철학, 문학, 농업, 예술, 음악, 무용 등을 가르쳤으며 지식의 전달보다 자아의 개화가 중요하다고 강조했다.

그는 교육을 단순한 기능 훈련이 아닌 인간을 전체적이고 통일된 존재로 성장시키는 것이라 생각했다. 지식은 외부에서 주입되는 것이 아니라 내면에서 피어나는 꽃과 같다며, 학생들을 억압하지 않고 그들이 스스로 '존재의 꽃'을 피울 수 있도록 인도하는 것이 교육의 본질이라고 주장했다. 이는 『기탄잘리』에서도 나타나는 '인간의 심연에서 솟아나는 신성의 흐름과 그것을 향한 인간의 응답'이라는 주제와도 긴밀히 연결되어 있다.

사회참여와 인도 독립운동

타고르는 정치가라기보다 정신적 지식인이었으나, 사회 현실에 대한 관심과 비판의식을 결코 놓치지 않았다. 그는 1915년 영국 왕실로부터 기사 작위를 수여받았으나, 1919년 암리차르에서 벌어진 '잘리안왈라 바그 학살'(Jallianwala Bagh massacre) 사건에 항의하며 이를 반납했다. 그는 이 사건을 인간성에 대한 모욕이라 규정했다.

그는 간디와도 교류하며, 비폭력 독립운동을 지지했다. 그러나 간디식 민족주의가 배타성과 맹목으로 흐를 가능성을 경계하며, 어디까지나 '인간성의 회복'을 우선시해야 한다고 보았다. 그는 국가는 인간의 완성된 형태가 아니라 하나의 제도일 뿐이며 국가보다 중요한 것은 인간의 양심이라고 말했다.

문화적 유산

타고르는 1930년대에 여러 차례 유럽, 동아시아, 중남미를 순회하며 강연과 전시회를 개최했다. 특히 그는 당시의 조선을 '동방의 등불'이라 칭하며, 일제강점기에 시달리던 조선 민중에게 희망의 메시지를 보냈다. 조선은 아시아 황금기의 등불 중 하나였으며, 그 등불은 다시 타오를 것이라는 예언과도 같은 그의 메시지는 이후 조선의 민족주의 담론에서 중요한 문화적 자산이 되었다.

1941년 8월 7일, 타고르는 80세를 일기로 사망했다. 그는 마지막까지도 『최후의 시편』(*The Last Poems*)을 집필하고 있었으며 죽음 앞에서도 삶과 예술을 포기하지 않았다. 문학작품뿐만 아니라, 인도의 국가 「자나 가나 마나」(Jana Gana Mana)와 방글라데시 국가 「아마르 쇼나르 방라」(Amar Shonar Bangla)를 작사, 작곡했으며 이는 세계적으로 유례없는 그의 문화적 위상을 보여준다.

2. 『기탄잘리』를 펴내다

벵골어판 『기탄잘리』와 영어 번역

『기탄잘리』는 1910년 벵골어로 출간된 시집으로, 제목은 '노래의 헌정'(Song Offerings)이라는 뜻을 지닌다. 총 157편의 시편으로 구성되었고 짧은 산문시 형태를 지니고 있으며 인간과 신, 자연과 삶, 고통과 구원의 문제를 시적으로 성찰하고 있다.

타고르는 이 시집을 집필하던 시기에 부인, 딸, 아들 등 가까운 가족을 연이어 잃는 고통을 겪었으며, 이러한 상실은 그의 시 세계에 큰 변화를 가져왔다. 시편들은 개인적 슬픔과 존재론적 탐색을 담고 있으며 신 앞에서의 겸허함, 인간 조건으로서의 고독, 그리고 삶과 죽음을 초월한 영혼의 흐름을 이야기한다. 이 작품은 힌두 철학, 특히 우파니샤드 사상의 영향을 강하게 받았으며, 동시에 벵골어 민속 전통인 바울(Baul) 노래의 형식적 자유와 영적 직관을 함께 품고 있다.

서구 낭만주의 시가 지닌 내면적 감성과도 친연성을 보이며 인간 내면에 깃든 신성, 혹은 존재의 본질을 찾는 여정이 핵심 주제다.

1912년, 타고르는 『기탄잘리』 벵골어 시편 중 53편을 영어로 번역했고, 『정원사』 『과일 따기』 등의 시집에서 50편을 추가로 발췌해 총 103편으로 구성된 영어판 『기탄잘리: 노래의 헌정』(*Gitanjali: Song Offerings*)을 완성했다. 부제는 '신께(님에게) 바치는 노래'로 의역되기도 한다. 이 영어 번역본은 단순한 직역이 아니라 서구 독자를 대상으로 한 문학적 재창조에 가까운 작업이었다. 그는 문법의 정확성보다 감성의 흐름을 중시했으며, 정형적인 번역보다는 감정과 영적 정서의 전달에 더 주력했다. 그의 번역 방식은 후일 번역학자 로렌스 베누티가 비판한 '저자 중심적 번역'(author-centered translation)의 전형을 보여주는 동시에, 수전 배스넷이 말한 '문화 번역'(cultural translation)의 사례와도 연결된다.

타고르는 서구에서 익숙한 기독교적 상징과 언어를 은근히 활용해 동양적 영성을 낯설지 않게 전달하는 전략을 취했다. 그러나 그는 결코 자신의 사상을 서구화하지 않았으며, 형식은 유연하되 사상은 자율적이었다. 이러한 점에서 그의 자가 번역은 두 가지 번역 개념을 교차적으로 드러낸다.

첫째, '저자 중심적 번역'의 관점에서 타고르는 번역가가 아닌 원저자로서의 권위를 전면에 내세웠다. 독자가 이 시집을 번역본이라기보다 저자가 직접 영어로 집필한 작품처럼 받아들이도록 유도되었고, 이는 번역가의 존재를 지우고 저자의 목소리만을 강조하는 관행과 맞닿아 있다. 둘째, 동시에 그의 번역은 '문화 번역'의 전략으로도 읽힌다. 그는 벵골어적·힌두적 상징을 그대로 두지 않고, 기독교적 은

유와 성서적 어휘를 적절히 차용해 동서양 문화 사이의 간극을 조율했다. 이는 특정 문화에 한정된 의미를 보편적 언어로 재맥락화하려는 시도로, 배스넷이 강조한 문화적 차원의 번역과 정확히 부합한다. 요컨대 영어판 『기탄잘리』는 저자 중심적 번역과 문화 번역이 만나는 지점에서 형성된 텍스트로, 이러한 이중적 성격이 서구 문단에서의 폭넓은 수용과 인류 보편 문학으로의 확장을 가능케 했다.

예이츠의 서문과 유럽 문단의 반향

타고르가 영국에 머무르던 시기, 화가 윌리엄 로덴스타인의 주선으로 그는 아일랜드 시인이자 노벨문학상 수상자인 윌리엄 버틀러 예이츠(W.B. Yeats)를 만나게 되었다. 예이츠는 타고르의 『기탄잘리』 영어 번역본을 접하고 깊은 감동을 받았으며 이 작품을 단순히 문학적 성취에 그치지 않고 영혼의 목소리를 담아낸 언어로 이해했다. 그는 이 시집을 통해 오랫동안 추구해온 정신적 이상과 내적 세계가 구체화되는 것을 보았고 일상적 삶의 단순함과 고도의 예술적 세련미가 동시에 어우러진 독특한 조화를 발견했다고 평가했다. 이러한 인식은 그가 직접 시집의 서문을 쓰도록 이끌었으며, 그 서문은 이후 『기탄잘리』가 서구 문단에서 고전적 위상을 확보하는 데 결정적인 역할을 했다.

영국 문단은 예이츠의 권위를 등에 업은 이 작품을 '인도의 예언자'가 전하는 성찰의 언어로 환영했다. 많은 비평가들은 『기탄잘리』가 단순한 동양적 신비주의를 넘어, 인간 보편의 정서와 영적 요구를 담아내는 경전적 성격을 지닌다고 평가했다. 이러한 반응은 곧 유럽 대륙으로 확산되어 독일, 프랑스, 이탈리아 등지에서 번역·출판으로 이어졌으며, 각국의 지식인들과 예술가들에게 새로운 정신적 자극을 제공했다. 당시 유럽의 문학계는 산업화와 전쟁의 그늘 속에서 파괴된 인간 내면과 영혼의 회복을 모색하고 있었고, 『기탄잘리』는 그 요구에 부응하는 작품으로 받아들여졌다.

결과적으로 예이츠의 서문은 『기탄잘리』를 단순히 인도의 시집이 아닌, 인류 보편의 언어로 자리매김하게 한 매개체였다. 예이츠가 작품 속에서 읽어낸 내적 진실과 초월적 울림은 영국을 넘어 유럽 전역에서 공명했으며, 『기탄잘리』를 세계 문학의 새로운 지평에 올려놓는 데 중요한 발판이 되었다.

노벨문학상 수상과 상징성

1913년, 타고르는 『기탄잘리』로 아시아 최초의 노벨문학상 수상자가 되었다. 스웨덴 한림원은 그가 영적 통찰과 시적 감성, 그리고 순수한 언어의 정화된 표현을 통해 세계문학에 기여했다고 평가했다. 위원회는 특히 타고르의 시가 인간의 내면성과 신과의 교감, 그리고 존재의 깊이를 새롭게 드러내며 서구 문학이 미처 담아내지 못한 정신적 차원을 열어 보였다고 강조했다. 타고르의 수상은 비서구 문학이 서구 중심 문학 권력 구조 안으로 처음 공식 진입한 역사적 전환점으로 기록되었다. 당시 식민지였던 인도에서는 물론, 동아시아, 중동, 아프리카 등 여러 지역에서 문화적 자존과 문학적 독립성의 상징으로 받아들여졌다. 서구의 언론과 문단은 타고르를 '인도의 성자 시인'이라 부르며 환영했고, 동양에서 온 새로운 목소리가 서구의 문학 제도와 어깨를 나란히 하는 순간으로 주목했다.

세계 각국의 예술가와 지식인들도 타고르의 수상을 환영했다. 영국과 유럽의 시인들은『기탄잘리』가 보여준 내면적 사유와 영적 언어에 감탄하며, 그것을 20세기 문학이 나아갈 새로운 방향으로 해석했다. 독일과 프랑스에서는 곧바로 번역되었고, 표현주의 화가들과 철학자들은 타고르의 시어를 통해 동양적 직관과 영성의 깊이를 발견했다고 증언했다. 일본의 지식인과 문학가들도 타고르를 동양 정신을 대표하는 인물로 환영했으며, 그의 언어에서 새로운 근대문학의 가능성을 찾았다. 러시아에서는 톨스토이 이후 문학이 추구해야 할 윤리적 방향과 타고르의 영적 언어가 만나는 지점을 주목하기도 했다.

따라서 타고르의 노벨문학상 수상은 단순한 개인의 업적을 넘어, 세계문학 질서 자체를 흔든 사건이었다. 이는 동양과 서양, 식민지와 제국, 주변부와 중심부라는 위계적 구분을 상대화시키며 비서구 문학도 세계적 보편성을 지닌 언어로 수용될 수 있음을 보여주었다. 타고르의 수상은 이후 비서구 작가들이 국제 무대에서 문학적 정당성을 인정받을 수 있는 길을 열었으며, 오늘날까지도 '세계문학'이라는 개념의 확장을 가능케 한 기념비적 순간으로 남아 있다.

번역과 수용: 한국의 경우

『기탄잘리』는 출간 이후 수십 개 언어로 번역되며 전 세계적으로 읽혔다. 한국에서는 1923년 김억(金億)이『기탄잘리 혹은 정신의 노래』라는 제목으로 처음 번역·소개했다. 이 번역은 단순히 한 시집의 유입을 넘어, 당시 조선 사회에 새로운 정신적 방향성을 제시한 중요한 문화적 사건이었다. 김억은 식민지 상황 속에서 서구 문명의 전면화에 피로와 갈등을 겪던 지식인에게 타고르의 내면적 시학과 영성의 언어를 새로운 해방의 언어로 제시했다.『기탄잘리』가 지닌 초월적 감성과 내면 지향성은 유교·불교·기독교가 공존하던 한국의 종교 지형과도 자연스럽게 맞닿아 강한 정서적 반향을 불러일으켰다.

이 작품은 조선 후기의 문인, 개화기 지식인, 그리고 일제강점기의 독립운동가와 종교 사상가에게까지 깊은 울림을 주었다. 만해 한용운은 『님의 침묵』에서 신과 사랑, 고통과 침묵, 연민과 해탈 같은 주제를 영혼의 언어로 직조해내며, 한국적 상황 속에서 또 다른 '기탄잘리'를 만들어냈다고 할 수 있다. 그는 침묵이라는 모티브를 통해 언어로 다 표현되지 않는 진실, 존재의 중심부에 다가가려는 실존적 태도를 시적으로 구현했다. 이는 타고르가 강조한 내면에서 깨어나는 신성의 체험과도 깊이 연결된다. 함석헌은 기독교적 민중주의 사상과 타고르의 인간주의를 결합해 씨알 사상 속에서 존재의 통일성과 영성의 실천을 강조했으며, 타고르를 동양의 영혼을 대표하는 예언자로 높이 평가했다. 이러한 흐름은 이후 이해인 수녀의 묵상시로 이어졌다. 타고르의 언어는 기도이자 시로 기능한다는 점에서 지속적인 영향을 미쳐왔다.

현대 한국문학에서도 『기탄잘리』는 명상적 시, 치유 시학, 생태 영성 문학 등으로 재맥락화되고 있다. 생태 인문학적 관점에서 타고르의 자연관은 단순한 배경 묘사가 아니라 신의 현현이자 존재의 알레고리로 작용한다. 이러한 감각은 황동규, 김지하, 김종삼 등 여러 시인들의 정신적 토양이 되었으며, 오늘날에도 다양한 명상·종교 단체, 문학치료 프로그램, 생태 시민교육 현장에서 『기탄잘리』는 철학적 텍스트로 활용되고 있다. 이는 이 작품이 단순히 시의 차원을 넘어, 인간 존재에 대한 사유의 매개체로 자리 잡았음을 보여준다. 특히 최근의 생태 전환기 담론 속에서 타고르의 언어는 내면적 생명성과 신성에 대한 응답을 제안하며, 물질 중심 문명을 비판하고 시의 윤리적 책무를 새롭게 모색하는 흐름과도 연결되고 있다.

결론적으로『기탄잘리』는 한국에서 번역된 단순한 외국 문학이 아니라, 당대의 시대적·정신적 조건 속에서 변용되고 재탄생하며 시학적 체계로 기능해왔다. 타고르가 제시한 내면으로 향하는 시선은 한국 근대문학의 여러 층위에서 다양한 방식으로 계승되었으며, 오늘날에도 철학과 예술, 종교와 치유의 접점에서 여전히 새롭게 읽히고 있다. 이것이야말로『기탄잘리』의 고전적 가치이자 지속적인 문화적 생명력이라 할 수 있다.

3.『기탄잘리』를 읽다

신과의 만남과 헌신

타고르의 시 세계에서 가장 중심이 되는 축은 '신'이다. 그러나 이 신은 우리가 종종 서구 종교 전통에서 떠올리는 인격적 창조주와는 다르다.『기탄잘리』의 신은 외부에서 군림하는 존재가 아니라, 인간의 내면에서 조용히 깨어나는 본질적인 의식이며, 자비의 흐름이자 생명의 에너지다. 그는 신을 절대자로 부르기보다는 사랑하는 자, 숨결, 빛, 바람 등 다양한 감각적 이미지로 불러낸다. 이는 범신론적 사유와 신비주의적 체험을 결합한 형태라 할 수 있다.

"당신은 내 가슴 깊은 가난 속으로 빛처럼 스며드십니다"(『기탄잘리』1). 이 구절은 신의 임재가 인간의 결핍과 낮아짐 속에서 이뤄진다는 직관을 잘 보여준다. '가난'은 경제적 의미가 아니라 영혼의 비움과 열린 상태를 상징한다. 타고르에게 신은 인간이 모든 소유와 자아를 내려놓을 때 찾아오는 존재이며, 그러한 '가난한 마음'이야말로 신을 모실 수 있는 준비된 그릇이다. 이는 우파니샤드에서 말하는 '브라만'과 '아트만'의 합일, 기독교 신비주의의 영적 청빈 사상과도 긴밀하게 연결된다.

"내가 부르지 않아도, 기도하지 않아도, 그대는 고요히 내 방에 들어서셨습니다"(『기탄잘리』5). 신은 단지 기도의 대상이나 인간이 간구하는 존재가 아니라, 사랑의 주체로서 먼저 다가오는 존재다. 이 시편은 타고르의 '은총'에 대한 독특한 이해를 보여준다. 그는 신을 부르지 않았음에도 불구하고, 신은 스스로 다가오는 존재, 즉 인간의 자각이나 준비와 상관없이 사랑으로 먼저 찾아오는 존재로 그린다. 이는 신의 자율성과 무조건성을 강조하는 시각이며, 신과 인간 사이의 관계를 절대적 위계가 아니라 '상호적 만남'으로 재구성한다.

"오늘, 내 손에 일을 맡기신 당신의 숨결을 저는 조용히 느낍니다"(『기탄잘리』11). 이 시에서 타고르는 신을 고귀한 존재로 경배하기보다 일상의 소박한 노동 속에서 느끼는 파트너로 받아들인다. 신은 창조의 원리로서뿐 아니라, 인간의 삶 속에서 함께 호흡하고 땀 흘리는 존재로 나타난다. 그는 신을 추상적 개념이 아니라 생활의 리듬 속에서 감지되는 생생한 실체로 받아들였다. 이처럼 신은 『기탄잘리』에서 일관되게 인간의 고통과 기쁨 속에서 함께 살아가는 존재로 그려지며, 이런 시적 신관은 동서양 종교 전통을 넘어서는 보편성을 획득한다.

자연과 인간의 조화

『기탄잘리』에서 자연은 배경이나 장식이 아니라, 시적 세계관의 중심을 이루는 주체적 존재다. 타고르는 자연을 통해 신의 현존을 체험하고, 세계와 조화로운 관계를 맺는 방식을 제안한다. 자연은 단지 보는 것이 아니라 '함께 존재하는 것'이며, 신과 인간, 우주의 본질적 연대를 상징한다. 이러한 태도는 단순한 시적 감상이 아니라, 철학적 성찰이며 동시에 영적인 응답이다.

"꽃잎이 지는 소리, 나무를 스치는 바람결, 그 속에 당신이 머무십니다"(『기탄잘리』 12). 이 시구는 타고르의 자연 감각을 상징적으로 보여준다. 자연은 눈에 보이는 외형보다 그 안에 깃든 무형의 울림을 통해 신의 존재를 드러낸다. 신은 신전이 아니라, 바람과 꽃잎의 미세한 진동 속에 숨어 있으며, 그러한 존재를 감지할 수 있는 능력은 감각보다 감성, 이성보다 직관에 가깝다. 이는 동양의 도가 사상이나 생명 중심주의적 철학과도 유사하다.

"어둠이 내 방을 덮고, 들판 저편에서는 노래가 은은히 울려옵니다"(『기탄잘리』 37). '방'은 폐쇄된 내면, 자아의 울타리를 상징하고, '들판'은 외부의 세계, 자연의 열린 공간을 상징한다. 타고르는 자아에 갇혀 있으면 어둠에 머무르지만, 자연과의 관계를 회복할 때 비로소 생명의 노래를 들을 수 있다고 말한다. 이는 인간의 내면적 해방이 외부 환경과의 연결에서 비롯됨을 보여주는 통합적 시선이다.

"나는 흙 위를 걷습니다. 그 흙은 나의 기도요, 발자국마다 새겨지는 시입니다"(『기탄잘리』 90). 이 구절은 인간 존재와 자연, 그리고 언어의 삼중적 관계를 드러낸다. 인간은 자연을 지배하는 자가 아니라, 그 일부로 살아가며, 자신의 존재는 흙 위에 새겨지는 '기도'이자 '시'다. 타고르에게 자연은 살아 있는 텍스트이며, 인간은 그 위를 걷는 시인이다. 이러한 태도는 생태주의적 문학 윤리와도 깊은 관련이 있으며, 오늘날 기후 위기의 시대에도 여전히 유효한 시적 철학이다.

삶과 죽음에 대한 성찰

타고르의 시에서 죽음은 단순한 끝이나 비극이 아니라, 영혼의 또 다른 움직임, 즉 귀환과 변용의 순간으로 그려진다. 그는 삶과 죽음을 대립적으로 보지 않고, 하나의 순환 고리로 이해한다. 『기탄잘리』의 죽음은 종종 정지나 단절이 아니라 조용한 이행이며, 사랑과 신 앞에서의 완전한 열림이다.

"빛을 향해 나아가는 날에도, 나의 그림자여, 부디 나를 끝까지 지켜주소서"(『기탄잘리』 95). 여기서 '빛'은 해방, 깨달음, 혹은 신과의 합일을 의미하며, '그림자'는 자아의 흔적, 또는 이승에서의 기억과 정체성을 상징한다. 타고르는 죽음 이후에도 자신이 자신의 본질을 잃지 않기를 바라며, 존재의 진정성을 마지막까지 간직하기를 기도한다. 이 구절은 죽음을 회피하거나 부정하는 대신, 죽음을 새로운 존재 방식으로 수용하는 자세를 보여준다.

"생의 길을 마치고 침묵으로 향할 그날에도, 당신께 저를 온전히 맡깁니다"(『기탄잘리』 39). 이 시편은 죽음 앞에서의 헌신적 태도를 강조한다. '침묵'은 언어가 멈추는 순간이며, 동시에 신과 영혼이 언어 이전의 방식으로 만나는 지점이다. 타고르는 언어가 끝나는 자리에서 비로소 신과의 본질적인 대면이 이루어진다고 보았다. 따라서 죽음은 궁극적인 소멸이 아니라, 인간 존재가 자신의 근원으로 돌아가는 길이다.

"나는 죽음을 마주하였고, 그 눈빛 속에 깃든 연민의 빛을 보았습니다"(『기탄잘리』 103). 이 시에서 죽음은 냉혹한 형상이 아니라 연민의 눈을 가진 존재로 그려진다. 죽음은 생명을 끝내는 자가 아니라,

고통받는 존재에게 평화를 건네는 조용한 동반자이며, 신의 또 다른 얼굴이다. 이러한 시각은 타고르가 인간 존재를 단지 생물학적 삶으로 환원하지 않고, 영적 순례의 일부로 보는 사유를 보여준다.

사랑과 연민

『기탄잘리』의 시 세계에서 사랑은 가장 근본적인 원리이자 실천의 방식이다. 타고르에게 사랑은 단순한 감정이 아니라, 존재를 껴안고 삶을 열어주는 윤리적 행위다. 그는 사랑을 신에 대한 헌신으로, 타자에 대한 연민으로, 자연과의 일체감으로 풀어내며, 이 모든 흐름을 하나의 내면적 에너지로 통합한다. 사랑은 타고르 시학의 중심축이며, 그의 종교관과 존재론 모두에서 중심적인 역할을 한다.

"나를 해한 이를 사랑하게 하소서. 그 고통 속에서도 자비를 잃지 않게 하소서"(『기탄잘리』 69). 이 짧은 기도는 조건 없는 사랑의 윤리적 급진성을 보여준다. 사랑은 기쁨과 안락 속에서만 존재하는 것이 아니라 고통과 배척 속에서도 유지되어야 한다는 타고르의 인식이 드러난다. 여기서 사랑은 개인적 감정이 아닌 영적 훈련이며, 자신을 넘어 타인을 수용하는 실천이다. 이는 기독교의 원수 사랑, 불교의 자비행, 힌두교의 박티 신앙 등과 연결되며, 모든 생명과의 일체감이라는 보편적 윤리로 확장된다.

"그대는 언제나 나를 사랑하시니, 무슨 일이든 그 사랑 안에 머무는 제가 있습니다"(『기탄잘리』 17). 신과의 관계에서도 사랑은 중심 개념이다. 이 시는 타고르가 이해한 '신의 무조건적인 사랑'을 명료하게 표현한다. 신은 인간의 행위나 자격과 무관하게 존재를 그대로 사랑하는 존재이며, 인간은 그 사랑 안에서 자신을 있는 그대로 받아들일 수 있게 된다. 이러한 무조건적 수용은 자아를 해방시키는 힘이 되며, 그 안에서 인간은 자기의 본질에 도달한다.

4.『기탄잘리』가 주는 울림

문학사적 가치: 동양 문학의 세계화

『기탄잘리』는 비서구 문학이 서구 문단에서 하나의 보편적 언어로 수용된 전환점으로 평가된다.

문학비평가 해럴드 블룸은 이 시집을 20세기 초 세계 문학이 도달한 윤리적 정점이라 평가하며, 시가 신비와 사유, 삶과 사랑을 동시에 담을 수 있음이 증명되었다고 말한다. 이는『기탄잘리』가 철학과 종교, 문학과 예술을 통합한 사유의 형식임을 보여주는 증거다.

시대사적 의미: 반식민 담론과 문화 해방

『기탄잘리』는 외세의 억압 속에서 시적 언어로 존재의 자유를 탐색한 정신적 저항이자 영혼의 해방을 시도한 작품이었다. 타고르는 서구 근대 문명의 물질주의, 기계적 사고, 제국주의적 폭력성을 강하게 비판하며, 이에 대한 대안으로 영혼의 언어, 자연과의 일체, 신과의 교감을 제시했다.

그의 시에 반복되는 '비움의 자세' '자아의 소멸' '신 앞의 겸허함'은 서구 근대 주체성에 대한 비판적 성찰이며, 이는 포스트콜로니얼 이론에서 에드워드 사이드가 말한 비서구 주체의 문화적 해방과 연결된다. 특히 조선 지식인들에게『기탄잘리』는 정현종의 지적처럼 내면을 지켜냄으로써 체제를 넘어서는 언어로 받아들여졌고 한용운, 김억, 함석헌 등의 문학과 사상에 큰 영향을 주었다.

현대적 가치: 치유, 생태, 영성 교육의 시학

『기탄잘리』는 오늘날에도 유효한 시집이다. 미국과 유럽의 대학에서는 이 시집을 심리치료, 영성 교육, 생태 인문학 수업에 활용하고 있으며, 한국에서도 함석헌, 이해인 수녀 등이 신앙과 시의 접점에서 타고르의 언어를 실천해왔다. 타고르가 말한 '존재의 내면화'와 '자기해방'은 오늘날 정신적 탈진과 외면 중심 사회에 대한 해답의 실마리를 제공한다. 특히 자연을 신의 현현으로 바라본 그의 시적 시각은 생태적 윤리로 확장될 수 있다.

독자에게

『기탄잘리』는 독자에게 읽히기를 기다리는 시집이 아니라, 내면에서 다시 한번 묵상되기를 기다리는 시집이다. 삶의 고비마다 상실과 혼란의 시기에 이 시집은 독자에게 다른 울림을 준다.

타고르는 시는 말이 아니라 침묵으로 도달하는 것이며, 신은 외부에서 오는 것이 아니라 나의 존재 깊은 곳에서 깨어나는 것이라고 말한다. 『기탄잘리』는 오늘날의 독자에게 삶은 외부 기준이 아니라, 내면의 울림으로 살아야 한다는 진리를 상기시킨다. 그것이 이 시집이 고전으로 남을 수밖에 없는 이유다.

파블로 네루다의
『스무 편의 사랑의 시와 한 편의 절망의 노래』

젊은 날의 사랑, 시가 되다

김현균 서울대 서어서문학과 교수

파블로 네루다
Pablo Neruda, 1904-73

©Biblioteca del Congreso Nacional de Chile

1904년 칠레 파랄에서 태어났다. 열 살 때부터
시를 쓰기 시작한 그는 1923년 첫 시집
『황혼 일기』를 출간하며 칠레 문학계의 신성으로
떠올랐다. 이듬해 발표한 연애시 『스무 편의 사랑의
시와 한 편의 절망의 노래』로 국제적인 작가로
발돋움했다. 이후 그는 스페인 내전을 겪으며
사회 문제의식을 담은 시를 쓰기 시작했다.
그에게 시는 민중과의 소통의 통로였고, 투쟁의
밑거름이었다. 1971년 노벨문학상을 수상했다.
1973년 네루다가 지지하던 아옌데 정권이 군사
쿠데타로 무너지고 10여 일 후인 9월 23일
세상을 떠났다.

"네루다의 시는
시대를 초월해 사랑이라는 감정이
얼마나 복잡하고 지속적인지를
정직하게 응시하며
독자에게 깊은 감동을 전한다."

1. 파블로 네루다, 잉크보다 피에 가까운 시인

칠레는 흔히 '시인들의 나라'로 불린다. 라틴아메리카 문학사에서 빼놓을 수 없는 걸출한 시인들이 여럿이고, 노벨문학상 수상자만 해도 두 명이나 나왔으니 결코 과장이 아니다.[1]

그중에서도 파블로 네루다(Pablo Neruda, 1904-73)는 20세기 라틴아메리카 문학의 가장 위대한 업적 중 하나로 꼽힌다. 그를 '문학 권력'이나 '부르주아적 위선의 상징'이라 비판했던 로베르토 볼라뇨조차, 단편 「무도회 수첩」 속 자전적 인물의 입을 빌려 이렇게 털어놓았다.

"우리 이름이 세상에서 흔적도 없이 사라진 뒤에도, 네루다의 이름은 여전히 빛을 발하며 '칠레문학'이라는 상상의 영토 위를 활공할 것이다."[2]

문학 평론가 해럴드 블룸은 네루다를 '월트 휘트먼의 정신적 후계자'라 부르며, "우리 세기 서구에서 그와 맞설 시인은 없다"고 단언했다.[3] 그는 서구 문학의 정전(正典)을 구성하는 26명의 작가 목록에 네루다를 올렸는데, 스페인어권에서는 미겔 데 세르반테스, 호르헤 루이스 보르헤스, 그리고 네루다 단 세 명뿐이었다.

한국에서도 네루다는 라틴아메리카 시인 가운데 가장 잘 알려진 인물이다. 김수영, 김남주, 정현종 시인 등이 그의 시를 번역해 알렸고, 그 밖에도 많은 시인이 그의 작품에서 깊은 영감을 받았다.[4]

하지만 네루다는 단순히 뛰어난 시인이 아니었다. 그는 20세기 라틴아메리카의 정신적 풍경을 대표하는 상징적 인물이었다. 시를 삶에서 도망치는 수단이 아니라, 현실과 맞서는 무기로 삼았고, 스페인 내전과 제2차 세계대전, 칠레의 정치적 격변과 같은 야만의 시대에 그는 시를 통해 당당히 싸웠다.

네루다는 1904년 칠레 중부 마울레주의 작은 도시 파랄에서 태어나, 남부 테무코에서 어린 시절을 보냈다. 그의 본명은 리카르도 엘리에세르 네프탈리 레예스 바소알토다. 태어난 지 얼마 안 돼 어머니를 여의고, 철도 노동자였던 엄격한 아버지와 다정한 의붓어머니 밑에서 자랐다. 그는 어린 시절 자연과 내면의 세계에 깊이 빠져들며 섬세한 문학 감수성을 키웠다. 안데스산맥과 태평양 사이의 변화무쌍한 기후, 짙은 숲과 넓은 바다, 비와 안개로 둘러싸인 칠레 남부의 풍경은 훗날 그의 시적 상상력의 원천이 됐다.

그는 열다섯 살 무렵부터 지역 문학지에 작품을 발표하며 주목받기 시작했고, 1920년에는 체코 작가 얀 네루다의 이름을 따 '파블로 네루다'라는 필명을 쓰기 시작했다. 이 필명에는 문학에 대한 경의뿐 아니라, 시인이 되는 것을 반대하던 아버지의 눈을 피하려는 현실적인 이유도 담겨 있었다. 그에게 시는 단순히 글쓰기가 아니라, 삶 그 자체가 되어야 하는 소명이었다.

1921년, 네루다는 고향 테무코를 떠나 산티아고의 칠레대학교에 들어갔다. 그는 보헤미안처럼 자유분방하게 살면서도 시에 대한 열정만은 놓지 않았고, 언어와 감정을 엮어 인간의 내면을 탐색하는 자신만의 독특한 시 세계를 빚어갔다.

젊은 시절, 네루다는 사랑과 욕망, 고독 속에서 깊은 내적 갈등을 겪었다. 테레사 바스케스, 알베르티나 아소카르와의 연애는 그에게 큰 영향을 주었으며, 이 경험은 『스무 편의 사랑의 시와 한 편의 절망의 노래』(*Veinte poemas de amor y una canción desesperada*, 1924)에 등장하는 여러 여성 캐릭터의 밑그림이 됐다.[5] 이 시집은 출간과 동시에 젊은 독자들의 폭발적인 인기를 얻었고, 네루다는 단숨에 스타 시인이 됐다.

하지만 문학적 명성에도 불구하고, 경제적 현실은 그를 옥죄었다. 생계를 위해 그는 1927년, 당시 영국령 버마였던 랑군(오늘날의 양곤)으로 건너가 명예영사로 일했다. 이 시기의 삶은 그에게 '언어적 추방'이었고, 외부 세계와 단절되면서 마음속 깊이 소외와 불안이 자리 잡았다. 이 경험은 훗날 『지상의 거처』(1935)에 담겼다. 이 시집에서 사랑하는 이를 잃은 상실감은, 더 나아가 세계의 무의미함에 대한 깨달음으로 확장된다.

1930년대, 스페인 마드리드에서 영사로 있던 그는 스페인 내전이라는 거대한 역사의 소용돌이를 온몸으로 맞닥뜨렸다. 이 전쟁은 세계를 파시즘과 반파시즘으로 갈라놓았고, 지식인들에게는 '어떻게 살아야 하는가'를 깊이 돌아보게 했다. 특히 절친한 친구였던 스페인 시인 가르시아 로르카가 비극적으로 세상을 떠나자, 그는 큰 충격을 받았고 시 세계에도 결정적인 변화가 찾아왔다.

그는 이제 사랑과 고독, '양귀비로 뒤덮인 형이상학' '꿈과 나뭇잎과 조국의 거대한 화산들'을 노래하던 시인에서, 피 흘리는 민중의 언어를 말하는 저항 시인으로 거듭났다. 그는 훗날 "세상이 바뀌었으니 나의 시도 변해야 했다"고 회고했다. 이런 변화는 반파시즘 문학의 상징적 작품 『가슴속의 스페인』(1937)에서 선명히 드러난다.

1943년, 멕시코 주재 총영사직을 마친 네루다는 귀국길에 마추픽추에 들렀다. 이 경험은 그의 시적 인식을 칠레를 넘어 라틴아메리카 전체로 넓히는 계기가 됐다. 안데스 유적을 마주한 순간 그는 자신이 서구 중심의 시각에 머물러 있었음을 깨닫고, 라틴아메리카의 역사와 민중의 삶을 되살리려는 시적 여정을 시작했다. 그 결실이 바로 방대한 대서사시 『모두의 노래』(1950)다. 이 작품은 『가슴속의 스페인』과 함께 억압받는 민중과 사회정의를 대변하는 목소리이자, 시인의 도덕적 책임에 대한 응답이었다.

이렇게 스페인 내전과 마추픽추 방문은 그의 정치적 신념과 시적 감성이 결합된 독창적인 시 세계로 나아가는 전환점이 됐다. 그러나 그의 정치적 선택은 많은 찬사와 함께 적잖은 논란도 낳았다. 특히 그는 소련 체제를 무비판적으로 찬양하며, 스탈린을 "히틀러의 악령에 맞서 인류를 구원한 인물"로, 스탈린그라드 전투를 "새로운 사회 질서의 결정적 구축이자 평화를 위한 승리"로 평가했다.[6] 흐루쇼프의 스탈린 격하 이후에도 그의 죄악에 대해 오래 침묵한 네루다의 태도는, 소련 체제의 획일성과 폐쇄성을 비판하며 거리를 둔 앙드레 지드의 입장과 극명한 대조를 이룬다.

그럼에도 네루다는 늘 시의 자율성과 예술적 진정성을 지키려 애썼다. 그는 시인은 모든 지평에 열려 있어야 한다고 믿었고, 어떤 이

넘에도 갇히지 않은 채 새로운 현실을 말할 수 있는 감각을 추구했다. 그의 말대로, '리얼리스트가 아닌 시인은 죽은 시인이고, 리얼리스트에만 머무는 시인도 죽은 시인'이기 때문이다.

1940년대에 네루다는 본격적으로 현실 정치에 뛰어들었다. 1945년 그는 칠레 공산당에 입당했고, 같은 해 칠레 북부 탄광 지대를 기반으로 상원의원에 당선됐다. 이후 1946년 대통령 선거에서 급진당(PR) 소속 곤살레스 비델라 후보를 지지했지만, 1948년 비델라 정권이 파업 중인 광부들을 탄압하자 상원 연설 '나는 고발한다'로 강하게 규탄했다. 이로 인해 그는 의원직을 잃고 체포령이 내려졌으며, 1949년 안데스산맥을 넘어 망명길에 올랐다. 이 시기 그는 국제 사회에서 탄압받는 작가의 상징으로 큰 주목을 받았다. 월북 문인들을 중심으로 네루다의 이름이 언급되기 시작한 것도 이 무렵이었다.

1952년 체포령이 해제된 뒤 귀국한 그는 이슬라네그라에 정착해 창작에 몰두하며 『기본적인 송가』(1954), 『기이한 여정』(1958), 『이슬라네그라의 추억』(1964) 등을 발표했다. 이 시기의 시들은 인간 존재와 자연, 언어, 죽음에 대한 깊은 철학적 탐구를 담고 있다.

하지만 칠레의 급변하는 정치 상황은 그를 다시 정치의 한복판으로 불러냈다. 1969년 칠레 공산당이 그를 대통령 후보로 지명했지만, 그는 인민연합(UP)의 단일화를 위해 스스로 물러났고, 그 결과 살바도르 아옌데가 역사상 처음으로 민주적 절차를 거쳐 사회주의 정권을 세웠다. 이후 그는 프랑스 주재 대사로 임명됐고, 1971년, 스무 번 넘는 추천 끝에 마침내 노벨문학상을 받았다.

그러나 전립선암이 악화되자 그는 대사직을 내려놓고 귀국했고, 1973년 9월 11일 피노체트가 주도한 군사 쿠데타로 아옌데 정권이 무너지는 모습을 지켜봐야 했다. 그리고 불과 12일 뒤인 9월 23일, 그는 세상을 떠났다. 그의 집은 약탈당하고 책은 불태워졌으며, 장례식은 삼엄한 감시 속에서도 쿠데타 이후 처음 열린 공개 반정부 시위로 기록됐다.

그의 죽음은 단순히 한 시인의 마지막이 아니라, 한 시대가 조용히 막을 내린 순간으로 남았다. 그것은 시적 양심이 사라지고, 라틴아메리카의 이상과 열정이 멈춰 선 순간이었다. 이후 1990년대 민주 정부가 들어서자, 그의 유해는 생전에 원하던 대로 태평양이 바라보이는 이슬라네그라 자택에 안장됐다.

2. 행복으로 인도한 기적 같은 시집

파블로 네루다의 시 세계는 규모도 깊이도 매우 방대하다. 비교적 최근에 나온 갈락시아 구텐베르크판 『전집』만 해도 시 작품만 약 4,000쪽에 달한다. 그는 대표적인 참여 시인이자 라틴아메리카 아방가르드 문학의 핵심 인물로 평가받으며, 주제와 형식 모두에서 매우 풍부하고 다채로운 스펙트럼을 보여준다. 즉 네루다는 한 사람이 아니라 수많은 '네루다들'이 함께 존재하는 시인이라 할 수 있다.

실제로 그의 시는 부드럽고 내밀한 서정이 되기도 하고, 정치적 격문처럼 격렬해지기도 하며, 양파나 엉겅퀴, 토마토 같은 일상 사물의 경이로 나타나기도 한다. 이런 다면성은 단순한 표현 방식 차원을 넘어, 유기적이고 복합적인 통일성을 띠며 비평가와 독자 모두에게 일종의 당혹감을 준다. 물론 그의 문학 여정을 시기별로 나눌 수도 있지만, 네루다의 시는 시간에 따라 변하거나 발전하기보다 이전의 시적 모티브를 반복·포괄하며 하나의 통합된 시학을 만들어간다. 그는 스스로 자신의 시를 "삶의 마지막 순간에 완성될 하나의 순환시"라고 표현한 적이 있다. 이런 맥락에서 우루과이의 문학 비평가 로드리게스 모네갈은 그를 "움직이지 않는 여행자"에 비유했다.[7]

　이렇게 순환적인 시적 구조 속에서 네루다의 특정 시기를 이해하려면, 그의 전체 작품 세계를 폭넓게 아는 것이 필수다. 그의 첫 도약은 1923년 자비로 낸 데뷔 시집 『황혼 일기』였지만, 그를 칠레 전역은 물론 라틴아메리카 문학사에 확실히 각인시킨 작품은 1924년 발표한 두 번째 시집 『스무 편의 사랑의 시와 한 편의 절망의 노래』였다. 스무 살에 펴낸 이 시집은 에로틱한 언어와 강렬한 감정, 자연과 육체의 감각적 묘사로 당시 칠레 문단에 신선한 충격을 주었고, 전례 없는 서정의 지평을 열었다. 이 시집에서 우리는 젊은 네루다가 세상과 처음 부딪히고, 사랑과 외로움을 겪으며, 그 모든 감정을 시로 빚어내는 찬란한 시작의 순간을 만난다.

　네루다는 이 시집으로 시인으로서의 정체성을 확립했고, 작품은 독자들의 깊은 공감과 폭넓은 반향을 얻었다. 이런 인기는 오래 지속됐고, 1961년에는 아르헨티나 로사다 출판사에서 100만 부 기념판이 나올 정도였다. 오늘날까지 이 시집은 라틴아메리카뿐 아니라 전 세계에서 가장 널리 읽히는 시집 중 하나로 자리 잡고 있다.

　이 시집은 네루다의 실제 경험을 담고 있지만, 그 감정의 폭은 개인적인 차원에만 머물지 않는다. 오히려 당시 칠레 사회의 복잡한 현실과도 깊이 맞닿아 있다. 1920년대 라틴아메리카는 제1차 세계대전 이후 세계질서 재편의 여파 속에서 정치적 불안정, 경제 구조의 변화,

민중운동의 확산 등 격동의 시기를 맞고 있었다. 칠레 역시 산업화의 물결 속에서 도시화가 빠르게 진행됐지만, 농촌과 도시 간의 격차, 노동자 계층과 부르주아 계층 간의 사회적 불평등은 더욱 심해지고 있었다. 게다가 보수적인 가톨릭 전통과 엄격한 도덕 규범이 지배하던 당시 칠레 사회에서, 육체적인 사랑이나 에로티시즘은 문학에서조차 언급하기 어려운 금기였다.

하지만 네루다는 이 시집을 통해 사회적 금기에 정면으로 맞섰다. 그는 여성의 몸을 단순한 성적 대상이 아니라, 대지와 바다, 나무와 별 같은 자연의 이미지로 승화시키고 시적 언어로 정제했다. 그 결과 사랑과 자연, 육체와 우주가 하나로 어우러지는, 오직 네루다만이 빚어낼 수 있는 독특한 시 세계가 탄생했다. 예를 들어, 「사랑의 시 14」의 마지막에서 시인은 연인과의 사랑을 봄과 벚나무의 교감에 빗대어, 자연스러운 결합과 소통에 대한 갈망을 담아냈다.

이런 감각적이고 대담한 표현들은 당시 보수적인 문학계와 충돌했지만, 감성과 욕망을 해방시켰다는 평가 속에 폭발적인 젊은 독자층을 확보했다. 실제로 일부 가톨릭 단체와 보수 비평가들은 '외설적'이고 '비도덕적'이라며 비난했고, 이런 질시와 적대감 속에서 「사랑의 시 16」이 타고르의 『정원사』를 표절했다는 논란에 휩싸이기도 했다. 그런데 오히려 이런 논란이 대중의 호기심과 관심을 자극해서 시집은 더 유명해졌고, 수록된 시들은 거리에서 사람들 입에 오르내리는 '국민시'가 되었다. 특히 "오늘 밤 나는 가장 슬픈 시를 쓸 수 있다"로 시작하는 「사랑의 시 20」은 그야말로 선풍적인 인기를 끌었다.

『스무 편의 사랑의 시와 한 편의 절망의 노래』는 직접적으로 정치이야기를 하진 않지만, 청춘의 사랑과 욕망을 솔직하게 다뤘다는 점에서 억압적이고 부조리한 사회에 대한 은유적 저항으로 해석되기도 한다. 실제로 우석균은 이 시집을 칠레 현실에 절망한 낭만적 무정부주의자의 저항 정신을 담은 작품으로 봤다.[8] 이처럼 네루다는 사랑이라는 보편적인 감정을 통해 시가 얼마나 강력하고 급진적인 표현 수단이 될 수 있는지 보여주었고, 이러한 시도는 감정과 언어가 만나 특별한 순간을 만들어낸 시대의 초상과도 같았다.

더불어, 이 시집은 20세기 초 라틴아메리카 문학이 유럽 문학에서 벗어나 자신만의 색깔을 찾던 시기에 중요한 전환점이 되었다. 네루다는 유럽 시의 형식과 기법을 어느 정도 받아들이면서도, 라틴아메리카의 감성과 자연을 접목해 새로운 서정시의 전통을 만들어냈다. 이는 당시 보수적인 문학계의 기준을 뛰어넘는 대담하고 혁신적인 시도였다.

그러나 시집이 처음 나왔을 때, 일부 비평가들은 '흔해 빠진 사랑노래'라며 깎아내리거나 '문학적으로 미숙하다'고 평가했다. 감정 표현이 과하고 낭만주의와 상징주의, 모데르니스모의 색채가 너무 짙다는 비판도 있었다. 당시 아방가르드 문학을 주도하던 비센테 우이도브로 같은 시인들은 예술의 자율성과 형식 실험을 강조했다. 이런 시각에서 보면, 네루다의 초기 시는 실험성과 전위성이 부족하고 고전적인 서정성에 머물러 있다는 부정적 평가에서 자유로울 수 없다.

그럼에도 불구하고, 『스무 편의 사랑의 시와 한 편의 절망의 노래』는 라틴아메리카 시문학의 새로운 장을 열었다는 평가를 받는다. 이 시집은 네루다가 육체성과 정신성을 아우르며 사랑의 감정을 깊이 있게 탐구하는 시인으로 성장하는 발판이 되었고, 훗날 현실에 참여하는 시인으로 나아가는 중요한 토대가 되었다. 네루다의 대표작으로는 각각 존재론적 시학과 정치적 시학을 대표하는 『지상의 거처』와 『모두의 노래』가 주로 거론되지만, 이 시집이야말로 그의 시 세계가 시작된 원점이자 모든 영감의 근원으로서 고전의 반열에 올라 있다.

네루다 스스로도 이 시집에 대해 "청소년기의 고통스러운 열정을 담은 작품"이라고 회상하면서도, "수많은 사람을 행복으로 인도한 기적 같은 시집"이라고 평가했다.[9] 이는 개인적인 사랑의 감정을 누구나 공감할 수 있는 보편적인 언어로 승화시킨 네루다 시의 위대한 시작을 의미한다.

3. 시의 언어가 가진 힘

『스무 편의 사랑의 시와 한 편의 절망의 노래』는 단순히 개별 시를 엮어놓은 시집이 아니다. 시 전체가 마치 하나의 이야기처럼 사랑의 감정 흐름을 따라간다. 구체적으로 사건이 전개되는 건 아니지만, 사랑의 설렘부터 뜨거운 열정, 이별의 슬픔, 그리고 절망까지, 사랑이 가진 모든 감정을 한 편의 서사시처럼 보여준다.

시집 초반(「사랑의 시 1-5」)은 사랑과 욕망을 탐색하는 시적 여정의 시작점으로서, 이후 전개될 감정의 서사를 위한 정서적 기반을 마련한다. 이 부분에서는 여성의 몸에 대한 찬미와 관능적인 열정이 두드러지는데, 시인은 자연의 이미지를 활용해 육체의 아름다움과 생명력을 감각적으로 그려낸다. 이는 단순한 성적 욕망을 넘어서서, 사랑 초기에 느끼는 본능적인 이끌림과 감각적인 몰입을 보여준다.

「사랑의 시 1」에서 시인은 연인의 몸을 하얀 언덕에 비유하고, 그

자태를 세상 만물에 견주며, 자신의 거친 몸이 그녀와 하나 되어 마치 대지 속에서 새 생명이 움트듯 아이가 태어나는 장면을 그려낸다. 이처럼 여성의 모습은 자연의 품에 안긴 존재로, 나아가 자연 그 자체로 형상화된다. 이때 자연은 단순한 배경이 아니라 시인의 감정과 밀착해 호흡하는 능동적인 존재로 등장한다. 몸과 자연을 하나로 엮는 이러한 묘사는 단순한 수사적 장치를 넘어, 감정과 세계를 유기적 질서 속에 결합하려는 네루다 특유의 시적 전략이 된다. 시적 화자는 연인의 몸을 바라보며 동시에 자신의 내면—욕망과 결핍, 그리고 절망—을 비추고 되돌아본다.

결국 네루다의 시에서 몸과 감정, 자연은 서로 분리되지 않은 채 긴밀하게 맞물려 있다. 이를 통해 시인은 단순히 사랑의 감정을 표현하는 데 그치는 것이 아니라, 세계와 존재를 바라보는 총체적인 인식을 드러낸다. 다시 말해, 감각과 사유, 자연과 인간이 맞닿는 복합적인 감정의 세계를 탐구한 것이다. 예를 들어,「사랑의 시 3」에서 시인은 소나무 숲의 광활함, 파도의 부서짐, 느릿하게 스미는 빛, 외로운 종소리 등 다양한 자연의 소리와 이미지를 엮어 연인의 눈에 내려앉은 황혼을 그린다. 그리고 그녀를 지상의 소라고둥에 비유하며, 마치 대지가 노래하는 듯한 장면을 펼쳐 보인다.

이 시행들에서, 시적 화자는 연인과 자연, 자신과 세계가 완전한 조화를 이루는 순간, 곧 존재의 경계가 허물어지는 황홀한 합일의 경험을 묘사한다. 네루다는 사랑과 자연을 그릴 때 단어 하나하나에 살아 있는 감각을 불어넣어, 사랑을 단순한 감정이 아니라 오감으로 느끼는 실제 경험으로 재현한다. 시각, 촉각, 후각 등 다양한 감각을 자극하는 언어는 연인의 몸과 자연 풍경이 하나가 되는 생생한 장면을 독자에게 전달한다. 덕분에 몸은 단순한 성적 대상이 아니라, 존재와 자연이 만나는 신비로운 지점이 되고, 연인은 세상과 소통하는 통로이자 존재의 의미를 묻는 철학적인 존재로 확장된다.[10]

시집 중반부(「사랑의 시 6-20」)에 이르면, 사랑의 감정은 한층 더 복잡하게 전개된다. 연인의 모습은 여전히 감각 속에 생생히 살아 있으나, 그녀의 부재가 점차 현실적인 상실로 다가오기 시작한다. 그림자, 목소리, 손길, 과거의 기억으로 가득 찬 이 시들에서 사랑은 더 이상 기쁨과 황홀의 감정으로만 인식되지 않는다. 오히려 그리움, 고통, 상실감이 뒤섞이며, 사랑은 시적 화자에게 씻을 수 없는 상처로 남게 된다. 이처럼 사랑이라는 감정은 시적 화자의 내면을 더 깊고 풍부하게 만들고, 시집 후반으로 갈수록 그 감정은 더욱 농밀해진다.

「사랑의 시 8」에서 화자는 꿀에 취한 하얀 벌이 윙윙거리며 자신의 영혼 주위를 맴도는 듯한 감각과 나선을 그리며 몸을 비트는 연인의 에로틱한 모습을 그려낸다. 이어 자신을 한때 모든 것을 가졌지만 이제는 모든 것을 잃어버린 절망 속의 사람으로 묘사하며, 연인을 황량한 대지에 피어난 마지막 장미이자 마지막 동아줄에 비유한다.

다시는 돌아갈 수 없는 과거의 순간들은 그 불가역성 때문에 더 아름답고 아프게 각인되며, 시적 화자는 사랑이란 감정이 애초부터 온전히 소유할 수 없는 감정이었음을 뼈저리게 깨닫는다. 연인은 더 이상 현실에 존재하지 않고, 육체의 온기를 잃은 채 기억 속에 희미하게 흔들리는 잔상으로만 남는다. 결국 화자는 사랑을 잃은 아픔을 넘어, 마음속 깊은 곳에 숨어 있던 고독과 마주하게 된다. 이 고독은 단순한 외로움이 아니라, 삶의 중심이 무너져버린 것 같은 감정의 끝없는 심연이다.

「사랑의 시 18」에서, 갖지 못한 것을 사랑하는 시적 화자는 자신을 낡은 닻처럼 '잊힌 존재'로 느끼며 깊은 상실감을 드러낸다. 사랑이 떠난 자리는 텅 빈 부두처럼 삶을 공허하게 만들고, 황혼의 쓸쓸함 속에서 존재는 서서히 지쳐간다. 그 빈자리를 메우는 것은 '밤의 노래'와 '꿈의 수레바퀴'처럼 현실과 동떨어진 이미지들이다. 현실의 고통은 몽환적인 상상과 시적인 환상으로 치환된다. 이렇게 시인은 사랑이 사라진 세상을 존재를 바라보는 시선 자체가 변해버린 세계로 그려낸다.

이러한 상실감은 시집 전체의 분위기를 이끌며, 「사랑의 시 20」에서 정서적 절정에 이른다. 이 시는 시집의 마지막 사랑 시이지만, 사실상 이별을 선언하고 사랑의 종말을 알리는 순간이다. 화자는 이제 더 이상 그녀를 사랑하지 않는다고 단언하면서도, 한때의 깊은 사랑을 떠올린다. 자신의 목소리가 그녀에게 닿기 위해 바람을 찾아 헤맸다고 고백하며, 이제 그녀가 다른 남자의 여자가 되었을 것이라 짐작한다. 그럼에도 어쩌면 여전히 사랑하고 있을지 모른다는 모순된 감정을 드러내며, "사랑은 얼마나 짧고 망각은 얼마나 길던가"라는 구절로 사랑의 덧없음을 담아낸다.

이처럼 시적 화자는 사랑이 끝났다고 인정하면서도, 그 감정에서 완전히 벗어나지 못하는 이중적인 상태에 놓여 있다. 여기서 중요한 점은 감정은 분명한데, 그것을 표현하는 언어는 불확실하다는 것이다. 시인은 감정의 진짜 모습을 잡으려 하지만, 언어는 언제나 모순적이고 엇갈린다. '사랑했다'와 '사랑하지 않는다' 사이를 오가는 이런 표현이 바로 네루다 시의 핵심이다. 그는 말과 감정 사이의 좁은 틈에서 진실을 찾아 헤맨다. 사랑은 끝났지만 그 흔적은 언어와 마음속에 계속 살아 있다. 사랑은 이제 특정 대상을 향한 마음이 아니라, 기억 속에 남아 있는 자기 고백의 형태로 승화된다.

　이러한 감정의 흐름은 시집의 마지막을 장식하는「절망의 노래」에서 절정을 이룬다. 제목처럼 이 시는 사랑의 상실과 고통, 그리고 이로 인한 존재의 무너짐을 정면으로 다루고 있다. 단순히 이별의 슬픔을 넘어, 사랑이 끝나고 남겨진 절망과 그 기억이 자신을 잠식해가는 과정을 날것의 언어로 거침없이 쏟아낸다. 여기서 연인은 더 이상 현실의 존재가 아니라, 기억 속을 떠도는 희미한 그림자이며, 시인이 끊임없이 응시하고 호명하는 '부재'의 이미지가 된다.

　이 시는 크게 세 부분으로 나눌 수 있다. 첫 번째 부분(1-5연)에서는 '밤'이라는 시간과 '강'과 '바다'라는 자연의 이미지가 겹치며, 잊었다고 믿었던 사랑의 기억이 다시 되살아난다. 첫 연에서 화자는 밤 속에서 떠오르는 연인의 모습을 그리고, 강이 바다로 끈질긴 탄식을 실어 보내는 장면으로 자신의 그리움을 표현한다.

　이 기억들은 여전히 아름답지만, 동시에 깊은 고통을 동반한다. 과거의 사랑은 "치명적인 불꽃"처럼 화자의 감정 세계를 여전히 흔들고 있고, 그는 그 소용돌이에서 벗어나지 못한다. 시적 화자는 과거에 머물고 싶으면서도, 동시에 벗어나고 싶어 하는 모순된 감정 때문에 내적으로 갈등한다. 이런 양가적인 감정은 시의 긴장감을 높인다.

　두 번째 부분(6-11연)에서는 절망감과 정서적 황폐함이 본격적으로 드러난다. 사랑이 사라진 자리는 단순한 감정의 공허를 넘어, 삶을 지탱하던 기둥이 무너지는 경험으로 이어지고, 시적 화자는 존재 자체에 대한 위기와 불안을 느낀다. 그녀가 없는 세상은 의미를 잃은 빈 공간이 되고, 그 부재는 마치 육체의 고통처럼 생생하게 감각된다.

8연에서 화자는 어린 시절 안개 속에서 날개를 달고 상처받았던 기억을 떠올리며, 연인을 길을 잃은 탐험가에 비유하고, 그녀 안의 모든 것이 침몰이었다고 말한다.

세 번째 부분(12연 이후)에서는 절망을 딛고 일어서려는 시적 화자의 의지가 드러난다. 절망은 끝이 아니라, 그 바닥에서 다시 일어설 힘을 길어 올리는 계기가 된다. 화자는 사랑을 잃은 아픔 속에서 새로운 시를 쓸 가능성을 발견하며, 슬픔과 상실이야말로 시를 잉태하는 근원이자 영감의 원천임을 보여준다. 시의 마지막 부분에서 그는 바다가 해안을 에워싸는 풍경, 차가운 별들의 등장, 검은 새들의 이주를 통해 이별의 순간을 그린다. 자신을 새벽녘의 선창처럼 버려진 존재로 묘사하며, 손아귀에는 떨리는 그림자만이 남았다고 탄식한다. 그리고 '만사를 제쳐두고, 떠나야 할 시간'이 다가왔음을 절규하듯 선언하며, 버림받은 자의 운명을 받아들이는 동시에 이별의 아픔을 넘어선 존재의 근원적인 공허를 드러낸다. 이 절망은 단순한 육체적 이별의 상처를 넘어선, 존재의 심연 같은 공허함이다. 그러나 시는 그 절망마저 언어로 승화시키며 감정의 마지막 안식처가 된다. 역설적으로, 말이 사라질수록 시의 울림은 더욱 깊어진다.

이 시집에서 네루다는 단순히 사랑을 노래하는 데 그치지 않는다. 사랑을 통해 인간의 깊은 내면을 들여다보고, 시의 언어가 가진 힘을 한계까지 끌어올린다. 사랑의 시작과 끝, 고통과 행복, 기억과 부재를 따라가는 이 감정의 여정은 곧 시인 자신의 내면을 탐험하는 여정이며, 언어를 통해 감정을 새롭게 정리하고 세상을 다시 인식하려는 문학적 시도이기도 하다.

4. 사랑의 본질은 기억하고 이야기하는 것이다

네루다가 세상을 떠난 지 벌써 50년이 넘었지만, 그의 죽음을 둘러싼 논란은 끊이지 않고 있다. 1973년 칠레 군부 쿠데타 직후 그가 피노체트 정권에 의해 독살되었다는 의혹이 제기되며, 그의 죽음이 병사(病死)라는 기존의 주장에는 의문이 계속 따라붙었다. 2013년 이슬라네그라에 있는 그의 무덤이 발굴되면서 이 의혹은 전 세계적인 관심을 끌었고, 2025년 2월 칠레 법원이 사인을 재조사하라는 판결을 내리면서 네루다의 죽음은 다시 한번 큰 이슈가 되었다.

한편, 시대가 변하면서 그의 삶도 윤리적으로 다시 평가받고 있다. 2018년, 칠레 의회는 산티아고 국제공항 이름을 '네루다 공항'으로 바꾸려던 계획을 철회했다. 이는 네루다가 자서전에서 실론(현재의 스리랑카) 주재 명예영사 시절 타밀족 여성에게 저질렀던 성폭력 사실을 고백한 내용이 뒤늦게 알려지면서 큰 비판을 받았기 때문이다. 오랫동안 묻혀 있던 이 고백은 페미니즘의 확산과 함께 다시 주목받았고, 칠레 여성 단체들과 시민사회는 그의 삶 전체를 다시 평가해야 한다고 요구하고 나섰다. 심지어 일부 지역에서는 그의 이름이 붙은 거리나 동상을 없애야 한다는 목소리도 나왔다. 이 논쟁은 단순히 시인의 윤리 문제에 그치지 않고, 과연 예술과 삶, 작가와 작품을 분리해서 볼 수 있는지에 대한 근본적인 질문을 던지고 있다.

이런 분위기 속에서 『스무 편의 사랑의 시와 한 편의 절망의 노래』도 페미니즘 비평의 시각으로 새롭게 해석되고 있다. 여성의 주체성이 부족하고, 여성이 그저 남성 화자의 감정을 위한 도구로만 사용되었다는 비판을 받기도 한다. 특히 여성의 몸을 시적 영감을 위한 도구로만 활용하거나, 여성과의 관계를 소유나 지배의 관점으로 묘사하는 부분은 오늘날의 젠더 감수성에 부합하지 않는다는 비판을 피하기 어렵다.

그럼에도 이 시집이 시대를 초월해 많은 독자들에게 여전히 큰 울림을 주는 이유는 분명하다. 이 작품은 인간의 가장 근원적인 감정인 사랑을 섬세하고 감각적인 언어로 풀어내고, 내면의 고독, 언어의 한계, 존재의 불안까지도 예리하게 포착해낸다. 그래서 이 시집은 단순한 사랑 시가 아니라, 사랑이라는 감정을 매개로 인간 존재의 의미를 깊이 성찰하는 작품으로 읽히는 것이다.

"이제 나는 분명 그녀를 사랑하지 않는다. 그러나 얼마나 깊이 사랑했던가"라는 모순적인 고백에는 사랑의 본질이 '끝남'이 아니라 '기억하고 이야기하는 것'에 있다는 깊은 통찰이 담겨 있다. 사랑은 단순한 개인적 충동이나 한순간의 감정을 넘어, 존재의 본질에 다가서게 하고 시적 창조를 가능하게 하는 보편적 감정의 원형으로 자리한다.

그에 대한 비판과 재평가에도 불구하고, 네루다의 시는 여전히 문학이 왜 중요한지를 끊임없이 묻는 강한 목소리로 남아 있다. 『스무 편의 사랑의 시와 한 편의 절망의 노래』는 시대를 초월해 사랑이라는 감정이 얼마나 복잡하고 지속적인지를 정직하게 응시하며 독자에게 깊은 감동을 전한다. 우리가 여전히 네루다를 읽어야 하는 이유가 바로 여기에 있다.

데릭 월컷의 「크루소의 섬」 「아칸소의 유언」 「40에이커」

식민주의, 노예제도, 그리고 인종차별주의를 넘어

이영철 전주대 수퍼스타칼리지 명예교수

데릭 월컷
Derek Walcott, 1930–2017

1930년 당시 영국의 식민지이던 카리브해의 섬나라 세인트루시아에서 태어났다.
그의 어머니는 흑인 노예 출신으로, 그는 아프리카와 카리브의 토속적인 원시 문화의 영향을 받았으며, 동시에 서구 식민지 교육을 통해 습득된 서구 문화의 영향도 받았다.
이러한 다문화적 배경은 그의 작품 세계에 깊이 스며들어 있다.
그는 카리브해의 자연과 문화, 식민지 시대의 유산, 인종적 정체성 등 복합적인 주제를 서정적이고 생생한 언어로 탐구했다.
그는 1992년 노벨문학상을 수상했다.

"윌컷의 시각에서 용서는
신의 영역이다. 신이 아닌 인간이
인간의 죄를 용서하는 것은
인간의 자만이다."

1. 식민역사와 그 후유증 속에서 성장한 월컷

1992년 노벨문학상 수상자인 데릭 월컷(Derek Walcott, 1930-2017)
은 1930년 카리브해의 앤틸레스 제도에 위치한 작은 섬나라, 즉 제주
도 면적의 1/3밖에 안 되고, 인구 역시 18만 명밖에 안 되는 세인트
루시아에서 출생했다. 세인트루시아를 누가 최초로 발견했는지는 정
확히 알려지지 않았지만, 콜럼버스가 제4차 서인도제도 항해(1502-
1504) 중인 1502년 6월 18일 눈먼 이탈리아의 성자 루치아의 축일에
이 섬을 발견했을 것이라고 추정해 스페인 사람들은 이 섬을 세인트
루치아라고 불렀다. 영국인이 주인이 되었을 때는 세인트루시아, 또
는 서쪽의 헬렌이라고도 불렀다.

세인트루시아는 아라와크족이 살던 섬이지만, 13세기경 카리브족
에 의해 축출당한다. 이후, 카리브족은 세인트루시아의 새로운 주인
이 되어 1605년에 침입한 스페인 정복자들과 1605년 뷔포트에 정착
하려 한 67명의 영국인을 물리친다. 하지만 1635년 이후 세인트루시

아는 프랑스와 영국의 식민쟁탈 각축장이 된다. 즉 프랑스의 지배가 시작된 1674년부터 영국의 지배가 시작된 1814년까지 140년 동안 프랑스가 6번, 영국이 4번 이곳을 지배했으며, 이외에도 양국이 2번이나 이곳을 중립화해 공동 지배했다.

세인트루시아 식민쟁탈전의 최후 승자는 1803년에 프랑스를 완전히 물리친 영국이다. 이후, 영국은 176년 동안 지배한 뒤, 지구상의 마지막 식민역사를 청산하기 위해 1979년에 '영연방 해외 자치 독립 국가' 형태로 독립을 허용했다. 월컷은 세인트루시아의 이 같은 식민 역사와 현실 속에서 인종적·종교적·정치적 이방인으로 태어나고, 성장하며, 다재다능한 문학적·예술적 독창성을 발휘한 시인이다.

인종적·종교적·정치적 이방인

월컷은 영국인 아버지와 흑백 혼혈 어머니(네덜란드 아버지와 자메이카 출신 어머니 사이에 출생) 사이에서 출생한 다민족·다문화 가정 출신이다. 월컷의 이 같은 혈통적 배경은 세인트루시아 인구의 6%(나머지는 아프리카계 90%, 인디오 3%, 백인 1%)에 속한다는 점에서, 그의 인종적·문화적 고립감이 얼마나 심했는지를 말해준다. 이와 관련해 월컷은 「아프리카로부터의 외침」에서 아프리카 혈통을 고릴라로, 영국 혈통을 슈퍼맨에 비유하며 어느 한쪽도 선택할 수 없는 자신의 인종적 딜레마를 토로하는 한편, 「쌍돛 범선 플라이트호를 타고」에서는 절대다수인 흑인 민족주의자들의 부패에 대해 고발하며 소수자로서의 고립과 소외감을 나라 없는 이방인의 모습으로 표현한다.

월컷은 또한 감리교 학교의 교사를 거쳐 교장을 지낸 어머니의 영향으로 세인트루시아 인구의 25%밖에 안 되는 개신교도다(나머지는 프랑스계 가톨릭 61%, 기타 개신교 3%, 기타 비기독교 11%). 따라서 월컷은 프랑스계 가톨릭교도가 절대다수를 차지하는 세인트루시아에서 종교적 소수자로서 지옥이나 다름없는 고립감과 소외감을 경험해야 했다. 그 대표적인 사례로, 월컷은 첫 시 「세인트루시아의 목소리」를 발표한 뒤 대주교와 개신교 목사들로부터 호된 비판을 받았을 때, 자신의 처지를 제임스 조이스의 『젊은 예술가의 초상』에 나오는 스티븐 디달러스에 비유할 만큼 호된 질책과 비판을 받으며 종교적 소수자로서의 자신의 처지에 대해 고통스러워했다.

월컷은 카리브의 통합을 주장하는 소수파 웨스트 인디 동맹의 지지자다. 즉 월컷은 블랙파워 진영에 속한 절대 다수의 흑인들이 백인 식민통치자가 물려준 권력을 휘두르며 소수 정치세력을 소외시키는 것에 대해 비판한다. 월컷의 이 같은 비판은 식민역사의 청산과 외세의 침입에 대항하기 위해 인종적·종교적·정치적 이해관계를 떠나 카리브의 단결이 우선시되어야 한다는 웨스트 인디 동맹의 카리브 통합론과 맥락을 같이한다.

다재다능한 예술가

월컷은 시인, 화가, 극작가, 그리고 연극 연출가다. 이처럼 다양한 월컷의 예술성은 타고난 재능이기도 하지만, 부모의 직간접적인 도움과 무관하지 않다. 월컷은 아버지가 남긴 수채화와 위트가 넘치는 풍자시에 둘러싸여 성장했으며, 아버지의 권고로 수채화가가 된 아버지의 친구 해롤드 사이몬즈의 지도하에 그림그리기와 시 쓰기를 익혔다. 쌍둥이 형 로데릭과 함께한 이 경험은, 월컷이 훗날 전기적 시집인 『또 다른 삶』에서 어린 시절의 여러 경험 중에 가장 중요한 경험이라고 회상할 정도로, 그의 예술적 감수성을 넓히는 데에 기여한다.

월컷은 사이몬즈 외에도 아버지의 다른 친구들과 틈틈이 만나 많은 예술적 조언을 받았다. 그 대표적인 예로, 아버지의 절친한 친구이자 아버지를 사랑했던 한 젊은 여성 농부는 어린 시절 그에게 전원적인 환경은 물론 휘트먼의 작품들을 소개해주었다.

월컷은 어머니로부터도 많은 예술적 도움을 받았다. 월컷의 어머니는 연극에도 관심이 많았고 주위에 아마추어 극단과 문화단체에 종사하는 지인들이 있었다. 이 같은 예술적 자산은 일찍부터 그의 예술적 감수성을 연극 분야로 확대시켜 연극연출가와 극작가로서 셰익스피어와 뮤지컬 공연을 할 수 있도록 길을 열어주었다.

성인으로서 월컷은 어린 시절 습득한 그림그리기와 시 쓰기를 시각예술적 시학으로 발전시켰다. 이를 말해주듯, 월컷의 시는 망막 속에 그려지는 시각적 상상물이다. 즉 월컷의 시에서 모든 장면은 한 폭의 그림처럼 구도화되었고 채색되어 있다. 캔버스 위에 펼쳐지는 그림그리기처럼, 월컷의 시 쓰기는 행과 연을 갖추어 짜내어진 시각적 언어의 틀 또는 구조물 속에 상상력을 펼쳐내는 작업이다.

시각예술에 바탕을 둔 월컷의 시 쓰기는 르네상스 시대의 화풍과 20세기 후기인상주의 화풍으로부터 그 맥을 찾을 수 있다. 월컷에게 이 같은 기회를 만들어준 것은 크레이븐의 『명작들의 보고: 르네상스로부터 현대까지』이다. 월컷은 크레이븐의 논평이 포함된 이 책을 통해 르네상스 화풍의 주요 특징들인 원근법, 자연에 대한 밀도 있고 정확한 관찰, 그리고 대상에 대한 균형적이고 정확한 묘사에 깊은 관심을 갖게 되었을 뿐만 아니라, 인상주의 화가들, 세잔과 고갱의 명확한 묘사와 균형, 순도 높은 원색적 색채 효과, 그리고 명료하고 생동감 있는 화풍에 깊이 매료되었다.

월컷은 모교인 성 메리 대학에서 교사가 된 뒤 이 학교를 운영하는 아일랜드 형제들과의 교류를 통해 아일랜드문학을 깊이 있게 접할 수 있게 되었다. 아일랜드 형제들은 시인과 화가와 지리학자 등 다양한 전문가로, 문학을 사랑하며, 문학을 대화의 소재와 주제로 활용하는 사람들이었다. 월컷은 아일랜드 형제들과의 교류를 통해 아일랜드문학과 영국문학과 프랑스문학을 소개받는다.

이 과정에서, 월컷은 세인트루시아의 경우와 거의 비슷하게 역사적·정치적·종교적 경험을 이어온 아일랜드의 역사와 현실에 깊이 공감하며, 그의 문학적 선례를 아일랜드문학에서 찾으려 했다. 즉 월컷은 영국을 증오하지만 영어를 사랑하는 자신의 문학적 정체성이 아일랜드 작가들의 경우와 다르지 않다는 것을 발견했다. 예컨대, 월컷은 제임스 조이스의 주인공 스티븐 디달러스를 통해 자신의 인종적 주제와 예술적 자아를 발견했으며, 예이츠의 마스크를 통해 독자 앞에 드러내야 할 자신의 시적 자아를 발견했다.

2. 식민역사, 노예제도, 그리고 인종차별에 대한 비판적 외침

고독한 이방인으로서의 크루소

카리브 시인으로서 월컷의 시에 대한 평가는 흑인 민족주의 계열의 비평가들과 다민족·다문화 계열의 비평가들 사이에서 극명하게 엇갈린다. 정치색이 짙은 흑인 민족주의 계열의 비평가들은 월컷의 시 쓰기가 고독 또는 추방의 이미저리를 지나치게 내면화한 결과 카리브의 역사와 현실을 반영하는 데에 소홀했다고 평가한다. 반면 정치색을 배제한 다민족·다문화 계열의 비평가들은 확고한 인본주의적 신념의 토대 위에서 카리브적 정체성을 지켰다고 평가한다.

이념적 색채를 달리하는 비평가들의 이 같은 대조적 평가에도 불구하고, 월컷을 카리브 시인으로 자리매김하도록 해주는 확고한 단서는 카리브의 원시적 자연에 대한 그의 사랑이다. 월컷의 시학은 인종적·종교적·문학적·정치적 소수로서의 편향성에도 불구하고 전체적으로 카리브의 자연으로부터 구현되었다고 말할 수 있다. 월컷은 1964년 발표한 「출생」에서 자신을 바다풀 사이에서 이름 없이 태어난 플랑크톤의 태아라고 말한다. 월컷이 자신의 기원을 이처럼 자연에서 찾으려 한 것은 그의 삶과 예술의 한가운데에 카리브를 지배하는 신앙이 아닌 카리브의 자연이 깊숙이 자리하고 있음을 말해준다.

월컷은 카리브의 자연 속에서 식민역사와 현실을 반영하는 자신의 고독한 시적 자아를 망망대해의 무인도에 홀로 남은 난파선 선원 크루소의 이미지를 통해 형상화한다. 이때 크루소는 예이츠의 마스크처럼 시인과 대중을 영적으로 매개하는 방어장치와 공격장치이자 시인의 내면적 의식 속에 잠재적으로 존재하는 타자적 자아 또는 반자아다.

하지만 월컷의 크루소는 청교도적 신앙을 구현하고자 한 소설가 대니얼 디포의 크루소가 아니라, 영화감독 부뉴엘의 변형된, 초현실주의적 크루소다. 월컷이 자신의 시적 자아를 이처럼 부뉴엘의 크루소라고 밝힌 이유는, 디포의 크루소가 난파선원의 표류와 고독의 이미지를 담은 주인공임에도 불구하고, 카리브의 실존과 정서를 반영해주기보다 서구자본주의적 의식에 바탕을 둔 프로테스탄트적 신앙, 야만인을 개종시키려는 종교적·지배자적 열정, 영웅적 해피엔딩을 대표하는 주인공이기 때문이다.

월컷이 크루소를 시적 자아로 떠올린 시점은 「방랑자」를 쓸 무렵 트리니다드의 어느 해변에서 주말을 보내고 있을 때다. 이때 월컷은 고독한 섬에 갇혀 화톳불을 피우며 고독한 밤을 보내는 크루소의 모습을 상상하며, 크루소의 이 같은 모습을 식민역사와 후유증 속에서 인종적·종교적·정치적 이방인으로 살아가는 자신의 모습과 동일시한다. 즉 난파되어 고독한 섬에 갇혀버린 크루소는 월컷에게 식민역사와 후유증을 환기시켜주기 위한 시적 자아이자 마스크다.

한편, 월컷의 크루소는 추방, 방랑, 표류와 동시에 영웅적 해피엔딩을 기대할 수 없는 의지적 고행과 기다림을 표현하는 상상적 매개다. 다시 말해, 크루소는 카리브와 시인의 역사와 실존을 반영하는 상상적 메타포로, 디포의 주인공 크루소나 프라이디, 그리스신화의 변신의 화신 프로테우스 그리고 낙원으로부터 추방된 아담 등 추방, 고독, 인내를 주제로 떠올릴 수 있는 모든 문학적·신화적·성서적 자아다.

한편 월컷은 시집 『표류자와 다른 시들』의 「크루소의 섬」에서 크루소를 카리브의 아담으로 형상화한다. 월컷이 「표류자」를 쓸 무렵 트리니다드의 어느 해변에서 주말을 보내고 있을 때 쓴 이 시에서, 크루소는 무인도에 갇힌 난파선 선원이지만 독실한 신앙과 근면하고 검소한 삶을 통해 역경으로부터 구원을 얻는 디포의 청교도적 영웅이 아니라, 고립과 표류에도 불구하고 인내와 의지를 잃지 않고 창조적 작업에 몰두하는 시인의 예술적 자아다. 즉 바위 위에 낙원을 건설한 은둔자인 크루소는 무인도의 크루소가 아니라 창세기의 아담을 상기시켜주는 세인트루시아의 실존이자 시인 월컷이다.

하지만 「서시」에서 밝힌 것처럼, 이 시에서도 월컷은 바다의 제한된 시계를 통해 감옥처럼 밖이 차단된 아치형 하늘의 벽 안에서 고립과 고독을 예술혼으로 승화시킨다. 즉 이 시에서 월컷의 시적 자아는 난파선의 청교도가 아니라 카리브의 자연을 신앙이자 신으로 간주하는 카리브의 아담이자 예술적 자아다.

월컷은 세인트루시아와 카리브의 식민역사와 후유증을 추적하며 개선방안을 카리브의 원시적 자연에서 체감되는 윤회적 리듬, 순수성, 영속성, 그리고 창조성에서 찾으려 한다. 월컷에게 세인트루시아와 카리브의 자연은 언어이자 문화이며, 예술적 영혼이자 안내자다. 월컷은 「스타-애플 숲의 왕국」에서 자신의 언어를 바다와 물과 눈물에 비유하고, 「바다는 역사다」에서 신앙적 공간을 조개삿갓으로 궁륭을 이룬 동굴에 비유한다. 월컷이 이처럼 시적 언어와 신앙적 공간의 메타포를 자연에서 찾은 이유는 시간에 얽매이지 않는 영속적인 율동이 있는 곳이기 때문이다. 즉 월컷에게 카리브해의 섬나라 세인트루시아는 도시보다 시간이 더 길게 느껴지는 곳이며, 제한된 시각적 범주 안에서 살지 않아도 되는 곳이다. 따라서 월컷은 외부의 시간에 얽매이지 않는 이곳을 카리브의 의식과 정서를 복원하고 재창조할 공간으로 간주한다.

월컷의 아담은 창세기의 아담이 아니라, 인류의 타락 이래로 두 번째의 아담이다. 월컷이 아담을 이처럼 창세기 밖의 아담으로 소개한 이유는, 크루소의 이미지를 재해석할 때처럼, 아담의 이미지에 카리브의 의식과 정서는 물론, 카리브의 고독한 시인 또는 예술가로서 자신의 자화상을 각인하기 위해서다. 즉 월컷의 아담은 창세기의 초현실적인 아담과 달리 인간적인 고통에 철저히 관여하고 극복하고자 하는 카리브적 아담이다.

식민역사와 후유증

월컷의 시적 공간이자 자아인 카리브는 서구 제국주의자들의 제국주의적 이념과 가치관에 의해 본질과 가치가 훼손되고 왜곡된 곳이다. 19세기 제국주의자들의 눈에 비친 카리브의 자연과 원주민들은 감성, 탈법, 무질서, 그리고 폭력 속에서 살아가는 저급하고 이질적인 문화의 주체다. 카리브에 대한 서구 제국주의자들의 이 같은 왜곡된 시각은 전근대성의 무지, 빈곤, 무질서의 타파를 명분으로 서구사회 내부의 개혁을 추구했던 제국주의자들에게 개혁의 경험을 밖으로 확장시켜 미개인들을 이성적 질서와 가치관을 통해 길들이고, 자연과 인적자원을 그들의 생산과 번영을 위해 착취하도록 유도하는 데에 중요한 역할을 했다고 말할 수 있다.

비문명지역에 대한 서구 제국주의자들의 시각과 가치관은 그들 자신의 의식적 시각과 판단에 의해 유발된 것이다. 식민통치자들은 계몽이라는 명분으로 원주민에게 문명의 밝은 빛을 가져다줄 것이라고 선전하며, 다른 한편으로 그들이 떠나면 원주민은 곧장 야만인으로 돌아갈 것이라는 생각을 주입시켰다. 서구 제국주의자들의 이 같은 통치전략은 인종적·문화적·영토적 타자를 복종시키기 위해 그들이 얼마나 교묘했는지를 말해준다.

월컷은 식민역사에 의해 무시, 왜곡, 소외되어온 카리브인의 실존과 억눌린 삶을 발굴하고 재현한 시인이다. 월컷이 이처럼 식민역사의 상처를 시 쓰기의 중심과제로 삼은 주된 이유는 그의 조국이 네덜란드의 식민지배를 시작으로 스페인, 프랑스, 영국으로 이어지는 식민역사를 겪은 나라이기 때문이며, 지난날의 식민역사를 청산하지 못한 채 미국의 경제적·문화적 지배하에서 피지배 역사를 되풀이하는 나라이기 때문이다.

월컷은 오바마 당선인이 미국 대통령에 당선된 후에 들고 다닌 시 전집 『데릭 월컷 시 전집 1948-84』의 첫 장 '어느 초록의 밤에: 1948-60'에 실린 「서시」에서 세인트루시아를 관광지도에서나 찾아볼 수 있는 작은 나라, 그리고 백인들의 푸른 눈에 비친 피사체로 소개한 뒤, 어엿한 국가로서의 이미지가 상실되고 결핍된 세인트루시아의 역사와 현실을 수평선의 제한된 시계 안에 가두어진 모습으로 환기시킨다. 즉 이 시에서 바다는 시인의 시선을 수평선에 묶어놓고, 세인트루시아가 겪어온 식민역사와 현실의 한계, 그리고 그 한계 속에서 아무것도 할 수 없는 억눌린 감정을 환기시킨다. 이 같은 바다의 감옥에 에워싸인 세인트루시아인들은 수평선을 넘나드는 증기선, 여행 책자, 쌍안경, 백인의 눈을 상징하는 푸른 눈을 통해서나 겨우 존재가 확인될 정도로 세계사의 변방에 고립된 지구상의 미아들 또는 국외자다.

세인트루시아의 식민역사와 현실을 이처럼 형상화하며, 월컷은 식민역사의 후유증을 세인트루시아 내부의 부패한 권력에 대한 내부적 비판을 통해 전달한다. 「스타-애플 숲의 왕국」에서, 월컷이 비판하는 부패한 권력은 식민자본주의가 남긴 해악이다. 식민자본주의를 여과 없이 대물림한 권력자들은 세인트루시아를 권력화, 자원화 그리고 사유화하기 위한 정쟁을 일삼으며 세인트루시아 내부를 정치적으로 진영화하고, 경제적으로 부익부 빈익빈의 분열을 조장한다. 즉 이 시에서 월컷의 주된 비판대상인 지배층들은 장편 서사시 『오메로스』[1]에서 카리브해를 불모의 바다로 만든 외국문화의 유입, 관리들의 부패, 그리고 관광산업을 위한 개발을 주도해온 당사자들이며, 「바다는 역사다」에서 카리브해를 나눠 먹기 위해 경계선을 그어대는 파리 떼와

왜가리들이다. 그들은 지난날 카리브를 착취했던 식민제국들의 관행을 모방적으로 되풀이하며 세인트루시아를 경제적 불평등과 빈곤의 지옥으로 몰아넣는 장본인들이다.

식민역사와 그 후유증의 연장선상에서, 월컷은 식민역사의 연장을 획책해온 자본주의적 경제 식민주의를 세인트루시아의 경제적 빈곤과 고립을 초래한 원인으로 지적한다. 이를 위해, 월컷은 유럽제국들의 식민통치에 이은 미국의 자본주의가 세인트루시아를 비롯한 카리브 지역에 얼마나 강력한 경제적 지배력을 발휘하고 있는지를 밝힌다. 즉 월컷은 세인트루시아에 침투한 미국의 자본주의에 대해 이는 경제적으로 관대하지만, 정치적으로는 세인트루시아의 주체성을 실추시킨다고 지적한다. 월컷의 이 같은 지적은 세인트루시아를 비롯한 카리브 지역이 제국주의자들의 식민통치에 이어 자본주의의 경제적 영향력에 의해 지배되고 있을 뿐만 아니라, 카리브의 자연이 훼손되고 있음을 밝혀준다.

식민역사와 후유증에 대한 월컷의 비판은 1973년 발표된 장편 시 『또 다른 삶』에서도 되풀이된다. 16세의 청년기로부터 41세까지 본인과 가족, 주변의 공동체, 예술적 동료, 그리고 스승과 관련해 예술가의 성장 과정을 묘사한 이 시의 제1부에서, 월컷은 잡초가 무성한 해안에 즐비하게 들어선 200여 채의 오두막들을 바라보며 섬을 지옥에 비유한다. 다름 아닌, 경제적 이방인들이 부패한 정치권의 탐욕과 외국 자본주의의 침투로 인해 초래된 부의 불평등 속에서 살아가는 이곳은 어머니와 어머니의 이웃들이 빈곤에 찌든 삶을 살아야 하는 똥구덩이와 같은 곳이다. 따라서 경제적 불평등으로 인해 고립된 이곳을 바라보는 월컷의 시각은 절망적이다.

월컷은『스타-애플 숲의 왕국』에 수록된「안식일들, 웨스트 인디」에서 카리브의 현실을 자연의 훼손과 경제적 빈곤을 하나로 묶어 카리브와 카리브인의 이중적 희생으로 형상화한다. 표면적으로 이 시에서 마을의 전체적인 분위기는 황톳길을 아무리 둘러봐도 오가는 사람 하나 없고 잠자는 개 한 마리뿐 고즈넉하고 평온하지만, 시인이 마을을 통해 각인시켜주는 장면은, 주변의 유황화산과 햇빛에 타버린 바나나잎이 말해주듯, 사실상 우울증에 시달리다 못해 죽음 일보 직전에 이른 분위기다. 즉 안식일의 우울증에 시달리는 마을들, 치유될 수 없는 가난의 통증, 그리고 강바닥의 깨진 병 조각들 등이 말해주듯, 시인에게 이 마을은 경제적 빈곤과 자연의 훼손이라는 삶의 이중적인 악조건을 인내해야 하는 카리브의 현실, 그 자체나 다름없는 곳이다.

월컷은 장편 서사시『오메로스』에서 지옥 같은 세인트루시아의 현실을 수술이 필요한 환부로 묘사한다. 이때, 세인트루시아의 상처는 과거 식민역사의 상처뿐 아니라 관광산업, 외국문화의 난입 그리고 흑인민족주의의 역차별과 카리브 분리독립운동으로 인한 내부분열 등 현대사의 상처를 동시에 의미하는 것이다. 즉 세인트루시아를 고통과 분열 속으로 몰아넣는 장본인으로 지적한 주된 대상들은 흑인민족주의로 편향된 웨스트 인디 비평가, 정치가, 흑인민족주의자 그리고 웨스트 인디 문화에 무분별하게 유입된 외국문화다.

시인은 유명무실해진 식민역사의 망령을 떨쳐내지 못한 카리브 섬나라들의 문제점을 백인을 대신한 흑인의 배타적 민족주의, 흑인 중심의 인종적·정치적·문화적 분리주의, 관리의 부패 그리고 관광산업으로 인한 외국문화의 무분별한 수용과 카리브의 자연 및 의식의 훼손 등이라고 지적한다. 그의 이런 지적은 식민역사의 악순환이 모방적으로 거듭되는 세인트루시아의 역사와 현실을 바라보며, 그 치명적 환부를 도려낼 마땅한 대안을 아직도 찾을 수 없는 절망감을 담고 있다.

멈추지 않는 인종편견

월컷은 카리브는 물론 카리브 밖의 미국과 유럽으로 비판적 시각을 확장해 인종차별주의와 분열의 심각성을 지적하고, 누구나 평등한 사회의 구성원으로 살아갈 수 있는 환경의 개선을 촉구한다. 대표적인 사례로, 월컷은 예술에 인종문제를 개입시키는 것에 반대하며 인종차별 없는 예술을 강조한다. 예술에 대한 월컷의 이 같은 입장은 좀 더 범위를 넓혀보면 인종에 대한 그의 입장을 엿볼 수 있게 해준다. 즉 월컷의 인종을 피부색깔에 따라 특성화하기보다 인류의 보편적 범주에서 존중해야 할 각각의 차이로 접근한다. 월컷의 이 같은 인종적 시각은 카리브 사회가 피부색의 차이로 정형화된 인종적·문화적 의식에서 벗어나 인종 간의 타자성을 존중하는 다민족·다문화적 의식으로 전환해야 한다는 그의 입장을 드러낸다.

『스타-애플 숲의 왕국』에 수록된 「유럽의 숲」에서 월컷은 인종적 불평등의 역사와 현실 속에서 디아스포라의 표류를 이어가는 흑인의 삶을 그린다. 이 시에서, 월컷은 흑인의 삶을 혹독한 추위 속에 유럽과 미국과 남미로 이동하는 불법 이민행렬로 묘사한다. 즉 굴라크 군도, 유럽의 난간, 네바강으로부터 허드슨강, 그리고 감옥인 남미 관광군도 등 어느 곳으로 향하든지 존재하는 인종차별과 경제적 불평등 때문에 안전한 장소와 빵을 구하기 위해 이동하는 이민 행렬은 눈물의 행렬이다. 월컷은 흑인의 이산을 이처럼 그려내며, 그 원인을 지배체제들은 끊임없이 무너져왔지만, 존속하는 것은 수 세기에 걸친 빵의 빈곤이라고 지적한다. 이런 지적은 피부색의 차이가 무엇이기에 인간 삶의 절대조건조차 보장받지 못하고 살아야 하느냐는 질문을 반향한다.

한편, 월컷은「북과 남」에서 인종차별에 대한 비판적 시각을 미국으로 확장한 뒤, 버지니아 숲에서 옛 남부군에 대한 향수를 못 잊어서 아직도 군복을 입고 행군 연습 중인 노인과 소도시의 약국에서 자신의 검은 손에 거스름돈을 건네려다가 움찔하는 현금 출납원의 태도를 통해 아직도 미국사회에 남부의 인종차별주의가 대물림되고 있음을 지적한다. 이와 관련해 월컷의 지적은 노예해방을 반대한 남부연합의 백인우월주의와 그로 인한 인종적 억압과 폭력을 떠올리며, 역사를 아직도 청산하지 못한 채 민주주의를 외치는 미국사회의 반역사적 정체성을 질타한 지적이다.

월컷은「북과 남」에 이어,「아칸소의 유언」에서도 여행자의 이미지를 통해 남부연합의 백인 우월주의를 남부군의 깃발을 통해 역류시키며, 미국에서 지속되고 있는 인종적·문화적 차별과 분열을 비판적 시각에 비춰 추적한다. 이 시에서 월컷은 아칸소의 페이엣빌에 여행자로서 체류하는 동안, 이곳에서 목격하는 백인 우월주의 역사와 현실, 그리고 인종적 타자로서의 정체성과 소속감을 위한 투쟁을 역사적 인유(引喩)와 시적 사색을 활용해 형상화한다.

이 시의 서두에서 소개된 아칸소 페이엣빌의 소나무 숲은 남북전쟁의 전몰장병들에 대한 추모뿐만 아니라, 아직도 지속되고 있는 백인 우월주의의 역사를 환기시켜주는 장소다. 이를 위해, 월컷은 백인 우월주의를 지켜내기 위해 싸운 남부군을 이끼처럼 꼬불거리는 턱수염에 비유해 환기시킨다. 월컷의 이 같은 표현은,「북과 남」의 옛 남부군 노인을 버지니아 숲속을 배경으로 묘사한 것처럼, 인간과 자연의 섞임을 통해 자연 속에서 현재의 지속성을 유지하고 있음을 강조한 것이다. 즉 월컷의 시야에 펼쳐진 녹물 빛으로 변해가는 나무는 남부 연합의 과거는 사라지지만, 과거의 아성을 지키려는 현재의 의지가 여전히 추념이란 형식으로 지속되고 있음을 말해준다.

인종적 타자로서 월컷의 소외감은 아칸소에서 여전히 기념되고 있는 백인 우월주의 역사에 비추어진 경험이다. 1부에서 바람에 흔들리는 소나무와 소나무 사이로 보이는 푸른색, 그리고 6부에서 페이엣빌의 산등성이에서 내려다보고 있는 백열 전기 십자가는 백인 우월주의를 형상화한다. 즉 소나무 숲 틈 사이로 보이는 푸른색은 백인 우월주의를 지키기 위해 싸운 남부군의 군복 색깔이고, 백열 전기 십자가는 남북전쟁 이후에도 남부연합의 인종적 자긍심을 지키기 위해 암약하는 백인 우월주의 폭력단체 KKK의 상징물이다. 이와 관련해 월컷은 남부의 역사와 현재를 이어주는 상징물들을 포착하며, 비록 부분적이지만, 미국의 백인사회가 아직도 인종적 우월주의에서 벗어나지 못하고 있음을 지적한다.

월컷은 남부의 역사적·현실적 상징물을 통해 아직도 남부의 백인 우월주의가 인종적 타자를 만들어 고립과 복종을 강요하고 있음을 상기시킨다. 이를 위해, 이어지는 10부에서 월컷은 인종차별적 긴장을 고조시킨다. 즉 이 부분에서 시인이 경찰차를 피하는 모습은 흑인을 불량배로 취급하며 단속하고 검거해온 공권력의 무차별적인 억압과 폭력에 대한 공포를 시사한다. 이를 말해주듯, 경찰차를 피한 시인이 다음 행선지인 심야 주차장에서 만난 '시빌'은 아칸소에서 여전히 횡횡하는 인종적 폭력을 경고성 목소리로 전한다. 즉 '시빌'은 경제적 빈곤 속에서 심야 주차장을 전전해야 먹고살 수 있는 흑인 여성이다.

시인은 주차장의 자동차 바퀴 사이에서 이 여성을 만나, 마치 신화 속의 예언자로부터 운명적 예언을 듣는 것처럼, 인종적 타자로서 자신이 직면할지도 모를 폭력의 위험을 경고받는다.

월컷은 아칸소의 백인 우월주의 역사와 현실을 남부 전역으로 확대하기 위해 '눈물의 길' '셔먼의 바다로의 행진' '지하철도' 등과 같은 역사적 인유들을 떠올린다. 노예 제도 시절과 남북전쟁 중에 발생된 이 사건들과 단체활동은 모두 백인 우월주의가 초래한 유색인종의 희생과 저항과 항거를 담고 있다. 눈물의 길은 1830년 통과된 '인디언 이주법'에 따라 인디언 보호구역으로 이주당한 촉토족의 눈물겨운 역사에서 유래되었다. 셔먼의 바다로의 행진은 일명 서배너 작전으로, 남북전쟁 당시 윌리엄 테쿰세 셔먼 장군의 지휘하에 북군이 남부 주요 도시를 초토화시키며 진격한 사건이다.

지하철도는 흑인 노예해방과 도피를 위해 만들어진 비밀단체로, 흑인 노예의 자유를 위해, 이들이 노예 제도를 인정하지 않는 자유주나 캐나다까지 갈 수 있도록 비밀스런 탈출 경로와 안전 가옥을 제공했다. 월컷은 이 같은 역사를 역류시키며, 지난날의 역사가 아직도 인종적 억압과 폭력의 불씨로 남아 재생되고 있는 현실을 질타한다.

월컷은 인종적 불평들이 사라질 것이라는 기대에 회의적이다. 이 시의 제14부에서 월컷은 미국사회의 민주주의가 노령기를 맞이했다고 진단하며, 이런 사회에서 자신이 인종차별을 받지 않는 시민이 될 수 있는지 또는 제2의 시민으로 뒷전에 머물러 있을지 현실적으로 아무런 단언도 할 수 없고, 미래에 대한 기대도 할 수 없음을 토로한다. 따라서 이 시의 결말 부분에서, 월컷은 13개의 별이 지워진 남부연합의 필사본 깃발과 남부의 백열등 십자가를 바라보며 인종차별주의를 악이라고 진단하면서도, 이 불필요한 악이 지금도 여전히 남아 있고, 앞으로도 그렇게 남아 있을 것이라고 말한다. 이와 관련해 월컷의 양가적 시각은 미국사회의 불합리한 악을 두고 볼 수밖에 없다는 좌절감의 표현이 아니라, 청산되지 않은 채 지속되는 한 경계를 멈추지 않겠다는 경각심의 표현이다.

3. 평등과 평화를 갈구하는 시인

월컷은 2008년 11월 젊은 흑인 남성 버락 오바마가 미합중국 대통령 당선인이 되자, 그를 위해 축시를 써달라는 영국의 『더 타임스』의 요청을 받았다. 그는 평소 아무런 인연이 없었음에도 불구하고 흔쾌히 수락했다. 오바마 당선인이 언론의 스포트라이트를 받으며 월컷의 시 전집을 집어든 것은 노령의 무기력에서 벗어나 젊은 민주주의를 복원해달라는 노시인 월컷의 부탁과 이에 대한 당선인의 화답이 교차한 대목이라고 말할 수 있다.

월컷의 오바마 당선 축시 「40에이커」는 화해와 조화를 갈구하는 시인의 목소리를 담은 시다. 미국의 화가 토머스 하트 벤턴(Thomas Hart Benton, 1889-1975)의 흑인이 쟁기질하는 그림에서 착상한 이 시에서, 월컷은 노예 제도 시절을 역류시키며 백인 우월주의의 내면에 자리한 위선을 고발하고자 했고, 이를 극복하기 위한 흑인사회의 피부색에 대한 긍지를 천명하며, 미국사회를 향해 최초의 흑인 대통령과 함께 인종적 편견 없는 미래를 만들어가자는 메시지를 전달하고자 했다.

시 제목 「40에이커」는 링컨 행정부가 1865년 남북전쟁 직후 해방된 흑인들에게 제공하기로 약속한 토지의 면적이다. 링컨 행정부는 남북전쟁을 승리로 이끈 뒤 노예해방과 더불어 자유 흑인들에게 1가구당 40에이커의 토지와 당나귀 1마리를 제공하기로 약속했다. 하지만 링컨 대통령이 암살당한 이후 앤드류 존슨 행정부는 약속을 파기했고, 제공한 토지와 당나귀를 모두 회수함으로써 백인사회의 위선을 적나라하게 드러냈다. 이 시에서 월컷은 백인 주인에 의해 노동력을 착취당한 흑인 조상들의 역사를 목화밭에서 노동에 시달리는 장면을 통해 떠올리며, 그 후예인 버락 오바마가 미국 역사상 첫 흑인 대통령으로 당선된 것을 축하한다. 즉 이 시의 2행에서 밀짚모자를 쓴 동틀 녘의 니그로는 오바마 당선인이다. 오바마 당선인을 백인이 흑인을 비하하기 위해 사용해온 명칭으로 부르면서 월컷이 강조하고자 하는 메시지는 인종차별 없는 미래다.

인종차별 없는 미래를 염원하는 월컷의 목소리는 일방적이지 않다. 월컷의 목소리는 인종차별주의 척결을 위해 흑백 모두의 노력이 필요하다는 메시지를 담고 있다. 따라서 월컷은 모든 미국 시민에게 오바마 당선인을 인종적 편견 없이 환대해주기를 당부하는 한편, 오바마 당선인에게도 흑백의 통합을 위해 힘써줄 것을 당부한다.

월컷은 젊은 흑인 대통령과 함께 만들어갈 미국과 미국 민주주의의 미래를 낙관적 시각에 비춰 제시한다. 이 시에서 오바마의 리무진이 흑백의 군중 속으로 들어가는 장면을 쟁기로 이랑을 켜는 장면으로 재구성한 것은 미국사회를 향해 미국 역사상 첫 흑인 대통령 당선인을 인종적 경계 없이 모두 환대해주기를 촉구함과 동시에, 인종차별 없는 미래를 경작하기 위해 누구나에게 개방된 사회로의 변화를 촉구한 장면이다.

월컷은 흑인사회를 향해 노예 제도와 그 후유증으로 인한 역사적·현실적 고통과 불평등을 넘어서자고 말한다. 즉 이 시에서 비탄의 땅은 흑인 노예의 노동력을 착취하고 인권을 말살한 백인 주인의 경작지 또는 노예 제도의 억압과 폭력을 묵과한 미국 땅이고, 린치의 나무는 흑인 노예를 고문하고 처형한 백인 주인의 처형대, 그리고 토네이도는 흑인의 분노다. 월컷은 백인사회가 흑인사회에 저지른 지난날의 억압과 폭력을 이처럼 간결한 시어로 떠올리며, 억압과 폭력 없는 미래를 위해 넘어서자고 말한다. 이때 월컷이 흑인 대통령과 미국의 미래를 한데 묶으며 자유와 평등이 보장되는 다원주의 사회를 위해 흑인사회를 향해 던지는 메시지는 '백인의 죄를 용서하라, 그리고 백인들과 화해하라'가 아니라 '흑인도, 백인도, 모두 함께 사랑하라'다.

월컷이 '백인의 죄를 용서하라'란 말을 거부한 이유는 용서란 말을 자만의 행위로 해석하기 때문이다. 월컷의 시각에서 용서는 신의 영역이다. 신이 아닌 인간이 인간의 죄를 용서하는 것은 인간의 자만인 것이다. 월컷의 시각은 그가 죄를 흠결투성이인 인간 사회에서 누구나 범할 수 있는 불합리한 행위로 간주했음을 말해준다. 즉 인종차별주의라는 죄 역시 백인이든 흑인이든 누구나 각각의 상황에 따라 얼마든지 저지를 수 있는 악행이라는 게 월컷의 입장이다. 따라서 이 경우 역시 용서는 가당치 않은 화해의 방식이다.

월컷은 피부색의 차이로 인한 갈등과 폭력을 해소하기 위해 지난날의 가해자와 피해자 모두에게 '사랑하라'고 말한다. 사랑만이 죄를 용서하고 차이를 존중하는 포용력의 시발점이 될 수 있기에, 인간의 실천영역에서 인종적 갈등과 폭력의 해소를 모색할 수 있다는 게 월컷의 입장이다.

미주

제1부 한강의 삶과 문학

한강의 문학은 통각(痛覺)하는 영혼의 서사, 연대와 치유의 세계다

1 장편소설:『검은 사슴』(1998),『그대의 차가운 손』(2002),『바람이 분다, 가라』
(2010),『희랍어 시간』(2011),『소년이 온다』(2014),『작별하지 않는다』(2021)
중단편소설집:『여수의 사랑』(1995),『내 여자의 열매』(2000),『채식주의자』
(2007),『노랑무늬영원』(2012),『흰』(2016)
시집:『서랍에 저녁을 넣어 두었다』(2013)
동화:『내 이름은 태양꽃』(2002),『눈물 상자』(2008)
수필:『사랑과, 사랑을 둘러싼 것들』(2003),『가만가만 부르는 노래』(2007),
『빛과 실』(2025)

2 「노랑무늬영원」(2003)의 화가,「채식주의자」(2004)·「몽고반점」(2004)·「나
무 불꽃」(2005)의 다큐감독과 행위예술가,「파란 돌」(2006)의 화가,『바람이
분다, 가라』(2010)의 화가와 극작가,『희랍어 시간』(2011)의 시인이자 칼럼
니스트,「회복하는 인간」(2011)의 라디오 대본 작가,「에우로파」(2012)의 싱
어송라이터,「밝아지기 전에」(2012)의 소설가,『소년이 온다』의 연구자,「눈
한 송이가 녹는 동안」(2015)의 극작가와 기자,『작별하지 않는다』(2021)의
소설가와 다큐감독 등이 이에 해당한다.

제2부 소설

토마스 만의 『베네치아의 죽음』

1 독일 국적기인 루프트한자(Luft Hansa)는 여기서 나온 이름이다.

2 Dieter Borchmeyer, *Das Tribschener Idyll*, S. 12 이하 참조. 특히 첫 만남에서
바그너와 니체는 쇼펜하우어 사상에 대한 대화를 통해 급속도로 가까워졌다.

3 토마스 만, 안인희 옮김,『바그너와 우리 시대』, 포노, 2022, 56쪽 이하.

4 이것은 우리 사회에서 흔히 보이는 '양비(兩非)론'과는 거리가 멀다. 양쪽 모
두 잘못했거나 틀렸다는 주장인 양비론의 문맥에는, 판결을 내리는 '나'의 식
견과 안목이 가장 중요하다는 인식이 깔려 있다. 그에 반해, 양가 관점은 숭배

하고 사랑하는 대상을 향한다. 그의 뛰어난 점을 좋아하면서도 그 문제점을 못 본 척하지 않고 그것을 분명히 논하고 또 비판한다는 관점이다. 즉 '비판적 사랑.'

5 *Hauptwerke der deutschen Litertur*, S. 545f.

6 마치 바그너가 '지그프리트의 죽음'을 오페라로 만들려다가 주인공의 부모 이야기와 그 이전의 신화 이야기까지 덧붙여서 장대한 4부작 오페라 「니벨룽의 반지」를 만들어낸 것처럼.

7 Hubert Ohl, *Thomas Mann*, S. 468f.

8 Hubert Ohl, S. 471.

9 이는 슈테판 츠바이크가 『광기와 우연의 역사』(*Sternstunde der Menschheit*)에서 다룬 사건을 말한다. 1823년 72세의 괴테가 마리엔바트에서 19세짜리 처녀 울리케 폰 레베초에게 구혼했다가 거절당하면서 깊은 마음의 상처를 입었다. 늙은 괴테는 '거리두기'를 잊고, 이 체험의 한가운데서 「마리엔바트의 비가」라는 작품을 써서 완성하고, 이어서 그를 통해 자극받은 생산성으로 『파우스트』 2부를 완성하게 된다. 늙은 괴테가 "품위를 상실"하며 벌인 주책바가지 행적은 말년의 생산성에 중대하게 기여했다. 슈테판 츠바이크, 안인희 옮김, 『광기와 우연의 역사』, 휴머니스트, 2004, 166-179쪽 참조.

앙드레 지드의 『반도덕주의자』 『좁은 문』 『전원교향곡』

1 『반도덕주의자』는 오랫동안 한국 독자들에게 『배덕자』라고 알려졌지만, 배덕자보다는 반도덕주의자라는 번역이 원어 Immoraliste의 의미 전달에 더 적절하다고 본다. 앙드레 지드, 동성식 옮김, 『반도덕주의자』, 민음사, 2017.

2 『위폐범들』이라는 제목도 오랫동안 『사전꾼들』로 옮겨져 한국 독자들에게 소개되었다.

3 알리사가 추구하는 신성은, 클로델에 의하면 참다운 기독교적 완성이 아니다. 영웅주의와 극기, 금욕적 자아완성을 지향하는 스토아주의이거나, 영혼의 본모습을 완벽하게 회복하기 위해 가혹할 정도로 엄격한 수행을 행하는 마니교에 가깝거나, 심지어 극도의 고행을 통한 절대 순결과 극단적인 금욕주의를 추구하는 카타리파와 유사하다고 보는 견해도 있다.

4 동성식, 「지드와 사르트르의 결혼관 비교 연구」, 『인문학논총』 제8집 제2호,

한국인문과학회, 2009, 36쪽.

윌리엄 포크너의 「고함과 분노」 「팔월의 빛」 「압살롬, 압살롬!」

1 Joseph Blotner, *Faulkner: A Biography*, New York Random House, 1974, p. 39.

2 Daniel Joseph Singal, *William Faulkner: The Making of a Modernist*, Chapel Hill: University of North Carolina Press, 1997, p. 40.

3 *Essays, Speeches & Public Letters by William Faulkner*, ed. James B. Meriwether, New York Random House, 1977, p. 14.

4 *Nobel Lectures: Literature 1901-1967*, ed. Horst Frenz, Amsterdam: Elsevier Publishing Company, 1969; https://www.nobelprize.org/prizes/literature/1949/faulkner/speech/

5 그동안 한국어 번역본에는 흔히 『음향과 분노』로 번역되어 왔지만, 이는 일본 번역 『響きと怒り』의 제목을 그대로 빌려온 것으로 정확한 번역이 아니다. 포크너는 이 작품의 제목을 셰익스피어의 『맥베스』에서 따왔다. 마지막 장면에서 절망에 빠진 맥베스는 "인생은 걸어가는 그림자,/자기가 맡은 시간만은 무대에서 장한 듯 떠들어대지만/그것이 끝나면 곧 사라져버리는 가련한 배우에 지나지 않는다./그것은 바보가 지껄이는 이야기, 시끄럽게 고함치고 화를 내지만/아무런 의미도 없는 이야기인 것이다"라고 독백한다. 'sound'는 물리적 소리인 음향과는 아무런 관련이 없으므로 배우가 화를 내며 시끄럽게 떠들어대는 '고함'으로 옮기는 쪽이 옳다. 그래서 이 글에서는 『고함과 분노』로 번역했다. 제목에 관해서는 김욱동, 『윌리엄 포크너: 삶의 비극적 의미』, 서울대학교 출판부, 1999, 247-248쪽 참고.

6 William Faulkner, "An Introduction to *The Sound and the Fury*," ed. James B. Meriwether, *Southern Review* 8:4 (Autumn 1973): 708; Arthur F. Kinney, ed. *Critical Essays on William Faulkner: The Compson Family*, Boston: G.K. Hall, 1982, pp. 75-77.

7 위의 글, 710쪽.

8 *Lion in the Garden: Interviews with William Faulkner, 1926-62*, ed. James B. Meriwether and Michael Millgate, New York: Random House, 1968, p. 245.

9 *Faulkner in the University: A Classroom Conference*, ed. Frederick L. Gwynn and

Joseph L. Blotner, Charlottesville: University of Virginia Press, 1958, p. 61.

10 *Selected Letters of William Faulkner*, ed. Joseph Blotner, New York: Random House, 1977, p. 222.

11 *Selected Letters of William Faulkner*, p. 66.

12 포크너는 「버베나 향기」를 포함해 남북전쟁(1861~65)을 소재로 한 단편소설과 중편소설 몇 편을 한데 묶어 『정복되지 않는 사람들』(1938)이라는 장편소설로 개작했다.

13 *Faulkner in the University*, p. 274.

14 위의 책, 273~274쪽.

15 포크너와 헤밍웨이의 문체 비교에 대해서는 김욱동, 『포크너를 위하여』, 이숲 출판, 2013, 132~134쪽 참고.

알베르 카뮈의 『이방인』과 『페스트』

1 Francis Jeanson, *Albert Camus ou l'âme révoltée, Les Temps modernes*, n° 79, mai 1952.

2 Roger Grenier, *Albert Camus, soleil et ombre*, Paris: Gallimard, 1987.

3 Albert Camus, *L'Homme révolté*(1951), Paris: Gallimard, coll. Folio/Essais, 1985, p. 38.

4 Albert Camus, *Le Mythe de Sisyphe*(1942), Paris: Gallimard, coll. Folio/Essais, 1985, p. 165.

5 Albert Camus, *Caligula*(1944), Paris: Gallimard, 1958, p. 27.

6 Albert Camus, "Noces à Tipasa," *Noces suivi de L'Été*(1959), Paris: Gallimard, coll. Folio, 1999, p. 12.

7 Albert Camus, "La mer au plus près" (Journal de bord), *Noces suivi de L'Été* (1959), Paris: Gallimard, coll. Folio, 1999, p. 169.

8 Albert Camus, Interview à *Servir*, parue le 20 décembre 1945, in *Œuvres complètes 1. Albert Camus: Essais,* Paris: Gallimard, coll. Bibliothèque de la Pléiade, 1965, p. 1427.

9 Roger Grenier, *Albert Camus, soleil et ombre*, Paris: Gallimard, 1987, p. 9(필자 괄호 부연).

10 Albert Camus, *Caligula*(1944), Paris: Gallimard, 1958, p. 96.

11 Albert Camus, *Carnets I. Mai 1935-Février 1942*, Paris: Gallimard, 1962, p. 165.

12 Albert Camus, *L'Étranger*(1942), Paris: Gallimard, coll. Folio, 1971, p. 9.

13 Albert Camus, *L'Étranger*(1942), Paris: Gallimard, coll. Folio, 1971, pp. 91-93.

14 Albert Camus, *Le Mythe de Sisyphe*(1942), Paris: Gallimard, coll. Folio/Essais, 1985, p. 17.

15 Albert Camus, *L'Étranger*(1942), Paris: Gallimard, coll. Folio, 1971, pp. 183-184.

16 Albert Camus, *La Peste*(1947), Paris: Gallimard, coll. Folio, 1972, p. 241.

17 Albert Camus, *La Peste*(1947), Paris: Gallimard, coll. Folio, 1972, p. 355.

18 Albert Camus, *La Peste*(1947), Paris: Gallimard, coll. Folio, 1972, p. 152.

19 Albert Camus, *La Peste*(1947), Paris: Gallimard, coll. Folio, 1972, p. 354.

20 Albert Camus, *La Peste*(1947), Paris: Gallimard, coll. Folio, 1972, p. 355.

21 Albert Camus, *Carnets II. Janvier 1942-Mars 1951*, Paris: Gallimard, 1964, p. 72.

22 Albert Camus, *L'Homme révolté(*1951), Paris: Gallimard, coll. Folio/Essais, 1985, p. 326.

23 Albert Camus, *La Peste*(1947), Paris: Gallimard, coll. Folio, 1972, p. 163.

어니스트 헤밍웨이의 『무기여 잘 있어라』『누구를 위하여 종은 울리나』『노인과 바다』

1 Ernest Hemingway, *By-Line Ernest Hemingway: Selected Articles and Dispatches of Four Decades*, ed. William White, New York: Scribner, 1998, p. 219.

2 Ernest Hemingway, *Green Hills of Africa*, New York: Charles Scribner's Sons, 1935, p. 71.

3 Carlos Baker, *Ernest Hemingway: A Life Story*, New York: Charles Scribner's Sons, 1969, p. 387에서 재인용.

4 Kenneth S. Lynn, *Hemingway*, Cambridge, MA: Harvard University Press, 1987, p. 357; 김욱동, 『헤밍웨이를 위하여』, 이숲출판, 2012, 56-57쪽 참고.

5 Jeffrey Meyers, *Hemingway: A Biography*, New York: Da Capo Press, 1999, p. 212에서 재인용.

6 울프는 1999년 4월 10-11일 존 F. 케네디 도서관에서 열린 '헤밍웨이 탄생 100주년 축하회'에서 이 말을 했다. https://www.archives.gov/publications/

prologue/2006/spring/hemingway.html

7 Carlos Baker, *Ernest Hemingway: A Life Story*, New York: Charles Scribner's Sons, 1969, p. 83.

8 Ernest Hemingway, *A Moveable Feast: Sketches of the Author's Life in Paris in the Twenties*, New York: Charles Scribner's Sons, 1964, p. 75.

9 헤밍웨이는 『움직이는 향연』을 출간할 때 이 문장을 제사(題辭)로 삼았다.

10 Ernest Hemingway, *Death in the Afternoon*, New York: Charles Scribner's Sons, 1932, p. 153.

11 Ernest Hemingway, *Death in the Afternoon*, p. 154.

12 Ernest Hemingway, "Introduction," *Men at War: The Best War Stories of All Time*, ed. Ernest Hemingway, New York: Crown Publishers, p. xviii.

13 Ernest Hemingway, "Fascism Is a Lie," *New Mass* 23: 13 (June 1937): 4.

14 *Selected Letters of Ernest Hemingway*, ed. Carlos Baker, New York: Charles Scribner's Sons, 2003, p. 730.

15 위의 책, 757쪽.

16 "The Nobel Prize in Literature 1954." NobelPrize.org. Nobel Prize Nobel Prize Outreach 2025. Sat. 15 Mar 2025. https://www.nobelprize.org/prizes/literature/1954/summary/

V.S. 나이폴의 『미겔 스트리트』와 『도착의 수수께끼』

1 the system of indentured labor. 노예제가 폐지된 이후 식민지에서 값싼 노동력을 확보하기 위해 동남아 사람들을 모집해 서인도 제도 농장에서 일하게 하는 제도.

제3부 희곡

조지 버나드 쇼의 『인간과 초인』과 『피그말리온』

1 쇼의 생애는 아래 자료를 참고했으며 직접 인용이 아닌 경우 인용 원전을 적지 않았다. 정경숙, 『버나드 쇼: 영원한 반항아, 그 개혁의 의지』, 건국대학교

출판부, 1996, 11-45쪽; 조지 버나드 쇼, 『세인트 죠운』, 김봉정 옮김, 도서 출판 동인, 2003, 9-13쪽; G.E. Brown, *George Bernard Shaw*, London: Evans Brothers Limited, 1970, pp. 9-24; St. John Ervine, *Bernard Shaw: His Life, Work and Friends*, New York: William Morrow & Company, 1956, p. 458; https://en. wikipedia.org/wiki/George_Bernard_Shawhttps://en.m.wikipedia. org/wiki/Mrs_Patrick_Campbell

2 https://en.wikipedia.org/wiki/Mrs_Patrick_Campbell

3 St. John Ervine, *Bernard Shaw: His Life, Work and Friends*, New York: William Morrow & Company, 1956, p. 458, p. 390.

4 http://www.epicurus.kr/Humanitas_N/435591

5 https://en.wikipedia.org/wiki/Man_and_Superman

6 St. John Ervine, *Bernard Shaw: His Life, Work and Friends*, New York: William Morrow & Company, 1956, p. 458.

7 G.B. Shaw, *Pygmalion*, New York: New American Library, 1960, pp. 3-7.

8 https://en.wikipedia.org/wiki/Shavian_alphabet

9 St. John Ervine, *Bernard Shaw: His Life, Work and Friends*, New York: William Morrow & Company, 1956, p. 452, p. 457.

10 G.B. Shaw, *Man and Superman, Arms and the Man, Mrs. Warren's Profession, Candida*, New York: New American Library, 1960, p. 242.

11 G.B. Shaw, *Man and Superman, Arms and the Man, Mrs. Warren's Profession, Candida*, New York: New American Library, 1960, pp. 305-306.

12 *Ibid.*, pp. 310-311.

13 *Ibid.*, p. 374.

14 https://en.wikipedia.org/wiki/Man_and_Superman

15 G.B. Shaw, *Pygmalion*, New York: Simon & Schuster, 2009, p. 23.

16 *Ibid.*, p. 58.

17 *Ibid.*, pp. 130-131.

18 https://www.nobelprize.org/prizes/literature/1925/shaw/nominations/

19 https://www.nobelprize.org/prizes/literature/1925/summary/

20 St. John Ervine, *Bernard Shaw: His Life, Work and Friends*, New York: William

Morrow & Company, 1956, p. 505.

21 정경숙, 『버나드 쇼: 영원한 반항아, 그 개혁의 의지』, 건국대출판부, 1996, p. 73.

다리오 포의 풍자극 『미스테로 부포』와 『무정부주의자의 사고사』

1 이 글은 아직 국내에 소개되지 않은 『미스테로 부포』(*Mistero Buffo*)와 번역 서로 출간되어 있는 『무정부주의자의 사고사』(장지연 옮김, 지만지드라마, 2020)의 본문과 해설 부분들을 참고하고 덧붙여 작성한 것이다.

2 밀라노의 한 구역으로 브레라 미술관, 브레라 궁전 등 중요한 문화기관들이 있는 예술가 지역으로 알려져 있다.

3 이탈리아에서는 르네상스 말기인 16세기 중반(기록상 가장 오래된 계약서로 는 한 극단이 1545년 체결한 것으로 극단의 구성형태나 공동부담제 등이 담 겨 있다)부터 대중적이면서도 전문적인 형태의 새로운 코미디 연극 양식이 발 전해 이후 17세기에 걸쳐 유럽 여러 지역에서 매우 폭넓게 유행했다. 새로운 연 극을 지칭하는 명칭으로 코메디아 델라르테(commedia dell'arte, 직업적인 전 문배우들의 극), 코메디아 알임프로비소(commedia all'improvviso, 즉흥극), 코메디아 아 소제토(commedia a soggetto, 플롯, 주제, 테마극), 코메디아 부 포네스카(commedia buffonesca, 익살극), 코메디아 이스트로니카(commedia istronica, 배우들의 극), 코메디아 디 마스케레(commedia di maschere, 가면 극), 코메디아 이탈리아나(commedia italiana, 이탈리아극) 등이 있었다. 이 는 모두 전문적인 극단에 의해서 공연되는 연극을 가리키는 것으로서, 궁정과 아카데미에서 아마추어 배우들에 의해 공연되던 연극인 이전의 코메디아 에 루디타(Commedia erudita, 또는 코메디아 클라시카Commedia classica라고 도 한다)와 구분하기 위해서 사용한 것이다. 이 중에서 코메디아 델라르테라 는 표현이 그 극의 본질적인 성격을 가장 잘 드러내고 있어 현재 우세하게 사 용되고 있는 명칭이 되었다. 이는 가면을 쓴 '전형적 등장인물들'이 등장해 정 확하게 쓰인 대본 없이 대충의 줄거리만을 바탕으로 '즉흥연기'를 벌이는 숙 련된 전문배우들의 코미디 연극이다. 다른 제목과 다른 내용의 극이어도 주요 인물들은 늘 같은 이름으로 같은 옷을 입고 등장한다. 인물들로는 '두 노인'인 판탈로네(Pantalone)와 도토레(Dottore), '하인'인 아를레키노(Arlecchino) 나 스카르피노(Scarpino, 풀치넬라Pulcinella, 스메랄리나Smeralina, 이사벨

라Isabella 등), 연인들(극마다 이름이 바뀐다)이 있다.

4 이때 포는 라메에게 이렇게 말했다. "헬로, 미세스 노벨, 우리는 이것을 함께 수상했어요. 이건 두 사람을 위한 노벨상입니다."

5 포와 라메는 이미 1958년 '포와 라메 극단'(Compagnia Fo-Rame)을 설립하고 1959년부터 공연 활동을 이어가고 있었다. 그러나 1968년 이 극단을 해체하고 두 번째로 '누오바 쉐나'를 새로 설립한다. ARCI(Associazione Ricreativa e Culturale Italiana, 이탈리아 레크리에이션 및 문화협회)는 이탈리아 공산당(PCI)과 긴밀하게 연결된 공산당계 문화·사회 조직이었다. 당시 포는 공산당을 노동계급 해방의 역사적 과정에서 결코 포기할 수 없는 정치적 이정표로 간주했다.

6 이 시기 주요 조직들로 '포테레 오페라리오'(Potere Operaio, 노동자 권력), '로타 콘티누아'(Lotta Continua, 지속 투쟁)', '아우토노미아 오페라리아' (Autonomia Operalia, 노동자 자율주의)가 있다.

7 이 밀라노 은행 폭탄 테러로 17명이 사망하고 부상자가 88명 발생했으며 이탈리아 역사상 가장 큰 테러사건 중 하나로 기록된다. 볼로냐 기차역 폭탄 테러로도 85명이나 사망했다.

8 기원은 훨씬 이전부터 그 유래를 찾아볼 수 있지만, 이탈리아의 많은 현대 내레이션 연극인들은 바로 다리오 포의 『미스테로 부포』에서 영향을 받았다고 밝힌다. 내레이션 연극은 관객과의 직접 소통을 통해 두 가지 흐름으로 발전한다. 하나는 희극적·풍자적 성격을 띠며 시민의 의무와 성찰을 다루는 연극이고, 다른 하나는 역사적 사실에 대한 '집단적 기억의 회복'을 추구한다. 나치의 대량학살, 테러로 인한 죽음 등 참혹한 역사를 되풀이하지 않기 위해 과거를 기억하고 미래를 준비하는 것이 중요하다고 강조한다. 기억하지 않는 자는 미래도 없다는 믿음 아래, 내레이션 연극은 과거의 진실을 되살리며 관객들에게 성찰을 촉구한다.

9 1977년 에이나우디(Einaudi)판 『미스테로 부포』에는 각 9편의 텍스트가 실려 있다. 1969년 포가 처음 공연할 때는 10편이었는데, 출판사나 각 언어권별로 반응이 좋거나 문학적 완성도가 높은 텍스트들을 선별해 편집한 결과다.

10 포는 작품에서 디펜사(defensa, 방어)의 의미를 추적해 드러낸다. 이는 귀족들과 부자들에게 유리하도록 페데리코 2세가 공포한 법으로, 상층 계급의 특권

을 기막힐 정도로 보장해주는 규정이었다. 부자들은 여자를 겁탈하고도 이 법을 이용해 "황제 폐하 만세, 신의 은총을!"이라고 외치며 2,000아우구스타리를 시체 옆에 두기만 하면 죄를 면할 수 있었다. 오히려 '방어' 비용을 치른 상층 계급을 건드리는 자는 교수형에 처해졌다. 이는 권력을 지닌 자들이 어떤 범죄든 아무런 대가도 없이 빠져나갈 수 있게 해주는 '주인의 법'과 그들이 저지른 폭력의 잔혹함을 명백히 보여주는 사례였다.

11 그는 주간신문 『일 리베르타리오』(*Il Libertario*, 무정부주의자 혹은 자유의지론자)를 출판한 단체와 함께 활동했고, 1962년 '청년 무정부주의자'(Gioventù Libertaria)를 조직했으며, 1965년에는 '사코와 반제티 무정부주의자 협회' 설립을 도왔다. 1968년에는 '기솔파 다리 협회'도 설립했다.

12 여기서 일반인이란 경찰들을 가리키고, 미친 사내는 그들을 상대로 앞으로 한판 놀아보겠다는 뜻인데 당연히 경찰들은 이게 무슨 뜻인지 못 알아듣는다.

13 실제로 법을 제정한다는 것이 아니라, 마치 입법자처럼 행동한다는 의미로 무소불위의 권력 남용을 풍자하고 비판하는 표현이다.

14 1963년 10월 9일 오후 10시 39분, 단 6분간의 산사태로 이탈리아의 바욘트댐이 붕괴되며 협곡 아래에 있던 마을 주민 2,500명이 순식간에 목숨을 잃은, 인류 역사상 가장 참혹한 사고가 있었다. 석회암질로 된 지리 특성을 무시한 무리한 건설 계획 철회를 요구하는 시민과 단체들을 정부가 탄압한 결과로 초래된 세계 최대의 정경유착형 비리의 산물이었다. 이탈리아 정부와 건설 사업체 사데(SADE)회사 측은 반대하는 시민들을 좌익으로 몰아붙이며, 이 사건을 보도하는 기자들을 연행하면서까지 댐 건설을 추진했다(높이 262미터, 두께가 27미터인 초대형 댐). 대참사 이후 이 지역은 2002년까지도 접근이 금지되었다가 2008년 유네스코에서 발표한 '인류 역사상 기억해야 할 사고 지역'으로 발표된 이후에야 일반인에게 공개되기 시작했다.

15 그 밖에도 의사들의 과잉진료와 비쌀수록 의사가 실력 있는 줄 알고 속아 넘어가는 '권위에 무비판적으로 복종하는 민중'에 대해서 지적하는 장면도 있다. 또한 현재의 경찰국장이 과거에는 가혹한 파시스트 출신이었음을 폭로하면서, '기회주의적으로 살아남은 자들이 현재에도 여전히 권력을 장악'하고 있는 사회 현실도 폭로한다. 손을 비비며 아첨하는 듯한 형사반장의 태도를 두고는 예수교의 어느 주교를 닮았다며, '성직자들'을 경찰들과 마찬가지로 위선

자에 거짓말쟁이라고 비유하기도 한다.

제4부 시

파블로 네루다의 『스무 편의 사랑의 시와 한 편의 절망의 노래』

1 네루다에 앞서, 여성 시인 가브리엘라 미스트랄이 1945년 라틴아메리카 최초로 노벨문학상을 수상한 바 있다.

2 Roberto Bolaño, *Putas asesinas*, Barcelona: Anagrama, 2001, p. 216.

3 Harold Bloom, *El canon occidental*, Barcelona: Anagrama, 2005, p. 488.

4 김현균, 「한국 속의 빠블로 네루다」, 『스페인어문학』 40, 2006 참조.

5 네루다는 이 시집에서 영감을 준 여성들의 실명을 밝히지 않았으며, 1962년 브라질 잡지 『오 크루제이루』와의 인터뷰에서 그들을 각각 '마리솔'과 '마리솜브라'라는 가명으로 불렀다. 마리솔은 시골과 자연, 태양의 이미지를 대표했고, 마리솜브라는 잿빛 베레모를 쓴 도시 여인을 상징했다. 이후 밝혀진 바에 따르면, 마리솔은 테레사 바스케스, 마리솜브라는 알베르티나 아소카르였다(애덤 파인스타인, 『파블로 네루다』, 김현균·최권행 옮김, 학이시습, 2025, 79쪽 참조).

6 Jaime Concha, "Neruda, desde 1952," *Nuevas aproximaciones a Pablo Neruda*, coord. por Ángel Flores, México: Fondo de Cultura Económica, 1987, pp. 199-222 참조.

7 Emir Rodríguez Monegal, *El viajero inmóvil*, Barcelona: Laia, 1988 참조.

8 우석균, 「『스무 편의 사랑의 시와 한 편의 절망의 노래』—무정부주의자의 사랑」, 『이베로아메리카』 5, 2003, 16쪽 참조.

9 Pablo Neruda, "Pequeña historia," *Veinte poemas de amor y una canción desesperada*, Buenos Aires: Losada, 1961.

10 이러한 시적 구성은 감정의 파동에 따라 시의 리듬이 살아 움직이는 독특한 특징을 드러낸다. 감정의 흐름은 시의 구조와 호흡에까지 스며들어, 시 전체가 하나의 살아 있는 유기체처럼 느껴진다. 나아가 이러한 감정의 리듬은 자연의 호흡과도 조화를 이루며, 시 속 세계는 시인과 자연, 연인이 같은 박동을 나누

는 하나의 우주로 확장된다.

데릭 월컷의 「크루소의 섬」 「아칸소의 유언」 「40에이커」

1 18세기 말 영국-프랑스 식민쟁탈전, 영국의 식민통제력이 유명무실해진 이후 세인트루시아의 내부분열, 그리고 미국문화의 침투로 인한 문화적 타락 등을 통해 투영된 세인트루시아와 세인트루시아인들의 역사적·현실적 상처와 고통을 주요 주제로 다룬 장편 서사시다. 여행 이미지로 구성된 이 시의 제1, 2, 3부는 세인트루시아, 제4부는 미국의 뉴잉글랜드, 제5부는 포르투갈의 리스본, 영국의 런던, 아일랜드, 튀르키예의 이스탄불, 이탈리아의 베니스, 북미 대륙의 도시들, 그리고 제6, 7부는 다시 세인트루시아를 배경으로 과거에 이어 아직도 청산 대상으로 남아 있는 식민주의 또는 노예 제도의 반복적 악순환을 추적한다.

참고문헌

제1부 한강의 삶과 문학

한강의 문학은 통각(痛覺)하는 영혼의 서사, 연대와 치유의 세계다

김민정, 「메를로퐁티의 살 존재론과 몸의 반성」, 『미학』 제79집, 2014, 69-106.

김범수, 「질 들뢰즈의 『차이와 반복』과 잠재성의 문제」, 숭실대학교 대학원 철학과 박사학위논문, 2017.

조광제, 『몸의 세계, 세계의 몸』, 이학사, 2004.

최현석, 『인간의 모든 감각』, 서해문집, 2009.

Colebrook, Claire, 『들뢰즈 이해하기』, 한정헌 옮김, 그린비, 2007.

Merleau-Ponty, Maurice, 『보이는 것과 보이지 않는 것』, 남수인·최의영 옮김, 동문선, 2004.

Zupančič, Alenka, 『실재의 윤리―칸트와 라캉』, 이성민 옮김, 도서출판b, 2004.

『검은 사슴』에서 한강이 전하는 말

한강, 『검은 사슴』, 문학동네, 2013.

＿＿＿, 『채식주의자』, 창비, 2022.

＿＿＿, 「나무 불꽃」, 『창작과비평』, 창작과비평사, 2005.

＿＿＿, 『내 여자의 열매』, 문학과지성사, 2018.

＿＿＿, 「작별」, 『문학과사회』, 문학과지성사, 2017.

제2부 소설

토마스 만의 『베네치아의 죽음』

Mann, Thomas, *Der Tod in Venedig*, Berlin: S. Fischer, 1919.

Derselbe, *Tristan*, Project Gutenberg eBook, 2020.

＿＿＿, *Tonio Kröger*, Project Gutenberg eBook, 2007.

Borchmeyer, Dieter, *Das Tribschener Idyll, Friedrich Nietzsche, Cosima und Richard Wagner*, Frankfurt a.M.: Insel Verlag, 1998.

Ohl, Hubert, "Thomas Mann," In: *Handbuch des deutschen Romans*, hrsg. von

Helmut Koopmann, Düsseldorf: Schwann Bagel, 1983, S. 468-489.

Kluge, Manfred und Radler, Rudolf, Radler(Hrsg.), *Hauptwerke der deutschen Literatur, Einzeldarstellungen und Interpretaionen*, Wien: Kindler Verlag, 1974, 9.Aufl.

토마스 만, 『토니오 크뢰거·트리스탄·베네치아에서의 죽음』, 안삼환, 임홍배, 한성자 옮김, 세계문학전집 8, 민음사.

_____, 『바그너와 우리 시대』, 안인희 옮김, 포노, 2022.

안인희, 『게르만 신화 바그너 히틀러』, 민음사, 2003.

바그너, 『트리스탄과 이졸데』, 오페라 대본, 안인희 번역·해설, 풍월당, 2021.

앙드레 지드의 『반도덕주의자』 『좁은 문』 『전원교향곡』

동성식, 『앙드레 지드, 소설 속에 성경을 숨기다』, 살림출판사, 2008.

_____, 「지드와 사르트르의 결혼관 비교 연구」, 한국인문과학회, 『인문학논총』 제8집 제2호, 2009.

앙드레 지드, 『반도덕주의자』, 동성식 옮김, 쏜살총서, 민음사, 2017.

_____, 『좁은 문, 전원교향곡, 배덕자』, 동성식 옮김, 세계문학전집 336, 민음사, 2015.

Bertalot, E. U., *André Gide et l'attente de Dieu*, Paris: Minard, 1967.

Bras, Y. Le, "Écriture versus écriture: L'intertextualité dans La Symphonie pastorale," Bulletin des amis d'André Gide, Avril-juillet 1989.

Cancalon, E. D., "La Symphonie pastorale: voix dérivées, voie à la dérive," Bulletin des amis d'André Gide, Avril-juillet N.82-83, 1989.

Gide, A., *Journal 1889-1939*, Paris: Gallimard, 1948.

Goodhand, Robert, "The religious leitmotif in L'Immoraliste," *The Romanic Review*, LVII, 4, 1966.

Goulet, A., "L'ironie pastorale en jeu," Bulletin des amis d'André Gide, XVI, Avril-juillet 1988.

Moeller, Ch, *Littétature du XXe siècle et christianisme*, Vol. I, Paris: Casterman, 1967.

Perry, K., *The religious symbolism of André Gide,* Mouton, 1969.

Savage, C. H., *André Gide, L'évolution de sa pensée religieuse*, Paris: Nizet, 1962.

Trahard, *La Porte étroite d'André Gide*, Paris: Edition de la Pensée moderne, 1968.

Wald-Lasowski, R., "La Symphonie pastorale," *Littérature*, N.54, Mai 1984.

윌리엄 포크너의 『고함과 분노』 『팔월의 빛』 『압살롬, 압살롬!』

김욱동, 『윌리엄 포크너: 삶의 비극적 의미』, 서울대학교출판부, 1999.

_____ , 『포크너를 위하여』, 이숲출판, 2013.

Blotner, Joseph, *Faulkner: A Biography*, New York: Random House, 1974.

_____ (ed.), *Selected Letters of William Faulkner*, New York: Random House, 1977.

Faulkner, William, "An Introduction to The Sound and the Fury," Ed. James B. Meriwether, *Southern Review* 8: 4 (Autumn 1973).

Gwynn, Frederick L., and Blotner, Joseph L. (ed.), *Faulkner in the University: A Classroom Conference*, Charlottesville: University of Virginia Press, 1958.

Kinney, Arthur F. (ed.), *Critical Essays on William Faulkner: The Compson Family*, Boston: G. K. Hall, 1982.

Meriwether, James B., and Millgate, Michael (ed.), *Lion in the Garden: Interviews with William Faulkner, 1926-62*, New York: Random House, 1968.

Meriwether, James B. (ed.), *Essays, Speeches & Public Letters by William Faulkner*, New York: Random House, 1977.

Singal, Daniel Joseph, *William Faulkner: The Making of a Modernist*, Chapel Hill: University of North Carolina Press, 1997.

https://www.nobelprize.org/prizes/literature/1949/summary/

네이딘 고디머의 『보호주의자』

고디머, 네이딘, 『보호주의자』, 신현규 옮김, 하서, 1993.

노부쿠니, 고야스, 『후쿠자와 유키치의 「문명론의 개략」을 정밀하게 읽는다』, 김석근 옮김, 역사비평사, 2007.

무딤브, V. Y., 『조작된 아프리카』, 이석호 옮김, 아프리카, 2021.

세제르, 에메, 『어떤 태풍』, 이석호 옮김, 그린비, 2011.

J.M. 쿳시의 『추락』

쿳시, J.M., 『추락』, 왕은철 옮김, 문학동네, 2024.

_____, "쿳시 인터뷰," 왕은철, 『문학의 거장들』, 현대문학, 89-118쪽.

어니스트 헤밍웨이의 『무기여 잘 있어라』 『누구를 위하여 종은 울리나』 『노인과 바다』

김욱동, 『헤밍웨이를 위하여』, 이숲출판, 2012.

Baker, Carlos, *Ernest Hemingway: a Life Story*, New York: Charles Scribner's Sons, 1969.

_____ (ed.), *Selected Letters of Ernest Hemingway*, New York: Charles Scribner's Sons, 2003.

Hemingway, Ernest, "Fascism Is a Lie," *New Mass* 23: 13 (June 1937): 4.

_____, "Introduction," *Men at War: The Best War Stories of All Time*, ed. Ernest Hemingway, New York: Crown Publishers, 1942, pp. xi-xxii.

_____, *By-Line Ernest Hemingway: Selected Articles and Dispatches of Four Decades*, Ed. William White, New York: Scribner, 1998.

_____, *Death in the Afternoon*, New York: Charles Scribner's Sons, 1932.

_____, *Green Hills of Africa*, New York: Charles Scribner's Sons, 1935.

Lynn, Kenneth S., *Hemingway*, Cambridge, MA: Harvard University Press, 1987.

Meyers, Jeffrey, *Hemingway: A Biography*, New York: Da Capo Press, 1999.

https://www.nobelprize.org/prizes/literature/1954/summary/

https://www.archives.gov/publications/prologue/2006/spring/hemingway.html/

V.S. 나이폴의 『미겔 스트리트』와 『도착의 수수께끼』

Celestin, Roger, *From Cannibals to Radicals: Figures and Limits of Exoticism*, Minneapolis: Minnesota UP, 1996.

Dooley, Gillian, *V.S. Naipaul: Man and Writer*, Columbia: South Carolina UP, 2006.

Feder, Lillian, *Naipaul's Truth: The Making of A Writer*, Boston: Rowman & Little-field Publishers, Inc., 2001.

Gordimer, Nadine, "The Idea of Gardening," *The New York Review of Books* (2 February 1984), pp. 3-6.

Iyer, N. Sharada, "A House for Mr. Biswas: A Study in Cultural Predicament," *V.S. Naipaul: Critical Essays*, Ed. Ray, Mohit Kumar, New Delhi: Atlantic Publishers and Distributors, 2005, pp. 17-25.

Naipaul, V.S., *A House for Mr. Biswas*, New York: Vintage Books, 2001, Originally published in 1961.

_____ , *The Middle Passage: The Caribbean Revisited*, New York: Vintage Books, 2002, Originally published in 1962.

_____ , *The Enigma of Arrival: A Novel*, New York: Vintage Books, 1987.

_____ , *The Mimic Men*, New York: Vintage Books, 2001.

Said, Edward, *Culture and Imperialism*, New York: Vintage Books, 2024.

Shattuck, Sandra D., "Dis(g)ace, or White Man Writing," *Encountering Disgrace: Reading and Teaching Coetzee's Novel*, Ed. Bill McDonald, New York: Boydell & Brewer, 2009, pp. 138-147.

Tripathy, Sabita, "Shock, Derision and Satire in V.S. Naipaul's An Area of Darkness," *V.S. Naipaul: Critical Essays*, Ed. Ray, Mohit Kumar, New Delhi: Atlantic Publishers and Distributors, 2005, pp. 77-90.

van Wyk Smith, M., "Rape and the Foundation of Nations in J.M. Coetzee's Disgrace," *English in Africa* 41.1 (May 2014), pp. 13-34.

헤르타 뮐러의 『저지대』와 『숨그네』

뮐러, 헤르타, 『저지대』, 김인순 옮김, 문학동네, 2010.

_____ , 『숨그네』, 박경희 옮김, 문학동네, 2010.

마리오 바르가스 요사의 『도시와 개들』 『판탈레온과 특별봉사대』 『염소의 축제』

Krauze, Enrique, "Conversación entre Mario Vargas Llosa y Enrique Krauze," *Letras Libres*, 2000, Vol. 19, No. 2: 22-26.

Vargas Llosa, Mario, *El pez en el agua*, 1993, Barcelona: Seix Barral.

Williams, Raymond L., *Vargas Llosa: Otra historia de un deicidio*, 2000, México: Taurus.

모옌의 『붉은 수수 가족』

심혜영, 「『붉은 수수 가족』을 통해 본 모옌의 문학세계」, 『중국현대문학』 68호, 2014.

이선옥, 「모옌 문학, 인간 심리의 원형을 그려내다」, 『작가포럼』 7호, 2024 여름.

전형준, 「모옌의 노벨문학상 수상과 관련한 몇 가지 문제 제기」, 『언어 너머의 문학』, 문학과지성사, 2013.

莫言, 『紅高粱家族』, 北京: 解放軍文藝出版社, 1987(심혜영 옮김, 『붉은 수수밭』, 문학과지성사, 2014).

_____, 『酒國』, 臺北: 洪範書店, 1992/ 長沙: 湖南文藝, 1993.

_____, 『四十一炮』, 瀋陽: 春風文藝, 2003.

_____, 『檀香刑』, 北京: 作家出版社, 2001.

_____, 『莫言作品典藏大系(全26卷)』, 杭州: 浙江文藝, 2019.

_____, 「饑餓和孤獨是我創作的財富 ― 在史坦福大學的演講」, 2000年 3月.

莫言·王堯, 『莫言王堯對話錄』, 蘇州: 蘇州大學出版社, 2003.

葉開, 『莫言評傳』, 鄭州: 河南文藝, 2008.

張閎, 「感官的王國 ― 莫言筆下的經驗形態及功能」, 『當代作家評論』, 2000年 5月.

올가 토카르추크의 『태고의 시간들』 『방랑자들』 『죽은 이들의 뼈 위로 쟁기를 끌어라』

올가 토카르추크, 『방랑자들』, 최성은 옮김, 민음사, 2019.

_____, 『죽은 이들의 뼈 위로 쟁기를 끌어라』, 최성은 옮김, 민음사, 2020.

_____, 『다정한 서술자』, 최성은 옮김, 민음사, 2022.

Tokarczuk, Olga, "O przyrodzie, literaturze, feminizmie, micie, życiu i śmierci. Rozmowa z Olgą Tokarczuk," *Dzikie Życie* nr 4, 1999.

_____, 루이지애나 채널(Louisiana Channel)과의 인터뷰 (12 Apr. 2018), https://www.youtube.com/watch?v=P7GRC8xfE9A

Wästberg, Per, "Award Ceremony Speech (10 Dec. 2019)," https://kultura.gazeta.pl/kultura/7,114628,25499425,olga-tokarczuk-odebrala-nagrode-nobla-otrzymala-gratulacje.html

https://www.nobelprize.org/prizes/literature/2018/summary/ (10 June. 2020)

제3부 희곡

조지 버나드 쇼의 『인간과 초인』과 『피그말리온』

강준수, 「『인간과 초인』을 통해 본 니체(Nietzsche)의 허무주의와 초인 개념」, 『영어영문학』 23권 1호, 2018, 1–21쪽.

쇼, G.B., 『인간과 초인』, 허종 옮김, 도서출판 동인, 2003.

_____ , 『세인트 죠운』, 김봉정 옮김, 도서출판 동인, 2003.

_____ , 『피그말리온』, 김소임 옮김, 열린책들, 2011.

이봉환, 「몽환적 은유성과 돈 주안의 자기찾기화: 『유령소나타』와 『인간과 초인』의 3막을 중심으로」, 『드라마연구』 51호, 2017, 297–341쪽.

정경숙, 『버나드 쇼: 영원한 반항아, 그 개혁의 의지』, 건국대출판부, 1996.

Brown, G. E., *George Bernard Shaw*, London: Evans Brothers Limited, 1970.

Ervine, St. John., *Bernard Shaw: His Life, Work and Friends*, New York: William Morrow & Company, 1956.

Shaw, G. B., *Plays by George Bernard Shaw*, New York: Signet Classics, 1960.

Shaw, G. B., *Pygmalion*, New York: Simon & Schuster, 2009.

Watson, B. B., *A Shavian Guide to the Intelligent Woman*, New York: Norton, 1972.

Woodbridge, H. E., *G. B. Shaw: Creative Artist*, Carbondale: Southern Illinois UP, 1965.

https://en.wikipedia.org/wiki/George_Bernard_Shaw.

https://en.m.wikipedia.org/wiki/Mrs_Patrick_Campbell.

https://www.britannica.com/biography/George-Bernard-Shaw/International-importance.

https://www.britannica.com/topic/Don-Juan-fictional-character

https://www.britannica.com/topic/Man-and-Superman.

https://www.nobelprize.org/prizes/literature/1925/shaw/nominations/

다리오 포의 풍자극 『미스테로 부포』와 『무정부주의자의 사고사』

포, 다리오, 『무정부주의자의 사고사』, 장지연 옮김, 지만지드라마, 2020.

Andrea Bisicchia, *Dario Fo*(24 March 1926–), University of Padua. https://www.

encyclopedia.com/arts/culture-magazines/fo-dario-24-march-1926

Fo, Dario, *Mistero Buffo*, Torino: Einaudi. 1977.

_____ , *Fabullazzo*, Milano: Kaos Edizioni, 1992.

Hood, Stuart, *Introduction of Comic Mistery*, London: Methuen Drama. 1987.

The Nobel Prize in Literature 1997, the Office of the Permanent Secretary of the
Swedish Academy, 9 October 1997.

페터 한트케의 『관객모독』

페터 한트케, 『관객모독』, 윤용호 옮김, 민음사, 2012.

Handke, Peter, *Die Angst des Tormanns beim Elfmeter*, Frankfurt a. Main: Suhrkamp,
1973.

_____ , "Die Geborgenheit unter der Schädeldecke. Für Ingeborg Bachmann," in:
Büchner-Preis-Reden 1972-1983, Stuttgart: Reclam, 1984.

_____ , *Die Wiederholung*, Frankfurt a. M.: Suhrkamp, 1999.

_____ , *Falsche Bewegung*, Frankfurt a. M.: Suhrkamp, 1975.

R. Nägele/R. Voris, *Peter Handke*, Autorenbücher 8, München: C.H.Beck, 1978.

제4부 시

라빈드라나트 타고르의 시 세계와 『기탄잘리』

김억, 『기탄잘리 혹은 정신의 노래』, 이문관, 1923.

이해인, 『작은 기도』, 삼토, 1996.

한용운, 『님의 침묵』, 회동서관, 1926.

함석헌, 『뜻으로 본 한국 역사』, 한길사, 2001.

Bassnett, Susan, *Translation Studies*, London and New York: Routledge, 2014.

Tagore, Rabindranath, *Gitanjali*, London: Macmillan, 1912.

_____ , *The Religion of Man*, Beacon Press, 1961.

Venuti, Lawrence, *The Translator's Invisibility: A History of Translation*, London and
New York: Routledge, 1995.

Yeats, W.B., "Introduction to Gitanjali," *Collected Works of W.B. Yeats*, Vol. 5, Scribner, 1994.

파블로 네루다의 『스무 편의 사랑의 시와 한 편의 절망의 노래』

김현균, 「한국 속의 빠블로 네루다」, 「스페인어문학」 40, 2006, 207-225쪽.

우석균, 「『스무 편의 사랑의 시와 한 편의 절망의 노래』—무정부주의자의 사랑」, 『이베로아메리카』 5, 2003, 15-34쪽.

파인스타인, 애덤, 『파블로 네루다』, 김현균·최권행 옮김, 학이시습, 2025.

Bloom, Harold, *El canon occidental*, Barcelona: Anagrama, 2005.

Bolaño, Roberto, *Putas asesinas*, Barcelona: Anagrama, 2001.

Concha, Jaime, "Neruda, desde 1952," *Nuevas aproximaciones a Pablo Neruda*, coord. por Ángel Flores, México: Fondo de Cultura Económica, 1987, pp. 199-222.

Neruda, Pablo, *Obras completas I*, Edición de Hernán Loyola, Barcelona: Galaxia Gutenberg, 1999.

_____ , "Pequeña historia," *Veinte poemas de amor y una canción desesperada*, Buenos Aires: Losada, 1961.

Rodríguez Monegal, *Emir, El viajero inmóvil*, Barcelona: Laia, 1988.

데릭 월컷의 「크루소의 섬」 「아칸소의 유언」 「40에이커」

이기홍, 「젊은 '니그로'처럼 희망을 챙기질하라」. https://blog.naver.com/esg-consulting/90040170184, 2009.01.

Baugh, Edward, "Painters and Painting in 'Another Life'," *Critical Perspectives on Derek Walcott*, Ed. Robert D. Hamner, Washington, D. C.: Three Continents P, 1993: 239-250.

Benson, Robert, "The Painter As Poet: Derek Walcott's 'Midsummer'," *Critical Perspectives on Derek Walcott*, Ed. Robert D. Hamner, Washington, D. C.: Three Continents Press, 1993: 336-347.

Ellman, Richard, *The Identity of Yeats*, New York: Faber, 1968.

_____ , *Yeats: The Man and the Masks*, New York: Norton Co., 1979.

Fanon, Frantz, "On Natural Culture," *Colonial Discourse And Post-colonial Theory*, Ed. Patrick Williams and Laura Chrisman, New York: Columbia UP, 1994: 30-39.

Figueroa, John, "Some Subtleties Of The Isle: A Commentary On Creating Aspects of Derek Walcott's Sonnet Sequence 'Tales of The Islands'," *Critical Perspectives on Derek Walcott*, Ed. Robert D. Hamner, Washington, D. C.: Three Continents P, 1993: 139-167.

Hirsch, Edward, "The Art Of Poetry," *Critical Perspectives on Derek Walcott*, Ed. Robert D. Hamner, Washington, D. C.: Three Continents Press, 1993: 65-86.

Ismond, Patricia, "Walcott Versus Brathwaite," *Critical Perspectives on Derek Walcott*, Ed. Robert D. Hamner, Washington, D. C.: Three Continents P, 1993.

Milne, Anthony, "This Country Is a Very Small Place," *Conversations with Derek Walcott*, Ed. William Baer, Jackson: UP of Mississippi, 1996, pp. 70-78.

Morris, Mervyn, "Walcott and The Audience For Poetry," *Critical Perspectives on Derek Walcott*, Ed. Robert D. Hamner, Washington, D. C.: Three Continents P, 1993.

Rohlehr, Gordon, "Withering Into Truth: A Review Of Derek Walcott's The Gulf And Other Poems," *Critical Perspectives on Derek Walcott*, Ed. Robert D. Hamner, Washington, D. C.: Three Continents P, 1993.

Terada, Rei, *Derek Walcott's Poetry: American Mimicry*, Boston: Northeastern UP, 1992.

Walcott, Derek, *Collected Poems, 1948-1984*, New York: The Noonday P, 1994.

_____, "Forty Acres," https://www.thetimes.com/article/forty-acres-a-poem-for-barack-obama-from-nobel-winner-derek-walcott-h0tmv80sq5p

_____, "Leaving School," *Critical Perspectives on Derek Walcott*, Ed. Robert D. Hamner, Washington, D. C.: Three Continents P, 1993: 24-32.

_____, *Omeros*, New York: Farrar, Straus & Giroux, Inc., 1990.

_____, "The Arkansas testament," *The Arkansas testament,* New York: Farrar, Straus and Giroux, 1987, pp. 104-117.

_____, "The Caribbean: Culture and Mimicry," *Critical Perspectives on Derek*

Walcott, Ed. Robert D. Hamner, Washington, D. C.: Three Continents P, 1993: 51–57.

_____ , "The Figure of Crusoe," *Critical Perspectives On Derek Walcott*, Ed. Robert D. Hamner, Washington, D. C.: Three Continents P, 1993: 33–40.

노벨문학상 수상자 연표

1901 - 2025

연도	이름	생몰년도 및 국가	장르	대표작	비고
1901	쉴리 프뤼돔	1839-1907 프랑스	시	『구절과 시』 『고독』	
1902	테오도어 몸젠	1817-1903 독일	역사	『로마사』	
1903	비에른스티에르네 비에른손	1832-1910 노르웨이	소설 희곡	『행운아』 『아르네』	
1904	프레데리크 미스트랄	1830-1914 프랑스	시	『미레요』 『황금의 섬』	
1904	호세 에체가라이	1832-1916 스페인	희곡	『광인인가, 성인인가』	
1905	헨리크 시엔키에비치	1846-1916 폴란드	소설	『쿠오바디스』	
1906	조수에 카르두치	1835-1907 이탈리아	시	『사탄찬가』 『야만스러운 송시』	
1907	러디어드 키플링	1865-1936 영국	소설	『정글북』	
1908	루돌프 오이켄	1846-1926 독일	철학	『대사상가의 인생관』	
1909	셀마 라겔뢰프	1858-1940 스웨덴	소설	『닐스의 모험』	
1910	파울 하이제	1830-1914 독일	소설	『세계의 아이들』 『고집쟁이 아가씨』	
1911	모리스 마테를링크	1862-1949 벨기에	희곡	『파랑새』	
1912	게르하르트 하웁트만	1862-1946 독일	희곡	『직조공들』 『해 뜨기 전』	

연도	이름	생몰년도 및 국가	장르	대표작	비고
1913	라빈드라나트 타고르	1861-1941 인도	시	『기탄잘리』	이 책, 488-507쪽
1914	수상자 없음				
1915	로맹 롤랑	1866-1944 프랑스	소설	『장 크리스토프』	
1916	베르네르 헤이덴스탐	1859-1940 스웨덴	시 소설	『순례와 방랑의 세월』 『하나의 민족』	
1917	카를 기엘레루프	1857-1919 덴마크	소설	『이상주의자』 『민나』 『깨달은 자의 아내』	
	헨리크 폰토피단	1857-1943 덴마크	소설	『운 좋은 페르』 『사자의 왕국』	
1918	수상자 없음				
1919	카를 슈피텔러	1845-1924 스위스	시 소설	『올림포스의 봄』	
1920	크누트 함순	1859-1952 노르웨이	소설	『굶주림』	
1921	아나톨 프랑스	1844-1924 프랑스	소설	『에피쿠로스의 정원』 『페도크 여왕의 통닭구이 집』	
1922	하신토 베나벤테	1866-1954 스페인	희곡	『조작된 이해』	
1923	윌리엄 버틀러 예이츠	1865-1939 아일랜드	시	『이니스프리 호수 섬』	
1924	브와디스와프 레이몬트	1867-1925 폴란드	소설	『농민』	

연도	이름	생몰년도 및 국가	장르	대표작	비고
1925	조지 버나드 쇼	1856-1950 영국	희곡	『피그말리온』	이 책, 394-419쪽
1926	그라치아 델레다	1871-1936 이탈리아	소설	『어머니』	
1927	앙리 베르그송	1859-1941 프랑스	철학	『창조적 진화』 『물질과 기억』	
1928	시그리드 운세트	1882-1949 노르웨이	소설	『란브란스가의 딸 크리스틴』 『올라브 아우둔쉰』	
1929	토마스 만	1875-1955 독일	소설	『마의 산』 『부텐브로크 가의 사람들』 『베니스에서의 죽음』	이 책, 84-111쪽
1930	싱클레어 루이스	1885-1951 미국	소설	『메인 스트리트』	
1931	에리크 악셀 카를펠트	1864-1931 스웨덴	시	『프리돌린의 노래』	
1932	존 골즈워디	1867-1933 영국	소설 희곡	『포사이트가의 이야기』	
1933	이반 부닌	1870-1953 무국적자	소설	『마음』 『아르세니예프의 생』	러시아 출신
1934	루이지 피란델로	1867-1936 이탈리아	희곡	『작가를 찾는 6인의 등장인물』	
1935	수상자 없음				
1936	유진 오닐	1888-1953 미국	희곡	『밤으로의 긴 여로』 『느릅나무 아래 욕망』	
1937	로제 마르탱 뒤 가르	1881-1958 프랑스	소설	『티보가 사람들』	

연도	이름	생몰년도 및 국가	장르	대표작	비고
1938	펄 벅	1892-1973 미국	소설	『대지』	
1939	프란스 에밀 실란페	1888-1964 핀란드	소설	『젊었을 때 잠들다』	
1940	수상자 없음				
1941	수상자 없음				
1942	수상자 없음				
1943	수상자 없음				
1944	요하네스 빌헬름 옌센	1873-1955 덴마크	소설	『긴 여정』	
1945	가브리엘라 미스트랄	1889-1957 칠레	시	『죽음의 소네트』	
1946	헤르만 헤세	1877-1962 스위스	소설	『데미안』 『황야의 이리』	독일 출신
1947	앙드레 지드	1869-1951 프랑스	소설	『좁은 문』	이 책, 112-135쪽
1948	토머스 스턴스 엘리엇	1888-1965 영국	시	『황무지』	
1949	윌리엄 포크너	1897-1962 미국	소설	『음향과 분노』	이 책, 136-167쪽
1950	버트런드 러셀	1872-1970 영국	철학	『종교와 과학』 『권위와 개인』	
1951	페르 라게르크비스트	1891-1974 스웨덴	시 소설 희곡	『바라바』	

연도	이름	생몰년도 및 국가	장르	대표작	비고
1952	프랑수아 모리아크	1885-1970 프랑스	소설	『테레즈 데케루』 『독을 품은 뱀』 『사랑의 사막』	
1953	윈스턴 처칠	1874-1965 영국	역사	『제2차 세계대전 회고록』	
1954	어니스트 헤밍웨이	1899-1961 미국	소설	『노인과 바다』	이 책, 234-265쪽
1955	하들도르 락스네스	1902-98 아이슬란드	소설	『독립한 민중』 『살카 바카』	
1956	후안 라몬 히메네스	1881-1958 스페인	시	『플라테로와 나』	
1957	알베르 카뮈	1913-60 프랑스		『이방인』 『페스트』	이 책, 168-193쪽
1958	보리스 파스테르나크	1890-1960 소련	소설	『닥터 지바고』	
1959	살바토레 콰시모도	1901-68 이탈리아	시	『인생은 꿈이 아니다』 『그리하여 곧 석양이 오다』	
1960	생존 페르스	1887-1975 프랑스	시	『유적지』 『찬가』	
1961	이보 안드리치	1892-1975 유고슬라비아	소설	『드리나강의 다리』	
1962	존 스타인벡	1902-68 미국	소설	『분노의 포도』 『에덴의 동쪽』	
1963	요르고스 세페리스	1900-71 그리스	시 소설	『전환점』 『항해 일지』	
1964	장 폴 사르트르	1905-80 프랑스	소설	『구토』	

연도	이름	생몰년도 및 국가	장르	대표작	비고
1965	미하일 숄로호프	1905-84 소련	소설	『고요한 돈강』	
1966	슈무엘 아그논	1888-1970 이스라엘	시 소설	『바다 한복판에서』 『버림받은 아내들』	
1966	넬리 작스	1891-1970 스웨덴	시 희곡	『엘리』	독일 출신
1967	미겔 앙헬 아스투리아스	1899-1974 과테말라	소설	『옥수수의 사람들』 『대통령 각하』	
1968	가와바타 야스나리	1899-1972 일본	소설	『설국』	
1969	사뮈엘 베케트	1906-89 아일랜드	소설 희곡	『고도를 기다리며』 『몰로이』	
1970	알렉산드르 솔제니친	1918-2008 소련	소설	『이반 데니소비치의 하루』	
1971	파블로 네루다	1904-73 칠레	시	『스무 편의 사랑의 시와 한 편의 절망의 노래』 『질문의 책』	이 책, 508-527쪽
1972	하인리히 뵐	1917-85 독일	소설	『여인과 군상』 『카타리나 블룸의 잃어버린 명예』	
1973	패트릭 화이트	1912-90 오스트레일리아	소설	『태풍의 눈』	
1974	에위빈드 욘손	1900-76 스웨덴	소설	『해변의 파도』	
1974	하리 마르틴손	1904-78 스웨덴	소설 시	『아니야라』	

연도	이름	생몰년도 및 국가	장르	대표작	비고
1975	예우제니오 몬탈레	1896-1981 이탈리아	시	『기회』 『폭풍우와 기타』	
1976	솔 벨로	1915-2005 미국	소설	『오늘을 잡아라』	
1977	비센테 알레익산드레	1898-1984 스페인	시	『파괴냐 사랑이냐』	
1978	아이작 바셰비스 싱어	1902-91 미국	소설	『원수들, 사랑 이야기』	러시아 제국령 폴란드 출신
1979	오디세우스 엘리티스	1911-96 그리스	시	『알바니아 전쟁에서 실종된 육군 소위를 위한 영웅 애가』	
1980	체스와프 미워시	1911-2004 미국/폴란드	시	『일광』 『사로잡힌 영혼』 『구원』	리투아니아 출신
1981	엘리아스 카네티	1905-94 영국	소설	『군중과 권력』 『현혹』	불가리아 출신
1982	가브리엘 가르시아 마르케스	1927-2014 콜롬비아	소설	『백년의 고독』	
1983	윌리엄 골딩	1911-93 영국	소설	『파리대왕』	
1984	야로슬라프 사이페르트	1901-86 체코슬로바키아	시	『어머니』 『섬에서의 음악회』	
1985	클로드 시몽	1913-2005 프랑스	소설	『플랑드르로 가는 길』	

연도	이름	생몰년도 및 국가	장르	대표작	비고
1986	월레 소잉카	1934- 나이지리아	희곡 소설	『해설자』 『숲의 춤』	
1987	이오시프 브로드스키	1940-96 미국	시	『존 던에게 헌정하는 대(大)비가』 『연설 한 토막』	소련 출신
1988	나기브 마푸즈	1911-2006 이집트	소설	『게벨라위의 아이들』	
1989	카밀로 호세 셀라	1916-2002 스페인	소설	『벌집』	
1990	옥타비오 파스	1914-98 멕시코	시 수필	『태양의 돌』 『공기의 아들들』	
1991	네이딘 고디머	1923-2014 남아프리카 공화국	소설	『거짓의 날들』 『보호주의자』	이 책, 194-211쪽
1992	데릭 월컷	1930-2017 세인트루시아	시 희곡	『오메로스』	이 책, 528-549쪽
1993	토니 모리슨	1931-2019 미국	소설	『빌러버드』 『가장 파란 눈』	
1994	오에 겐자부로	1935-2003 일본	소설	『만엔 원년의 풋볼』 『개인적인 체험』	
1995	셰이머스 히니	1939-2013 아일랜드	시	『어느 자연주의자의 죽음』	
1996	비스와바 심보르스카	1923-2012 폴란드	소설	『충분하다』 『끝과 시작』	
1997	다리오 포	1926-2016 이탈리아	희곡	『무정부주의자의 사고사』	이 책, 420-451쪽

연도	이름	생몰년도 및 국가	장르	대표작	비고
1998	주제 사라마구	1922-2010 포르투갈	소설	『눈먼 자들의 도시』 『예수복음』	
1999	귄터 그라스	1927-2015 독일	소설	『양철북』	
2000	가오싱젠	1940- 프랑스	소설	『영혼의 산』 『버스 정류장』	중국 출신
2001	비디아다르 수라지프라사드 나이폴	1932-2018 영국	소설	『비스와스 씨를 위한 집』 『미겔 스트리트』	트리니다드 토바고 출신 이 책, 266-289쪽
2002	임레 케르테스	1929-2016 헝가리	소설	『운명』	
2003	존 맥스웰 쿳시	1940- 남아프리카 공화국	소설	『포』 『추락』	이 책, 212-233쪽
2004	엘프리데 엘리네크	1946- 오스트리아	소설 희곡	『피아노 치는 여자』	
2005	해럴드 핀터	1903-2008 영국	희곡	『관리인』 『귀향』 『생일파티』	
2006	오르한 파묵	1952- 튀르키예	소설	『하얀 성』 『내 이름은 빨강』 『순수 박물관』	
2007	도리스 레싱	1919-2013 영국	소설	『풀잎은 노래한다』 『다섯째 아이』	
2008	장마리 귀스타브 르 클레지오	1940- 프랑스	소설	『조서』 『사막』 『황금물고기』	

연도	이름	생몰년도 및 국가	장르	대표작	비고
2009	헤르타 뮐러	1953- 독일	소설	『숨그네』 『저지대』	루마니아 출신 이 책, 290-311쪽
2010	마리오 바르가스 요사	1936-2025 페루	소설	『도시와 개들』 『판텔레온과 특별봉사대』	이 책, 312-339쪽
2011	토마스 트란스트뢰메르	1931-2015 스웨덴	시	『산 자와 죽은 자를 위하여』 『기억이 나를 본다』	
2012	모옌	1955- 중국	소설	『개구리』 『홍까오량 가족』	이 책, 340-365쪽
2013	앨리스 먼로	1931- 캐나다	소설	『행복한 그림자의 춤』 『디어 라이프』	
2014	파트리크 모디아노	1945- 프랑스	소설	『어두운 상점들의 거리』 『슬픈 빌라』	
2015	스베틀라나 알렉시예비치	1948- 벨라루스	산문	『전쟁은 여자의 얼굴을 하지 않았다』 『체르노빌의 목소리』	우크라이나 SSR 출신
2016	밥 딜런	1941- 미국	대중 음악	『바람만이 아는 대답』 『Like a Rolling Stone』	
2017	가즈오 이시구로	1954- 영국	소설	『남아 있는 나날』	일본 출신
2018	올가 토카르추크	1962- 폴란드	소설	『방랑자들』 『태고의 시간들』	이 책, 366-391쪽
2019	페터 한트케	1942- 오스트리아	희곡	『관객모독』	이 책, 452-485쪽
2020	루이즈 글릭	1943-2023 미국	시	『야생 붓꽃』	

연도	이름	생몰년도 및 국가	장르	대표작	비고
2021	압둘라자크 구르나	1948- 영국	소설	『낙원』 『배반』 『바닷가에서』	탄자니아 출신
2022	아니 에르노	1940- 프랑스	소설	『단순한 열정』 『세월』	
2023	욘 포세	1959- 노르웨이	소설 희곡	『아침 그리고 저녁』 『멜랑콜리아 I-II』	
2024	한강	1970- 대한민국	소설	『채식주의자』 『소년이 온다』	이 책, 14-81쪽
2025	크러스너호르커이 라슬로	1954- 헝가리	소설	『사탄탱고』 『저항의 멜랑콜리』	

*스웨덴 한림원 홈페이지 참조.

한번더생각하기

한강
토마스 만
앙드레 지드
윌리엄 포크너
알베르 카뮈
네이딘 고디머
J.M. 쿳시
어니스트 헤밍웨이
V.S. 나이폴
헤르타 뮐러
마리오 바르가스 요사
모옌
올가 토카르추크
조지 버나드 쇼
다리오 포
페터 한트케
라빈드라나트 타고르
파블로 네루다
데릭 월컷

한강의 문학은 통각(痛覺)하는 영혼의 서사, 연대와 치유의 세계다

1. 『작별하지 않는다』에서 사고를 당해 병원으로 실려온 인선은 친구 경하를 불러 제주도 자신의 외딴집에 방치된 앵무새 '아마'를 구하러 가달라고 부탁합니다. 경하는 제주도 중산간의 눈보라 속에서 죽을 고비를 넘기며 '아마'를 구하러 갑니다. 목숨을 걸고 작은 새 하나를 구하러 가는 경하의 모습은 기이하기도 합니다. 경하는 어떤 마음으로 친구 인선의 요구에 응한 것일까요? 한강은 왜 하찮아 보이는 '새'를 목숨을 걸고 구하러 가는 스토리를 만들었을까요?

2. 한강 소설에는 혼령이 많이 등장합니다. 그런데 이 혼령들이 산 자에게 뭔가를 직접 요구하지는 않습니다. 숨겨진 진실을 깨닫는 일은 언제나 산 자가 스스로 해내야 하는 작업입니다. 특히 「눈 한 송이가 녹는 동안」에서 '나'는 임 선배 혼령이 왜 갑자기 나타났는지, 내내 의아해합니다. 가족도 아니고 그리 가깝지도 않았던 임 선배가 죽은 지 3년이나 지난 시점에서 갑자기 혼령으로 나타났기 때문입니다. 「눈 한 송이가 녹는 동안」에서 임 선배 혼령은 왜 '나'에게 나타난 것일까요?

3. 『소년이 온다』에는 동호를 주인공으로 하는 연극이 제시되는데, 연극 대사의 일부가 검열로 삭제됩니다. 그래서 배우들은 이 대사('당신이 죽은 뒤 장례식을 치르지 못해, 내 삶이 장례식이 되었습니다')를 입달싹임으로만 표현하고, 대본을 수차례 교정본 은숙만이 대사를 알아들을 수 있습니다. 이 묵음의 대사는 말해진 것일까요, 아니면 말해지지 못한 것일까요?

4. 『채식주의자』는 3부작(「채식주의자」 「몽고반점」 「나무 불꽃」)으로 구

성되어 있는데, 주요 등장인물은 영혜, 영혜의 남편, 인혜, 인혜의 남편입니다. 이들 중 주인공을 하나만 고르라고 한다면, 누가 주인 공일까요?

5. 「노랑무늬영원」에서 손을 다친 '나'는 그동안 잊고 있던 한 남자를 떠올리게 됩니다. 그리고 그가 먼 이국땅에서 2년 전('나'가 회 복하려 안간힘을 쓰던 시기)에 죽었다는 사실을 알게 되면서 다시 살 아야겠다는 생각을 품습니다. 그가 2년 전에 죽었다는 사실이 왜 '나'를 일으켜 세운 것일까요?

『검은 사슴』에서 한강이 전하는 말

1. 한강 작가의 아버지 역시 소설가로 명성이 높은 한승원 선생인데, 1985년 출간된 『아제아제 바라아제』가 그의 대표작입니다. 한강 은 한국 문학의 선배 작가들의 문학적 성취가 자신의 문학세계에 큰 영향을 미쳤다고 여러 차례 강조한 바 있습니다. 그렇다면 한강 의 아버지 한승원의 문학과 예술적 성과는 한강 작가에게 어떤 영 향을 미쳤을 것인지 '청출어람'(靑出於藍)의 사자성어를 참조하여 생각해보세요.

2. 한강의 소설 『채식주의자』는 두 편의 후속작인 「몽고반점」과 「나 무 불꽃」으로 이어지는 삼부작 형식을 취합니다. 독자들이 생각하 는 소설의 주인공은 영혜일 터인데, 그녀가 어느 날 갑자기 채식 주의자가 되는 이유는 무엇일까요? 또 「채식주의자」 끝부분에 그 녀가 손아귀에 꽉 움켜쥐고 있던 작은 새와 '채식주의자' 영혜 사 이의 연관성을 생각해보세요. 아울러 「나무 불꽃」과 「몽고반점」에 이르면, 영혜 언니인 인혜의 내밀한 가정사 역시 밝혀지는데, 인혜

가 반추하는 지독한 가정 폭력을 상세하게 말해보시오.

3. 『검은 사슴』에서 한강은 1980년대 탄광 매몰 사고를 자주 다루는 데, 그 이유는 무엇인가요? 수많은 갱도 사고에도 눈 감았던 지독하게 관대한 우리 아버지 세대의 참화가 지금까지도 이어지고 있습니다. 한강은 이것을 『소년이 온다』에필로그에서 한강은 대놓고 비판합니다. 그것은 '녹색 성장' 운운했던 자의 하수인이 저지른 '용산 철거민 참사'였습니다. 한강은 1980년 5월 광주 학살을 소설로 그려내면서 왜 21세기 한국의 후진국형 참사를 직접적으로 비판하고 있는지 생각해보세요.

4. 『검은 사슴』의 주인공인 의선과 인영 그리고 명윤 세 사람에게는 상당한 공통점이 있습니다. 아버지나 어머니가 없거나 혹은 두 분 모두 실종된 결손 가정에서 성장했다는 점, 그들이 처한 환경에서 끈질기게 도피하려는 점, 자신들을 구원해줄 어떤 방도, 예컨대 사진, 글, 인간 혹은 사건을 찾고 있다는 점들을 거론할 수 있습니다. 그렇다면 그들은 궁극적으로 그와 같은 구원 지점이나 출구를 찾았다고 생각하나요?

5. 『검은 사슴』의 결말은 희망적인가요 혹은 절망적인가요? 각각의 이유를 구체적으로 말해보시오. 아니면, 양자가 결합한 열린 결말의 형식을 취하고 있나요? 희망과 절망, 빛과 그림자, 낮과 밤, 아름다움과 추함, 이런 외물(外物)은 어떤 방식으로 우리의 일회적인 인생을 급전직하 파멸로 몰고 가는지, 혹은 무한상승의 기제로 작동하는지 생각해보세요. 거기서 발원하는 이분법적 사고의 전형인 프리드리히 니체의 『도덕의 계보』나 『비극의 탄생』을 유추할 수 있는지도 더불어 생각해보세요.

토마스 만의 『베네치아의 죽음』

1. 토마스 만은 성공한 국제 무역상의 아들로서 예술가(작가)가 되었습니다. 그의 작품에서 시민과 예술가는 어떤 특성과 대립을 보이나요?

2. 서로 대립하는 이 두 가지 특성이 여러 비율로 합성되어 작품의 배경이 되고 또 인물에도 나타납니다. 시민 세계에서 예술가 특성은 어떤 위험성을 드러낼까요? 때로는 가문의 몰락이 되기도 하나요? 우리의 경우로 바꾸면, 예컨대 법률가나 교사, 기업가 집안에 연예인 지망생 자녀가 나타나면 부모의 반응은 어땠을 것이라고 생각하나요?

3. 『베네치아의 죽음』에는 그리스 신화의 요소가 바탕에 깔려 있습니다. 죽은 자를 배에 태워 명부로 실어 나르는 신화의 인물 뱃사공 카론(Charon)은 이 작품에서 두 인물로 나뉘어 등장합니다. 그들을 찾아내 카론의 행동과 비교해보세요.

4. 신화에서 소년 모습인 에로스는 이 작품에서도 아름다운 소년 타치오로 나타납니다. 소설에서 그는 에로스 말고 또 어떤 신의 기능을 맡고 있을까요?

5. 성공한 작가 아셴바흐는 삶과 창작의 무게에 지쳐 있을 때, 죽음의 초대장을 받고 자기도 모르는 사이 그에 응합니다. 작가들은 자주 작품 주인공의 죽음을 통해 절망으로부터 다시 일어서곤 합니다. 다른 작가나 다른 작품에서 그런 예를 찾아보세요.

앙드레 지드의 『반도덕주의자』『좁은 문』『전원교향곡』

1. 지드 정신 세계의 종교적 기반은 개신교임에도 불구하고, 어떤 경

로로 말년에 무신론적 휴머니즘의 선도자가 되었을까요?

2. 지드와 그의 작품에 대한 평가를 보면, 한편은 인본주의의 '메시아적 해방자'로 추앙한 반면, 다른 한편은 무정부주의를 살포하는 '악마의 화신'으로 매도했습니다. 지드 자신은 의견의 분분함을 유발시키는 것 자체가 작가의 진정한 역할이라고 말했습니다. 이러한 양극단적 평가와 지드 자신의 담담한 반응에 대해 어떻게 생각하나요?

3. 성적 욕망과 정신적 사랑은 양립 가능한가? 인간적 행복 추구와 성스러운 신앙심은 공존할 수 없는가? 이 질문은 『좁은 문』의 화두입니다. 그런데 성경은 양자의 결합과 조화를 축복하는데 반해, 그는 왜 성경 독서를 통해 이를 양립하거나 공존할 수 없는 것으로 판독했을까요?

4. 『반도덕주의자』와 『좁은 문』은 둘 다 형태적인 측면에서는 예술적인 완성도가 높지만, 내용적인 측면에서는 반기독교적인 소설로 간주됩니다. 지드는 왜 이 두 작품을 '쌍둥이'와 같다고 했을까요?

5. 지드의 소설 세계의 문을 여는 가장 중요한 열쇠는 기독교와 성경이지만, 가장 기독교적인 주인공들의 삶은 예외없이 비극적인 엔딩으로 끝납니다. 이와 같은 역설적인 관점을 가지게 된 근본적인 이유는 무엇일까요?

윌리엄 포크너의 『고함과 분노』 『팔월의 빛』 『압살롬, 압살롬!』

1. 포크너는 지역적 작가인가요, 아니면 글로벌한 작가인가요?

2. 포크너는 소설 장르에 어떤 혁명적 변화를 일으켰을까요?

3. 포크너 문체의 특징에 대해 생각해봅시다.

4. 포크너의 삶에 대한 태도는 어떠할까요? 그는 염세적 작가인가요 낙천적 작가인가요?

5. 포크너의 영향을 받은 외국 작가와 한국 작가에는 어떤 작가들이 있을까요?

알베르 카뮈의 『이방인』과 『페스트』

1. 주인공 뫼르소는 살인을 저지릅니다. 그가 하는 이야기를 들으면 그가 왜 그랬는지, 그가 한 행동의 이유를 이해할 수 있나요?

2. 살인 사건이 일어나는 해변의 그 태양과 바다의 역할, 혹은 의미는 무엇일까요?

3. 세상은 항상 부조리한가요?

4. 나도 이방인일까요?

5. 뫼르소는 사형을 앞두고, 자신이 죽음을 맞이하는 순간에 더 많은 이들이 구경을 와 증오의 함성으로 함께 해주길 바라며, 오히려 평온과 행복을 느낍니다. 뫼르소는 왜 행복하다고 느낀 것일까요? 행복이란 무엇일까요?

네이딘 고디머의 『보호주의자』

1. 『보호주의자』의 주인공 메링의 직업은 무엇인가요?

2. 소설의 배경이 되는 남아공의 당시 인종차별제도를 부르는 말은 무엇인가요?

3. 메링이 고용한 흑인 관리인의 이름과 그의 역할은 무엇인가요?

4. 소설의 제목인 '보호주의자'는 주인공 메링에게 어떤 역설적 의미를 갖고 있나요?

5. 소설 속의 대자연(홍수와 화재)이 흑인에게는 어떤 의미를 지니며, 이를 통해 작가가 하고자 하는 말은 무엇일까요?

J.M. 쿳시의 『추락』

1. 데이비드 루리는 좀처럼 좋아하기 힘든 인물입니다. 그는 소설의 끝에 이르러서도 여전히 좋아하기 힘든 인물일까요? 아니면 소설을 읽어가는 과정에서 그를 대하는 우리의 시각이나 태도에 변화가 생길까요? 우리는 그가 처한 상황에 공감할 수 있을까요?

2. 남아프리카 정부는 아파르트헤이트 이후에 '진실화해위원회'를 만들어 과거사와 화해하려고 했습니다. 그들은 가해자와 피해자가 서로 용서하고 평화롭고 조화롭게 공존하는 나라, 즉 '무지개 나라'를 만들려고 했습니다. 이 소설에는 진실화해위원회에 대한 직접적인 언급이 없지만, 데이비드 루리의 성폭력 사건을 다루기 위해 만들어진 대학 위원회는 진실화해위원회를 환기하는 측면이 있습니다. 소설은 대학이 구성한 위원회를 통해서만이 아니라 화해와 용서의 문제를 치열하게 다룸으로써 진실화해위원회를 환기하고 있습니다. 어떠한 점에서 그러할까요?

3. 데이비드 루리는 안락사를 당한 개들의 시신을 처리하는 과정에서 심각한 심리적 동요를 겪습니다. 그는 개들의 사체가 처리되는 비정한 광경을 떠올리며 오열하기까지 합니다. 그는 왜 그토록 격렬하게 반응하는 것일까요? 소설에 제시된 동물과 인간, 인간과 동물의 관계가 주제적인 차원에서 말하고자 하는 바는 무엇일까요? 이 소설이 제기하는 동물 윤리, 타자 윤리의 문제는 어떻게 보아야 할까요?

4. 루시는 흑인 남자들에게 성폭행을 당하고도 농촌에서 살겠다고 고집을 부립니다. 경찰에 제대로 신고도 하지 않을 뿐만 아니라, 흑인 농부의 셋째 부인이 되겠다고도 하고, 성폭행으로 뱃속에 들어선 아이를 낳아서 키우겠다고도 합니다. 루시는 왜 아버지의 충고를 거부하고 트라우마의 현장에서 굴욕적인 삶을 살겠다고 하는 것일까요? 아버지의 생각과 딸의 생각은 끊임없이 충돌하는데, 그러한 충돌이 의미하는 바는 무엇일까요?

5. 『추락』은 쿳시에게 세계 최초로 부커상을 두 번 수상한 작가라는 영예를 안겨준 소설입니다. 심사위원 중 한 사람은 이 소설을 "우리 안의 얼어붙은 바다를 깨는 얼음도끼" 같은 소설이라고 했습니다. 얼음도끼라는 표현은 소설이란 모름지기 독자를 찌르고 독자에게 상처를 주는 '얼음도끼'여야 한다고 했던 프란츠 카프카의 말을 빌린 것입니다. 쿳시의 소설은 어떤 점에서 얼음도끼 같은 소설일까요?

어니스트 헤밍웨이의 『무기여 잘 있어라』 『누구를 위하여 종은 울리나』『노인과 바다』

1. 헤밍웨이에게 전쟁은 어떤 의미가 있을까요?

2. 헤밍웨이는 소설 문학계에 어떤 영향을 미쳤을까요?

3. '하드보일드 스타일'로 대표되는 헤밍웨이 문체의 특징은 무엇인가요?

4. 헤밍웨이의 삶의 태도는 어떠한가요? 그는 염세적 작가인가요 낙천적 작가인가요?

5. 『노인과 바다』는 왜 전 세계에 걸쳐 지금까지 큰 인기를 끌고 있을

까요?

V.S. 나이폴의 『미겔 스트리트』와 『도착의 수수께끼』

1. V.S. 나이폴은 자신이 성장한 트리니다드 토바고를 냉소적인 시선으로 바라보았습니다. 나이폴은 영국의 식민지였던 트리니다드 토바고의 어떤 특성을 비판했나요?
2. 『미겔 스트리트』에서 여성 등장인물들은 어떤 공통점을 있나요?
3. 『미겔 스트리트』의 인물들의 삶에서 따뜻한 정과 희망을 찾을 수 있는 예는 어떤 것일까요?
4. 『도착의 수수께끼』는 소설이 아니라고 하는 견해도 있습니다. 이 작품은 소설일까요 자서전일까요?
5. 『도착의 수수께끼』에서 나이폴은 왜 자신이 영국 시골에 정착한 것을 '도착의 수수께끼'라고 했을까요?

헤르타 뮐러의 『저지대』와 『숨그네』

1. 루마니아에서 태어난 독일 작가 헤르타 뮐러에게 고향은 어떤 의미를 지닌 장소였을까요?
2. 헤르타 뮐러는 왜 자신이 겪은 독재의 시간을 망각 속에 봉인하지 않고, 끝내 증언의 언어로 기록하려 했을까요?
3. 『저지대』는 어른이 아닌 아이의 시선으로 세상을 바라봅니다. 같은 이야기가 성인의 시점으로 쓰였다면 작품이 어떻게 달라졌을까요?
4. 『숨그네』에서 주인공은 극한의 허기를 배고픈 천사로 지칭합니다. 왜 그는 자신의 허기를 형벌이 아니라 천사로 부르고 싶었을까요?

5. 노벨문학상 수상 연설에서 헤르타 뮐러가 독자에게 건네는 한 장의 손수건은 어떤 의미의 은유였을까요?

마리오 바르가스 요사의 『도시와 개들』 『판탈레온과 특별봉사대』 『염소의 축제』

1. 21세기 세계 문학에서 바르가스 요사는 왜 중요한 작가로 평가되나요?
2. 바르가스 요사의 첫 소설 『도시와 개들』을 우리나라에서 2014년에 일어난 윤 일병 사건과 연결해서 살펴보면 어떤 의미가 있을까요?
3. 『판탈레온과 특별봉사대』와 우리나라의 위안부 문제의 차이는 무엇일까요?
4. 2000년에 발표된 『염소의 축제』가 바르가스 요사의 노벨문학상 수상의 견인차 역할을 했다고 하는데, 그 이유는 무엇이라고 생각하나요?
5. 좌파에서 우파로 전향한 바르가스 요사에 대해 개인적으로 평가를 내린다면 어떻게 평가하겠습니까?

모옌의 『붉은 수수 가족』

1. 『붉은 수수 가족』은 화자가 할아버지, 할머니, 아버지의 시점에서 이야기를 전개하는 독특한 서술방식을 구사하고 있습니다. 이러한 서술방식이 작품을 감상하는 데 어떠한 영향을 주는지 그 문학적 효과를 생각해보세요.
2. 『술의 나라』는 딩거우 형사가 술의 나라에서 인육 행위가 행해진

다는 고발을 받고 그것을 수사하기 위해 술의 나라에 들어가 겪는 이야기입니다. 하지만 독자의 기대와 달리 딩거우 형사는 수사는 커녕 술을 먹고 거듭 고꾸라질 뿐입니다. 딩거우 형사의 이와 같은 모습이 의미하는 바는 무엇일까요?

3. 『탄샹싱』에서 '탄샹싱'은 어떤 형벌인가요? 소설에서 형벌 과정이 어떻게 그려지고 있는지 살펴보세요. 그리고 작가가 이것을 소설의 중심 소재로 삼은 이유가 무엇인지 생각해보세요.

4. 『사십일포』의 주인공 뤄샤오퉁은 고기를 무한정 맛있게 먹을 수 있는 고기아이입니다. 그리고 나중에 그는 마을 사람들에게 고기신으로 떠받들어지게 됩니다. 뤄샤오퉁이 고기신으로 받들어지게 된 이유는 무엇일까요?

5. 모옌은 "소설은 냄새를 풍겨야 한다"고 말했습니다. 독자가 독서를 하면서 인물과 상황을 자기가 직접 겪는 것처럼 느끼도록 하는 감각적 묘사는 모옌 소설의 중요한 특징입니다. 모옌 소설에서 인상적인 감각적 묘사가 이루어진 장면을 찾아보세요.

올가 토카르추크의 『태고의 시간들』 『방랑자들』 『죽은 이들의 뼈 위로 쟁기를 끌어라』

1. 올가 토카르추크는 '다정한 서술자'라는 제목의 노벨문학상 수상 기념 강연에서 '다정함'을 문학의 본령으로 보고, 타자를 향한 다정한 관심과 공감, 그리고 문학을 중심으로 한 글로벌 휴머니즘 연대를 제안했습니다. 최근에 당신이 일상에서 실천한 '다정함'은 무엇일까요?

2. 『태고의 시간들』에서 '태고'는 소설의 공간적 배경이자 가상의 지

명이기도 하지만, 동시에 '아주 오랜 옛날'을 뜻하는 단어이기도 합니다. 작가가 현실에는 존재하지 않는 가상의 마을을 공간적 배경으로 설정하고, 그 공간의 명칭으로 시간을 의미하는 단어를 사용한 이유는 무엇일까요?

3. 『방랑자들』에 등장하는 다양한 인물들은 정주보다는 방랑을 선택하고 끊임없이 이동하고 움직입니다. 정착하는 삶과 이동하는 삶, 둘 중 어느 쪽이 '인간의 본성'에 가깝다고 생각하나요?

4. 『죽은 이들의 뼈 위로 쟁기를 끌어라』에서 주인공 야니나는 결국 법보다 자신의 양심을 따릅니다. 만약 법과 양심이 충돌한다면, 어느 쪽을 선택하겠습니까?

5. 『죽은 이들의 뼈 위로 쟁기를 끌어라』는 파격적인 결말을 통해 의도적으로 논란을 야기하고, 도덕적 딜레마를 야기하는 작품입니다. 인간이 동물에게 가하는 폭력을 여러 방식으로 보여주는데요. 이런 식의 폭력은 인간에게 어떤 방식으로 되돌아올까요?

조지 버나드 쇼의 『인간과 초인』과 『피그말리온』

1. 『인간과 초인』에서 주인공 태너가 여성의 접근을 두려워한 이유는 무엇일까요?

2. 조지 버나드 쇼는 『인간과 초인』 3막에서 모차르트의 오페라 「돈 조반니」를 어떻게 다시 쓰나요?

3. 『인간과 초인』에서 돈 조반니 역할을 하는 것은 누구인가요?

4. 『피그말리온』에서 피그말리온과 갈라테이아는 각각 누구를 지칭할까요?

5. 『피그말리온』은 영어와 영국 사회의 신분제도에 대해서 어떤 태도

를 취하고 있을까요?

다리오 포의 풍자극『미스테로 부포』와『무정부주의자의 사고사』

1. 『미스테로 부포』와『무정부주의자의 사고사』모두 실제 비극적 사건이나 역사적 상황을 기반으로 하면서도 과장과 익살을 사용합니다. 다리오 포는 왜 진지한 문제들을 웃음의 방식으로 다루었을까요?

2. 『미스테로 부포』에서 종교계의 부패와 타락, 권위에 대한 풍자는 불편함보다 '비판적 사유'를 가능하게 하는데 그 이유는 무엇일까요?

3. 『무정부주의자의 사고사』에서는 경찰·종교인·판사·언론인 등이 계속 희화화됩니다. 이러한 방식은 '권력'을 바라보는 우리의 태도에 어떤 영향을 미치나요?

4. 두 작품에서 '어릿광대'(줄라레)와 '미친 사내'는 기존 질서의 허위를 폭로하고 거짓과 진실의 경계를 뒤흔들어 결국 진실을 드러내는 역할을 합니다. 이 과정에서 그들이 독자와 관객에게 유도하거나 제공하는 효과는 무엇일까요?

5. 다리오 포는 풍자극이 기득권층에 대한 신랄한 비판과 민중의 의식을 일깨우는 데 가장 효과적인 수단이라고 했습니다. 그의 견해처럼 웃음을 통해 권력과 제도의 문제를 드러내는 '풍자'는 실제 사회적 변화를 이끌 힘을 가지고 있을까요?

페터 한트케의『관객모독』

1. 한트케는『관객모독』에서 자기 시대의 사람들이 어떤 종류의 역사

적 언어를 말하고 있다고 생각했나요?

2. 한트케는 독일어권의 선배 작가들의 언어를 왜 비판했나요?

3. 한트케는 중년 이후 발표한 작품들에서 어떤 종류의 새로운 언어를 말하려고 노력했나요?

4. 한트케의 작품『반복』에서 주인공은 슬로베니아 언어를 통해서 존재의 소중함을 자각합니다. 그 근거는 무엇인가요?

5. 한트케는 우리의 삶의 질은 언어의 해석능력에 좌우된다고 생각하는데, 그런 언어관을 대표하는 장면은 작품『반복』에서 어느 부분인가요?

라빈드라나트 타고르의 시 세계와『기탄잘리』

1. 1913년, 타고르가 인도 최초이자 아시아 최초로 받은 상의 명칭은 무엇인가요?

2. '노래의 헌정'(Song Offerings)이라는 뜻을 지녔으며, 총 103편으로 구성된 타고르 대표 시집의 제목은 무엇인가요?

3. 타고르는 영어 번역본 시집을 영국에서 출간했습니다. 이 시집의 서문을 써준 아일랜드 시인이자 노벨문학상 수상자는 누구인가요?

4. 1923년, 한국 최초로 타고르의 시집을 번역한 사람은 누구인가요?

5. 타고르가 추구한 '종교'는 특정한 교리나 의례가 아닌, 내면의 자각과 존재의 본질을 통찰하는 체험이었습니다. 그에게 있어 신은 우주 전체의 조화이며, 인간 영혼의 깊은 곳에서 응답하는 신의 목소리였습니다. 타고르는 자신이 추구했던 그 종교를 무엇이라 불렀습니까?

파블로 네루다의『스무 편의 사랑의 시와 한 편의 절망의 노래』

1. 1920년대 보수적 분위기가 강했던 칠레 사회에서,『스무 편의 사랑의 시와 한 편의 절망의 노래』는 당시 젊은 독자들에게 어떤 해방감이나 감정적 돌파구를 제공했나요?

2. 이 시집에서 여성의 몸을 자연 이미지로 비유하는 방식은 '사랑'이라는 정서를 어떤 방향으로 확장하거나 변주시키나요?

3. 설렘에서 절망에 이르는 서사적 전개를 통해 화자가 궁극적으로 도달한 '사랑'의 의미나 인식은 무엇이라고 볼 수 있을까요?

4. 여성의 목소리와 주체성이 충분히 드러나지 않는다는 페미니즘 비평에 대해 어떻게 평가할 수 있을까요?

5. 이 시집에 나타난 사랑의 개념은 이후 발간된『지상의 거처』나『모두의 노래』같은 다른 시집들에서 어떻게 변화하거나 확장되었나요?

데릭 월컷의「크루소의 섬」「아칸소의 유언」「40에이커」

1. 월컷은 그의 조국 세인트루시아에 대해 관광지도에서나 찾아볼 수 있는 작은 섬나라라고 말합니다. 그 이유는 무엇일까요?

2. 월컷은 자신의 혈관 속에서 아프리카 대륙의 유인원 고릴라와 유럽 문명사회의 슈퍼맨이 씨름을 한다고 말합니다. 어떤 의미에서 한 말인지 생각해보세요.

3. 월컷은 자조적 어조로 자신을 '탕아' '붉은 머리의 혼혈'이라고 말합니다. 이는 무엇을 향한 발화일까요?

4. 월컷은 미국사회의 인종차별주의를 약국 직원의 태도와 남북전쟁 당시 남부연합의 전쟁 유물을 통해 비판합니다. 이에 대한 구체적

사례를 제시해보세요.

5. 월컷이 지향하는 이상적인 인종관은 무엇인가요? 복수일까요? 용
서일까요? 화해일까요?

지은이 약력

김규종
김소임
김욱동
김현균
동성식
류은영
서은주
손나경
송병선
안인희
양현진
왕은철
이석호
이선옥
이영철
인성기
장지연
최성은
홍은택

김규종(金圭鐘)

고려대학교에서 러시아 문학을 전공했으며, 동대학원에서 박사 학위를 받았다. 1992년부터 경북대학교 노어노문학과 교수로 학생들을 가르쳤다. 『문학교수, 영화 속으로 들어가다』 시리즈와 『극작가 체호프의 희곡을 어떻게 읽을 것인가』 『유라시아 횡단 인문학』 등 다수의 저서를 저술했으며, 『체호프 희곡 전집』 『귀여운 여인』 등을 번역했다.

김소임(金素任)

이화여자대학교에서 영문학을 전공했으며, 위스콘신대학교에서 영문학 석사, 에모리대학교에서 베케트 연구로 영문학 박사 학위를 받았다. 현재 건국대학교 영어영문학과 교수로 재직 중이다. 저서로 『사무엘 베케트』가 있고 공저로 『연극의 이해』 『영문학으로 문화읽기』 등이 있으며, 헤롤드 핀터의 『귀향』과 테네시 윌리엄스의 『욕망이라는 이름의 전차』, 아놀드 웨스커의 『부엌』과 조지 버나드 쇼의 『피그말리온』 등을 번역했다.

김욱동(金旭東)

한국외국어대학교에서 영어영문학을 전공했으며, 이후 미시시피대학교에서 영문학 문학 석사 학위를, 뉴욕주립대학교에서 영문학 문학 박사 학위를 받았다. 포스트모더니즘을 비롯한 서구 이론을 국내 학계와 문단에 소개했다. 하버드대학교, 듀크대학교, 노스캐롤라이나대학교 등에서 교환 교수를 역임했으며, 현재 서강대학교 명예교수다. 『모더니즘과 포스트모더니즘』 『문학 생태학을 위하여』 등 다수의 저서를 썼으며, 『노인과 바다』 『위대한 개츠비』 『앵무새 죽이기』 『은유와 환유』 『허클베리 핀의 모험』 등 많은 책을 번역했다.

김현균(金賢均)

서울대학교 서어서문학과를 졸업하고, 동대학원에서 석사 학위를, 마드리드 콤플루텐세대학교에서 박사 학위를 받았다. 현재 서울대학교 서어서문학과에서 라틴아메리카 현대문학을 가르치고 있으며, 라틴아메리카 문학을 국내에 알리고 스페인어권에 우리 문학을 소개하는 데 힘쓰고 있다. 파블로 네루다의 『너를 닫을 때 나는 삶을 연다』 『네루다 시선』, 루벤 다리오의 『봄에 부르는 가을 노래』, 세사르

바예호의『조금밖에 죽지 않은 오후』등 스페인어권의 많은 시집을 번역했으며, 김수영의 시와 김영하의 소설 등을 번역해 스페인어권에 소개했다. 지은 책으로는『낮은 인문학』『차이를 넘어 공존으로』『어둠을 뚫고 시가 내게로 왔다』등이 있다.

동성식(董成植)

서울대학교 불어불문학과를 졸업하고 같은 대학원에서 앙드레 지드 연구로 박사 학위를 받았다. 파리3대학에서 수학한 후, 서울대학교 교류 교수와 창원대학교 인문대학장을 역임했다. 현재 창원대학교 명예교수로 있다. 지은 책으로『앙드레 지드, 소설 속에 성경을 숨기다』『프랑스 문화와 사회』(공저) 등이 있다. 앙드레 지드의『좁은 문』『전원교향곡』『반도덕주의자』를 번역했다.

류은영(柳恩映)

한국외국어대학교 불어과를 졸업하고, 파리3대학에서 현대 프랑스 작가 M.레리스 연구로 박사 학위를 받았다. 현재 한국외국어대학교 프랑스어학부 초빙교수로 재직 중이다.『문학장과 문학권력』『문체론 용어사전』『프랑스 문화정책』『문화콘텐츠 입문』『디지털 문화와 놀이』등의 책을 공동 집필했으며,『스토리텔링-이야기를 만들어 정신을 포맷하는 장치』를 번역했다.

서은주(徐銀珠)

독일 뮌헨대학교에서 문학을 전공해 박사 학위를 받았다. 2014년부터 부산대학교 독어독문학과에서 독일문학과 유럽문화를 가르치고 있다. 2024년 영국 옥스퍼드 대학교에서 1년간 연구원으로 재직했다. 저서로『문학적 헌정으로서의 교양소설』과『고전의 창』이 있으며, 2017년과 2018년에 한국독일어문학회에서 '올해의 논문상'을 수상했다.

손나경(孫羅鏡)

영국 버밍엄대학에서 번역학 연구로 석사 학위를 받았으며, 경북대학교에서 조지프 콘래드 소설에 대한 연구로 박사 학위를 받았다. 현재 계명대학교 타불라라사 칼리지(Tabula Rasa College) 교수로 재직 중이다. 번역서로 V.S. 나이폴의『비스와스 씨를 위한 집』『사기꾼-그의 변장 놀이』가 있고,『과학소설 속의 포스트휴먼』
을 저술했다.

송병선(宋炳宣)

한국외국어대학교 스페인어과를 졸업하고, 콜롬비아 카로이쿠에르보 연구소에서
석사를, 하베리아나 대학교에서 문학 박사 학위를 취득 후 전임 교수로 재직했다.
마리오 바르가스 요사, 보르헤스, 마르케스, 마누엘 푸익 등 라틴아메리카문학의
거장을 국내에 소개했다.『판텔레온과 특별봉사대』『픽션들』『거미 여인의 키스』
『염소의 축제』등 다양한 라틴아메리카문학을 번역했으며, 제11회 한국문학번역
상을 수상했다. 현재 울산대학교 스페인중남미학과 교수로 재직 중이다.

안인희(安仁嬉)

한국외국어대학교에서 독일 문학으로 박사 학위를 받았고, 독일 밤베르크대학에
서 수학했다.『광기와 우연의 역사』『히틀러 평전』『데미안』『트리스탄과 이졸데』
등 분야를 넘나들며 다양한 책을 번역했으며,『인간의 미적 교육에 관한 편지』로
한독문학 번역상을 수상했다. 지은 책으로는『게르만 신화 바그너 히틀러』『읽는
여행, 스위스』『안인희의 북유럽 신화』등이 있다.

양현진(梁顯珍)

이화여자대학교 국어국문학과에서 현대소설을 전공했다. 현대소설의 장르적 실
험 양상에 주목하고 있으며, 특히 여성적 시각과 의식의 독해에 관심을 갖고 연구
하고 있다. 현재 인천대학교 기초교육원 강의교수로 재직 중이다.『한국어문학 여
성주제어 사전』을 공동으로 집필했다.

왕은철(王垠喆)

영문학자이자 번역가이며,『현대문학』을 통해 문학평론가로 등단했다. 전북대학
교 영문학과 석좌교수를 역임했으며, 유영번역상, 전숙희문학상, 한국영어영문
학회 학술상, 생명의신비상 등 번역과 학술 등의 영역에서 다양한 상을 수상했다.
『애도예찬』『환대예찬』『따뜻함을 찾아서』등의 저서를 펴냈고,『추락』『피의 꽃
잎들』『거짓의 날들』등 오십여 권의 책을 우리말로 옮겼다.

이석호(李錫虎)

카이스트 교수이자 인문학자이며, 현재 아프리카-인도양연구소 소장으로 활동하고 있다. 지은 책으로 『아프리카 탈식민주의 문학론과 근대성』 『아프리카 만인보』 등이 있으며, 옮긴 책으로는 『조작된 아프리카』 『별들은 여름에 수군대는 걸 좋아해』 『칼라하리 사금파리에 새긴 자유의 꿈이여』 등이 있다. 잘 알려지지 않은 아프리카문학을 국내에 소개하는 데 힘쓰고 있다.

이선옥(李先玉)

서울대학교에서 중문학으로 문학 박사 학위를 받고, 현재 충북대 중어중문학과 교수로 재직 중이다. 『목단시선』과 『장자전』을 번역했고, 「왕후이의 서구 현대성 이론 반성과 그 의미」 「중국 30년대 현대시파 연구」 등의 논문을 발표하며 중문학 분야에서 활발한 연구를 펼치고 있다.

이영철(李英哲)

한국외국어대학교에서 러시아어와 영어를 전공했으며, 한양대학교 대학원에서 영문학 석사 학위를 취득했다. 이후 미국의 오클라호마시립대학교에서 영어교육 석사 학위를 취득했고, 다시 한국으로 돌아와 한양대학교 대학원에서 박사 학위를 받았다. 한국동서비교문학회와 현대영미소설학회, 아메리카학회에서 이사로 활동했으며, 『아프리카! 토니 모리슨의 문학적 지형』 『아프리카계 미국문학의 노예 서사』 『데릭 월콧 연구』 등 아프리카계 미국문학에 대한 많은 책을 써냈다. 현재 전주대학교 명예교수로 있다.

인성기(印誠基)

서울대학교 독어독문학과를 졸업하고, 동대학원에서 석·박사 학위를 취득했다. 『사람이 알아야 할 모든 것』 『철학자 경영을 말하다』 『지식』 등 다양한 책을 번역했으며, 『뮤즈여 노래하라』 『빈-예술을 사랑하는 영원한 중세 도시』 등의 저서를 저술했다. 부산대학교 독어독문학과에서 학생들을 가르쳤으며, 한국독어독문학회 부회장을 역임했다.

장지연(張智連)

한국외국어대학교 이탈리아어과에서 학사 및 석사 학위를 취득하고, 고려대학교에서 영어영문학과 문학 박사 학위를 취득했다. 현재 서경대학교 인성교양대학 부교수로 재직 중이다. 『작가를 찾는 6인의 등장인물』『만드라골라』『여관집 여주인』『산의 거인족』『바보』『항아리』『걸리버 여행기』 등 다양한 책을 번역했으며, 『동시대 연출가론』과 『장면 구성과 인물 창조를 위한 희곡 읽기 1, 2』를 공동으로 집필했다.

최성은(崔成銀)

한국외국어대학교 폴란드어과를 졸업하고, 같은 대학교 동유럽어문학과에서 석사 학위를, 폴란드 바르샤바대학교 폴란드어문학부에서 박사 학위를 받았다. 현재 한국외국어대학교 폴란드학과 교수로 학생들을 가르치고 있다. 2012년에는 폴란드 정부로부터 십자 기사 훈장을 받았고, 2024년에는 폴란드 대통령으로부터 십자 장교 공훈 훈장을 받았다. 『죽은 이들의 뼈 위로 쟁기를 끌어라』『방랑자들』『태고의 시간들』 등 토카르추크의 책을 번역했으며, 이외에도 다양한 폴란드문학을 우리말로 옮겼다.

홍은택(洪銀澤)

경기도 광주에서 태어나 한양대 영어영문학과와 동대학원에서 영미시를 공부했다. 대진대학교 영어영문학과 교수로 약 30여 년간 재직했으며, 한국현대영미시학회 회장을 역임하기도 했다. 계간 『시안』을 통해 시인으로 등단했으며, 『노래하는 사막』『통점에서 꽃이 핀다』 등의 시집을 펴냈다.

노벨문학상의 세계
한강 외 18명의 삶과 문학

엮은이 윤재석
지은이 양현진 김규종 안인희 동성식 김욱동
류은영 이석호 왕은철 손나경 서은주
송병선 이선옥 최성은 김소임 장지연
인성기 홍은택 김현균 이영철
펴낸이 김언호

펴낸곳 (주)도서출판 한길사
등록 1976년 12월 24일
주소 10881 경기도 파주시 광인사길 37
홈페이지 www.hangilsa.co.kr
전자우편 hangilsa@hangilsa.co.kr
전화 031-955-2000~3 **팩스** 031-955-2005

부사장 박관순 **총괄이사** 김서영 **관리이사** 곽명호
경영이사 김관영 **편집주간** 백은숙
편집 배소현 노유연 박홍민 임진영
관리 이희문 이진아 고지수 **마케팅** 이영은
디자인 창포 031-955-2097
인쇄 예림 **제책** 예림원색

제1판 제1쇄 2025년 12월 22일

값 46,000원

ISBN 978-89-356-7913-3 03800

● 이 저서는 2019년 대한민국 교육부와 한국연구재단의 지원을 받아
수행된 연구임(NRF-2019S1A6A3A01055801).
● 잘못 만들어진 책은 구입하신 서점에서 바꿔드립니다.